西安工业大学专著出版基金资助

西安工业大学语言文学研究丛书

从想象到趋实

中国域外题材小说研究

王昊 著

人民出版社

责任编辑:李椒元
装帧设计:曹　春
责任校对:夏明朗

图书在版编目(CIP)数据

从想象到趋实:中国域外题材小说研究/王昊著.
-北京:人民出版社,2010.9
ISBN 978-7-01-009040-5

Ⅰ.①从…　Ⅱ.①王…　Ⅲ.①小说-文学研究-中国
Ⅳ.①I207.4

中国版本图书馆 CIP 数据核字(2010)第 114317 号

从想象到趋实
CONG XIANGXIANG DAO QUSHI
——中国域外题材小说研究

王　昊　著

人民出版社　出版发行
(100706　北京朝阳门内大街 166 号)

北京新魏印刷厂印刷　新华书店经销

2010 年 9 月第 1 版　2010 年 9 月北京第 1 次印刷
开本:880 毫米×1230 毫米 1/32　印张:16.25
字数:370 千字　印数:0,001-3,000 册

ISBN 978-7-01-009040-5　定价:42.00 元

邮购地址 100706　北京朝阳门内大街 166 号
人民东方图书销售中心　电话 (010)65250042　65289539

目录
CONTENTS

下　编　中国近代域外题材小说

引　言

当今世界瞬息万变，但我们拥有着迅捷的通讯和方便的交通，人类已经不再被宽广的海洋、广袤的陆地、荒芜的沙漠戈壁相阻隔，我们共同分享着彼此的资讯和文化，观察着世界，也向四面八方展现着自己，地球已经俨然成为了一个村庄。

遥想我们祖先生活的古代社会，一条汹涌的河流、一片渺无人烟的沙漠，甚至是一座高山、一片森林，都有可能阻挡住人们前进的脚步，拘囿着他们的活动范围。最为表层的原因当然是缺乏先进的交通工具，而深层的原因远不止于此。在生产力落后的情况下，人类更多的时间都挣扎在冷暖饥饱的生存底线上，更何况还有那些自然和政治的灾难。当我们抚摸历史的时候，心中油然而生的是无限的历史沧桑感和凝重感。虽然通向异域的路途在古代如此地多艰，但是否古人的眼光就牢固地被地界所局限，很少去关注那广阔的域外天地了呢？本文即旨在从中国域外题材小说中去探索这个谜题。

首先我们先厘定一下"域外题材小说"这一概念的内涵。"域外题材"是指在中外交流过程中由中国作家创作的以域外的人、事、物及社会思想为主要写作内容的小说，无论其发生在中国还是域外，创作手法出于虚构幻想还是相对真实，它们都是本文的研究对象。域外题材小说是从一个特殊的角度反映了中国人对于世界的看法，这种看法不仅是中外关系在漫长的中国历史上所形成的一个生动注脚，也是当今文化理论的核心问题之一“他者问题”的一个有趣的参证。萨义德（Edward W. Said）在《东方学》中梳理了西方世界中关于“东方”的话语表述，说明其在西方对自身文化身份的认识中的影响。我们借用这一理论方法帮助我们审视中国域外题材小说的相关现象。在跨文化的交流和碰撞中，必然会形成一种文化对另一种文化的想象，这就是所谓的“他者”，那么在中国域外题材小说中是怎样建构他者形象的呢？这就是本文所要研究的中心。

在中国小说史上，关于域外的记载和描写可谓源远流长，从先秦的《山海经》到近代文学中出现的数量巨大、种类繁多的域外题材的小说，它们共同构成了中国文学史上一道独特的风景线——中国域外题材小说。纵横中国小说史，域外题材的小说不但在历朝各代皆有延续，同时也呈现出“代有不同，各有特色”的风貌特征。域外题材小说作品的出现首先涉及的一个问题就是创作，即小说作者，他们是在什么创作动机的引导下，写作这样的小说作品的。人的任何意志行为都是由一定的动机引起的，动机即是“满足某些需要有关的活动动力”①，又是“能够给予行动能量并指导行为的因素”②，具体到域外题材小说的创作，它既是作者创作域外题材小说的诱因，同时又是小说作家创作过程中的指导原则。作者创作动机的形成既有客观原因又有主观原因。客观原因来自

① ［苏］彼得洛夫斯基：《普通心理学》，人民教育出版社 1981 年版，第 118 页。

② Hilgaud 等：《心理学》，台湾桂冠图书公司 1981 年版，第 419 页。

作者们所生活的历史时代，具体地说，即这一朝代中外交流的状况，国家的奉行的外交政策，还有就是时代思潮、社会风习等的影响。当然具体到各个朝代，还会有一些独特的客观原因，这里只是在宏观上概括出三个主要的客观原因。除了促成创作动机的客观因素，还有创作者的主观因素，即小说作家们对于世界的认知程度，关注的侧重点，及所处时代的普遍心理状态，这些主观因素同样决定着创作者对于域外题材的选择和处理方式。在客观原因和主观原因的共同作用下，小说作者创作域外题材小说的创作动机就形成了。同时我们也要关注小说这一文体在中国古代文学史上的萌发、发展、成熟、繁盛，正是由于小说这一体裁的不断发展，才使得创作者对于域外的关注从点——即以描写域外珍宝、奇技等为主的尺牍短书的短篇小说，到面上的交织——即包容万象的域外人、事、物的撷取的鸿篇巨制的长篇小说。文学作品从产生到其价值的最终实现，必须经过创作——传播——接受三个阶段，本文在注重域外题材小说创作的同时，兼及对其传播和接受的研究。

全书划分为上、下两编，上编为中国古代域外题材小说研究，下编为中国近代域外题材小说研究。虽然域外题材小说历代各朝各有特色，但中国近代的域外题材小说较之古代，其面貌发生了质的改变，而导致这一改变的最根本的原因来自历史，表现为中外交流的内容和双方地位的突变，及由此带来的国家性质、社会主要矛盾、历史任务的改变。

首先看中外交流的形式在近代的突变。历朝虽然中外交流盛衰相替，但其主要内容集中在相互遣使、藩属朝贡的外交，及互通有无的贸易，以及文化交流等等。这一整体上友好和平的中外交流形式在近代衍变成以侵略战争为先导，以掠夺民族财富为目的的帝国主义的殖民战争，从《南京条约》到《辛丑条约》，一部部割地赔款、丧权辱国不平等条约的签订，成为这一时期中外交流的最主要内容。由此带来了近代中外交流的第二个突变，交流双方的地位的巨变。虽然长久以来中国一直以上邦天国而自居，周边属国也一直称臣纳贡，但是究其根本，这种藩属关系并不具有实际的政治统治关系，双方各自为政，在国家的意义上是平等的。随着一部部屈辱条约的签订，清廷已经逐步沦落为"洋人的朝廷"。这促成了近代中国的国家性质、社会主要矛盾和历史任务的改变。第一次鸦片战争及《南京条约》的签订，中国开始由封建社会沦为半殖民地半封建的社会；中日甲午战争及《马关条约》的签订，大大加深了中国半殖民地半封建社会的程度；而庚子国变及《辛丑条约》的签订，致使中国完全沦为半殖民地半封建的国家。而随着中国社会性质的变化，中国社会的主要矛盾，由地主阶级和农民阶级的矛盾，开始转变为外国资本主义和中华民族的矛盾，封建主义和人民大众的矛盾。外国资本主义和中华民族的矛盾，成为各种社会矛盾中最主要的矛盾。这决定了近代中国的两大历史任务争取民族独立、人民解放和实现国家富强、人民富裕。正是由于近代中国的剧烈动荡、迅疾变化，引起社会生活的各个领域、层面都发生了巨大的、整体性的变革。这是近代域外题材小说发生质的改变的最根本原因。历史将虚傲的天朝上国与船坚炮利的西方列强短兵相接，中西之间，骤然拉近的距离，真实、强大、血腥的西方列强给予中华民族前所未有的迎头棒喝，从而必然导致了中国近代域外题材小说呈现出与古代迥然不同的风貌特征，迎来了一个域外题材小说创作的巅峰期。

至今并没有一本以域外题材小说为研究对象的小说研究专著出现，也就是说，虽然域外题材小说的局部面貌及所具有的特征，被小说研究界给予了充分的认识和足够的挖掘，但它们的呈现都是片段性的,没有给予这一小说题材以整体性的关照和描述,这也正是本文的写作意义之所在。本文以中国古代和近代的域外题材小说为研究对象,试图激活这些域外题材小说文本,梳理出其在漫长的小说史上的发展脉络和风貌特征,不再仅仅是点上或是片段的描述,而是力图使之成为一条连贯起来的线的展现。同时本文还贯穿了文学比较的方法,将历朝各代的域外题材小说的风貌相比较,在展现其共性的同时,更突出其独特之个性,尤其是上、下两编的文章结构,意在展现域外题材小说从古代到近代质的飞跃。并透过这些小说去探求促成域外题材小说创作、传播和接受的主客观原因。

研究必须从资料出发,从文本出发。我主要以江苏省社会科学院明清小说研究中心编的《中国通俗小说总目提要》与朱一玄、宁稼雨、陈桂声编写的《中国古代小说总目提要》为线索,并兼及其他的小说书目提要,将其所记载的历朝各代的域外题材小说的文本资料搜集起来,并按此查找小说作品,将研究工作踏实地建立在第一手资料的基础上。除了在本校图书馆获取小说作品及其研究著作外,我利用国家图书馆丰富的藏书,扩大查找范围,尽可能地收集更多的域外题材小说文本。

在小说文本的收集方面,困难是很多的。首先,古代域外题材小说的数量庞大,其中不少夹杂在文言小说集中,甚至浩如烟海的文集中,收集的难度之大,是明显的。其次,近代域外题材小说是中国域外题材小说创作的巅峰期,数量巨大,种类繁多,其传播因近代报刊业的迅猛发展,常常以连载的形式出现在各种报刊杂志上,因报刊的收集不全或没有保留,相关小说不能以完整的面貌出现甚至全部亡佚,这使得一些小说至今已经不能看到其全貌或无法找到。基于以上两个原因,因此还有不少域外题材小说的文本没有能够找到,这不能不说是本文的一个巨大遗憾。

上　编

中国古代域外题材小说

第一章　先秦:巫觋记录的统治工具

在生产力和交通都极不发达的远古和上古时代,我们的祖先却在极端恶劣的客观条件下,坚持着他们对于域外天地的不断探索和记录,流传下来的《山海经》和《穆天子传》提供给我们不少先秦时代的域外资料。那么我们的先民在疾病、饥饿和战争肆虐的生活状态下,都对这个广阔的世界关注了些什么?又是什么动机和目的在强有力地支撑着他们对于领域之外的浓厚兴趣呢?

第一节　《山海经》

《山海经》和《逸周书·王会解》是先秦集中记录殊方绝域、远国异民,草木飞走的代表作品。后者记述了王城(遗址在今洛阳)修成后,周成王于此大会诸侯四夷的盛况,其中详细描述了诸夷的贡物。但因"《王会》怪鸟奇兽,多出入《山海经》"①,而《山海经》

① (明)胡应麟:《少室山房笔丛》,卷三四《三坟补逸下》,中华书局1958年版,第446页。

又被人赞为“孔子曰：‘多识于鸟兽草木之名’，多莫多于《山海经》。”①，所以我把研究重点放在《山海经》上。

虽然将《山海经》放在中国古代域外题材小说的首部作品加以分析，但其本身并不能算是小说。袁行霈《〈山海经〉初探》中即指出：“《山海经》与小说虽有因缘，对后世志怪小说影响很大，但它本身究竟不能算是小说作品。”②。可见《山海经》虽然具有小说的因素，但其作为小说还很幼稚，所以它只能看做是体制不纯的准小说。但因为它对后世众多类型的域外题材小说具有广泛而深远的影响，故在此加以详述。

今本《山海经》十八卷，由西汉末刘秀、王龚、丁望校定。刘秀《上〈山海经〉表》称：“所校《山海经》凡三十二篇，今定为一十八篇”。《山海经》十八篇的篇目概况如下，前五篇为：《南山经》、《西山经》、《北山经》、《东山经》和《中山经》，也合称为《五藏山经》意即按东、南、西、北、中五大地区来讲华夏内地的山、源出这些山的水流以及山上所有的动植物、矿物，包括不少带有神怪性质的东西，并同时配有了各处山神的形象和祭祀方法。《五藏山经》是全书的重点，共有两万多字，占了整部《山海经》三分之二还多一些。剩下的一万多字统称《海经》，又分为四组十三篇，一组是《海外南经》、《海外西经》、《海外北经》、《海外东经》；一组是《海内南经》、《海内西经》、《海内北经》、《海内东经》；再一组为《大荒东经》、《大荒南经》、《大荒西经》、《大荒北经》，最后一组是单独的一篇《海内经》。这里的“海”并非海洋之意，而是《尔雅·释

---

① （清）孙星衍：《山海经新校正后序》，《山海经新校正》（清）毕沅辑：《经世堂丛书》本）卷首，丁锡根编著：《中国历代小说序跋集》，人民文学出版社 1996 年版，第 19 页。

② 《中华文史论丛》1979 年第 3 辑，上海古籍出版社 1979 年版，第 7 页。

地》中所解释的“九夷、八狄、七戎、六蛮谓之四海。”是指不属于华夏范围的边缘之地而言的。在远古人们的印象中，中华大地四面临海，谓之四海，四海之内为“海内”，海内之中则有五山，而中国在焉，四海之外为海外，海外之外为大荒，故用山作为分化华夏的经纬，而海作为区分疆域之界限，所以《山海经》就分被为《山经》和《海经》两个部分，共三万一千余字，在这里我们可以看出，《山海经》所谓的“天下”，具有“全世界”的意思，不是后世儒家用“天下”指代“中国”，这显示出当时的人们已经具有以华夏为中心，辐照四海的“大一统”政治领域观念。

那么《山海经》又是怎么建构世界地图的呢？首先在《山海经》时代的地理观念中，大地是方形的，天空是圆形的，也就是所谓的“天圆地方”的地理观念。在《海外东经》中就载：“帝命竖亥步，自东极至于西极，五亿十选九千八百步。竖亥右手把算，左手指青丘北。一曰禹令竖亥。一曰五亿十万九千八百步。”，但据《吕氏春秋·有始》，刘昭注《后汉书·郡国志》引《山海经》以及《淮南子·地形》等对于《山海经》的引用，“竖亥步自”以下，脱去了“北极至于南极，五亿十选九千八百步；命大章步自”二十字。从中可以看出，《山海经》所说的东极到西极的长度同南极到北极的长度是相等的，这是古人天方地圆集中体现，即四边形的大地实际是个正方形。

其次，《山海经》的作者认为广袤的大地是有中心的。《海内经》载：“西南黑水之间，有都广之野，后稷葬焉。其城方三百里，盖天地之中，素女所出焉。”而《山海经》所说的都广之野的范围极大，它把寿麻之国的范围也包括在内，而《大荒西经》这样描述寿麻之国：“有寿麻之国。……寿麻正立无景，疾呼无响。爰有大暑，不可以往。”此种天象正是北回归线所特有的。虽然《山海经》

的地理知识未必准确,但它以“都广之野”、“寿麻之国”为“天地之中”,这跟《大荒北经》中烛龙神话反映的北极圈内的昼夜现象一样,充分说明了先民的地理视野极为开阔的,这使得他们对大地模型的构建十分地恢宏。

再次对于大地极远的地方,在《大荒西经》中用四极、四隅标示出了大地的边缘。四极是:“大荒之中有山,名曰……东极离瞀”(《大荒东经》),“有神……处南极”(《大荒南经》),“下地是生噎,处于西极”(《大荒西经》),“大荒之中友善,名曰北极天”(《大荒北经》)。而四隅则是:“东荒东南隅友善,名皮母地丘。”(《大荒东经》),“大荒东北隅中有山,名曰凶土丘。”(《大荒东经》),“西北海之外,大荒之隅,有山而不和,名曰不周(负子)。”(《大荒西经》),“西南大荒之(中)隅,有句常羊之山。”《大荒西经》。在《山海经》的年代,极是指大地的穷尽、尽头。而隅则是角的意思,表明地有四角,其形状如四边形,也是“天方地圆”的古人地理观的显示。四极和四隅都是以八座山为标示的,这就是《淮南子·地形》中所说的“八极之山”。

最后,在四极、四隅的周围则是茫无涯际的大海,《大荒北经》就说:“大荒之山有山,名曰北极天,海水北注焉。”可知北极之地已濒于海,此外还如:“大荒之中有山,名曰先槛大逢之山,河济所入,海北注焉”(《大荒北经》);“大荒之中有山,名曰不句,海水入焉”(《大荒北经》);“大荒之中有山,名曰融天,海水南入焉”(《大荒南经》);“大荒之中有山,名曰天台高山,海水入焉”(《大荒南经》)。这些山都被海水所包围,由此产生了四海的观念,而在四海之中的岛屿上还驻守着各自的海神,“东海之渚中有神,……名曰禺虢,……是惟海神”(《大荒东经》);“南海渚中有神,……名曰不延胡余”(《大荒南经》);“西海渚中有神,……名曰禺疆”

(《大荒北经》)。可见在《山海经》中四海之上都有海神，他们掌管着海水的流注和涨落，而整个大地则漂浮在海上。总之，地有四极、四隅，其形状是正方形的；大地有中心，而大地又漂浮在大海之上，被天所笼罩着，这就是《山海经》所描述的世界地理模式。

在《山海经》中，除了描写海外、荒外之地的山水地形，还绘有方国部落。《海经》记载有七十六国，《荒经》有八十五国，出去重复的部分，估计图中绘有一百二十七个国家。作为介绍远国异民的方法，作者们采用了以下几种：首先是人物绘像法，如用“为人大”、“为人黑齿”来表示“大人国“和”黑齿国”；用身体的残缺来表示，如“奇肱国”和“一臂国”；以“衣冠带剑”的服饰特征来表示“丈夫国”、“君子国”。其次就是利用部落图腾来标志国家，如“轩辕之国”以蛇为图腾，即在图中绘有“人面蛇身，尾交其上”的族徽；“犬封国”崇拜狗，在其图中就用“状如犬”来标志；同时在这些图腾之中有的还带有色彩，如《海外北经》中的相柳氏“人面蛇身而青”，青极可能就是涂料的颜色。再次就是借助听说的国名发声或者文字来标志国家，例如“肃慎”、“朝鲜”、“匈奴”、“月支”、“天毒”等。

《山海经》的一百二十七个国家，我这里只举海外四经为例，以概其余。《海外南经》说：“海外自西南辄至东南辄者”有：结匈国、羽民国、讙头国、厌火国、三苗国、臷国，贯匈国，交胫国、不死国、歧舌国、三首国、周饶国、长臂国；《海外西经》“海外自西南辄至西北辄者”有：三身国、一臂国、奇肱国、丈夫国、巫咸国、女子国、轩辕国、白民国、肃慎国、长股国；《海外北经》“海外自东北陬至西北陬者”有：无启国、一目国、柔利国、深目国、无肠国、聂耳博父国、拘缨国、歧踵国；《海外东经》“海外自东南辄取至东北辄者”有：大人国、君子国、青丘国、黑齿国、玄股国、毛民国、劳民国。对比海内各处的较为准确定位，海外各国大多饰以语气模糊的大致地理排序，甚至将几个国家一笔带过，如《海内南经》："伯虑国、离耳国、雕题国、北朐国皆在郁水南。郁水出湘陵南海。一曰相虑。"语焉之不详可见一斑。

同时，《山海经》在海外海描写了氏族首领的谱系延伸，氏族首领及其子孙、臣僚在域外广阔天地中繁衍生息的巨大场面，从中可以透露出作者们对于统领世界的欲望和决心，他们不仅对于领域之内的山川河流、飞禽走兽、珍奇物产都了若指掌，更是让氏族首领及其后裔、臣属占领着更辽阔的疆域，以便造成"天下归一"的浩荡声势。而执行这一职能的有夏后启（《海外西经》），五帝之一和古代神话中西方天神少昊（《大荒东经》），黄帝之孙、五帝之一颛顼（《大荒东经》）。此外在《海内西经》浓墨重彩的描绘了帝之下都壮阔景象："海内昆仑之虚，在西北，帝之下都。昆仑之虚，方八百里，高万仞。上有木禾，长五寻，大五围。而有九井，以玉为槛。面有九门，门有开明兽守之，百神之所在。在八隅之岩，赤水之际，非仁羿莫能上冈之岩。"帝之下都，是指上帝在大地上的统治中心（下界的都城），它被描述成了方圆八百里，高达八千丈，共有九层相交叠，周围被弱水和火焰山包围着，门口有开明兽森严把守的昆仑之墟。开明兽的东西南北又构成了以开明兽为轴心，西以鸟类为主、东以人类为主、北以树木为主、南以爬行类为主的宇宙"四灵"图，而整个昆仑又被名叫"陆吴"的动物掌管着，它体态奇异，像虎却长着九条尾巴，人的头面和虎的利爪并生一体，陆吾神不仅掌管着"帝下之都"还兼司"天之九部"也就是上层的整个宇宙，且天帝的园囿、田圃中的时令、节气也归它管，可堪是天帝的大管家。

而在域外建国的龙裔更是不少的，列举一些以做例证：

《大荒东经》:“有中容之国。帝俊生中容,中容人食兽、木实,使四鸟:豹、虎、熊、罴”,“有司幽之国。帝俊生晏龙,晏龙生司幽,司幽生思土,不妻;思女,不夫。食黍,食兽,是使四鸟”,“有白民之国。帝俊生帝鸿,帝鸿生白民,白民销姓,黍食,使四鸟:豹、虎、熊、罴”。《大荒南经》:“有襄山。又有重阴之山。有人食兽,曰季厘。帝俊生季厘,故曰季厘之国。有缗渊。少昊生倍伐降处缗渊。有水四方,名曰俊坛”,“帝尧、帝喾、帝舜葬于岳山。爰有文贝、离俞、鸱鸥久、鹰、廷维、视肉、熊、罴、虎、豹;砩木、青华,玄实。有申山者”,“东南海之外,甘水之间,有羲和之国,有女子名曰羲和,方日浴于甘渊。羲和者,帝俊之妻,生十日”。《大荒西经》:“有西周之国,姬姓,食谷。有人方耕,名曰叔均。帝俊生后稷,稷降以谷。稷之曰台玺,生叔均。叔均是代其父及稷播百谷,始作耕。有赤国妻氏。有双山。有女子方浴月。帝俊妻常羲,生月十有二,此始浴之”。《海内经》:“俊生禺号,禺号生淫梁,淫梁生番禺,是始为舟。番禺生奚仲,奚仲生吉光,吉光是始以木为车”,“帝俊赐羿彤弓素矰,以扶下国,羿是始去恤下地之百艰。”

在《山海经》中最多提到的就是帝俊(帝喾或帝夋),我们可以比较清晰的整理出他的家族谱系:帝俊的妻子主要有:羲和、常羲(常仪)和娥皇,此外还有姜嫄、简狄、庆都。他的这些妻子为他生育了很多后代,其中羲和生十位太阳神;常羲生十二位月亮神;娥皇生少昊。帝俊其他的儿子还有中容、晏龙(晏龙生司幽,司幽生思土)、帝鸿(帝鸿生白民,白民销姓)、季厘、后稷、禺号……而帝舜也是从帝俊的神格中分离出的神。

其中在海外建立国家的就有中容、司幽、白民、季厘,并且帝俊一族对于文明的贡献也集中反映于《山海经》中,“帝俊生禺号,禺号生淫梁,淫梁生番禺,是始为舟。番禺生奚仲,奚仲生吉光,吉光是始以木为车。少皞生般,般是始为弓矢。帝俊赐羿彤弓素矰,以扶下国,羿是始去恤下地之百艰。帝俊生晏龙,晏龙是为琴瑟。帝俊有子八人,是始为歌舞”,“帝俊生三身,三身生义均,义均是始为巧倕,是始作下民百巧。后稷是播百谷。稷之孙曰叔均,是始作牛耕。大比赤阴,是始为国。禹、鲧是始布土,均定九州(指二人奉帝命治水)。”

随着帝俊子孙在域外的建国繁衍生息,这些氏族文明自然随之传播开来,从而成为人类世界共有的财富。《山海经》的作者们就是这样把史上著名的氏族首领与其后裔分派到了海外,让他们在更在辽阔土地上繁衍生息,孕育出中华大地庞大族系,象征着中华民族的生生不息的强大生命力。除了帝王族裔繁衍,域外同时也是罪臣的流放地,如“刑天与帝至此争神,帝断其首,葬之常羊之山。乃以乳为目,以脐为口,操干戚以舞。”(《海外西经》)。

那么《山海经》的作者们到底是怀着怎么样的感情写下这些域外记载的呢?依照中华民族四海归一的大一统的政治观念,其实海外就是海内的类比。海外的景象如同海内一样,有帝国的统治和威严,自然就有乱臣贼子的监禁和放逐,其中并不存在情感的差别。在古人“天下同一”的思想观念里,统治制度具有强烈的趋同性和整齐性,这使得他们在构筑海外和海内并没有什么二致,只是一种统治思路的复写而已。

总之,《山海经》绘有水道、山系和方国部落,还绘有动植矿物、道路、建筑以及神人等地物,它是一副综合性、多功能的先民心目中的世界大地图,《山海经》代表着“千里之行,始于足下”人的最初地理观念的形成,它源于人类努力扩张着的生存领域和对自然界日益细致的观察,这自然和生产力的逐步发展密不可分,《山海经》就是在这样的形式背景下集结产生的。

《山海经》是我国第一部描述山川、物产、风俗、民情的大型地理著作，又是我国古代第一部神话传说的大汇编。那么《山海经》的作者们的身份是什么？关于这一点，鲁迅在《中国小说史略》第二篇《神话与传说》中写道《山海经》“盖古之巫书”①，又在《汉文学纲要》第一篇《自文字至文章》中说“巫以记神事”②，这种说法被很多学者赞同③。

巫在当时的社会，远不是现在人们头脑中算卦问卜、求神弄鬼之辈，他们在当时社会占有非常重要的位置，几乎拥有没有分化的全部的社会科学知识。《国语·楚语下》中，观射父对巫的特点作了较为全面的界定：“古者民神不杂，民之精爽不携贰者，而又能齐素衷正，其智能上下比义，其圣能光远宣朗，其明能光照之，其聪能听彻之；如是则明神降之，在男曰觋，在女曰巫”。观射父以“智”、“圣”、“明”、“聪”四字概括巫觋的特点，可见巫觋无所不知，无所不能。早期的巫师承担着诸如祭祀、祝祷、记录历史、医治各种疾病等的各种职责，这就这决定了他们具有广博的文化知识结构，大凡天文、地理、历史、宗教、生物、医药、帝王世系以及重大技术发明，无不知晓，他们堪称当时社会的高级知识分子，掌握着当时的学术权柄。文化人类学的研究成果证明，在远古时代，世界

① 鲁迅：《中国小说史略》第二篇《神话与传说》，《鲁迅全集》第9卷，人民文学出版社2005年版，第20—21页。

② 鲁迅：《汉文学纲要》第一篇《自文字至文章》，《鲁迅全集》第9卷，人民文学出版社2005年版，第355页。

③ 关于《山海经》的成书年代和作者的考证，主要有蒙文通的《略论〈山海经〉的写作时代及其产生地域》（载《中华文史论丛》第1辑，中华书局1962年版），袁行霈的《〈山海经〉初探，（载《中华文史论丛》第7辑，中华书局1979年版），袁珂的《〈山海经〉写作的时间及篇目考》（载台湾师范大学国文研究所编《中国学术年刊》1994年第15期）。

上很多地方的神职兼执政者都是巫师，巫师既是一个氏族、部落、部族或是部族联盟中的最高知识分子，又是酋长或是领袖人物，他们之所以能执掌政权，就是因为他们掌握了神秘的巫术，甚至于他们本身就被推仰而成为原始的神灵。相传《山海经》的著作者之一大禹，有"湮洪水，杀相繇"(《海外北经》、《海外北经》)、"令竖亥"步行测量土地(《海外东经》)、"布土均定九州"(《海内经》)等行事。部族首领本身俨然就像一个巫教主，故扬雄在《法言·重黎篇》中有："巫步多禹"之说，其他几位帝喾、尧、舜等身上都带有浓重的巫的色彩。在今天看来，巫师的这些知识，虽然不乏迷信内容，但在当时的条件下，其实用性与科学成分也是不容忽视的。当然这样一本内容繁芜的著作不可能出自一人的经历，自然融合着不同巫师们的生活经历、学识修养。可以想见，在不同部落的巫师会因为部落间的会盟、救援抑或是战争，得到相互交流的机会，特别是在部落间的和平时期，巫可能作为部落之间的使节，进行着相互的访问，这也极大促进着他们之间互通有无，扩展了他们的知识见闻。所以说《山海经》必然是众多巫觋的收集整理、编辑改写而成的。

结合着本文的写作主题，作者将着眼于《山海经》的地理学意义进行重点论述。《山海经》在地理学上具有开创之功，《山海经》所涉及的地域，是极其辽阔的，北至幽都之北，南极赤水之南，西越流沙之西，东抵大海之东。虽然不可否认《山海经》具有作为当时的巫师据此向人们自神其说的性质，以使他们具有神奇的力量和可被信服的权威，但是如上所述巫师的知识构成体系，也在很大程度上决定着《山海经》具有一定的可信度与实用性的特点。以《南山经》的首篇为例，"南山经之首曰鹊山。其首曰招摇之山，临于西海之上，多桂，多金玉。有草焉，其状如韭而青华，其名曰祝余，食之不饥。有木焉，其状如谷而黑理，其华四照，其名曰迷谷，佩之不迷。有兽焉，其状如禺而白耳，伏行人走，其名曰狌狌，食之善走。丽麂之水出焉，而西流注于海，其中多育沛，佩之无瘕疾。”首先描述其地理位置，“其首曰招摇之山，临于西海之上”；次而述其物产禽兽，鹊山“多桂”于矿产“多金玉”，有一种名为祝余的草，可“食之不饥”；另外一种称为迷谷的树木，可以“佩之不迷”；还有一种野兽叫狌狌，吃了让人健步如飞；在鹊山上发源一股水源，注入大海，水中多“育沛，佩之无瘕疾”。

《五藏山经》和《海内经》中对山川河流的描述，都在使用一种相近的介绍模式。首先交代其所在的较为确切位置，供人寻找探知，继而描绘那里的名物，无论是飞禽走兽、花鸟鱼虫，都着重突出其的外形的显著特征，以起到让人容易辨识的目的，再就是要说明其功用，一般是救治、预防或导致某种疾病，或是可以使人获得某种超能力，抑或是某种祥瑞和灾异的征兆。可以说《山海经》从来不记载毫不搭边的名物，各种物产在其中都担当着某种特定的职能，具有一定的功效。在当时这样一个生产力极不发达的时代，各种疾病都可能随时威胁人类生命的时代，无论是统治上层还是平民百姓，知道某种动植物可以治愈或导致某种疾病，预知某些灾祸或吉祥，都具有非常重要的意义。

对于那些显示出祥瑞和灾祸的动物，虽有些神异色彩，但也不能将其完全归入迷信，如全书象征大旱的动物有十三种，象征大水的有九种，水患和旱灾自古至今，都严重影响着民众的生产生活，特别对于生产力极不发达的远古，很容易让人联想到饿殍遍野的惨状，所以身为巫师，自然加倍留意这些能够预警自然灾祸的动物。如《南山三经》中象征大旱的鱄鱼。据郭璞说，到了晋代还是流传着鱄鱼处渊，为旱征的说法。而实际上有的动物确实可以因为气候变化而出现反常行为，到了科学昌明的今天，观察动物的反常状态，仍然可以作为预测气象、地震等的手段之一。由此而论，这不能不说是先民们一种具有很强实用性的科学活动。

可以说《山海经》的诡异成分不在少数，但却不能掩饰其作为会通巫师见闻经历大全的性质，论及《山海经》的志怪性，就不能回避它的实用性，志怪性和实用性是《山海经》两个很重要的特征，并且前者是在后者的基础上演绎的，这也决定了《山海经》的域外描写，虽然存在着很多神异成分，但对殊方异域、远国异民的介绍还是本着实用的精神。

海外的描写依然顺延海内写作的模式，分为东西南北四方，相对于海内描写得较为准确，海外的叙写是非常模糊的，没有了“又东三十里”这样的确定方位词，而代之以“其东南”“其西南”这样相对含混的词语。其次这一部分内容中，对于各国居住民的记录远远多于对名物的记载，很多国家甚至只是记载了居民。那时虽然各个区域之间绝不是决然隔离的，但当时的条件使得人们还不具备涉足很远的能力，从而大大限制了古人探索世界的范围。可对于当时整个社会知识代表的巫师，却不能有这方面的缺失，毕竟巫师在当时被认为是可以交通神人、未卜先知的精神领袖，因此对域外知识的掌握具有不可推卸的责任，而巫师一贯的实用原则在此处也通融为具有根据性和合理性的想象。在《山海经》的域外记载中，这体现为那些使人“动以物，惊以怪”的荒诞不经的成分，但其想象绝非是毫无理路可循的。

《山海经》中对于域外的国民描述，大致有着三种改造方式，可以看出无论哪种想象手法，都是依据现实的人作出的各种调整，整体上依然保持着人的大致面貌，这样既便于各个部落氏族的人们接受，也便于巫师们对于殊方异域的解释，可以说是一举两得的。

除了摹写域外各色国家物种，巫师们还把各种神话传说的帝裔人物安排在域外，除了本能的领域扩张的野心和欲望之外，这也同样体现着其实用性的原则。对于各种神话人物，本来就处于子虚乌有或是缥缈之说，但在当时人们的观念中却对此深信不疑，无论是巫师还是亲贵还是普通民众。但是如果各色神人先祖都居住在目之所及，人们相对容易了解探知的领域，这既不利于巫师自圆其说，也不利于加强民众信仰的力量。而将上古的神人放置在域外遥远的地方，这些忧扰就立刻没有了，一则可以让各种解释变得合情合理，二来加强人们对于巫师的信仰和尊崇，通过对海外奇山异水的描写，并加诸在祭祀和祝祷活动中，从而达到《大戴礼记·解诂》注引曾子的话所说："圣人为天地主，为山川主，为鬼神主，为宗庙主。"用地理知识维持政治权力目的，也凸显了《山海经》作为一本政治地理书的特点。

由此可以看出对于域外的种种写作，首先建立在不违背生活真实的基础上，也来源于诸多域外探索者的口耳相传，在此依据上，巫师们加入了夸张的描写和大胆的想象，使得域外世界变得奇幻而迷离，但这种加工、创作并不是漫无目的的，是建立在实用的基础上，为了凸显他们本身的神力和维护宗教政治。《山海经》是我国早期一本较为集中描写域外的作品，在分析它的域外文字的时候，我们可以总结出它突出的实用目的，它是一部由当时上层知识分子巫觋共同写作的，供统治阶级行使权利和一般民众传诵膜拜的文本，它的作者和服务对象，使之具有明确的目的性，远国异民的建构满足了各个阶层的不同需求，这表明我国先民对于域外的介入最先是本着政治功用性和实用性的，这使得《山海经》不是一本单纯的地理著作，而是一本政治地理书。

第二节 《穆天子传》

先秦另外一本突出有域外描写的书是《穆天子传》,此书西晋出土于汲冢。出土时五篇,据王隐《晋书》,原题《周王游行》。荀勖等人校订时将古文小篆改用今文隶书,改题为《穆天子传》,并增加了杂书十九篇中的“周穆王美人盛姬死事”,校订后的传文为六卷,后郭璞为之做注。

这本书根据周穆王驾八骏而巡游天下的传说,记叙了他西征、东巡的过程,塑造了一个强大国家统治者的形象。周穆王是昭王子,西周第五代天子,姓姬名满,性喜出游。一至四卷记述了周穆王从宗周出发,征犬戎,出雁门,入河套,祭河伯,登昆仑,会西王母,狩猎旷原,然后返回宗周的经历,往返行程总计二万五千里。“所历邦国部族有犬戎人、河宗氏、膜昼等二十多个”所到之处皆受到热烈欢迎,并互赠礼品,“反映了周穆王时期,西周国力强大,其势力影响已远远越出中原地区”。卷五则专记周穆王东巡河南诸地事:他于洧水上宴请许男,于圃田设十虞之官,筑范宫以观采桑,狩猎擒虎,观夏台,猎苹泽,遇风雪冻人,作哀民诗三章,然后回到别都南郑,反映了西周天子巡视中原的情况。卷六原为《杂书》中一篇,名为周穆王美人盛姬死事,主要记述周穆王东巡河济之间,所宠幸之美人盛姬遇风寒而死,穆王为之举办盛大隆重的丧礼事。

关于这本书的性质有两种影响最大的看法,一种将之看做史书,一种则认为是小说。首先我们看到,《穆天子传》具有一定的史料价值。在这一方面研究深入,成就突出的是当代著名历史学家杨宽先生。他在著作《西周史》中专列一章①，对《穆天子传》的真实来历做了颇为全面、深入和系统的考察。的确，《穆天子传》中很多历史人物实有记载，绝少怪诞色彩，在描写穆天子行踪时基本上以时间为顺序来叙事，注意交代事件发生的时间、地点、参与的人员及最终的结果，给人以很强的历史真实感。但同时我们也应看到《穆天子传》已经具备了基本的小说因素。它自始至终以周穆王巡游为中心事件，塑造了周穆王这一高大的仁君形象，行文叙事既条分缕析，详略得当，又刻画细致，颇具文采，在不违背生活真实的基础上，作者大胆运用了夸张手法，富有浪漫主义情调，这都显示出相当充分的文学性。所以李剑国在比较了《穆天子传》所下的结论是："人们多误把《穆天子传》当做神话小说，其实《穆传》只是一种逸史杂传，它在中国小说史上的地位，我认为，乃是开历史小说之先河。"②。我们从《穆天子传》的作者身份出发来探讨这一问题。对于《穆天子传》的成书时间，目前学术界更倾向于战国时代说③。从《穆天子传》的行文结构上看，我认为《穆天子传》的作者极可能为东周王室的史官。首先他创作《穆天子传》有着深刻的政治用意即宗周意识，这与孔子作《春秋》有异曲同工之妙。其次这部作品旨在反映周王朝强盛的国力，正是这种强盛的国势，使得穆王有了礼交四方的政治、经济力量，促成了其所进

---

① 杨宽：《西周史》第六章《〈穆天子传〉真实来历的探讨》，上海人民出版社2003年版，第603—622页。

② 李剑国：战国古小说《汲冢琐语》考论，《南开大学学报》1980年第2期。

③ 参见顾颉刚：《〈穆天子传〉及其著作时代》，《文史哲》1951年第2期；钱伯泉：《先秦时期的"丝绸之路"——〈穆天子传〉研究》，《新疆社会科学》1982年第2期；史为乐：《穆天子西征试探》，《中国史研究》1992年第2期；王贻梁：《燕戈"七萃"及〈穆天子传〉成书年代》，《考古与文物》1990年第2期。

行的东征、西巡；其次，它显示了上朝大邦的礼仪风范，穆天子的出巡是和平的友好的，与周边各邦国的交往无不显示了华夏之国的文化优势和雍容的气度，从而达到在国势和文化上彰显周王朝的突出目的。最后，穆天子传无疑也为后世塑造了一位仁德的大国天子形象，小说中的周穆王关心民生疾苦，担心自己周游列国会给人民带来痛苦，其卷五写到春分这一天特别寒冷，北风中大雪飞扬，路上有冻死的人，穆天子就写了三章诗歌来哀怜百姓，并且反复告诫他的臣子要匡扶百姓，永不变心，从而塑造出了一位圣君的高大形象。作者正是通过对理想君主周穆王及其所开创的西周盛世的热情歌颂来表达自己深刻的宗周情结。那么为什么《穆天子传》又存在着如此浓重的小说意味呢？这根源于史官的由来。"史出于巫"已是学术界的共识。夏商的史官在职守上是史巫合一的，如前文所述，他们在国家机构中处于十分重要的位置。周代，巫与史开始分离，这种分离实则是职守重心的转移。但这种分离并不是一次性完成的，必然呈现出渐变、胶着，甚至是对抗的状态。而《穆天子传》极强的小说性正是巫官文化的显示和渗透。而且我们还可以在创作《穆天子传》的时代背景中看出作者的身份是东周王室的史官。周平王东迁后，周王室的地位日渐微弱，已不能像西周王室强大时拥有高度权威，诸侯争霸、会盟频繁。这使得周天子"天下共主"的地位日趋名存实亡，衰弱的周王室迫切需要通过各种举措来维护和巩固周天子的地位和权利，这就是《穆天子传》应运而生的时代背景。一方面他通过塑造周穆王的伟大形象为当下的执政者提供学习和效仿的榜样，另一方面它是周王室叙写昨日的辉煌向诸侯和民众重申其地位和权利的宣言书。

从先秦的域外资料中，我们可以总结出，其作者都是服务于统治阶层上层的御用文人，甚至是统治者本人，他们的写作带有很大的实用性和政治性。

首先在当时生存极其恶劣的条件下，传播一套动人听闻的故事，告诉人们怎样防治疾病，怎样预警自然灾害，怎样带来丰收，可以使得每个氏族成员在感情上得到极大的抚慰，起到加强成员内心信念，安定民心的巨大作用。加之巫师自身特有的成功奇迹和文化权势，让这些知识变得没有被责难和疑问的余地，促使人们不得不信服和遵从。

其次，在编写天下兴亡的预言书和宣扬伟大王朝的辉煌史事中，很多域外材料被组织利用进去，这是巫师与史官责任和职能使然的结果，他们有义务也有权利为政治的起伏祸吉创造必要的预言书，为王朝的稳定、王权的巩固提供强有力的舆论向导。《穆天子传》可以说就是一部王朝强大的昭示书，这样的宣传可以增强子民的国家认同感和荣誉感，具有稳固政权的作用；而对于执政的帝王，也为其树立了一代学习和效仿的榜样，有利于传承王朝优秀的统治品质。

关于《山海经》和《穆天子传》的流传，我认为，它们都是首先成型于统治阶层内部，由统治者作为官方的国家文件予以发表和宣传的，它的流传应该是自上而下的，其中必然加有政治上层的大力宣扬和传播，使之具有不可怀疑的性质，通过宣讲和口耳相传，在大众中广泛传播和再加工。

第二章　秦至南北朝:方术家挥写的干谒书

第一节　走下神坛的巫

时间推至秦汉,域外题材小说的面貌发生了转变,这一转变是由于小说作者身份的变化。

巫在向前演化的过程中,一部分上升为方士,一部分则退为民巫,方士专职祀仙而民巫专祠鬼神。战国时代,神仙观念开始在社会上广为流传,长生不死的传说和对神仙信仰的追求,造就了许多宣扬神仙之说的方士,他们宣称自己有长生不死的仙方、仙药和秘术等,他们宣扬的这一切被统称为方术。神仙之说,首先在燕齐一带较为流行。特别在燕、齐临海地区,海市蜃楼的奇特景观,茫茫海岛的隐约迷离,使广阔海洋成为一个充满神秘的未知世界,引发了人们的无限遐想,从而出现了一批鼓吹长生不老术的神仙方士,他们用战国时齐人邹衍的五行阴阳学说解释方术,从而形成了所谓神仙家,即方仙道。秦汉以来的神仙方术家一方面继承了战国时期的神仙信仰和方仙术,另一方面他们又根据现实的需要对其进行了改造,而这种改造根源于人主求之殷切。秦朝迎来了第一个求仙热情高涨的时期,作为一代帝王，秦始皇更愿意称自己为“真人”而不是至为尊崇的“朕”，“使卢生求羡门高，徐市等入海求不死之药。当此之时，燕齐之士释锄耒，争言神仙，方士于是趣咸阳者以千数”①。汉武帝则是继秦始皇之后又一个大神仙迷，而且他的求仙欲望表现得更加强烈。他曾经大肆封赏那些自称有不死秘方、能交通神仙的燕齐方士，达到了“大尤尊盛，至妻公主，爵位重，震动海内”②的地步。上有所好，下必为之，这促使了以此为主要内容的域外题材小说的蓬勃发展。这些小说的主角就是神仙，写作目的就是宣传长生不死，吸引人们接受并笃信不疑。这使得神仙方士成为这类小说的作者群，尤其是方士，他们是从巫师里分离出来的，这使得他们具有系统的专业知识以及一定的审美能力和文学素养，这些促使他们成为了这类小说的重要写作者。秦汉时期的方士及其活动又直接促成了道教的产生，神仙方术是道教丹鼎派的直接来源，长生成仙说则是整个道教的核心教义，可以说神仙是道教的根本信仰，离开了神仙就没有道教，因而方士方术与道教的诞生有着直接的关系。道家自东汉产生后，道教徒为了弘教，自然也自觉地加入到此类型的域外题材小说的创作中来。成为域外题材小说的另一作者群。

正是由于神仙方术家和道教徒成为域外题材小说新的作者，使得这一阶段的域外题材小说呈现出浓厚的宗教性质，成为他们宣教的工具。

---

① （汉）桓宽：《盐铁论·散不足》，中华书局1991年版，第161—162页。
② （汉）班固：《汉书·郊祀志第五下》，中华书局1964年版，第1260页。

第二节　域外世界的神化建构

那么是什么引发了秦汉时代的世人对不死成仙醉心痴狂的呢？这不得不归功于神仙方术家和道教徒对于仙人形象和仙境灵域进行了翻天覆地的大改造，并将他们展现在了遥远的域外，这样既起到了自神其说和自神其人的双重作用，和写作《山海经》的巫师们的目的是相同，保证了其学说的神秘性和隐蔽性，从而使其牢不可破。同时并在理论上给予人们以成仙方法的指导，这构成了域外题材小说三个方面的主要内容，在本文中将前两者合二为一加以论述。

先秦的仙人形象集中于《山海经》中，正如何满子在《唐前志怪小说辑释》小引中写道的："所谓神仙者，并无一特定之神格"，即这些所谓的神，与其说他们是神，不如说他们是怪物，论长相，他们都着实的恐怖，基本为半人半兽的组合；论居住地，不是高山之巅、孤寂的荒岛就是那些遥远的不毛之地。在此以西王母的形象为例来说明，《山海经》中曾三次提到西王母，俱称其为半人半兽的混合体。《山海经》中还出现了大量以"不死"命名的事物，如："不死国"、"不死人"、"不死山"、"不死树"、"不死水"，可以看出当时"不死"的观念是相当流行的，但同时也证明了，那个时代人们对于生的渴望还停留在单纯的"不死"的层面上，尚没有形成通过成仙来达到不朽的想法，其中的原因也不难解释，《山海经》中的神仙世界对于凡人来说是毫无吸引力的，即使拥有对生命的巨大热情，人们依然很难对如此不堪的神仙世界表达出任何的向往之情。

不过在《庄子·逍遥游》中，我们却看到了另一副神仙的形象："藐姑射之山，有神人居焉。肌肤若冰雪，绰约若处子，不食五谷，吸风饮露，乘云气，御飞龙，而游乎四海之外；其神凝，使物不疵疠而年谷熟。"这些神仙不但有了绰约的仪表，而且悠然漫游空中，无牵无挂，自由自在。类似的仙人形象也大量出现在屈原的作品中，以《远游》为例，整首诗歌贯穿了仙人飞跃空间的主题，诗中的人物王乔与赤松子也从长寿之人过渡到了神仙（在此之前人们均认为他们是长寿之人，如《战国策》中曾提到"赤松之寿"，但没有说他们是仙人），作者惟妙惟肖地向我们展示了超脱了尘世的纷扰，无比逍遥的神仙生活。

在这些作品中，神仙的生活是完全绝世离俗的，同时也是离群索居的，如《山海经·东山卷四》描写到姑射山时就写道"又南三百八十里，曰姑射之山，无草木，多水"。他们在享有无限的生命的同时，也得忍受无限的孤独，神仙在此似乎就只是长生的象征，毫无任何的烟火气息和情感沟通，这显示出尘世与仙界是截然不同的，也说明了只有那些完全割断了尘世羁绊的人才有望登上仙录。这种成仙方式对锦衣玉食的帝王将相自然是毫无吸引力。

这种情况在汉光禄大夫刘向所撰的《列仙传》中得到了突破①。《列仙传》保存了先秦以来对于神仙养生方式的记载，所记仙人上古三代的古仙与汉仙各占一半，可见作者试图记载历史上曾出现过的所有仙人，并以本朝仙人为重，以增强人们对神仙的笃信。《列仙传》赋予仙人世界一个关键性的转变，即凡人的情感和

① 《列仙传》今本两卷，共七十传，有晋人郭源祖所作赞，作者为西汉著名学者刘向。刘向（前77？—前6），字子政，本名更生。沛（今江苏沛县）人。楚元王刘交五世孙。历仕宣、元、成、哀四朝，官至光禄大夫、中垒校尉，故被后人称为刘光禄、刘中垒。通经术，善文辞，成帝时曾总理校勘群书，著《别录》、《说苑》、《新序》、《列女传》、《五经通义》等，有《刘向集》，佚。传见于《汉书·楚元王传》。

生活开始向神仙世界的渗透，一改神仙孤清冷漠的生活状态。典型的如对江妃二女的描述，“出游于江汉之湄，逢郑交甫”，江妃二女作为神仙不但悠闲地欣赏着人间的自然美景，而且还和郑交甫开了一个善意的小玩笑。

首先，《列仙传》中的神仙世界有了爱情，表现为描写了夫妻双双成仙的故事。著名的如箫史弄玉的故事，“箫史者，秦穆公时人也。善吹箫，能致孔雀白鹤于庭。穆公有女，字弄玉，好之，公遂以女妻焉。日教弄玉作凤鸣，居数年，吹似凤声，凤凰来止其屋。公为作凤台，夫妇止其上，不下数年。一旦，皆随凤凰飞去。故秦人为作凤女祠于雍宫中，时有箫声而已。”再如下面这个小故事，“犊子者，邺人也。少在黑山，采松子、茯苓、饵而服之，且数百年。时壮时老，时好时丑，时人乃知其仙人也。常过酤酒阳都家。阳都女者，市中酤酒家女，眉生而连，耳细而长，众以为异，皆言此天人也。会犊子牵一黄犊来过，都女悦之，遂留相奉侍。都女随犊子出，取桃李，一宿而返，皆连兜甘美。邑中随伺，逐之出门，共牵犊耳而走，人不能追也。且还复在市中数十年，乃去见潘山下，冬卖桃李云。”这两则小故事，一个婉约朦胧，一个自然活泼，前者让人们禁不住想象他们夫唱妇随共吹箫的缠绵场景，而后者却让我们的耳畔回响出他们山间采摘桃李的嬉笑声。透过这两则小故事我们不难发现，两对夫妻的双双成仙，在其中起着关键作用的是他们彼此和谐美满的爱情，正是这种心灵上的契合，使得他们一起通向了成仙之路。正如在《萧史》的赞中写道的“箫史妙吹，凤雀舞庭。嬴氏好合，乃习凤声。”人世间美好的情感不再与仙人隔绝，神仙的形象在此摆脱了冰冷的面孔，有了情感的依偎。

其次，除了爱情，孝道和亲情也出现在《列仙传》中。比如山图在成仙后，依然归家为丧母戴孝，“一旦归来，行母服于家间”；

子英成仙后也难舍与妻、子的亲情，“岁岁来归故舍，食饮，见妻子，鱼复来迎之”。而最为有趣的是文宾的故事，“文宾者，太丘乡人也，卖草履为业。数取妪，数十年，辄弃之。后时故妪寿老，年九十余，续见宾年更壮。他时妪拜宾涕泣，宾谢曰：‘不宜。至正月朝，傥能会乡亭西社中邪？’妪老，夜从儿孙行十余里，坐社中待之。须臾，宾到，大惊：‘汝好道邪？知汝尔，前不去汝也。’教令服菊花、地肤、桑上寄生、松子，取以益气。妪亦更壮，复百余年见云。文宾养生，纳气玄虚。松菊代御，炼质鲜肤。故妻好道，拜泣踟蹰。引过告术，延龄百余。”当修道的文宾发现自己抛弃的故妻也是个爱道之人时，不免怅惘连连，发出了“汝好道邪？知汝尔，前不去汝也”的感慨，其中似乎暗示着对双双修道的向往之情。在这些成仙之人身上我们不再只是体会到单纯意义上的长生，其中的一部分仙人已经显示出明显的世俗化，他们有了凡人一样的感情，可以自由地出入凡间，不仅流连人世间美好的风景还喜欢临危济困，行善助人，甚至报恩。

由此看来，神仙形象不再冰冷疏离，开始富有人世间的美好情感，但其中也暗含这样了一个问题，如此的神仙世界充其量不过能使得普通民众燃起求仙以长生的热情，怎样能使汉武帝这样一位富有四海世间的帝王也对成仙无比向往并勇于实践呢？答案就在于神仙方士和道教徒对于仙人形象和神仙世界的大改造。

首先是神仙世界的日趋奢华，我们以昆仑的改造为证。茅盾在《中国神话研究初探》中已经注意到了对于昆仑的改造过程，他写道：“在《山海经》中，虽然说昆仑是帝之下都，有神陆吾，又有若干奇树，有开明兽，又有很多猛兽怪鸟，并不是缥缈仙乡的样子”①，而在

① 茅盾：《中国神话研究初探》，上海古籍出版社2005年版，第50页。

西汉刘向《淮南子》①中，昆仑已经初具了仙乡的模样。卷四《坠形训》对昆仑是这样描写的：“昆仑墟中有增城九重，上有木禾。珠树，玉树，琁树，不死树在其西；沙棠，琅玕在其东；绛树在其南；碧树，瑶树在其北”，刘向的描写几乎没有奢笔，处处配合当时人们追求此世不死的理想。不过此时昆仑的改写，重在突出其为仙药之所在，仿佛昆仑只是一个集合着长生之树的森林，即使西王母在此生活，也不过是过着悠闲的丛林生活罢了。

到了《十洲记》中，昆仑的样子却发生了深刻的变化②。“城上安金台五所，玉楼十二所。其北户山承渊山，又有墉城，金台玉楼，相鲜如流精之阙光。碧玉之堂，琼华之室，紫翠丹房，锦云烛日，朱霞九光，西王母之所治也，真官仙灵之所宗。上通璿玑，元气流布，五常玉衡，理九天而调阴阳，品物群生，希奇特出，皆在于此。天人济济，不可悉记。此乃天地之根组，万度之网柄矣”，可以说这个昆仑已经完全世俗化，摇身变为处处皆是琼楼玉宇、华屋广厦的奢华神境，其富丽堂皇较之帝王的宫殿有过之而无不及。

其次，伴随着富丽堂皇的圣山仙境的改造，神仙形象也日趋华美明艳，我们以西王母为例。在《山海经》中，西王母不过是一个和神陆吾（开明兽）相等的半人半兽的怪物；在《穆天子传》中她已经上升为一位据有昆仑的“人王化”的神了，不过她的住处“徂彼

---

① 《淮南子》又名《淮南鸿烈》，是西汉宗室淮南王刘安招致宾客，在他主持下编写的。据《汉书·艺文志》云：“淮南内二十一篇，外三十三篇”，颜师古注曰：“内篇论道，外篇杂说”，现今所存的有二十一篇，大概都是原说的内篇所遗。

② 《十洲记》又称《海内十洲记》，一卷。又称《十洲记》。旧本题汉东方朔撰，同样也是假托之作。鲁迅在《中国小说史略》第四章《今见汉人小说》中写道：“则知汉世于朔，已多附会之谈。二书虽伪作，而《隋志》已著录，又以辞意新异，齐梁文人亦往往引为故实。《神异经》固亦神仙家言，然文思较深茂，盖文人之为”《鲁迅全集》第9卷，人民文学出版社2005年版，第35页。

西土，爰居其野。虎豹为群，於鹊与处”，因此我们很难对其形貌作乐观的估计。而到了《汉武故事》中，她的外貌就彻底的转型了①。

《汉武故事》中西王母的形象可用四个字加以概括，那就是“明艳照人”。“七月七日，上于承华殿斋，日正中，忽见有青鸟从西方来。……是夜漏七刻，空中无云，隐如雷声，竟天紫气。有顷，王母至，乘紫车，玉女夹取，戴七胜，青气如云，有二青鸟，夹侍母旁。下车，上迎拜，延母坐，请不死之药。母曰：‘帝滞情不遣，愁心尚多，不死之药，未可致也。’”这段文字中虽然对西王母的容貌只交代了“戴七胜”一笔，但是从她的车驾、侍从可以看出，此时的西王母已经现出了雍容华贵的气质，特别是“上迎拜，延母坐”六字中尽显其尊崇的地位，西王母再也不用像见周穆王时那么谦卑，下拜行重礼了，反而是武帝为了迎接这位上仙，洒扫焚香，可谓殷勤非常。而在《汉武内传》中，西王母终于有了具体的形象，她肩上披着黄金织成的大披肩，衣上系着神仙独用的灵飞大绶带，腰间佩着名为“分景”的宝剑，头上梳的是太华山形的高发髻，戴着神仙专用的“太真晨婴”冠，脚上穿着黑玉上刻有凤纹的鞋，每一处服饰都被作者作了细致而华艳的描写，旨在刻画西王母不凡的仪态和显赫的地位。至此西王母已经俨然被塑造成了一位典雅高贵的上界神仙，人们完全可以通过这栩栩如生的描写想象西王母的神采风姿，从而最终完成了对这样一位仙品高贵的女仙形象的塑

① 《汉武故事》，又题《汉武帝故事》、《汉孝武帝故事》，原书两卷，已散佚。鲁迅《中国小说史略》第四章《今见汉人小说》中认为作者为班固之说也系假托，“宋时尚不题撰人，至明乃并《汉武故事》皆称班固作，盖以固名重，因连类依托之”。此外关于作者还有王俭和葛洪二说，也纯为猜测之辞。对于这本小说的辑佚，以鲁迅的《古小说钩沉》中《汉武故事》的辑本最为完备，有五十三条。

造。《汉武故事》和《汉武内传》所展现的仙凡相会的故事是神仙小说的重要主题之一，特别是凡人一方，是人世间至为尊显的帝王，通过描写汉武帝对于西王母的非常礼遇和无限敬仰，无疑极大地抬高和宣传了神仙之道。

第三个方面也是世人最为关注的一个问题，那就是如何成仙。这些小说提供了两种途径：服不死药和修炼。依靠仙人的不死药，求得长寿、飞升是初始神话的方式，如嫦娥窃取不死药以奔月。但这种成仙方式人的主动性还是很差的，只能仰仗神仙赏赐的不死药来达到长生的目的。随着方术的发展，求仙手段亦有了长足的发展：世人只要积极修炼，完全可以修成仙体。在小说文本的记录中，我们看到修炼分为内修和外修，内修指的是精神修炼，以“去物欲、简尘世”、清静无为、离境坐忘为核心要求。但仅仅是内修还是不够的，还需要辅之以外养，其中最重要的就是服食一些能让人成仙的奇花异草，不过这些并不是人人得见得享的用品，域外的海上神山仙境成为它们生长的灵秀之地。《海内十洲记》就构筑了这样一个神秘的域外地区，十洲是远离大陆的十个海岛，乃仙家所居，“海洲近在东海之中……上有不死之草”，“瀛洲在东海之中……上有神芝仙草……出酒如泉……令人长。洲上多仙家”，“长洲……在南海中……又有仙草、灵药、甘液、玉英……有紫府宫，天真仙女游于此地”。“凤阁龙楼连霄汉，玉树琼枝作烟萝”的景致加上“不死草”及“仙家”构成了海岛十洲共同的特色，使得它们成为灵草异木、仙家云集之所。

在此我们可以看出，成仙长生的理念在秦汉时期的大流行，使得当时的域外题材的小说成为对这一观念的解读，域外描写都配合着仙人的两个重要特点：长寿不死和任意飞升，分别代表人们试图逃离时间束缚与空间桎梏的理想。

成仙和灵药这类题材的作品在汉代还有《神异经》、《洞冥记》两部，分而述之。

《神异经》，一卷，旧题汉东方朔所作。《隋书·经籍志》著录，并标明晋张华注，但在刘向的《七略》和《晋书·张华传》均不载此事。全书分成九篇，按顺时针方向，分述东、东南、南、西南、西、西北、北、东北八荒及中荒的山川道里，神灵异人，草木飞走。

这部书从体例和内容上虽然都是对《山海经》的摹写，但鲁迅先生在《中国小说史略》第四篇《今见汉人小说》评价它道："然略于山川道里而详于异物"①，可谓一语中的。《神异经》几乎全篇皆为新异灵物、远国异民的记载，如"东方有桑树焉，高八十丈，敷张自辅。其叶长一丈，广六七尺。其上自有蚕，作茧长三尺，缫一茧，得丝一斤。有椹焉，长三尺五寸，围如长。"，"八荒之中有毛人焉，长七八尺，皆如人形。身及头上，皆有毛，如猕猴。毛长尺余，见人则瞑目，开口吐舌，上唇覆面，下唇覆胸。喜食人。舌鼻牵引共戏，不与即去，名曰髯公，俗曰髯丽。一名髯狎小儿，髯狎，可畏也。"但更多的记载被蒙上了浓厚的仙术气息，既有吃了能成仙的灵物，如"南方大荒有树焉，名曰如何。三百岁作花，九百岁作实。花色朱，其实正黄。高五十丈，敷张如盖，叶长一丈，广二尺余，似菅苎，色青，厚五分，可以絮如厚朴材理如支九子，味如饴，实有核，形如棘子。长五尺，围如长，金刀剖之则酸，芦刀剖之则辛。食之者地仙，不畏水火，不畏白刃。"也有寿命极长的远国异民，"西海之外有鹄国焉，男女皆长七寸，为人自然有礼，好经编跪拜。其人皆寿三百岁。行如飞，日行千里，百物不敢犯之。惟畏海鹄，过辄

① 鲁迅：《中国小说史略》第四篇《今见汉人小说》，《鲁迅全集》第9卷，人民文学出版社2005年版，第35页。

吞之，亦寿三百岁。此人在鹄腹中不死，而鹄亦一举千里。”

《洞冥记》，又名《汉武濶冥记》、《汉武帝别国洞冥记》、《汉武帝列国洞冥记》、《别国洞冥记》，此书《隋志》止一卷，《唐志》始作四卷，《文献通考》有《拾遗》一卷。旧题后汉郭宪撰。郭宪，西汉末宋（今安徽太和县北）人，字子横。王莽篡位，拜宪郎中，宪不受，逃往东海之滨隐居。光武帝即位，应召拜博士，后迁光禄勋，其事见《后汉书·方术传》，可见作者本人就是一位著名的方术家。崇尚神仙道术，赞美奇异怪灵之事，自然就成为《洞冥记》的主要内容。

四卷所记载的六十余条，以武帝求仙为本部书的描写中心，将各国来贡和武帝求仙相结合为线索依次展开记载。如《洞冥记·卷二》：“元封元年起，方壶山像招诸灵异。召东方朔谋于秘殿，备烧天下异香，有沉光香、抵精香、薰肌香、明庭香、金禅香，涂魂国所献。燃青棋之灯，榠木膏如淳漆，削置器内以蜡和之，涂布燃照数里。起神明台上有九户置九天道，皆金床，象席琉角，尚镇杂玉为龟甲屏风，花纱帐文犀为上竹头下覃。帝坐良久，设甜水之冰，以备灌濯，酌瑶琨碧麦酒，削青豹之脯果，则有涂阴紫梨，琳国碧李与众仙饮笑焉。”将武帝的隆重会仙仪式和邦国贡物有机地结合起来。还有对于贡品及献贡国的人文状况的描写：“勒毕国献细鸟，以方尺之玉笼盛数百头，形如大绳，如鹦鹉，声闻数百里间，如黄鹄之音也。国人常以此鸟候日，时亦名候日虫也。帝养之宫内，旬日而飞，都尽。明年，集于帷屏，入衾袖，因名禅衣。宫内嫔妇皆悦之，有集于衣者，辄蒙帝受幸。武帝末，稍稍自死，人犹爱其皮，服其皮者，多为丈夫所媚也。勒毕国人，长三寸，有翼，善言语戏笑，因名善语国，常群飞往日下，自曝，身热乃归，饮丹露为浆。丹露者，日初出有露汁如珠也。”“有翼”的概念很容易让我们联想到仙人任意飞升的功能，从中我们又可以看出仙人观念在域外记载中所发挥的潜在支配作用。此外还有波岐国的神精香草、支抵国的马肝石、跋勒国的贡文犀、西那汗国的风木十枝、支提国的人情风俗、吉云之地的神马、未多国的却睡草、鸟奔国的龙爪蓬、西域的虎龙、青池国的发日树等等。《洞冥记》向我们展现了一片神仙方术笼罩下的殊方奇物。

《神异经》和《洞冥记》都有着对《山海经》的积极效仿，但他们对于空间地理观念的构建已鲜有兴趣，集体转向寻求域外的仙家神物，这一改变明显地体现出了域外文本作者由上古巫师向秦汉神仙方士和道教徒转变的轨迹。

魏晋南北朝更是一个宗教气息浓重的时代，不仅是由于对于宗教狂热痴迷的统治者层出不穷，更与这个动荡不安的社会现实直接挂钩，宗教成为人们精神避难的港湾，带有神仙色彩的殊方异闻也成为魏晋名士清谈的一个主题。不单道教继续发扬光大，异域宗教佛教也极大地占据了人们的心灵。我们在此先论述道教徒创作的域外题材小说，将有关佛教的域外题材小说归入唐代，进行对比性研究。此时的涉及域外题材的神仙方术小说主要有三部——《博物志》、《玄中记》和《拾遗记》。

先看三本小说的作者身份。《博物志》，《四库全书总目》说："旧本题晋张华撰"。张华(232—301)，字茂先，范阳方城(今河北固安南)人，少贫孤，自牧羊。魏初举太常博士，入晋为中书令，拜黄门侍郎，官至司空，封关内侯，领著作，因平吴有功，晋封为广武县侯，增邑万户，封壮武郡公，惠帝时，历任太子少傅，侍中，中书监等职。永康元年四月赵王伦之变，华被害，夷九族，时年六十九。华既通图纬，又多览方技书，能识灾祥异物，故有博物恰闻之称。《晋书·张华传》中说张华，"学业优博，图纬方伎之书，莫不详览”。“雅爱书籍。身死之日,家无余财,唯有文史溢于机箧。尝徙居,载书三十乘。秘书监挚虞撰定官书,皆资华之本以取正焉。天下奇秘,世所稀有者,悉在华所。由是博物洽闻,世无与比。”可见张华具有明显的道教徒身份。《玄中记》,郭璞著①。郭璞(276—324),字景纯。河东闻喜(今属山西)人。惠帝末避河东乱过江,为宣城太守殷祐参军,复随迁石头督护。怀帝永嘉初(307)王导佐琅琊王司马睿(晋元帝)镇建邺,引为参军。晋元帝即位后用为著作佐郎,迁尚书郎。丁母忧去职,未服阕而大将军王敦起为记室参军。永昌元年(322)敦起兵武昌作难,璞归休建康,颇受明帝赏识。太宁二年(324)敦再作乱,使璞筮吉凶,璞曰“无成”,以为起兵必及祸,敦怒斩之。敦乱平,追赠弘农太守。事见《晋书》

① 《玄中记》,《隋志》、新旧《唐志》均无著录。《崇文总目》和《通志·艺文略》地理类著录《玄中记》一卷,无撰人。《太平御览经史图书纲目》、《太平广记引用书目》有《郭氏玄中记》,未有其名。郭氏为谁,南宋罗苹指为郭璞。罗泌《路史发挥》卷一《论槃瓠之妄》罗苹注云:“《玄中》之书,《崇文总目》曰不知撰人名氏,然书传皆云《郭氏玄中记》,而《山海经》注狗封氏事与《记》所言一同,知为景纯。”按罗说极是。除狗封氏外,所记奇肱氏、丈夫民、弱水、北海之蟹等与郭璞所注《山海经》及《山海经图赞》均相同或相近,信出一手。鲁迅以为“六朝人虚造神仙家言,每好称郭氏,殆以映射郭璞,故有《郭氏玄中记》”(《中国小说史略》第四篇《今所见汉人小说》,《鲁迅全集》第9卷,人民文学出版社2005年版,第38页。),盖以其为伪托、似非。考刘宋刘敬叔《异苑》卷三已引有《玄中记》“山精如人”云云(按:《广记》卷三九七引同),知《玄中记》出自宋前无疑,《隋志》、新旧《唐志》失载而已,而郭姓晋人能造此书者舍郭璞无他。《玄中记》原书不传,《绀珠记》。《类说》均无摘录,《说郛》卷四《墨娥漫录》摘录四条。明末毛扆《汲古阁珍藏秘本书目》著录精抄《玄中记》一本,当时明人辑本。《重编说郛》卷六〇辑十七条。清人辑本有四《茆泮林》《十种古逸书》本(《玄中记》一卷《补遗》一卷)、黄《汉学堂从说》本(郭氏玄中记》一卷)、马国翰《玉函山房辑佚书》本(《玄中记》一卷)、叶德辉《观古堂所著书》本(郭氏玄中记》一卷,又载《郎园先生全书》),鲁迅《古小说钩沉》亦有基本。其中《钩沉》本最备,凡辑七十一条,观古堂辑本少三条,然亦有优于《钩沉》本处。明杨慎《丹铅总录》卷四引“皇帝臣”,诸本未辑,宜补。

卷七二。可见郭璞既是东晋著名文学家也是博物家、数术家，前人曾经说他“博于方舆”，“博于《尔雅》”，是“术之博者”①，可谓博学多才，史称“词赋为中兴之冠，好古文奇字，妙于阴阳历算”。著《郭璞集》十七卷（今存辑本《郭弘农集》二卷）、《易洞林》三卷、《周易新林》九卷、《山海经图赞》二卷等，并注《山海经》、《尔雅》、《穆天子传》、《方言》等。《拾遗记》，又名《拾遗录》、《王子年拾遗记》。作者东晋王嘉，字子年，陇西安阳（今甘肃渭源）人②。《晋书》卷九十五《艺术列传》中载：“（王嘉）轻举止，丑形貌，外弱不足，而聪睿内明。滑稽好语笑，不食五谷，不衣美丽，清虚服气，不与世人交游。隐于东阳谷，凿岩穴居，弟子受业者数百人，亦皆穴处。……嘉之死日，人有垄上见之。其所造《牵三歌谶》，事过皆验，累世犹传之。”从三位撰著者身份的集体倾向可以看出，他们都是道教徒，和道家有着很深刻的瓜葛。这使得他们必然以此为出发点来关注和写作域外空间，使得这些域外题材小说的宗旨就是为了自觉的宣教宏道，具有宗教小说的性质。

三本小说中域外题材小说最为丰富的是《拾遗记》。《拾遗记》共十卷。前九卷记以时间为序：第一卷记庖牺至禹舜的故事；第二卷记夏、商、周三代；第三卷记周穆王、鲁僖公和周灵王；第四卷记燕昭王和秦始皇；第五、六两卷记两汉；第七卷记三国魏；第八卷记三国吴蜀；第九卷记晋；第十卷则专记昆仑、蓬莱等仙境及名山。从形制上来看，颇似一本小通史，而作者这样写的目的正是要

---

① （明）胡应麟：《少室山房笔丛》卷三九，《华阳博议下》，中华书局 1958 年版，第 500 页。

② 蓝岚、顿嵩元有同名文章《〈拾遗记〉及其作者》，分别发表于《天中学刊》2002 年第 6 期与《河南科技大学学报》2003 年第 3 期。

把历史神异化，这使得《拾遗记》成为一本借神仙怪异之事，荒诞不经之言，宣传神仙方术之说的著作。在《拾遗记》记载各朝神怪逸史中夹杂记有三十多个的远国异民的风俗物产。以卷四的宛渠国为例："始皇好神仙之事，有宛渠之民，乘螺舟而至。舟形似螺，沉行海底，而水不浸入，一名'沦波舟'。其国人长十丈，编鸟兽之毛以蔽形。始皇与之语，及天地初开之时，了如亲睹。曰：'臣少时蹑虚却行，日游万里。及其老朽也，坐见天地之外事。臣国在咸池日没之所九万里，以万岁为一日。俗多阴雾，遇其晴日，则天豁然云裂，耿若江汉。则有玄龙黑凤，翻翔而下。及夜，燃石以继日光。此石出燃山，其土石皆自光澈，扣之则碎，状如粟，一粒辉映一堂。昔炎帝始变生食，用此火也。国人今献此石。或有投其石于溪涧中，则沸沫流于数十里，名其水为焦渊。臣国去轩辕之丘十万里，少典之子采首山之铜，铸为大鼎。臣先望其国有金火气动，奔而往视之，三鼎已成。又见冀州有异气，应有圣人生，果有庆都生尧。又见赤云入于酆镐，走而往视，果有丹雀瑞昌之符。'始皇曰："'此神人也。'弥信仙术焉。"宛渠之民有着"沦波舟"这样神奇的海上交通工具，他们外形"长十丈"兼有羽毛附体，寿与天齐，这很容易让人联想到仙人飞升和长生两大重要特征，还有他们高效节能的一粒便能"辉映一堂"，"状如粟"的石头，这些不禁让秦始皇发出了"神人也"的感叹。《拾遗记》所叙之事类皆情节曲折，构思精巧，辞采可观，显示出作者极强的想象力和绮丽的文笔，也更好地展现了其仙人灵气的神异色彩。

在《博物志》中的域外题材小说集中出现在前三卷之内，同样具有很浓厚的神仙思想，以第二卷的《外国》为例，长生和飞升是其中最为重要的主题，其中轩辕国、白民国、兜国是长生的代表，而大人国、羽民国、结胸国则是飞升的代表。作者描写的穿胸国，实则不过是在讲述不死之草的神效。《玄中记》一卷，对于域外的描摹集中于远国异民上，如狗封氏、丈夫民、扶伏民、华民、奇肱氏、君子国等，都采自《山海经》、《括地图》等古书。其中狗封氏虽本古蛮族槃瓠神话，但又和《山海经》的犬封国联系起来，显示出犬封国传说的演化。另外还记有伊俗、飞路、丁零、大月氏、大秦、天竺等国，类似《洞冥记》之"远国遐方之事"。在《玄中记》中，不但人可以长生，各种奇异的动物也可以通过修炼得以长生，书中记载了如百岁鼠、百岁伏翼、千岁之鹤、千岁之燕等等神异动物。在《洞冥记》、《神异经》、《博物志》、《玄中记》和《拾遗记》这一系列的宣教小说中，还记录了很多对于域外人所罕知的神奇之物，如《玄中记》中所载："珊瑚出大秦国西海中，生水中石上。初生白，一年黄，三年赤，四年虫食败"。这些不过是神仙方士和道教徒为了炫耀才华，显示他们超凡脱俗，起到了自神其人的目的。

从先秦到秦汉魏晋南北朝，域外题材文学作品的关注者有了很大的改变。先秦时期，域外题材小说的创作是由直接顾命于国家统治阶层的文化精英完成的，在民间这些作品还担任着国家教科书的功能，统治者以此来安定民心，加强民众的国家认同感。但进入秦汉以后，域外题材小说的作者已经由处于社会上层的文化精英变成了身份地位相对低下的神仙方士和道教徒，据《后汉书·方士列传》所载："通儒硕生，忿其奸妄不经，奏议慷慨，以为宜见藏摈"①，身份的卑贱使得他们要实现自己的人生价值，就要尽量取悦上层统治者的某种要求，比如长生，因此他们的角色已经蜕变成求禄者，不再是官僚体制中必须的成员，必须通过某种独创

① （宋）范晔：《后汉书》卷八二上，《方士列传·第七十二上》，中华书局1973年版，第2705页。

的学说赢取统治阶层的宠信。他们极尽所能地宣传神仙理论，“使冥迹之奥，昭然显著”，其中虽然不能排除信仰的因素，但是其昭然若揭的政治目的是不容忽视的，而在这样的目的促使下，他们除了大力完美仙人形象和仙人世界之外，更在神仙世界中着意突出了其等级性。

比如在《汉武内传》中作为主角之一的西王母，拥有着比较高的品阶，仅仅次于文中屡次提到的天帝，而在整个神仙系统中天帝拥有着至高无上的权力，是仙界的皇帝。虽然在这部小说中天帝一直只起到一个背景的作用，对他的尊贵并没有正面的描写，但是地位次于天帝的西王母，举手投足间都已经颇具众星拱月的尊崇，天帝的显贵自然不必多说了。其实仅仅是西王母的一名信使——仙女王子登，就已经被描写成一位颇有地位的仙官了。另外西王母还有着自己的群仙班子，在天庭随奉左右，她的出入也都有侍女服侍，作为她的声乐班底，就集合了众多的身怀绝技的仙女，如董双成、许飞琼、范成君等，文中还特别提到了她的天宫厨师和专门为她管理书箱的侍女李庆孙。从以上这些随行人员来看，西王母的衣食住行每一项都有专门的仙人分管，这样生活与人间的皇室贵戚没有任何的分别。小说中另一位尊贵的仙人上元夫人，是统领天界十万玉女的总班头，她同样拥有一整套的仙班，随从的文武仙官就有一千多名，从她要向王母行礼和后面的关于是否传授武帝十二部真经的事件来看，她的仙阶要次于王母，但同样是汉武帝这样的帝王应该礼敬的神仙。通过她对这位人间帝王的辛辣讥讽，可见在她心中人间的皇帝只不过是一个被五种私欲折磨的最为厉害的凡夫俗子。除了这些高级仙人，仙界中自然也有中仙和下等的仙人，这样整个仙人系统就被完整地建构了起来，他们被严格排列在不同的等级上，有着自己的职责、权限和仙术，各有职守，等级分明。但仙人之间，却没有因为存在等阶而出现争斗，较低等的仙人可以通过向上仙孜孜不倦地学习仙术来提升仙品（如王子童和王子立向西王母请求传授给他们上帝最隐秘的真经），仙人们彼此等级分明却又融洽地生活在天界，至此神仙世界已经完全现世化了。

这样的神仙世界完全满足了帝王贵族对于成仙的想象，因此带有了很强的政治功利色彩。神仙方士家和道教徒创造的长生不死、悠游自在的神仙形象和富丽堂皇、奇观异景的神仙世界，使得荣华和长生在此实现了完美的结合，让无数帝王亲贵倾心不已，醉生梦死，从而对之青眼有加，大加宠信，甚至于言听计从，百依百顺。这使得他们不但赢得了巨大的声名，更获得了参与政治权力决策的机会，他们正是凭借着自我的宗教身份而获得了显赫的政治职位，而他们的干政又可以使帝王的统治披上君权神授的神学外衣，两者在相得益彰中实现了完美的结合。

第三章 唐代：大唐气象中的博大胸怀

第一节 域外题材小说的繁荣

唐朝是中国封建社会发展史上的鼎盛时期，经济繁荣，文化昌明，是我国历史上中外交流空前活跃的时代。自唐初，唐太宗就说："自古皆贵中华，贱夷狄，朕独爱之如一，故其种落皆依朕如父母"①，在这样的思想指导下，有唐一代，国门大开。唐王朝在中央设立了鸿胪寺和礼宾院，在地方上的督护、州、县等相应增加了外交职能，并积极推行鼓励外国人来华定居的政策，切实保护外国人员来华的利益，从而使唐朝建立起一整套完善的外交政策和外交机构。同时唐也是中外交通空前大发展的时代，文化交流程度之深入，规模之宏大正得益于这种交通状况的极大改善。据唐贞元时宰相贾耽的记载："其入四夷之路与关戍走集最要者七：一曰营州入安东道；二曰登州海行入高丽渤海道；三曰夏州塞外通大同云中道；四曰中受降城入回鹘道；五曰安西入西域道；六曰安南通天

① （宋）司马光等：《资治通鉴》，卷一九八，中华书局1976年版，第1814页。

竺道；七曰广州通海夷道”①。在开放的对外政策、良好的交通条件下，使得唐代的对外交流呈现出范围广阔、交往频繁的空前盛况。来唐的国家和地区先后有“朝贡之国七十余藩”②，新罗、百济、高丽、波斯、大食多国多次派遣遣唐使，长安、洛阳、扬州、广州等成为外国人的云集的城市。

唐代广泛而活跃的对外交流，恰如一股新风，给唐代社会带来了种种新的气象。受这种新的社会氛围的感染，文人士子必然要把这些所见所闻遗诸笔端，因此留下了很多包含域外题材的文学作品，其中小说更是受到了青睐。从现存的唐人小说看，无论是琐语杂谈式的笔记小说，还是藻汇可观的所谓“传奇”，都常常对域外奇闻轶事津津乐道，这使得小说的写作题材和风格上都超逾前代。

第二节　搜奇显怪的域外题材小说

唐之前的小说对于域外的记载，集中在《山海经》、《神异经》、《十洲记》、《洞冥记》等书之中。这些作品一直延续着“志怪”风气引导下的“博物”描写，主要记载域外的“异形异秉”与“珍奇宝物”。这在唐代域外题材小说中同样得到继承和模仿，前者如段

① （宋）欧阳修、宋祁等：《新唐书·地理志》，卷四三下，中华书局 1975 版，第 1146 页。

② （宋）王溥：《唐会要》，卷四九《僧尼所隶》，商务印书馆 1936 年版，第 860 页。

成式①所撰的《酉阳杂俎前集》卷四"境异"中的孝亿国"躯形长大,褰鼻黄发,绿眼赤髭,被发,面如血色",拨拔力国"不食五谷,食肉而已,常针牛畜,取血和乳生食"就写出了远方殊类之异形和异俗;后者如《杜阳杂编》②卷上记载的吴明国所贡的常燃鼎"容器三升,光洁如玉,其色纯紫。每修饮馔,不炽火而俄顷自熟,香洁异于常等,久食之,令人自老为少,百疾不生",《酉阳杂俎前集》卷十"物异"中记载的劫化他国能"随人罪福影其上"的石柱。

但同时唐人域外题材小说在"志怪"之外,还显示出"传奇"的倾向,从而形成了搜奇显怪的域外题材小说,并由此开辟出诸多域外写作的新题材。这些题材主要有以下六种。

一是域外民间故事的传入。这些小说多以外国的民间传说为蓝本并由作者进行了艺术再加工。如《酉阳杂俎续集》卷一"支诺皋上"记载的新罗国的旁兄弟的故事。兄旁贫弟富,便向弟弟求要桑种和谷种,弟弟却"蒸而与之",不想"有一蚕生焉,日长寸余,居旬大如牛,食数树不足",弟知而杀之,不料"四方百里内蚕,飞集其家,国人谓之巨蚕,意其蚕之王也。四邻共缫之,不供",蚕奇谷更奇,旁所种谷也只得一穗,"旁常守之,忽被鸟所折,衔去。旁

---

① 段成式(约803—863年)字柯古,山东邹平人。一生著述甚多,有《酉阳杂俎》二十卷、《续杂俎》十卷、《卢陵官下记》二十卷、《汉上题襟集》三卷、《鸠异》一卷、《锦里新闻》二卷、《破虱录》一卷、《诺臬记》一卷。其《酉阳杂俎》为唐人笔记中著名作品,被后世誉为"小说之翘楚"。

② 《杜阳杂编》,作者苏鹗。苏鹗,字德祥。武功(今属陕西)人。生卒年不详。曾十试进士不第,光启间始登科,仕历不可考。由于居住在武功杜阳川,书名题作《杜阳杂编》。此书共三卷。《宋史·艺文志》作二卷,周中孚《郑堂读书记》认为是传刻之误。在序中作者写道:"尝览王嘉《拾遗记》、郭子横《洞冥记》及诸家怪异录"而作此书的目的正是对模仿这些书的内容和体式,即以帝王纪年为背景,侈夸远国遐方的奇珍异宝,属于地理博物体志怪。

逐之”，至黑，鸟入一罅，旁见夜半一群小儿共戏，用“一金锥击石”，想要的酒食悉具，小儿食毕，失锥于石罅上，旁得大喜，取锥去而暴富。弟妒之，复效其兄所谓，蚕得常蚕，谷也被鸟衔走，但他遇到的却是群鬼，“怒曰：‘是窃予金锥者。’乃持之，谓曰；‘尔欲为我筑糠三版？欲尔鼻长一丈乎？”弟筑糠三版未成，鬼“乃拔其鼻，鼻如象而归，国人怪而聚观之，惭恚而卒”。又如《酉阳杂俎前集》卷十四“诺皋记上”载古龟兹国王阿主见儿者以神力降伏毒龙为自己的坐骑，并为民除害之事，同卷还有古波斯王乌瑟多可欲建吐火罗国缚底野城，久不成，其女为解父忧，“自截右手小指”“遗血成踪”，令其父“随血筑之即成”，功成身死。这类小说的主题大抵是君主神化，善恶得报、舍命尽孝等，这既契合了中国人的一般道德观念，很容易被读者所接受、传扬，又为同类小说的创作提供了情节构思，故事框架等的艺术借鉴。

二是对域外奇人奇技的精彩摹写。这类记载在唐前极其少，如《太平御览》卷二九中所引的《桂阳列仙传》陈禅谏汉安帝赏西南夷幻人之事。但此类记载在唐代得到了极大的丰富。如《杜阳杂编·卷中》就记载了一个心灵手巧的倭国飞龙侍卫韩志和，“善雕木作鸾鹤鸦之状，饮啄动静，与真无异。以关置于腹内，发之则凌云奋飞，可高三尺，至一二百步外，方始却下。兼刻木作猫儿以捕鼠雀，飞龙使异其机巧。遂以事奏，上睹而悦之。志和更雕踏床，高数尺，其上饰之金银彩绘，谓之见龙床，置之则不见龙形，踏之则鳞鬣爪牙俱出”，又善制蝇虎子“一桐木合子，方数寸，中有物。名蝇虎子。数不啻一二百焉，其形皆赤，云以丹朱啖之故也。乃分为五队，令舞凉州。上令召乐以举其曲，而虎子盘回宛转，无不中节，每遇致词外，则隐隐如蝇声。及曲终，累累而退，若有尊卑等级。志和臂虎子令于上前猎蝇，于数百步之内，如鹞捕雀，罕有不获者。”书中同卷还记载了善于微雕的南海贡奇女卢眉娘“幼而聪慧，功巧无比，能于一尺绢上，绣《法华经》七卷，字之大小，不逾粟粒，而点化分明，细于毛发，其品题章句，无有遗阙”及“舞态艳逸，更非人间所有”的东国贡舞女。

三是域外商人的经商奇遇。其中寻宝、识宝和宝物交易是这些故事的叙述中心。其中有往来于交通要道，主动密访收购的。如《广异记》①载：“近世有波斯胡人，至扶风逆旅，见方石在主人门外，盘桓数日。主人问其故，胡云：‘我欲石捣帛’。因以两千求买。主人得钱甚悦，以石与之。胡载石出，剖得径寸珠一枚。以刀破臂腋，藏其内，使还本国。”还有经营店铺或者组织赏宝会，等宝上门的。如《魏生》篇，文中非常生动地展现了胡人对于宝物的崇拜。胡商每年举行赏宝会，按宝物稀有珍贵程度排座次。一次魏生被邀请去观看，被带上了一件自己以前所拾的东西。当胡商一一玄宝，引得哗然众赞，他们问魏生可有宝物，魏生拿出了以前偶拾的一物给众胡商看，众胡商一见大惊，起坐施礼，将魏生让至首席，原来此宝乃其国传国之宝，最后胡商以高价买得。在唐代小说中，这类睿眼识宝、开店收宝、四处寻宝的商贸小说还有很多，其中类似剖体藏珠、借情套购、压价欺蒙、炫奇泄底等情节，每每写得幻幻奇奇，极富趣味性。描写之间胡商识宝的能力得到了很大地凸

---

① 《广异记》为唐前期大型志怪传奇集，作者戴孚，谯郡（今安徽亳州）人，生平事略不见史传。据顾况所作《戴氏广异记序》（《文苑英华》卷七百三十七），知戴孚于唐肃宗至德二年（757）与顾况同登进士第，任校书郎，终于饶州录事参军，卒年五十七岁。此书大抵作于大历（766—779）年间，作者死后，由其子请顾况为书作序行世。该书内容宏大，各类神仙鬼怪故事几乎皆有，对后世的文学创作有深远影响。

显。胡商所识之宝，其一是中华所有，另一种则来自胡商所在的国家。而中华所有之宝，又集中体现在道教之宝如《古镜记》[①]、《华山客》[②]、《玉清之宝》[③]等，和镇海之宝如《宝珠》[④]、《陆颙》[⑤]、《鬻饼胡》[⑥]。还有就是异域珍宝，如《苏州客》[⑦]、《青泥珠》[⑧]、《水珠》[⑨]、《严生》[⑩]。除了描写胡商寻宝、识宝的经商之外，唐代小说

---

① 《古镜记》作者王度(约585—约625)，隋唐之际龙门(今山西省河津县)人。所著《古镜记》为现存最早的传奇小说，全书共约3000字，记述古镜降妖、伏兽、显灵、治病以及反映阴阳变化的诸种灵异，宣扬迷信和天命无上的思想，但从叙述中也曲折地反映了一些隋末唐初的社会动乱和人民的疾苦。

② 《华山客》作者牛僧孺(780—848)，字思黯，安定鹑觚(今甘肃灵台)人。唐穆宗、唐文宗时宰相，牛李党争中牛党的领袖。牛僧孺好学博闻，青年时代就有文名。著有卷帙浩繁的《玄怪录》传奇十卷。该书已佚，现仅可从《太平广记》之中看到引篇。

③ 《玉清之宝》作者张读(834—886)，字圣明，深州陆泽(今河北深县西)人。著有《宣室志》凡十卷，补遗一卷。"宣室"之典故取自汉文帝曾在宣室召见贾谊问鬼神之事。《宣室志》多录仙佛鬼怪之事，深受佛家思想影响，往往宣扬因果报应等观念。

④ 《宝珠》出自《广异记》，详见本页《广异记》之注释。

⑤ 《陆颙》出自《宣室志》，详见本页《玉清之宝》之注释。

⑥ 《鬻饼胡》作者皇甫氏，名及生平皆不详。据《秘书省续编到四库阙书目》以及《通志略》记载，他著有《原化记》一书。

⑦ 《苏州客》作者李复言，生卒年均不详，约唐文宗太和中前后在世。生平事迹难考。太和四年(830)，游巴蜀，与进士沈田，会于蓬州。田因话奇事。遂续牛僧孺玄怪录，为续玄怪录五卷，(《新唐书・艺文志》，一作十卷)所记皆太和间之异闻佚事。

⑧ 《青泥珠》出自《广异记》，详见《广异记》之注释。

⑨ 《水珠》作者牛肃，约唐德宗贞元末前后(840)在世，事迹不详。撰有唐代第一部小说集《纪闻》十卷(《新唐书・艺文志》)传于当代。此书所载皆开元、乾元间徵应及怪异事。

⑩ 《严生》出自《宣室志》，详见《玉清之宝》之注释。

中还有描写胡商经营心理的小说,赞扬了其诚信尚义如《杜子春》①、《李勉》②、《李灌》③等,也彻底否定他们的唯利是图如《胡氏子》④、《萧审》⑤、《苏无名》⑥等。

四是唐代小说中大量对于域外音乐和乐器的记载。最为突出的就是南卓所作的《羯鼓录》⑦,书中对于羯鼓乐曲的创制、演奏技法、乃至制造乐器选材都作了细致地描写,一个个传奇的小故事将上至皇室贵族下至街头平民对羯鼓近乎痴迷的狂热喜好写得惟妙惟肖。

五是唐代域外题材小说中还有一些描写胡奴和胡女的故事。首先看胡奴形象,胡奴中绝大部分为昆仑奴,昆仑为中南半岛南部诸岛卷发黑身居民的总称,因其体形健硕,所以在唐代常被卖作为奴。《甘泽谣·陶岘》⑧写到陶岘有三件宝物:善于泅水的昆仑奴

---

① 《杜子春》作者牛僧孺,详见上页《华山客》之注释。

② 《李勉》作者陆藏用,生平未详,《宋史·艺文志》著录陆藏用《神告录》一卷。

③ 《李灌》作者李伉,生平不详。主要生活在唐懿宗时代(860—873),河北赵州人,曾任明州刺史。著有《独异志》一书,专记“世事之独异”者。

④ 《胡氏子》作者杜光庭(850-933),字圣宾(又作宾至),号东瀛子,处州缙云(今属浙江)人。著有《道德真经广圣义》五十卷以及《广成集》、《太上老君说常清静经注》、《道门科范大全集》、《墉城集仙录》等二十余种。

⑤ 《萧审》出自《广异记》详见上页《广异记》之注释。

⑥ 《苏无名》作者牛肃,详见《水珠》之注释。

⑦ 《羯鼓录》作者南卓,字昭嗣,曾官拾遗、松滋令、洛阳令,宣宗大中年间为黔南观察使,此书即撰于大中时。羯鼓为西域民族乐器,唐时传入中国,开元时盛行。此书前录首叙羯鼓源流、形状,次叙玄宗以后有关故事;后录载崔铉所说宋璟知音事,附录羯鼓诸宫曲名,调名多用梵语,以本龟兹、高昌、疏勒、天竺四部所用之故。和《教坊记》一样,是研究唐代音乐艺术、宫廷生活和社会风气的重要参考资料。此书版本主要有《宝颜堂秘笈》、《墨海金壶》、《守山阁丛书》、《丛书集成》诸本。1957年古典文学出版社据《守山阁丛书》本标点出版。

⑧ 《甘泽谣》袁郊撰。袁郊,字之仪,一作之乾,蔡州朗山(今河南确山人)。宰相袁滋子。咸通中曾任祠部郎中,虢州刺史等职。与温庭筠友善,相互唱答。有《二仪实录衣服名义图》一卷、《服饰变古元录》一卷,皆佚。

摩诃、古剑、玉环。他携此三宝漫游江湖，见可爱水色即将古剑、玉环抛入水中，令摩诃去取。在最后一次，古剑、玉环入水后，摩诃在水中遇到了龙，不敌而归，陶岘不舍二宝迫令摩诃再次入水取宝，此次摩诃入水不归，许久破碎的尸体浮上了水面。在神奇的情节之外，我们却看到了一个黑奴悲惨的命运。他不过是主人的一件宝器而已，当另外两件宝物不在时，他的命运也只能是葬身龙潭。与《陶岘》故事情节极为近似的还有裴铏的《周邯》篇。相比之下裴铏的另一篇传奇小说《昆仑奴》的故事稍显明亮。昆仑奴魔勒以自己的智慧和武艺帮助主人得以和自己心爱的歌妓幽会，但当事情败露后，主人无情地出卖了他，但他却凭借自己的英勇和机智最终重获自由。在这一系列的胡奴小说中我们可以看出，他们在唐人眼中只是私有财产而已，毫无作为人的尊严和价值，而唐人占有他们，只是看中他们身上神异的功能，如武艺、识宝、取宝，这透视出了唐人希望借助自己私有财产的非凡能力得以受益的心理，也使得这些奴隶在小说中只是主人身份的象征和役使的工具，其命运大多很悲惨。在唐代小说塑造的胡女形象中，既有《萧颖士》①中胆小、脆弱的胡女，也有《马侍中》②中擅长法术又艺高胆大的侠女，还有《沙门道昭》③中医术高明的胡女黄氏。此外还有被妖魔化身的胡女，《王含》④中的胡女是狼精的化身。

---

① 《萧颖士》作者陆长源（？—799年），字泳之，吴（今江苏苏州）人。著有《辨疑志》。

② 《马侍中》作者郑还古，生平、字不详，自号谷神子，郡望荥阳（今属河南）。元和中，登进士第。终国子博士。尝注《老子指归》十三卷，传奇集《博异记》。

③ 《沙门道昭》作者钟辂（或作辂），生卒年不详，约唐文宗太和中前后在世。官崇文馆校书郎。著有《前定录》一卷，《新唐书艺文志》传于世。

④ 《王含》出自《宣室志》，详见第28页《玉清之宝》之注释。

最后我们集中论述一下唐代小说中的域外僧道形象。佛教自东汉传入中国以后，作为一个外来宗教，毋庸置疑，首要任务就是努力在异国他乡的土地上，站住脚跟、生存下去，而要在中国更好的立足，依靠上层统治阶级的信仰继而谋求发展，自然要远胜于在普通百姓中的布道。汉魏六朝又是一个鬼神之说大盛的时期，对于刚接触到佛教的皇亲国戚来说，无论如何也不会有耐心聆听佛教徒们洋洋洒洒宣传那些玄妙幽深的佛理经义，而更热衷看到那些高僧们能役鬼神、善断神通的无边法力。所以为了求得生存，初期的译经大师们，如安世高、康僧会之流，都祈灵于咒法神通之力，以求震动人主和人民的视听。一直到晋代的佛图澄还借用此作为弘教的手段。但唐前对于域外僧道的描写很少，如曹毗①《志怪》②中辨识昆仑池劫灰的胡道人；荀氏《录鬼志》③"胡道人"条记载了一位得鬼王帮助索回丢失物品的胡道人；《搜神后记》④卷二中有胡道人诅誓恶鬼之事。小说家们描写域外僧人的神通法力并表达自我对于鬼神的虔诚信仰，并以此来宣扬宗教。到了唐代，小说中的域外僧道形象丰富起来。

① 曹毗，《晋书》卷九二《文苑》有传，字辅佐，谯国（今安徽豪县）人。魏国大司马曹休孙。少好文籍，善属辞赋。约在成帝、康帝时，举为佐著作郎，徵拜太学博士。累迁光禄勋。约卒于太和至太元间。

② 《志怪》，今佚。《初学记》卷七，《太平御览》卷六七，宋苏易简《文房四谱》卷五，蔡梦弼《杜工部草堂诗笺》卷二六又卷三八均注引此事。

③ 《录鬼志》荀氏撰，其人不详。

④ 《搜神后记》，作者陶潜。陶潜（365—427）字元亮，一名渊明，或曰字渊明，世称靖节先生，浔阳柴桑人。曾人彭泽令，后弃官归隐。有《陶渊明集》。《晋书》、《宋书》、《南史》有传。历代多以为其书为伪作，然无确考。原书亡佚，现传乃明人辑本。

首先是服务型法术僧人形象的出现，如赵自勤《定命录·金师僧》①“睢阳有新罗僧，号金师，谓录事参军房琬云：‘太守裴宽当改。’琬问何时，曰：‘明日日午，敕书必至。当与公相见于郡西南角。’琬专候之。午前有驿使，而封牒到不到，琬以为谬也。至午，又一驿使送牒来，云：‘裴工当改为安陆别驾。’房遽命驾迎僧，果于西南角相遇。裴召问之，僧云：‘官虽改，其服不改。然公甥侄各当分散。’及后敕至，除别驾，紫绂犹存，侄甥之徒，各有散矣。”写出了域外僧人的能预知未来的神通法术。还有《酉阳杂俎前集》卷三“贝编”记载了梵僧不空运法祈雨的小故事：“梵僧不空，得总持门，能役百神，玄宗敬之。岁尝旱，上令祈雨，不空言，可过某日令祈之，必暴雨。上乃令金刚三藏设坛请雨，连日暴雨不止，坊市有漂溺者。遽召不空，令止之。不空遂于寺庭中捏泥龙五六，当溜水，作胡言骂之。良久，复置之，乃大笑。有顷，雨霁”。此外还有《张延赏》②、《萧氏女》③、《僧伽大师》④、《迴向寺狂僧》⑤、《魏洛

① 《定命录》亦名《定命记》，原十卷。赵自勤著。《新唐书》丙部小说家类著录。《宋志》亦著录，惟作两卷。《文苑英华》卷七三七顾况《〈戴氏广异录〉序》列举前于顾况之数种小说曰：“赵自勤《定命录》。”今已亡佚，《太平广记》中录有六十二则。《段文昌》一则，乃言大和年间之事，与作者年代不符，疑其中杂有吕道生《定命录》之文。赵自勤，《新唐志》云：“天宝秘书监”今据《太平广记》录出。

② 《张延赏》出自《酉阳杂俎》，作者段成式，参见“段成式”之注释。

③ 《萧氏女》作者释道世，俗性韩，字玄恽，伊阙人，久居长安。编纂《法苑珠林》一百卷。

④ 《僧伽大师》作者牛肃，详见《水珠》之注释。

⑤ 《迴向寺狂僧》作者卢肇（818—882），字子发，袁州（今江西新余）人。他勤于笔耕，一生著述很多，有《文标集》、《届堂龟鉴》、《卢子史录》、《逸史》、《愈风集》、《大统赋注》等等一百几十卷。

京永宁寺天竺僧勒那漫提传》①等篇，都描写了胡僧惊人的法术。

唐代的小说家们还首次使用小说这种工具来演绎佛理，如在康骈②《剧谈录·永那跋摩》就记载了一个以佛理开导帝王躬行善政的西域高僧，“永那跋摩者，西域高僧也。宋元嘉中，东游渡降，居于金陵园。宋文帝常谓之曰：‘弟子恒愿持斋，不杀生命。以身殉物，不获其志。法师不远万里，采化此国，将何以教之？’对曰：‘道在心，不在事。法由己，非由人。且帝王与凡庶，所修亦有殊矣。若不苦身刻己，行善持戒，将何以用其心哉？帝王以四海为家，万民为子。出一嘉言，则士庶咸悦。布一善政，则人神以和。刑清则不夭其命，役简则无劳其力。然后辨钟律，正时令。钟律辨则风雨调，号令时则寒暑节。如此则持斋亦已大矣，不杀亦已众矣。安在乎缺一时之膳，全一禽之命，然后乃为弘济也？”文帝抚几良久，称善者良久。乃曰：‘俗人迷于远理，沙门滞于近教。迷远理者谓为虚说，滞近教者拘恋章句。如法师者，真所谓开悟明达，可以言天人之际矣。’”

在唐代的小说中还出现了外国人在中国修身得道的记载，沈

---

① 《魏洛京永宁寺天竺僧勒那漫提传》作者释道宣（596—667），俗姓钱，唐朝长城（今浙江长兴）人，一说丹徒（今江苏丹徒）人，生于长安。汉传佛教律宗南山宗初祖。著述颇丰：所著《四分律删繁补阙行事钞》、《四分律删补随机羯磨疏》、《四分律比丘含注戒本疏》、《四分律比丘尼钞》、《四分律拾毗尼义钞》称为南山宗五大部；另其所著之《续高僧传》、《广弘明集》等，均为佛教文史学上的重要名著。

② 《剧谈录》，康骈著。书成于乾宁二年（895），二卷，四十二则。康骈，一作康骿，字驾言，池州（今安徽贵池）人，生卒年不详。乾符五年（878），登进士第。次年，中博学鸿词科。曾为崇文馆校书郎。

汾的《续神仙传·金可记》①就记载了新罗金可记道士的故事："金可记，新罗人也，宾贡进士。性沉静好道，不尚华侈，或服气炼形，自以为乐，博学强记，属文清丽。美姿容，举动言谈，迥有中华之风。俄擢第，于终南山子午谷葺居，怀隐逸之趣，手植奇花异果极多，常焚香静坐，若有所思，又诵《道德》及诸仙不辍。后三年，思归本国，航海而去。复来，衣道服，却入终南，务行阴德，人有所求，初无阻拒，静勤为事，人不可偕也。"

对于一种宗教有信仰者，自然也就会有反对的人，而在小说中嘲弄佛教的荒诞不经也始于唐代。如《朝野佥载》②卷五中就记录了一个无能碌碌的神僧"景云中，西京霖雨六十余日。有一胡僧名宝严，自云有术法，能止雨。设坛场，诵经咒。其时禁屠宰，宝严用羊二十口，马两匹以祭。祈请经五十余日，其雨更盛。于是斩逐胡僧，其雨遂止。"还有以道胜佛的故事，如有两篇以傅奕为主人公的小说作品，一篇存于《隋唐佳话》③卷中，西域献一善"咒术能死生人"的胡僧，然太常卿傅奕则不信邪法，"帝招僧咒奕，奕对

---

① 《续神仙传》原书三卷，沈汾撰，亦作《续仙传》，《新唐书》道家类著录。《直斋书录解题》著录作者为沈玢。沈汾，《新唐书》题作唐溧水令，余不详。沈玢，疑为字误。沈玢其名，见于吴淑《江淮异人录》中，称之为待御，然又记其游戏坐蜕事，似为道家者流，不知是否与沈汾为一人。书中记及谭峭，而称杨行密为吴太祖，《四库全书总目提要》据此推断为南唐人。即是，亦当为南唐早期人，以他无证，兼《序中》提及时当中和兵火之后，则乃僖宗时事。

② 《朝野佥载》，作者张鷟。张鷟，字文成，生卒年不详，当于武后到玄宗朝前期，以词章知名，下笔神速，今存著述除此书外，尚有《龙筋凤髓判》和《游仙窟》。据《新唐书》和《宋史·艺文志》著录为二十卷，今传六卷。此书记述了唐代前期朝野遗事轶闻，尤以武后朝事迹为主。

③ 《隋唐佳话》，刘餗撰，《宋史·艺文志》子部小说家类著录一卷。《直斋书录解题》同，又《新唐书》两部小说家类著录《传记》三卷并行。刘餗，字鼎卿，史学家刘知几之子，其事迹附见两《唐书》刘子玄传。

之，初无所觉。须臾，胡僧突然自倒，若为所击者，便不复苏。”另一篇是李伉的《傅奕制胡僧》：“傅奕常不信佛法。高祖时有西周胡僧，能口吐火以威胁众，奕对高祖曰：‘此胡法不足信。若火能烧臣，即为圣者。’高祖试之，立胡僧于殿西，奕于殿东，乃令胡僧作法。于是跳跃禁咒，火出僧口，直触奕。奕端笏约：‘乾元亨利贞，邪不干正。’由是火返焰，烧僧立死。”傅奕是唐代著名的反佛人物，他指责佛教危国实则与他的身份密切相关，他既是一位儒生，也是一位道教徒，作者在小说中以辛辣的笔法揶揄了那些看似道行深厚实则无能的域外高僧。此外以道胜佛的故事，还有《东岩寺僧》①、《叶天师》②、《龙宫仙方》③、《叶法善》④等篇。

但同时我们需要探讨这样一个问题，是否除了最后一种，唐代小说家写作域外佛道人物仍如唐前小说作家一样抱着对宗教笃信和宣扬的目的呢？其实不然。先看域外高僧，服务型的法术的域外僧人，其提供服务的对象不是帝王就是官员，而为其服务乃是皇帝和官员为厚利之所在，其行为已如同江湖术士，毫无佛教色彩了；而以佛理取胜的域外高僧，似然是有传扬佛教的意味，但我们仔细分析其中蕴含的道理“帝王以四海为家，万民为子。出一嘉言，则士庶咸悦。布一善政，则人神以和。刑清则不夭其命，役简则无劳其力”其与儒家的治国之术已毫无差异，这使得他所言传的佛理经义，也不是佛家所独有的；而那位在中国修道并登仙的新

① 《东岩寺僧》作者陈劭，生平不详。《新唐书·艺文志》记载其著有《通幽记》一书。

② 《叶天师》作者牛僧孺，详见《华山客》之注释。

③ 《龙宫仙方》作者段成式，详见“段成式”之注释。

④ 《叶法善》作者薛用弱，字中胜，唐河东（今山西永济一带）人，生卒年不详。著有《集异记》一书。

罗道士金可记，寄予的更多的是作者对他求道、体道坚定信心的认同，虽然各家学说，其道各有不同，但只有对道具有坚定信心的人才能终有所成，作者赞扬的正是这种人身上的坚定信念。不是以此宣扬宗教信仰。

从中我们可以看出，唐朝人的域外僧道小说，已与唐前大相径庭，失去了附着在小说上深刻的宗教情节。此外由于大唐开放、宽松的宗教政策，使得景教、摩尼教、火袄教等各种异域宗教在大唐的国土上自由地繁衍生息，在《酉阳杂俎前集》卷十“物质”和《朝野佥载》卷五中都有关于了波斯国火袄教的庙祠的记载，这也从侧面反映出了大唐深厚广泛的移民基础。

从这些唐代域外题材小说可以看到，尽管多数篇章还处在“志怪”与“传奇”杂然的状态之中，但是它们已经开始摆脱恍言惚语的“志怪”之风，走向了好奇求异的“传奇”之路，而这种转变也促进了域外题材小说的艺术表现力的大幅提高。

在记载远国异民、神仙洞府的《山海经》、《神异经》、《十洲记》、《洞冥记》等域外题材小说中，因为小说着意点在于状物，描写奇境异物的非常表征，所以在艺术手法上基本上以叙述为主，或伴以细致的白描，但通常很少记述人物与事件，即使唐前的域外题材小说偶有叙事因素，如《洞冥记》中关于毕勒国细鸟的描写，小说的重心也不在情节上，而在事物上，这是直接导致了唐前域外题材小说只言片语、形制短小的根本原因。而至唐，在“好异称奇”文风的带动下，这种状况得到了根本的扭转。

首先小说中出现了文笔动人、曲折完整的故事情节。如上文《酉阳杂俎续集》卷一“支诺皋上”就记载了新罗国的旁兄弟的故事，小说中对于蚕和谷的描写细致入微，极尽夸张之能事，并且还由谷引出了新的情节:哥哥获得了金锥,而更妙的是故事并没有到此戛然而止,而是又引入了弟弟复效的可笑故事,可谓一波三折,跌宕起伏。

其次是这些小说的作者开始使用语言描写和行动描写来构筑故事、表现人物。如《杜阳杂编》的作者就使用白描手法细致勾勒了韩志和所制作的三种奇器巧物,显示了他高超的技艺;而当他的踏龙床导致“上怖畏”时,“志和伏于上前,曰:‘臣愚昧,致有惊圣躬,臣愿别进薄技,稍娱至尊耳目以赎死罪。’上笑曰:‘所解何技,试为我作之。’作者用对话和行动构成了一个生动活泼的小场景,将一个遇事机敏、善揣圣意的倭国侍卫形象刻画得惟妙惟肖。再如《酉阳杂俎前集》卷一“忠志”中还记载了这样一个小故事,“天宝末,交趾贡龙脑,如蝉蚕形。波斯言老龙脑节方有,禁中呼为瑞龙脑。上唯赐贵妃十枚,香气彻十余步。上尝与亲王棋,令贺怀智弹琵琶,贵妃立于局前观之。上数枰子将输,贵妃放康国猧子于坐侧。猧子乃上局,局子乱,上大悦。时风吹贵妃领巾于贺怀智巾上,良久,回身方落。贺怀智归,觉满身香气非常,乃卸幞头,贮于锦囊中。及上皇复宫阙,追思贵妃不已,怀智乃进所幞头,具奏他日事,上皇发囊,泣曰:‘此瑞龙脑香。’”这则曲折婉丽的小故事,作者构建了观棋留香与献物忆昔一静一动两个场景,既刻画了交趾贡物瑞龙脑香珍异非常,又将对唐明皇、杨贵妃的往昔欢愉交织在其中,在对域外奇香的称叹中,更添一段昨是今非的历史沧桑感。自然域外新题材的引入,不但丰富了域外题材小说,也为中国小说创作注入了新鲜的血液,如上文所提到的旁故事颇开辟后世“贫富兄弟”故事模式的先河,波斯胡商经商求宝的奇遇也对此后海外经商寻宝故事具有先鉴意义。

第三节　真实平易的域外题材小说

虽然搜奇显怪的域外题材小说主导着唐代域外题材小说的创作，但真实平易的域外题材小说也在唐代开始崭露头角。唐前，对于域外的山川植被、风土人情的博物记载绝大多数都笼罩在“志怪”风气下，只有零星的较为客观的记载，如《艺文类聚·卷五》中引用《括地图》关于天毒国风俗的描述以及《神异经·中荒经》中关于西南大宛汗血宝马的记载。

这种真实平易的域外风俗、人物、物产记载在唐代有了一定的发展。段成式的《酉阳杂俎》虽然被胡应麟赞为“志怪之书，自《神仙》、《洞冥》下亡虑数百家，而独段氏《酉阳杂俎》最为迥出。其事实谲宕亡根，驰骋于六合之九幽之外，文亦健急瑰迈称之。其视诸志怪小说，允谓奇之又奇者也”①。但其中还有一些写作风格真是平易的域外题材小说。如在《酉阳杂俎前集》卷十八“广动植物之三”中，段成式就比较客观地记载了很多的域外植物。以“紫泮树”为例，“出真腊国，真腊国呼为勒佉。亦出波斯国。树长一丈，枝条繁茂，叶似橘，经冬而凋，三月开花，白色，不结子。天大雾露及雨沾濡，其树枝条即出紫泮。波斯国使乌海及沙利深所说并同。真腊国使折卫都尉沙门陀沙尼拔陀言，蚁运土于树端作窠，蚁壤得雨露凝结而成紫泮。昆仑国者善，波斯国者次之。”对于紫泮树的介绍，作者已经完全摆脱了唐前的搜奇显怪的风气，完整而详细地介绍了这种植物生长地、形貌、生长特性，并对其得名作出了认真

① （明）胡应麟：《少室山房类稿》卷八三《增校酉阳杂俎序》，《四库全书》第1290册集部别集类，第599页。

的考究，指出了其物种在各地的优劣。有的还要写上植物所具有的药用价值，如“磐砮树……西域人压为油以涂身，可去风痒”。亦有个别的还添加了关于这样植物的传说故事，如“菩提树”条，就记载了菩提树因佛祖树下成道而得名，后几经融枯的传说故事。这种客观严谨的记述类似植物百科中词条式的写作方法，使得人们一见就可以简单明了地掌握这些域外珍奇异木的基本特征，既生动有趣，又开阔视野。

同时在对外国风土人情介绍时，作者也同样采取了这种“真实平易”的写作手法。如“真腊国在驩州南五百里。其俗有客设槟榔、龙脑香、蛤屑等，以为赏宴。其酒比之淫秽，私房与妻共饮，对尊者避之。又行房不欲令人见，此俗与中国同。国人不着衣服，见衣服者共笑之。俗无盐铁，以竹弩射虫鸟。”从中可以看出随着唐代对外交流的发展，域外的世界不再是怪异离奇的幻想，或不着边际的天方夜谭，而变得真切可感起来。

在商贸题材的小说中，除了胡商蕃客的经商求宝的奇遇外，唐代的文人也真实记载了大唐与外国繁盛的商贸往来。如《唐国史补》①卷下载：“南海舶，外国船也。每岁至安南、广州。师子国舶最大，梯而上下数丈，皆积宝货。至则本道奏报，郡邑为之喧。有蕃长为主领，市舶使籍其名物，纳舶脚，禁珍异，蕃商有欺诈入牢狱者。舶发之后，海路必养白鸽为信。舶没，则鸽虽数千里亦能归也。”从这一短小的记录中，我们仿佛可以看到一个商贾云集、热

① 《唐国史补》，作者李肇，中唐人，曾任翰林学士，宪宗元和时任中书舍人，撰有《翰林志》传世。据本书卷首作者自序，本书成于穆宗朝作者为尚书左司郎中时，系续刘餗《传记》（实即《隋唐嘉话》）而作，连卷数也同于刘书，不过比刘书少讲些怪异，多讲些史实习俗。此书共记三百零八条事，卷首有目录，概括每条内容以五字标题。前二卷记事大体按时间顺序排列，卷下则杂记各类典故制度。

闹非凡的商贸港口，其中还有对市舶使对于海外贸易的管征体制及外国商人如何应对海上突发的海难惨剧，唐代中外贸易的繁荣可见一斑。

同时我们也注意到这样一个问题，虽然唐前的地理博物小说皆以“志怪体”写之，处于恍言惚语的状态，但它们却正是凭借这种超乎寻常的大胆想象在小说史上奠定了自己的地位，但转以“真实平易”的写作风格后，其艺术表现力逊色了很多，小说的味道也因此变得淡薄了，几乎成为一种知识化的域外地理介绍。

第四节　恢宏开放的时代气质

唐代是域外题材小说的一个繁荣时期，究其原因首先得益于大唐强盛的国力以及开放的政策。唐王朝是我国封建社会的极盛时代，经济发达、国力强盛、外有武功、内有文治。雄强的国力使它拥有了包容四海的恢宏气魄，极大促进了它与遥远的“域外”进行广泛而深刻的交流。其次，唐代文人士大夫接替神仙方术家和道教徒，掌握了域外题材小说的写作权，域外写作的宗教特色与政治功能因此丧失，这改变了以“神怪”为写作内容和选材标准的狭窄领域，使得更多生动鲜活的域外题材涌入到文人的笔下；同时也打破了域外题材小说长期以来因宗教、政治目的而导致的单一的“志怪”体的写作方式，使得小说家在此之外，又找到了好异求新的“传奇”体域外题材小说，使小说愉心悦目的娱乐功能得到凸显。至于那些风格“真实平易”的域外题材小说，除了显示了唐代对外交流的繁荣，更是知识分子“博闻强识”文化心理的体现。正如段成式在《酉阳杂俎前集》卷八“黥”中提到的：“成式以君子耻一物而不知，陶贞白每云，一事不知，以为深耻。”，虽然它们的小说意味淡薄，却但满足了文人士大夫广博知识的内在需求，从而也在唐域外题材小说中占有一席之地。

此后的域外题材的写作权一直保持在文人手中，可除了近代，其他朝代对于域外描摹的活跃性和多面性却都无法与唐代匹敌，这一点与唐代文人所特有的时代气质密切相关。唐继承和发展了隋朝的科举制度，打破了曹魏以来九品中正制造成的豪族对于政权的世袭垄断，为知识分子敞开了逐于科场、争名进士、荣显仕途参政之路。国力的强盛、仕途的通畅，使得文人士子心目中氤氲着一种恢宏开放、兼收并蓄、蓬勃开朗的时代气质，加之唐统治者胡、汉交融的皇室血统，对域外文化特别的西部乐舞的狂热痴迷，大大影响着世人的审美倾向。使得文人士大夫对于域外文化、习俗风尚大胆地引进和吸收，极大丰富了他们的知识视野和精神生活。

从中我们不难发现，唐王朝繁盛的对外经济、文化交流为文人提供了一个认识域外、了解域外的平台，这是推动域外题材小说繁荣发展的外在动力；而知识分子文化心理和独特的时代精神成为他们写作域外题材小说的内在动力，两者缺一不可。而在大唐繁盛下两大因素实现了一次完美的结合，开放与强盛的唐帝国，心胸博大的唐代文人心理，为唐朝迎来了一个域外题材小说大繁荣与大发展的时期。

第四章　宋元：内敛文人的好奇撷取

第一节　繁盛的域外交流，寥落的小说题材

结束了五代十国的长期混战，宋在中国历史上远不是一个气势恢宏的朝代，在中国政治史上表现为多元政权并立的格局，前期北宋与辽、西夏对峙，后期南宋与金朝和西夏的鼎立，最后由元朝实现了国家的统一。

宋与几大少数民族政权之间打打停停的局面，显然不利于陆路交通的发展，但这却并没有让宋代的域外交往变得狭窄，相反由于陆路交通的不畅，使得宋朝对外交往的主要阵地不可避免地转向了沿海地区，并取得了前朝无与伦比的长足发展。虽然宋朝始终没有实现国家的大一统，但商品经济的发展却超逾前代，这也带动了航海业的极大发展，天妃崇拜逐渐在东南沿海活跃起来就是一个明证。航海业的发展离不开造船和航海技术的发达，特别是指南针在这一时期开始使用在航海中，大大提高了人们的海上航行能力。另外宋代对海外贸易也格外看重，这从主观上刺激了海外贸易的发展。宋王朝由于疆域狭小，使其在农业税上没有多少油水可榨，海外贸易带来的市舶收入便成为了宋代重要的政府财政支柱之一。例如南宋初年，市舶收入“动以百万计”，到南宋末

年，市舶一年的收入更增加到二百万，与此同时南宋政府一年的收入才不过一千万，这样算来市舶收入竟然占到了国家财政收入的20%，对于并不强盛的宋王朝来说，这自然是一笔不菲的收入，宋又以“冗兵”“冗官”之弊著称，随之而来的自然是“冗费”问题，商税收入则可以填补这一庞大的亏空，因而宋王朝一直都极力鼓励海外贸易。南宋高宗就说过：“市舶之利，颇助国用，宜循旧法，以招徕远人，阜通货贿”①，这使得宋代特别优待远方外国，并鼓励中国商人到海外经商，形成了泉州、广州两大贸易港口，而来广州贸易的国家也大大超过了唐代，多达五十余个。一些记载中外交通的专门著作也在这期间问世，如周去非的《岭外代答》②、赵汝适的《诸蕃志》③，反映了当时人们对于海外认识的深入。

十三世纪初，蒙古兴起，经前四位可汗大肆东征西讨，迅速建立起横跨欧亚的大蒙古帝国，其版图空前庞大，客观上有利于东西的陆路和海路的往来和交流，加之元统治者奉行着积极开放的外交政策，使得元代的对外文化和经济交流，创造了新的历史纪录，登上了历史最高峰，东西方联系的深度和广度是任何朝代都无法

① （清）徐松：《宋会要辑稿》，职官四四之二四，中华书局1957年影印本，第3375页。

② 《岭外代答》，作者周去非。周去非，浙东路永嘉（今浙江温州）人，在广西六年后东归，于浙东任绍兴府通判，期间将在广西任上的见闻资料整理出来，以代作亲友询问岭南物事的回答，故名为《岭外代答》。该书共十卷。记述包括了宋代岭南地区的社会、经济、民族、风俗、物产、山川、古迹等各方面。其中外国门、香门、宝货门叙述了海外许多国家的交通贸易及物产等情况，是研究海外交通史的珍贵史料，也是研究宋代岭南地区社会经济史的重要文献。

③ 《诸蕃志》成书于宋理宗宝庆元年（1225），分上下卷。上卷记海外诸国的风土人情，下卷记海外诸国物产资源。作者赵汝适，生卒年不详，南宋地理学家。太宗八世孙。寓居四明（浙江宁波）。曾任卿、监、郎官等。

比拟的。出现了多个中西交流的新亮点，如：马可·波罗来华标志着中国与基督教欧洲交往的高峰；中世纪摩洛哥大旅行家伊本·巴图包塔的来华，则代表着中国同阿拉伯世界交往的高峰；汪大渊两次随商船游历东西洋诸国写成了《岛夷志略》①，因其“皆身所游览，耳目所亲见”，成为研究元代海外贸易和14世纪亚非各国历史、地理的重要资料。

在这样一个对外交流极其昌盛的时期，宋元的域外题材小说本应出现一个更为凸显的极大繁荣期，但情况却恰恰与此相反，宋元域外题材小说整体上却乏善可陈。论其风格，还是延续唐代域外题材小说“称奇显怪”的主要特色，如洪迈②在《夷坚乙志序》就自称其创作动机是“好奇尚异”，并欲尽萃“天下之怪怪奇奇”，还在《夷坚支乙集序》中再次表白：“老矣，不复著意观书，独爱奇习气犹与状矣。”由此可见此类小说共同的创作特色。在写作内容上这些作品也显得颇为贫乏，大多是描写海外奇遇以及海外奇人、奇物，甚至出现了同类题材多次重复的现象。尤其是国土如此恢宏、海陆交通畅通无阻的元代，其域外题材小说的创作更鲜有什么出色之作，而这种状态又是何种原因造成的呢？我们先从域外题材的小说创作入手，继而分析其背后的原因。

---

① 《岛夷志略》是元代中外海上交通地理名着。汪大渊撰。是中外交通史必读之书，原名《岛夷志》，明代作《岛夷志》，清代改名《岛夷志略》。全书共分100条，前99条记载和涉及的地点总计220个，均系作者亲睹，其说可靠；其第100条异闻类聚，是摘录前人旧记《太平广记》等书而成。

② 《夷坚志》，作者洪迈（1123—1202），字景卢，号容斋、野处，饶州鄱阳人。与兄洪适、洪遵并称“三洪”，《宋史》称“迈文学尤高”。著述今存《容斋随笔》、《万首唐人绝句诗》等。《夷坚志》洪迈撰，始刊于绍兴末年（1162年），绝笔于淳熙初年（1174年）。书名取《列子·汤问》“夷坚闻而志之”之意，记述了宋代诸多的城市生活、人文掌故、奇闻趣事。内容搜罗广泛，卷帙浩瀚。

第二节　海外奇遇与海外奇人奇物

在海外奇遇的题材中，主要出现了以下几个写作内容：遇仙、遇妇、遇盗、遇鬼和其他类的奇遇。《湖海新闻夷坚志续志·后集卷一·神仙门》①中记载了一个《浮海遇仙》的故事，台州士人陈梦仙随商贾以纵观览，因飓风飘至海上一山下，得遇一老翁，言当朝宰相叶梦鼎之事，让其代传，奉劝叶早离仕途，恐有后患，后果言中之事。使得闻者不得不叹服："信知大事神仙知之久矣"。宋元海上遇妇的小说，看起来本应是海外艳遇题材，但实多凄凉，语多哽噎。这类故事的内容大多都是商人海上遇险，飘至一岛，遇到一妇人，匹配为夫妻，生儿育女，多年后又偶遇旧相识的商人驶船飘来此岛，为重返故里，不得不抛妻弃子，搭船回乡之事。《夷坚志》中的《甲志卷第七·海上妇人》和《支甲卷第十·海王三》就是其中非常有代表性的两篇。而《海上妇人》篇尤为凄惨，海外妇人见其夫不肯回头，竟生出"即归取三子，对此人裂杀之"的举动。《续夷坚志》②卷四的《海岛妇》与此不同，"近年海边猎人航海求鹘，至一岛，其人穴居野处，与诸夷特异，言语不通。射之中，则扪血而笑。猎者见男子则杀之，载妇人还。将及岸，悉自沉于水。他日再

① 《湖海新闻夷坚续志》，明人书目如《百川书志》、《万卷堂书目》等多有著录，俱不见传。今见传世版本很多，主要有国家图书馆藏清末杨守敬旧藏本、清丁丙旧藏精抄本，陆心源旧藏旧抄本等，但各本均非足本。此书作者不详，仅俱书中第一条《大元昌运》，知其为元人作品。

② 《续夷坚志》，金元好问撰。元好问（1190—1257），字裕之，号遗山，太原秀容人。七岁能诗，兴定五年登进士第，正大元年试宏词科。金亡不仕，以著述自任。著述颇丰，有《元遗山先生集》、《遗山新乐府》、《唐诗鼓吹》、《中州集》、《中州乐府》等。《金史》有传。本书作于作者晚年，多记金国异闻，杂碎乏光彩。

往，船人人执以一妇人，始得至其家。妇至此不复食，有逾旬日者，皆自经与东冈大树上。”海岛妇人成为海边猎人野蛮的劫掠对象，但她们却显示出极为忠贞不渝的品质，或沉水或上吊，用生命捍卫尊严，对抗这一野蛮行径。

对于海盗的记载是宋代域外题材小说新开拓的题材领域，这和宋代发达的私人海外贸易有关。唐朝虽然也是一个海外贸易极为繁荣的朝代，但其以官方的海外贸易为主，私人贸易所占比例较少。而官方贸易，国家会随船派驻正规的军队，护卫船只、货品和官员的安全，自然不用顾虑在旅途中会遭遇匪人海盗的打劫。到了宋代这一个比例发生了根本性的改变，私人贸易超过了官方间的商贸往来，成为宋代海外贸易的主流。对于私人海上商贸，自然不可能拥有同国家强大的军事力量相当的保卫能力，因而途遇海盗贼人，抛尸抢财也就成了海外贸易的巨大风险之一。《夷坚志》中《丙志卷十三·长乐海盗》、《支庚卷第三·莆田人海船》都记载了商人在海外贸易中遇到海盗的不幸之事。前者因雇佣的“舟中篙工、舵师……然皆劲悍不逞，见诸客所齐物厚，阴做意图之。”，“行七八日，相与饮酒，大醉，悉害之。”后被留下的一仆人告发才得以申冤，惩治恶人；后者则记述了一位忠义的仆人，在其主人“全家被害，抛尸水中”之时，幸得一命，归来后因一人独活，反被诬陷，在押解途中，却“逢三盗着商贾服，相随游观”，继而惊呼：“此三个正是杀人贼，却教我苦中受苦”，最终擒获真凶，忠义得彰。

除了遇仙和遇盗以外，浩瀚海洋因缥缈而神秘，也常常被人们想象成为鬼蜮冥界的所在地。《夷坚志》有《支癸卷第三·鬼国续记》和《补卷第二十一·鬼国母》两篇，《湖海新闻续夷坚志续志》还有一篇是《祭炼感应》，皆是叙述商人出洋，误入鬼境，被鬼所制，其家人以为商人已经亡故海上，遂祭祀鬼神，鬼应而赴会，商人要求随从得许，不想竟至自家，眼见祭祀自己，大呼得救的故事。只是结尾略有不同，有的商人因获医治，重食人间烟火而得活，有的却因为在鬼蜮时间太长，染阴气过重而丧命。

另外在宋代域外题材小说中还有其他一些海外奇遇的记述，如《夷坚志》中的《甲志卷第十・昌国商人》就描写了一位昌国商人的海外虐待记，"呼此人当宴，烧铁箸灼其股，每顿足嚎叫，则哄堂大笑"；《夷坚志乙志卷第八・无缝船》记录了海外百姓造无缝船帮助迷失海上的商人重回故里的故事，"其舟刳巨木所为，更无缝罅，独开一窍出入，内有小仓阔三尺许，云女所居也"；《夷坚志丁志卷第六・泉州杨客》则记述了这样一个故事，有人"每遭风涛之厄，必叫呼神明，指天日立誓，许以饰塔庙设水陆为谢，然才达岸，则遗忘不省，亦不复纪录"，最终由于言而无信惹怒了海神，落得个全数家财"皆为煨烬矣"，悔恨交加"遂自经于库墙上，暴尸经夕"的可悲下场；《夷坚志丙志卷第五・西洋庙》是一篇关于西洋鬼祟作乱的记载，"永嘉胡汉臣，世居西洋"，家"为祟所挠"，"如是几二年，因饮亲戚家，大醉归，及所居巷口，望见小庙，疑其为祟，乘醉就邻家假巨斧，碎土偶，并香案诸物，锁鐍其门，自是怪不作"。

除了海外奇遇，宋元小说中还记载了一些海外奇物奇人，最突出的是对于海中大鱼的描写，《夷坚志》中《甲志卷第七・海大鱼》、《夷坚志支丁卷第五・海口镇鳜鱼》、《夷坚志支戊卷第九・海巨鳅》等篇都记载了体形无比巨大的海鱼因困在浅滩被人发现，或被人捕捉的事情；在《夷坚志支丁卷第三・海山异竹》中记载了一种伽山聚宝竹，"此宝乃伽山聚宝竹，每立竹于巨浸中，则诸宝不采而集"；而在另一篇《夷坚志乙志卷十三・海岛大竹》中，海岛的竹子竟是自己多年食牛的怨报，"主者责曰；'汝好食牛，当受苦报。'"；此外《甲志卷第八·海马》一篇描写了海中状如马的灵异怪兽；《夷坚志乙志卷第八·长人国》记载了海外的大人国，他们"指粗如椽"；类似的一篇是《夷坚志丙志卷第六·长人岛》，其中所描述的岛上长人"臂长过五尺"；《夷坚志补卷第二十一·海外怪洋》讲述了航海船员遇遭遇海怪妖魔横行的历险故事。

第三节　冷漠心态下的异域拾零

宋元小说中的域外题材作品，较之唐代，分量明显减少，题材也出现了大量重复的现象，虽然开拓了海盗题材，但总的来说并没有呈现出活跃性和多样化的局面，与宋代繁盛的海外贸易和元朝横跨欧亚大陆的盛况，显得极不相称。其艺术性，从上面的引文可以看出，除了对事件和事物粗线条的勾勒，和一些简短的对话之外，也无甚突出之处。同时在风格上，也拘泥于前代的搜奇显怪。从先秦到唐代，域外题材的小说无论在种类还是艺术性上都呈现出逐步上升的趋势，但这一趋势在宋元却急转直下，成为域外题材小说写作的一个明显的低谷，数量不多、种类单一且艺术性不强，而其中的原因和宋元文人的心态与境遇有着很大的关联。

先论宋代，和唐朝纵横捭阖的时代气质相比，终宋一代，都带着"积贫积弱"的帽子。科举制度的改革使得宋代的官僚结构更加的平民化，他们获得了更多的可能施展自我才华，也梦想着能够大展宏图，但文人士子却也很快就发现这个时代没有给予他们太多可以想象的空间，对外一再地示弱、反复起落的党争、革新运动的破产，使得知识分子丧失掉了大唐那种才情汗漫、精神充沛的昂扬气质，他们只能将更多的思致归于内敛，守内虚外成为他们内向性性格的写照，而强烈的使命感和责任感又使得他们不会轻易放松掉对于治国安天下的极度热情，从而使得他们把精力投向了治心养性、读书穷理之中去，重视内心的修习和反省，流连于花开花落的禅机佛理；虽然北宋的商品经济的极大繁荣，汴京和临安又成为万国争凑、商贾云集的繁华大都市，是人口和财富的集结地（关于这一点孟元老的《东京梦华录》和周密《武林旧事》向我们多有展现），但这更多的是为文人士子沉溺于纵情享乐提供了滋生和蔓延的丰厚土壤，而对于海外传来的讯息并不是他们所热衷留意的。

元代的知识分子，则生活在一个异族统治下的“儒人颠倒不如人”的社会中，科举的长期废弃阻断了他们“学而优则仕”的政治前途；“九儒十乞”的低下社会地位，让他们感受到一种前所未有的巨大失落和万般无奈。虽然他们也有全力反击、愤世妒俗的作品出现，但大多却沉沦于寄情山水、消极避世的困顿之中，这使得他们心态更多的是心如死灰的阴冷，鲜有关注政治、国事的热情，这使得他们对域外之事也就没有必要投诸更多的目光了。

宋朝文人内敛型的文化心态与元代文人阴冷低落的迷茫心理，使得他们并不热衷于发觉新奇怪异的海外题材。然而身处在熙来攘往、纸醉灯迷的秦楼楚馆之中，文人们还是会听闻一些南来北往的商客走卒讲述的扬帆海上、探险异域的奇闻异事，并将这些记录下来满足好奇的心理，打发闲暇时光。因此宋元的域外题材小说数量不多，题材也相对狭窄。由于海上贸易的极大繁荣和发展，加之唐传奇的一脉相承的影响，宋代的域外题材的小说都集中于在海外奇遇和海外奇物奇人这样两大主要写作题材中。

第五章　明代：宗教视角下的域外关注

第一节　海禁制度对域外题材小说的影响

朱元璋建立明朝以后，一改宋元时期鼓励海外贸易的做法，厉行海禁，并把“片板不许入海”①列为祖训要后世子孙奉行不渝。在明初这个政策得到了全面而且严格的遵守，有限的海外贸易活动被严格限制在了官方间的朝贡贸易范围内，且规模不大。为了制造万邦来仪、显示自己天朝大国的威仪，朱元璋又制定了厚往薄来的朝贡贸易基调。

明成祖承继大统后，大大放松了海禁政策，成就了明朝官方中外贸易交往最繁盛的时期，除了著名的郑和下西洋之外，陈诚和李达对西域的出使以及侯显对西蕃诸国的访问也是明代的中外交流史上的重要篇章。然而随着明成祖的驾崩，这些对外交流活动，特别是郑和下西洋这项人类航海史上的壮举随之戛然而止，将巨大的问号和惊叹号留在了浩瀚大洋的惊涛骇浪之上。

---

① （清）张廷玉等：《明史》卷二〇五，列传第九十三，《朱纨传》，中华书局1974年版，第5403页。

其实从一开始这一人类历史上空前的远航壮举就伴随着朝臣们一浪接一浪的反对，而反对者的中坚力量都是当时朝野正统的治国明臣，如“廉能冠天下，为世明臣”的杨士奇，“名位先于三杨，有古大臣风烈”的夏原吉，“性刚梗慨然以天下为己任”的李时勉，这促使明仁宗一即位，就立刻接受了户部尚书夏元吉的进谏，下达了停航西洋的诏令，而宣宗朝的第七次航行则更像是郑和等西洋之行的统帅们向浩瀚海洋所作的最后诀别。郑和下西洋的档案很快就被全部销毁，中国人在近代之前与浩瀚海洋最为亲密的一次接触就以最彻底方式终结了，甚至没有给后人留下当时的航海资讯。航海事业和日趋僵死的封建专制的尖锐对立直接窒息了扬帆远航的梦想；厚往薄来的巨大经济负担使得扬威海上的大壮举成为点缀帝王虚傲的装饰品。而这些参与反对下西洋外交活动的重臣不但在当时在政治上大权在握，还把持着文柄。这直接导致了文人士大夫对于域外空间的漠不关心。

终明一世，文人对于域外的态度一直都很漠然，究其原因，最为根本和重要的就是明一朝的海禁制度。虽然这一祖训在永乐朝在曾以皇权的形式加以阻断，且之后时松时紧，并随着明王朝国势的衰微，最终在明末成为一道虚文，伴随而起的是私人海外贸易的如火如荼，但它在明朝却是一项贯彻始终的国家外交政策。这以政治强权的形式极大地限制文人对于域外的关注兴趣，而写作这类题材的何种作品无疑都是对国家政权的公然挑衅。那么域外又是以一种什么面貌在明代小说中出现的呢？这就是一批泛宗教化域外题材小说的兴起，这类小说大致分为二类：第一类以佛教名人为主人公，因为佛教是外来宗教，其神系人物自然都降生在域外，这类小说的目的就是宣传佛法精义。作品主要有方汝浩的《扫魅敦伦东度记》、朱鼎臣编辑的《南海观世音菩萨出身修行传》、朱开泰的《达摩出身传灯记》等；第二类是以《西游记》为素材中心的一系列神魔小说，虽然这类小说也是由宗教故事演化而来，佛道宗旨是其重要的一个写作方面，但其中更包涵着作者对于社会和人生的体悟。神魔的世界里混合着明代中后期知识分子对于社会、政治乃至人性的多重思考，使得域外题材小说的创作成为他们描写心灵思想和社会感悟的载体。这一类小说主要有以下几种：吴承恩的《西游记》、无名氏的《续西游记》、《后西游记》和董说的《西游补》。此外还有一类域外题材的神魔小说是由讲史故事分化而来的，即在历史故事的基础上加上神怪的想象，敷衍成神怪化的历史。代表作品就是罗懋登《三宝太监西洋记通俗演义》。

除此之外，还有一些小说作品，延续着搜奇显怪的写作特色。如朱国祯①的笔记小说《涌幢小品》②，卷三十《王长年》一文，讲述了王长年率领众人夺回被倭寇抢走的船只，胜利回国的故事。歌颂了王长年的智勇双全，揭露了官兵冒功领赏的无耻行径。

《焦氏说楛》七卷，明焦周③撰，书中内容多以天地之象，释名诠物为主，往往涉及怪异，类似《山海经》、《博物志》一类的地理博物体志怪小说，如记龙伯国、大秦国、中秦国等国人的奇形怪状。

---

① 《涌幢小品》，作者朱国祯。朱国祯（？—1632），字文宁，浙江乌程（今吴兴）人，万历年间进士，历官至礼部尚书兼东阁大学士。该书共三十二卷。始撰于万历三十七年（1609）春。天启元年（1621）冬完稿。初名《希洪小品》，寓意仰视洪迈《容斋随笔》。后筑木亭名涌幢，意指海上涌现出佛家的经幢，形如时事变幻好比昙花一现的意思，书沿其名。

② 《涌幢小品》，据《千顷堂书目》和《四库全书总目提要》及今存各本为三十二卷，《明史·艺文录》作二十四卷。

③ 《焦氏说楛》，作者焦周。焦周，据《四库全书总目提要》知其字茂叔，上元（今江苏南京）人，万历庚子（1600）年举人，焦竑之子。

凌濛初①的《初刻拍案惊奇》卷一《转运汉遇巧洞庭红波斯胡指破鼍龙壳》一文，叙写了文若虚海外发财的奇遇，小说中写到的吉零国，据《明史》卷三二五记载巴剌西遣使入贡，因“去中国绝远”，舟行四年半，遭风飘至“吉零国”，后经秘得、暹罗等陆地，又“附番舶入广东，得达阙下”。冯梦龙②的《警世通言》卷九《李谪仙醉草吓蛮书》，李白以一纸气势恢宏的“吓蛮书”，唬得渤海国使臣面如土色，写下降书顺表，愿年年进贡，岁岁来朝，极大地夸耀了李白的非凡才华。

第二节　宣教小说

《扫魅敦伦东度记》

《扫魅敦伦东度记》简称《东度记》，又名《续正道书东游记》，共二十卷一百回，作者方汝浩，号荥阳清溪道人，生活于天启、崇祯间，他还先后著有《禅真逸史》八卷四十回和《禅真后史》十卷六十回。

《东度记》叙写了达摩老祖携门徒道徒、道育、尼总持自南印

---

① 《初刻拍案惊奇》，作者凌濛初。凌濛初（1580—1644），明末小说家。字玄房，一字元方，号初成、雅成、迪知子，别号即空观主人，乌程仁舍（今湖州市仁舍乡）人。18岁赠补廪膳生，后三次赴考未中。明崇祯四年（1631），以副贡授上海县丞，署海防事。在任清理盐场积弊，颇有政声。十五年，擢徐州通判，分置房村。治河时，淮徐兵备道何腾蛟慕名征入幕中，进献《剿寇十策》，因功被授为楚中监军佥事。十七年，被李自成率农民起义军围困于徐州城，率众顽抗，呕血而死。

② 冯梦龙（1574—1646），明代文学家、戏曲家。字犹龙，又字子犹，号龙子犹、墨憨斋主人、顾曲散人等。南直隶苏州府长洲县（今江苏省苏州市）人。冯氏少有文名，为诸生，仕途不畅，年过半百，始成贡生。崇祯三年，任丹徒县学训导，七年，擢寿宁知县，在任有声望。明亡，忧愤而死。他最有名的文学活动为编纂和出版“三言”（《喻世明言》、《警世通言》、《醒世恒言》）。

度到东印度，一路扫除妖魅，敦睦人伦，普度众生，然后又独自一苇渡江，东来中国，收服由人身上各种贪欲幻化出来的魔障的故事。整部小说由一系列的小故事构成，采取了夹叙夹议的写作方法，每一个故事结束的时候，作者都会出面议论一番，直接表明自己的观点看法，褒贬人物。如第七十四回“零埃打鸟遇妖邪”：零埃以打鸟为生，一日在树林中见一女子，生得妖媚，不顾天理，意欲霸占。蹊跷树上一只鸨鸟，往下呵一口气，零埃忽然倒地，人事不省，女子得以脱身，而鸨鸟反变成女子，零埃醒来，不知悔改，反复纠缠，至晚将女子背回家，结成夫妻，其家人看到的只是一只鸨鸟，而零埃最后也落得形神枯损，不能再外出打鸟。作者评论道：“鸨鸟虽淫，那里作怪？只因一个人心邪淫，起了一种奸骗女子的恶意，遂动了暗地冤愆，生出这种邪魔鬼怪，这怪却不是鸨鸟，乃是零埃的邪心，附在那鸨鸟身内使作的。”通篇所叙，突出了作者“世上人心一正，便是怪异也化为安详，若是立心一邪，就是好事翻成古怪”的写作意图。这种写作方法使得小说的着力点在宣扬作者所提倡的劝善讽恶的思想观念上，因而全书虽然洋洋六十万字，却没有在情节建构及人物刻画上多费笔力，故事发生的地点也飘忽不定，忽而海岛、忽而名山、忽而人间、忽而地狱。但诚如《阅〈东度记〉》所云：“中间妖魔邪魅，不过装饰闹观”，突出是其浓重的宗教宣传意味。

但是我们却也不能把《东度记》看成是一本纯然宣扬佛教的释教小说，它实则是以儒家的伦理道德作为全书精髓的。书中佛祖宣扬“一善能解百恶”、“破法全靠正大光明”。其中“善”的内涵就是忠、孝、节、义、信、悌、仁、礼等儒家社会道德规范，而“正大光明”又莫过于忠孝二字。作者之所以要宣扬因果报应，也是要让人们树立起绝对的儒家伦理纲常，为臣尽忠，为子尽孝，兄弟友爱,夫妇和睦,朋友信义,待人诚恳,无论士农工商各守本分,各安生业,决不能有不忠不孝、奸淫掳掠、欺压弱寡之类的行为,总之就是要人人绝非分之想。可见这本小说是以佛释为骨肉,以伦理道德为精髓,虽然要求人们要清心寡欲、远离酒色财气,出静入定,修真养性,但并不是倡导人人修炼成真僧活佛,而是要求每个人都能按照儒家的伦理道德准则行事,在这里佛法和伦理得到了有机的融合和统一,显示出三教合流的明显倾向,寄予了作者针砭世风的积极用心。同时在艺术上,作者将《东度记》中的个个小故事讲述得惟妙惟肖,生动活泼,极具可读性和教育意义,必然会获得相当广泛的受众群。

《南海观世音菩萨出身修行传》

《南海观世音菩萨出身修行传》又名《南海观音全传》,四卷二十六回。据"普陀岩紫竹林中原本,双门底古经阁版"由朱鼎臣编辑。朱鼎臣,明万历年间人,以编撰过《唐三藏西游释厄传》而在小说史上闻名,似乎是一位专写佛释宣教书的小说家。

小说讲述了妙庄王第三女妙善出家、修行、得道的全过程。头一卷写兴林国主妙庄王生三女,第三女妙善志心向佛,不肯出嫁,妙庄王无奈只得假意同意其到白雀寺修行。第二卷写妙庄王派人火烧白雀寺,迫使其女回宫,并逼妙善成婚,但妙善心意坚决,誓死不从,被幽闭宫中,后被绞死,魂游地府,得佛祖释迦点化,到普陀岩香山修行。第三卷写妙善九年修成正果,在香山收服了善才、龙女。又化作老和尚揭榜进宫,医治好了父王的不治之症。后白象、青狮两妖精入宫,掠走了妙清、妙音两公主以及娇红、翠红两宫女。第四卷写青狮、白象两妖把公主、宫女藏于万花谷中,又摄走了妙庄王和王后。善才、龙女得知后,率天兵与二妖大战,如来也派八大金刚帮助妙善,最终收服了青狮、白象,搭救了妙庄王一家回国,从此妙庄王诚心向佛。如来本意要把青狮、白象“解入地狱，压他粉碎”。经妙善劝解，令青狮、白象为妙清、妙音的坐骑，这便是文殊、普贤两位菩萨。

《达摩出身传灯传》

《达摩出身传灯传》也是明万历年间的作品，作者朱开泰，生平不详。这部小说没有一个前后勾连的完整的故事情节，而采取一则一个小故事的叙述方式，全书共七十则，前三十五则叙述达摩出身，后三十五则叙述达摩传灯，两部分连缀起来便是达摩生平事迹。达摩原为南印度香至国国王的第三子，初名普提多那，拜般若多罗为师，更名达摩，“夫达摩者，通大之仪也”。得道后，分立六宗，使有相宗、无相宗、慧定宗、戒行宗、无得宗、寂静宗六宗改邪归正。又度化了不信佛的异见王，使之皈依佛教，“在本国演教六十余年”，因思“震旦缘熟，行化在时”，乃辞别异见王，伏蛟龙神虎，渡海来到中国，“适梁普通七年庚子岁九月二十一日也”。广州刺史萧昂迎接达摩，具表奏请梁武帝，护送达摩进京传教。故事主要依据《景德传灯录》《续传灯录》，一小部分是写达摩会见梁武帝，大部分是写神光（慧可）从师。当衣钵传于慧可后，达摩完成了宿愿，便西归去见如来了。

以上两部小说都是纯粹的佛教宣教小说，但是它们的写作特点却是有同有异。首先来看它们的共同点。两本宣教小说的叙事结构是一致的，都是由人物的降生、得道、弘法和飞升四大主要情节构成。这样的叙事结构明显接受了史传和史传文学的影响，这极大地抬高了两位佛教名人的历史地位。这两位佛教中的显赫人物都有着高贵的血统，观音为公主，达摩则是王子，但他们却立志弥坚地走向清苦孤寂的证道之路，这一方面无疑赞美了两位显贵的向道志坚，同时也起到了宣扬佛教伟大感召力的作用。为了进一步突出主人公的向佛心切、志向坚定，两部小说还都设立了别具匠心的细节。另外为了服务于释教小说的宗教特点，两本小说都以主人公的活动为主，配角人物的选择相当的精简，使得主配角之间的关系相对简单明了，这有利于突出主人公们超凡的美好品质和艰辛的修道过程，但同时也使得小说的结构显得有些单薄，没有了曲折多变的故事情节，在一定程度上降低了小说的艺术价值。

再来看它们各自的特色。首先，两部小说选择的叙述模式有着很大的不同，《南海观音传》采用了传统小说的叙述方式，以妙善公主真心向佛、艰辛证道的经历为主线，由一个个的接续的故事情节连贯而成；而《达摩出身传灯传》则选择了类似《论语》语录体的方式来结构小说，小说选择了达摩一生中的具有闪光点性质的事件逐一点染，虽然它们之间并不是完全没有承接关系，但各个故事之间都保持着很大的相对独立性。《达摩出身传灯传》的章节虽然很多，但每个章节的字数都相当的简省精当，这就使得小说多使用语言描写，偶尔才有人物的心理描写；而《南海观音传》，则对妙善公主的一言一行、一笑一颦及内心的隐秘活动，都做了细致入微的描写。其次，两部释教小说的侧重点不同。《南海观音传》侧重的是因父皇母后和两位皇姐的竭力阻挠，致使妙善公主的清修证道之路十分艰难；《达摩出身传灯传》所侧重的是达摩得道之后的弘法之难。再就是两部释教小说虽然都突出了主人公潜心向道、志在修行的坚贞品质，但《南海观音传》更倾向于讲述观音得道成仙的故事，而《达摩出身传灯传》则更倾向于通过故事阐释佛法精义，显然前者更适合粗通文理、热衷看故事的市民百姓阅读，后者则适合颇具文墨、热心佛理研究的文人士大夫阅读。

第三节　神魔小说

《西游记》

神魔小说的巅峰之作《西游记》是以真实的历史事件为基础（即贞观元年(627)玄奘法师去天竺取经的史实），经过虚构演化而来的一部神魔小说。作者吴承恩，字汝忠，号射阳山人，先世江苏涟水，后徙淮安府山阳县(今江苏省淮安市楚州区)人。他出身于一个世代书香后败落为小商人的家庭，虽身为商人，却喜读书，六经诸子百家莫不观览，其一生仕进无途，贫病终老。《西游记》的产生绝非偶然，它是在魏晋志怪小说、元代神仙道化剧以及元末明初《西游》话本的基础上发展而来的。历经了话本、平话和戏曲等各种不同艺术形式地扬弃、积累、充实、完善，到明中叶终于由吴承恩写定，之间经过了七百多年地流传和演化，是一部经过众人之手、集体创作而成的巨著。

《西游记》共一百回，可分为三个部分：第一部分可以称为“取经的准备工作”。一是“准备”取经路上铲妖除魔的英雄孙悟空——这便是小说的第一到第七回，主要叙写了孙悟空诞生、学艺、大闹天宫以及被压在五行山下等待取经人等故事；二是“准备”取经的高僧——这便是第八回至第十二回，小说在这一部分叙写了取经的因由并且推出符合取经条件的最佳人选——玄奘法师。小说的第二部分自第十三回至第九十九回，讲述了唐僧师徒一行历经九九八十一难，取得真经回东土的整个过程，这是全书的主体；第三部分是取经的大结局，即第一百回“五圣成真”。

这部小说最为明显的一个特点就是它对佛教的思想的尊崇。《西游记》中推动师徒四众不畏艰险、勇往西行的动力就是对佛教真经的渴望，而小说中最光鲜照人的两大主人公——唐僧和孙悟空，一位是至诚心坚的得道高僧，另一位虽然有大闹天宫的“不良记录”，但是在“改邪归正”皈依佛教之后，也是一心向佛、尽心职守，保护唐僧西行取经。同时我们也不难发现贯穿于小说中的三教合一的思想，比如小说中同时存在道教所设想的仙界与佛教所设想的西方极乐世界，而且两个世界中的“神仙”还会经常往来交流和相互沟通；又如孙悟空的本领是由一位须菩提祖师传授的（须菩提，梵文即空的意思，在佛教经典里他是如来佛祖门下年高德尊德大弟子空生尊者），但他传授的却是道家的《黄庭经》和儒家的礼教。不过小说并没有把道教和佛教塑造成完美无瑕的宗教，妖道和恶僧都曾经在小说中出现过，比如在车迟国和孙悟空斗法的三个妖道国师，还有观音院中因贪恋玄奘袈裟而心生恶念的老院主。

《西游记》虽然是一部神魔小说，但却寓意着很强的现世精神，具有强烈的寓言性和讽刺性，散发着浓郁的人情味。小说着意刻画的两位取经主人公——唐僧和孙悟空身上，就体现着现实人两种可贵的思想品质——信心和勇气。唐僧的信心来源自他对佛教至诚的信仰和为之献身的无私精神；而孙悟空的勇气则源于他战天斗地的自信和无畏。不过正如作者笔下的佛教道教不那么完美一样，小说的主人公唐僧、孙悟空、猪八戒与沙僧虽然都是正面人物，但也不是完人，他们每个人身上都具有这样那样的缺点，而这些瑕疵并没有削弱他们光辉形象，却使得他们显得更真实了。这也正是《西游记》的艺术评价和流传范围要远远超出同时代的其他佛道释教小说的重要原因。

作者在师徒四人身上寄予着很强的象征意义，他们具有征服种种困难，不断超越自我达到理想彼岸的精神动力，他们集合着天不怕、地不怕的乐观主义人生态度，他们拥有诚笃的信仰、善良的心地、无畏的精神，这一切都使得他们能够勇往直前、斩妖服魔，一往无前地去实现自己的美好理想。在此种意义上来看，《西游记》无疑是一部完美的励志小说，它发掘并激励着人们乐观进取、积极向上的英雄主义情结。

此外关于唐僧取经的故事还有朱鼎臣《唐三藏西游释厄传》和杨致和《西游记传》两书。两本小说都是《西游记》的明代简本，前者十卷六十七回，明朱鼎臣编辑，约十三万字；后者四卷四十一回，"题齐云杨志和编，天水赵景真校"，约七万字。这和八十万字的《西游记》是无法比肩的，它们或头重脚轻，或叙事粗糙，学术界目前对这三本书出现的前后承继关系，有多方面的看法和意见。我们在此暂不详述。

明末清初兴起了一股"续书热"，在其带动下产生了一系列的《西游记》的续书，分别是《续西游记》、《西游补》和《后西游记》三种。三本书的产生年代，目前在学术界并没有统一的看法，但它们却与神魔小说代表作《西游记》有着一脉相承的关系，或着重表达某种佛理禅韵，或借神魔讽刺世事，所以这里将《西游记》及其续书放在一起，进行论述。

《续西游记》

《续西游记》一百回，作者不考，是《西游记》三部续书中规模最大的一种。小说紧接着《西游记》叙写了唐僧四众的护经东归的故事。不过一来一返，两部小说的立意却大相径庭。《西游记》着力描写的是师徒四人取经途中所遇到的妖魔鬼怪，以及千辛万苦战胜它们的过程，而《续西游记》深入探索的则是人的内心之魔。小说首章就借如来佛祖之忧"吾虑此经之取去，复有不净根因，魔孽阻挠道路，他师徒轻微，志愿如何得遂?"透露了作者的写作意图,这使得去除师徒四众的“不净根因”,使之成就纯然佛性也就成为了整部小说的精神线索。小说开头作者借佛祖询问师徒四人“为何事求经?本何心而取?”,孙悟空以“机变心”应答,将佛家所说的“不净根因”推衍至植根于世人内心的“机变心”。在《西游记》中,孙悟空的机变心表现为他斩妖伏魔的聪明机智,而在《续西游记》中孙悟空的八十八种机变之心,则成为种种妖魔鬼怪产生的根源,“你说一心,便种了一心之因;种种因生,则种种怪生”这构成了小说的情节主线。此外小说还有一条副线,即如来恐师徒四人机心生变,难保真经,特遣比丘僧、灵虚子一路护持,一主一副两条线索共同推动着情节的发展。

《续西游记》的主旨明显反逆了《西游记》中以七十二变的机心斩妖服魔的立意,将心性的修炼从外修转向内修。因而在《西游记》中阻碍师徒四人前行的神性之魔与野性之魔,在《续西游记》中,前者已荡然无存,后者也成为零星之笔,大量取而代之的是象征人之情绪思想、伦常观念的心理之魔和伦理之魔,比如二十八回到三十二回出现的三尸、七情和六欲便是心理之魔;伦理之魔如三十六回中的饿鬼林,那里原本为快活林,却因为居住于此的贤良富贵人,倚着富贵,不做善事,故“都变做饥饿鬼,因循渐渍,就招了一个魔王,名唤作独角魔王”。作者为了表达这一写作意图,将师徒四人每一处遇妖逢怪都设计为因自身惹动不净机心而致,正所谓“种种机心种种妖”,越是妄图凭借机变之心降伏妖怪,到头来只会招致更多的妖孽。同时小说中的机心之魔又带有很大的普遍性,虽然大多的妖魔皆起于孙悟空的机诈变幻之心,但唐僧、八戒、沙僧亦常有芜杂不净的多心。如第五回唐僧偶动喜心吟诗,就惹动了蠹孽兴妖;三十六回猪八戒动了饥饿之心,就在饿鬼林遭到夺食之报。就连护送唐僧四众比丘僧和灵虚子在六十回也因动了诈哄之心，失却了如来佛祖所赐的震慑妖魔的菩提珠。凡人动心更会失性遇险，如六十六回车迟国元会县官卞益的公子卞学庄，于春光旖旎之时动了感叹蜂蝶的情怀，便惹动了蜂妖，将其性灵附着在山庄女仙姑的身上作怪。

小说中妖魔争抢的也不再是唐僧之肉，祈求的也不是长生不老，而是庄严真经与得道成仙，这就从世俗愿望的长生不老上升到了立意成仙成佛的精神要求上来，这一点在小说第六回中可以清楚地看到："却说蠹妖们计较道：'千载奇逢，遇着经文。不说神仙字籍，我们若得钻入食，可成仙道'"。这使得妖魔的降伏也不再是依靠孙悟空等人的大开杀戒，而是凭借真经的威力感化作用，使妖魔或皈依佛教，或得超度而投生。如三十二回唐僧为七情、六欲两妖念诵真经，两怪大悟，双膝跪地，表示"回家做本分营生"，"做个平等心肠人"。而降伏妖魔的过程也是师徒四众驱除自身机心之魔、恢复至纯正念的过程，从而赋予了降妖伏魔双重的作用。师徒四人东还所遇的种种磨难，不再为考验取经至诚所设，它象征着人性中佛魔两性之间持久斗争。作者强调必须依靠内心的信仰和坚定的意志，不断去邪归正，完善自我的人格品性，才能战胜心中的魔性。书末九十七回的丢禅杖，九十九回的灭机心，师徒终于一路无阻，顺利归于大唐，这正象征着对心灵复归自心真性的讴歌和向往。联系晚明文人的思想状况，可以说整部小说应和了当时"明心见性"的禅宗精要，"一切魔患，皆由心生，一切魔灭，皆由心灭"，回途的斩妖服魔成为涤除内心污秽的自修之路，小说揭示了只有通过心灵的不断修持，消除了人心中的种种贪欲妄念的不净根因，明其本性，才能达到修真成佛的目的，从这个意义上来说，《续西游记》可称得上一部颇具特色的心界神话小说。

论及这本小说的艺术特色,《续西游记》的作者竭力在模仿《西游记》情节曲折多变的写作手法,其中悟空与众妖魔斗智的情节也颇写得细致、曲折,各种妖魔的化身由来也构思得极为精巧。但是就全篇来看,该书“摹拟逼真”,却“失于拘滞”,它写所经历之难“处处指点出诸魔近在方寸,为了较浅率明白,又过于回回一律,颇令人生单调厌倦之感。”①

《西游补》

《西游补》是作于明末清初的又一部重要的《西游记》续书,小说十六回,作者题“静啸主人著”即董说②。董说(1620—1686),字若雨,号俟庵、补樵,浙江吴兴南浔人。其父董斯张喜欢佛道,结交了许多名士,给董说很大的影响。董说八岁时父亲病逝,与其寡母辛苦过日,16 岁补为童生,多次进京赴考,都没有得中。在明朝灭亡后,削发为僧,法号南潜。其一生研究范围广泛,涉及历史、医学、文字、音韵、音律、佛学、文学诸多领域,著述颇丰,有诗集若干

---

① 郑振铎:《清初到中叶的长篇小说的发展》,见《郑振铎古典文学论文集》,上海古籍出版社 1984 年版。

② 有人认为《西游补》的作者并非董说,实乃其父董斯张,董说只是增补完善了其中的一部分内容,或者只是做了整理工作。参见高洪钧:《董说〈西游补〉作者是谁?》,《天津师范大学学报》1985 年第 6 期;傅承洲:《〈西游补〉作者董斯张考》,《文学遗产》1989 年第 3 期。同时对于《西游补》的成书年代也有两种说法:一、刘复:《〈西游补〉作者董若雨传》认为作于崇祯十三年,时董说 21 岁;鲁迅:《中国小说史略》认为:“于讥弹明季世风之意多,于宗社之痛之迹少。因疑成书之日,尚在明亡之前”(第十八篇《明之神魔小说(下)》,《鲁迅全集》第 9 卷,人民文学出版社 2005 年版,第 181 页)。二、郑振铎:《清初到中叶的长篇小说发展》则认为:“细读全书,纯是一团悲愤。如不作于清初,似不必如此闪闪躲躲。”苏兴:《说〈西游补〉之破情根与立道根》一文也说:“其作者乃在明清鼎革之后,具体写作时间可能是清顺治六年一个整年到七年初(1649—1650),为了避文字之祸,在出版时倒填年月”。

卷，诗风清淡荒远，小说《西游补》一部，汇编为《补樵集》，另有《七国考》一部。

《西游补》一书，不像《续西游记》一样在原来故事基础上继续讲述几位主人公的经历，而是在小说其中一个环节上增添了一些别样的故事。小说的主要情节如下：唐僧师徒离开火焰山之后继续西行，途中孙悟空去化斋饭，为鲭鱼精所迷惑，动了情魔，进入了幻境，来到了一个被妖魔幻化的"青青世界"之中，先后去了古人世界、未来世界和小月王宫。在古人世界中，孙悟空变身为美貌非凡的虞姬，与绿珠、西施等美人饮酒作诗，又见到了西楚霸王项羽，听他吹嘘自己的经历，表达缠绵爱意；在未来世界里，孙悟空做了半日的阎王爷，审问并惩罚南宋大奸臣秦桧，又拜了赤胆忠心的岳飞为自己的师父；在小月王宫里，孙悟空见到了唐僧，此时的唐僧已经娶亲，并被大唐封为大将军，还赶走了偷看自己妻子的八戒和沙僧。唐僧要去领兵卫国出征，悟空也化名孙悟幻，做了唐僧的前锋，战斗中竟然遇到了自己与铁扇公主所生的儿子波罗蜜王。正当两军混战之时，孙悟空被虚空主人唤醒，从幻境返回到了唐僧身边，杀死了前来迷惑唐僧的鲭鱼精，师徒四人又踏上了西去取经的道路。

《西游补》将三条主线交织在三个虚拟的幻境之中，将现实世界和梦幻世界交织在一起，可谓一本颇具特色的小说。诱使孙悟空进入幻境的乃是一念之"情"，在小说的第一回，唐僧师徒在牡丹树下遇到几十个青年男女和孩童，根据最后一回虚空主人所念的偈子："也无春男女，乃是鲭鱼根"来看，这些人实乃鲭鱼所幻化而来的，意在用他们的相扰激起悟空的怒气，斩杀了这些男女孩童，从而引起了大圣的怜悯之心，动了真情，所以在第一回总评作者写道："行者打破'男女城'，是斩绝情根手段。惜哉！一念悲怜,惹起多少妄念”,孙悟空也由此从真实世界进入了虚幻世界。

小说从第二回到十五回主要描写的就是虚幻世界。在虚幻世界中的孙悟空先是在新唐宫内听见宫人说秦始皇有“驱山铎”,想到若是有了这个宝贝,好将去西天路上的妖精、强盗藏身的高山尽皆赶走,减少西去的艰难险阻;接着又听说新唐天子派使者去追唐僧,封他为杀青大将军,孙悟空跟着去寻找师父;同时却又招惹了一个无妄之灾,小月王找了一些“踏空儿”来凿天,凿开后凌霄宝殿滚了下来,玉皇大帝大为震怒,天上神仙皆认为这是孙悟空所为,故悟空要上天去申诉,洗刷不白之冤。作者在小说起始二、三回就把这总领小说的三条主线引了出来,随后他便施展开丰富的想象力,为孙悟空提供了一个无比广阔的天地,使他不仅活跃于天堂、地狱与人间,而且穿梭于过去、现在和未来,以及真实世界和幻想之境当中。

正如嶷如居士在序中所说的那样,“情觉索情,梦觉索梦”,挑动《西游补》整个情节发展的其实就是一个“情”字,也就是小说中让悟空对付不了的“神仙法宝”。其实所谓鲭鱼其实就是“情欲”的谐音而已;青青世界也就是“情情世界”;魔王小月王的名字,实际上就是情字拆开而已,另外小说中出现的关雎水殿,愁峰也无一不是暗指一个“情”字,而唐僧被新唐受封的“杀青大将军”,“杀青”两字实则就是遏制情欲的意思,在小说第十四回缠住悟空的实则也是自己内心的情魔,正如小说第一回唐僧为悟空所讲说的佛偈,说红的不是牡丹花,而是孙悟空的心。正是由于被情所惑,才使得孙悟空陷入了彷徨、苦闷、法力全无的境地之中,而要打败这情魔也从清心开始,然后解救自己的元神使之摆脱情魔困扰才能够回归自我。这使得小说从“情”的角度用六个梦贯穿、概括全书。孙悟空打死牡丹花下一干男女，由动情进入新唐，听说《骊山图》而去寻找“驱山驿”是“思梦”；听说唐僧要做杀青大将军而大惊，见“踏空儿”凿天，堕入青青世界，进入万镜楼，万境皆迷，是“噩梦”；寻找秦始皇，却意外创见西楚霸王，古人世界没有找到，又进入未来世界，做阎罗审问宋丞相秦桧，痛快淋漓，一吐沉积了几百年的忠奸不分的怨愤怒气，是“正梦”；出镜后，被困葛藟宫，遇节卦宫，登愁峰顶，看见演戏弹词，有力没法使，如笼中困兽一般，是“惧梦”；情多由色生，虞美人、西施、丝丝、绿珠、翠绳娘等空闺谐谑，美人唱答，谈笑风生，是“喜梦”；大蜜王认悟空为父，月夜大军混战，五色旗乱，马上就要从噩梦中惊醒，从幻境回到现实，是“寤梦”。六个梦与三条线索虚实交织，将作者对于人生、历史、社会的种种感悟以及深刻的寓意富含其中。

虽然《西游补》还是一本神魔小说，但是却具有非凡的社会历史意义。孙悟空进入的幻化世界其实是在深刻地影射着现世时空，如孙悟空在“天字第一号”古镜中看到的众多考生在出榜后的种种情态，与《儒林外史》中描写的如出一辙，犀利地讥讽了阴暗的科举考试带给众多知识分子的压抑、痛苦以及精神摧残。孙悟空暂充阎王爷对南宋奸相秦桧的大审判正是对千载糊涂帝王不辨忠奸痛快淋漓地辛辣嘲讽，同时也表达了作者对于那些为国尽忠、死而后已的爱国忠臣的无限敬仰和追思之情，联系到当时大明江山的颠覆破败，这无疑是对沦落山河的凄凉挽歌和无限怅惘，饱含着董说深沉的亡国之痛。因此可以说《西游补》既是一本特色标异的神魔小说，又是一本寓意深沉的社会小说，显示着作者对于心性之情和丧国沉痛的双重领悟与思索。

《后西游记》

《后西游记》，不署撰人①，题"天花才子点评"。

这本小说极大的发挥了《西游记》的讽世性，正如刘廷玑在《在园杂志》中所评："《后西游记》虽不能媲美于前，然嬉笑怒骂皆成文章。"冥飞在《古今小说评林》上也写道："《西》之文，讽刺世人处尚少，《后西游》则处处有讽刺世人之词句，其写解脱大王、十恶大王、造化小儿、文明天王、不老婆婆等，无非骂世而已。于此可见作者之一肚子不合时宜也。"

小说讲述了唐玄奘一行把佛经从西天取回后，天下大肆讲经，但俱不得真诠，反而成了坑民害道的孽碍，"崇佛教，又不识那清净无为、善世度民之妙理，却只以祸福果报聚敛施财，庄严外相，耸惑愚民。使举世之人希图来世，妄想他生，不贪即嗔，却将眼前力田行孝的正道都看得轻了。"（第五回）成了佛的唐三藏到东土来察看他取经所得正果，看到的却都是和尚们为非作歹的败景"哄得那些男男女女、老老少少，这个散金钱，那个解簪珥，这个舍米麦，那个施布帛，全不顾父母饥寒妻儿冻馁；满肚皮以为今日施财，明日就可获福，谁知都为这些游僧口腹私囊之用，有何功德。"（第六回）。

作者在总体上否定了僧徒佛事之外，还具体地刻画了几位和

① 关于《后西游记》的作者，过去有两说，一说作者是吴承恩，吴玉搢《山阳志遗》卷四："或云，有《后西游记》为射阳先生撰"；二说作者为梅子和，清袁文典《滇南诗话》卷二《兰茂传》的眉批谓：《续西游记》"与梅子和《后西游记》别是一种"。还有学者证其就是天花藏主人，皆无确证。而其成书时间说法也不一，苏兴《试论〈后西游记〉》以为其"产生于明末的可能性大"（载《明清小说论丛》第1辑），而谭正璧、孙楷第、林辰等则断此书成书年代为清初。刘廷玑《在园杂志》已言及此书，可见其初刻当不晚于康熙五十四年（1715年）。

尚的丑恶形象，如无中生有法师、乌漆法师、自利和尚等，他们个个都是贪婪自私、欺心骗财之徒。致使辛苦取来真经到东土的唐三藏亲眼所见佛经已经成为僧徒坑人害世的工具，不禁感叹地对孙悟空说道："我与你一番求经度世的苦功，倒做了他们的造业的公案。"（第五回）遂封了经文，寻找新的取经人再去西方求取。此时花果山又生出一石猴，继承了孙悟空的衣钵，号称齐天小圣，大闹天宫被孙悟空降服。高僧大颠号半偈，加上猪八戒之子猪一戒和沙僧之徒沙弥，重新组成了师徒四人的取经队伍，一路上跋山涉水、降妖伏魔，历时五年到达灵山宝地，取回真解。师徒四人也修成正果，俱归灵山。《后西游记》是一本旨在讽佛讽儒的小说，它对于虚伪佛教徒和儒家伪学者的批判是极其辛辣和彻底的。

先看讽佛，小说中出现了数位与佛经真行背道而驰的贪愚僧侣。如上文所提到的无中生有法师、乌漆法师、自利和尚等，他们口中对于佛经的演绎讲演庸俗不堪、无法入耳。以"敕造法门禅寺"中的"高僧"无中生有法师为例，这位号称"传的是陈玄奘第六代衣钵，对求来的三藏真经无一不通，每每登坛说法，说得天花乱坠，地涌金莲，五候尽皆下拜，天子连连点头"的师讳无中，道号生有的大法师，小说对其讲经是这样描写的，"那生有法师高坐法坛之上，先诵持了一回神偈，然后将法华经宣念一段，先念完，又逐字儿诠释一遍，便算做讲经了。讲完，又叙述余文道：'要知前世因，今生受者是。要知来世因，今生作者是。'佛经中千言万语，总要人为善修行；人世上为祸为福，皆自作自取。如何叫做为善？布施乃为善之根；如何叫做修行？信佛乃修行之本。若有善男信女，诚能布施信佛，自能为官为宰，多福多寿。今之贫穷祸夭，皆不知信佛布施之过也。况六亲眷属，总是冤；富贵功名，如同泡影。大众总宜猛醒，无常迅速，莫待临时手忙脚乱。'……唐三藏和孙悟空听完了讲经出来,不觉叹息道:‘我佛一片度世慈悲,却被愚僧如此败坏。则我求取此经来,不是度世,转是害世了。必须现身说法,痛扫邪魔,方不失本来之念。’”可见在他们心中佛法已经成为获取帝王青睐,谋取钱财的手段而已,心里面早就对于佛祖、佛经已毫无半点虔诚的信仰。

《后西游记》对于儒家的批判也是多方面的。先在第二回就借长臂仙对小行者的教导,说出了对儒家的整体认识:“儒家虽是孔仲尼治世的道法,但立论有些迂阔。”“衣冠礼乐颇有可观,只是其人习学诗书,专会咬文嚼字;外虽仁义,内实奸贪。”《后西游记》在第二十二回至二十四回中具体描述了弦歌村腐儒们的臭酸气,以及欺软怕硬、前倨后恭的可怜相。特别发人深思的是弦歌村的后台、创文明教的文明大王,一手靠“文笔压人”,一手靠“金钱捉将”,因为“文人越有名越是假的,怎拿得动”;如若拿得动这文笔“也是孤寒之士,必非富家”,“就拿得起文笔,也拿不动金锭”,惹得沙弥不禁大骂:“这大王真恶,既以文压人,又以财压人”。作者所刻画文明大王的形象,恰是历代封建君主利用儒家控制文权、财权进而专制的生动表现。

《后西游记》把它的批判锋芒对准儒家和佛家,至于道家,作家在小说的第二回就表现出对其的不屑一顾,在小行者寻师求道,见那“皮黄肤瘦的老道士,拥着三四个粉白黛绿的少年女子在那里饮酒作乐……饮一碗人参肉桂汤壮阳,好婴儿”。第二天不辞而行,心中暗想:“这祖师享如此大名,却是假的,其余料也有限。”

作者在讽佛讽儒的同时,也着意建立真佛真儒的典范,那就是大颠和尚和儒臣韩愈。作者在小说中第六回更安排了两位德行丰沛的人物进行了一次重要的会面。韩愈因批逆鳞谏迎佛骨表,一旨贬到潮州,在一破落小庵中遇到了正在打坐参禅的大颠和尚,一见大颠和尚，韩愈就深此为契，“心下暗想到：‘吾阅僧人多矣，不是趋炎贵势，便是指佛骗人。这个僧人，两者俱无，不可以其为僧而失之。’”而当大颠听说了韩昌黎的大名后，“大颠道：‘韩大人斗山重望，孔孟真传，方今海内一人耳。小僧虽寄迹方外，实潜心大道之中。一代伟人，敢不倾慕！’”当听说韩愈的谏迎佛骨表的时候，“大颠听了道：‘大人此表，不独为朝廷立名教，实为佛门扫邪魔矣。今虽未听，而千秋之后，使焚修不复侵政治之权者，必大人此表之力也。’”作者在小说中不禁盛赞道：“真儒了不异真僧，一样光明火即灯。门隔人天多少路，此心到底不分层。”可见《后西游记》作者深厚的儒佛合流的思想倾向。

在讽儒讽佛的同时，它也继承和发展了《西游记》哲理性的特征而成为一部寓有深刻哲理的讽刺小说。如十三回不满山的那位缺陷大王，他不许人间有美满；又如三十回里那个号称小天公的造化小儿，他有一个圈，任你有多大法力也逃不出他的圈儿——圈儿只一个，名色却很多。此外还有“扫清六贼”、“杀尽三尸”“猪一戒玉火钳被夹”等等，把人生哲理形象化，寓意都十分深刻。不过这样的写来，也使得小说的一些情节成为作者阐发哲理的工具，失去了小说情节绚丽多彩、曲折多变的艺术特色。

《西游记》的三部续书，作者们兼顾了原著和自我的双重表达，既有继承，更有创新。虽然它们都逊色于原著很多，但它们都有着自己的独特之美。《续西游记》承继了《西游记》情节曲折之美，发展了《西游记》对于人物形象的细致描摹，而《西游补》和《后西游记》又继承并弘扬了《西游记》的强烈批判精神，尤其是后者，可堪作者的一部泄愤骂世之作。三种续书都自觉地继承了《西游记》将宗教性和哲理性有机地融合起来的特点，作者们不同程度地接受了明代人以心学观点阐释《西游记》的思维方式，并将心学和佛理教义融合。在宗教性上,他们更倾向于佛学,特别是禅宗,《西游记》中存在的道教色彩在续书中变得十分淡薄,在《后西游记》中作者还公然诋毁道教,这使得《西游记》续书的传播占据了明朝这样一个独特的传播时段和传播空间,而随着清初以金丹之道阐释《西游记》的到来,其传播和接受也就戛然而止了。

《三宝太监西洋记通俗演义》

《三宝太监西洋记通俗演义》(简称《西洋记》)同《西游记》一样也是一部借助神怪演绎历史的小说。作者署名二南里人,真实姓名罗懋登,字澄之,其生平籍里不详。该书成于万历二十五年(公元1597年),现存两种版本,一种是多处有存藏的百回本,一种是稀见的百二十回本《三宝开港西洋记》。

小说借助四大部洲之说,描绘了一幅这样的世界图景:"天覆地载,日往月来,普天下有四大部洲:一个东胜神洲,一个西牛贺洲,一个北俱芦洲,陛下掌管的山河就是南瞻部洲。"(第九回)继而小说借碧峰长老所画的四大部洲的"经折儿"展示了郑和所要经过的西洋各国,依次为金莲宝象国、爪哇国、女儿国、苏门答剌国、撒发国、溜山国、大葛兰国、柯枝国、小葛兰国、古俚国、金眼国、吸葛剌国、木骨国、忽鲁国、银眼国、阿丹国、天方国、酆都国等十八国。参照《明史·郑和传》及郑和随员马欢、费信所著的《瀛海胜览》、《星槎胜览》及汪大渊的《岛夷志略》,可以发现小说中真实可靠的国家寥落无几。

在这不得不提到小说的主旨,小说演绎了明永乐年间三宝太监郑和奉旨西征的事,这可谓是明代鼎盛时期发生的一段恢宏的史实,作者本可以将这一历史题材铺衍成一部气势恢宏,充满异域异闻奇趣的历史演义小说,但《西洋记》中取之于史的却仅仅只是郑和下西洋这段历史的外壳,而填充其间的是历经三十九国磨难的神怪虚构故事。这也使得成就了七下西洋伟业的三宝太监郑和，只能把主角的位子让给法力无边的金碧峰长老和张天师这一佛一道两位人物了，甚至他能够完成这一人类航海史上的伟绩，也都是凭借这两人的神通，一路上帮他诛妖除怪、逢凶化吉、遇难成祥。

身处晚明的作者借助明初这一历史盛事创作这部小说，多少可以含有一些对于晚明颓废朝政的嘲讽意味，但是作品更突出的用意还是扬佛抑道。这一点在小说一开始就可以看出，西行路上，金碧峰的佛法慧力处处高过张天师。如船出红江口，白龙闹江，张天师占卜过后决定投五十名病残军人于江中祭江以安白龙，金碧峰不赞成，只用了五十个纸人代替，就让白龙畏惧佛法而退避而去；又如王神姑变化无穷，把个张天师弄得晕头转向，金碧峰则轻而易举就把她擒住，王神姑被释放后又请来了她的师父火母，也被金碧峰扣在了金钵盂之下，王神姑又转求火母之师骊山老母，以及陈抟老祖来助阵，金碧峰一方也搬来托塔天王和哪吒父子以及上洞八仙，两方的斗法最终惊动了玉帝和观音菩萨，经调解说和方算罢休。而且郑和西行途中所遇的敌人，多为道教人物，如羊角真君乃道教祖师元始天尊的弟子，金毛道长是玄天真武的捧剑童子，可见在作者笔下，道教多出不贤不肖之徒，他们的能耐法术也远远不能匹及佛家弟子。虽然在小说极力抬举的是佛，但却没有将道家压得一无是处，这与其时扬道抑制佛的《封神演义》既迥然有别又异曲同工，因为在扬抑之间，小说要保持释道互相协作、和平共处、同心辅国的基调，可见作者对于三教合流的意识下对佛、道的尊重和认可：尊佛并不忘道，敬道也不忘佛。

《西洋记》受《西游记》的影响是很明显的，在人物设置上，不但直接搬用了西游记的人物谱系，如元始天尊、玉皇大帝，观音菩萨等,其中不少角色还完全模拟了《西游记》中的人物,如金角大仙,银角大仙,火母等。在情节上,也可以看到《西游记》的影子,如羊角真君把金碧峰摄入吸魂瓶中,金碧峰用锡杖化成钻子,钻出小孔逃生,便是仿西游记第三十四回《魔王巧算困心猿大圣腾那骗宝贝》和三十五回《外道施魔欺正性心猿窃宝伏邪魔》。

想象奇特丰富是这部小说的最大特色。这首先体现在了小说对于异域风土人情的介绍,在这一方面小说继承了《山海经》突出其异形和异秉的传统。比如金莲宝象国,其国没有纸笔,用羊皮捶之使之薄书之;国中"若争讼有难明之事官不能决者,则令争讼二人骑水牛过鳄鱼潭,理屈者鳄鱼出而食之,理直者虽过十余次,鱼亦不食";国中婚事,男子先入女家成亲,十日半月之后,方迎入男家;有国王当贺之日,用人胆汁沐浴,将领以下,俱献人胆汁为贺(三十二回)。又如翠兰屿居民都是巢居穴处,不分男女身上都没有寸纱,只是编着树叶遮着前后,原来当初释迦佛从那里经过,脱下袈裟下水洗澡,被土人把袈裟将去了,佛爷发下誓愿:"如有穿衣服者,即时烂其皮肉。"因此男女都不能穿衣服(五十九回)。如祖法儿国"女人出来,把块布兜着脸,不把人看"。国中更因女少男多,几个兄弟共一老婆,而女人带几个角就共几个丈夫等等(七十八回)。其次是小说的情节更构筑得神乎其神,异想天开,创造出许多新鲜奇妙的小说意境,明知是虚幻,却产生了一种宁信其有,不可信其无的艺术效果。虽然很多章节都是神妖斗宝、佛道斗法,人神斗艺的场面,但是却写得云谲波诡,变化多端,并不雷同。最突出的就是王明盗宝,所盗之宝每次各有不同,盗法又各自相异,如此地多变求新,使小说的艺术魅力增色不少。

此外由于抚夷取宝是永乐皇帝交给宝船成员的两大任务,因此在一定程度上可以说,下西洋的目的实际上由各国进贡献宝,这就使得异域宝物在小说中可谓洋洋大观：珍禽有：西南哈失谟国的青狮子、正南真腊国的白象、西北撒马儿罕国的紫骝马、北方韃靼国的羱羊，东南琉璃国的白鹦鹉、东北奴儿罕都司的孔雀、此外还有三尺高的果下马、八个尾巴的把梢鱼、八只脚浮胡鱼等等；宝物有：在水里猛燃的猛火油、直冲三十三天之上的笃耨香、照到七十二地下的朝天大火珠。种种奇珍异宝，可谓是宝物之集大成者。而取宝实际上也是互通有无的物资交流，七年之中，历经三十九国，在抚夷的外交原则下，对于所过之国，采取了"既不取你城池，也不夺你世界，不过是要你一张通关牒文，问你传国玉玺，献将出来，如无玉玺，献上通关牒文，万事皆休"（二十六回）的外交方针，在获宝的同时，也向海外各国赠与各种手工艺品，传授农业生产技术和文化知识。虽然小说到最后，三宝太监一行"极天之西，穷海之湄"，闯入了酆都鬼国（九十三回），而传国玉玺却仍杳无音信，只得返航归国，进朝复命，永乐帝看过览过各国呈文，看过各色礼物，说出了一番意味深长的话："此行诸将士勤劳，天师、国师扶助，皇风宣畅西夷，夷而慕华，莫大之益。但越海浮，搜奇索异，不足为宝。又且狮象之类，每日食万钱，非中人数十口之费，不足给养，谓缓急何？着所司一切不可驯服之物，置之牧养之所，毋令伤人；一切飞走之类，纵之闲旷之地，容其自去；一切有用之物，给散各司候用；一切珍宝，藏之内帑。"（一百回）显示了大邦君主扬威德宇内的精神和善处万物的雍容态度，联系小说产生的时代明末政坛内外交困、失和四夷的惨淡状况，包含着作者对于往昔大国威严的向往和痛勉之情。

从对这一系列的域外题材的神魔小说分析和解读来看，它们都颇具艺术价值，但就其内容来论，《西游记》和《西洋记》，因其思想内容更为世俗化，因而更容易被普通市民接受，而《续西游记》

和《西游补》更侧重于心性之学和末世情怀,《后西游记》则贯穿讽儒讽佛写作意图,这些都不是平民百姓所喜闻乐见的,从而限制了其获得更为广泛传播的可能,尤其是《西游记》的三本续书,随着清朝王阳明心学的没落和实学思潮的兴起,它们在文人士大夫之间的流传也随之渐趋消歇。

第四节　域外题材小说泛宗教化的社会成因

明代域外题材小说写作呈现出泛宗教化的倾向,追其原因,首先和统治者尊佛重道的政策密不可分。明太祖朱元璋在登基前就曾经当过和尚,建立明朝后,他又为大昌佛教多次亲下圣旨,制定了一系列优待佛教的政策。在尊佛的同时,朱元璋也重道,因为明王朝的建立和众多道士为其编造大量神话密不可分。更为重要的是,作为统治者,朱元璋发现佛道对于维护统治、安定民心都大有裨益,他称:"朕观释道之教,各有二徒,僧有禅有教,道有正一有全真。禅与全真,务以修身养性,独为自己而已;教与正一,专一超脱,特为孝子慈亲所设。益人伦,厚风俗,其功大矣哉。"①正是基于对于宗教政治功能的认识,朱元璋从明朝建立之初就树立了尊佛重道的宗教政策。

朱元璋的子孙们对于佛道虽各有偏好,但一直都采取了扶持和保护的优待政策。如成祖曾经令掌管天下道教事业的正一派大真人张宇整理编修《道藏》;世宗朱厚熜极度痴迷道教,好长生术,甚至自号"大真人"、"万寿帝君",宫中每有斋醮,就命词臣起草祭

① (明)朱元璋:《御制玄教斋醮仪文序》,廖静宽编:《正统道藏》第15册,台湾艺文印书馆1977年版,第11487页。

祀文章。这些文章用朱笔写在青藤纸上，谓之“青词”，而青词撰写的好坏可以直接决定官位的升迁。李春芳、严讷、郭朴、袁炜、夏言和严嵩等词臣均以“青词”邀宠，官居宰相（大学士）；武宗朱厚照崇佛又达到高潮，他曾在一天内度僧、道四万人，自号“大庆法王”，另外明代帝王服用道士仙药致死者亦不在少数，如明末宫廷三大案之一的“红丸案”。总之，虽然明朝的皇帝对宗教有自己的偏好，但是优厚所有正统宗教却已经成为一项长期且稳定的基本国策。

同时，在明代，儒、释、道三教的融合力度也在进一步加强。三教相互融合在宋代已经非常明显，理学的创建就改造并吸收了佛道的一些思想。进入明代后，三教加速了互相吸收、学习的步伐，并且朝着“取长补短”、“共归一理”的方向前进。这其中仍然首推统治者的积极倡导，朱元璋就说道：“尝闻天下无二道，圣人无两心，三教之立，虽持身荣俭之不同，其所济给之理一。然于斯世之愚人，于斯三教，有不可缺者。”①。同时佛道两大宗教为了取得更为广阔的发展空间，都积极地向代表着国家意识形态的儒家靠拢，例如：佛教将儒家核心之理——仁、义、礼、智、信演化成为慈爱佛、正义佛、节序佛、智慧佛、诚信佛，使五常变为了五佛、五如来，将佛理和儒家天理完全等同了起来，进而还总结出了“唯学佛然后知儒，亦为真儒乃能学佛”②的理论纲领；明代最有名的道士张三丰就大力提倡，要将道家的内丹修炼和儒家的道德修养融合在一起。

---

① （明）朱元璋：《三教论》，方天立等合著：《中国佛教思想资料选编》第3卷第3册，中华书局1981年版，第231页。

② （明）藕益大师著述：《明清四大高僧文集·灵峰宗论集》卷七之四《疏二·敷先开士守助缘疏》，北京图书馆出版社2005年版，第5页。

另一方面，儒家也在两大宗教中汲取可以谋求其自身发展的佛理道义，王阳明援佛入儒，创制了心学，即是明证。阳明心学在晚明对思想界的统领作用，王阳明及其后学对三教合流思想的大力倡导，积极地促使了三教合流的思想在晚明的发扬光大，使得“崇儒之代，不废二教，亦谓导愚适俗，或有藉焉”①成为知识分子的共识。这极大增强了文人士大夫对于宗教的认可，促进了他们对于宗教的研究，丰富了他们的宗教学养，并与道、释两教人士形成思想、学理上的互动。在明代三教合流的强大动力和空前规模，使得它们呈现出你中有我，我中有你的状态，这为泛宗教化的域外题材小说的写作提供了思想和学识上的支持和贮备。

虽然三教合流的趋向从明初就一直就很强劲，但到嘉靖前明朝的小说，却一直处在低潮阶段，这与小说这种文体在当时文人心目中的地位有关。可以说小说从诞生之日起就是一种边缘化的文体，被贯之“丛残小语”，列入“不可观”之流，白话小说的地位更是卑微，被称为“俳优小说”、“市人小说”，非常不受到正统文人的重视，只能够在民间以说唱形式缓慢传播。这种情况在宋元以后，随着说话艺术的繁荣有所改变，一部分文人开始投身到白话小说的创作与传播中去，到了嘉靖以后小说的地位终于发生了翻天覆地的变化，上至皇帝，下至山野村夫，都积极投身到小说的阅读欣赏中去。如在钱希言《桐薪》卷三就记载这样一个有趣的故事，武宗皇帝到南方巡行，半夜兴至，强命人去寻《金统残唐记》，“中官”以“重价”购置。

小说地位的这种变化首先源自统治者对于小说控制程度的大大降低，明代中叶以后，随着统治者政治的腐败，其政治统驭能力

---

① （明）冯梦龙：《醒世恒言》叙，人民文学出版社2007年版，第1页。

和实际工作效率受到很大削弱，虽然在官方的公文上还是对小说持禁毁姿态，但事实上这些公文已经成了一纸空文，连国子监也刊印过《三国演义》，有些政治高层人物也禁不住长篇小说的诱惑，加入到阅读者的行列之中，人们也不必在担心因为刊印小说而受到什么惩罚了，这样的局面当然会刺激小说的兴盛发达。

另一方面，文人对通俗小说的态度也发生了根本的变化，从蔑视逐渐转变为重视和参与，这种转变的一个重要因素就是王阳明的心学。心学理论着力强调的“亲民”论，大胆突破了士庶有别的历史观念，提出了士、农、工、商“异业而同道”，他们之间只有各自分工的不同，而在“道”面前，则毫无尊卑荣耻的之感。既然心学是为社会大众立教的，它必然会特别注重教育方法和教育手段，简单易懂的通俗小说就成为教化“愚夫愚妇”的有力工具。王阳明还进一步提出小说不光可以描写帝王将相，王朝兴亡，以镜鉴当今、垂范千古，更可以描摹农、工、商以及社会底层人物的凡庸生活。王学的兴盛，为通俗小说在明中后期流行提供了理论依据，同时也开启了以市民日常生活为主要内容的小说的盛行，其中海外经商题材小说也是明代域外题材小说的一个方面。继王阳明之后，李贽、袁宏道、谢肇淛、冯梦龙、凌濛初等文人也开始涉足小说创作与批评。如李贽对《水浒传》、《三国志演义》等的评点本，风行一时；他还把小说和戏曲的地位抬得很高，把《西厢记》和《水浒传》同列入“古今至文”，这是了不起的见解。冯梦龙则编订、出版过《古今小说》，他非常提倡重视小说，认为小说可“与《康衢》、《击壤》之歌，并传不朽”，可为“《六经》国史之补”①，甚至认为小说可以比《孝经》、《论语》更能深刻地感动人。

---

① （明）冯梦龙：《醒世恒言》叙，人民文学出版社2007年版，第1页。

此外，明代的手工业得到了很大发展，资本主义经济开始萌芽，城市经济和海外贸易迅速繁荣，当时全国的大商业都市已有三十多个，市民阶层在明中后期得到了发展壮大，他们迫切地需要适合自己口味的文学作品来阅读欣赏，通俗易懂、脍炙人口的小说正好符合他们的需求，这自然为促进小说发展提供了充足的读者群。泛宗教化的域外题材小说更容易获得平民百姓的偏爱，因为释、道在普通民众中拥有很广阔的市场，平民百姓不是信佛便是信道，方士尼僧大盛，因果报应、转世轮回、服丹养生的观念在世俗都具有很坚定的信仰和很深远的影响。但我们并不能因此而认为明代域外题材的小说主要的读者群是平民百姓，从上文的分析来看，实际上还是文人和市民平分秋色的。同时明代的印刷技术也有了显著的进步，这也使得大量刊刻小说成为了可能，从客观上促进了小说的推广与传播。当时刻书有官刻本、家刻本（私人所刻）、坊刻本（书坊所刻）。以江苏（如南京就有唐氏富春堂等五家著名书店）、浙江、福建为中心，并同时遍及全国各大城市。还有一点，明代中后期又是一个社会结构变革和社会、民族等各种矛盾集中的时代，这为小说的勃兴提供了好的题材。

总之，这些客观上的有利条件和主观上的积极努力都促使小说文章之美得到普遍的认同，它的社会功能随之得到肯定，逐渐改变了人们轻视小说的观念。以上诸种因素，促使这一时期的域外题材小说逐渐摒弃了单纯尚奇好奇的写作风格，酝酿出一系列泛宗教化的域外题材小说。

第六章　清前期：荒诞和才学的辉映

第一节　清前期：域外题材小说的新变期

清代小说是中国古典小说的全面成熟期，也是清代文学辉煌的标志之一。从清初到清末，无论是长篇小说还是短篇小说集，都呈现出作品数量巨大且流派众多的特点。这首先是小说自身发展的必然结果。清朝统治，国祚较长，小说自诞生以来，特别是唐、明两代小说的伟大成就，为清代小说创作提供了可贵的经验。优秀作家继承和总结了前朝小说创作经验，又从民间积极吸取营养，使得小说在表现形式和艺术手法都更加完善，清代优秀小说不断产生，实在是小说文体不断发展的必然结果。

更为重要的是清代的文人一洗前朝文人视小说如草芥的文化心理，这大大加强了小说的自觉创作。而此时的小说也更多地充当了寄托作家人生感慨和怨愤的载体。一些优秀作家，出身官吏或知识阶层，都经历过穷困潦倒的生活，逐渐看清了社会的黑暗卑污、人生的无奈、民间的疾苦，于是不少作家便有意识地加入到小说创作中来，暗寓自己对社会、人生的批评和感慨。另一方面，清廷曾屡兴文字狱，残暴镇压正直文士，因此也有不少文士为了明哲保身，转而从事小说创作，尽其所学，以寄怨愤。印刷事业在清代也特别发达，这无疑也极大地刺激着小说的创作和刊刻，同时也促进了出租小说店铺的大量涌现，很多读者也是“昨天看完，今天又租”。而小说传播的加快，反过来也要求小说创作的加速。

清代初期是虽然也是小说的繁荣期，但文人们都程度不同地经受过战乱之苦和亡国之痛，其体验都自觉或不自觉地、直接或间接地反映在他们的小说作品中。时事政治小说固然表现了作者干预时政、反思明亡的积极态度，而色情小说的泛滥正是沦丧故国的士人之颓废心理的反映。这个时期的小说创作呈现出恣肆逞意的特点，它是晚明小说的继续，又是清初小说创作较少文禁的结果。这使得这一时期的文人无心眷恋于域外题材的写作和开拓，直到清中叶才迎来了一个域外题材小说的生发期。

清中叶的域外题材小说主要是两种类型，一种为荒诞寓意小说，一种为才学小说。自然还有一些涉及域外的记载，零星出现在其他小说之中。可以分为两大类，一种是海外奇遇和奇物，另一类是一些小说中涉及中外战争的描写。

先看海外奇遇和奇物。纪晓岚[①]的《阅微草堂笔记》卷十九记载了孟鹭洲所记录自己在巡台之时的一件奇事，临行扶乩，得一首诗歌。而自己路途的所遇黑水洋和白水洋，正是乩诗所写，让作者

① 纪晓岚(1724—1805)，姓纪名昀，字晓岚，谥文达，世称文达公，晚号石云、春帆，河北沧州崔尔庄人。乾隆19年中进士，又授为翰林院庶吉士，编修，因学识渊博为乾隆赏识。曾因为亲家两淮盐运史庐见曾有罪受到株连被发配到新疆乌鲁木齐，后召还，乾隆以土尔扈特归还为题“考”他，命他为《四库全书》总纂官，至乾隆46年完成，耗时十年。次年擢升为兵部侍郎、左副都御史、礼部尚书、协办大学士(职务为大学士之副职，从一品)，死后谥文达。纪晓岚因住于阅微草堂，故书名为《阅微草堂笔记》。

发出了“此乩仙预告未来，其语皆验，可使人知无关祸福之惊恐，与无心聚散之踪迹，皆非偶然。亦足消趋避之机械矣”的感慨。这段海上遇险，颇有些海外奇遇的色彩。

卷二十记载了作者对于传说中的“海上十洲三岛”的试图考证其真伪，一方面是“海中三岛十洲，昆仑五城十二楼，词赋家沿用之矣。朝鲜，琉球，日本诸国，皆能读华书，日本余见其五京地志及山川全图，疆界袤延数千里，无所谓仙山灵境也。朝鲜，琉球之贡使，则余尝数数与谈，以是询之，皆曰：东洋自日本以外，大小国土凡数十，大小岛屿不知几千百，中朝人所必不能至者，每帆樯万里，商舶往来，均不闻有是说。惟琉球之落碧，似乎三千弱水，然落碧之舟，偶值潮平之岁，时或得还，亦不闻有白银宫阙，可望而不可即也。然则三岛十洲，岂非纯构虚词乎？尔雅史记，皆称河出昆仑，考河源有二，一出和阗，一出葱岭，或曰葱岭其正源，和阗之水入之，或曰和阗其正源，葱岭之水入之。双流既合，亦莫辨谁主谁宾。然葱岭和阗，则皆在今版图内，开屯列戍四十余年，即深岩穷谷，亦通耕牧，不论两山之水孰为正源，两山之中必有一昆仑，确矣。而所谓瑶池悬圃，珠树芝田，概乎未见，亦概乎未闻。然则五城十二楼，不又荒唐矣乎？不但此也，灵鹫山在今拔达克善，诸佛菩萨骨塔具存，题记梵书一一与经典相合，尚有石室六百余间，即所谓大雷音寺。回部游牧者居之，我兵追剿波罗泥都、霍集占，曾至其地，所见不过如斯。种种庄严，似亦藻绘之词矣。相传回部祖国，以铜为城，近西之回部云，铜城在其东万里；近东之回部云，铜城在其西万里。彼此遥拜，迄无人曾到其地，因是以推，恐南怀仁坤舆图说所记五大人洲，珍奇灵怪，均此类焉耳。”可见纪晓岚是倾向更尊重各种真实的见闻，在他心中已对十洲三岛的传说有点不可尽信的感觉了，但是考虑到“周编修书昌则曰：有佛缘者，然后能见佛界，有仙骨者，然后能见仙境，未可以寻常耳目，断其有无。曾见一道士游昆仑归，所言与旧记不殊也。”最终也只能对十洲三岛下了“是则余不知之矣”这样一个模棱两可的结论。

同时在书中作者还提到了像是洋钟（卷五）、西洋贡狮（卷十）、西洋远镜（卷十六）等这样一些西洋的奇器奇物。西洋的奇巧之物，《红楼梦》中也写到很多，这和四大家族的家世背景密切相关，如在第十六回，王熙凤就说道：“那时候我爷爷单管各国进贡朝贺的事，凡有外国人来，都是我们家养活。粤、闽、滇、浙所有的洋船货物都是我们家的。”在李渔[1]的《十二楼》中的《夏宜楼》中，千里镜即望远镜作为情节展开的主要因素，作者在第二回《冒神仙才郎不测　断诗句造物留情》中，不顾小说体例，大篇幅的细致描写了这种西洋器物的神奇之处，并加上了“此种聪明，中国不如外国”的评语，显示出一种谦虚的态度。清初小说《照世杯》[2]卷三《走安南玉马换猩绒》，讲述了广西胡安抚之子外出玩耍，无意间看到杜景山之妻倚楼观望，垂涎其美色，用汗巾系一玉马打妇人面，被杜看到暴打逃走，以致胡安抚怀恨在心，想出了发派杜景山去安南三月内购买禁运货物三十丈猩绒，后杜景山意外遇到安南术术丞相的家人，相府以四十丈猩猩绒换了杜手中的玉马，使其完满复命的故事。其间叙写了安南迎接活佛的场面、男女不避嫌

---

① 李渔（1611—1680），初名仙侣，后改名渔，字谪凡，号笠翁。生于雉皋（今江苏如皋）。明末清初文学家、戏曲家。18岁，补博士弟子员。后居于南京，把居所命名为“芥子园”，并开设书铺，编刻图籍，广交达官贵人、文坛名流。著有《凰求凤》、《玉搔头》等戏剧，《肉蒲团》、《觉世名言十二楼》、《无声戏》、《连城壁》等小说，与《闲情偶寄》等书。

② 《照世杯》共四卷，题“酌元亭主人编次”，原本作玄，避康熙讳改作元，作者尚有小说《第一本快书》。

的风俗，还有安南特产菠萝蜜酒，尤其是小说开头一段描写了广西地方与安南交界的边贸情况，“话说广西地方与安南交界，中国客商，要收买丹砂、苏合香、沉香，却不到安南去，都在广西收集。不知道这些东西是安南的土产，广西不过是一个聚处。安南一般也有客人到广西来贩货。那广西的牙行经济皆有论万家私，堆积货物。但逢着三七，才是交易的日子。这一日叫做开市。开市的时候，两头齐列着官兵，放炮呐喊，直到天明，才许买卖。这也是近着海滨，恐怕有奸细生事的意思。市上又有个评价官，这评价官史安抚衙门里差出来的。若市上有私买私卖，缉访出来，货物入官，连经纪客商都要问罪。自从作下这个官例，哪个还敢胡行？所以评价官是极有权要的。名色虽是评价，实在却是抽税。这一主无碍的钱粮，都归在安抚。”小说开头的这一段叙写，是史书中所不易看到的，所以本书的清刊本有“谐道人”评语称：“广西开香市一段议论，可补《风俗考》之未逮。”

《张氏卮言》一卷，清张元赓[①]撰，书中有《杀倭》一文记载了嘉靖甲寅(1554)昆山人民抗击倭寇入侵的事迹，极富民族精神。另一篇《陈友谅》，则记载了清代陈筠随清出外使节，游览琉球及安南诸国得两千金而归的故事，具有清代中国与东亚至南亚各国交往的史料性质。

其次，还有一类小说涉及中外战争小说作品。如吕熊[②]的长

① 张元赓，其事迹史传未载，仅据书中所提，知其字皋亭，昆山(今属江苏)人。杨复吉跋称其文有梅花草堂家风，则当为张大复之后。

② 吕熊，字文兆，号逸日叟，吴县(今江苏苏州)人。布衣不仕，“文章经济，精奥卓拔”(《女仙外史》陈弃祺序)，性情孤冷，举止怪僻，著述少有存者。《女仙外史》约成於康熙四十二年(1703)，梓行于康熙五十年(1711)。原本不传，今存清末坊间石印本。

篇小说《女仙外史》中，叙写了建文十六年，十万入侵的倭寇被隐娘、公孙大娘等女将施法术全歼的故事情节。在夏敬渠①的《野叟曝言》中，先是主人公文素臣凭借平倭加官晋爵，后其子文龙，再败倭军，俘虏日本官拜木秀，率军至日本，大受倭民欢迎，又在日本、缅甸、印度、安南、锡兰等地灭佛，还远航至欧罗巴洲，征服了二十几个国家，在海外自建大人文国，令各国皆习天朝政体文字，移风易俗。

在明清还有一类专写战争的历史演义小说，涉及中外战争。描写中朝战争的有清代褚人获②的《隋唐演义》，写了秦琼从征高丽，屡建奇功的故事；《五虎平西前传》③第七十七、七十八回描写

---

① 《野叟曝言》，原本不题撰人。据光绪八年刻本的西岷山樵序，说是出自"江阴夏先生"之手。鲁迅:《中国小说史略》引《江阴艺文志》凡例，认为是夏敬渠所作。赵景深在《〈野史曝言〉作者夏二铭年谱考证》中说："夏敬渠，字懋修，号二铭，江苏江阴人。诸生。家贫。英敏绩学，通经史，旁及诸子百家、礼乐兵刑、天文算数之学，靡不淹贯。生平足迹几遍海内。所交尽贤豪，著有《纲目举正》、《浣玉轩诗文集》、《唐诗臆解》、《医学发蒙》、《野叟曝言》等"。又考证他生于康熙四十四年(1705)，卒于乾隆五十二年(1787)，享年八十三岁。《野叟曝言》约于乾隆四十四年(1779)，即夏敬渠七十五岁前后完成，全书一百五十四回，约一百四十万字。

② 褚人获，生于1635年，卒年不详，字稼轩，又字学稼，号石农，长洲(今江苏苏州)人。终身不仕，文名甚高，能诗善文，尤喜涉猎历代稗史轶闻，著作颇多，最能代表其文学成就的是《隋唐演义》。《隋唐演义》以隋唐历史为题材。宋代以来，有关隋末群雄割据，"十八路烟尘"造反的种种传说和故事，一直在民间广泛流传，演隋唐历史的小说，数量颇多，可以构成一个较大的系列。《隋唐演义》之前较有影响的同类题材的作品有明代的《隋唐志传》、《隋炀帝艳史》和《隋史遗文》，褚人获对上述作品广采博收，同时吸收了唐宋传奇的有关材料，加工改写成七十万字的《隋唐演义》。作为说唐故事的集大成者，《隋唐演义》几乎注意到古籍及传说中所有有关隋唐历史的轶事、杂说，把它们溶到一部作品中，而且杂而不乱，形成了自己的情节体系，可谓后来居上。

③ 《五虎平西前传》一名《五虎平西珍珠旗演义狄青全传》，共十四卷一百十二回，不提撰人。

了狄青征讨新罗事；中日战争如《戚南塘剿平倭寇传》，描写了戚继光剿平倭寇的故事①；《胡少保平倭传》②叙写了浙江监察使胡宗宪平定和王直、徐海勾结倭寇进犯浙闽沿海的故事。这两本明代小说看似都是以平定倭寇之战为写作中心的域外题材小说，但是其书的主要内容与其说是平倭，不如说是平定沿海妄图与倭寇相勾结，走私货物，对抗朝廷海禁严令的海盗，其中还夹杂着朝野上的忠奸斗争。中越战争如《蟫史》③、《三分梦全传》④、《忠烈全传》⑤。接下来我们将对清中叶域外题材小说的两种主要类型进行解读和分析。

第二节　荒诞寓意小说

荒诞寓意小说是愤世嫉俗的小说家们，出于对于现实的强烈不满和对社会的高度责任感创作的一类小说，这些小说对现世社会中的贪婪、欺诈、虚伪、残忍等种种丑恶现象，不加掩饰地予以激

① 《戚南塘剿平倭寇传》此书为残本，不知撰人，万历年间建阳刊本。题"京锲皇明通俗演义全像戚南塘剿平倭寇志传"。上图下文，图精细生动。三册，残存卷一至三。

② 《胡少保平倭传》，题"钱塘渔隐叟述"，一卷。无序跋。半叶九行，行十七字。卷端题"胡少保平倭记"，版心题"平倭记"。

③ 《蟫史》，作者屠绅，小说共二十回。十二册。题"磊砢山房原本"。磊砢山房大概是作者屠绅的别名。屠绅（1744—1801），字贤书，号笏岩，江苏江阴人。乾隆年间进士。历官云南师宗县知县，寻匈州知州和广州同知。嘉庆年间候补入都，突然逝于客舍，终年五十岁。屠绅豪放风流，生平慕汤显祖为人。著作《笏岩诗钞》、《六合内外琐言》等。

④ 《三分梦全传》一名《醒梦录》，存十六回。题"潇湘仙史张士登著"，"罗浮侨客何芳苡评"。据卷首序文，作者张士登似为嘉庆年间杭州一带人氏。

⑤ 《忠烈前传》，不提撰人，清坊刊本，首有正德元年戏笔主人序，共六十回。

烈的抨击和嘲讽；对人世间形形色色的鬼魅，进行痛快淋漓的揶揄和怒骂，以此来表达他们对于封建社会伦常败坏、人心不古的极端失望和强烈愤慨，其中也包含着他们玩世不恭的落寞情绪。荒诞寓意小说的思想内容和表现方式，与神魔小说、世情小说以及讽刺小说同中有异。

首先，它的荒诞怪异的情节、人物与神魔小说确是相似，都采用比喻象征的手法象征来夸张变形这个丑恶肮脏的社会。如《海游记》中以无雷国象征这个黑白颠倒的社会。而《常言道》则直击这个唯钱是命的丑陋社会。其二，荒诞寓意小说思想内核就是痛击这个污秽的现实社会的人情世态。正如《海游记》的结尾作者所道的："若遇看官知此事，最荒唐处不荒唐。"无雷国看似荒谬不堪的奇闻异事，无不真切地反映着现实社会的人情世态。在此，荒诞寓意小说和世情小说的精神实质是相似的，所不同的是前者使用的是比喻象征手法，后者使用的是正笔写实手法。其三，荒诞寓意小说常被视为讽刺小说，但讽刺小说是写作真实的社会图景，而荒诞寓意小说则以漫画夸张的方式表达嘲讽意味，如《海游记》织构的无雷国，《常言道》中的海外小人国和大人国。其四，与卷帙浩繁的，长达五六万字的神魔、世情以及讽刺小说相比，荒诞寓意小说则形制短小，犹如投枪匕首，反映社会现实具有形象、简便和迅捷的特点。

《常言道》

《常言道》四卷十六回，是清中叶最具代表性的荒诞寓意小说，作者落魄道人，真实姓名不详。现存最早的刊本为嘉庆十九年(1814 年)刻本，首嘉庆九年(1804 年)西土痴人序，则此书大概创作于嘉庆初年。

小说的第一回可视为楔子，专论金钱。小说从金钱的神奇魔力谈起，说道："这个不是别的，就是天地间第一件至宝，无德而尊，无势而热，无翼而飞，无足而走，无远不往，无幽不至。上可以通神，下可以使鬼，系斯人之性命。关一生之荣辱，危可使安，死可使活，贵可使贱，生可使杀。凡人之忿恨，非这个不胜幽滞，非这个不拔，怨仇非这个不解，令闻非这个不发。真是天地间第一件的至宝。"可谓把金钱两字说得神乎其神、所向披靡，简直就是无往而不胜的至宝。

正是金钱所具有的无限魔力，才诱使尘世间男女为之千算万计，巧取豪夺、不择手段地想要得到更多的金钱，"正是：或黄或白，以尔作宝；凡今之人，维子之好。"针对世人对金钱的痴迷心态，作者却提出"恕"的态度，己所不欲勿施于人，既不要为了钱财仗富欺贫、更不可为财丧德，以至于六亲不睦，九族不和。对待钱财更要保持着"临财勿苟得"的原则，时刻谨记"君子爱财，得之有道"的古训，而真正想要保有财富更需要不断的行善积德才可以，作者写道："善则得之，不善则失之。设心不良，安能久享？否极泰来，泰极否至，往往见器则倾，物极则反。祸起萧墙，变生仓促，半生得之而甚难，一旦失之而甚易。阴谋暗算的财物，化为乌有：霸占强吞的家产，竟属子虚。"所以作者劝谏世人"积善之家，必有余庆；积不善之家，必有余殃。"，"把贫富看得淡些，宁为君子，勿作小人。"

小说自第二回始进入到了故事情节的叙述之中。秀才时伯济因思好男儿志在四方，念家中父母有长兄奉养，就动了遨游四海的念头，其父因为家中有了金银钱的子钱，就让时伯济带上，以期能寻到母钱，使得子母两个金银钱合而为一。

时伯济行在船上，梦到钱神道说自己名声不好，要暂别几日。随即就丢了金银钱，还不慎失足落水。幸被海中困龙相助，飘至一个小岛。得苗裔燧人氏的指点来到了小人国没逃城的钱士命的柴主家中。而那钱士命本是一个卖柴出身的穷人赤底,就因为一日打柴得了一个金银钱,是母钱,从而大发特发起来,得了小人国里一个大大的官儿,封为自泛将军。

当听说时伯济有了金银钱的子钱时,眉开眼笑,但当听说已经丢失后则只把时伯济安排在矮斋中安息。而其则彻夜为金银钱不眠,清早受施利仁的献计,因时伯济实在海中丢失的子钱,就拿母钱到海边召唤子钱,不想两钱皆失。钱士命大悲去善算之人李信那里占卜自己能否找回金银钱,李信嫌其粗俗骂之"小小行钱,目中无人",钱士命回家后找时伯济破解才知道是骂自己"贱囚",因之与李信结怨立誓杀之。

夜晚看到满空蝴蝶,有一馒头状的东西落入口中,吐出竟是两个子母金银钱,大喜过望。奴才趋炎、附势和施利仁皆来朝贺,化僧和尚看到钱府红光绕府却伏着一团黑气,便让钱士命命一斯文人扫除府邸内有形无形的垃圾,当他因此向钱士命求取金银钱的时候,却遭到钱士命的断然拒绝。时伯济被驱使打扫,心内愤恨而去,受燧人指点离了没逃城,钱士命追之不及作罢。

钱士命大寿,施利仁、化僧、墨用绳来贺。此时万笏逼迫钱士命交出鹊头,并用暴力索要金银钱,钱士命无奈交出一个子钱。钱士命因此出门打猎,遇到万笏之子万弗着,他本是瞎子,但却又见钱眼开,向钱士命索要金银钱,钱士命命趋炎、附势将其溺井身亡。钱士命又斩掉了一条猎狗的尾巴,意外抓到了一只天鹅,却被怪物衣冠禽兽吓回家。

时伯济紧随李信,不料又被会旁门邪术的温六公所骗,进入一所鬼庙,幸被李信救出。不知不觉之间来到前世寺,遇到了竭僧,得知其师就是化僧,还有一个师兄魇僧。万笏虽在钱士命那里得到金银钱,但不幸飞走不知去向,后得知被化僧所得,前来叫骂索要,气坏化僧。化僧去小人国与大人国交界的温柔乡去洗澡解气,不料金银钱飞去,只得一路抄化去寻找金银钱,遇到了邛诡,他人穷志穷,捡到一个金银钱却变成了个铜钱,就顺手把它布施给了化僧,化僧得来全不费工夫。

邛诡的猎狗被人砍掉了尾巴,后得知是钱士命所为,但无奈力、财、势皆不如人,无法出气,因想学习法术找钱士命报仇。遂拜脱空祖师为师,学得一身法术。自鸣得意之时,不想贫病相连,百治无效,只得用所学法术自行疗养,并聚集兵马要找钱士命复仇。钱士命也招兵买马誓与邛诡大战,不想万笏又来讨金银钱并为溺死的儿子报仇,被钱士命捉住,派施利仁到试利场将其斩首,不想砍了多刀却没有将其斩杀,反而被万笏逃走。钱、邛两人斗宝,邛诡不敌钱士命,唤来脱空祖师相助,后钱士命用火攻逼得走投无路,在逃窜的船上被钱士命斩杀。

钱士命凯旋班师回朝,路遇施利仁的妻子轩格蜡娘娘,见色思淫,施利仁为财送妻子与钱士命享乐,骗的一个金银钱,不想在回家路上飞到了树上。被钱士命看到,请墨用绳用法术拔倒梅树得到,取到了金银。回到家中妻子习妒斌正为钱士命偷欢之事打破醋坛,想到金银钱在丈夫那里终究不保险,遂邀请轩格蜡娘娘和墨用绳的妻子单八姐把钱士命灌醉,把金银钱收在了身边。

此时一名叫贾斯文的人,献上蛮牛和殷琴,并表演了对牛弹琴,求看金银钱,钱士命许之过几日。因金银钱被妻子收走,钱士命找寻不到,疑心被贾斯文拿走,连忙来追讨。来到小人国的破栈,这里住着一位叫殷豪表字雄汉的人,他本是正人君子不幸流落小人国,处处受气,因不知贾斯文和金银钱的事情被钱士命活埋。

钱士命在回家途中遇到钱神降临,因而得到了子钱,至此两个金银钱都在家中，但财多身弱，患病百治无效，用吕军师之计吃下黑心，才勉强好起来，于是再次征讨时伯济、李信和贾斯文，没有找到几人，却杀害了曾经让时伯济在家中躲避的柳娘娘。

不想杀人遭报病势加重，到前世寺里求神，幸得救世皇菩萨的保佑，抖擞精神再次出征找寻几人。

征讨路上钱士命又斩杀了刁儿、邛诡和贾斯文。时伯济受高人指点，将名字改为时运来，在摸奶河边受李信指点，等待大船载他去大人国。幸遇大人开船搭救，时伯济等人才去了大人国，自此和大人、李信谈笑风生。

钱士命追讨时伯济到大人国，刁钻到钱士命家盗取金银钱，在妒斌床上摸到金银钱和女人，不觉大笑，暴露了行踪，被趋炎、附势抓住吊死。大人本不想踏平钱士命和小人国，但无奈钱士命大声叫嚷讨阵，只得将其尽行灭尽。

钱士命之子钱百锡获得其父的金银钱，日日与化僧、万笏相伴，一日被施利仁引至凑景山游玩，在鸦门子母金银钱飞去，施利仁在雁门被乱石砸死，趋炎、附势烧化施利仁时也被烈火烧死。脱空祖师又欲来偷金银钱被化僧识破后，钻入青石屎坑板被逼死。魇僧打杀了万笏后撞穿天门，死在乌盆天里。钱百锡用墨用绳之计造空中楼阁，与一班男女取乐，楼塌尽死。

大人与燧人点评小人国诸人开化时运来，并赠给他子母金银钱，着大船送其归乡。小说以时运来回家后向其家人演说小人国经历，奉劝世人爱财有度，不可因失品德做结。

小说以子母金银钱为中心展开情节，以时伯济为线索人物，钱士命等人的为争夺金银钱的丑恶行径谱写了整部小说。小人国各色人物对于金银钱的痴迷追逐，正是对世人追逐金钱执迷不悟的冷嘲热讽。西土痴人序云："别开生面，止将口头言，随意攀谈；进去陈言，只举言前事，出口乱道。……虽属不可为训，亦复聊以解嘲。所谓常言道俗情也云尔。”

作者所构建的海外小人国，简直就是一个金银势力之国，当时伯济听说柴主钱士命敬重斯文，前来投奔的时候，就被趋炎、附势两奴才讥笑说道：“是那一文两文的文字，岂是你这文绉绉的文字？”一语道破小人国的国风，即是人人追逐金钱，各个为金钱奋不顾身，坏事做绝，丑事干尽。

钱士命本已经拥有了一个金银钱的母钱，富极四海，但却丝毫不知满足，当听说时伯济的子钱丢失在海内，就妄图用母钱吸引子钱而来，想要把这普天下的金钱都据为己有。真真名如其人，视钱如命，完全沦丧成了金钱的奴隶。

而小人国的各色人物，从普通市民到出家和尚，无一不是金钱的热衷追逐者，施利仁为得到金钱将其妻子献给钱士命任意淫乐，而化僧师徒这些方外之人，也为了金银钱极尽手段，完全没有一丝佛门的清净本真。小人国中可谓到处盈满了臭不可闻的铜臭味，这里的每一个人都完全被金钱所异化。落魄道人在嬉笑怒骂的嘲讽中，深刻饱含着对于物欲横流的卑污社会的辛辣讽刺，虽然小说满纸荒唐怪诞，却处处影射着委琐肮脏的现实社会。

《常言道》的讽刺艺术别具特色。作者以极尽夸张的手法突出了各色人物视钱如命的丑恶本性。小说中充满了荒诞不经的情节和寓言式的人物，活脱脱展现着一幕幕小人国的可笑、可悲、可恨、又可怜的市井图画，钱士命就是其中最为突出的一位要钱不要命的猥琐小人，他为了金钱可谓穷形极像，千方百计，搞得百病缠身也在所不惜，而不光是爱财更加嗜色，典型是一个财色双收的无耻小人。作者用夸张变形的艺术手法，显现出遗神取貌、剔肤见骨的艺术效果，使得诸位小人原形毕露，鞭笞入骨。小说更巧妙地使用谐音手法，极大地增强了艺术效果，钱士命即钱是命，施利仁即失义仁，时伯济即时运不济等等，这使得语言诙谐辛辣，笔法淋漓尽致，寓意深刻又活泼生动，运用谐音和方言俚语使得小说在荒诞之外更平添了一股浓郁的市井气息和生活味道，不愧为清中叶荒诞寓意小说的代表之作。

《飞砣外传》

《飞砣外传》作者邹必显，字不详，号趣斋主人，江苏扬州人。清嘉庆年间人士，生卒年及生平均不详。其擅长评话，李斗《扬州画舫录》记载他："性温暾，寡言笑，偶一雅谑，举座絶倒"。《飞跎全传》又名《飞跎子传》、《扬州语绣像三教三蛮维扬佳话传奇》、《飞跎子书》，是用扬州俗谚写成的讽刺性滑稽小说，嘉庆二十二(1817)年一笑轩刋本。四卷三十二回。

《飞跎全传》上承《西洋记》成为清代一部以海外战争为题材小说，两者的承继性是明显的。它们都是典型的神怪小说，书中主要人物俱是三教中人。虽然两本小说都在描写海外战争，但呈现的却不是刀戈剑戟的血腥拼杀，而是形形色色的佛法道术。这使得《西洋记》的主人公根本不是三宝太监郑和，而是金碧峰长老和张天师，一路上所遇到的敌手都是身怀绝技的佛道中人；而在《飞跎外传》中，跳跎子之所以能够衣锦还乡、受封跎王，凭借的就是他从道家悬天上帝那里习得奇门遁术，四国联盟请来的救星又是佛家的脱空法师。但究其本质，《飞跎全传》却显示出完全不同的风貌特征，这表现在它对古典通俗小说审美原则和叙事模式的巨大突破。

首先，《飞跎全传》突破了传统小说两个重要的审美原在——情节之美和是语言之美。《飞跎全传》既不刻意去刻画个性多样的人物形象，也不在着意于情节之曲折多变、故事之出人意表。整部小说贯穿始终的主要人物只有石不透一人，其他次要人物，基本都处于跑龙套状态中。这使得小说很难建立起错综复杂的人物网络，同时作为小说唯一的主要人物，其个性也不甚丰满，作者突出了石信的两大性格特征，一是贪财悭吝，二是好大喜功，如小说头一回就写到他为新屋落成酬谢匠人，却一味让厨子买臭鱼烂虾做食，第九回坐船渡河却不给船钱等，这造成了小说主人公的平面化、静止化的性格特征。而在情节设计上，整部小说更是无所称奇。小说在一开始就将故事的梗概透露给了读者，即小说主要是些写跳跎子帮助腊君击败海外盟军，彰扬国威的故事。接下来小说在情节发展也没有玄之又奇的设计，一写跎子外出学艺，一路上迷途就有人指点，遇难则贵人搭救，二写跎子投军建功，两军阵上每每得胜，风光无两，小说完全是单线结构，毫无枝蔓铺展。以跎子拜师为例，第十回和十一回描写了石不透拜师学艺的全过程，这两节在情节上多有对《西游记》中悟空拜师学艺的模仿，如石不透来到悬天上帝的奥庙，“早有悬天上帝的首徒佛眼神仙在此等候”，跎子又求得悬天上帝的神丹妙药长了肉翅，悬天上帝还赐给驼子三把神砂以应急。但相比之下，两者的区别却是非常明显的，石不透完全没有悟空的拜师志诚、学艺心艰。一切在他那里都变得一学就会，手到擒来，这样的学艺过程在情节上无疑形同流水账。同时《飞跎全传》放弃了古典通俗小说雅驯优美的语言，反其道而行之，小说通篇用扬州俗谚写成。这一对语言的大改造，却使得这部小说获得了非凡的艺术魅力。作者灵活运用那些有别于故典的成语，作者将它们或赋以新意，或用其借义、转义，或望文生义，妙笔成趣，并配合运用了比喻、夸张、断取、返源、巧缀等大量的修辞手法使得作品在叙事写人时，产生新奇、滑稽、风趣的效果，常令人忍俊不禁。正如小说前的题序中所描写的：“与诸同人袭曼倩之诙谐，学庄周之隐语。一时闻者，无不哑然失笑”的作者个性形成辉映。以第二回富家郎应邀至跎子府上赴宴为例，以富家郎之眼看跎子家居陈设，跎子家门名叫“半开门”，此语原有妓女之意；家中的对联分别是“门当户对”、“遥遥相对”和“与你不对”，柱子是“上梁不正下梁歪”，桌子是“安分守几”，“几上摆了一只找金瓶，瓶内插了几枝眼前花”，椅子是“不得而椅”，堆的石头是“吃白石”，烧的炭火是“自改自炭”等等。小说中的双关也颇有意味，如哈元帅的大帐名叫“混帐”，即达到了关合的目的，又收到了异常的讽刺效果。而作者在应用词语的巧缀时，又常常把两个或多个语体风格截然不同的词语粘连起来使用，或故意运用和语境相悖的方言、俗语，造成语境和词义之间的背离，如“怕老婆的都元帅”、“歪嘴经”、“绕门经”、“杂板令”等，既消解了描写对象的庄严性和神圣性，又达到了嘲讽揶揄的目的。语言是《飞跎全传》独有的艺术成就，无论是叙事言情，还是描写渲染，更无论是插科打诨，至或对话独白，都是村言土语，鄙俗市谚，并在此基础上形成了粗俗浅陋，滑稽幽默的艺术风格。通过这种诙谐洒脱的语言，作者既酣畅淋漓地挥发了自己的嘲讽怒骂，也在笑骂中让读者忘却了海外战争原应有的雄壮凝重，因为滑稽，战争反倒让读者觉得亲切，闹剧般的语言已经引不起人们对于战争任何激荡崇高的情感。

其次就小说文本的故事模型而言，《飞跎外传》以其诙谐幽默的行文颠覆了古典章回小说所惯用的英雄传奇题材。小说看似叙述了飞跎辅佐腊君，立功边疆的故事，凸显一位保家卫国的英雄人物，实则却通过对腊君及其臣僚和飞跎的描写，将英雄贬为小人，将国君斥为昏主。腊君及其臣僚构成了对中国帝国的明显的指代象征，这使得他们本应被塑造成为贤君能臣，光耀千古，但恰恰相反，从小说的第一回，作者就用极其龌龊的笔触彻底的瓦解了国君的威严，臣僚的贤明。国君称为“腊君”，宫殿叫做“无底殿”，喻其贪婪，其收宝物、扣殿下不耻行径被海外天子斥为“腊手太重”，这使得“蜡君”其名其行很容易让人从“腊”联想到“辣”，借以揭露国君残暴无德的本性。随之作者又将其言描写为“张开臭口”、“与诸臣说难入肺腑唧唧话”，其容刻画为“头戴一顶怒发冲冠，身穿一件劫龙袍，腰系一条硬担带，足下登一双圯桥三进履，一副密脸，两道乌眉，一双推巴眼，小小的一个细闷鼻，两个软耳朵，一张油花嘴，满嘴稀面胡。”这幅令人喷饭的言谈形容，足像一个跳梁小丑。常在小说中美化英雄人物的上星临凡，在小说中被作者写作屎迷星、没良星、鹦歌鼻子称钩星等一帮辅佐腊君的“穷文富武”们。作者在揶揄讽刺中将君王的崇高形象、百官的威严气势在起始处做了彻底的消解，从而使小说中失去了代表正义的国家形象，这场战争也就成为了无义之战，跳跎子所报效的不过是一个早应气数已尽的朝廷，这使得正邪对立的海外战争在一开始就没有了意义。对于小说的主人公，作者诙谐地把英雄事迹和势利小人强硬地组合在了一起。看事迹，石信乃上界想空星临凡，本是一无名小辈，却在悬天上帝那里习得一身高强本领，成为两军阵前的常胜将军，直至封王拜侯，何等风光；论品行，他确实一个投机钻营、唯利是图、吝啬贪婪之徒。小说在第一回就以诙谐的笔法道出石信绰号跳跎子的由来：“石信生来是一个钱虫，没窟窿钻蛆，忽然得了一个牙疼不是病，请了一位好好先生，叫做贾大方脉，来家医治。好好先生用了一剂蜜饯砒霜，将钱痞虽然医好，背上不觉高出一块，竟成了一块呆肉。左脚又被人弄了个二起腿，却短了三分。故此人叫他个跳跎子。”这位跳跎子，因吃了悬天上帝的仙丹生了肉翅，故书名又称石信为飞跎，而“飞跎”一语乃扬州土语，焦循《易余龠录》卷十八云：“凡人以虚语欺人者，谓之跳跎子；其巧甚虚甚者，则为飞跎。”就是其本名作者也语多嘲讽，石信，字不透实则是石心，隐喻其铁石心肠。正如飞跎其名的涵义，这使得无论在之后的情节里面，他做出何等英雄般的丰功伟绩，都跳不出小人发迹的窠臼。

《飞跎全传》以其辛辣的讽刺大大超逾了《常言道》和《海游记》，它不再局限对社会某一层面的抨击痛斥，如金钱观、道德观，而是对整个时代发出最为无情的抨击。它直指国君为“腊(辣)君”，用飞跎残缺的形体和败坏的德行刻画了那些在这个浊世妄图加官晋爵的可怜文人，乃至对支撑中国传统文化的儒、释、道三教都在作者笔下庄严尽失。如第八回用飞跎和圆和尚、扁长老的对话，嘲讽了“和尚得钱经也卖”的虚伪，而对于道教，虽然作者没有直接讥讽，但飞跎这样的人物投师道教，居然成为悬天上帝的得意门生，间接贬斥了道教，这也使得小说在二十九回由抗囊菩萨主持的“三教合一”成为一潭污水。同时作者完全摒弃了在小说中设置正面人物和反面人物的做法，也冲破了通俗小说中常常使用的因果报应论，让小说失去了一切可能有的亮色，从而加大了小说嘲讽和批判的力度。虽然小说作者最后还是设计了腊君打败了海外天子，一切功臣得封的大团圆结局，但“天朝大国”的威严早已在小说情节间成为虚空。作者用一种游戏放浪之语，对这个行将就木的时代发出了苍凉的笑声。阅读《飞跎全传》，我们常常被它的促狭泼辣的语言所吸引，但在笑声中我们更解读到了作者对于时代巨大的绝望和内心难以平复的伤痛。

《海游记》

《海游记》清章回小说，著者佚名。全书六卷三十回，前有观书人序。

小说情节如下：渔夫信天翁结识海外归客管城子，得知管城子幼时出洋贩笔，因遇南澳(飓风)，卷入海底之城无雷国，后赶遇六十年一遇的逆流始出。两人投契结伴，路遇黄标一家，两船遂捆绑而行。路上黄标得罪两恶霸香客管盛和松风寺水华和尚屡遭厄运，信天翁和管城子多方救护方保无事。

管城子将自己根据亲身海外经历写成的《海游记》托于黄标刊布。书中借管城子之眼讲述了恶霸臧居华和鉴清和尚的昭彰恶行。

臧居华本操杂耍谋生，却不安本分，做贼巧取，并从一术士学得做法之术，到处诈骗，因向大户徐玉家借修桥勒索未遂，心声愤恨。后与和尚鉴清合谋并勾通官府，逼死使女诬赖徐玉强奸致死，又以徐家房契不实接连滋扰徐家，致使徐玉投奔黄矶岛袁名弼，在那里他屡出奇计，帮助里苗女主肃清了外苗的侵犯。

此时臧居华与鉴清靠神鬼之术榨取沙商钱财，更设立素贞局奸淫孀妇，买通官府使文人武生不敢有所诽议，还干出强买他人妾连伤四命，害师谨因总理万法寺一系列伤天害理之事。

徐玉在助剿王四姑反叛时，被同营人陷害被迫入王四姑营，臧居华抓住此点流放了徐家眷属。苗总兵无子，其女范淑云借父位，用迷魂草连抓徐玉等四人。苗女主沈琼芳对徐玉一见倾心，以国相让，与王四姑、四姑义妹刘月英，曾受徐玉施救的孙雪姐及范淑云同嫁徐玉。

徐玉回紫岩葬坟，又遭臧居华、鉴清算计，路遇强盗被船女小秀搭救，不料又被外苗致仕的大将阮恭用草烟拿住，其女金鸾应小秀之求救下徐玉，一家归顺，金鸾、小秀又嫁与徐玉。臧居华、鉴清伙同官府诬陷管城子撞坏其船，收没了管城子的笔店，后又没了所有财务，两人还大造佛寺，强夺人房产。

苗主回国后不分男女定文武科，臧居华、鉴清又唆使总帅文和讨苗，败归。

此时看书的黄标猛被几个公差带到有雷国，与管城子、信天翁聚首，一起看到臧居华、鉴清及一帮贪官污吏皆得恶报的下场，书至此做结。

全书同《常言道》异曲同工，同借海外之国，讥讽人世。小说极力刻画了臧居华与鉴清的为非作歹，结局是两人都落得一个锯身、磨成肉酱、下油锅的可悲下场，从而生发出本书宣扬的主旨：善恶终有报。

书中大户徐玉一家连遭迫害，最终被迫逃至他国的悲惨境遇，则暴露和批判了恶霸与官府的狼狈为奸，残害无辜的丑恶现实，恶霸用财色买通官府或是巫术取信官府，在官府的照护下一切恶行都变得如此明目张胆，肆意妄为，良善之辈和无辜百姓惨遭荼毒，可谓是现世官匪勾结的真实写照。

小说以管城子误入无雷国始，又以管城子与信天翁聚首有雷国终，小说从善恶不明到善恶有报，极大地显证和宣扬了佛教的善恶因果报应观。

此外书中还批判了人性中的诸多弱点，如二十一回插入了这样一个故事：徐玉曾施救张信，并助银使其谋生，后徐玉落难，被张信之女银杏搭救，银杏为报徐恩，愿嫁与徐玉，不料臧居华也看上银杏，用银三百两强买银杏，其母贪财，把银杏转卖与臧居华，银杏不从吞金而死，臧居华见人死，不但夺回所付身价还侵吞了张家房产，张婆人财两空，投洋而死。从中除了赞美了银杏知恩图报、贞节自守的美好德行，更讽刺了其母张婆不顾恩情，见钱眼开的势力嘴脸。

第三节　才学小说

《镜花缘》是清代中叶杂家小说的代表作，小说共一百回，是对中国古典长篇小说带有总结性质的一部巨著。作者李汝珍(1763—1830?)，字松石，号松石道人，直隶大兴(今北京市大兴区)人。长期寓居海州(今江苏连云港市)，曾任河南县丞。他学识渊博，尤其音韵学，因鄙薄时文，故一生与"功名"无份，晚年生活寥落，除著此小说外，还有《李氏音鉴》、《受子谱》等。

《镜花缘》可分为前后两个部分，前五十回写唐敖出海游历各国及其女儿唐小山入海寻父。后五十回则写武则天大开女试，由花神托生降世的一百名女子，均被录取。

李汝珍的《镜花缘》包含着历代域外题材小说两大重要的主题：一是寻仙问道；二是海外贸易。唐敖出游已经年已半百，功名无望，业已看破红尘，想到大洋看看海岛山水之胜，解解烦愁，再说"四海之大，岂无际遇?"更思求仙问道，以求善果；林之洋本河北德州平原郡人氏，寄居岭南，素日作些海船生意，"贩些零星货物到外洋碰碰财运，强如在家坐吃山空"；小说中另外一个主要人物多九公幼年曾入学，因不得中，替人管船拿舵为生，儒巾久已不戴。

《镜花缘》以生动传奇的笔法，借助唐敖和唐小山的两次海外历险，绘声绘色地向我们展现了一副海外陌生而又神奇的世界，特别是海外的神奇的花鸟禽兽和疏方远域的异民异俗。在对这些域外国度、域外人物细致描写、抒发爱憎感情的同时，除了提供给自我一个展现才学的广阔空间，也寄予了作者的社会理想。鲁迅在《中国小说史略》中就评价《镜花缘》"与社会制度，亦有不平，每设事端，以寓理想。”①

先看奇异的花鸟禽兽，唐敖一行出洋首次登临的东荒登上头一大岭东口山，就碰上了“其形如猪，身长六尺，高四尺，浑身青色，两只大耳，口中伸出四个长牙，如象牙一般拖在外面”的怪兽“当康”；“其形似鸦，身黑如墨，嘴如白玉，两只红足，头上斑斑点点，有许多花纹”、啄石以填海的小鸟“精卫”。接着稻米的大树“禾木”，能够延年益寿的肉芝、朱草等(第八回)。

在李汝珍笔下，不但有这些形形色色的奇花异草、野鸟怪兽的个体展现，更将这些珍禽异兽组织起的生动活泼的场景描写。尤为出彩的是书中第二十回描写了碧梧岭上凤凰与鷫鹴争斗的场面，将一副鸟王国争胜的场景描写得十分绘声绘色。

除了异域奇物，更能引起人们关注的是自然是海外同类“绝域之国，殊类之人”。对此《镜花缘》依旧承袭着《山海经》以来一贯的域外写作的思路，紧扣住异形和异秉两方面描写海外各国。异形，如按长短来说，有身长九尺的靖人国，又有身长七八丈的长人国，还有身长八尺，身宽也是八尺的支踵国；按肤色来说，有通身如墨，连牙齿也是黑色的黑齿国，又有面白如玉的白民国，还有上身皮色与常人同，惟腿脚以下黑如锅底的元股国，按体貌特征来说，有耳垂至肩的聂耳国，又有一身长毛的毛民国，还有人身狗头的犬封国，等等。《镜花缘》中对于外国人异形的描写，集合并运用了多种艺术手法，基本写实的如黑齿国、白民国，夸张变形的如靖人国、支踵国之类，翼民国、厌火国、轩辕国等则采取了怪诞、象征的手法。

---

① 鲁迅:《中国小说史略》第二十五篇《清之才学小说》,《鲁迅全集》第9卷,人民文学出版社2005年版,第259页。

虽然外形上的差异，固然能使别一民族的人们一时产生“异”的感觉，但它毕竟还只属于对外文化交流中的较浅的层面。随着交往的频繁，相互熟悉程度的加深，人们的关注自然从浅层次外形描写向域外民族的气质禀赋、风俗民情这些更深层次的方面过渡。如《镜花缘》中君子国的好让不争，劳民国的操劳浮躁，犬封国的讲究吃喝，淑士国的一身酸气等等。在这些异风异俗的描写中，我们可以看出作者关注点的转移，不再如《西洋记》中注重的是域外风俗之奇之怪，更多的是注重域外风俗的精神层面。

最典型的是十六回游黑齿国一事。黑齿国人“不但通身如墨，连牙齿也是黑的，再映着一点朱唇，两道红眉，一身红衣，更觉其黑无比”，这样的形貌让屡次路过此地的多九公“因他生得面貌可憎，想来语言也就没味，因此从未上来”。这一次是唐敖定要上来走走，无奈多九公只得勉强相陪，说：“大约我们不过借此上来舒舒筋骨，要想有甚可观可谈之点，只怕未必，唐兄只看其人，其余就可想见。”足见偏见之深。不料进得城来，眼界却大变，黑齿国民个个礼节甚明。两人身游学塾，与两名黑女谈文，大为出丑，方悟“以貌取人”之谬。使得唐敖感慨道：“刚才小弟……反觉其丑。”以致表示愿在二位黑女面前自称晚生，“不但毫不委屈，并且心悦诚服”。而相比之下，那“个个面如白玉，唇似涂朱，两映着两道弯眉，一双俊目，莫不美貌异常”的姿容俊秀的白民国，尽管一时能令人肃然起敬，卑躬待立，然而一旦窥破他们“不通”的底细，就不免嗤之以鼻。

对于域外民族精神层面的关注，包含着“中国失礼，求之四夷”，但更重要的是作者反观视角使然，对于域外各国风尚的细致描绘，其实是对人类自身一些痼疾的检讨反思，以及是对人性中美好品性的呼唤和向往。如“好让不争”的君子国，平民之间交易童叟无欺，即使是身居高位的吴氏兄弟，亦谦恭和蔼，脱尽仕途习气，尤为称道的是当唐敖向一位老翁问其何以“好让不争”之故，老翁既茫然不知，可见君子之雅爱仁风，是出于人心之自然。大人国脚下的各色云彩“此云本由足生，非人力可能勉强，其色以五彩为贵，黄色次之，其余无所区别，惟黑色最卑”，各人所登之云之色彩不同，“全由心生，总在行为善恶，不在富贵贫贱”。这样一来国人是善良还是丑恶从云之色就可以立刻判断分明，故“国人皆以黑色为耻，遇见恶事，都是藏身退后；遇见善事，莫不踊跃争先，因而邻邦都以‘大人国’呼之”。黑齿国以“惟善为宝”为宗旨个个向善，出于本心，而大人国却以黑云为耻，勉人向善。本心之善是仁德之最高境界，而更多时候人们更应不断敦促自我向善，也正是凡人所必经的人格完善过程。作者借黑齿和大人两国表达了对仁心善行的向往之情。

同时，作者也写了一些能够强烈唤起人们憎恶感的国度。如正面和颜悦色、满面谦恭，浩然巾后面藏着一恶脸的两面国；风俗苛薄、人情最寡，“满口说的都是相反的话”诡异异常的靖人国。作者以寓言的方式，鞭笞了人性中的丑恶嘴脸，寓有深意。

除了借域外反思人性之善美丑恶，作者还借助域外之人的评论写出了对当世不良世风的批判，如君子国的吴之和自称其国“僻处海隅，略有知识，莫非天朝文章教化所致”，但又坦率地说出了对于“天朝”殡葬、求福、争讼、宰牛、宴客、缠足、合婚、崇尚奢华等弊俗，提出了尖锐的批判。

李汝珍还在《镜花缘》中展现了中华民族为世界发展作出的巨大的文明贡献。如薛蘅香、姚芷兰在随父母逃至巫咸国后，发现国中盛产桑树，但居民却不知养蚕纺织，以之为柴，而以木棉之棉絮织而为衣，故在此开始了养蚕纺织为生的生活，逐渐邻居妇女也跟着学习起来，并四方轰传。不过养蚕纺织忤逆了以木棉为经纪的保守势力，竟将蚕呼为“毒虫”，将养蚕织机视为“恶术”，竟致屡次加害这几位弱女子，唐敖只得把她们接回天朝。

当然，中国的先进技术，一般还是受到海外人民欢迎的。如麟凤山的狻猊，常与麒麟争斗，伤损田苗，甚至伤生害命，附近居民，屡受其害，魏思温以连珠枪天下驰名，遂被当地居民聘请，驱逐野兽，打死的狻猊不计其数。魏思温去世后，其女魏紫樱承继父业，继续在此为民除害。连珠枪乃是一先进的火器，其所使用的火药是古代中国的四大发明之一。

在小说的第三十五回“揭黄榜唐义士治河”中，详尽细致地介绍了中国古代劳动人民总结出来的水利科学理论。唐敖说：“吾闻禹疏九河，这个‘疏’字，却是治河的主脑：疏通众水，使之各有所归，所谓‘来有来源，去有去路’。根源既清，中无壅滞，自然不至于患了”，复经实地察看，又进一步指出：“以彼处形势而论，两边堤岸……自然可免漫溢之患了。”唐敖这番切中肯綮的剖析，致令女儿国国舅称赞“足见天朝贵人留心时务，识见高明”。唐敖将所带之生铁，命工匠打造器具，将样儿画了，一一指点。开河以后，又早出晚归，日夜辛劳，女儿国人人敬仰，仿照唐敖的面貌，立了一个生祠，用金字匾额上写“泽共水长”四字，以示铭记。这种毫无保留地把中华之科技成果献给异国，帮助他们战胜灾难，发展生产，改善生活的义举，也反映了中国人民自古以来在对外交往中的仁义宗旨。

此外《镜花缘》中还写了多九公施方治人的感人故事。多九公在唐敖的劝说下，终于放弃了“恐一经通行，家中缺了赡养”的顾虑，决心“将祖上所有秘方也都发刻，以为济世之道”，并准备“沿途施送，使海外人也得此方”，显示出中国民族博大的胸襟。

李汝珍凭借他从旧籍中所掌握的渊博知识,为我们描绘出了一个光怪陆离的海外世界,因而使得作品获得了相当的认识价值和审美价值。

《镜花缘》作为一本杰出的才学小说,其以才学见长,炫耀学问之处自然层出不穷。除了域外的知识是作者炫才使能的一个突出方面之外,其他的还涉及很多。许乔林在《镜花缘序》中就称《镜花缘》内容涉及经史子集,九流百家,所谓"枕经史,子秀集华,兼贯九流,旁涉百戏"。李汝珍本人也在《镜花缘》第二十三回借小说人物林之洋之口说:"上面载着诸子百家、人物花鸟、书画琴棋、医卜星象、音韵书法,无一不备;还有各种灿谜,诸般酒令,以及双陆、马吊、射鹄、蹴球、斗草、投壶,各种百戏之类,件件都可以解得睡魔,也可令人喷饭。"以清代朴学非常重视音韵之学为例来分析之。李汝珍在海州曾师从著名经学家凌廷堪学习,打下了坚实的学问基础,尤其对音韵学有很精深的研究,曾经撰写过专著《音鉴》五卷、《字母五声图》一卷,都是具有一定学术价值的著作。从《镜花缘》对歧舌国的描写中,我们不难感受到他在音韵学方面知识的渊博。

在歧舌国,多九公救活了从马上坠下的王子,还治好了两位王妃的重病,但他不要该国国王的任何报酬,只求赠送韵书一部。为此,国王与群臣计议三月,方拿出一张字母表,并再三叮嘱"千万不可轻传人"。国王还生怕吃亏,又要多九公再开几付妙方。这一离奇的情节折射出当时学界对音韵学的重视:"读书必先识字,要识字必先知音。若不先将音辨明,一概似是而非,其义何能分别? 可见字音一道,乃读书人不可忽略的。"这一说法与朴学大师王念孙等人的观点如出一辙。

此外《镜花缘》中还有不少论学和考据的内容。例如第十七回卢婷婷指出《论语》："未若贫而乐，富而有礼"，"乐"字之后缺一"道"字；第八十回，吕祥冥说《淮南子》中"橘逾淮北为枳，橘至江北为橙"一句出自《晏子春秋》，而《晏子春秋》也"未必就是周朝的书"。其中的人物独白对话俨然是一篇短小的学术论文。

第四节　闭关锁国和文化专制

清代是我国古典小说最为绚烂的一个时期，但在域外题材小说创作这一方面却集中于两种主要类型——荒诞寓意小说和才学小说。这让我们不禁去疑问是何种原因造成了文人关注视野的如此局促和狭窄呢？

首先我们从清朝的外交政策入手。在1840年鸦片战争之前，清政府一直奉行的是闭关锁国、贵华贱夷的外交政策，清朝在于周边国家维持着长期和平的同时，坚定地认为中国是最优越和强大的，是世界的中心，四周的藩属邻国和海外列国都是极其落后和野蛮的，应该向中国朝拜进贡。这使得清政府仅留广州一口进行对外贸易，外交上也处处事事强调中国乃天朝上国，追求名利上的藩属朝贡关系，尤为重视名分礼仪等细节。而在这样的对外政策的笼罩下，清代文人的域外视野可想而知了，他们是很难产生什么超逾前代对于域外的认识和领悟的。

清朝作为一个异族统治的朝代，专制统治的力度达到了中国封建时代的巅峰。皇权不仅通过宰辅、行政制度的改革得到空前加强。同时"巧妙地垄断了本来由士人阐释的真理"，"形成了一整套以理学的话语包装起来的官方意识形态"①，而这种对于思想

① 葛兆光：《中国思想史》第2卷，复旦大学出版社2001年版，第391页。

学术的控制又和文字狱交相为用。在文字狱阴影下的小说创作也发生了深刻变化。这一时期的小说家在日益严酷的文化专制的压迫下,已不敢干预时政,转而把目光投向家庭伦理、人生道路以及人性等方面,因而小说由注重故事情节的层面深入到人的情感和精神世界,这就促使了荒诞寓意小说在清中叶的兴起,而文人利用海外广阔的天地,则更为容易地自由表达自己对于人生际遇、现实社会、人性丑陋种种悲愤、揶揄和怒斥。佚名《海游记》和落魄道人《常言道》就是这一类型的小说作品。

另外由于清王朝严酷的文忌文网,用血腥屠杀控制文化的手段,使知识分子动辄得咎,无所适从。为免触犯禁忌,罹罪惹祸,他们纷纷采取逃避现实的态度,埋头于故纸堆中,从事烦琐的考据工作,闭眼不看现实,闭口不议朝政,甚至不敢动笔撰写历史著作。正如当时人所描述的:“今人之文,一涉笔唯恐触得于天下国家,……人情望风觇景,畏避太甚。见鳝而以为蛇,遇鼠而以为虎,消刚阳之气,长柔媚之风,此于世道人心,实有关心”①。在这样惨烈的社会风气下,使得清代的朴学即清代考据学应运而生,大相繁荣。考据学注重的是语言文字、文献、校勘等考据性质的研究,因其朴实无华而被称为“朴学”,又因其是对汉代学术的回归也被称之为“汉学”。而朴学和小说的结合,使得才学小说盛行一时。正如胡适对那一时期的小说做了简洁明了的概括:“那个时代是一个博学的时代,故那个时代的小说,也不知不觉地挂上博学的牌

① (清)李祖陶辑:《迈堂文略·卷一·与杨蓉诸明府书》,《续修四库全书》1672册集部总集类,第251页。

子，这是时代的影响，谁也脱不过的"[1]。李汝珍的《镜花缘》正是作者将广博的域外才学知识和形制日趋完备小说结合起来，写作出的一部杰出的域外题材的才学小说。

闭关锁国的外交政策，限制了文人对于域外关注视野的广阔和精深，是造成清代域外题材小说类型狭窄的历史客观原因；在文化专制思想统治下的文人，自觉地将域外的广阔天地与自己胸中的愤懑与才学结合起来，从而产生了荒诞寓意小说和才学小说，这是导致晚清域外题材小说类型狭窄的文人主观因素。两者共同作用，从而形成了晚清域外题材小说创作的风貌特征。

---

① 胡适：《〈镜花缘〉引论》，《中国章回小说考证》，上海书店 1979 年版，第 530 页。

第七章　上编小结

以上六章我们初步探讨了中国古代域外题材小说的发展走向。在本章,我将从作者、传播和接受三个角度对其进行总结和概括。

第一节　中国古代域外题材小说的创作

从先秦到晚清,域外题材小说作者,经历了从巫觋到方士及道教徒最后到文人的三个阶段,他们不同的身份决定着他们对于域外的写作有着不同的目的。

《山海经》是距今最为久远的载有域外记载的文本,其作者被多数学者认可为上古的巫觋。作为氏族首领的高级顾问和特别谋划团,巫在上古处在政治核心,享有显赫社会地位,这使得他们的一举一动都带有鲜明的政治性。他们利用自己掌握的域外见闻亦或只是传闻,织构起他们对于广阔域外世界的地理表述,并将这些知识上传给最高统治者,以显示氏族首领无所不知的神圣形象,然后借助氏族首领的权威颁布、普及至氏族所有的成员,并被奉为经典。其主要目的就在于帮助氏族首领巩固其统治地位,进而保证政令执行的畅达无阻。在这样的指导方向下,加之在当时的氏族事务中最为重要的就是农业生产和祭祀灾异，这使得巫师们的主要精力集中于搜集、整理、记录与之密切相关的域外知识；同时作为部落的精神领袖，知晓这些知识也是巫师们的分内之责。他们以人的形象作为基准，创造出一系列类似能飞善走的远国异民，和当时极为有用的异域动植物，并在其中附载上种种灾异的预言，在心理上给人以鼓舞或警戒。同时在远方建构起的神族谱系，与氏族首领在地域空间上形成相互对应的关系，从而加强了部落成员对首领天赋神权的尊崇。

到了汉代，域外题材小说的作者由神仙方士和道教徒取而代之，他们的社会地位远不及巫师们显赫，已经被彻底地甩出了政府权力的体系，这使得他们必须依靠宣讲大量耸人听闻的秘闻，或者炼制长生不老的灵丹仙药来重新获取皇室贵戚的青睐，从而能够登堂入室，进入到政治权利的体系中来，甚至成为左右政局的掌舵手，这也就决定了神仙方术家们必须竭尽所能的自圆其说。故此他们编造出诸如《洞冥记》、《十洲记》、《汉武故事》等一系列神仙方术小说，虚构出一方十洲三岛的仙乡灵域，这里处处生长着仙草灵药，珍禽异兽；仙人们寿与天齐，可以任意飞升，住的是琼楼玉宇，饮用着人间绝无的珍馐，同时仙人们有序的仙品又与人间无异，一切都是如此的和谐而美好，这一切都极大刺激和活跃着上至皇帝下至百姓的思想情感，让人们不自觉地沉迷于神仙方士和道教徒构建的精神毒药之中。在魏晋南北朝，这些故事题材不断被传扬、加工和改造，最后达到无以复加的程度而被定型下来。同时自东汉以来佛教的传入，使得域外高僧的传奇故事也加入到域外题材小说中来，让宗教故事成为秦汉与魏晋南北朝时期域外题材小说的主流。

进入到唐代，在恢宏博大的精神风尚引领下，随着中外历史上第一个经济文化交流高潮的到来，域外题材小说的写作也走出了"发神道之不诬"的时代，活跃的知识分子接过了巫觋方术师们的域外写作权，成为域外题材小说创作的主力军。在这一时代气息的感染下，唐代文人对于域外的关注可谓异彩纷呈：动植物、域外奇闻、通商、器乐、艺人、宗教等等题材一齐涌入了文人们的视野，虽然总的来说关注的对象还是集中于名物和奇闻两种，但有些作品却已经走出了虚幻的迷雾。绝大多数文人尽管不可能加入到远涉重洋的海外游历之中去，亲见亲历这些奇闻奇人，但却怀着"耻一物不知"和搜奇显怪的心理，热衷于搜集和整理一切有关域外的见闻，特别是那些身处大唐国际化大都市长安的文人墨客们，环谒于豪门显贵，流连于酒楼艺馆，这大大增加了他们亲见海外奇珍异宝，闻听奇闻异事的机会。这使得唐代域外题材小说呈现出以搜奇显怪为主，以真实平易为辅的局面。

唐代之后，域外题材小说的写作权虽然一直把持在文人手中，但除了晚清很少有一个朝代能与唐代域外题材小说活跃繁盛的景象相媲美，那么又是哪些因素影响和左右着文人对域外题材小说的写作呢？

首先自然是各朝代对外文化交流的状况，两汉以前，中外交流还比较少，因此，域外题材小说数量不多，且主要是写虚构的事物和域外的奇异事物。此后佛教文化大量传入，魏晋六朝，佛教题材的域外小说就多起来了，那些被鲁迅称为"释氏辅教书"的小说就是。唐代对外交流频繁，所以，域外小说的数量就大大多起来，且不少写了真实的域外事物。清初和清中叶，统治者实行的闭关锁国政策，当时一般文人只能承袭以前对于域外的认识，无从发展更加广阔的域外空间，域外题材小说数量既少，且几乎都是出于为批判现实、展现才华而虚构的。因此，对外交流与域外小说之间的关系，是非常明显的。

可是，对外交流和域外题材小说之间的关系，并不总是平衡的。宋代海外贸易极为繁盛；元代的疆域横跨亚、非、欧三地，是我国历史上国土最为辽阔的朝代；明永乐一朝郑和六下西洋，后期对外贸易发达。可是，这些极为繁盛的对外交流，却没有导致与之相对应的域外题材小说的辉煌。这三个朝代写实的域外题材的小说，远远比不上唐代。这就要涉及影响域外题材小说写作的第二个重要原因，那就是文人的心态。唐代继承和发展了隋朝的科举制度，打破了曹魏以来因"九品中正制"而造成的豪族对于政权的世袭垄断，为知识分子敞开了逐于科场、争名进士、荣显仕途的参政之路。国力的强盛、仕途的通畅，这些都使得文人士子心目中氤氲着一种恢宏开放、兼收并蓄、蓬勃开朗的时代气质。加之唐统治者胡、汉交融的皇室血统；对域外文化特别的西部乐舞的狂热痴迷，大大影响着世人的审美倾向，使得文人士大夫对于域外文化、习俗以及风尚大胆地引进和吸收，极大地丰富了他们的知识视野和精神生活。

到了宋代，文人丧失掉了大唐那种才情汗漫、精神充沛的昂扬气质，他们将更多的思致归于内敛，"守内虚外"成为他们内向性格的写照；至于元代，异族的统治，科举的长期废止，阻断了他们"学而优则仕"的政治前途，"九儒十乞"的低下社会地位，让他们感受到一种前所未有的巨大失落和无奈，这使得他们心灰意冷，鲜有关注政治、国事的热情，更别说对领域之外的些许注目了。因此宋元的小说中没有太多关于域外的记载，相关的内容大多集中于《夷坚志》、《续夷坚志》、《湖海新闻夷坚续志》几部书中，题材和风格都成为古代域外题材小说创作的一个低谷。

明成祖一朝郑和下西洋的航海壮举，看似轰轰烈烈，实则从一开始就受到了朝臣当权派的竭力反对，虽然迫于皇权的重压，他们不得不一次又一次地为花费巨大的出使西洋筹谋划策，同时也在一轮接着一轮地进谏劝阻，彰显了他们极其激烈的抵触情绪。加之当时的文坛主流人物，大多是达官贵人，兼有官场和文坛双重的显赫地位。受他们的影响，明代文人们大多对域外事物充满了懒得一顾的倦怠情绪，当然也就不可能积极创作域外题材小说了。郑和第七次下西洋归来后，其全部档案很快也被销毁，并没有流传社会。即使有人想以此为题材创作域外小说，也无从查找了。

除了上述两个主要因素以外，还有一个因素影响着小说作者对于域外题材的处理方式，那就是当时社会上最为活跃的思想，形象地说就是那个时代的“时尚思潮”，这一在明清两代表现得最为突出。明代，佛、道两教势力空前强大，在皇室的大力支持和鼓吹下，社会上崇尚宗教的气氛十分浓重，自唐宋而盛的“三教一家”的思潮促成了明代各宗教流派之间的融合与交流。王阳明的心学正是汲取了道、佛两教的精奥哲理，成功地突围了陷入困境的程朱理学，创建了以“致良知”、“求放心”为根基的心学体系，从而促进了明代学术和思想的整体深化。在这样的社会思潮引领下，明代的域外题材小说多集中于释教小说和神魔小说。清代由于残暴的文化专制，促成乾嘉学派的昌盛，使得域外题材小说带有着很浓重的考据性质，其突出代表就是李汝珍的《镜花缘》。

在此我们总结得出，历朝文人对域外题材的关注角度和关注对象，与三个重要的因素密不可分，这就是各朝对外交流的状况、本朝文人的整体心态与活跃在当时的社会思想，三者共同决定着文人对于域外题材的选择和把握，从而使域外题材小说在不同朝代显示出不同的风貌特征。

第二节　中国古代域外题材小说的传播和接受

接着我们来看一下古代域外题材小说的传播和接受的情况。上古时期的《山海经》和《穆天子传》,更多的像是由上层统治者颁布的带有着国家公文性质的教科书,由于具有了强大的政治背景作为支撑,其传播自然具有了广泛性、畅达性与时效性,其受众囊括了上自天子下至平民的各个社会阶层。

秦至六朝的域外题材小说,由于方士和道教徒卑微的社会地位,他们必须依靠精湛高超的宣讲本领以及强大的神力法术的震慑作用,才能达到受人尊崇和登堂入室的目的,其传播是一个循序渐进的过程,不可能一蹴而就。当其学说被皇室认可和推崇的时候,同样可能如《山海经》和《穆天子传》一样获得迅达的传播途径,从而在短时间内被普遍接受和信奉。不过从汉魏六朝人们对于鬼神的坚定信仰来看,其接受同样具有了普遍性和广泛性的特点,从而使得其受众也涵盖了社会上各个层次的人们。当然,所谓受众,不仅是这些小说的读者,而且包括听闻其内容的大众。唐前的域外题材小说都是用文言文进行创作的,普通智识的平民百姓根本无法阅读,但由于唐前的域外题材小说所具有国家政教工具和泛宗教化的特点,前者依靠政权保障了其传播,后者则极大地满足了世俗民众的宗教信仰情怀,因而都具有了广泛的受众。

唐代之后,文人主导了域外题材小说的写作,他们的作品的传播主要受到了以下三个因素的影响。

一、作品内容是否满足人们的好奇心理,或者和百姓世俗情感紧密相关。唐代域外题材小说的视角虽然极其多样和繁杂,但是多集中于域外的名花异木、奇人奇技、稀世珍宝等的奇闻异事上。

宋元的域外题材小说，其视角更在猎奇，这些虽然同日常的百姓生活无甚关联，但却能极大地满足人们的猎奇心理，自然可能成为百姓津津乐道的茶余饭后的谈资。明代的域外题材小说有着广泛的接受空间，正是由于其内容迎合了当时正在崛起的市民阶层的需要。明代中后期商品经济的发达，促进了都市化，市民阶层迅速崛起。王阳明心学的平民色彩及其对于娱乐肯定和支持的态度，使得通俗化、尚自然、求真实的市民审美情趣成为当时众多作家的核心创造理念。道、佛两大宗教在明代十分昌盛，这使得宗教情怀在明代更加深入人心，有关因果报应、修心炼性等宗教思想在民间有着极为广阔的市场。这些因素的结合，促使了明代宣教小说和神魔小说的极大繁荣。这两种类型的小说无疑都带有深刻的宗教性质，但我们也很容易发现其中的世俗性。例如《西游记》中，师徒四位至诚的佛教徒无一不带有浓重的世俗情结，真实而生动地反映了现世的种种人性，这使得明代域外题材的小说实现了世俗性和宗教性的成功结合，极大地满足了明代市民阶层的文化消费需要。清代的域外题材小说却不同，如李汝珍的《镜花缘》和落魄道人的《常言道》，前者因有浓厚的乾嘉考据色彩，很难被普通民众阅读和接受；后者作为清代荒诞寓意小说的代表之作，寄予了作者对于世俗的猛烈抨击，无法迎合普通百姓的生存之道。于是，两者在当时社会都不可能得到广泛的传播和接受。

二、小说作者的写作意图。在博物的视野下，唐代的一部分域外题材小说，为了满足文人"耻一物不知"的认知心理，这使得这些域外题材小说较为客观真实地反映出了域外的风土人情，叙述之中较少赋予其耸人听闻的神奇效果，从而很难构筑起跌宕起伏的故事情节，这极大地限制了小说的艺术表现力，使域外题材小说变成生物、地理的教科书，不可能获得更广的传播。炫耀才学的

《镜花缘》,当然传播也要大打折扣。发泄怨愤的域外题材小说,域外只是个外壳,作者真正要表达的是他们自己对于世间丑态的愤怒嘲讽,《常言道》、《海游记》是其典型,愤激的感情,是很难引起平民百姓的共鸣。此类域外题材的小说多在文人内部传播和接受,很难普及到普通民众。明代的域外题材小说,如前文所说,小说作者自觉接受王阳明的心学理论,将他们的作品定位在市民文学上,借助小说向愚夫愚妇施教,因而带有极重的平民色彩,所以容易获得广泛的传播。

三,小说这种文体自身的成熟和发展。我国古代的小说萌芽于先秦,这一时期的神话、寓言、史传、"野史"传说、宗教故事等都已经蕴含着小说的艺术因素,而"志人"、"志怪"两种小说童年时期的写作手法也已经初现端倪。到了两汉魏晋南北朝,小说终于以笔记小说的形式诞生了,志人志怪这两种写作手法也已经形成,不过这些小说在艺术上还不够成熟,只是"粗陈梗概":人物还没有一个完整的形象,故事大多是实录性质,缺乏艺术上的虚构;这些小说的作者们更像是在搜奇记轶,而不是有意识地进行小说创作,但这些"幼年期的小说"对后世小说戏剧的影响是巨大的。

唐代是小说的成熟期,其标志就是唐传奇的大量出现。这一时期,小说的作者开始有意识地做小说,小说的内容从鬼神灵异、奇闻逸事走向现实生活,在艺术上有了很大的创造和提高。

小说发展到宋代,发生了根本的变化,这就是话本的产生。宋人话本的产生带有极其重大的积极意义,这至少表现在以下几点:首先由文言到白话,既增强了小说的表现力,又扩大了读者面,因而提高了小说的社会功能;其次作品描写的对象由表现封建士子为主转向了平民,尤其是市民为主,因而作品的思想观点美学情趣随之发生了变化。第三奠定了白话短篇和长篇小说的基础。鲁迅在《中国小说史的变迁》一文中赞誉话本的兴起“实在是中国小说史上的一大变迁”①。从此,以文言短篇小说为主流的宋以前小说史,从宋代开始,逐渐转为以白话小说为主流的小说史。

明代迎来了白话小说蓬勃发展的时期。明初《三国演义》和《水浒传》的相继问世,标志着中国小说史又进入到了一个崭新的历史发展阶段,即以短篇小说为主进入到了以长篇小说为主的新时期。而从此长篇白话小说无论是规模,还是成就都是短篇文言、白话小说所无法相比拟的。正是由于白话长篇小说的极大繁荣,带来了小说创作的通俗性,也使得小说获得了广泛的传播和接受。从而促使明代域外题材小说在创作、传播和接受上迎来了一个高潮期。

可以说唐代和明代是中国古代域外题材小说创造的两个高潮期,但是它们又具有各自不同的时代特点。唐代是文言短篇小说的天下,而明代却是白话长篇小说极大繁荣期;唐代域外题材小说的类型极为丰富多样,而明代只集中于释教小说、神魔小说这两大类型上,相对而言比较单薄;唐代这类小说所记载的内容虽然也因其能够满足普通民众的好奇心在民间流传,但明代域外题材小说因具有通俗性和世俗性,在普通民中拥有众多的读者,其传播是非常广泛的,这是唐代所无法媲美的。这与我国小说发展的进程是相一致的。

第三节　结论

综上所述,我们可以总结出中国古代域外题材小说在小说内

① 鲁迅:《中国小说史的变迁》第四节《“宋人”之说话及其影响》,《鲁迅全集》第9卷《中国小说史略(附录)》,北京:人民文学出版社2005年版,第329页。

容和创作目的上具有的两个最为鲜明的特点。

首先是域外题材小说内容以虚为主。虽然无论是小说作者的创作心态还是小说的文本中都不乏趋实的创造态度和内容，但是这类小说中多数还是以虚幻为主。我们观察历朝各代中外交流的历史状况，在对比下虽然有盛衰之分，但是这一相互交流的线索却从来没有割断过，并且各朝均有中外交流的闪光亮点，但当我们的目光转移至小说作者一方时，却发现创作主体的主观认识与历史的客观呈现之间在绝大部分时间内却相距甚远，其主要原因就是根深蒂固的"天朝上国"的国家观念。如在神魔小说的代表作《西游记》中，作者屡屡借其他国度的人对于大唐流露出的无限仰慕，及对唐僧的由衷赞美来显示上邦大国的威仪气势，如在二十九回，叙及唐僧面见宝象国王，那国王和群臣就对"上邦人物"赞不绝口；三十九回，当乌鸡国妖道斥责孙悟空等"不行参拜"之礼，立刻遭到了孙悟空的反唇相讥，"我东土古立天朝，久称上国，汝等乃下土边邦。自古道，上邦皇帝，为父为君；下邦皇帝，为臣为子。你倒未曾接我，且敢争我不拜。"突出的表现了这种"中华上邦"的思想。直到小说结尾，四众取经归唐，还有一大段文字赞美"果然是中华大国异西夷"。再如《三宝太监西洋记》，郑和一行过关斩将，一直走到了"极天之西，穷海之湄"的酆都鬼国，把"抚夷取宝"的上邦情结宣扬得淋漓尽致。在漫长的中国古代历史中，代表着东方文明的中国在绝大多数时间里处于世界文明的前沿位置，中原文明也都处于领先地位，"向所与中国接触之民族，绝少文化足与汉种相抗衡"①。来自四面八方的外国人皆是朝贡和敬仰上邦文明而来的，这使得上至封建统治者下至平民百姓长期以来在思想

① 萧一山：《清代通史》第2卷，华东师范大学出版社2007年版，第787页。

观念中都形成了一种根深蒂固的居高临下的心理积习，即“华夏文化优越论”，并且由此形成了古代的华夷观念。这一带有一种抬高自己，轻视周边各族的观念是几千年来中国自我评价标准和处理对外关系的原则，正是这种高高在上的尊崇意识，大大削弱甚至完全瓦解了中国人试图探究真实域外世界的欲望，绝大多数的小说作者在使用域外这一题材的时候，既无心去探求其本来的面目，也无从去探索其本来真面目，此时的真与伪这一对概念性的标准似乎就从来没有出现在作者们的创作意识中。即使在博闻强识的驱使下，文人们热衷搜集着一切有关域外文字资料，但却只为了满足其得一耳闻、知一奇闻的广识和好奇的心理，究其真、辨其伪根本就不是他们乐于去探索求知的，他们更多的只是按照他们心目中的域外去挥写和臆想。

从中我们引申出了域外题材小说写作的第二个特点，即内指的工具性。作者写作域外题材的目的大致可以分为两种，一是政治和宗教目的，如上古巫觋、神仙方士和道教徒，他们写作域外题材小说的目的具有鲜明的政治和宗教色彩；另一种则是文人的个人情感表达，无论是搜奇博物，还是哲理表达，抑或是炫彩使能，其根本的出发点都是首先满足创作者自身的需要。

虽然域外题材小说的写作目的的指向性是多样化的，但不论哪种，域外在小说写作者的手中充其量都只是一个任其役用的工具而已，从没有作为独立实体的稳定实质和内涵，作者们在头脑中完成对于虚幻域外世界的构建，以展示写实所难以获得的矛盾态势，从而使得情节冲突、人物关系和思想观念表现在人所不知的空间里，从而升华作者们的主观情感，并给予读者更为强烈的阅读印象。作者在这片可以任意挥洒又无须探本究源的广阔空间内自由地抒写，以满足自己表情达意的任何需要。

中国人心目中的华夷观念，经过几千年的历史淘洗，已经在人们的头脑中根深蒂固，没有人动摇过这种自我膨胀的无限自信心。荒蛮粗鄙与殷阜文明的鲜明对比，使得人们对于域外往往不屑一顾，一个是堂堂的天朝上国，而其他的不过是蕞尔蛮邦，这已经成为古代中国人头脑中永远定型性的模式认识。在这种盲目的自尊自大的观念下，域外的一切都是如此地毫无参考价值，这直接导致了人们对于真实域外的漠不关心。

中华帝国的这种虚傲与自满最终招致了迎头痛击，曾经的天朝大国在“蛮夷”的洋枪洋炮下一败涂地，迎来的是一个个丧权辱国、割地赔款的条约，中华帝国终于低下了高傲的头颅，一批首先觉悟的文人开始“睁开眼睛看世界”，从而终结了中国人在想象中建构的世界地图，域外题材的小说也渐渐拨开云雾，从虚幻走向真实，只是这一历程饱含着深沉的民族血泪和社会凄凉，笼罩着揪心的爱国痛楚。

下　编

中国近代域外题材小说

第八章　中国近代域外题材小说概论

第一节　1840—1900 年间的域外题材小说概貌

文学史一般以道光二十年(1840)鸦片战争为界线,将此前的文学称为"古代文学",将此后至清末民初的文学称为"近代文学"。从整个文学的角度观察,这是有依据的。近代,战争以极端暴力的形式给我们带来了真实可感的域外世界,那么是否从1840开始域外题材小说的写作就从此焕然一新,开启了域外题材小说写作的新的时代呢?实则不然,在鸦片战争后约六十年时间里,中国域外题材小说的面貌在整体上并没有随着时代的巨变,发生急剧的改观,而是在原有域外题材小说写作的惯性推动下沿着传统的轨迹继续运行着,从而使得在很长一段时间内的域外题材小说创作并没有什么显著的改观和长足的发展。我们从以下作品来展现这一阶段的域外题材小说面貌。

《桐阴清话》

《桐阴清话》,倪鸿撰。倪鸿事迹史传未载,仅据书中所提,知其字云癯,咸丰间临桂(今属广西)人。本书未见著录。今有同治甲戌(1874)年重刊本,八卷。前有汪瑔序和作者小序。自序为本书作于咸丰戊午(1858)年,避乱佛山时清谈之语,并云所记为:

"经史之外,兼及艺文;庄论之余,间以诙谐。抑或传前贤之轶事,述畴昔之旧闻"。可见此书内容极为广博。卷六记载了一则第一次鸦片战争中发生的小故事,谭将军英勇作战阵亡,一妾率领众侍妾趁夜色杀入敌营,抢回了亡夫的尸首。歌颂了人们的爱国情感。

《夜雨秋灯录》

《夜雨秋灯录》,作者宣鼎(1832–1880),字子久,号瘦梅,又号懊侬,别署香雪道人,问香庵主、东鲁游人等,安徽天长县人。据《〈夜雨秋灯录〉自序》,宣鼎生于殷实之家,"口不茹荤者十九年,性好佛老,闻人有谈玄者,听之忘倦,而尤爱仆妪说果报鬼怪逸事。二十岁后家道中落,一度从军,几死锋,又寓居沪上,卖画为生。年三十一,始为当道作幕,辗转于淮海、山左一带,"奔疲蹇涩,近于托钵"。年四十时,病卧滋阳署十五日,忽蹶然起,"取生平所见、耳所闻、心所记忆且深信者,仿稗官例,先书一百余目,每夕作文一篇或两篇,不数日而患遂霍然"。明年解馆,赁屋居任城,回秦淮、游虎阜,计得文一百五十篇,题曰《夜雨秋灯续录》,亦为一百五十篇,除小说外,宣鼎还著有《粉锋图咏》、《铎余逸韵》及《返魂香传奇》等。

《夜雨秋灯录》卷七有《树孔中小人》一篇。写的是海外历险故事。澳门岛居民仇端,出洋贸易,因遇飓风,飘至一岛,偶遇了一副神奇的景象:岛上居民俱为身长仅七八寸的小人,居住在枯树之孔的小城郭里,小人见仇端至,执小箭、小枪刀、小戈矛来攻,为仇所败。仇见小人形貌称奇,因思若攫得一二回故里,定可炫俗以取利,遂破其树,一一拾而装在布袋中。回到广州,名宿以为即樵国人,遂于市上设布障,置小人于玻璃盒中,观者如看洋画,得资甚富。

小说以记音法写出了小人独特的语言,又详写他们诸如以幼为尊,以妇人为重等特殊的习秉,给人以新奇的感觉。在篇末,作者复对此加以考证道:"《神异经》云西海之外有鹄国,其人长七寸,有礼,好经纶跪拜,行如飞,日行千里,百物不敢犯,惟畏鹄,遇辄吞之,在鹄腹中不死,然皆多寿,有寿至千年者,不闻其一惊即死也。又西北荒中有小人,其君朱衣黄冠,车乘马而出,人遇其出,抓而食之,其味辛,能识万物名字,杀腹中三尸虫;然皆小一分,不似其长七寸也。又《辍耕录》中载海外有名靖人者,亦长七寸;然皆露处,不闻其有城郭也。《熙朝新语》载樵国曾遣使入贡,其使乌纱降袍,后拥曲柄小伞,然尚长如五岁儿,不闻其如是之小也。藐矣幺幺,其所谓小人之尤者欤!"显然还是才学小说的延续。

《解醒语》

《解醒语》四卷,是清洳滨野客的二卷《野客谰言》与清鸥乡老人二卷《老人梦语》合集而成,前两卷为《野客谰言》,后两卷为《老人梦语》,今唯见《申报馆丛书》本,四卷,由清兰月楼主人编辑,文字经编者润色删饰。兰月楼主人,其人事迹不详,仅据书序知为光绪年间人。清鸥乡老人,其事迹未详,仅据书序等,知其为光绪初人。清洳滨野客,其人事迹不详,仅据书序等,知为光绪间人。其中的域外题材的小说有以下几篇《日本三奇女》、《美哥马岛》(卷一),《北游记》(卷二),《海鹅》、《鼍龙壳》、《天外归帆》(卷三)。

卷一的《美哥马岛》讲述了孟宾来的海外奇遇。他的父亲因生意获大利,置屋购业,宾来自小就生活在殷实的家境之中,及长其父让其出外历练,便跟从舅舅去台湾贩货。归途不幸遭遇大风暴,因有救生带漂至一岛屿,被渔人搭救,得知此岛名为美哥马岛。因其来自中华上邦又俊美非常,引得岛人纷纷来看。经渔人介绍和引领游览,宾来渐渐了解了岛屿的物产、饮食、政权组织等等。一日渔人带领宾来到西欧月下老人庙参加岛上未婚男女的自由择偶会,幸与一妙龄女子一见钟情,对唱互表心意后,按岛上之规矩,叩谢月老神,双双回到女家成亲,女家父母对宾来倍感满意,大宴宾客,两人洞房花烛,欢愉无限,自此过上了幸福美满的小日子,宾来不忘渔人救命供养之恩,遂送牛羊数十头为报。日久宾来思家愈盛,告之与女,女虽不忍离别却还是忍痛送别宾来,因已有身孕便约定了归来日期。宾来搭乘美哥马岛与台湾之间的商贸船只先到台湾,后至闽,父见儿完好归家喜极而泣,宾来向父亲讲述了海外经历与遇女成亲之事,父以宾来娶女大吉,在家居数月便再乘船来岛,而女此时也已诞下男婴,自此宾来半年来岛,半年居闽,中国自此知有美哥马岛。

这是一则典型的海外奇遇的故事,出洋、遇险、获救、遇女、成亲、归家。《美哥马岛》与前朝小说显著不同的是,前朝小说俱因海波缥缈,归家后就很难再回到岛屿与爱人相见相守了,如宋代的域外题材小说海上遇妇类型,但这篇小说却给予了孟宾来一个无比完美的结尾,不但让其归家,得见老父已尽孝道,又让其再度回岛,得见爱妻与新生的儿子,以享夫妻恩爱、家庭团聚之情,并在以后“视波涛如平地”顺利地来往于闽地与美哥马岛之间。可谓一个圆满的大团圆结局。

小说最为精彩的是末尾作者所附的一段独特的点评:“野客曰:渔夫重来仙源之路已失,刘阮再去天台之迹难寻。胜地奥区为造物者所珍秘自古而然矣。美哥马岛自古不通中国,地利肥饶,人民朴野,居然有太古风。自宾来东渡他人始继踵而至,西人之以采风问俗为事者,尝偏览其山川,谓其中颇多五金煤矿,逢人告语,意颇垂涎。利之所在,人必趋之,吾知数十年,后岛中人民虽欲自安,朴陋而不得矣,然则即以宾来为开山之力士,凿空之张骞可也。”看似老套的小说故事情节让作者结尾这段神来之笔,一经点缀,就立刻显示出不凡的社会意义。美哥马岛俨然成为鸦片战争前中华帝国的写照，本来物产丰饶、男耕女织、天下安稳的清王朝，一下子被迅雷不及掩耳的西方资本主义列强用船坚炮利打得门户洞开，拉开了近代半封建半殖民地的序幕，中国自此成为列强争相瓜分的一块砧板上的大肥肉，正像作者所写的："西人之以采风问俗为事者，尝偏览其山川，谓其中颇多五金煤矿，逢人告语，意颇垂涎。利之所在，人必趋之"，作者在此用五金煤矿来比喻中华大地丰饶的物产、广阔的市场，正是这些丰厚的资源诱使帝国主义国家在中华大地上刮起了一轮又一轮的瓜分狂潮，每一次的战败，每一次的丧权辱国的不平等条约的签订，国家一系列的主权拱手送与外人，但侵略者的胃口却因为这"利之所在"而变得更加欲壑难填。作者对于美哥马岛屿宁静不在、利欲横行的展望式描写，正是对于日趋沦落的中华帝国的真实写照，这使得整篇小说经作者的评点而变得寓意深刻，极富爱国感伤色彩。

卷一的《日本三奇女》，记录了三个日本女子——碧玉、绛霞和紫樱变装为男所经历的奇闻异事。三人本良家女子，在紫樱的倡导下皆变服为三秀美男子，同男子一般留恋欢场，与妓酬唱，挥金如土。后紫樱为一相厚妓女脱籍成了假夫妻，并认养了一子。碧玉败尽家财，仍不改服，终流浪街市沦为乞丐。绛霞见之，悲而堕入烟花，着男服而接客。结尾淞滨野客表达了自己对于三奇女的品评："野客曰：'女子化为丈夫，史册书之以为妖异何物！小妮子乃欲颠倒牝牡，淆乱雌雄，能不为造物所忌。碧玉困顿以老，绛霞晚节不终，卑卑者何足道哉！紫樱虽善用其假然，而闺中美妇徒拥虚名，膝下娇儿更非真种，君子亦无取焉。"作者以果报思想，嘲讽了这三位变服为男，效同男人一般携妓歌酒的女子，显示出对天地之道乾坤有别的正统礼教观念的极力维护。同时书中也记载了一些日本的地理风俗，显示了清末人对于日本的了解和认识，“日本孤悬大海中，日月蔽虧，波涛吞噬，千里饶沃，四时皆春。灵秀之气，不钟男而钟女，以故男陋而女美，男少而女多，无不娶之男，有未嫁之女。风俗淫乱，不以苟合为耻，不以卖娼为辱，盖千百年如一日也。”从这段描述可见当时人对于日本的认识还是很不准确。

卷二的《北游记》记录了吴子春与同伴向北的一次游历，是一篇典型的游记。

吴子春几人向北游历，历经沙漠寻找水源之艰，路遇什噶尔以外诸部落，其风俗粗犷，不知贸易，以猎为生，后在即将断炊之时幸逢村落，换购了食品。后到夙木，其地四时奇寒，常年大雪纷飞，不产五谷，食牛羊以兽皮，麦包都是向外人购得所做。再向北遇大河一条，冰山流动，河中有银色鼠和头如龙剑戟的鱼，念北斗已过，不知离京数千里，气候寒甚，资粮告罄，遂归三月而返。小说记录了这次颇带历险性质的冒险北游，一行人历经沙漠的缺水考验和地球北端的严寒之苦，真实记录了路途上所见的风土人情、自然景观及稀见动物，提供给时人一份宝贵的北方游历资料。

卷三的《海鹅》记载了西贡之滨一种羽毛可以制作羽扇的动物海鹅。每年九月过后，海鹅便成群结队至群山环抱的空旷之地，土人便结伴骑象入山，猎杀之，捕得一头，即折杀其颈致死，自昏达旦不停手也不歇息，可毙海鹅数以万只，拔其毛羽做扇，因其肉味恶不足供鼎俎，只能熬油以代烛。作者因其只为做扇，何不拔其羽而放生之，土人谓一旦让海鹅生还，必哀鸣引其族群飞翔而走，永不复至，断获利之源。引得作者发出了“噫嘻！越裳翡翠，消息杳然；南海明珠，寂寥久读。工部诗其能无恨惘哉。”的感慨。

卷三的《鼍龙壳》记载了嘉庆十余年一客孤苦无依的人附船

而行于海上。因飓风船漂至一岛，上岸无意间发现一个鼍龙壳，托之到船。至广州，船上的客商皆携带各地水陆珍奇上岸贸易，一行家遍览却无中意者，却对其鼍龙壳极为殷切，在船主和其他客商的帮助下以三百万两的价格卖于此行家，并从其口得知此乃无价之宝。篇尾作者感慨道："天下事往往以有意而失之，以无意而得之。忽焉而遭风，忽焉而登岸，忽焉而载壳以归，忽焉而善价以售，是岂客之始愿所及料哉？求田问舍、唤婢呼奴，无非从一壳而得。客如不忘所自固当使世世子孙馨香奉之。"

整部小说除了改换了朝代年月，主要情节完全沿袭了《初刻拍案惊奇》卷一《转运汉遇巧洞庭红　波斯胡指破鼍龙壳》，同样是潦倒无依的客商，海外的偶然获奇宝，归来得遇慧眼行家，重金购得宝物，使其陡然暴富，但这篇《鼍龙壳》只有短短千余字形制相对非常的短小，很像《转运汉》篇的缩写版，由于受到字数的限制，小说主要以叙述完成情节，这就使得小说很难出现跌宕起伏的效果，也没有对于主人公的语言、心理、行动的深入描写，人物形象相对呆板，很不丰满，自然是很难与前篇相其媲美。

卷三的《天外归帆》，讲述了乾嘉时海边顾姓居民扬帆出洋贸易，数十寒暑未归，家人多以为其殁。后一巨舶归，船上访问顾姓人家，前来相认的多是贪财冒认之人。此时顾姓老妇与曾孙，家贫如洗，老妇知此事后让曾孙拿一簿谒巨舶中人，上书自家夫婿曾驾巨舶出洋，日期出洋人员皆符合，船上人即刻用轩舆接来，"人谓顾姓好行善事，故虽门福炸中衰，而造物之所以报之者，不于其生前必于其身后，修德获报，非偶然也"，"昔丁威令化鹤归来，时见城郭，犹是人物都非，不胜今昔之感。今此海舶中人，饱历风涛，复回乡里，犹得与旧主妇相见，其遭际胜古人远矣，而存心忠厚亦不可及。"

《黑美人别传》

《黑美人别传》载于《香艳丛书》卷三，作者佚名。小说记载了娼妓花莺粟的故事。花莺粟虽肤色黝黑却光艳无比，祖上是道咸海禁大开来此的印度人。某公子被其曼妙风姿倾倒，必每日会她，最后迷恋愈甚，重金赎之，自得此黑美人，日日缠绵，一切事务自此置之不理，若有外出也必携之。黑美人靡费颇费，公子虽中产人家，渐渐不支，而其形容也因亲近黑美人，日渐萎缩，亲友也纷纷劝公子远避黑美人，公子亦遍求方子脱离对黑美人的依恋，后经一友人得一处方，渐有成效，气色恢复，不复思黑美人矣。不料一日再遇黑美人，情爱再起，旧爱重燃，再无法可治，公子渐病入膏肓，撒手人寰。而黑美人复以困公子之法再困他人。有鉴于黑毒如此，极力捕缉，无奈黑美人重贿各处官府，嚣张不减，犹幸江、浙、川、粤等省黑种渐灭。

通观全篇我们不难发现这是一篇带有具有很强隐喻性质的小说，黑美人即是我们所说的鸦片，因鸦片烟色黑，作者取其色而命名为黑美人，以沉溺美色比喻烟毒难戒，既有双关意义又妥帖恰当。一开始作者就很是明显地写道："先世某本印度人。道咸之际，海禁大开，挈其妻女，航海而来中国。厥后椒聊，藩衍散处。二十三行省，各理烟花业。"点出了鸦片流毒的来源和繁衍。而某公子一旦相遇黑美人，即刻变得欲罢不能，不但劳费钱财更是形神萧索，"公子本中人产，坐是日耗，而家以不支，虽遇奇窘，而黑美人之糜费，竟不能少贬。"，"无何公子日就尪瘠，形容枯槁，面目黧黑，眠食不时。"这和人们沾染鸦片之症状无异，而作为染上毒瘾之人，也时时刻刻希望自己能戒除毒瘾，所以公子为此遍求亲友。终得一法，渐与黑美人疏离，不料再遇，旧情复燃，最终形神凄苦病亡，"抑知公子病入骨髓，胃气久虚。真阳已痿，恶石美疢。迄无寸效，又以家境日艰，疾竟不起，公子卒。”这既向世人指出了烟瘾并非无药可救，但同样也暗喻了一旦经受不受诱惑重犯，必将导致赔上性命的恶果。

小说最后一段文字最为发人警醒，“迩者中国有鉴于黑美人之流毒无穷，于国计民生，大有关系。因严为之禁，诏关津吏捕之。无任漏网，而黑美人神通广大，行贿关卡，匿处中华。时于秘密社会，巧使其诱引蛊惑之计。犹幸江之徐属，浙之台属，以及川粤等省，黑种日就澌灭云。”这显然是写鸦片日盛，终于引起了清政府的高度重视，采取了禁烟运动，但贩卖鸦片的外商，更是不甘暴利鸦片无法在华倾销，便用重金贿赂官吏，使得禁烟运动名存实亡，小说借此鞭笞了晚清吏治的腐朽。同时小说还指出虽然鸦片害人匪浅，但其本身却是一味医治人疾的药物，“黑美人雅善疗病，治气痛河鱼疾，尤能应手奏效”，可见作者对于鸦片的认识是比较全面和客观的。整篇小说虽以黑美人隐喻鸦片，却让人对其写作目的一目了然，这也正是小说作者的深刻用心，希望引起晚清子民对于鸦片流毒的巨大警醒，并促使人们戒除和远离毒品。

《淞隐漫录》、《淞滨琐话》

王韬（1828－1897），初名利宾，后易名翰，字懒今；去香港后改名韬，号仲弢，一字紫诠，号蘅华馆主、天南遁叟、弢园老民。江苏长洲（今苏州）人。十八岁以第一名中秀才，后屡试不中，遂决意科举。二十二岁至上海谋生，入英国教会所办墨海书馆工作达十三年，开始接触西方新科技新思想，先后整理《瀛海笔记》、《英国志》，翻译《数学启蒙》、《遐迩贯珍》等。咸丰十一年冬末（1862）回乡探亲，致书太平天国总理苏福省民务的刘肇均，建议攻取上海，阻断长江，被清廷以“通贼”罪名通缉，只身逃往香港，因得以结识容闳、郑观应、何启等，并游历英法俄等国。同治十三年在香港创办《循环日报》，并任主编，鼓吹变法维新。光绪五年（1879）渡海东游日本，光绪十年（1884）回到上海，任申报馆编辑部主任、格致书院院长。一生著述宏富，除政论文和诗词外，还著有文言小说三种，即同治元年（1862）《遁窟谰言》（又名《遁叟奇谈》）十二卷，光绪初年的《淞隐漫录》（又名《后聊斋志异》）十二卷。其中《淞隐漫录》初以单篇自1884年下半年至1887年底于申报馆《画刊》旬刊，每期一篇，并配以图画，后由点石斋结集出版，由著名画家吴友如和天英配上新的插图，石印刊行，极受读者欢迎。清光绪十三年丁亥（1887）出版短篇小说集《淞滨琐话》，十二卷，体裁和题材都仿照蒲松龄《聊斋志异》，因此有的版本名为《后聊图说》。《淞隐漫录》偏重于人事，描写狐鬼和鸟兽虫鱼砄篇幅不多；《淞滨琐话》则侧重狐鬼和鸟兽虫鱼。

王韬创作这两部文言短篇小说集的目的在序言中表露无遗“然今西人足迹，遍及穷荒，凡属圆颅方足、戴天而履地者，无所谓奇形怪状如彼所云也，斯其说不足信也。……西国无之，而中国必以为有，人心风俗，以此可知矣，斯真如韩昌黎所云‘今人惟怪之欲闻’为可慨也！西人穷其技巧，造器致用，测天之高，度地之远，辨山冈，区水土，舟车之行，蹑电追风，水火之力，缒幽凿险，信音之速，瞬息千里，化学之精，顷刻万变，几于神工鬼斧，不可思议。坐而言者，可以起而行，利民生，裨国是，乃其荦荦大者。”可见由于接受了西方的现代科学知识，王韬对于神怪的存在，持有明确的否定态度，但是为什么“素不喜夸蹈迂谬，一惟实事求是”的王韬却会大写神怪小说呢。这与他的涉世境遇大有关系，他在现实中一再碰壁，处于“以直遂径行穷，以坦率处世穷，以肝胆交友穷，以激越论事穷”的境遇，便不得不取一种通变的态度：“求之于中国不得，则求之于遐陬绝峤，异域荒裔；求之于并世之人而不得，则上溯之亘古以前，下极之千载以后；求之于同类同体之人而不得，则求之于鬼狐仙佛、草木鸟兽。”（《淞隐漫录》自序）所以他的“窃效干宝之搜神，戏学髯苏之说鬼”（《〈遁窟谰言〉自序》）纯然是为了聊作一时之消遣，而借以抒其平日之牢骚郁结（《弢园著述总目》）两本书一大引人注目的题材就是海外题材的小说。先述《淞隐漫录》中的域外题材小说，共七篇，分别是卷一的《记日本女子阿传事》、《仙人岛》、卷四的《海外美人》、卷八的《海底奇境》和《海外壮游》、卷八的《泰西诸戏剧类记》、卷十一的《东瀛才女》。

《记日本女子阿传事》，阿传是日农家女，貌美而性荡，与邻人浪之助勾搭匹成夫妇。后浪之助得癞，阿传带之去温泉疗养。后又被一绢商携至横滨疗病。横滨船匠员吉藏涎阿传美色，供其夫药费，与阿传私通。鱼贾清五郎爱慕阿传，资助阿传却不纳其事之。绢商妻恶阿传为祸水，让绢商付资遣之。夫死，阿传不听父妹规劝，辄为娼妓，迎来送往，吉藏至阿传所，阿传向其索金不得，吉藏讥其隐私，阿传怒而杀之，后被明正典刑。天南遁叟时旅日东，亦往观焉，特作《阿传曲》以纪之。阿传尸首被清五郎所收葬。

《仙人岛》记述了崔孟涂的海外奇遇，他少好游，见巨舶附舟而行，遇飓风飘至一岛。奇遇翁媪与女一家人。生偶到女卧房，阅女所读之书，女赠甘露所酿百花精液服用。翁媪欲南游普陀，北访五台，遂将女嫁与崔生，托付家事扬帆而去，女说二十年后当如此送君。二十年后翁媪归来，催生速去，生回归故里，发现所识之人都已故世或年老不辨，遂为道人。一日偶得仙鹤丹书，得妻书信附诗并书写一成仙之法，生如是服用身体健于平时。思再入海寻妻，乡人笑之今船舶皆西人驾驶，往还定期，世间岛屿尽得人居，哪得安土？生仍怀其念，变卖所有得四百金，却赶上匪乱，被贼所得，崔道士也被贼数刀砍死，乡人殓而葬之。

《海外美人》，陆梅舫甚富，娶妻林氏，精拳棒，父母故世，夫妇两人建筑一巨舶出洋环游。先至一岛，岛人类倭人。遇一曾到中华学习的老者，得知这是日本外岛，得知这里曾来过三个明兵的贵官，一人求神愿作长人杀敌，一夜身长暴长。后三人亡故，死而不朽，遗命建一亭置尸其中，供人瞻仰，如遇有诚心来拜者，必起身还礼。生请一观。肃然拜地，一人起身还礼。问其姓名，老者说年代久远不知。又游马达屿，看到一面如铁色的男子与人斗武赢金，其妻子登台，与之恶斗一场，两人俱丧命，幸妻孕儿降生，生敛尸抱儿归船，被一髯虬老人见到，赞婴孩奇伟，代生抚育，说其父子二十年后当相见于罗浮山麓。后生到西方寻美消愁，到意大利之属国墨面拿，见一巨舶，船主华人，舟上皆艳女，送生真真、素素两美人，并说此皆罗刹国人奇丑无比，天降男女两圣人，能做美人画皮，但需巨资，银钱多者可得全身，少资则仅得半身，送生的美女是全身故呼之全璧。生闻之不觉怖其画皮，客讥之天下孰真孰假哪能辨清。生载而归之，即以二女为室。

《海底奇境》，聂瑞图生在富豪之家，聪明非常且精于水利治河。时有使节出洋，生欲附之出洋，遭婉言拒绝，遂自备英、俄、日、法四国翻译，携贵器出洋。所到之处赠遗珍异，备受欢迎。瑞士女兰娜，秀美聪慧，遗法废后所藏于生。生又从伦敦至纽约，途遇风暴，飘至一世界。来到一老媪门中，生说其所欲到之所，媪唤一西人女子对答，正是兰娜，得知她也是落水到此，女求其教授中文。一日波浪汹涌，女告之可趁此回到人世，女为生践行，舞而歌之，并赠龙宫辟水珠和兜率宫定风珠。生归将女所赠一巨型钻石卖之赈济山东灾民。

《海外壮游》，钱思衎虽科举得中却心怀遁世思想，遇一道士特来接引他，携其骑龙游峨眉。道人引生拜见其师，却是一妙龄美女,遂心动神摇,师见此状,令生重返人间历练,将其坠入西国。因生从天而降,被曾游历中国的英人德臣奇之,接来家中,盛情招待,见西人交谊舞甚为惊奇。郡美女周西引生畅游家乡和伦敦,看博物院、藏书楼、机器房等,路遇二美姝,并赠与名物。后又游览法国巴黎,观皇宫游名园,正欲去普京伯灵,道人忽至携生乘龙而去。

《泰西诸戏剧类记》这篇小说向我们介绍了西方著名的走绳锁,著名的日耳曼国的哥利德,法人都比,都是走绳的高手,继而又介绍了马戏、纸牌等表演。

《东瀛才女》介绍了几个日本艺妓的故事。主写了小华生与倚雯楼主的沪上情事,又写了阿中、阿玉、阿超等艳名早著的日本艺妓的横溢才华。

王韬在《淞隐漫录》显示出一种极强的今古杂糅的写作风格,在王韬笔下每一个域外题材都是之前文人所使用过的,但是他却能凭借着自己丰厚的域外经历、丰富的域外知识,赋予这些旧题材以时代新风采。

如卷一《仙人岛》一篇,海外遇仙题材古已有之,但是王韬的巧妙之处就在于并没有因循重复此前这一题材所出现的一些类似情节,如遇到上古就到此修炼得道的仙长,与美丽的仙女相遇并结为夫妻,返归人世后又得到仙人的传信指点等,而是在小说末尾加上了一个出人意表的情节,当崔生再度想扬帆海外,寻找仙人岛及妻子的时候,却受到了老艄公的讥笑"有老于舵工者闻之,笑曰:'君殆痴矣!今时海船,皆用西人驾驶,往还皆有定期,所止海岛皆有居人,海外虽汪洋无涯,安有一片弃土为仙人所驻足哉?子休矣!忽作是想,徒空中楼阁也。'"这样写来将海外遇仙的故事与近代先进航海技术相融合,正是由于西方造船、航海术的大发展,促使西方列强大肆在海外扩张殖民地,无复有海外仙岛之存在,在古今交合之间,让人产生一种抚今追古的忧思情怀。时空交错,世界时局已经大变,海外不再是充满着奇幻的想象,而成为贪婪的殖民者肆意攫取财富的殖民地。

除了这种杂糅今古的写作手法,将传奇的故事归尾于晚清狂热的殖民风暴中,作者还将古代小说中的情节故事移至海外上演,如《海外美人》,作者巧妙地将《聊斋》中经典的画皮故事,展现在了域外。当陆生得知此些西方美女也皆是画皮所制,不禁大惊,顿觉"然不免视横陈时如嚼蜡矣",但是华人船主却说道:"君真愚矣!世间一切事,孰是真者?红粉变相,即是骷髅,夜叉画皮,遂成菩萨,子将来必由此二女得悟大道。余倦矣,君盍归休。"借画皮将人性中丑恶之处讽刺得入骨三分。

此外,王韬还借小说展现中外风土人情的截然不同。如在《泰西诸戏剧类记》中,作者在介绍完各种西方杂耍表演后,在结尾处意味深长的感叹道:"如都比,如车利尼,如瓦纳,皆以一技之长负盛名,邀厚值。而中国之具此能事者,仅糊其口,救死不赡。噫!何相去悬殊哉!"一来一往让人在欣赏唏嘘西方杂技魔术的同时,更对我国民间艺人不相伯仲的技艺产生联想,"按绳戏在中国自古有之,始行于战国之季,非特泰西为独擅也。汉代以为百戏之一,张衡《西京赋》云:'走索上而相逢。'李善注:'索上长绳系两头于梁,举其中央,两人各从一头上,交相度,所谓舞者也。'晋《乐志》云:'后汉天子受朝贺,舍利从西来,献于殿前,"以两大绳系两柱头,相去数丈,两倡女对舞,行于绳上,相逢切肩而不倾。'又唐睿宗时,婆罗门国戏人能倒行以足舞。大抵此戏起自印度,流入中国,即欧罗巴洲亦沿印度之风欤?然近日西人戏术之优者,若转盘,若缘,若登梯,若吞刀吐火,若搬演杂剧,回巧献伎,尽态极妍,有鬼神不能测其机,幽冥不能穷其幻者。"但同为职业艺人,分处中西其在收入数额、生活水平、乃至在社会地位却天壤之别，不仅让人连声感叹，“如都比，如车利尼，如瓦纳，皆以一技之长负盛名，邀厚值。而中国之具此能事者，仅糊其口，救死不赡。噫！何相去悬殊哉！”让读者在了解西方民俗民风的同时，更加强了读者对于中西之间社会、文化的自觉对比意识。

即使是被文人用得有些俗气的成仙却凡心未泯，被重贬至人间，历练红尘后终返仙界的成仙小说，也被赋予了时代新亮点，贬谪之地不再是中华大地，而是西洋之国，结识异国美女，赏玩他乡风土，这样写来将俗套的求仙题材和新颖的西国风情结合起来，可谓巧妙之极。王韬的生花妙笔把这些老题材、老套路、老故事，推陈出新，作者或借助小说中的人物之口，或直接点评，将自己对于西方社会和文化的理解和领悟注入其间，使其焕发出西学东进的时代新风气。

自然对于域外传奇故事的记载也是作者写作内容之一，如《东瀛才女》、《记日本女子阿传事》都是描写了日本女子的传奇人生，日本艺妓虽被作者讥刺为“天下之至无情者，莫如日本女子”，但同时作者同时也分析了其原因日女之薄于情也，在“不知贵重其身始”不禁让人心生怜悯，而其“然其为人客妻，亦有足取者：付以箧笥，畀之管钥，而绝无巧偷豪夺之弊，此则中国平康曲院中人所不及也。呜呼！风犹近古欤?”的品质也受到了作者的赞美。阿传虽为”貌美而性荡“的女子，却能得到鱼贾清五郎的钦慕，“怜阿传贫，时有所赠。阿传意其私己，欲以身事之。五郎拒不纳”。当其明正典刑的时候，“清五郎闻之，往收其尸，葬之丛冢，并树石碣焉，曰：‘彼爱我于生前，我酬之于死后。因爱而越礼，我不为也’呜呼！如清五郎者，其殆侠而有情者哉！曷可以弗书。”作者将两人的感情描写得纯澈而不含肉欲淫念，超越了生死的界限，颇是让人生叹。

存于《淞滨琐话》中的域外题材小说共有两篇，分别是《乐国纪游》和《因循岛》。

《乐国纪游》，选自《淞滨琐话》卷五，载于《香艳丛书》十四集卷一。康城安若素，有才名，性豪爽，自思大丈夫当效张骞、司马迁汗漫而游，又见父宦海风波，遂止了仕途之念。父卸任后，家境日窘，经友人大谈海外奇遇，心生羡慕。遂扬帆海外，不幸在黑水洋遇到飓风，飘至一岛屿，醒来见一道人，赠与一仙药，告安生自己为檄仙，生不信虚妄，道士说如此你何能游乐国乎，生恐求其指引，道人携生遨游天宇，至荒僻的穷乡放安生至此，安生得知反问道人，道人答曰天下无不是苦尽甘来。生入愁城，眼见人人惶恐，渐染愁肠。

突一日闻听乐国大将军破愁大将军至，攻破愁城，见生后惊呼为上国人物。引之见王，王见天朝人物果然仪表堂堂，让其做《破愁赋》一挥而就，立即加官晋爵，并赐予府邸和探珠、凝玉两艳丽宫鬟。生每日携女遍游乐国美景，到一乐园，乃亚当夏娃所在地，乐园有护法神计罗宾，因生奉王命才得以进。还参拜了距灵丘十数里的妙台、餐花二仙，其为晋宋生人的，生再以王命才得见二仙，妙华见生面有悲色，得知其自愁城来，问生可知晓天下善愁女阿珠否，并引荐阿珠与生，进而又介绍了穷乡之东善病女子阿玉，皆国色绝美之女子，两仙并将两美人赠与安生。自此生坐拥双玉双珠四艳，遍游乐国山水。一日忽被王传至殿前，令其返乡，并不予四美同行，并赠与贪囊与墨宝与安生，皆致富之奇宝。生归故里，一家平安，货乐国所带之珠宝即可逍遥度日，不复用二宝，取其斋名为小乐国。二宝后被梁上君窃走，自此天下渐行其术者多矣。

《乐国纪游》这篇小说表达了晚清文人久困科场，看破宦海浮沉，希冀寻求心中乐土的美好理想。安若素在小说一开始的好言壮志便不再把金榜题名作为人生的不之道路，却对乘槎泛海显示出无限的向往“自命甚高，有不可一世之慨。尝曰：‘人生当壮岁不能展翱凌霄汉，登玉堂，直入金马门，置身通显，便当乘泛海，学司马迁、张骞汗漫游，浮溟渤，升崆峒，寻河源，贯月窟，用以自豪，安能以七尺躯老死牖下哉！”目睹了其父“宦海风波，时多险阻”，即感慨“此苦海也，安可沉迷郁郁，久居此哉”，加上朋友一向其诉说“异域风景、历历如绘”，使其更加“心生羡焉”，安若素的扬帆海外的志向正是对科场困顿、宦海浮沉的极大嘲讽和反抗，它表明了有志知识分子，已经不愿再将累年的科举考试，前途难料的宦海生涯奉为神明，转向立意开拓出更多姿多彩的人生景象。由愁城入乐国，两相对比，让安生对于乐国的美好生活有了更深刻的体会，安生运用自己诗书才华，瞬间让自己加官晋爵“即日拜岛中大夫，自是凡有文翰，必诏生撰，一月三迁，位极左相，赐以甲第，充以宫鬟”，不单享有至上的爵位，还坐拥美艳四女，先是王赐予的两位容颜殊丽的探珠、凝玉二宫鬟，后又在拜访妙华、餐花二仙时，得愁城二女子阿珠、阿玉相携而返，真是人生极致，不过如此。遭遣归的安生，也摆脱了先前的穷愁生活，靠着从乐国带回来的珠宝过上了梅妻鹤子，逍遥自在的生活。小说结尾以梁上君子窃走乐国国王所赠送的贪囊、墨宝，致使世上物欲横流，显然是对时下贪欲日炽、人心不古的真实写照。《乐国纪游》虽然在性质上还类似于文人的黄粱一梦，表达了才华横溢却仕途无进的知识分子以梦幻之国实现自我人生显达的宏图大志，但同时也显现出知识分子不愿在科举之路上拘囿终生，而希冀在更为广阔的天地里去积极实现人生价值的美好愿望。

《因循岛》出自《淞滨琐话》卷十，载于《香艳丛书》卷一。项某本曲沃猎户，至项改业读书，文名渐长且性善喜放生。某日见农人逮一伤猿，心生怜悯，购而放之。后项仕宦归来，海上遇风暴，抱木飘之一岛屿，岛上荒凉，越夜始见村庄，村民皆散发披肩，形容不类中土。幸遇一老叟，因曾收留去年也因飓风漂流至此的华人朱某，后朱某被岛主载去，因而会说中国话，邀其到家，引得村民围观。正进食时听鸣锣开道，叟急忙掩门闭窗，项问何故，得知县令过，而此县令喜嗜人君。项在门缝间看之，见县令居然为一衣冠整齐狼人，抬轿的也都是兽面人身，惊怖之问故，叟告项本地原甚富，三年前狼怪来此，占据此地，狼人喜食人膏，岛主虽为人仁慈，但狼人习幻术，可变幻人形蒙混岛主。项闻之气愤，欲为岛人向岛主申诉，老叟怕其被狼人捉住，反丢了性命，不许项去拜见岛主。次日项不辞而别，果被捉住，送往谄媚上司，幸路上遇到太守搭救，才保住性命，而太守竟是自己曾经赎买放生的老猿。携之来到一名为"清政府"的府邸，得知老猿因会变幻人形，被瘦柴主招之，图谋霸占此岛。老猿因感岛主仁德，不忍图谋造反，令其部下皆充任官吏。项某与诸狼人见礼共饮，席间一肥人被拖曳来，供众狼食其膏，并告之因老猿喜斋而日只供一人，其他官府供应则甚多。项惊怖，不敢复与众食，仅得果腹。项在府中无所事事，老猿即让其赴自己的旧属苟县厉令处去游玩。却在厉处眼见一官官相护打压平民的案件，项向其辩驳，厉以胜方乃权倾朝野的贵戚，自己这样做不过是保官而已。适又赶上郎大人赴苟县巡兵，厉令铺张服侍，却被问之可有歌妓，只得以自己的妾女献之。郎大人日上三竿才起身加食鸦片，巡兵遂罢，厉令却因此加官晋爵。项终不能忍岛上污秽，时海客朱某奉王命潜回，项随之归乡。

王韬的《因循岛》一篇即是借助虚构中的因循岛来讥刺当时晚清昏聩腐败的官场，是一篇官场现形记性质的谴责小说，狼人正是对于晚清官吏本质的入骨刻画，而老猿的府邸作者将之命名为“清政府”，其意更是不言自明，意在点明在晚清的官场要想发迹出头一定要具有恶狼一般的狠心和毒辣的心肠，而一切的卑鄙行为都会在官场被视为“名正言顺”、“合情合理”，绝不会夹杂有半点非议和道德谴责，正如厉令所说的“先生休矣，今日为政之道，尚言清理焉？吾辈辛苦钻营，始得一官一吏，但求上有佳名，不妨下无德政。直者曲之，曲者直之，逢迎存子一心，酬应通乎百变，上以为可，虽民无爱日之留，而朝有荐章之入矣；上以为不可，则民乐敦庞之教，朝无颂德之碑。国舍有甘堂，不及私门有幸草也。”，一席话把肮脏的为官之道揭露得淋漓尽致，当官就是为了保官进而升官，而躬行善政，得到的不过是民众的口碑，而对于升官无益，要之何用？只有把上司服侍妥帖，才能获得升官发财的机会。所以厉令为了升官不惜让自己的妾女给上司侍寝，升官后更是寡廉鲜耻地洋洋自得，这与李伯元的《文明小史》、《官场现形记》如出一辙，如冒得官冒官之事败露，就想着法子送自己的亲生女儿与羊统领做姨太太，羊统领便替他极力开脱，终得无事（《官场现形记》第三十一回）。更不用说为了升官，对上司投其所好，百般邀宠，极力谄媚了“此人白皙而肥，精髓必美，当献之上司，必而记功邀宠”。众多被强逼送至狼口的百姓，正是“苛政猛于虎”的真实写照，“专爱食人脂膏。本处数十乡，每日输三十人入署，以利锥刺足，供其呼吸，膏尽释回，虽不尽至于死，然因是病瘠可怜，更有轻填沟壑者。”吸食人脂膏这一情节生动形象地比喻了卑鄙官吏刮尽一切民脂民膏的无耻行径。

虽然小说作者对于晚清官吏的鞭挞可谓不遗余力，但是对于统治阶级却充满了赤诚地赞美，颇多宽容。小说中屡次提到的岛主仁慈，小说先是借老叟之口说出“非也，主上仁慈，若辈能幻化人形，诡计深谋，遂为所赚。”，后又借老猿之口说出“不期岛主信德，感及豚鱼”，既写出了统治者的躬行善政，又交代了众狼欺上瞒下的丑恶嘴脸，正由于此，使得主上蒙蔽其中，善政不得通达于民。可见这又是一篇以反贪官不反皇帝为主旨的小说，显露出作者在政治上保守倾向。

《海上尘天影》

《海上尘天影》又名《断肠碑》，系邹弢据个人经历创作而成。邹弢，近现代小说家。字翰飞，别署潇湘馆侍者、司香旧尉、玉愁生、瘦鹤等，金匮（今无锡）人，尝官姑苏十余年。后寓居上海，以卖文糊口。光绪二十二年（1896）应《苏报》创办人胡璋（铁梅）之聘，任主编。其他著作尚有《三借庐笔谈》、《三借庐丛稿》、《浇愁集》、《万国近政考略》、《洋务罪言》等。光绪十八年（1892 年），邹弢在上海结识妓女汪瑗，两人一见倾心、情爱甚笃。但因作者此时贫寒，无力迎娶，便入莫逆之交也是维新官员的江标幕府中出任湖南学政，十一个月后便返回上海希冀迎娶，不料汪瑗此时已经改适他人，只落得断肠一般的伤感。在邹应幕赴湘时，已经开始了《海上尘天影》的写作。及二十一年（1895）返沪时，全书已成 52 章，后因瑗已改适他人，故将原稿“悉行删改”，又续增数章，以 60 章作结。

小说以男女主人公韩秋鹤与汪畹香的情爱纠葛为中心展开情节的，苏韵兰原名汪瑗，字畹香，才貌俱佳，幼年家道中落，欲以诗觅佳偶却所托非人。病重时幸得韩秋鹤割肉和药相救，自此互通款曲。然碍于身份，只能以兄妹相称。后畹香丧母，贫寒之际不得不听从妓女冯碧霄等之劝，暂沦落风尘，为不辱名姓改名苏韵兰，辗转流徙至上海。武员莫须有看中韵兰，买绮香园欲金屋藏娇，韵兰许之三年后方嫁，此时因海疆事起，莫须有重被启用，遂将绮香园交与韵兰打理。韵兰广延沪上名妓同居，并与秋鹤再续前缘。在绮香园内众妓女与官商眷属平等相待，互敬互助，她们结成诗社、赏花游宴、说诗论画、造花神祠、开办女学，宛若《红楼梦》中的大观园，正乐之时，却因交恶上海官府，绮香园遭封闭查抄，众姐妹自此风流云散。结合本文写作中心，论述重点不在由于作者歆慕《红楼梦》，而在新的历史情境下对红楼的仿拟上，而着重小说中颇有篇幅的涉西内容。《海上尘天影》是这一阶段域外题材小说中唯一的长篇章回小说。

小说的涉西描写主要涵盖三个层次。首先是小说中几个主人公都具有强烈的西学背景。文中阳、顾两大巨室的发家具有浓厚的洋务色彩。阳桢先中副榜举人，后随团出使日本，又赴美国贩运金砂，再应聘通使随员派往德国，事竣，保举三品顶戴知府。继而出使日本的钦差又聘其为二等参赞，驻扎东京。任满归国，实授上海海关关道。顾庄自修日本西洋语言，考究商务书籍。先往香港开设货栈，后分设新加坡、日本横滨、巴黎斯、旧金山各处。“约二十年的经营，长起家资，几及百万。”两位的儿女也在西学上颇有造诣。顾庄之子顾珍“七岁上，已把四书读毕。十岁读完五经，十一岁便作诗作文，十二岁上兼习英国文字。士贞真是着力栽培，到十三岁，已是中西一贯了。”阳桢之女阳钰更是一位“机器、电气、后房都堆满了玻璃瓶、钢铁器具”热爱制器化学的贵小姐。小说的主人公韩秋鹤自与畹香在扬州分别后，游历了美国、日本、欧洲和俄国，广泛了解了各国的政治、地理、生产和科学发展。

其次小说广泛介绍了西方科学与文化知识，如 14 章到 16 章，借韩秋鹤之口，作者详细介绍美国商务国政、地理版图、采矿技术、俄国炮台设置、弹道计算方法，绘制日本地图标注各处险要；19 章介绍西洋化学、电气及器械制造；29 章讲述热气球制作和西方天文历算知识;38 章谈论西洋火器与英、法、俄、德四国武备情况;43 回讨论了西方基督教并比较了佛教和基督的异同;53 章介绍新式学堂的开学仪式与学制。临近完稿,作者还饶有兴致地讲述起西洋照相成影之法等。

再次是小说中多次插入对甲午战况的描述,如 19 章透过新闻纸,介绍"日本与高国已经失和,中国调兵前去,被他连败了数阵,日本的兵渡过鸭绿江来。"此后,25,30,31,35,44,50,51、52 回又接连通报战况,表现出作者对于战时局势密切关注的忧切心情。

透过这些涉西描写,我们看到作者身上深刻的忧患意识和向西方学习的精神。自从鸦片战争以来,列强以最血腥的方式彻底击碎了中国天下中心、四夷威望的痴人呓语,西方资本主义日甚一日的殖民入侵使得中华帝国不可避免地向殖民地半殖民地社会沉沦,邹弢的特殊经历又使得他比一般文人更早更强烈地感受到这一切。邹弢生长在贫寒之家,数经考场拼搏才于 26 岁中进士,此后却屡举不第,迫于生计开始了自己的馆地生涯。后由朋友介绍转入报业,这成为邹弢人生中一次重要的转折,他的诗词造诣和勤勉写作,使他拜在了当时的新闻之父王韬的门下,报馆经历是邹弢写作《海上尘天影》的巨大诱因,在此期间他广泛的结交西方来华人士,使得他对西方新知有了实质性的认识,建立起了有别于传统文化的全新知识结构,这使得《海上尘天影》超越了当时一般知识分子的思想境界,在中西的自觉对照下获得了一种更为深刻的忧患意识。正是基于此,小说鲜明地提出了向西方自觉学习,救亡图存的前进思想。首先作者从表面层次看到西方富强是因为科技的强大;中国的贫弱也正是由于科技的落后。作者明确看到科学技术的发展和进步与国家的前途命运直接相联,正如萧云与韩秋鹤在参观美国矿山,发现其总在不断改进工艺,运用"最新之法"时,就感叹中国应向人家好好学习,这种学习的精神正是贯穿小说始终的。更为重要的是作者超越了技器层面对于西方的认识,提出了西方的强大不仅取决于科技与生产,更因为其国家制度与社会文化,可见作者认识之深。如十四回韩秋鹤"与萧云抵足谈心,论美国商务国政",萧云道:"此国自华盛顿民主以来,国势蒸蒸日上",揭示了美国民主制度是推动科技、生产、商业进步及国家富强的根本动力。秋鹤访俄途中,特地观看反映"法国民变改为民主"百姓衷心拥护民主变革的戏剧《民变记》,顿觉"好似重见天日的样子"(十五回)。并指出日本正是学习了洋人的法子,"实心整顿,比中国可强数倍。"(十六回)。在此作者对于强国富民的思索已经不再局促于单纯的科学技术的学习和效仿,而将笔触深入到对于西方政治制度与科技进步之间的关系这一层面上,这是对洋务派单纯制器的超越,显示了由表及里的向西方学习的进程。相比之下,作者更以悲愤的笔触抨击了满清朝廷内充斥着的蝇营宵小之徒、弄权误国之辈,国家年年花费巨款,学习西学,如打水漂,"多被这些大员引用私人,照应亲族朋友,半吞半用,那里能涓滴归公!"发出了"老天,你生我这个人,应该给我一个称心施展的境遇。为何使这些众小登场,虎耽狐媚,使我无容身之地呢?"壮志难酬的感叹。

同时我们在小说中也发现中西之间在当时存在着极其坚硬的壁垒,作者在《海上尘天影缘根》中就对男女情爱忧愤地写道:"泰西各国节孝忠烈之说,而男女以正,婚姻以时,罕闻有杀奸之事。中国男尊于女,设立礼节之防,而淫杀犯上,殆不可问。盖轻重违则政不平,政不平则心不洽,欲强至爱为不爱,遂生乱阶。故余谓男女之欲,虽是郑卫之风,亦属性中所固有,任其相悦,自畅其天,不可强遏,以生杀念。……但世俗已锢,往往抑女尊男,……即有好色之心，尚装出一副正经架子，而色厉内荏，品行卑污，你想可恨不可恨？可笑不可笑？然而我此番议论，未免奇僻，虽存一片真心，与圣贤教世之道理似有不合，不过秉性如此，不肯做违心之论，以欺世人。”作者尖锐地批判了传统婚姻对于正常男女情爱的压抑和戕害，但是我们却发现书中的男女主要人物却无一例外地笼罩在这样的旧式束缚下。身为作者化身的韩秋鹤虽是位中西一贯的人物，他虽然内心对畹香倾慕不已，却始终不能越过一纸婚约的屏障，只以兄妹相称掩埋这欲说还休、暧昧错杂的感情纠葛，最终导致了自己魂断北疆。小说中的另一位悲剧人物阳双琼，她聪颖好学，无所不通，不仅嗜读《牡丹亭》，诗词功底深厚，对西洋格致之学也钻研甚深，电器、化学、制造之学无一不精。然而，正是这位“女诸葛”最终却如黛玉一般，因无法与意中人结合而绝粒病逝。这种自残式地决绝，可谓与邹弢笔下中西兼治的新式女性背道而驰。

《海上尘天影》的作者对现实异常清醒的认知和深厚的西学功底，展现了败落的老大帝国在西方资本主义强国的冲击下渐呈黄花颓势，这已是不可辩驳的事实，满目疮痍的现实情势极大地激发起有志知识分子内心深处的强烈的民族自尊心和忧患感。对西学的逐渐了解，引发了他们师法泰西诸强、吸纳西方文化精华，进而脱胎换骨的强烈期盼和持久热力。但面对小说主人公的命运，我们不禁思考，西学新知在植根于小说人物思想之中的时候，异质文明在与传统文化的对峙的过程中，却没有给他的思想带来质的改观，虽然在《海上尘天影》中作者悲楚的是一段感情，重点还是在言说情爱，但我们透过这一情爱视角，来透视晚清整个思想界的改造与进步，不难发现社会思想转型的道路是相当漫长和艰苦的，即使人们认可了一种更为人性化的合理道德伦理观念，整个社会却依旧浑浑噩噩,传统思想对人们长期以来的禁锢,足够在较长的一段时间内扼杀一切进步思想的萌芽和生发,小说中主人公始终不敢越雷池一步就是明证,更别说采取实际行动来实践这些更可能让人们追求到自我幸福的新式伦理道德的勇气了。这让我们联想到鲁迅的《伤逝》,虽然子君和涓生的爱情最后还是以悲剧收场,但是他们最初却是有着无穷的勇气和坚定的信念去勇敢追求属于自己的幸福,但是在《海上尘天影》中我们却没有发现类似的蛛丝马迹,西学新知仿佛只是蜷缩在旧伦理道德下的一抹亮色,作者借助它看到了社会发展、人性进化的前进方向和无尽动力,却远远没有承担起来的勇气。在认识和行动之间,隔着厚重而坚实的传统枷锁,这使得一切都止在了头脑之中。小说于此留给我们的思索是相当深远和具有警示意义的。

从对这一阶段的域外题材小说的分析来看,小说作品的数量相对较少,且以短篇为主,这显示出人们对于域外关注的广度、深度都和整个时代的巨变极不相称。但我们却依然可以透过这些作品,看到一种极为缓慢又不集中但却已然发生着的改变,正是这一变化使得这一阶段的域外题材小说在思想内容上呈现出新旧杂糅的状态。首先是相当一部分作品并没有感受到西方列强的入侵对于整个帝国的强烈震动,其对于域外的记载无论小说内容还是小说技法上都显示出极大的承继性,毫无超逾之处。搜奇显怪和借他抒怀仍然是小说作者们主要使用的两种域外题材小说的写作手法。同时另一部分作品却显示出对于西学东渐和西方入侵的思考和体悟,这集中的体现在王韬的《淞隐漫录》和邹弢的《海上尘天影》,前者虽借助老式域外题材小说的写作路数,却能推陈出新,将西学新知和旧的小说题材相嫁接,显示出新的时代特质;而后者因其为长篇小说,对于域外科学技术、思想文化进行了更为多面和深入的探索和思考，并鲜明地提出了向西方学习应是政治制度和科学技术的全面学习的进步思想，成为这一阶段域外题材小说最为亮丽的色彩。但其缺陷还是无法规避的，前者走的是笔记小说类的短篇路线，因内容精短而很难深入，且把域外新知移植在了一系列老套的故事情节之上，极大地限制了其对于域外世界的深入展现；后者则是一部格调悲凄的爱情小说，即使其中夹杂着很多的域外描写，作者写作目的却是为了写情。此阶段的域外题材小说，其传播和接受也是极为寥落的，虽然王韬的《淞隐漫录》刊载于《申报》之上流传，但其域外题材小说仅仅是两部短篇文言小说集的一个写作内容而已，所以并不能给予其传播和接受的过高估计。在此不禁让我们发出了这样的疑问，当西方列强紧锣密鼓地筹谋着如何攫取在华利益最大化的时候，国人的眼睛为何却依然对西方世界如此的闭塞和漠视呢？其中的原因我们将在下一章进行分析。

第二节　1900 年后晚清域外题材小说创作的极致繁荣的原因分析

明清之际由传教士主导的西学传入，虽然对中国的传统知识和思想产生过巨大的冲击，但那时的西学还只是在士大夫阶层流行的“时髦学问”，其接受面是十分狭窄的。以利玛窦为首的传教士敏锐地认识到儒家学说在中国社会所具有的不可挑战的权威地位，从而在宗教的宣传上采取了适应性的传教方法，即“合儒”的传教策略，这样的传教政策使得传教士在中国立住了脚跟，那么西洋传教士是否给古老的中国带来了西方的科技与文明呢？首先传教士带来的西方科技知识，本身纰漏虚夸之处就不在少数，而技术的介绍又大大超过对于文化的引进。其次，中国的知识分子对于西洋科技的接受也是极其狭窄的，在传入的方方面面的西洋科技知识之中，他们只吸取了天文历算、地理、测量，其中天文、历算是本着中国重农和占卜的需要，是很实用的引进，而对于十分重要的地理常识，却依旧保持着“亦未能穷其究竟”①的态度，将其视为一种异闻异趣的娱乐方式，这使得这些知识对“破蜗国之偏衷”的作用是极其有限的。同时利玛窦为了迎合中国人“天下中心”的地理观念，不得已抹去了福岛的第一条子午线，在地图两边各留下一道边，使中国正好出现在中央，这使得中国人十分高兴而且满意。这些都使得西洋知识的传入丝毫也不曾影响和改变中国人天朝上国的虚傲心理，在这种思维定式下西学中源和西不如中的谬论更为深入人心，这显然不利于中国知识分子的接受和学习西学新知。可以说，明清间的西方科技、地理知识的输入，并没有使中国人“睁眼看世界”，所以也不会引起中国文化向近代的转型。

长久以来，由于受限于中西方交流的相对狭窄，域外在中国人心目中一直如同水中月、镜中花一般虚拟而飘忽，从而使得小说作者们对于域外的写作一直维持着出于某种目的的幻想和想象，人们将政治意图、好奇心、心路感悟等等都一股脑地堆积在了这片遥远又陌生的土地上，无论从写作者还是接受者，都根本不会产生究其本貌的任何动机。中华的一切都居于中央的优容感似乎可以是万古不变的，那么那些四蛮八荒的领域对我们来说只是无足挂齿的存在罢了。文人们自觉地利用着域外的一切资源，但却没有任何自觉探索真实域外的动机和决心，我们不得不感叹隐含在其中深刻的大国情节。最终把真实的外国带入人们视野的却是残酷的

① 张维华:《明清之际中西关系简史》，齐鲁书社1987年版，第208页。

战争,这种以惨烈的形式呈现的不平等的交流方式,会在文人心中瞬间产生巨大的心理震撼吗?产生后又当如何在小说这一体裁上加以展现呢?在翻检清代小说的历史中,我们发现从 1840 年第一次鸦片战争到 19 世纪末,如前所述,在此期间的域外题材小说从内容到写作手法其突破性并不显著,那么造成这些现状的原因又在哪里呢?

1840 年第一次鸦片战争揭开了中国近代史的帷幕,空前的战争惨败,使得天朝帝国万世长存的迷信和尽善尽美的幻想灰飞烟灭,西方文明的浪潮首先以其站在潮头的"坚船利炮"使得与世隔绝的大清帝国受到了前所未有的强烈冲击,也启开了人们眺望世界的窗口。随之林则徐的《四洲志》、魏源的《海国图志》、徐继畬的《瀛环志略》等著作的问世,为茫然无知的中国展现了外部世界的广阔天地,但这股战败刺激下兴起的"知夷""师夷"的潮流却没有维持长久,"都门仍复恬嬉,大有雨过忘雷之意。海疆之事,转喉触讳,绝口不提"①。士大夫门仍"讳言洋务,若于官场言及之,必以为其人非丧心病狂必不至是"②。

第二次鸦片战争,英法联军直达北京,火烧圆明园,咸丰帝妃仓皇"北狩",《北京条约》签订,一系列更加惨痛的经历,使得清政府决策层中一些清醒的官僚开始认识到中国正面临几千年未有之大变局,对西方资本主义国家的认识开始变化,他们意识到"不可不熟思所以自强之策",从而在上层统治阶层形成了以奕䜣、文祥、曾国藩、李鸿章、左宗棠、张之洞等为代表的主张学习西方以

① 陈嗣初:《软尘私议》,齐思和等主编:《鸦片战争》(中国近代史资料丛刊之五),神州国光社 1954 年版,第 529 页。

② 王韬:《洋务上》,朱维铮校:《园文新编》,三联书店 1998 年版,第 29 页。

“借法自强”的洋务派。但这场来自统治上层的旨在学习西方以图自强的洋务运动真的能给中国带来翻天覆地的变化吗？甲午战败、《马关条约》宣告了自强求富的洋务运动的最终破产，究其内部原因“中体西用”、“中本西末”的错误指导思想是洋务悲剧的根本原因，但同时我们也看到，虽然倡导和参与晚清洋务运动的都是朝野重臣，但事实上，在当时整个中国的官僚阶层中，保守思想的势力在士大夫中占有绝对的优势，绝大多数的士大夫仍执迷于夷夏大防，昧于世界大势，囿于章句之学，对西学充满了仇视。从郭嵩焘的悲剧命运我们可以透视出自上而下整个保守势力的强大，这就使得虽然洋务运动看似风风火火，大张旗鼓，但从来就没有成为清廷的完整国策和指导思想，它只是洋务派的集团行为，而不是政府行为、国家行为。试想在这样的社会氛围下，又会有多少读书人会跨入洋务派所办的新式学堂去学习“西学”呢？又有多少人会对洋务翻译馆所译的西方书籍产生浓厚的兴趣呢？看一下史实我们将更加的清楚：同文馆的天文算学馆招收科甲出身的学生，投考者寥寥，只因“浮言四起”，很多原先报了名的考生在保守势力的影响下，都不得不弃考，翰林、进士、举人更是无一报考；在 1860 年到 1890 年间，中国所卖出的西方译著总共才 1.3 万部，而同一时期的日本，仅福泽渝吉的《西洋事情》一本就卖出了 25 万册。既然如此，洋务派所办的新式学堂、所译的西书能在广大知识分子心中产生的影响就不言自明了。

可以说，在甲午战争前的中国，西学在中国知识分子中的受众范围只集中于少数的早期维新派和洋务派那里，旨在向最高统治者表达其政治主张，争取更多的政治支持，以便为国富民强兴办实务。在内容上，洋务派着重的是船坚炮利的器物自强，此外早期维新派虽然深入到对西方制度学理等方面，并形成了独特的见解，但他们多在野，缺少显赫的政治地位，所以使得他们的言论多集中在语言文字的表述上，而没有付诸行动，更得不到推广了，所以接受者更是寥寥。从中我们看到，西学只在一个小的集团内得到认可和推行，既得不到知识分子的广泛认同，从而不能在深度、广度上逐步发展，所以在甲午中日战争前，知识分子的西学知识是极其缺乏的，这就使得域外题材小说新类型的出现从根本上就没有创作者，更不用论及传播和接受了，这也就是域外题材的小说仍旧维持着原来固有的几种类型，少有开拓的根本原因。

甲午中日战争却成为启开知识分子心智的一个重要契机。在甲午战争前的半个多世纪里，中国初败于英国，再败于英法，城下之盟，割地赔款，打击不可谓不严酷。但是相对而言，在一般文人士大夫心目中，那还是比较能够理解的，因为英法毕竟是西方强国，其文化和人种都与中华相差甚远。但甲午一役，败给同种、同源、面积狭窄、人口疏少且长期附属于自己的日本，彻底扫荡了原先还可以在几个寥落属国那里仅存的天朝威严，那个“失之西洋，存之东洋”天朝梦的避难所彻底破灭了。批阅甲午时期中国朝野人士的奏章、信札、日记，我们不难发现，尽管他们对于国家政治的认识和理解不尽相同，但是那种惊闻战败噩耗所产生的震惊、愤恨、困惑、忧伤的激烈情绪反映却没有任何的区别。如今堂堂华夏输给一个自己不但熟悉而且长期都不屑一顾的蕞尔岛夷，这造成的社会心理的强烈震撼，是以往任何一次战败所不能比拟的。可见败给熟悉的属邻比受西方列强的奴役更能刺激其世人的羞耻心。梁启超就说道：“吾国四千年之大梦唤醒，实自甲午战败，割台湾，偿二百兆以后始也”①。康有为也说：“夫以中国二百万土

① 梁启超：《戊戌政变记》，中华书局1937年版，第1页。

地，四万万之民，比于日本，过之十倍……坐受剥削，耻既甚矣，理亦难解"①。

甲午惨败造成了民族空前的屈辱感，成为了一次有成效、有力度的社会动员，正如19岁的秀才包笑天回忆甲午战败之后说："潜藏在中国人心里的民族思想，便发动起来。一班读书人，向来莫谈国事的，也要与闻时势，为什么人家比我们强，我们比人家弱？为什么被挫于一个小小的日本呢？读书人除了八股八韵之外，还有其他应该研究的学问吗？"②广大士人一呼百应，群体觉醒起来，救亡之声盈余朝野，以康梁为首的来自18个省多达1300余名举子联名上万言书，呈递都察院，要求上达光绪帝，这便是历史上著名的"公车上书"事件，三千公车标志着中国知识分子头一次以集体的姿态，倡导一系列有别于以往的政见而登上了中国政治舞台，并开启了戊戌变法的序幕，促使越来越多的知识分子走向了学习西方之路。

但百日维新转瞬即逝，辛酉政变终止了一切新政的步伐，不但初展头角的新法被扫除净尽，连洋务运动采西学的自强理论及活动也一并被否定，封建保守势力的反扑使得朝野上下再次于西学西政不敢有一字涉及，更何论施行。但历史给予封建反动势力的空间又是极有限的，洋务、戊戌以来铸定的中国近代化的方向是不可能改变的。庚子拳变、八国联军血洗京城对世人的心理造成了自甲午战争以来的第二次重创，尤其加深了中国人民救亡图存的危机意识，同时历史借洋人之手，也彻底消灭了封建顽固派的势

① 康有为：《上清帝第三书》，汤志钧编《康有为政论集》上册，中华书局1981年版，第140页。

② 包笑天：《钏影楼回忆录》，香港大学出版社1971年版，第145页。

力，使得清政府终于意识到倒退就是一条死路，出路就在于变革。清政府在 1901 年下诏变法："深念近数十年来积弊相仍，因循粉饰，以致酿成大衅。现在议和，一切政事尤须切实整顿，以期渐致富强"①。

如果说戊戌变法开启了中国近代知识分子主动向西方学习的道路，那么庚子国变则最终促使晚清政府被迫全面学习西方。虽然变法诏令是出于清廷的无可奈何，却撤去了阻挡历史潮流前进的堤防。正如梁启超所言："丁戊之间，举国慕西学若膻；己庚之间，举国避西学若厉；今则厉又为膻矣！"②，庚、辛年以后，西学如同冲决了堤坝的洪流一样以汹涌澎湃之势向社会各个阶层、各个领域扩张。其内容包括废除科举、创办学堂、奖励留学、扩展新军、兴建铁路、发展实业、改革法制及推行地方自治和立宪政治等等，涉及了中国的政治、经济、社会、文化、教育、军事、法律等广阔领域，促使中国的政治生活与和社会风俗朝着现代化方向挺进。蒋廷黼在《中国近代史》对晚清这次声势浩大的改革这样评论道："戊戌年康有为要辅助光绪帝行的新政，这时西太后都行了，而且超过了。"③

民族危亡使得一部分中国知识分子主动地将关注的眼光投诸域外的广阔领地，以获取新知，寻求救国救民的图存之路。同时教育体制的重大变革则提供给了知识分子获取新知的广阔途径，晚清科举制度的最终瓦解，以一种强迫的方式更新了中国知识分子

---

① 光绪二十六年十二月丁未谕，朱寿朋编纂：《光绪朝东华录》第 4 册，中华书局 1958 年版，第 4601 页。

② 梁启超：《新民说》第九节《论自由》，辽宁人民出版社 1994 年版，第 66 页。

③ 蒋廷黼：《中国近代史》，岳麓书社 1987 年版，第 90 页。

的知识结构。科举的无尽魅力就在于它紧密地关系着知识分子一生的穷达荣显，这就使得它的考试目的、考试内容、考试方式严重限制着学子的知识视野和思维方式。晚清科举改革的呼声在朝野上下一直很高，特别是洋务运动期间开设的算学科，头一次实现了真正意义上的中西学同考，虽然清政府严格限制算学科的入仕人数，只将其列为科举考试的附属另科，离人们的改革愿望还有很大的距离，但它毕竟在科举制度这张无形之网上撕开了一道裂缝。

甲午战败后，"天下愕眙，群起而求其所以然之故，乃恍然于前此教育之无当，而集矢于数百千年通用取士之经义"①，使"救时必自变法始，变法必自科举始"②成为时代的召唤，清政府在维新大潮的激荡下，也不得不对科举制度进行改革，主要体现在废科举、改策论，开经济特科两方面。虽然戊戌变法的夭折使得科举改革昙花一现，转瞬即逝，但在辛丑条约后的新政改革中，为了维护封建专制统治，对付严峻的局面，清政府不得不恢复戊戌变法时期的科举改革方略，意图拉拢人心，消弭矛盾。但此时的科举制度已经无法跟上历史发展的车轮，许多有识之士也清醒地认识到只有废除科举，发展学校教育，才能迫使士人进入新式教育体系，接受新知识，才有可能挽救清王朝。在张之洞、袁世凯等一批政府高级官员的反复上书后，清政府最终被迫于 1905 年 9 月 2 日下诏废除科举，这使得知识分子的眼光终于从科举、经书上移开，投向了这个正在翻天覆地变化着的世界。尽管还有大量旧士人抱残守缺、

① 严复：《严复集》第 1 册《论教育与国家之关系》，中华书局 1986 年，第 166 页。

② 张之洞：《劝学篇》，转引自何怀宏：《选举社会及其终结——秦汉至晚清历史的一种社会学阐释》，三联书店 1998 年版，第 402—403 页。

誓与新文化绝缘，但他们已经不可能成为知识分子发展的主导方向。各种新式学堂遍布于南北城镇乡村，很多的读书人通过学习西学新知成为了完全不同于封建士人的新型知识分子，他们广泛地阅读过西方近代社会科学和自然科学知识，了解世界大势，努力追慕新时代、新文化的大潮。

除了在国内接受新式的教育，甲午战争之后觉醒的中华儿女，为了探寻救国拯民之道，纷纷走出国门寻找答案，形成了中国历史上第一次以现代化为定向的大规模的知识分子移民潮。首先科举制度废除后，清政府设法为士大夫创造再学习的条件，如进士、举贡之类可赴日本学习政法，生员、监生之类，可以赴日本学习师范。其次，很多文人士大夫甚至愿意自费出国留学，开阔眼界。此时学子们所学课程更广泛，摆脱了早期留学生集中于学习西方语言文字与声光化电等自然科学知识的局限，走向了更为广阔的领域。此时留学生的政治热情也更加高涨，他们深感于甲午战后民族危机的日益严重，不止满足于学习西方先进的文化，更注重以此来改革中国的政体，变法图强。同时，大量介绍、传播西学知识的报纸、书刊以及众多西学社团纷纷创立并且得到了长足的发展，使得人们可以拥有更广泛的途径来涉猎西学新知。据研究“在全国范围内，自 19 世纪末以来，尤其是废除科举之后，士绅群体中约五分之一左右的人，也就是说近三十万人通过各种途径，受到程度不等的近代教育”①。

综论，清末以甲午战败、戊戌变法为契机，以辛丑之役、清末新政为转折，对域外的引入、介绍与学习逐渐成为晚清政府公开支持

---

① 贺跃夫：《晚清士绅与近代社会变迁》，广东人民出版社 1994 年版，第 92 页。

和大力推广的事情,这首先为西学的涌入提供了有力的政治支持。另一方面向西方学习也已经不再是一小群知识精英和上层统治集团的官员们所关注的问题,而成为广大知识分子的共识,无论他们是出于民族危亡的主动寻求,还是迫于科举最终瓦解的被动接受。

随着新式学堂的大量创办和出国留学游历的蓬勃发展,加之报刊、书籍的大量刊发,各种西学社团的活跃,使得知识分子有了广阔获得西知的天地,这既为国家培养起近代新式的知识分子,也让封建旧文人士大夫有了获取新知的途径,并且促进了其中很多人向近代新式知识分子转变,从而在范围上突破了之前西学接受面狭窄的根本状况,使得广大知识分子成为兴西学的主体。在西学传播的知识结构上,突破了洋务派单纯追求西方资本主义的自然科学文明的局限,进入到包含着西方资本主义各种物质文明、精神文明、制度文明等多方面全方位的近代西方文明的知识体系。西学输入的扩大和深化,也给域外题材小说创作提供了丰厚的素材,毕竟小说本身的特质决定了以自然科学为主的西学知识成为小说的主要展现内容实在过于单薄,而西学社会科学的人文精华更适合成为小说的表现内容。扩展了西学视野的知识分子对中国学习西方而进行改革之路能够进行更深入的思考,这使得域外题材小说在他们手中可以暴露改革中的社会症结、以幻想的方式展望改革后的中国未来、或是提出自己认为的疗救方案。至此中国新式的知识分子已经成为西学的认可者和接受者,进而还可能成为西学的传播者和新学的创造者,这为域外题材小说的创作提供了具有知识储备的作者群,他们不但会创作以此为描写内容的小说作品,也会成为这类小说的忠实读者,这就在小说的创作和接受两方面形成了可能。

虽然中国的知识分子开始拥有越来越广博的西学知识,并以之来思考救国救民之路，这为晚清域外题材小说的勃兴创造了可能的写作者和阅读者，但促进域外题材小说在晚清的繁荣还不得不注意到小说这一文体在晚清发生的突破性改变。甲午战败、维新喋血、庚子拳变，先知先觉之士在参照西方经验的基础上，越来越认识到“民”对于国家富强的根本作用，梁启超在《论新民为今日中国第一急务》中就道破症结：“吾国言新法数十年而效不睹者，何也？则于新民之道未少留意焉者也。……若以今日之民德、民智、民力，吾知虽有贤君相，而亦无以善其后也”①。从而来展开了一场“开民智”“兴民权”的救亡运动。反映在文学领域，基于国民智识薄弱的整体现状，今欲唤醒广大民众，就既不能使用申理文体，亦不能用深奥的文字，因此给通俗文学带来复苏的生机。在众多的通俗文体中，小说的作用被凸显了出来，占据了一代文学的主流地位。而在近代小说崛起中，起到开风气之功的就不得不提到梁启超和他的三篇理论文章——1897 年《〈蒙学报演义报〉合叙》、1898 年《〈译印政治小说〉序》和 1902 年《论小说与群治的关系》。关于小说界革命的论述颇多，结合本文的写作中心域外题材小说，特在此强调两点。首先，在这三篇理论文章中梁氏有意识提高了小说的地位。小说从产生之初就被视为“末技小道”，“街谈巷语”，虽然在明代小说繁荣的局面下，金圣叹、李贽、冯梦龙等文学理论家将小说的作用与经史并论，但这种认识并未得到社会的普遍认同，自然也不可能形成深入人心的小说观念，所以至清末小说一直被排除在正统文学的大门之外，难登大雅之堂。梁启超在《论小说与群治的关系》：“欲新一国之民，不可不先新一国之小

① 梁启超：《新民说》第二节《论新民为今日中国第一急务》，辽宁人民出版社 1994 年版，第 3 页。

说。故欲新道德，必新小说；欲新宗教，必新小说；欲新政治，必新小说；欲新风俗，必新小说；欲新学艺，必新小说；乃至欲新人心，欲新人格，必新小说。何以故？小说有不可思议之力支配人道故。”将小说推向了“文学最上乘”①之地位，将文人对于小说的态度从冷漠鄙视转为堂而皇之的普遍关怀，宣告了一个众卉竞妍小说新时代的来临。小说地位的显著提高，迎来了一个小说的接受繁荣盛况：“嗟乎！昔之读小说为废时失事、误人心术者，今则书肆之中，小说之畅销，百倍于几群书。昔之墨客文人，范围于经传，拘守夫绳尺；而今之所谓小说家者，如天马行空，隐然于文坛上独翘一帜。观阅者之所趋，！而知著作之所萃。盛矣哉其小说乎！”老棣也言：“自文明东渡，而吾国人亦知小说之重要，不可以等闲观也，乃易其浸淫‘四书’、‘五经’者，变而为购阅新小说”②。

其次，抬高小说的地位是为了振国民精神、开国民智识的，这就不得不促进先进知识分子实现小说表现内容的彻底转型，将小说直接与政治、社会的具体问题直接挂钩，从而使主题实现了从“状元宰相之思想”、“佳人才子之思想”、“江湖盗贼之思想”、“妖巫狐鬼之思想”“到“救国爱国”上巨大转变，“西国教科之书最盛，而出于游戏小说者尤多。故日本之变法，赖俚歌与小说之力。盖以悦童子，以导愚氓，未有善于是者也。”③，“在昔欧洲各国变革之始，其魁儒硕学，仁人志士，往往以其身之所经历，乃胸中所怀，政

---

① 梁启超：《论小说与群治之关系》，《饮冰室合集》第 2 册，文集之十，中华书局 1989 年版，第 6 页。

② 陈平原、夏晓红：《20 世纪中国小说理论资料》第 1 卷，北京大学出版社 1989 年版，第 227、571 页。

③ 梁启超：《蒙学报演义报合叙》，《饮冰室合集》第 1 册，文集之二，中华书局 1989 年版，第 56 页。

治之议论，一寄之于小说。于是彼中辍学之子，塾之暇，手之口之。下而兵丁而市侩而农氓而工匠而车夫马卒而妇女而童孺，靡不口之手之。往往每一书出，而全国之议论为之一变，彼美英德法意日本各国政界之日进，则政治小说为功最高焉。"①他们从欧洲强国和崛起新秀日本那里发掘到了小说因其通俗易懂文体特质，在传播新思想改变社会风气等诸多方面的独特作用，从而使小说被赋予了政治宣教的目的，将小说视为文学中对广大市民进行思想启蒙的最重要的甚至是唯一的工具。作为强大的西方列强、新兴的邻邦日本，它们在政治、教育、军事、文化、社会等等方面，凡是知识分子认为有利于救国救民，挽救民族危亡的内容，都很自然也很集中地引入到小说的写作领域之中，产生了内容多样、数量巨大的近代域外题材小说，并形成了有史以来域外题材的小说创作的最高潮。

新式域外题材小说在清末的出现并急速繁荣，首先在于晚清知识分子群体的自觉向西方学习道路的开启和由此带来的知识结构的变更。甲午战败、百日维新、庚子拳变一系列的国事危亡、外权横行沸腾着知识分子的血脉，促使他们走上了学习西方救亡图存的坚定道路。科举制度的日益衰败直至诏停，随之兴起的新式学堂教育和留学教育提供给他们认识、了解西方的途径，重整知识结构、突破固式思维。在改革之路上的一次次受挫，使得他们深入思考到民众启蒙的重要性，在借鉴西方的经验基础上，他们发现了小说的这种极易普及的通俗文体独特宣传作用，利用小说来启悟人民的心智，使得小说在短短几年崛起成为了文学殿堂的宠儿，并

① 梁启超：《译印政治小说序》，《饮冰室合集》第1册，文集之三，中华书局1989年版，第34页。

呈现出超逾诗文这些正统文学的趋势。同时在小说内容上不再只重复烟花情爱、历史演义等传统题材，梁启超借助日本“政治小说”的概念，将小说直接与民族独立、国家富强等最迫切的现实问题直接联系起来，从而使小说达到救亡图存的重要作用，小说地位的空前提高与小说作为救世工具的提出，配合着知识分子日益丰厚的西学新知，使得具有启蒙民众、疗救国家等重要作用域外题材成为小说的一大表现内容。小说界革命使得中国小说创作从此迈入了一个崭新的发展阶段，从而也促进了晚清域外题材的小说繁荣发展，成为晚清小说领域一只绚丽的奇葩。接下来我们将对这一题材的小说在内容上进行分类并叙述其面貌特征。

在此，我们先对其中古已有之以搜奇显怪为内容的域外题材小说加以分析和解读。搜奇显怪历来就是人们对于域外关注的重大兴趣之一，至晚清仍有延续，其类型与前朝无异。一种是中国人在域外的探险奇遇，如《狮子血》；一种则是对域外传奇故事的讲述，如《电术奇谈》和《幻梦奇冤》，当然一些域外奇闻还包含在一些长篇小说中，如《孽海花》第十回中由金雯青曾侯夫人在英国“手工赛会”上的大出风头，十二回傅彩云和德国飞蝶丽皇后得遇知交，十五回瓦德西和傅彩云风流韵事等等。但同时我们在阅读这一类型的小说的时候，发现虽然作者讲述是一个颇具传奇色彩的域外故事，但在其中则加入了作者对于晚清社会的思索，不再单纯是为了搜奇而写作，有了一定的社会功用。

《狮子血》

《狮子血》，又名《支那哥伦波》，题“著作者保定何迥”，共十回，小说未完。光绪乙巳年(1905)雅大书社铅印本，封面、扉页标《狮子血》，版权页标书名为“支那哥伦波，原名狮子血”，目录前标“冒险小说支那哥伦波”，每页均有“支那哥伦波”字样。

这本小说主要描写了查二郎的冒险小说，大多情节也都极具冒险色彩，如海里斩天龙、捕海豹、赤手杀狮等等，以及在角力场和斗牛长神威的大力表现，无不刻画了一位神勇无敌的东方大力士的形象。虽然小说的重点在描写这些孔武有力的场面和情节上，但是其中也穿插了很多情节表达了作者一些社会思想。

如一开始作者首先交代了有关世界地理航海和殖民的知识："亚洲的东南，美洲的西方，非洲的东方，有条又长又深的大洋，洋中散布无数的岛屿，又统名大洋洲。从天然地势，分为三部，一名马来西亚，又名东印度；一名澳大利亚；一名波拉尼西亚。内中马来西亚，一面跨着太平洋，一面跨着印度洋，尤为世界最大的群岛。明朝永乐年间，三宝太监郑和，奉了密旨，出海访查建文帝的踪迹。遍游岛中，虽找不到什么把鼻，却是诸国有的畏惧兵力，有的羡慕衣冠，因此陆陆续续，都奉了正朝。中叶时候，葡萄牙人发见喜望峰，渐渐绕岬北行，又发见了五印度，数遍略取群岛，都做了殖民的领土。后来和兰哩，英吉利哩，法兰西哩，看着眼红，纷纷的来争这块肥肉。从此马来西亚群岛，各有新主人了。内中爪哇岛，同着婆罗门、苏门答腊，算是群岛中最大的三岛。"

此外在小说中作者还借机发表了自己的对于政治的一些见解，如第五回写到的西班牙人海兰的一段话："自由从法律出，最要紧的是权利，须靠法律保护，不是共和，万万不能完全无缺。敝国人渴慕已久，前王于一千八百七十三年，有道辞位的敕文道：予戴西班牙的王冕，予实不以为荣耀，愿我子孙，永永辞此王位。当时若没牵制，敝国早就改了政体，敝国国民，还有什么渴望。无奈事与时违，因循到如今，共和两个字，只成理想的名词了。"这段话明显有着隐射清政府霸占皇位，祸国殃民的意味，表达了作者对于民主共和政体的无限向往之情。还有如二郎在痛斥"非洲竟有把人做买卖的,已是可恶,鄂薄那里,索性以人作粮这班残忍的种类,如何可容!"的同时也接受了加富伦见解"鄂薄人的残忍,原不必当作人类看待,但究竟由于不曾开化,不知道爱人爱物的道理,愚愚蠢蠢,只逞着性,胡作胡为,我求酋长体谅他一点,明日临阵,不要尽情杀戮,真绝了他们的种。"攻打下野蛮的鄂薄和萨朴达以后,大郎、二郎和加富伦就合计着要办学堂、请教习,"让他们念着书,懂些道理,以后才好把土蛮的地,还给土蛮去管"。同时大郎、二郎等人还希望通过开办工厂,加强黑人的自我谋生能力,使他们摆脱这种靠着烧杀抢掠来过日子的生活方式,所以在攻占鄂薄和萨朴达后,大郎就说道:"此地土人,除农牧外,没有别的伎俩,偶然有些新奇物件,都从外面输入。我看好些原料,本地都产的有,倪五哥略通机械,不如开个工厂,先挑几十个聪明的土蛮,入厂来学,等学会了,再分厂到属地,不说定望外销,只需本地人用本地人物件,也就不至于金钱外溢了。"(第十回)这些立论看似是作者根据黑人而说的,实则更是作者提出的救治祖国的办法,开办教育和热心实业是晚清两股强大的救国思潮,人们试图通过改变人的知识精神面貌和自产自足来挽救日渐衰颓的国势,所以《狮子血》虽然一本以海外冒险为主题的域外题材小说,但同时也寄予了作者深刻的忧国忧民的思想感情。

按照小说作者的写作意图,征服了鄂薄和萨朴达后续写的部分,必然会是依据第十回提出兴办教育和发展实业两大方面,写作出这两项事业促进黑人部族掀起了翻天覆地的变化,迎来了部族兴起的新纪元。如果作者能够续写完成这部小说的话,那么我们看到的就不仅仅是前十回以海外冒险为主题的小说面貌,而可能会同时成为一本以影射晚清社会改革的社会小说,借助大郎、二郎一行人在海外帮助黑人建设部落、富强种族的社会改革,来表达作者对于晚清社会改革走向的深度思想,显示出极强的爱国情怀。

《电术奇谈》

《电术奇谈》题"日本菊池幽芳氏原著"、"东莞方庆周译述"、"我佛山人衍义"、"知新宝主人评点"。光绪二十九年(1903)八月至光绪三十一年(1905)五月《新小说》第八至十八号分期连载,标"写情小说",有知新室主人之眉批、回末总评。光绪三十一年(1905)八月上海广智书局铅印本,又1923年3月世界书局铅印本。

对于这本小说的日本原作,日本樽本照雄有《吴趼人〈电术奇谈〉的原作》一文,说明这篇小说日本原作为菊池幽芳的《卖报纸的》(日文题目为《新闻买子》),七十五回,登载于《大阪每日新闻》,1897年1月1日至3月25日。1900年大阪骎骎堂(书店)以单行本出版。而菊池幽芳原是把英文小说译成了日文,所以说《电术奇谈》应该说是重译①。

小说共二十四回,译者是晚清著名的小说家吴沃尧。这原是一本外文小说,小说在结尾的附记中就写道:"此书原译文,仅得六回,且是文言。兹剖为二十四回,用俗语,冀免翻译痕迹。"因此虽然这是一本翻译小说,小说家对此的翻译型的创作还是别具特色的,将原书短短的六回,改成了波澜起伏的二十四回。小说讲述了一位英国矿师喜仲达和印度酋长女儿林凤美两情相许,私奔至英国结婚,喜仲达为求结婚"允许状"安置好凤美只身去伦敦,在拜访自己好友医生苏士马的时候,好奇其发明催眠术,当场试验却不幸误毙。苏士马惧罪抛尸并霸占了喜仲达的财务,逃往法国。凤美资斧渐罄,欲自尽却被报贩子钝三救起,此后以卖唱为生,并

---

① [日]樽本照雄:《清末小说研究集稿》,齐鲁书社2006年版,第147页。

在巴黎名声大振，被苏马士看上，送以喜仲达旧物以博青睐，凤美速把此事告送侦探甄敏达，侦破此案，苏马士在狱中服毒自尽。钝三却因为再次受到电击中，恢复原貌竟是喜仲达，两人终结连理。

小说虽为一本翻译作品，却洋溢着浓厚的本土色彩，作者也在附记中写道："原书人名、地名、皆系以和文谐西音，经译者一律改过，凡人名皆改为中国习见之人名字眼，地名皆借用中国地名，读者可省脑力，以免艰于记忆之苦。好在小说重关目，不重名词也。"男女主人公的名字喜仲达、林凤美都极具中国味道，其他次要人物的名字也皆是来源于中国，如阿卷、阿宝、阿四是南方惯用的唤人的名号，而各处地点，除了伦敦、巴黎多为当时人所熟知外，韶安、梧州也是作者据中国地名杜撰而成，凤美更是小说中通篇自称为"妾"，而阿卷则称凤美为"奶奶"，苏士马的妻子被称为"王氏"等等，这些都是自古以来称呼惯例的使用。且在行文中还有对于古代经典文献的引用，如王氏当得知了丈夫推说的仲达赠银事的时候，"感激仲达不尽道：'如今世上的人，同在患难时，没有一个不说是甚么同生同死呢。等到有一个发了财了，谁还认得谁来？只怕穷朋友找得去，他还用得着一句《孟子》，叫做'出诸大门之外'呢。'（第五回）"。此外还有当苏士马谈起医术的时候，虽然苏士马是伦敦医师，所习用的自然应该是西医，小说中沿用的却俱是些中医所用词汇。这些都使得这本小说看起来虽讲述的是域外故事，却更像是一本嫁接了外国电术催眠的中国悲喜传奇。仲达和凤美之间历经磨难、终结连理的爱情故事也极其符合中国传统的审美风格，这也是翻译文学重要的原则，就是要寻找那些能暗合中国读者的文化心理的素材，这样的小说才能被中国读者广泛的接受和流传。

从英文原作短短的六回，被吴沃尧改编成长长的二十四回，除了把文言改写成白话的加长外，还有就是在小说中添加了一些议论谐谑增加行文生动性、可读性。“书中间有议论谐谑等，均被衍义者插入，为原译所无。衍义者拟借此以助阅读之兴味，勿讥为蛇足也”。如当苏士马给妻子解释为什么说现在世道上的医生尽是些骗子的时候，“士马道：‘你不知道么？我说给你听。譬如一个人有病，去请教十个医生，这十个医生各人开一个药方出来，一定是十个样子。你想一个病症，是有一定应服的药的呢，他们十个样子的药方，这不是看不出人家的病源，胡乱开的方子吗？病源还看不出来，就去充做医生，不是骗子是甚么呢？还有一种丧尽良心的，不望人家的病长久些呢？’……‘病长久些，他好多弄点医金哩！还有呢，有一种故意摆架子的，明明坐在家里没事，偶然有人请他来诊，他总说忙得很呢，故意耽误到夜半三更，方才肯去。也不顾有病人的人睡在床上，等得心焦。到了人家，坐也不曾坐定，开口便是大话，不说今日诊了三十几家，便说今日诊了二十几家。及至诊脉时，又故意装成匆忙的样子，胡乱开了方子，取了医金，算了轿钱，头也不回就走了。你道是骗子不是呢？还有一种终年没有人请教他，他却用两名轿班。终日里抬着他在街上混跑，恐怕人家不知道他是医生。明明青天白日，他却把那某某医室的灯笼挂在轿子后面。成天的东跑到西，南跑到北’。王氏听得含笑说到：‘这有时为甚么呢？’士马道：‘为什么呢？他着跑得慌，好叫人家估量他出来看症忙呢，看他这种忙法，自然是医道高明，有起病来，好请教他了。你道是骗子不是呢？还有那些聋的，瞎的，连望，闻，问，切四个字都懂不清楚；又有那些字都不识，开起脉案来，写满一纸心。肝。肾。肺脾胃的，更不用说了。我还给你讲一桩事情：你知道亚洲那边有一个国家，叫做支那国，支那国有一位著名的大医士，叫做叶天士，是苏州人。当日支那医生有八大名家，叶天士也是这八大名家之一。唉！你知道这位大名家是怎么出名的呢？说来也是话长，左右坐着没事，我索性说给你听罢。支那人最迷信鬼神，也可算得是多神教之国。国中有一个张天师，这张天师说是甚么张道陵的子孙。张道陵是道教的领袖，他的子孙世代袭了张天师的封号，就是管理一切神鬼精怪妖魔等事，他的眼睛看得见神鬼的。张天师本来住在江西，一天不知为着甚事，登了船到苏州去，在路上受了些风寒。到了苏州，泊定了船，就请叶天士来医，那时叶天士还同我一样没甚人请教他的呢。不知怎样，偶然被他医好了。张天师就要送银子谢他，他却不肯受银子。张天师道："你既然不受银子，我拿甚么谢你呢？"叶天士道："天师来到此地，扶台是一定来拜访的。我明日在码头左近等着，等扶台来到船上时，我却坐一乘小轿在船前岸上经过，请天师对着我的轿打一个躬"，天师听了差异道："这是为甚么呢？"叶天士道："如此，扶台一定问天师为甚打躬，那我就受惠不浅了。"天师只得应允了。到了明日，扶台果然来拜会。天师就如法炮制。扶台听得是什么天医星，连忙叫人追上去打听是什么人。打听得是叶天师，这位扶台就牢牢的记着了。从此，叶天士名声大震起来。你说这不是出奇制胜的骗法么？至于近来那些求两个大人先生出个名儿，登上新闻纸告白；或者巴结上报馆主笔，在新闻末后作两句颂扬的话；这种骗法还未算精呢。"这一席精彩的演说把那些庸医的伪装的丑陋嘴脸刻画得惟妙惟肖、入木三分。还有加入一些中国的民间传说，此外还有向读者普及的社会常识。

关于催眠术的介绍，还出现在了《孽海花》第九回中。讲述了金雯青和傅彩云在去赴任的轮船上，亲睹了洋教士毕叶士克对一四五十岁的老者和夏雅丽施用催眠术，并引来一场轩然大波的故事。

《幻梦奇冤》

《幻梦奇冤》一名《血手印》,题"松陵钓叟田铸编述"。光绪三十四年(1908)正月二十八日改良小说社石印本。十六章,无目,书首有歌词(即序言)题"支那保黄人题于独醒草庐"。有图。正文半叶八行。行二十字。宣统元年(1909)中国小说社刊本,易名《血指引》。封面、卷首题"侦探小说血指印",署"松陵钓叟田铸编述"。亦有五言歌词,署"支那保黄人题于独醒草庐"。引子谓"鄙人有好友从东洋游学归来,闲谈间,述及东京一事,其手离奇变幻,可愕可惊。鄙人即照所还编次"之云云。封底署"宣统元年九月初版印行,翻译者东平太郎,著述者中国小说社"。

小说讲述了一桩日本国的离奇谋杀案。东京小田侯爵家有两兄弟,小田六郎和小田七郎,虽由兄长承袭爵位,但两兄弟情义甚笃,同读于育英学校。忽一日,六郎遇刺亡于卧室内,而六郎小使庆童手持利刃,血污满襟,酣睡于榻上。由七郎小使安子处得知庆童患有梦游症,故警司包探许义山断定六郎乃庆童梦中误杀。七郎悲痛欲绝,六郎之未婚妻伊芙姑娘亦殉情于六郎葬礼之上。庆童入狱后,感主恩情几欲自杀,但念畏罪自杀,永无昭雪之日,苟活在狱中。警局司官大鹏审问育英学校老师李桂民,并无突破。小田六郎未婚无嗣,七郎承继爵位,却毫无欢颜。父母怜之送其至沪散心。大鹏在报上得知伊芙本与秋山次郎订婚,遂命包探许义山进一步探知是否为情杀。许义山冒充伊芙之父同行之身份得进其家,以金钱贿赂伊芙姑娘保姆得秋山次郎因忿恨伊芙移情小田六郎,誓要报复的信件。进而逮捕了秋山次郎,但却无法得到秋山次郎作案的确凿证据。育英学校师荐包探蓝田玉查办此案,大鹏喜而优之。蓝田玉以庆童左手握刃、秋山次郎有当晚不在场的证据力辟两人非真凶。为了进一步调查案情,蓝田玉再次来到育英学校,在六郎卧室一无所获后来到七郎卧室,意外发现窗户上的三个血手印,厨役名列得于十四号晚偶见七郎房间午夜通明之景,蓝田玉遂化名井上春跟随七郎至沪。与七郎亲密接触,终于偶得安子一方手帕,上有一个浅色血指印,与玻璃上同是一个。为进一步求证,他购得黑陶器,洒之煤屑,赠与七郎。七郎令安子收之,安子见其珍贵而摩挲,见手污而拿一白纸擦手,留下手印,井上春故意说纸珍贵而给安子他物擦手,由此得以证明指纹毫无二致。七郎回国之时,予以逮捕,安子见事败露供出事实,饮弹自尽。七郎因早知此事,藏匿不报而削去爵位。

《幻梦奇冤》的创作来源是作者从朋友那里得知的一个离奇故事,从小说的写作来看,作者深得外国侦探小说和本国公案小说的真传,准确地把握住了案件之"奇",将小说情节构思地情节跌宕起伏,亦奇亦幻,为了勾起读者对于案情的猜测和联想,作者以"钓叟"之名在每卷小说末尾加上了自我品评,这些评价绝大多数是关于案情发展的,将之贯穿在小说其间,极能调动人们对于案情的兴趣。作者时而导引读者猜测案情,引人入胜。如小说一开始作者就写道:"梦中杀人,昔魏武帝尝有之。然识者谓其奸诈也。非真梦中杀人。兹庆童何不幸而犯此嫌疑。其真梦中杀人耶?抑或非梦中杀人耶?"开篇就把神秘莫测的梦中杀人引入了真真假假地拷问之中。当七郎痛哭兄长,不忍承袭爵位之时,作者就评论曰:"七郎之痛哭,辞爵其真耶?其伪耶?读吾书者试一猜之。"一下子又把案情引入了为争爵位,兄弟相残的政治漩涡中来。再如蓝田玉不拘囿在案发现场苦苦追寻,而到七郎房中侦查,在窗户上得到三枚血指印,"踏勘犯事地方,想许义山且数次矣。然到六郎之左房,决不到七郎之右房,而可疑之行迹偏在此不在彼。所以至今未经发现。"同时在小说中还有揭示探案手法,解密侦探的评点。“许义山之访罗士彬者，为探秋山次郎也。此亦侦探家之旁敲侧击之法。”如许义山以金钱收买伊芙保姆得秋山次郎泄愤之书信，作者就写道：“以财为饵一语，乃侦探家绝妙法门，而娜娘之爱财，又与中国妇女如出一辙，可笑亦可叹。”并在小说末尾总结这一奇案，彰表人物：“此案诚离奇变幻，其初在众人意中以为正凶必小使庆童也。其继在许义山意中，以为正凶必秋山次郎也。其终即在蓝田玉意中，以为正凶必小田七郎也。而不知实在正凶乃在人人不及料之安子。吾于此事情得四奇人，伊芙姑娘，烈妇也；小使庆童，义仆也；蓝田玉，名探也；山县大鹏，良吏也。”

但这本小说的目的远远不在向读者讲述一个令人扼腕惊叹的离奇凶杀案，而是透过这一案件，对比中日之间天壤之别的官员素质。小说一开始就引用了朋友“支那保黄人题于独醒草庐”的诗句：“旭日出东瀛，政简而刑清。科条三尺废，百姓颂神明。神乎侦探术，烛奸无遗策。狱底少冤魂，夜半啾啾泣。”表明了小说在述奇之外的社会意义。在小说的钓叟评论中又多次对比了中日官员悬殊天壤之差距。如“山县大鹏惟不肯以将就了结，故至无从措手。若我中国官场，无难办之事。非其才智，果胜于大鹏也？实以将就了事四字，奉为不二法门。囚有不承刑之可也。供有不实，改之可也。但迎合上游之心，有遑恤下民之命。至其任职名誉，且不知为何物？噫！若而人者，读吾之书，其亦一发天良否。”再如“大鹏能虚怀若谷，辨别是非。减好司官也。若我中国问官，往往有明知犯人之言不谬，尚用严刑以逼之，三木之下，何求不得。不知屈杀过恒河沙数之人，安得此风一变。吾为四百兆苍生，馨香以祝之。”可见，作者写作此案，非仅为炫奇，更为对比中国吏治之腐败，官吏无德无行，为速速结案，往往严刑逼供，既不取证调查，查清原委，更不可能体恤百姓，为民做主，致使冤假错案累累，民不聊生。作者从一奇案入手，抨击了中国官场肮脏污秽的内里。这篇小说虽不是长篇巨制，却叙述的婉曲有致，加上编叙者精到的点评，将整部作品显得活泼生动，引人入胜。作者对于中日官吏的对比，更使得这部小说不单单是一部讲述域外奇闻的小说，更表达了作者对于中国阴暗官场的迎头痛击，寄予了对蜷曲在晚清腐败吏治下黎明百姓的深切同情。

第九章　留学务工——弱国子民的酸辛与异化

当今社会出国留学、劳务输出是十分紧俏的时髦词汇，但是在晚清，怀抱着救亡图存的信念出国的留学生，和被生活所逼或被骗出国打工的中华儿女，他们是中国历史上第一批走出国门的平民，但国家的屈辱却没有给予他们任何的尊严和人权，他们在异域的生活充满了无限的酸辛和血泪，但是否处境凄苦的中国人民，就只能萎缩在凄风苦雨中，毫无斗志任人宰割呢？

出洋留学和务工如此艰辛，但却有一种人，能仗着洋人，过着无限风光的日子，那就是洋务买办。他们是伴随着帝国主义的经济入侵在中华大地上新兴的一个畸形的阶层，更多的时候人们将之鄙夷地称为洋奴。同样是智识贫弱，出身低贱，他们却拥有着惬意的生活和光明的前途，那么其中的发财秘诀又是什么呢？带着问题，我们就从这组小说中去寻找答案。

第一节　出国谋生

《檀香山华人受虐记》

《檀香山华人受虐记》宣樊子演，连载于1901年《杭州白话报》二十册到二十三册。小说讲述了在美檀香山华人本分生意，累下家财，创建了华人街，却遭当地美人嫉妒，因街内无意死了几个华人，被美人诬为瘟疫流传，并因此焚烧了唐人街所有华人房屋资产，大肆拘禁凌辱华人。

作者饱含血泪的诉说了在美华裔的无限酸辛，严词怒斥了美国政府对待华人的残暴行径，但作者的用意并不止于此，哀同族苦，怒列强欺，更愤国家弱，这才是导致民无尊严、任人欺凌的罪魁祸首。

在这样的写作目的下，小说一开始就对比了中外子民决然不同的境遇。外国与中国订约要求"各国人民，来到中国，无论是做生意，或者来游历的，中国均须加倍敬礼他"，并写了一个日本政府保护子民尊严、财产的实例。但我们中国人民的处境又是怎么样的呢？"唉！我又不解那外国的百姓，怎么个个都有这样大的福气，我中国的百姓，且无论他在外洋被欺侮，是照顾不到的，就居内地的百姓，也就没有受过外国人的欺侮么？"接着连着举出了数个各个列强在中华大地肆意横行、屠戮百姓铁证"上海四明公所一案，因为我中国人与法国人争一块地，法国人不由分说，拿起洋枪打死了我中国人十来个……又有俄国人在西伯利亚地方雇用中国工人筑造铁路，工人倘小有错误，俄国人就用枪打死他"。这让作者不禁怒吼道："我中国明明有国有君，难道那美国人不知道么？若说不知道何以英国、法国、日本、俄国，大家都知道他有国有君，单单我们中国有国，中国有君，他不知道呢？"（第二十册）。

提出疑问后，作者接着将小说引入了对于罪魁祸首的指斥。虽然演书的宣樊子一再说"这大大的缘故，我们演书的，也不知道是在什么地方……毕竟罪在什么人，演书的人不敢说"（二十二册），但矛头直指腐败无能的政府之目的却让人一目了然。小说还附录了《寓美华商呈外交部禀》这一公文及其在美华裔因不堪美国迫害，政府不加保护欲加入美国国籍的新闻（二十二、二十三册），覆巢之下焉有完卵，国之不国，民又何存，一幅晚清国破民辱的凄凉晚景展现在了我们的面前，让人读之泣下，读之愤怒。

这篇小说的重点并不只在引起民众对于国事政局的忧心，而是倡导身为中华子民的我们应该为重整政局，复兴祖国贡献自己的一份力量，只有我们众志成城，齐心合力，国家才能有希望，才能有未来。“我们算得没有救他们的责任么？没有害他们的罪过么？”作者写道：“你要晓得如今要求外国人不看清我，你求不来的，要望我中国有人挺着肚皮出来保护我，也是望不来的，既是无可求无可望，我们自己这好靠着自己了。”作者继而提出了我们力所能及的四件事情，那就是“头一件是开智慧……有两个法子，第一就是要多读书，第二就是要多看报……第三不要闹教……第四是要遵着孔夫子泛爱众的说话”。并补充说道：“有人说我这四件计谋是顶粗浅的，宣樊子答道：‘我们如今说话，只捡着自己做得到的话来劝大家，还有许多应办的事情，我们大家一时无此权利，听凭那在上的人去办罢了，若果他们在上的肯办他应办的事情，我们在下的一个个都肯听从我以上的说话，那中国的富强，就有八九成了。’”（二十一册）可见，《檀香山华人受虐记》不单是一篇罪政府的小说，更是一篇砥砺中国百姓自强不息的檄文，鼓舞人民各尽所能，众志成城，扭转乾坤，为祖国的复兴奉献自己的心力。

《猪仔记》

《猪仔记》，作者佚名，不分回，连载于1903年《启蒙画报》四、六、七期。开文并没有直接导入正题，而是先探索我国子民为何贫弱至此以致被骗卖至南洋和美洲等地为奴的根源，并描写了到一旦被贩卖后，华人的悲惨境遇，食不果腹、衣不蔽体、繁重劳役直至折磨病亡，鲜有生还，然后以一出外留学、学成归国的华人华日新，路过南洋眼见同胞日受如此折磨，悲从心来，不想其中却有一位原来同上乡间小学堂的钟承祖，老乡见面，钟承祖大道苦楚，力求华日新将其赎出归乡，其他猪仔也下跪苦求，华日新一时无措，让钟承祖劝说各位，承诺将竭尽所能，帮助大家重获自由。小说未完。

《猪仔记》一文虽短，却深入探索了为什么我国子民如此贫弱以致被贩卖成猪仔的原由所在。小说一开始就写道："天地生人，本属一体，没有贵贱的分别，只因人的知识有广狭，体力有强弱，品格有高下，两相比较，自然广的强的高的，常占优等地位；那狭的弱的下的，常挤入劣等地位。但是知识、体力、品格，都不是生就的，全仗着自幼的教育。"小说一开始就标举了人人平等的观念，明确指出了人们的优劣不是天生造成的，而在于后天的教育，正是由于后天教育的优劣不等，才造成了人与人之间的天壤之别。继而引入了对于西洋先进教育体系的介绍："现在西洋各国，到处有学堂。凡是一个人，没有不进学堂的，不论男女，到八岁，要不进学堂，便要罚他的父母，所以无人不学，名为普通教育。这普通教育分为三类：第一类名德育，是养成德行，那品格自然高了；第二类是体育，是讲究体操，习练筋骨，那体力自然强了；第三类名智育，是讲究各种物理。如生物学，是讲究一个人的身体，怎么个生长；地文学，是讲究地球日月怎么个运动，寒暖晴雨，是怎么个缘故。植物学，是讲究草木的性质；动物学，是讲鸟兽的性质。此外如农工商业，各有各的学问，虽也有深浅高下，但大概都不甚相差，没有十分野蛮的人，所以总能平等。"一段话既把西洋教育体制的结构大致地勾勒了出来，又把为什么西洋各国人能守着平等的原由随之写出，那就是人人得受教育，人人受益于教育，正是由于教育的作用，使得每个人既有能力去争取平等，又有能力去捍卫平等，将受教育和讲求平等紧密联系，对比中国的状况则是“独我中国，是有学问的人少，不学的人多，就是有学问的，也不过是文字一门，一切有用的实学，都不讲究，那不学的人，更是糊涂一辈子”，中西之间的显著差距立刻就显现了出来，可见虽然小说是一本主要描写被贩卖华工的血泪史的小说，但实则是利用这一华工悲惨的遭遇让人们看到国民教育之重大作用，正是由于国民蒙昧无知，才致使了形如牲口一样的悲惨境遇。

为了加深人们对于华工悲惨境遇的感同身受，作者继而谱写了华工被贩卖后猪狗不如的生活状况，“那轮船上，有单另装猪仔的船舱，和牛马猪羊，都在一起。那船舱除了出气洞之外，没有别的，满铺着又烂又湿的稻草，外面有铁栅栏隔开，人贩子把猪仔，一个个都穿上辫子，拿着赶进舱去，便把铁栅锁上。铁栅外面有一道木槽，到吃饭的工夫，把那半生不熟的红薯，望那槽里一倒，那猪仔已是饿极了，看着热腾腾的红薯，便争着从铁栅里，伸出手来，抢着就吃，吃完了嘴渴的时候，铁栅外面有水桶，水桶里放着一根竹管，就著竹管吸水，大小便就在舱里，虽能通到外面去，那臭气可就熏死人了。到了晚上，许多人都就这一堆烂草睡觉，种种不堪的情形，真连内地的猪圈都不如了。”贩运的船上既已如此，一旦被倒卖到顾主手中，其境况更加惨不忍睹，“买主带回家去，把各人的辫发剪了，脸上烙上记号，一人给一套旧衣服，限定要穿一年，穿不上两个月，已破得七穿八洞，既没有替换浆洗，又没有针线缝补，只得一条一块得，搭在身上。每天监工的洋人，拿着长鞭子，像赶羊似的，赶到做工的地方，要稍稍歇息，便拿着鞭劈头劈脸的打下。到吃饭的时候，也是那番薯等类，望地上一倒，大家都趴在地上，抢着就吃，有抢不到的只得忍着饿，听见鞭子一响，都唬得大气都不敢出，快快向工厂做工去了。等到夜来，仍拿着鞭子赶回。那睡觉的地方，和船舱里的情形也差不多。要有了病痛，小病还照旧做工，大病便扔在荒郊地里，给两片席子遮蔽风雨，没有等断气，就用火把他烧了，说是怕病根传染，就是年轻力壮的人，到了这个里头，大概也磨不上一两年，没有各不病的，病了没有不死的，就是不病不死，过一两年，又转卖一个主儿，非折磨死了不止，要回故乡，再见天日，没有这一天了。"华工的生活真个生不如死，一旦卖作华工，就是折磨待死，毫无生还的可能，其悲惨与十六、七世纪的黑奴无异。

小说一进入主题，只写短短几笔就没有下文了，但从小说的构思来看，主人公华日新，是中国的新希望、新力量的代表，从他的名字来看就可以看出作者对他的期许，华代表中华大地，日新则寄予了作者希望中华日日翻新的热切心愿，而小说中的猪仔钱承祖，则寓意着一味前承祖制，不思图变，只能落得穷弱贫病、一筹莫展的窘况。两人从小为同窗，就读于乡间小学堂，但华日新"自十一岁上到香港学堂，十五岁卒业，又到英国伦敦大学堂，学专门医科，到这年五月，得了毕业文凭，离家已经十二年了"。两人的经历、现状的对比，可见作者大力提倡西方教育理念和教育体制，以改革我国陈旧落后的教育状况的中心旨意，希冀经世致用、救亡图存的实用之学引入到中国的教育体制中来，富强中华，无怪乎华日新也感叹："回想在外国同学的人，是何等文明高尚，为什么我国的人，流落到如此，便万分的伤心，却倒不是为着钱承祖一人。"联想未写完的后文，可以大致猜想小说的写作内容主要有两个方面，一方面描写如何拯救被贩卖的华工，另一方面是如何用教育改造民智、启悟民智，前者痛击国民愚昧麻木的心灵，促其觉醒，后者则提供一种疗救社会的药方，那就是——教育救国，表达了作者认为实行新式的教育体制是中华民族的觉醒和崛起的必由之路的思想主题。

《苦社会》

《苦社会》一书，四十七回，未完，作者佚名。1905 年上海图书集成书局印行，1958 年上海文化出版社整理出版。这是一本描写在美华工、华商悲惨遭遇的小说，特别是二十回之后，可谓字字血泪，几乎让人不忍卒读。《猪仔记》、《黄金世界》这些小说中被卖至海外的是穷苦无途的平民百姓，而《苦社会》的主角却是一批下层知识分子，被列为四民之首的知识分子，却在晚清沦落到连生计都不保的地步，更能显示出国家和社会的深刻危机。漱石生在《苦社会》序中就感慨道："几乎有字皆泪，有泪皆血，令人不忍卒读而又不可不读，两以稍有血气，皆爱同胞，今同胞为贫所累，谋食重洋，即是宾至如归，已有家室仳离之慨，况复惨苦万状，禁虐百端，思归责游子无从，欲留则楚囚饮泣。此中进退维谷，在作者当有无量难言之隐，始经笔之于书，以为后来华工之告，而更为欲来华工警，是诚让人热不忍卒读之书，而又人人不可不读之书也"①。

小说主人公阮通甫、鲁吉园、李心纯三人，都是知识分子，因生活所迫，出国谋生。小说表面写的是秘鲁的华工，事实上就是写在美华工。前 22 回，写他们在国内生活状况；23 至 48 回，写主人公在国外的生活；35 回以后，主要写华商生活。小说通过三个主人公的遭遇，反映在美华工、华商的生活真实。阮通甫夫妇在途中即不堪凌辱而死，鲁吉园幸遇友人所救，在轮船上做司帐。李心纯在美经商七、八年，"生意却也不小，利息却也不薄"，但在禁约迫害下，只好弃产回国。是一部深刻反映华工、华商血泪史社会小说。

---

① 漱石生：《〈苦社会〉序》，陈平原、夏晓虹编：《二十世纪中国小说理论资料（1897—1916）》，北京大学出版社 1989 年版，第 136 页。

可见《苦社会》这本小说从内容上可以分为两部分，上半部分是描绘了晚清中国底层知识分子的悲戚生活，正是由于在本国生活难以维持，才使得小说中的几个主人公在小说的下半部分纷纷踏上了出洋谋生的艰辛之路。

小说首先描写了晚清底层知识分子清贫落魄的生活场景。蒙学受馆的李心纯，勤奋教学，但却仍无法度日，临近年关，被债主逼得到处躲债，家里的老婆还被讨债不得的债主打伤，最终逼得走投无路，只得卖掉了自己珍藏多年的名画来抵债。另一位主人公阮通甫，祖上本有薄产，无奈不经多年现已是钱囊空空，年下却到码头孤影冥想，竟打算举家搬到船上打渔为生。而滕筑卿本有一份收入不薄的工作，不料却遭到歹人算计，落得个一穷二白还险些丢了性命。

相对于这些生活艰辛却仍难保生计的下层知识分子，有一些人却能过得风生水起、肥满流油。首先是那些凶恶的官吏，比如在第十九、二十两回写到，南徐州因高田无雨而大旱，县官报赈减租，却不想上头的清赋老总却说："兵饷赔款窘急到这样，向来未开的捐款，还要设法来应急，年常正供，怎么好说个减字？你道你那里有高田，难道别县就没有高田，怎不见有一处请减请缓？只是你今天说全数受灾，明天又说剔荒征熟，这成个什么话！你算是为百姓，就没有一点天良对着国家！"一席话，把一个只知道向上头谄媚邀功，全然不顾百姓死活的丑恶官吏刻画得栩栩如生，阅之让人咬牙切齿、痛恨不已。

除了贪官污吏，还有一些无官无职的平民百姓也能过着富足殷实的生活呢，那么他们的发财秘诀又是什么呢？无怪乎两种，要不就是谄媚权贵，要不就是打家劫舍。前者如第六回中写到的深为李心纯不耻的书办俞子和，"心纯道：'是当书办的俞子和么？

他那卑鄙龌龊的行径,不离本色。我们算读过几句书,学是学不来,况且真注定是饿死的,低着头向人,不见就能发迹,只好让他一筹哩。'"后者如十五至十八回提到的几个赌钱输尽了家财,惯走江湖贩运私盐的强盗,就又重出江湖打劫官船,大捞了一笔,一下子就过上了舒舒服服的好日子。而在当时的社会,普通百姓要想勉强度日,求个最低的生活保障,就算你勤勉持家,百方算计,也是千难万难,更不要说过上太平安稳的生活了。这不能不让我们感慨晚清世道的衰败颓废,已经到了断绝百姓一切生存希冀的地步,这也为下文几位主人公无奈出洋勾勒出了深刻的社会背景。

那洋财是否就是好发的呢?答案当然也是否定。在得知心纯三人一心要出洋赚钱的时候,栈房老板就极力劝阻"去不得的,外国人待我们中国人,不什么厚道。从前出去的,没有价格能回来的;回来的,也没有几个说好不说苦"(二十二回),"上船后的船舱还不如猪圈,有撒尿拉屎的,会齐了十几人,扣一条长索,一个押着,一个留下,相定了大众,眼也不斜一斜,脚也不动一动。有欠伸起立的,除有障眼法,容你自在。不是,就一个一鞭子打下,一个乱嚷乱骂,嘴也不晓得干,手也不晓得酸。"(二十五回)而真正让三人在出洋金钱梦中猛醒过来的是通甫的惨死,通甫的再次出场实在让人惨不忍睹,小说是这样写的:"吉园伸头一探,只见胡老大同谢工头两个人,扭住一个人的辫,着地拖来。几个秘鲁人押在背后,脚尖、木棒不住的跌打,这人满头是血,面目都望不清,衣服也泛出红来,嘴里不哼一哼,两只脚望后乱蹬,直到这里,工头赶上去,才帮着硬拽进舱,拿条头号的大链,穿进辫子,连身连手脚盘在一根柱上,扣得紧紧的。看这人已是一丝两气,外国人才带众人走,只留谢工头看守着。"(二十六回)从这段描写可以看到外国人对待华工可谓歹毒至极,毫无一丝一毫的怜悯,完全将之视为能干活的商品罢了。当众人凑钱将通甫赎下,通甫已经是气若游丝,不久就离开了人世。通甫死后,众人本认为会有棺椁成殓,没想到"忽然洋人嘴哩吆喝了一声,十几个人举尸望大海直抛下去"(二十七回),这些洋人不但不把华工当人看,对死去的华工更是毫不尊重,就像是处理垃圾一样抛尸大海。

旅途之中已经遭受如此非人的待遇,到了工地就更不用奢望会有什么"好的"生活环境了。先看看工房是什么样子的:"高处不到三尺深,阔处不到五尺。曲了身体进去,没有一张床,一张桌子,只在地上铺了一层稻草,脚踹时又湿又冷,不知浇上水,还不知是地下泛上的潮气。上面没有瓦,薄薄的盖着草,稀稀的天日望见。每间要住四人虽不算多,就只每人占地一尺二寸零。立哩,抬不起头;睡哩,伸不直脚。若然盘膝坐地,蹲脚伏地,你靠我的肩,我挨你的膝盖,也不甚舒服。却有一层好处,照这样挤紧了,遇着冷天倒是极暖和的。小工们既经过这地步,自然是将进进房,没处强了。却有一层不好处,押解的巡捕,袖子里喇喇取出一件怪物,把四人连扣住了头颈。低头一看,才晓得是根铁索,两个头锁在屋里柱子上,动一动,房子先摇摇的,要倒下来,只好自压自的火,自耐自的性子。"居所狭窄肮脏本已是到了无法忍受的地步,而睡觉时还要防着华工逃走,居然要锁在一起而眠,真真毫没有一点儿把人当人看。而这样的"房子"到了大雨滂沱的晚上,简直就是水牢一般:"呵呀呀!不好了!漏了!面上挂了珠子了,身上都浸到水里了。呵呀呀!我的天呵!咳!这样打的雷声雨声,面对面说话,还要留了神才听得仔细。中国人到这里又遇着这时候,任你叫破喉咙,有人也不来睬你。咳!真真是不如猪圈了。"而上工时,就是把"锁头一顺接好,望上只一提,十二人就一串立着。"然后由巡捕,拿枪开道去上工,引得路上的男女老少的洋人们都道:"去看中国解来的囚犯呵！快走呵！”（第三十回）真是悲惨至极了。这些所见所闻最终让鲁吉园看清了帝国主义的残暴本质，对李心纯道出了：“心纯兄……如今世界只有白种的自由，没有黄种的自由。”这样精辟入理的见解（三十四回）。

同时作者借美国人对待华人前恭后倨的态度进一步的说明在美人眼中华工不过是能干活的机器罢了，有用之时尚可有礼有节，一旦没了使用价值，就肆意驱赶残害华人，深刻揭露资本主义原始积累的种种发指罪状。美国在19世纪原始积累期，劳动力短缺，故大量招聘华工用作苦力，“华工最初到美国，实在是由于他们的招请，……给予拓殖。而欧洲及本国的移民，惮其辽远，来的很不多，加以金矿要开，铁路要修建，实在需要人力，是以来中国招请。”但当经济萧条来袭时，这些曾经为美国经济发展做出巨大贡献的华工却立刻被列入凌辱、迫害和驱逐的首位，“各工厂公司不许用中国人，即有前此和中国人订合同者，亦作为废纸……中国人之在美国者，须设例规限制之，苟不遵例，即驱除出境”①。让我们深刻体会到了资本主义原始积累的野蛮性和残酷性。《苦社会》三十五回写道：“那时金山一片荒土，就靠中国人种地筑路，开矿淘金，替他成了市面，自然事事都从优待。如今地方一天热闹一天，丁口一天多似一天，又恨中国人占他的生意，没事寻事的欺侮，告到官不拘是烧了房子，伤了人命，一概不理。一点的事情，就回护自己的百姓，总怪中国人不好，要打要罚，凭他施为。公使哼不得，领事还敢争么？”日益败落的夕阳王朝和那些昏聩无能的庸吏对华人在美受辱不管不问，更确切说是不敢管也不敢问，这更加助

① 转引自阿英：《晚清小说史》第五章《反华工禁止约运动》，东方出版社1996年版，第60—61页。

长了美国政府排华、反华的气焰，甚至公然肆意侮辱驻美使馆人员，这引起了许多在美华人对清政府的强烈不满。小说第三十三回阿大就很不理解为什么日本国小势单反倒极力维护本国子民权益，而中国政府却对百姓死活不管不问，吉园回答道："中国官吏搜刮百姓的铜钱还嫌日子短，工夫少，那里来得及再管百姓的性命？有一两个能够不在明处帮别人欺侮自己的百姓，就算好官，那里管得到百姓们背地受的欺侮呢？"可谓是一针见血地揭露了清政府官员的丑恶嘴脸。

小说末尾写道心纯三人盘店回国，并非是消极反抗美国的排华政策，而是要在祖国这个更为广大的天地里寻求保护华工、维护民族权利的光明出路。在送行酒宴上心纯就鲜明地表明了自己对在美同胞的期望，要求广大华人戒鸦片、戒赌博，自强不息、勤俭持家，加强相互联系，多与祖国同胞互通消息。在归国的船上，他虚心地和留学生铁君等人探讨救国良策，并针对国情提出了自己的观点，如通过募捐让华工回国的建议，虽然这些办法看起来还不免幼稚和简单化了，但是却显示出爱国华人对于救国救民的高涨热情和积极行动。如在四十六回小说写到的决死的心肠"心纯道：'……有一句万紧万要的话，是要有决死的心肠，抱定这个心肠，听他软骗硬欺，只实行我的权利，不为摇动，美人又将奈何？'铁君用指在桌子划了几划道：'决死的心肠，决死的心肠，是所谓毅力了！不差，万少不得这一着的。'"激起两人共鸣的"决死的心肠"正是蕴含在千百万民众中无限的热力和动源。在第四十七回中，心纯又提出了请旅美归华商人雇佣归国华工开办工厂，利用雄厚的资金加上技能优异的工人，一定能促进民族工商业的巨大繁荣，此法也着实可行。从小说的写作趋向来看，作者下一步很有可能会描写心纯三人归国后，如何保护华工权利，大力振兴民族工商业。

从小说前的楔子来看，作者对于出洋务工并不持赞扬和鼓励的态度。两兄弟在外漂泊打工的艰辛只让他们深刻透视了钱财在人世间的无尽魔力和罪恶，这促使他们最终宁愿回到了故乡，过着半饥半饱的生活来安度此生。楔子统照了整部小说的基调和写作方向，可见小说作者并没有对出洋谋生抱什么乐观积极的态度。按照这条思路小说可以分为三个部分，首先描写普通百姓在国内难以度日的艰辛生活，这是小说的第一部分；正是由于在国内难以维持生计，小说的主人公们才萌生了出洋谋生的念想，这是小说的第二部分；出洋打工的华人日渐明显地感受到帝国主义对于弱国子民的肆意侮辱和残忍迫害，正是由于无法忍受列强种种暴虐的非人责难，促使爱国华工立志归国寻求救国救民热血道路，这就是小说未完成的第三部分。

《苦社会》一书同样是一本展现晚清人民悲戚境遇，并试图解决末世社会危机问题的社会小说。小说所提出的这些救世药方都存在着简单化的倾向。以小说在第四十五回所写的心纯的一段话做分析："还有一句话，邀请领事鉴谅，并求转达公使。我三个现在的计较，在不明事理的，以为华人全数离了，美国公使领事可为无事，从此可撤回。不知华人当真都离了美国，本地生意不免减色，大工厂，大公司尤其受累，渐渐回过味来，或能删除苛例，迁就华人，我辈再来，便少了种种拘束。公使领事在这里，也好扬眉吐气，自行其志，不比如今到处低头，尽人荆棘，强了几倍么？"这句话的前半部分，作者可以说道出了美人驱除华工的必然恶果，虽然赶尽华工，可以让美国人多了很多就业机会，但同时也减少了巨大的华人市场，到头来实为得不偿失之举。但妄想凭着此点，就可以以此要挟，保护华工，可谓纸上谈兵、天方夜谭。孰不知真正的扬眉吐气必须以强盛的国势、坚强的民族为底气，不可能凭着这么一点小小的胁迫，就可以迫使霸道的帝国主义强国美国对我们做出如此巨大的让步和妥协，给予我国人民与本国民众一样的自由平等的权利。但小说所显示出的难能可贵的探索精神却是我们中华民族复兴和崛起的无限动力。

论及这本小说的艺术价值并不是特别出众，前半部分主人公和次要人物的轮流出场，又没有合适流畅的情节将之串联起来，相互之间又不具有前后因果或粘连的故事情节，使得小说显得有些凌乱而无层次，但同时我们也可以看出，这是作者试图用更广阔的画圈展现晚清社会人民凄惨的生存状态，但在情节组织上又缺乏前后照应所导致的。到了后二十回，这种状况却得到了根本改变，作者用域外务工经商的凄苦，美对华人、华商的迫害，及华人的奋起反抗来组织情节，既让小说人物的个性突出和丰满了起来，又使得情节组织谨严为妥帖，从而凸显了小说的中心主题思想，也使得小说后半部分的艺术性远远高于前半部分。小说没有写完也是一个巨大的遗憾，不能完整全面地展示劳工被迫出国、在外受欺、归国图强这一具有历史意义的思想转变和行动过程。

《黄金世界》

《黄金世界》，作者碧荷馆主人，作者生平不详，小说共二十回，光绪三十三年(1907)小说林社刊。这本小说直击了晚清侨务中的两个重要问题——华工问题、美国的拒约废例运动，深刻地反映了那个时代试图救国救民的志士仁人对于家国命运的刻苦思索。虽然不可避免地找不到任何的出路和解答，但作者直面这些社会问题的勇气却是难能可贵的。

先看华工问题，猪仔的悲惨遭遇在《猪仔记》、《苦社会》中都有反映，朱阿金与《发财秘诀》中的骗取国人去外国打工的手段如出一辙，都因为债台高筑，不得不卖身为华工赎债，去时都是好言好语与你游说，当阿金询问倪阿四能否与妻子同去的时候，倪阿四一口答应并美言道："怎么不能？并且怕是有父母、有公婆无人侍奉，格外要给安家费，到了地，格外另给房子。洋人最尊敬女人，比寻常单身工人看待正自不同呢。"如果说朱阿四被骗至外国打工多少还有些咎由自取的意味，何去非被卖至猪仔，真是天降横祸，竟被国人以游览洋舶为由骗至船上，瞬即开拔。

上了船后，野蛮资本家的丑陋嘴脸很快就暴露了出来。美人勃来格看陈氏颇有姿色，意欲调戏，遭到陈氏严拒后，即暴殴陈氏，抛尸海中"把这女人衣服剥去，绑在柱上，先打几百鞭子，丢下海去！"可见一旦被卖海外，就只能变成顺从的奴隶，而稍有反抗就会有丧命之危。不但如此，任何试图保护工人权益的行动，都会遭到残酷的镇压。当众华工凑钱医保被大工头报告给勃来格的时候，两个起头小工立刻被揪下，"各责铁鞭百下，又立逼着轮换用力。两人起初还求饶声，呼痛声，打到六十多下，早已索然气荆大工头便停了手。勃来格怒骂四人不肯出力，四人跪报道：'人已死了，不用再打了！'勃来格不信，离座执灯亲自照看，知是真情，喝令拖出帐外，抛在林中。带了黄黑奴绕林围守，不准一人近前。"（第二回）。

至于华工的衣食住行更是猪狗不如，去非便血泪控诉被卖猪仔的悲惨遭遇"舟中情形，固已奇苦万状，及到工次，未明上工，见星始休。所居之室，矮不类屋，秽不如牢，挨挤不及马棚猪棚，秋霖霉雨，终夜如在水中。日食三餐，请先生猜是何物？"建威道："粥饭想不能，自然总是面包，精美想不能得，自然总是粗粝了。"去非道："真有粗粝的面包倒不算苦了。每日每人只给三合黑料豆，生吞活剥，虽不至和草咬嚼，其实与驴马所差几何？"当初诸种海外务工的美好许诺真是镜中花水中月一般，哪里会有什么工钱，哪里会有什么保障。当建威询问"工作数年，也应薄有余资，锦城虽云乐，不如早还家，况在地狱中还有什么系恋呢！"去非道："人孰无情，谁又愿葬身海外？无奈按月应领的工资，扣这样，扣那样，总不能如数领足。工限届满，又说某处不曾如法，某处违误限期，责令重新力作。先生请想，不要说迢遥数万里，膏秣之资无从应付，且一身不能自立，如何能作归计呢？"（第三回）；来时穷光光，去时得到只是一具尸骸而已，而华工的尸体更是形同垃圾，随处抛扔，不是成为海中鱼食就是变成狼狗的美餐，想装殓埋葬简直是天方夜谭。监工的小工更说道："若像船上病无医药，死便葬身海中，在旱路上，自然要喂狼饲狗。"（第二回）。这些华工在海外真实遭遇的描写，读之让人发指，让人悲愤！

如果说列强的殖民者为攫取巨大的人力资源不惜一切欺骗手段来招募华工，那么我国那些无耻的助威者更应该被人唾弃鄙夷，简直就是中华民族的败类和渣滓，作者对于这些大小工头的更是给予了恶有恶报，不得善终的结局"老贝为喂狗不得法，连受几顿毒打，第一个呜呼哀哉。其余感瘴，害病的害病，只剩一个倪阿四，也是三分像人，七分像鬼，我走时已堪堪待死了"（第六回）。

对比这些民族败类，作者热情歌颂和赞美了普通华工在千辛万苦的情形下，仍然坚持互帮互助，齐心协力的美好品质。如救助胡三麻子的老者；胡三麻子不但救治了逃亡出来的朱阿金，更多次阻止了其因痛失妻子几欲寻死的行动；去非的逃脱也是因为其因习得医术，故"每晚工毕，除雨夜不能登山越怜，此外，天天趁着星光月色，遍出寻药，三鼓始归。顺便带枝败叶，当作薪煤。用罐煎熬，分给我同灾共患至亲至爱苦力之同胞"却意外发现了一条逃离古巴的僻径。引得怀祖不禁感慨："下流社会，见目前不见将来，果真不免此弊，但是兔死狐悲，物伤其类，岂有圆颅方趾，全然没些良心？但看那班工头，到利害生死的关头，一样结盟联会，互相提携，至死不易其志。像胡大哥后来见朱大哥脱难来归，便殷勤接待，往返相偕，足见初时虽贪小利，也由不知彼中苛的情形，以致冒昧尝试，并不是真肯以自己血肉，献给别人做刀俎之物。"（第六回）。作者特意写作的逃出的胡三麻子、朱阿金以及何去非，只是为悲惨阴沉的猪仔生活带来一丝亮色，也是为了借助他们之口道出华工的悲惨遭遇，警戒国民，勿要再上洋当，相信那些海外务工的华美谎言，拆穿各国殖民者招聘华工的丑恶嘴脸和险恶用心。

其次，除了展现海外华工的艰辛凄惨，拒约废例风潮也是小说的一个重点。关于美国禁工条约的背景在《苦社会》已经有了交代。由于《苦社会》没有卒篇，所以无法得知到底作者将会采取何种方式，来解决这一晚清格外引人瞩目的抵制美货的社会运动。在《黄金世界》中，作为晚清的先进的知识分子已经明确意识到，必须和美国抗争到底，才能保障海外华工、华商的权益，不但要拒绝与美再续约，更要废除美国国会审批的《工商部或例案》。应友兰更提出了在废除前两者的基础上，更要"不得再引案"的倡议，而所谓的"案"即是指："便是累年被禁、被逐、被焚屋、被伤人种种的旧案了。审时不许有公证人，只供判语不许载之报章，一任关员上下其手。所以例不具者，比之案，例所宽者，又附之案，我同胞遂无一人得出于网之外。并且例之繁苛，众人犹可得见，案则遁于若明若昧之乡，虽公使领事，无权得而查阅。故争改约不如争废例，争废例并须争废案，不如是不足以满志。"可见对于这场抵制运动国人的认识和目标都极为明确而坚决。

作为反对禁约运动的两位男主人公，怀祖坚持的是决绝的抵制，不用美货，不与美有任何的经济往来；建威则从其多年经商的经历，在商言商的角度出发，明确地指出这样一来，只能大坏沪上市面，引起连锁性的经济危机，由商人到钱庄再到储户，最后遭殃的还是普通的民众。"中国商人，即使慢藏厚拥，要以田房为信用，取之存户，取之钱商，以出入周转，而决无数百万实银，任其取携自便。母财一滞，本商之赢亏且不计，存户知有货在，不至骤然提还，亦且置为后谈。彼钱商者，今日取之甲，明日又输之乙，今日输之丙，明日又取之丁，乃能于其间计赢取利，决不能任一人、二三人宕欠数十万金经年不还。且钱商亦非自有数百万之实银，以与用户往来，不过仍取之存户，存户之与钱商往来者，长存者少，短存者多，诚为一人、二三人宕欠数十万金，万一存户提银，无从应付，则钱商可以立倒，钱商一倒，则弟所谓相承而及绝不止数人者，其事又将立见。至此时，上海市面尚堪复问么?"（第九回）。虽怀祖以可游说钱商当收支平衡之时不再与不法商人再行交易，但商人、钱商之间千丝万缕的联系是不可能挥剑斩乱麻的，建威的忧虑的确有着深厚的社会背景和社会根源，所以建威力主有限制的贴花销售，即是"乃取临期所定者稍与通融，并粘印花发售。其在期后有私定者，则不在此例。既有作用，又非漫无限制"。但是这一看似合理的建议立刻遭到了张氏的反击，命中了其要害之处"临期者可通融，后期者亦将希冀，此事似难轻许"（第十回）。

在十六回怀祖和建威对多月来为禁约废例做的奔波劳苦做了一次辩论式总结。怀祖道："第一，例与约之争，兄所主持者，以为禁例不废，约之或废或改，皆无当于利害之数。而今则学界多数主废约，商界多数主改良，信兄之说者不过二三私交。兄以为将来言约者胜，抑言例者胜?"建威道："主争约者，人数何啻万千，主争例者，人数不过二三，至寡如何能敌至多？不言而喻，是言约者胜。"怀祖道："然则为例一层，兄固可以绝望。第二，不用美货与疏通美货之争。兄始主疏通,后见定货违于年额,亦反而主不用。然主不用者,运动及个人,主疏通者之运动,内而中政府,外而美政府,皆将无所不至,今固已端倪。兄以为将来运动个人者胜,抑运动内外政府者胜?”建威道:“政府虽有强权,不能遍及个人,以弟度之,上海之源虽不清,内地之流则自今已绝。将来运动个人者胜,运动政府者将不败自败。”

两相对比,一边是寥落星辰的民间运动,一边是气势汹汹的政治联盟,胜败乃在不言中,接下来怀祖又将华用华货的不可行性向建威做出了说明,“香烟等牌,至简而易认,洋布种类既多,牌号又各不同,用户安能分别?以是思之,单抱不用主义,而无不定者以卫其前,竟非制胜上策。”而最重要的是两人谋划的联合有实力的商人公办实业,昌盛祖国经济是最有效的方法但却遭到了曲高和寡的窘境,怀祖道:“第三层便是这两着了。争约的风潮汹涌,及于全体,谈实业者,绝不闻有人附和,即我辈所图者,兄与弟既失之男界,内子与会长又失之女界,兄以为将来华用华货,华定华货,还是空谈,还是真有实际呢?”最后建威不得不哀叹道:“无待踌躇,不过空谈罢了。此三层为本题之主要,余外枝叶,殆不足辩。然既由今度后,皆知其必不胜,我辈留此,又复何为?”可见一场轰轰烈烈的禁约废例的运动,不过是虚妄的想象而已,根本不可能是起到真正的抵制作用。

可以想象,试图在晚清衰颓的国势下,照顾多方的抵制运动是根本不可能实现的,作者对此的心情可以说是极其低弱和苦恼的,写至这里小说的主要情节其实已经完成,而作者接下来的四回,不过是对于梦想的弥补式写作,正因为自己的理想不可能在这个污浊丑陋的社会得以实现,这让作者不得不虚构出梦想中的海外奇岛来实现自己的心愿。整部小说其实在一开始就开始有意识地对比这两个世界，一个是人们齐心合力、个个积极进取的海外虚拟小岛，一个是物欲横流、各为私利的晚清真实社会，前者代表着作者的美好理想，后者则寄予着作者深沉的悲痛。在作者心目中无时无刻不思索着如何让衰败的社会向美好的理想步步前进。

在怀祖一行毕业在即的时候，岛屿上合议开启了用“海里鳅”等船只运送华工来岛务工的创举，一时间形成了“那知旅外工人，得了这个信，人人都愿归不愿留”的盛况，“尽五个月全数载归，便就“海鳅船”全数运回本岛，岛中自能安排，建威才定了心。”到得岛屿的华工也得到了妥善的安置，“怀祖看上下岸新添了无数房屋，山上以前人行绝迹的地方，又开了几条坡路，知是岛长布置了。”作者把现实社会不能完满的理想，在这个小小的岛屿奇迹般的延展开神奇的画卷，真是让人叹为观止小说作者神奇的想象力和无限的勇力和信念。小岛的展现了作者理想中的社会模型，如男女平等，男女同受教育这些善举，都得到了作者极大肯定和赞美。如小说的第四回当陈氏被岛上之人救起时，一时不能立刻出洋寻夫，张氏就建议其先上岛上的学堂学习，就说道：“我们上祖传下来定章，不论男女，到六岁都要上学，又为各姓不能家家延师，每二十家便设一学堂，以此四姓到今，虽只五千人，倒开了四十所学堂，可算无不读书的人了。”可见海外奇岛屿的设计就是自己心目中理想社会的模型范本，这使得作者的图强之路在想象中实现了一次圆满，海外岛屿繁荣景象的构建成就了碧荷馆主人妥协性的胜利。也只有一个团结一致、积极进取的社会、一群民智开通、学养兼备的国民，才能使得中国逐步摆脱积贫积弱的社会现实，走向繁荣富强的自新之路，这也就是小说作者热切期盼的中华民族的自新之路，虽然作者并没有在小说提出如何才能走向这样的美好社会，但是小说对于这样的社会图景的期待，却显示出晚清小说家们那份对于祖国和人民永不磨灭的梦想，正是一代代怀有着这样美好的梦想的中国人民不断地开拓进取，最终找到了正确的发展方向和发展道路，用鲜血和生命唤来了国家的独立。

同时在小说中作者还积极倡导女性勇敢投身于社会运动中来，发扬作为半边天的重要作用，并通过对比了中国上流社会和下流社会的素质状况，肯定和赞美普通劳动者身上的美好品质。这也是小说中凸显的两个主题思想。先看作者对于女性社会作用的高扬，在小说的第六回，当建威、怀祖等一众在热烈讨论要团结一致同抵美国的时候，张氏就说道："团体的散结，半属男子，一半属之女人。我闻姊姊说，中国女人十九都不识字读书，既不识字读书，单靠天生的知识，现世界上的事事物物，形形色色，那时包罗得尽？就不免牵制丈夫。做男子的内有牵制，外有困难，一身尚顾不过来，那里能谋全群的公益？团体两个字只成纸上的名词。"道出了女性必须自新，勇敢承担起应尽的社会职责，才能促进社会的全面进步。而在建威、怀祖积极运动男界的时候，张氏也同时在女界大显身手，成立了雅仙园大会，虽然最后并没有取得实际的社会的效果，但是却从此中联合了一大批有志的女界豪杰，如应友兰、黎侣华、苏隐红等，特别是隐红这位女侠起初对于禁约可谓毫无信心，但却在张氏等人的感召下积极投身其中。朱阿金的妻子在小说开始只是个粗通文墨的贫弱女子，在历经了海外留学以后，迅速成熟和成长起来，等再与丈夫阿金相遇时，俨然已经成为一位女中豪杰了，从中我们可以看出女子一点儿也不输于男子，只要能接受良好的学校和社会教育，定能发挥出半边天的巨大能量和作用。

对于下流社会中难能可贵的精诚团结的精神作者更是赞不绝口。在小说的第六回，当怀祖感叹华工在海外互帮互助的深厚情谊的时候，"怀祖道：'下流社会，见目前不见将来，果真不免此弊，但是兔死狐悲，物伤其类，岂有圆颅方趾，全然没些良心？但看那班工头，到利害生死的关头，一样结盟联会，互相提携，至死不易其志。像胡大哥后来见朱大哥脱难来归，便殷勤接待，往返相偕，足见初时虽贪小利，也由不知彼中苛的情形，以致冒昧尝试，并不是真肯以自己血肉，献给别人做刀俎之物。若然读书明理，上中社会的人物，自然更无此心了。'"去非对此立刻提出了批驳，"去非失笑道：'先生不知中国上中两社会人，还比不上下流社会呢。'……去非道：'中国上流的代表是官绅，中流的代表是士商。官呢，升官发财，是他的目的；钻营倾轧，是他的手段。等到退归林下，好的求田问舍，不好的便武断乡曲，侵吞公款，凭借越大，气焰越盛。小小州县的举人、秀才，便是绅了。若到省会，固然无可作为，并且人数过多。此之所是，彼之所非，此有所党，彼亦有所争，总不肯同心同德，做一件有益的事。因此虚名虽好，实权倒不及商人。那些商人呢，乘时捷足，争先攘臂，是他的好处。同行嫉妒，互相贬抑，吞并了同类，倒便宜了外人，这是他的坏处。总而言之，私利的心盛，例无团体，团体一解，害公败群之事，相因而至。倒不如下流社会，日谋一饱，夜谋一睡，混混沌沌，还不失赤子之本心。有大力量，大慈悲，当头一棒，顶胸一椎，立地回悟，居然肯疾病相扶，痛痒相关，生死不相残害，请问上中两社会可做得到么？'"（第六回）。下流社会的百姓虽然胸无点墨，浑噩过日，但却有着一颗赤子真诚的心地，一即醒悟便迅速团结起来，而那些做官的、念书的、为商的，则为权、为名、为钱，各护私利，坑害同类，寡廉鲜耻。小说特别塑造了一位名为爱国商人，实则唯利是图的海上巨商孙问锄，表面上看他是一个何等积极投身于反对美国的拒约运动，俨然为领袖人物，"意识之坚定，言词之慷慨"，而当建威把自己"自开农牧，自兴制造，自辟路矿之三说，反复陈说，请与合谋"之时，他却变得"唯唯诺诺,无可无否”。而当他出示“他处学堂中所发不用美货之传单”并被问及订货之时间时,其高大形象顿时化为乌有“孙君于时色乍红而旋青,颜将舒而复惨”,而实际上他也不过是一个想利用这场拒约运动大发国难财的伪君子(第八回)。而香港的工人自从听说了外人如此恶害我国工人,就集体抵制,美总统的女公子来港,不论出多少价钱竟然雇不到一个担挑行李的苦力,作者写道:“去非笑道:‘只争工价的多少,我也不至偏重下流社会了。港中苦力家,起初于外人之祸我虐待我懵无所知,自从抵制议起,爱情恶情,脑筋中一时交融并灌,相戒不做外国总统女公子的肩夫,女公子可不作难么?’建威道:‘可敬可敬!中流中的商人,真不及下流社会,去非兄已往所论,真有先见之明。’”。而中上流社会中人只有在利益一致的情况下才能联合一致,如“宁波人与外国人争四明公所地址”事件,而这次抵制事件,“宁商类都袖手”,因为“业美货的巨商多半宁人,商会领袖,亦以宁人为多,岂但袖手,并敢首犯清议哩!”而去非不得不叹道:“足见中流中除自私自利外,别无思想,诚不如下流社会,不知则已,知则死生以之,身家以之,真能为我中国扬眉吐气哩。”(十七回)。

下层百姓不但有着团结一致的赤子之心,更对一些问题上不无谋略,如建威、怀祖夫妇无功返港,谈起联合之事的时候,胡三麻子就和阿金有了这样一段精彩的发言:“三麻子拍着手击着膝道:‘我是个粗人,不懂什么文明不文明,也不知道什么抵制不抵制,只知道待我好的我便同他亲热,待我坏的我便同他疏远。我做中国人,就说中国语。助我的便是好人,禁我的便是仇人。’阿金道:‘可不是哩,他们没受过工人的苦,只当传来的,多半出于捏造,叫他自己去尝尝,怕早没命了。’三麻子道:‘中国人的性命,中国人尚且看得轻,无怪别人更看得一文不值了。’……阿金道:‘总怪中国人只说白话，不肯做些实事，就处处受人的牵制。照我识见，大家捐钱，把旅外的那些中国人都运回来，不就干净么？'建威笑道：'这议论倒有些意思。'"（十七回）。从中看出劳苦大众所怀有的朴素的情感，虽然在今天看来将在外华工全数运回，实不是什么对策，但在当时这样的想法在爱国志士心中却是一个非常可行的方法，《黄金世界》的结尾就安排了"海里鳅"运载华工来海外岛屿的情节，而《苦社会》心纯三人盘掉在美产业归国寻求自救之路，其中也包括了要募捐于巨商富族，以提供给华人回国之资费。小说在此借阿金之口提出了这一对策，正是对蕴含在人民大众身上的勇力的肯定和赞美。虽然作者并没有先进的世界观在此做指导，但是却能深刻的体会蕴藏在贫穷百姓身上无限的勇谋和斗志，正是由于中国无产者在风云激变的近代社会所显示出的非凡力量，才促使了马列共产主义思潮在中国的发芽、生根和壮大，最终成为新民主主义革命的生力军，建立起了我们伟大的中华人民共和国。

碧荷馆主人的《黄金世界》虽然还是不能给我们解决如何禁约废例这一关键的社会问题，但是作者灌注在小说中刻苦的求索精神仍然能感动着当今的读者，这也使得整部小说更像是一部仁人志士为国为民的奔劳实录。其中他们对禁约废例这一问题的不厌其烦的热烈讨论，四处奔波的联合游说，无不显示出他们不屈不挠的抗争精神，建威和怀祖两位主人公各执一词的多次辩论，如第八、九、十六回都是他们辩论的比较集中的章节，正是通过他们层层深入的热烈讨论，既使得读者对于这场轰轰烈烈的抵制美货、禁约废例运动有了更明晰深刻的了解和领悟，也体现出爱国志士赤诚热烈的爱国之心。这也使得小说显示出长于说理的艺术特色。不过几位男女主人公关于社会几大热点问题的长段辨析，也难免使得小说稍显枯燥。同时小说在几位主人公设置上也匠心独运，有多年经商的成功华裔美商夏建威，有出身贫贱、目不识丁的朱阿金、胡三麻子，有晚明鲁王的后裔学养优长的怀祖夫妇，还有因为就学实现了人生重大转变的阿金的妻子陈氏，他们来自不同的文化背景、具有不同的生活经历，作者巧妙地将其置身于这场抵制风暴之中，显示出小说精巧的构思和磅礴的气势。作者又极其服帖的设计了他们的各自言行举止，如建威总是从多年经商的阅历上不主张全全的抵制美货，唯恐因为决绝的抵制而造成巨商的滞货引起上海市面的连锁的恶性循环，而怀祖却因并多年与世隔绝的生活和英国的留学经历，反对建威所谓的疏通性的抵制。小说以主人公们鲜明生动的情性带动组织故事情节，使得小说情节看起来不枝不蔓又波澜起伏，读之颇具深意。作者提出的我们不能靠抵制，不能靠各种所谓可以疏通的方法，来取得与帝国主义商战的胜利，从而保护我们华工在海外的合法权益，只有我们大小商人撇除各自的私利，忠心为国，共同地联合起来，振兴祖国的民族工商业，创办更多属于我们自己的大工厂、大企业，才是中国工商业的光明出路。只有祖国的繁荣强盛才能使得身为国民的我们更有底气、更有士气，也更有国家的荣誉感和责任感。落后势必要挨打，自强才是出路，小说给予我们的这个启示无疑具有跨越历史长河的重要意义。《黄金世界》以其展现视角的宽广和博大，描写得细致入微，可谓同题材小说中最为成功的作品。

此外还有《拒约奇谈》一书，中国凉血人著，自署为“开智小说”，全书共八章，光绪三十二年(1906)年启志书局版。小说描写了反美华工禁约运动的全过程，展示了这场义愤填膺、轰轰烈烈的爱国运动，描写了参与者的内部分歧，使得运动受到的内外破坏，直至瓦解冰消的历程。书中以病夫为中心人物，和《黄金世界》的观点相同，他同样认为“内言不续约，外言废例”才是最为适当的办法。同时作者还借病夫之口提出了抵制美货并非根本之解决办法，关键是要振兴国家的民族工商业，所以在拒约得不到根本拥护的时候，作者便设计了病夫到得一个偏僻之所，进行购置械器，训练工人，与兴办工厂，发展事业的故事情节。但这本小说的结构极为松散，小说的最后几页，散漫如笔记，且行文中穿插了一些和拒约毫不相干的故事情节，文字上的讹误也不少，在很多地方都不能句读。所以无论在小说内容和艺术上都无法和《黄金世界》相比。

第二节　出洋留学

《苦学生》

《苦学生》十回，1905 年至 1906 年 1 月连载于《绣像小说》63 期至 67 期，1915 年中国商务印书馆出版单行本。作者杞忧子，真实姓名和生平事迹均无考。小说描写了一位中国留美学生如何克服重重磨难，最终学成归国，致力于祖国的教育事业的故事。

《苦学生》是一本写作早期留学生生活的代表性作品，小说以反对美国华工禁约运动为背景，深刻地反映了国运衰颓下留学生在异国的酸辛经历，塑造了黄孙这样一位爱国留学生的形象，细致地描写了其不畏艰辛、发愤图强，最终学成归国的感人事迹，激励着海外万千中华民族的莘莘学子。

在小说中，作者真实又深入地描写了早期留学生为学有所成，在异国孤凄悲惨的生活和种种不公平的待遇。这些屈辱的罪魁祸首首推西方列强及其国人的排华心理。黄孙本已具体检过多次"先请本校医学博士，验过病。领照时，又请贵国驻日领事署官医，验过一回。上了船，船上医生，又接连验了三次。给的证书，都说无病。"但美国关员却一味阻挠，还威胁说道："你可是不服，也好，就押你进木屋候审。”（第四回）而上岸就学后的黄孙，因学习成绩优异，见妒于美国同学，他们暗暗窥探黄孙行踪，当得知其兼工兼读，就嘲笑黄孙“支那人是穷汉，是苦力”（第五回），几次欲将其赶走，都被教习平服，最终使用集体罢课的形式，迫使教习屈服，黄孙失学，而工党又宣布禁止华人务工的声明，黄孙失业，真是雪上加霜。

如果说黄孙所受的种种迫害来自异国欺侮，那还情有可原，毕竟晚清风雨飘摇的动荡社会已经是不争的事实，覆巢之下焉有完卵，但问题恰不止于此，身为中华帝国的驻美领事，本担负着保护本国子民在美一切权益的职责，但使领馆的作为与此背道而驰。当黄孙受困船上无法登岸，向其求援，他们却只管官派的留学生，一味推诿黄孙为自费生，没有正规凭据，置之不理。而当黄孙被逼得失业失学，走投无路之时，无奈去领事馆求助之时，却接连两次吃了闭门羹，最后一次竟被使馆人员赶了出来，不仅让人想到，何以中华老大帝国如此面弱，这帮昏聩无能的官员就是重要原因，试想这样的官员哪能为国尽心办事，哪能为民尽心谋福，见了洋人就摇头摆尾，对自国子民却狐假虎威，辱国体，失国威，丧主权。难怪美国关员也根本不把中国领事放在眼中，当黄孙说要找本国领事来交涉之时，就道：“你请你们领事？好好，领事是专保护你的！”（第四回）可谓轻慢之极了。在此，作者杞忧子一石二鸟，既描写了黄孙留学异邦所遭受的各种迫害，为塑造一位立志苦读报国的青年形象做出了铺垫，又深刻剖析了吏治陈腐乃是造成晚清中华帝国贫弱多病的重大根源。

正当黄孙内外受辱的时候，却否极泰来地相遇了华盛老先生，单从名字上来看，就可以得知作者对于这位老先生的极大肯定。他在美国开发之始，即来到美国开发金矿，勤勉经营，终积累起一笔巨大财富。发家后的华盛，以自己的名字，建构了华盛村，以示不忘中华之意，也寄予了自己希望祖国日日富强的殷切希望。得知身陷困顿的黄孙如此勤奋上学，他立刻伸出援手，给予资助，当黄孙表示自己不愿白受供养，他又提出了让黄孙主理小学堂的主张，这既圆了一直以来华老先生就想创办小学堂的理想，又让黄孙得展才学，解决了生计问题。华盛的塑造既提供了黄孙克服重重困难的转机，又代表着作者对于杰出中华儿女的期许，青年时期勇敢创业，至老不忘中华之根、爱国之情，具有长远的兴国眼光，立足于基础教育，为国培养可造之才。在黄孙归国之时，华老先生厚金相赠，并说道："老夫垂暮之年，盖棺不远，明晨一别，后会殆已无期。愿君此行，长途如意，归见故乡父老，如有问及华某者，为我一一谢罪。说华某身在异乡，心居祖国，诸君如能宽恕，就是老夫的万幸了！足下将来，老夫也有数言奉劝，勿轻投会党，尽出所学，以养成国民资格，时机一熟，方可任我所为。老夫这村，四年来，承足下苦心教育，无以为报，敬赠美金二万元，为足下自立学堂之助。足下如欲自居清介，便是薄待老夫，这回不比从前，断不容足下推辞的。"（第九回）一番话虽难免有些保守倾向，但也从另一方面表明了作者对于政治道路的选择的谨慎态度，并明智地指出了国民素质的提高才是国家兴旺的基础，普及国民教育是国家振兴的必由之路。

在艺术上，象征和对比手法的使用在小说中极为突出的，作者在象征和对比之中寄予了深刻的社会意义。小说一开始就从白蚁和黄蚁的对比说起，白蚁、黄蚁正是黄白两色人种的象征。白种人是欧美的代表，由于掌握了先进的资本主义生产方式，进行着有组织有纪律的社会化大生产，社会发展很快。黄种人则是中华帝国的代表，由于长期禁锢在落后的分散的封建生产方式下，处于愚昧的专制统治下，正面临着被白种人种吞噬掉的危险境地。两相对比，资本主义社会和封建社会两种社会制度谁胜谁负，已见分晓，愚昧混乱的封建文化，不敌文明有序的资本主义文化，暗示中国应该学习西方文明成果才足以抵御西方殖民主义列强的侵略和瓜分。

小说中的黄孙和文琳，两人也形成了鲜明的对比。黄孙为自费生，出身在中产阶级家庭，在留学大潮的感召下，变卖家产，自费出洋留学，其间历经千辛万苦，备受百般刁难和轻辱，但他从来不轻言放弃，不屈不挠自强不息，在爱国华侨和好心的各国朋友的帮助下，成就学业，归国报效。而官派留学生文琳，自持是官费生起先傲慢无礼，但在洋人的淫威下却又立刻变得卑躬屈膝起来，完全丧失了民族气节和做人的尊严。留学期间，他更是浪迹赌场妓院，每日莺歌燕舞，学业荒废，家产败光，最后沦落为乞丐。黄孙和文琳的不同遭遇和经历，向我们展示了西方先进的文化知识正成为改变晚清知识分子精神面貌的巨大契机，歌颂了中国留学生为追求国家富强，捍卫民族尊严，自强不息、不屈不挠的可贵精神。作者塑造了两个截然相反的留学生形象，可贵者如黄孙，黄孙之名就寓炎黄子孙之意；可悲者则如文琳这般纨绔子弟，同样是异国孤清的生活，使得他很快滑入声色犬马的腐朽生活方式中去，抵御不住物质享受和精神刺激的诱惑，完全丧失了民族的尊严，甘受帝国主义的欺凌、侮辱和摆布，最后堕落成乞丐。其悲惨下场这不得不引起人们更为深入的思考，出洋留学固然是当时知识分子奋发图强、报效祖国的首选道路，但同时人们也应去关注出国后中国留学生的思想状态，国外的先进科学技术和人文思想如大潮般洗刷和震撼着中国知识分子的灵魂，但同时国外孤清冷寂的生活，来自的异族白眼和冷遇，又可能在中国留学生在迷蒙中迷失掉前进的动力和方向，被刺激、光鲜的资产阶级腐朽生活方式腐化堕落，最终变成形同文琳一般的废人。

这个问题的提出实则贯穿着整个中国的留学生史。虽然《苦学生》这本小说，并没有对文琳的生活状态做出铺写，只是利用黄孙学成归国，偶遇文琳，听其遭遇的方式加以描写的，只是在一章之内稍加描写，可以说在加强对比这一方面做的还是远远不够的，特别是小说在第三回，文琳因赌博被黄孙怒斥劝阻后，"自此以后，只除晚上，回房就睡，白天只在三等舱，请教黄孙英语，有时也同众人闲谈，居然不与赌徒同赌，不与女人调笑。黄孙想：'文琳倒还是个中人之材，只有衣服饮食，是他真正讲究的。膏粱子弟，原比不得我辈，食贫茹苦，习惯自然，并且细故末节，尽可各适其适，也就不肯十分讲究了'"（第三回）。可见这样一位虽然生活上喜好华奢、稍有放浪，其本心并不坏，那么贵为官派留学生的文琳，是如何在美人格败落到如此地步的呢？这些问题在小说中无迹可寻，不免使得文琳的败落有些唐突之感，显得单薄而没有力度。但能将留学生的思想问题在晚清小说兴起的初期就加以留意和涉及，不能不说是小说家的敏锐眼光，西方资本主义国家，既向中国昭示了前进的动力和方向，又向中国展现了更多的罪恶和浮华，上海的十里洋场就是最集中的体现。身处国外的留学生更能深刻鲜明地体会到这一点，加之异国生活的艰辛，如何面对和解决这些问题，选择何去何从，是坚定还是放逐，成为留学生所面临的迫切问题，作者将此问题提出，可以说是独具眼光的。

晚清的衰弱的国势，覆巢之下焉有完卵，域外求学和打工的经历必然充满了凄凉和悲苦，但是我们在阅读这组小说的同时，却发现作者们在抒写域外子民悲惨境遇，感时伤事的同时，都在着意展现着一种带泪的希望。虽然这些小说有一些并没有卒篇，但从其前面的描写来看，小说的发展都在朝着期望迈进着，没有一部小说仅仅停留在描写主人公们悲戚的域外遭遇上，而是将他们苦痛的经历作为其奋起反抗、争取权益的铺垫来处理的。从中我们深刻地体会到了中国民族绝不会弯曲的脊梁，即使身处凄惨，人民的救国梦、奋发志从来就没有熄灭过。从而构成了晚清末世蔚为壮观的人民奋发抗争史。但同时我们还注意到，小说家对于前途希望的探索上都有着虚幻和不现实的倾向，如《黄金世界》，当仁人志士的救国梦在国内搁浅以后，作者虚幻了一个海外奇岛，完满了自己的梦想；在《苦社会》中提出的所谓拯救华工的办法则是盘掉在美产业，并归国募捐于巨商富族，以提供给华人回国之资费，再自办工厂，自主创业，这也无疑是纸上谈兵；《苦学生》中的黄孙，幸运地遇到的华老先生这样富有的爱国华侨，并在他的帮助下才得以学成回国。从这些救国的探索中，我们不禁感叹民族的希望和实现的可能之间还相去甚远，中华民族自救的道路任重而道远。

第三节　洋务买办

《发财秘诀》

《发财秘诀》又名《黄奴外史》，光绪三十三年(1907)载吴趼人自编《月月小说》第十一至十四号，标“社会小说”。光绪三十四年(1908)上海群学社铅印本。有回末评语，无评者署名，据第十回回末评语叙述作者创作是书时情绪，疑即作者自评。小说共十回，虽没有一个贯穿全书的人物和流畅衔接的情节，但是其惟妙惟肖的刻画与描写同样显示出作者功力之深，用心之苦。

相对于吴沃尧那些名闻遐迩的长篇巨制来说，《发财秘史》是其小说中极其短小的一部，仅仅只有十回，而且是作者非常不满意的一部，连小说的评点者也说："著者尝言，生平所著小说，以此篇为最劣。"。但细细读来我们却依然可以在这部短制作的小说中看到吴沃尧作为晚清著名小说家的鬼斧神刀。小说的评点者是这样概括这部小说的："盖章回体例，其擅长处在于描摹，而此篇下笔时，每欲望有所描摹，则怒眦为之先裂。故于篇首独写一区丙，篇末独写一雪畦，自余诸人概从简略，未尽描摹之技也。虽然读者已可于言外得之矣。"（第十回）。

小说的写作对象就是洋务买办，他们是晚清社会之中一个独具特色的角色，是伴随着外洋武力入侵而来的经济侵略的产物。他们的构成成分复杂多变，阶层地位凸显特殊，他们亦官亦商的显赫身份，又让他们经常充当中外千丝万缕关系中的微妙枢纽，普通百姓则更关注着他们发家致富的神秘道路，特别是那些原本出身贫贱的买办的发家史更具有了极强的传奇色彩，成为万人瞩目的争相效仿的范本。

吴沃尧正是抓住了这一批社会底层小人物的发家史作为这部小说的切入点铺展情节的。书中的两位主要人物区丙和花雪畦，前者原不过是街头的小商贩，后者也不过是店铺杂役而已，本都是极其低贱的下层劳动人民，可是一个摇身变成了在广州、香港都有店铺的大乡绅，后者也在十里洋场的繁华盛地上海立下脚跟成为客栈大老板，两人俨然都成为当时社会成功改头换面的风云人物。他们神奇发家史的关键是什么呢？这就是小说一开头就提出的那个引领广州风气之先的"利"字，正是由于内心对于"利"的极端渴望和占有欲，才促使他们能为金钱不顾一切、奋不顾身、挖空心思、万端钻机，最终赢得了大笔财富、荣显当世。

小说既然以"秘史"为名，那么小说家吴沃尧是怎样诠释迅速发财致富的捷径秘史的呢？首先，小说家多次提到了的一个秘籍就是学习外语。区丙在看到陶庆云领着外国人来购置物品时和外国人流利交谈、大拿回扣的情景心生羡慕，回想到自己初到香港时见外人的惊恐和尴尬，就盛情赞美陶庆云说："难得陶兄少年英伟，和外国人说话十分顺溜，像老朽半句也不懂。可怜那年初到香港，见了个外国人犹如见了阎罗王一般，半句话也说不出，只好对他做手势。"（第四回）区丙的儿子牧藩为了找陶庆云学习外语，四处寻找用心留意，多次讨要那本英语秘籍而未果，最终才由庆云的朋友魏又园点破"你也太呆了，他那个书费了多少心血弄出来！他将来要刻板卖钱的呢，怎肯轻易借给你？你要学英语，还是化（花）两块钱一个月去读书罢。"但找老师也很有讲究，切不可随便找来，第七回当雪畦要请外文老师教授英文时，又园就警告他说道："只要两块洋钱一个月，白天里去读了书，到了晚上他就把白天所读的去教人，也收人家两块洋钱一个月。也有自己晚上去读，白天教人的。你要从了那种人，就上当了。"（第五回），可见要找到一个货真价实的英文的老师还是需要"借一双慧眼"的大学问。

他们所说的西话，其实又暗藏玄机。在第四回中牧藩曾经询问过庆云这个问题，"庆云道：'不瞒你说，我从前到过澳门学过西洋文。'阿牛诧异道：'怎么西洋话又另外一样的么？庆云道：'自然两样，西洋是大西洋，香港通行的，是红毛话。我学了两个月西洋话之后，听见人说西洋话不及红毛话通行，恰好我有事到香港，便从了先生读起书来。'阿牛道：'不知读的是什么书？'庆云道：'十啤先卜。'阿牛不懂，庆云又说了一遍，道：'这个书犹如中国读的三字经一般。我读了两个月，谁知要靠他学说话是没有用的，我就不读了，专门学起杂话来。'阿牛道：'甚么叫做杂话？'庆云道：'各种应酬问答。有用的话，我学一句记一句，恐怕忘了，自己用笔写起来，此刻已经有厚厚的一本了。'"可见使得庆云在洋行干得火热备受重视的根本不是什么正经的英语，而是晚清盛行的“洋泾浜英语”。这种用中文注音的英语，产生于文化素质较低的贩夫走卒手中，并在他们中间发展壮大。相对于繁难的正规英语，它更容易被广大的下层劳动者掌握和应用，它的盛行也正反映着晚清时期帝国主义对中国的经济入侵已经影响到了社会的每个阶层。

正是看到了外语在发洋财中的重要性，小说中的主人公们才万端钻营地妄图掌握外语。区丙一个劲地唆使自己的长子牧藩跟随陶庆云学习外语(第三回)；雪畦也从又园那里索得二十六个英文字母牙牙念个不停(第七回)；庆云在第六回就大肆向雪畦宣扬自己多年总结出的发财的三个关键：“洋人第一要会揣摩他的脾气，第二要诚实，第三也轮到说话了，倘使说话不能精通，懂了以上两层，也是无用的。我此刻虽算是东家赏脸，然而也要自己会干，会说话，才有今日唉”；在第十回陶庆云更是毅然决然地要自己陶家的子侄不问年龄大小统统都要去美国留学，“到了外国，叫他们前后左右，没有一个中国人，不怕他们的话学不好。”当雪畦问到如果忘了中文那岂不是学到了英文也没啥用处时，庆云大笑道：“你总是说广东省城失守，那总督便是翰林宰相，何以打不过外国人？倘是我做了总督，只要和那外国官兵说得明白，何至如此？所以我说，不独中国文字没有一毫的用处，便连中国话也可以无须说得。”这段话不但把洋文捧到了天上，更把中华民族文化的结晶——中文贬得一文不值。我们从中不单能看出晚清时期国人衰落的爱国情怀，更能解读出败落的中华民族将要亡的不止是国家而已，更是民族精神的精华。

其次，不是单单有了洋泾浜外语这门好工具，就可以在买办这条道路上顺畅无比，要想在买办这条道路上风生水起，还需要一个重要的条件就是小说主人公们常常提到的机遇，那么又是什么使得机遇垂青了这些出身寒微的下层劳动者呢？几个在买办之路上迅速崛起的贫民人物都不约而同地提到了“老实、忠厚、诚实”这样的褒义词，让我们似乎感到真的是由于他们的本分和勤劳才让他们赢得了如今富足殷实的生活。如陶庆云是因为诚实地为洋人换角子才从写字楼的杂役升到了二买办，这个故事在小说中由又园之口讲出“这里（上海）不比香港。香港是一块大洋钱换十个角子是呆的，这里是市价天天不同。有时一块钱只换十角子，有时候一块钱要换到十一个角子零。一天外国人叫庆云去换一块钱的角子，那天市价是十一角零五十文，他换了来例如交了，那外国人很以为奇，便问怎么样有这么许多？他也老实回说今天市价是这样。外国人倒不懂起来了。等他走开了，又叫别人去换一块，别人可是只交给他十角，就是赚了他的，他到死也不能明白，又何妨嫌呢？那外国人看见别人只换来十角，也只放在心上，等到公事完了，叫了庆云，一同出去走，到钱铺门前，在身边摸出一块洋钱，叫庆云去换角子，自己在旁边看着。果然见是换了十一角五十文来，便着实夸赞庆云诚实可靠，说的他所见过的中国人没有一个好的，只有庆云是好人。不多几日，便把他升做二买办”（第七回）。庆云在第六回也指出诚实乃是成就功业的一个必不可少的因素，小说第八回大买办之死让他顺理成章地升为了大买办。再如蔡以善本不过是一洋行的账房而已，因为伺候洋人吃烟的时候，不知道洋人不吃土烟，“他却把装好的烟挖了出来，依旧放在烟盒里。那大班见了，说他鼠惜物，便对买办赞了他两句，那买办看见外国人都赏识他，便叫他去读外国书、学说外国话，读了半年，略略懂了两句‘也斯哪’买办便告诉洋人，叫他做了写字楼的细崽”（第九回）。还有如韩昌老板的发家史，也是由于厚道忠实才赢得了如今荣显的地位和万贯的家财，这样看来各个出身寒微的大买办、大老板都是重情有义的“心善之人”，他们的成功和他们忠厚的品格密切关联。

但事实是否就真就如此呢？答案当然是否定的，他们实则个个都是人面兽心、唯利是图的奸诈小人，他们的成功路上每一步都渗透着他人的鲜血和汗泪，他们手中的金钱每一张张饱满着深深的罪孽，他们的成功也根本不是什么辛勤劳动、积极奋发所得来的。小说的第一个主人公区丙就曾经靠向英国人出卖情报做汉奸发财。再让我们看看花雪畦的第一次发家史吧，为了发财他有意结识了“卖猪仔”的高阿元，辞了米行的苦力活，做了赌馆的门房。自此之后逢了赌钱败家的落魄人就热心“荐他到香港高阿元那里去谋事，如此一年多，也不知他荐了多少人，他的囊橐渐渐充盈了，便自己开了一家赌馆。”要不是他钱迷心窍，把挥霍了公款的县太爷的儿子也卖了当猪仔，结果逃命到上海，还不知道要害多少人呢（第六回）。当他到上海听闻了陶庆云一班人的发财经后，不禁暗想：“他们的手段比我拐卖猪仔还要利害，从此倒要留心学着他们呢。”这些让雪畦咂舌的发财秘史到底是什么呢？以庆云的本家俯臣所干的勾当为例。俯臣去汉口办茶，“专靠茶栈代他销脱，要赚他们的钱，全靠权术。”那么是什么权术呢？“庆云一语道破：‘他初到的时候，要和他说得今年茶市怎样好、怎样好，外洋如何缺货、洋行里如何肯出价，说得他心动了，把货捺住不肯就放手；一面还要向洋行里说谎话，说今年内地的茶收成怎样好，山客怎样多，洋行自然要看定市面再还价了。把他耽搁下来，耽搁到他盘缠完了，内地有信催他回去了，这边市面价钱却死命不肯加起来，闹得他没了法子，那时候却出贱价和他买下来，自然是我的世界了。’雪畦道：‘这样一办，那山客吃亏大了。’庆云道：‘岂但吃亏，自从霭兰这样一办，那山客投江的、上吊的、吃鸦片的，也不知多少。那个管他！须知世界上不狠心的人一辈子也不能发财。就以俯臣家兄而论，他兼了五家买办，难道都是东家仰慕他，请他做的么？都是他自己设法钻路子弄来的，至于钻路子的时候，就不能问前任的买办是亲戚是朋友了，也不能问我谋夺了他的席位，他要如何落魄、如何潦倒了的。必要有了这等的手段，方才可以望发财。不然，俯臣家兄到上海来不满十年，就弄了五六十万么。'"（第八回）一席话把发财秘诀说的透彻明晰，特别是"须知世界上不狠心的人一辈子也不能发财"可为点睛之语，要想发财哪能靠什么诚实可靠，精诚所至的德行啊，只能靠一颗只想发财，不顾良知的兽心。正如小说做结时，算命人知微子告诉冷雁士的一句话"你若要发财，速与阎罗王商量，把你本有的人心，挖去换上一个兽心。"也难怪小说的评点者在第八回末写道："闻诸某暴发家之言曰：'发财是极容易之事，世人自愚而不觉耳。'问何谓容易？则曰："只须心狠、眼明、手快。耳眼明手快，关夫才智，或尚可学而致之。至于心狠，则关夫道德，此吾辈之所以终穷也乎。"一部《发财秘诀》所揭示的发财之术实际就是"心狠"两字，要不顾天谴地怒，不顾万人指斥，不顾丧行辱德，不顾泯灭人性，只为钱财，这就是千古不变、万事顺达的发财秘诀。

小说不但暴露了他们狠心发财的秘诀，更暴露了他们萎缩肮脏的内心，指出了在这些一心一意只想着发洋财的小人物心中只知道崇洋媚外，早就不知道祖国是何物了。如在小说的第十回庆云要把自己的子侄不论年龄长幼都要送到外洋留学去，专心学那外国话，根本不用学什么中国话，还振振有词地说道："所以我说，不独中国文字没有一毫用处，便连中国话也可以无须说得。"更令人发指的是他还热赞洋人入侵给中国带来的所谓种种好事，"我们不必谈那许多，就以上海而论，外国人花了几千万开了这个码头，筑了马路给我们做生意，就是你老兄今日也在这里就馆。一个人总要饮水思源，难道你倒说外国人不是好人么？”真真心里只想着发财却毫无家国的位置，不但颠倒黑白地美化侵略者，更不知羞耻地抛弃代表民族精神的母语。作者在此可谓是把一班奸险小人唯利是图的丑恶嘴脸展现得淋漓尽致。

这也就是为什么评点者称“著者尝言，生平所著小说，以此篇为最劣。盖章回体例，其擅长处在于描摹，而此篇下笔时，每欲有所描摹，则怒眦为之先裂。故于篇首独写一区丙，篇末独写一雪畦，自余诸人概从简略，未尽描摹之技也。虽然，读者已可于言外得之矣。”（第十回）的真正原因。这些人面兽心的人所干的罪恶勾当，所赚的肮脏金钱，正是作者内心最为鄙弃和厌恶的，他又如何能够为这些令人唾弃的罪恶发家史进行铺展地描写呢？虽然没有深入的描摹，也没有贯穿小说始终的人物，使得这部《发财秘诀》在艺术上稍显逊色，但是它仍然可以算是一部十分成功的作品，作者以人物素描的方法，粗线条勾勒一批贫贱小人物的暴发史，描写了这些原本处于社会底层的无产者如何在晚清风云万变的社会大舞台上迅速蹿红，积攒起大笔家私财富的罪恶发家史。展示了晚清时期不但是一个国势与日剧下的动荡年代，更是一个世风不景、人心不古、道德沦丧的时代。资本主义逐利风潮蔓延在中华大地上，刺激着千百年来多靠土地耕种、上天眷顾吃饭的老百姓的内心，引爆了市井细民、耕田走卒不顾一切地追名逐利的利益心，正是这股社会罪恶风潮的盛行，让整个晚清社会陷入了一片道德何在、良知何在的拷问之中，这也正是这部小说引人深思的地方之所在。

第十章　政治风云——封建帝国的末世凄凉

第一节　中外战争

和平友好的中外交流模式是我们期待和向往的，但是不可忽视，中外交流还有一种极为惨烈的形式那就是战争。在工业革命扩大市场的刺激下，帝国主义国家纷纷把眼光投向海外，而中华帝国这样一个江河日下、日趋残败的国家，自然成为他们争相抢夺的肥肉，为了攫取更多的在华利益，他们多次悍然发动的侵华战争，中国沦为半殖民地半封建的国家，自此中华帝国天朝之梦逐步沦丧，中国迎来了一个战栗和彷徨的末世晚景。面对着国家一次次的丧权辱国、割地赔款，爱国志士和广大民众一起见证了这个苦难的时代，他们记录下了这段包含血泪的“当下”历史。在这一节里我们便以列强在晚清发动的数次侵华战争为索引，介绍一下当时的这些小说作品①。

① 这部分小说论题材可以归为清末“时事小说”一类，有些学者将这类小说归于广义的“历史小说”。欧阳健《历史小说观》（浙江古籍出版社 2003 年版，第 227—228）、齐裕焜《中国古代小说演变史（修订本）》（敦煌文艺出版社 2002 年版，第 167 页）、《历史小说通史》（江苏教育出版社 1999 年版，第 202 页）。

第一次鸦片战争(1840—1842)

《罂粟花》

鸦片战争是晚清“乾坤之变”的开端,今存反映此事件的小说有雲溪八泳楼主《芙蓉外史》、元和观秋斋主人《罂粟花》、彭养鸥的《黑籍冤魂》等。但其中直面描写鸦片战争的,只有《罂粟花》一种,故选其为代表作。

《罂粟花》一名《通商原委》、《通商原委演义》,清代元和观秋斋主人著,光绪三十三年(1907)自印本,又木活字本,易名《通商原委演义》,作者生平不详。这是一本探索第一次鸦片战争原由起末的小说,作者的目的在序中就分外鲜明地提了出来:“欲令读是书者,触目惊心,痛恨洋烟为祸,则此后之禁烟,各宜加之实力,庶中国尚有万一之可救,此则著者之苦衷焉。”这使得这部小说带有了“战后反思小说”的意味,不仅仅是对于战事过程的描述。

《罂粟花》是一部探索如何在最恰当的时机终止战争的探源小说。作者从小说的一开始就明确的表明这部小说的目的不只是对这场战争失败的原因进行分析,更主要的是探讨如何在关键时刻以胜利者的姿态避免这场战争,这使得小说作者不仅对小说中出现的极恶劣的丑陋官员进行讥讽和批判,对于一些正直的官员也稍有微词。如林则徐,在书首的序言中,作者曾经对其大加赞扬:“呜呼!公之才之学之识,既见得到,自然办得到。假当年委任不疑,奏奇绩,何由厄我黄人沦斯黑籍,中土脂膏几竭,外人势力愈强,致现今如斯之险象哉!奈何海疆重寄,坏鲁长城,庸劣无谋,一误再误。乐毅去而骑劫代将,廉颇废而赵恬覆军,千古丧师辱国,如出一辙也。”这里作者把林则徐描写成了足能救国于水火之中的难得的才德之士;但在小说的第五回,作者却又写道:“此番林钦差不肯通融，也是失算。后来愈弄愈坏，不如就此宽他一步，我中国倒全了体面，譬道如今这种情形，有什么条约，都是外国人做主的；若使林钦差生在今日，气也气死，那里看得过呢?”作者对林则徐断然回绝义律请求通商的决定很是不以为然，认为正是这个不知开通的决定使得中国错过了可以避免这场战争的最佳机会。从中可见作者在小说中使用着人物的双重评价标准，一条是臣子忠奸原由标准，另一条则是国家现时的安全原则，且后一条标准则是作者更加看重的，这使得小说通篇都在不同历史点上寻找可以避免这场战争的契机。比如，在小说的第六回，作者又写道："这年八月，义律托一个别国西洋人到林钦差那边来说情，情愿依照钦差的号令，设或夹带烟土的，船货充公就是，那斩首一条，总不肯依，林钦差因此不准。""那时义律没法可想，就差了一个同事到钦差衙门，上了一个禀帖，说道：'如今情愿依照大清国的规矩，求钦差放他商人进口。'倘若林钦差趁着这个时候就此歇手，后来便没事了"。作者的写作目的可谓是一目了然了。

自然对于那些乱臣贼子，作者更是毫不客气地指出他们错过了很多可以避免这场战争的机会。如第十回中，作者写到琦善到广州后，不去义正词严地去交涉，而是去苟且巴结洋人，"岂知洋人只要准他通商，此外都不着急。当年若使立刻回复，着洋将交还定海，准他通商，一句话便可了结。可恨这班奸臣琦善等，定要弄到广州去办理，各省督抚又无缘无故地到处巴结洋人，做出种种丑态，倒被洋人看得中国不值一文钱，后来到了广东，更故意需索起来"；又如，第十二回中，义律托美国人向参赞大臣杨提督请求说和时，作者写道："杨提督听了，并不明白回答，只向美国头目说道：'目下请英国兵船先行退兵，再等商量。'美国头目便把这句话回复了义律，义律说道：'中国如此含糊回答，我们何必要低头求他？罢了罢了！'这事就此搁起。可恨杨提督有事糊糊涂涂走了一本，并不说明洋人自来求和，因此皇帝下旨不准通商，从此失了机会，兵祸连结不解。”写到这里作者不禁疾呼感慨道：“这都是那没用货杨芳弄出来的。你道此番洋人打了胜仗，得了很多炮台，他却肯自己来说要请罢兵通商，已是难得。况且此番他只要通商，连从前讲的香港也不提起了，赔还烟价银子也不要了，你道这个好机会错过了岂不可惜？这也是国家气运如此。却好这个当儿去了一个奸猾钦差，又来了一个糊涂提督。”

这样的例子在小说中还有很多，如十四回的三元里起义，二十一回中提到的洋兵流动作战、无法把守城池，二十五回一笔带过的议和之中的很多规矩等等。可见作者写作这本小说绝不是只为讲述这段痛彻心扉的历史，而是要分析这次战争中曾经出现的可以扭转乾坤的历史机遇，这些历史机遇在作者心目中是可以让国家突围的机会，正是由于没有好好把握这些时机，终于酿成了国家现在不可收拾的破烂残局。作者试图通过这部小说找出这些关键因素，给晚清飘摇的国家大厦带来一点启示和帮助。

《罂粟花》采用了寻根探源式样的写作方式，在小说中作者给出了对于历史危亡时刻的认真思索，那就是事情要善于抓住转机时刻，扭转局势。但是作者简单地把历史的发展，看成了几个历史点的运动，显然将历史写得过度简单和单纯了。正是这种历史简单化的倾向让作者对于西方列强的险恶用心，几乎采取了置之不理的漠然姿态，甚至对他们进行了不同程度的美化。这使得小说根本没有发掘出隐藏在这些历史事件背后英国意图侵占中国的狂热野心和欲望，天真地认为他们发兵来华，不过是为了所谓的通商，我想这也就是作者为什么后来把书名更改为《通商原委演义》的原因所在。作者没有深刻地认识到深处清末衰颓的国势下，中外通商的内容和性质已经发生了质的突变，从而无法发现隐含在看似平平的要求背后的险恶阴谋，在中外实力对比悬殊的晚清，是绝对不可能有任何平等经贸的机会和可能，通商也只是英国殖民侵略的幌子和招牌罢了，对于这一点，作者几乎是茫然无知的。

正是受到这一思想认识的局限使得小说的整个故事的叙述中，其关注点就在于自我检讨。且把自我检讨的国际大背景、实力对比等客观重要条件都统统忽视了，这种单纯意义上的自我反省，可谓既看不到事件的根源，更发觉不出历史的本因，因而小说基本上起不到任何发人深省的目的，自然也不可能达到作者希冀的疗救国家的写作目的了。但是我们从中依然可以发现深藏在小说作家心目中强烈的救亡图存的心愿和无比渴望国家觉醒和崛起的信念，虽然他们的探索，只会让他们陷入更加迷茫的危机中来，但是正是这股心力才是中华民族振兴的希望所在。

中法战争（1883—1885）

《死中求活》

关于中法战争的小说，长篇小说仅见《死中求活》一种①。作者署名对镜狂呼客，连载在杂志《云南》上，始于光绪三十二年（1906），终于宣统元年（1909）年，陆续刊登，至十三回止，其间因难于搜寻而缺少了小说的第十回。由于这本小说的写作时间已经距离中法战争有25年之久，这使得这本小说叙述重点不在中法之役上，而是借助描写战争，更多地进行自我反省。

---

① 阿英："写中法战争之小说……单册极难得。余竭数年之力，始得《死中求活》一种，然仍非原本。"《小说三谈·国难小说丛话》，《小说闲谈四种》，上海古籍出版社1985年版，第2页。

《死中求活》有着非常明显地历史演义体小说的写作风格，忠奸斗争成为推动情节发展的最主要动力，这使得小说中只有两种人物形象，即正面人物和反面人物，前者如忠臣黄耀、阮义，义士如阮勋、阮高，后者如奸臣阮文祥、陈践诚，洋奴阮绅、阮覆南。强烈的忠奸对比，展现了作者极为鲜明的用心，即是褒忠斥奸。正是由于两方力量的消长构成了整部小说坦荡起伏的情节故事，很是引人入胜。

作者对于忠义人士的歌颂和赞美也是不遗余力的，有的集中在一两章内完成对人物的塑造，有的则拉开章节，让其贯穿在小说情节发展之中，从而刻画出更为丰满的人物形象。前者我们以河内总督黄耀为例。他在法人入侵西贡的时候，既看清了其狼子野心，绝不止在仅得西贡六省，而是要吞并整个越南，“法人狼子野心，既得西贡，必窥东京”，且上书表达自己的革新主张“改良学堂，讲究实业，废去八股，速练陆军”。当豆坡玉来请求通商时候，他大义凛然，断然回绝了其申请“若无本国公事，本督便难照准”，但同时也预见到即使可以阻挡法人一时，但法人必定运动当朝奸臣，通商之期不远矣，在被迫签约的同时，他邀请海阳按察使阮碧，告老闲居壮烈伯阮知方前来共筹大计，制定出应敌策略，但无奈兵力武器悬殊太甚，终至兵败全家殉国，临终仍不忘祖国大计，血书给阮勋、阮高，从而促使了北宁义军的揭竿而起（以上均选自第四回）。虽然作者只在一回的篇幅内塑造了黄耀这一人物形象，但是却给予他极为细致的描写，遣词造句时刻突出他的拳拳报国之心及痛恨奸臣当道悲愤感情，将人物内心的爱国之情表达得淋漓尽致，使人物形象极为鲜明而突出。此外突出的还有第七章对于爱国女英雄黄珍珍的塑造，将一位侠肝义胆、不畏强权的巾帼豪杰的形象刻画得极为感人，尤其是她在痛斥淫后奸臣后从容赴死，临死前凛然壮言道:“你们这一般无才的臭男人,姑娘若是肯说早就说了,何劳你们这些狗奴来威吓?姑娘本是清清白白的硬汉,要死就死,谁待你动手!”读之让人感佩不已。

有的人物塑造是在几章内完成的,如智勇双全的潘廷逢,他在第五回出场,当听闻黄总督死讯的时候,并没有同众人一般悲伤不已,而是非常果敢的提出:“就是黄耀与壮烈伯捐躯,也是臣子应尽的职分。我们这时候不速筹良策,只徒作无益之悲,他们死的忠魂,一定笑我们弟兄无用了。”当阮高提出十日后开拔去河内之时,他又直言道:“不可。救兵如救火,我们亡国就在目前。再等十日,洋鬼已破顺净多时了,况且我们的义兵,本是现成的,又不必现招。以弟看来,就今日传令,叫他们明日齐集,后日收拾准顿,到第四日便可出发了。出师须分为三路,第一路,就举阮高为元帅,阮勋佐之,阮仕为先锋。第二路,举范赞为元帅,何文美佐之。第三路,举阮有政为元帅,阮义又佐之。中军元帅,就举高胜,阮橙佐之。潘廷逢为三路总参谋,黎忠廷、陈猷押解粮草,黎宁押解大炮火药,阮效、潘伯扇领游兵往来接应。”虽然只有寥寥数语,却已把全盘的战士部属统筹出来,不得不让人敬佩其智谋过人。后面智取河内的挖地营之策,设伏斩杀法将豆坡玉、加尔业都是他的良策。在第九回,劝说刘永福应朝廷之招安,并为刘河内大战法军献计“兵法云,迅雷不及掩耳,我们须不动声色,暗自袭他为妙。兄长可修书一封,暗约十六州土司率定士兵,由三猛绕道而入,我们须由山西直抵河内,形势方能较便。”此后十二回潘廷逢的不辞劳苦向黄元帅力借粮草,不成后,与刘永福发兵河内,声东击西破了外城。可惜小说未再续写,不然后文,将会有更多潘廷逢的精彩篇章。

忠义思想固然是小说作者着力表彰的,但是这本小说重点更是借越南亡国事对晚清社会政治体制做出深刻反思。从小说的情节看来,法人之所以能够如此顺利的先是拿下西贡六省,又逼死河内总督黄耀,大破北宁义军占领河内,皆是阮覆南和阮绅一帮走狗卖国投敌所致。前者不远万里给法军带去了西贡地形图,后者打入北宁义军内部获取情报提供给法军,并用重资贿赂瓦解军心,从而使得北宁义军因粮草兵械不足,几乎被法军赶尽杀绝。当法军第一次攻破河内,逼死了总督黄耀的时候,"阮绅带领洋兵,将阮知方的家眷尽数杀完,又将总督一家的尸首烧灰扬开。"让作者不禁痛斥"这种暴虐,真是我中国历史上那些野蛮贼寇都做不出来的。"其后法军捉住北宁义军的首领阮高、阮仕、阮勋三人,在击毙三人后,因三人临刑前曾高声辱骂阮绅不知羞耻的卖国行为,阮绅遂用车裂其尸体的暴行还之,让法军头领看到这场面都吓得"忙忙躲开,不忍观看"。

如果说越南人中出现一两个民族败类,并不算是灭顶之灾的话,那么另一个情节向我们显示了国民整体对于国家情感的极端冷漠。在法人占领西贡六省后,为了便于统治,开设通事学堂,培养奴隶走狗,而百姓见得"通事,每月不是五十元,就是三十元,人人望见如此容易弄钱,又占着洋人的势力,于是家家有了子弟,都拜情过格的送去,不上数月,便是数百,读本国文的,反一日一日的影子都没有了。"(第四回)如果说越南的亡国是由于帝国主义的侵略野心造成的,那么更为根本的原因是国民没有国家意识,更不用说什么责任感和爱国心了。作者对此进行了深刻的揭露,并指出导致这种状况的社会原因。小说的头一章就写道:"学得把国民的公权霸在一个人手里,笼络些咬文嚼字的贱儒,表章什么六经、罢黜什么百家,把孔、孟做个护符,以巩固皇帝一家的基业,不顾一国人的死活,孔、孟的真道理没得干干净净。……此固是把人民共有的国土，做他们数姓人的私产，也就是可恨可杀的很了。……就是争来夺去，不过一姓一家之成败，不关一种一族之存亡。谁晓得愈变愈怪，君主愚弄国民手段一天比一天巧妙，贱儒迎奉献媚的方法，一天比一天工稳。所以，到了中国赵宋的时候，他安南人，又把我们叫做周、程、朱、张的甚么理学，甚么道学，也讲究起来，竟把那活泼泼的人民，都弄成那不死不活的骷髅。数千年来未尝上演过的亡国大悲剧，也被那理学道学先生酝酿出来，把那如锦似花的山河贡奉给异族，甘为奴仆牛马，到如今人人唾骂，为亡国贱种。”在这样统治下，造成了“那些腐儒，除了八股诗赋外，几乎连饭是什么做的都晓不得。至于中下层等社会，更不消说，烟厂赌局、终老送死，迎神赛会，伤风败俗，渐渐都完全了。”这段可谓开篇明义的话向我们展示了作者写作这本小说的深刻用意，就是借越南亡国的史实告诉我们，正是由于封建专制借助陈腐的理学来治理人民造成了知识分子惟八股是瞻，其余全不知晓，普通百姓则贫弱无识、麻木不仁，既使得国家无可用之人才，又使得子民无爱国之情，从而最终导致了今日的亡国灭种。作者鲜明地提出亡国是腐朽政治体制所致的恶果，可谓振聋发聩。这成为这本小说最重要的写作目的和最闪光的突出特色。虽然小说没有卒章，却从首章提出这样的观点后，这就成为贯穿小说写作始末的指导思想，小说的情节发展都在展现作者的主导思想，这使得这本小说成为一本暴露封建统治之丑陋，以此来激励人民进行国体变革的作品。

《死中求活》同样是一本借他言己的小说，书中虽写越南事，实则比比关涉清廷，表达了作者对于国家前途命运心急如焚的思想感情。

此外，记载中法战争的作品还有曾朴①的《孽海花》的第四回到第六回。在《孽海花》中，虽然没有任何一笔是正面描写中法战争的，但是却从一帮官员的所作所言中透漏出当时的朝政时局。在开吊会上，雯青一班初次谈起法国在越南的挑衅的时候，小说就写道："仑樵道：'今日在里头还得一个消息，越南被法兰西侵占得厉害，越南王求救于我朝，朝旨想发兵往救呢！'唐卿道：'法兰西新受了普鲁士战祸，国力还未复元，怎么倒是他首先发难，想我们的属地了？情实可恶！若不借此稍示国威，以后如何驾驭群夷呢！'雯青道：'不然，法国国土，大似英吉利，百姓也非常猛鸷。数十年前有个国王叫拿破仑，各国都怕他，着实厉害。近来虽为德国所败，我们与他开衅，到底要慎重些，不要又像从前吃亏。'寿香道：'从前吃亏，都见自己不好，引虎入门，不必提了。至于庚申之变，事起仓卒，又值内乱，我们不能两顾，倒被他们得了手，因此愈加自大起来。现在事事想来要挟，我们正好趁着他们自骄自满之

---

① 曾朴(1872—1935年)，字孟朴，又字小木、籀斋，号铭珊，江苏常熟人，出身封建官僚家庭。1891年去北京，与名士李文田、文廷式、江标、洪钧等人来往，研究元史及西北地理。1892年中举，捐官为中书舍人，对朝野掌故、时政得失都有所了解。甲午中日战争后受西方资本主义思想文化的影响，进同文馆学法文。1896年应试总理衙门受到打击，激起对清政府的不满，赴上海另寻出路，与谭嗣同、唐才常、林旭等人结识，接受了资产阶级改良派的一些主张，并以深通法国文学的陈季同为师，致力于法国文学的阅读和研究。1904年开设小说林书社，1907年创办《小说林》杂志，从事小说的编辑和发行工作，并亲自创作小说和翻译法国文学作品，《孽海花》的前二十五回就是在这时写成的。1908年曾朴参加了江浙一带由张謇等人组织的立宪派活动。1909年充当了两江总督端方的幕僚。辛亥革命后，做过江苏省议员、财政厅长、政务厅长。1927年退居上海，开真美善书店，办《真美善》杂志，翻译和评述了大量法国文学作品，特别是浪漫主义作家雨果的作品。他还创作了带有自传性质的长篇小说《鲁男子》第一部《恋》，并着手《孽海花》的修改和续写，直到1930年完成第三十五回为止。以后因体弱多病，无力再接续下去，1935年病逝于常熟。他的著作，除两部小说外，还有诗词、戏剧、日记、译述等。

时给他一个下马威,显显天朝的真威力,看他们以后者敢做夜郎吗!'仑樵拍着手道:'着啊,啊! 目下我们兵力虽不充,还有几个中兴老将,如冯子材、苏元春都是百战过来的。我想法国地方,不过比中国二三省,力量到底有限,用几个能征惯战之人,死杀一场,必能大振国威,保全藩属,也叫别国不敢正视。诸位道是吗?'大家自然附和了两句。"这段对话,我们可以了解,作为当时的官吏对于世界还是有一定了解的,首先是对于世界局势的了解,唐卿指出了普法战争法国的失利,雯青也说明了其国虽小,而人民强悍又出过拿破仑这样的威力君主,可见当时的官员对于西方列强的政治、地理和历史还是有一定程度的了解的;其次对于自家局势,作为还是有些赤子之心的臣子,他们对于第二次鸦片战争的失利,有着遮掩的回避,但对于国家的前途还是充满必胜的信心。从中我们可以看出当时官员还充满了必胜的决心。而马尾战败,作者借庄仑樵之事点明了战败的重要原因——用人不当,庄仑樵作为一个典型的文臣,只有文韬,没有武略,所以是不具备胜任战事官员的能力的,但是仅仅凭借其耿直直言,有了清流的名声,就被派往这个重要的职位上,这样的用人之道缺乏对于人才的正确认识,不当使用,使得战场上一再失利。在小说中,作者同时指出了作为文臣,庄仑樵身上所具有的性格缺陷,那就是傲慢自满,他本是一介贫微的京官,看到别人都是华屋美食,自己却是如此落魄,故产生了上书讥讽的心思,可见其上书言事本就不是出于身为官员发自内心的忠心爱国的情结,不过把进谏当成了博取清誉的工具而已,成了自己风光大显,跻身成为清流领袖,就是不成被丢官罢职,也不愁有人仰慕自己的清名主动来送衣送食的"就想趁着现在官阶可以上折子的当儿,把这些事情统做一个折子,着实参他们一本,出出恶气,又显得我不畏强御的胆力;便算因此革了官,那直声震天下，就不怕没人送饭来吃了，强如现在庸庸碌碌的干瘪死！”正是在京城凭借着自己所谓耿介忠言，博得了个好名声，而使得他在福建愈加骄纵跋扈“原来仑樵自到福建以后，还是眼睛插在额角上，摆着红京官、大名士的双料架子，把督抚不放在眼里。闽督吴景、闽抚张昭同，本是乖巧不过的人，落得把千斤重担卸在他身上。船厂大臣又给他面和心不和，将领既不熟悉，兵士又没感情，他却忘其所以，大权独揽，只弄些小聪明，闹些空意气。”试想这样文臣怎么能担此重任呢？

同时在天宝宫人所做的《庄仑樵戏文》中更是描写了庄仑樵一个极其可笑的细节。当其与法国交兵大败之时，小说描写道：“好杀！法酋军法齐整，势如破竹，将进关上，如何是好？（摩头想介）唉！想我马关防军，久失训练，多半老弱残兵。不要说与法国酋接站，就是垫他马足，也是不够。兵临城下，救兵不应，粮草不齐，战守两难，叫俺如何是好？这个——。（低头介）唉！俺庄仑樵素负重名，今日难道束手待毙不成？想武乡侯当年兵出祁山，马谡失去街亭，内无粮草，外无救兵。司马兵临城下，武侯空城退司马重兵十万。事到危急，和不仿此行事？不免收拾残兵，折回马关，在城上多插旗帜，布作疑兵。使法会见有重兵守城，不战自退，岂不神妙？三军们，折回马关。（同下）（场面设城上，插旗帜，庄站城上唱，雷声大炮堕边城。（法兵发炮烘城介）（杀下）（庄赤身足走介）（唱）一时兵败如山倒，杀得俺盔甲一齐抛。一着棋走错全盘左，书生用武误六。背地里只把傅相怨，他不该授我计一条。练兵训将全无靠，外交和款计为高。今日里失却马关道，有何面目对当朝？赤身露体往前跑，去见傅相说根苗。（内场喊介）炮声不绝耳边叫，法人得胜志气骄。无奈何夹入在难民道，（杂扮逃难介）头顶头盆找路逃。（戴铜盆逃下介）”庄仑樵在战败之时，半点没有战败辱国的羞耻感，想到的居然是诸葛亮的空城计，真是让人啼笑皆非，完完全全是个无勇无谋的庸碌之臣。朝廷如此的用人失当，可见当时的朝廷真是昏聩庸腐到了极点。这部戏文做得非常风趣幽默，从上面这段引用的戏文考究的表演用语来看，这位天宝宫人是一位颇懂得戏曲创作的文人，对于场景的设计和整体的配合很是精致妥当，各色不同人物所要运用的场上动作设计得也很精巧，如大败的庄仑樵先是摩头困恼，接着又低头沉思，极符合人物的心理状态的推进，当庄仑樵逃窜之时，作者就接连使用了“(庄赤身足走介)”“(杂扮逃难介)”和“(戴铜盆逃下介)”将庄滑稽踉跄的逃窜情景刻画得惟妙惟肖。戏文展示了庄仑樵由落魄京官，到上言发迹、最后到马尾战败的全过程，活脱脱刻画出了一位傲慢自得的文人的可笑嘴脸，作者辛辣地讽刺了那些看起来把持文柄的朝廷大员，看似满腹经纶，却都毫无谋略战勇，只是一群纸上谈兵的庸碌之辈罢了。

中日甲午战争(1894—1895)

《中东大战演义》

《中东大战演义》，一作《说侨传》，伦敦英国博物院所藏，四卷三十三回。光绪二十六(1900)年仲春月香港中华印务总局铅印本，首洪兴全子贰自序，正文前书“兴全洪子贰辑”，英国博物院藏本为“兴全刘子贰辑”，误。阿英的《晚清戏曲小说目》收本书两种版本：一为本文所述香港印本，英国所藏的本子书末刊登医药、保险、吕宋烟等广告，街道也系香港地名，可能是最早的刊本，它分装两册；另一为上海的石印本。作者洪兴全，字不二，乃太平天国干王洪仁玕之子，生平事迹不详。

小说《中东大战演义》虽然主写中东大战，但实则小说可以分为两个部分,以二十二回为界,前写甲午战争,后写因割让台湾引起的岛民的反抗义举。这使得小说的另外一个题目《说倭传》其实更加符合这本小说的内容。

它主要描写了中华儿女抗击日本侵略英雄事迹。较之千百年流传下来的演义体小说“三分真,七分虚”的写作的惯例来说,小说的写作风格是比较趋实的,它较为真实、客观的描写了甲午中日战争的完整过程,包括战争的起因、战争的过程、战争的结果以及战争的影响。

首先,小说开头即挑明了这场战事爆发的起因,是日本为了攫取其在中国的更大利益精心策谋的。“我朝未兴救韩之兵,久有侵吞中土之意。奈出师无名,难逃公论耳。今东学之乱,我兵得借此生端。此天赐之机会,千载一时也。按中国哀的美敦书之来意,欲逞干戈。若论战,则我国以整整之军容,素练之士卒,而挡中国乌合之众,尚何患其不胜哉!”一席话不但把日本多年深藏的谋华利益的阴谋用心道破,更将日本当时蒸蒸日上的国力显示了出来,也为这场战争的胜败做出了铺垫。而相对于日本,我国应战的硬件又怎么样呢?李鸿章听闻开始就立刻提出了“五不宜战”之说,即是兵多而无素,器械落后且无储备,地广而难于设防,商业极大战必损之,多年时艰国库不丰,适值慈禧六旬大寿,“巨款待需”。可见对于晚清,这场战役无论在兵力兵器到时局、财政等多方面,都实多艰难,但无奈群臣激愤,太后懿旨,大战拉开(第三回)。

其次,小说对甲午战争的描写,分为陆路和海上两个两条线索分而述之。作为陆、海两战场的代表战役,作者集中突出了黄海战役和平壤之战。前者为海战的开门之战,后者则是朝鲜战场的核心战争。虽然两者俱以失败而告终,但是战将们的英勇奋战却千载称颂。如写邓世昌壮烈殉国一节,“迨后邓管带谅众寡不敌,恐失手被擒，乃下令，即鼓轮将船与倭船相撞。俄而致远与倭船俱皆沉没。邓管带见船将沉，便跳入江中尽节。惟平日管带蓄有义犬一头，待之甚厚，见管带下水，其犬以为失足误跌，遂投入水面，以救其主。当时虽潮流甚即，而犬尚苦咬邓管带辫发，随流而去。倭兵见管带有犬拯救，恐其从死里逃生，即放枪向犬攻击，正中该犬之首，未几即与其主葬于鱼腹之中。忠臣义犬，一齐尽节。”（第六回）。

再如写左宝贵战死沙场一节，当倭军援兵到时，“（左军门）乃即点兵应敌，亲立于阵前，头戴红缨大帽，红顶花翎，身穿黄马褂，督令士卒放炮示威，军容甚盛。倭军未战之先，已有三分害怕。倭帅亦立于阵前，遥见有穿黄马褂者，知是左宝贵，遂传令洋枪队，谓有能击倒华军之身穿黄马褂者，当有重赏。众枪手得令，遂各留心，向左军门攻击。时副将马玉昆，亦立于左军门之旁，以至倭人一枪中其左足，登时跌倒在地，兵士作速救回，送往营中安歇。未几，马玉昆复出阵于左军门之前，曰：‘吾看倭人之枪每每向大帅而击，深为大帅忧。以末将愚见，将黄马褂脱下，使倭军无从分别，大帅方保无虞。’左军门曰：‘吾之黄马褂，系在疆场出生入死，得蒙御赐，今岂可畏死而去之。’遂不听马玉昆之谏，仍示其勇于阵前。自辰至午，未尝歇息。战了半日，仍未分胜负，两军互有死亡，直至午刻，倭人一枪射中左军门手臂。左军门恐军心有慢，忍耐痛楚，仍立于阵前，勇加百倍。各兵卒见左军门带伤迎敌，绝无退缩之心，不禁军心奋激，倍加死战，奋勇争先。一时枪炮齐鸣，击毙侨倭人无数，于是华军大捷。因左军门伤了左臂，不便追赶，遂即收军。是晚，左军门之枪口受毒入心，及至半夜，溘然长逝。”（第八回）。作者使用了两个细节——邓世昌撞船及义犬救护，左宝贵誓死不脱黄马褂，将两位中华英雄的忠君报国的神武风采毕现纸上,今时读之仍能让人热血沸腾。

与邓世昌、左宝贵、宋宫保、聂功亭等等可歌可泣的爱国将士相对照,小说还写道了一些无谋无德的萎缩战将,如从釜山、牙山、平壤一路逃回中国的叶志超,因侵吞军饷,引得官兵不服的卫汝成、卫汝贵,镇守旅顺贪生怕死的龚照玙、黄仕林一班。

再次,作者通过对于战争的描写也向我们展现了为什么我国会在中日甲午战争中如此一败涂的原因。首先就是将士忠奸不一,不能齐心协力。上文我们已经叙述了,在中日甲午战争中既有忠君爱国的英武将士,也有寡廉鲜耻、贪生怕死的无耻之徒,正是将士们不能同心协力,致使我军虽时有胜利,但却很难巩固和扩展胜利成果。其次是战术策略的失误,如黄海战役,邓世昌本来曾献策曰:"倘倭船来攻,依我邓某愚见,必将大队兵轮,分列于大东沟四面埋伏,待倭船进了大东沟,我水军环而攻之,可获全胜也。"但良谋不见用,丁汝昌却将大队兵轮摆成了一字长蛇阵,与倭船迎面抗击,致使全军覆没(第六回)。其次是朝野当权派错误的战争思想,这是导致甲午中日战争失败最为重要的原因,代表人物就是李鸿章。在小说一开始他就以"五不宜战"不主张开战,日军轻取旅顺的时候,李鸿章却率领其北洋舰队躲在威海,坐观旅顺失守不予增援。结果日军炮轰威海,炸沉两舰,余下十一艘同时投降,不仅拱手让出威海港,也致使自己经营了十六年的北洋海军一举被消灭。正是由于清政府的权臣奉行着不抵抗的政策,才最终导致了甲午战事的全线溃败。

第四,小说还借描写战争时,深刻挖掘了中国何以如此贫弱的原因。小说在开篇叙写了日本是如何由一个贫弱小邦迅速崛起,国富民强的,"(日本)历来自守疆土,不与别国通商,故亦到东洋贸易。由是日人步武西法,欲求振兴,派人出洋游历,以广见识,借求自强之策。自明治改元以来,国渐富强。大修政事,兴铁路,开矿务,诸等善政,一一举行。而倭国之主,亦能亲贤礼士,任用一班出洋子弟,以为辅弼。其国由是富强,不在话下。"

小说十九回又借助李鸿章和伊藤会话指出了中国内政之积弊。"伊曰:'日本之民,不及华民易治。且有议院居间,办事甚为棘手。'李云'贵国之议院,与中国之都察院等耳。'伊云:'十年前曾劝撤去都察院,而中堂答以都察院之制,自汉代时,由来已久,未易裁去。不知都察院多有不明事务者,使在位难于办事,贵国必须将明于西学,年富力强者委以重任,拘于成法者一概撤去,方有转机。'李云:'现在中国上下,亦有明白时务之人。省分太多,各有畛域。有似贵国封建之时,互相掣肘,事权不一。'伊云:'外省虽互相牵制,都中之总理衙门,当如我国陆奥大臣,一人作主。'李云:'总理衙门堂官虽多,原系为首一人作主。'伊云:'现系何人为首?'李云:'恭亲王。木夏本和大鸟两位,现为何事?'伊云:'本现任农商部,大鸟现为枢密院顾问官。请问袁世凯何任?'李云:'现回河南乡里。'陆云:'是否尚在营务处?'李云:'小差事,无足轻重。'"还有小说二十三回亦写道:"是时有西人在日本衙署内充当书吏者,探闻日本要挟中国立此约章,强占台湾,深恐中国有复仇之意,因送别时问于某爵臣。爵臣对曰:'日本不计及此也。人有恒言,皆云中国大而且富,岂知有名无实。昔年予曾面告李中堂曰:中国臣民亿万为亿万心,且同省诸侯,均有自愿吾们字旁幸之势,不几如各小国之同居一境乎?中堂首肯者再。而迄今未改旧章。故中国之为大国者,非有名无实而何?中国朝野上下不甚联络。假如中国皇家,欲在本国揭借银钱,有肯挺身而出,争相承借者乎?故中国亦非富国也。中国民数三四百兆,而人各有心,并无众志成城之势。委贽登超者,亦少忠君爱国之人。即中日交兵,胜败本无常数，乃以众心涣散，不能虽败犹荣。以中国而论，非足兵不可。中国如欲复仇，必先将此三大弊革故鼎新。吾知李中堂和局以成之后，必急起而图之。然中堂老矣，续其志而成其事者，吾未知其谁属也。华人读孔子书，而不明时（书）中之义，故非徒无益，而又害之耳，此所谓泥古不化。且所作所为，类皆有名无实。读圣贤书，不知所学何事者居多。况时世变迁，今欲振兴中国，唯有中式西学之一道。凡西方格致技艺诸良法，视为本分所宜学，考试而不取士，甄别受官。胥根于此，则诚勃然而兴矣。若以今日之局面而论，又何患其将报复于东洋乎？'"这两段对话，可谓击中晚清社会积弊之深者也，前一段集中于晚清当时繁冗之政局，官员鲜有堪才之人，政治结构层层牵制，很难形成良好的行政职能；后一段更深挖了国家合力这一问题，上下不达的政局结构，使国家很难形成政治合力；毫无国家观念的孱弱子民，使民族很难形成强大的凝聚力，而奸佞之臣盈于朝野，更使得官无恒志，不能生成一个精诚合作的官僚体系。这三项积弊已深，中国难兴。继而作者提出兴旺国家的途径，那就是要在通圣贤书的基础上，更要重视西学一道，并强烈呼吁将此定为考选官吏的标准，只有如此，才能迎来祖国的兴旺。可见作者对于当时危如累卵的国势深切的关注和忧患。小说从十九回到二十一回谱写了《马关条约》的签订过程，李鸿章的反复申诉"请贵大臣替我细想，何处何以酌让"的苦求，"索债太狠，虽和不诚"的感慨，与伊藤博文决绝的回答，"驳只管驳，但我主意不能稍改。"毫无一丝可商量的余地。特别是李鸿章哀叹"贵国何必急急，台湾已是口中之物也"，伊藤即答"尚未下嘴甚饥"（以上均出自二十一回）。两相对比，败兵之国，丧权辱国的卑贱，与新兴小邦，野心勃勃的雄风完全显示了出来。

从二十二回小说转入对台湾人民和刘永福的黑旗军携手抗击

日本侵略军的英雄壮举的描写。如台湾富商林维源认捐军款之义举(二十三回),新竹人民见桦山之安民榜,即刻撕毁,至斩首仍破口大骂(二十九回)。关于生番的英勇抵抗也有数章的描写(二十五、二十七、二十八回),特别是两军联手败走倭军的二十八回,此回状黑旗两次破倭,倭军大败而走,误入内山,"生番见倭军欲从小路逃走,生番便将乱箭射下。倭帅抬头观看,只见四面高山茂林,殆遍不见一兵,只见箭如雨下,疑有埋伏,乃拨军兵退回。方移阵脚,刘军黑旗已经赶到,杀得倭军无路逃生,统领柯梅吉及各军俱弃械下旗,以示战败。"作者歌颂他们道:"按生番洞主本是不入教化之民,尚且忠心苦战,而黄仕林、袭照玙等世受君恩,不思报国,竟闻风先溃,真狗疏之不如也!"(二十五回)他们的奋起反抗在台南、台中、基隆都给侵略者以极其沉重的打击,表现出官民联手同仇敌忾的爱国主义情怀,从中刘永福的形象得到极大地凸显,他最后的洒泪离台,颇让人生出英雄气短、壮志难酬的感慨。同时台湾最终沦丧日本之手,让我们深刻感到覆巢之下焉有完卵的悲戚。

论及这部小说的艺术特色,作者虽然袭用了《说岳全传》序言中金丰的历史小说创造主张,阐述了历史素材的真实性与小说创造虚构性之间的辩证关系,但是就整部小说来说,此主张并没有得到应用,小说的情节绝大部分都建立在相对尊重历史事实的基础上。当然处于个人对于历史的理解,作者一些观点也出现了偏颇。如对于丁汝昌,十七回的回目下联为"丁禹廷献船媚敌",作者刻画了丁汝昌接到日军劝降书后,忧郁反复,辗转难决"启书看罢,不觉潸然泪下,心中无主,忧闷殊常"。作者认为丁汝昌之所以降敌,是为了免于生灵涂炭,然此"原心"为人所不解。还有对于刘永福,小说末尾渲染了他势穷力竭后,撤离台南内渡,英雄揾泪的情节,但实际上"刘永福抛弃了他所统帅的抗日将士,登轮逃回大陆”断送了“唾手可得的光荣”①,但总体上这部小说情节是比较符合史实的。这一特点使得他对于情节多采用平铺直叙的描写,即使对于一些极有小说意味的情节,也处理得索然乏味。如李鸿章、伊藤博文签订《马关条约》这一情节,可算全文的一个高潮,作者本可以写得跌宕起伏、扣人心弦的,特别是其中有惊险的李鸿章遇刺、激烈的两方舌战、暗地里的双方计较,这些环节尤其可以加入对于人物内心的诸多描写,但在小说中却全无,李鸿章的委曲求全、百般哀告,伊藤博文的嚣张跋扈、野心勃勃,在小说中仅仅把这些历史人物当时的性格特质用平铺直叙,或者是“曰”、“云”这样简单的人物对答来展示,很少辅之以的动作、表情、语气等等的描写,更没有什么细节描写了,这样的人物描写和情节设计,让小说形成了流水账一般的演进方式,让人读之干涩无味,虽然也颇突出了几个风云人物的形象,但是却颇有些框架式的描写,其血肉并不丰盈饱满。

身处晚清的惨淡凄凉,我们也能够深刻的体会作者使用这样的写作方式的创作心态和创作目的,进而解答他为什么在小说创作之前就有了关于小说创造技法的理论,却在小说行文中完全脱离了此理论的原因?小说创作于《马关条约》签订后五年,庚子国变再次加剧了晚清的政局动荡,救亡图存变得更加的迫切和攸关。面临国破家亡的社会晚景,作者创造这部小说更是向人民敲醒挽救国家的警钟,用沉重的历史现实,号召大家万众一心,共救祖国。在小说中作者满怀着义愤与沉痛采取这种秉笔直书颇具史笔的写作方式,抹去一切修饰性的创造技法,将“天妆台畏敌之羞”,刘公岛献船之丑,马关订约,台澎割地种种实事”较为客观地反映到创作中去,就在于让读者看到一个相对客观和具体历史真实,这对面

① 戴逸:《中国近代史稿》,人民出版社1986年版,第404页。

临进一步殖民地化危机的中国来讲，正是十分迫切需要的，可见《中东大战演义》是一本应运而生的小说作品，也必将推动着中华民族的救亡运动。作者的深刻爱国情怀和时事忧患感，让整部作品都洋溢着浓厚的爱国主义思想，这也就是这本小说的精华之所在。同样描写中日甲午战争还有一本小说是题“平情客演”的《中东和战本末纪略》。发表在光绪廿八年壬寅(1902)《杭州白话报》第二年下载。目次有十回，然回目仅九条，无第六回，全书且无不连续之处，实误六为七。正文半叶十一行。行二十五字。鉴于其没有卒章，且叙述凌乱，不再详述。

此外《台战实纪》①、古盐官伴佳逸史《台湾巾帼英雄传初集》②、管斯骏《刘大将军平倭百战百胜图说》③、高太痴《梦平倭奴记》④四篇内容与中日甲午战争有关的小说作品。前三本同《中东

---

① 《台战实纪》又名《台战演义》，光绪乙未(1895)初刻本，初集首页有“光绪乙未闰月校印”八字，按是年闰五月。书首有人物图六、台湾全图一暨刘军门告示，次为正文六卷。续集首页有“光绪乙未六月校印”八字，书首有人物图十并《捷音》一篇，次为正文三卷。

② 《台湾巾帼英雄传初集》，光绪二十一年(1895)上海书局石印小本。正文半叶九行，行二十二字，有绣像六幅。首竹隐居大序与作者自序。自序云：“不揣谫陋，即其事实编列成帙，分为二十四回，先将十二回为初集，付诸石印，以副先睹为快之心。二集俟天气稍凉，再编续印。”

③ 《刘大将军平倭百战百胜图说》，清管斯骏(署蔡怵旧主)撰。全书分前、后两部。前部收有刘永福等人小像、刘永福在台湾抗击日军期间的军务奏稿、檄文、告示等，共15篇。后部为图说32篇，表彰刘永福在台中、台南抗击日本侵略军的战绩。作者撰稿于1895年，有当年的刊本。该书图文并茂、通俗易懂，保存了不少史料。

④ 《梦平倭奴记》收在沈云龙主编《近代中国史料丛刊第四辑》中的《中日战争资料》，佚名辑，第五编的小说中，作者高太痴。高太痴，苏州吴县人，名莹，字冲，号太痴，别署太痴生、悟轩、侣琴、清远道人、云水山人、漱芳斋主、孤芳、独行、濯缨子等。生平事迹不详，有《感事》等少量诗歌传世。《梦平倭奴记》载于光绪乙未(1895)中外商人合办之《新闻报》，同年陈耀卿《时事新编》卷六全文转载。

大战演义》的后半部分写作内容相同，都是叙写了乙未割台引发的台湾人民奋起反抗日本侵略的英雄事迹。三本小说俱是1895年出版，几乎与战事同时，都极为迅速地将时事采摭入小说。虽然三本小说的作者均自视其作品为实录，但这正是三本小说所具有一个共同的硬伤，即小说中存在着很多失实的描写。三本小说通篇弥漫着对于《马关条约》割让台湾的强烈愤激之情，台湾民众骤闻割让，震愕哀号之声遍台晕染作者笔端，促成了三部小说的产生。为了高扬爱国情感，三本小说并没有染上末世凄凉的哀伤色调，他们借助对刘永福黑旗军抗日活动的热情歌颂，使得小说通篇洋溢着乐观向上的情绪，并为此不惜扭曲史实真相，虚构出大量子虚乌有的得胜情节来过度夸大黑旗军的战果。虽然这可以理解为“以慰天下士庶之心”、“以解千古中国之恨”①，意在激发民力，砥砺民志，但从更深层次来看，却仍是大国优越论的固守，是文人士大夫对于败于邻国小邦日本，蒙羞受耻之甚还一时无法接受的心理写照，从中我们也可以看出甲午中日战争对于士人心理的极大创伤，及日后知识分子心理转型之绝大痛苦。这使得这些小说成为作者心理情绪的一种宣泄，这极大地影响了时事小说自身的价值。高太痴的《梦平倭奴记》作为一篇幻想型的短篇小说也同样流露了这样的情绪。整篇小说向我们展示了一个完美绝伦的梦想，叙写了光绪年间某书生因讥评时事，大受皇帝重用，主动请缨与日作战，大获全胜的故事。虽然作者对于战争的各部环节看似都有了较为合理的安排，但其简单化倾向还是非常明显的，对于日本明治维新后冉冉升起的国力还没有充分的认识，同样是大国的迷梦思想的延续。但是我们并不能就此将这些作品一概否定，作

① 《台战实录》续集卷一、初集卷二。

者们在小说中表达那份忧国忧民之心、那份奋发勃起的斗志是值得肯定和赞扬的，保有着这颗依然活跃着梦想和斗志的心灵对于身处晚清末世的知识分子更是难能可贵的，正如《梦平倭奴记》小说作者借主人公之口在小说收尾处所疾呼的“快哉此梦！奇哉此梦！然而我愿足矣！”。此外在小说中涉及甲午战争的小说还有曾朴的《孽海花》的二十四到二十八回，黄小配《宦海升沉录》①的三、四、五回等。

庚子国变（1900）

《救劫传》

《救劫传》，共十二回，作者艮庐居士，即胡思敬，有诗集《驴背集》四卷。光绪壬寅（1902）《杭州白话报》连载。首自序，回目夹《序》之两段中间。序后有《同人题辞》，署“桃源山人”、“无虚子”。正文半叶十一行，行二十五字。

从这本小说的题目“救劫传”三字，不难看出作者试图发掘这场惨烈国难的真实原因并达到疗救的目的的深刻用意。那么我们沿着小说作者的思路延伸下去，作者认为庚子国变的原由何在呢？小说一开头，作者提出了历史之“劫”这个概念，并把这场国难的根由归结到“劫”上。作者指出“劫”是因循往复，层出不穷的，但这并不意味着劫难都是飘忽不定的，人力无法控制的，作者敏锐地将其归结为“人事的得失”，这既为后文推究国难的原因埋下伏笔，又显示出作者客观的历史态度。但当作者带着这样的历史观进一步找寻答案的时候，却堕入严重的保皇倾向之中去。

---

① 《宦海升沉录》，又名《袁世凯》，小说共二十二回，作者黄小配，宣统元年（1900）香港实报馆排印本。

作者分别举出了秦亡天下、诸吕乱政和王莽篡位这三件史实进行举例论证，但是作者却不从当政者入手，把那些天下动荡大乱的错误一股脑地归结到了臣子的头上。如作者在论证秦朝速败亡国的原因时，虽也提到了秦始皇的残暴统治、焚书坑儒、劳民伤财地修建万里长城等暴政，但却把秦亡的根本原因归结为李斯、赵高之流废掉了年轻有为的公子扶苏，改立年幼无知的二子胡亥所造成的。作者认为正是他们的阴谋改立，使他们把持政权、颠倒乾坤，促使了秦朝的急速败落。同样作者在论述汉初和汉末的大乱之时，也认为这与帝王毫无干系，完全是臣子的不是。这就使得小说在一开始就蒙上了罪大臣保皇帝的论调，这一主导思想贯穿了小说的整个写作过程。这使得小说的究源目的不可避免地带有着很强地保皇倾向和袒护色彩。

那么对于庚子国难的因由，小说作者又做出了那些解释呢？作者在第三回指出义和团的之所以迅速壮大的一个根本根源，是清朝亲贵端亲王出于一己之利，为使自己儿子顺利登基而故意为之的结果："列位！你道这端王要除灭洋人是何缘故？原来他的亲生儿子，已经立为皇嗣，都称作大阿哥，他恐怕大阿哥做皇帝，外国人出来不依，必先灭了洋人，那时中国再也没有一个同他做对头了。因此见了拳匪，便想借他们的力，扫灭洋人。"此外，朝中还有几大庇护义和团的高官"内中有许多相信拳匪的，那最出名的几个，就是刚毅、徐桐、崇绮、赵舒翘，其余的也甚很多。他们都道拳匪是保清灭洋，并且神通广大。正要用着他，哪里肯去剿办？"从而使得一批亲贵和权势大臣在朝廷上集结成了一股护持义和团的权利集团。正是由于这群权势人物的妄听妄信，在清政府失掉北洋门户大沽口后，仍谣言欺瞒主上，虚情假报，让清廷最终失却了和外国谈好的最后时机，"列位试想，当时朝廷之上，这些大臣，应该如何处置？俗话说得好，放火容易救火难。又道，解铃还须系铃人。朝廷简派一两个明白事理的大臣，快到天津，同各国讲和。那时虽然摆明吃亏，还好收场了事。哪晓得这些大臣们，都是怕出来说话的，内中还有瞎讨好的，反说我国打了胜仗，洋兵大败，不日就要退出。又有说拳匪的本事，真是神通广大，不但枪炮不受，且还有"红灯照"的奇术……这些谣言四处传播开来，到也十分相信，因此看做没要紧的事。那京城四面各州府县，都有习练义和团的，大家小户，都打起钢刀的钢刀，系着黄带的黄带，威风凛凛，杀气腾腾，那一个肯同洋人讲和的。"(第三回)可见艮庐居士把整个庚子国变的惨祸完全的归罪在了一帮佞臣身上，正是因为他们的各图私利、盲目仇洋，在权利上层形成了庇护义和团的顽固势力；致使中华失去了与各国谈和的有利时机，最终造成八国联军再次的血洗京城的国难。

由于作者明显地保皇倾向，使得作者一股脑地把这场国难的责任全部推到了大臣身上，对于清廷的权利核心慈禧却没有做出一丁点儿的指摘，倒是在处处为他们辩护和开脱，仿佛这场巨大的国难，跟她一点儿瓜葛都没有。比如在第二回，作者写到朝廷闻听义和团民在涞水县闹教一事，就先行派遣了聂士成去围剿；在第四回又写到"朝廷虽然屡次明降谕旨，教步军统领、顺天府五城、直隶总督，严叱各该地方官，实力剿办，不得稍存款缓。无奈这班大臣内中有很多相信拳匪的"；而在此后，整个国家的大政方针都出自端亲王之手，直到大局已逝、逃难在即的第十回，慈禧、光绪才再行登场，在小说中出演了流亡者的角色，同时作者又对他们"被欺骗"的遭遇寄予了巨大的同情和无限的感伤。作者在十一回写道："太后叹了口气，便同皇帝连夜出京，也不及带着铺盖行李。随身穿着一件蓝夏布衫，立起身便走，头也不梳。皇上穿一件元白色长衫，下面系着黑布战裙一条，跟随同走。出了京城，约有六七十里，行到一个地名叫贯石。这贯石有一家光裕驼行，借了驼轿三乘，大家同坐，到第三日，才到怀来县地方。县官赶忙借了大轿多乘，前来迎接。这两夜因为没有带被褥，便都在炕沿上歇睡，腹中也饥饿得极，只有小米粥略为充饥，口渴的时候沿路取些凉水解渴。这样的苦楚真是说也可怜。”这样写来，慈禧俨然被刻画成了一位战争受害者的形象。书中还屡次提到她下旨剿匪，无奈被亲贵大臣暗下阻挠，又不幸偏听谣言，备受愚弄，最终落得了个两宫西狩的可怜地步，真真让人悲惋。

从这篇小说探寻国难的原由来看，全书保持了首章的纲领性思想，将一切责难推至乱臣贼子之手中，护皇帝而怒臣子。在作者看来，庚子国变完全是以端亲王为首的逆臣胡作非为的恶果，而他们最终的下场自然或是发配，或是羞颜苟活，或是自尽，俱是各得报应、不得善终。而作为清实际的最高权力掌握者慈禧，在这场国难中本所具有的不可推卸的责任，但却在小说中一再地被淡化，甚至还对她在京城失落后的流离失所、备受艰辛流亡生活寄予了无限的悲悯。

可以说，沿着这样的思路是绝对不可能根究庚子国变的历史成因的。固然在这场惨祸中，权贵大臣的私心是一个重要原因，但真正应担负更多职责的还是朝廷的当权者——慈禧。正是慈禧在戊戌变法失败后，大力提倡督办保甲团练，才为义和团的兴起提供了一个契机，也她于 1900 年 1 月毅然颁布维护义和团的诏令，才使得朝野上集结了一派保拳的亲贵大臣，致使义和团运动迅速壮大，绝不是像小说在第三回中所交代的那样：“因为山东地方，向有匪人传习邪教，那种名目极多，有称白莲花、有称八卦教，又从那八卦教中分出一派，成为离卦教。嘉庆年间，有个大臣文毅公，深晓得此种邪教，非但危害地方，将来必定搅乱世界，就奏明皇上，将那为头目的，一概拿来正法。只因当时除恶未净，余党逃散，后来改名为义和团。”

作者不但对这场国难的内因把握不准，将之单纯地归结为佞臣庇护下的义和团民的闹教，特别是围攻各国公使馆、枪毙德国公使、斩杀日本书记生。同时对于这场国难的外因的理解也过于单纯，在八国联军占城掠地、血洗京城的时候，小说作者竟然还幼稚地在十一回写道：“在太原住了多日，听说各国的意思，只要请皇帝回銮，惩办罪魁，亲裁大政，并无别项为难之处，都望皇帝回到北京，同各国开议和局。”“却说联军这边，追赶了几程，知道皇太后不肯回京，这事如何了局？各国统帅大家商议个办法，总要中国从此平安，同外洋通商往来，永没有仇视洋人及闹教的事情才好。”作者在此明显是避重就轻，根本无视种种的事端不过是发起这场战争的幌子罢了。虽然作者也在小说的第三回写道：“我国自从甲午那年，同日本失和，彼此动兵，打了很多败仗，幸亏讲和的快，赔了他军饷银子两万万两，再把台湾全省的地方，割让了他，方肯干休。想起这个亏，也吃得不少了。我们的破绽底细，已经被他们各国看穿，只有大家和好，永不开战，我们将自己国内，竭力整顿，到得国富兵强，那时他们各国，也不敢看轻我们了。无奈甲午到今，过了几个年头，做官的仍旧这样做官，办事的仍旧这样办事，说起各国那样用心、那样着实，总不相信。还有那个大话连天的，反说要驱逐洋人，不许在我国通商往来，你道这种不明理，不量力的人吗？”但作者却没有顺此深挖甲午中日战争后的世界格局背景，正是由于中日甲午战争中国惨败的史实，让中国的羸弱无能彻底地暴露了出来，由此大大激发了西方列强妄图再次瓜分中国的野心，庚子国变也正是列强再次纷争的产物。几桩导火事件，不过是帝国主义列强出兵的一个所谓的“合理”借口罢了，但此点在小说的行文中却毫无会意。

同时小说在保皇思想的统领下，加之作者一开始就有化解中国普通百姓普遍而强烈仇洋心理的写作意图，因此作者在小说中对侵略者的发指暴行，竟然充满了善意理解和宽容的态度。如小说第九回：“那洋兵的枪炮，又新又快，不必细说。还有一种最恶毒的炮，名叫列低毒炮，那炮中装满绿气，是化学中一种最酷烈的性质，炸发开来，无论人马，但口鼻中一触着这个绿气，便脑中昏晕，立刻即死。……这回洋兵进来，却带了几尊，本来不当开放，后来因看了这厮拳匪，持刀舞棒，到处杀人放火，真是同禽兽无异，还自说有多少神术，能不受枪炮欺骗愚民，忍耐不过了，就将这列低毒炮，拿来开放。列位想，洋人所造的各样物事，都是实在试验过的，哪有不灵的道理，我中国从来没有讲究化学的性质，只晓得砒霜是最毒，人吃了要死的。那里听说得有绿气的剧烈如此厉害，只都是没人考究的缘故。”义和拳民毕竟是同种同源的中华儿女，面对自己的同胞惨遭屠戮，作者的笔端不但没有义愤填膺的悲慨，却表现出了对其罪有应得的嘲弄，这充分地说明了作者完全站在了腐朽落后的清朝政府立场之上，全然没有考虑到义和团是以农民为主、自发组织的、带有着强烈朴素爱国情感的组织，它标志着近代意义上的中国民族意识的觉醒，是中国近代民族主义的滥觞。虽然它的性质从一开始就决定它就不可能有光明的前途，但从他们的身上我们可以感到中华人民对于祖国深沉的爱，对于改造个体生活的强烈愿望，发现在农民身上蕴含着的巨大革命动力，这也正是为什么我国的新民主主义革命能够取得胜利的根本保证之一。

正是由于这种严重的保皇思想和美化帝国主义侵略的意识，

使得这部小说远远未能探究出庚子国变深刻的历史原因。但是这本小说还是有一些值得称道的地方的。首先作者提出“洋不可灭,不可拒,只可接受,只可效法,最终超越”的观点。为此作者指出今洋人非古蛮夷,“中国的人,看见他们面貌不同,言语不同,服饰不同,便欺负他是外国人,称他是夷狄。列位!要晓得古代夷狄,都是我中国边界穷苦地方,未经教化,不知礼仪的人,与现在各国来通商的洋人,绝不相同,岂可混乱说他是夷狄?至于相貌言语不同,那时地土之故。我中国人,各省地方也有不同的,难道就算是夷狄不成?一定要同他作对吗?”作者首先非常准确地阐明了洋人的身份,他们绝不是落后粗俗的夷狄;继而将长期激起中国人民仇洋的鸦片烟和基督教一一解释开来。关于鸦片烟,作者所说得尤其在理,鸦片之横行中华,根本之源头不在英国人之倾销,而在于我国人之堕落贪吃,试想人人都深知鸦片害人,不予理睬,这样就在根本上断绝了英人鸦片的销路,此语可谓命中鸦片问题之要害。再谈洋教,虽为异种宗教,但作者深究其教理教义,发现其多和中国儒家礼法旨意,且无赖教民惹是生非,也非入教而为,其人品败坏早已恶名昭彰,教士的良莠不齐,也属惯常,犹如儒生学问优劣一般,至于那些各种无端谣言更是无从考证,不足以信了。

可以看出小说家在小说一开始的两回之中,就大谈洋人、通商以及洋教问题,是试图给民众一个有关洋人、洋教的正确认识,从而为下文写作做出铺垫。在小说中,作者多次对比了中外的实力,如在第三回:“看官!你想这大沽口,是天生成的北洋门户,何等险要?那知只有六点钟的时刻,已被洋兵夺去。何以洋兵如此之强,我国的兵如此不中用?原来我国太平日久,这些当兵的人,本来是无业游民,没路了才去当兵,他心里原没有忠君爱国的一点热心。到了临阵,便想逃脱。内中虽有几个忠心的,也是没真实本领，徒逞匹夫之勇，那比得各国的兵，他们都是从幼小时，在学堂内念过书，识过字，那身体已习练地好好的，而且陆军有陆军学校，专教练旱路的兵，海军有海军学校，专教练水路的兵，立定年限，必顺着训练纯熟，总算卒业。等到遣派出来，便各个有为国家建功立名的思想。”一席话既从官兵的组成成分，又从兵将的教育体制两方面鲜明地对比出了中外兵势的强弱，这样有关中外军事的对比在小说中还有很多处，再如第四回又着意强调了德国的军队的非凡实力：“况且那德国在外洋各国中，本是极有名强大的国，他国中的陆路兵丁，足有五十多万，海上的兵船，共有九十多号。那陆军个个挑选得精壮，操练地纯熟，外洋各国，都请德国的军官，去教练一切兵法，想来是大家推崇他独步，没有比得他上的。论到那海军，虽不及英、法之多，但是逼到我们中国，已倍上加倍。列位可晓得我国原有三十多号兵船，自从甲午那年同日本打仗，那兵轮已经被打伤的打伤，夺去的夺去，现在南北洋海军，真正徒有其名了。至于陆营的兵，内中也有不少缺额，况且挑选不精，吃鸦片的也有，做行贩没路去当兵的也有，这是列位亲眼看见的。就不讲洋人用的枪炮，都是新式，我们用的，还是旧式，快慢远近不同，只将两面的人，比一比看，也知道不及他多了。”而面对天下残局，我们要做的是积极内省，热心学习，“我们的破绽底细，已经被他们各国看穿，只有大家和好，永不开战，我们将自己国内，竭力整顿，到得国富民强，那时他们各国，也不敢看轻我们了。”（第三回）作者在此清醒地认识到，我们目前要做的不是驱赶洋人，不是盲目地发动战争，而是认真地学习西方，找到自己的病根，把药方开出。

虽然作者的这些想法大多是极其幼稚的虚妄之念，帝国主义列强绝对不可能给予中国这样的时机，但从中我们不难发现，庚子国变后的知识分子已经逐渐散去了泱泱大国的上朝迷梦，开始清晰而真实地直面我们日益衰败的中华帝国。这看似容易,实则关系到帝国知识分子的文化心态,他们对洋人从不耻鄙夷,到惊慌失措,继而到痛定思痛后的发奋、内省、学习,可以说是经过了一段艰难而痛苦的思想转变过程。虽然作者的身份是一位在思想上极其保守的保皇人物,但他依然清楚地明白西学不可禁、不可拒、只可学,要超越思想理路,显示出当时蓬勃强烈地学习西学以自强的时代风气。在小说中,作者更是将学习西方和爱国密切联系了起来,如第九回李秉衡战败身亡后,作者发了一段议论:"平心而论,着李秉衡要算是为国亡身,比那怕死逃命的,原是好些。因此不识时务,全不将大局通盘筹算,要想我们一国,抵得他们八国的兵?一听的有人提起和字,他便道是没志气的人,自己要想挣口气。如今一败涂地,寻了死,他自己这条性命,果然白送脱了。可惜那北京城里,多少人的性命,也都送脱在他手里。"在此作者提出了一个如何算是爱国,以及怎样爱国的问题。爱国不是要去拼杀,为国家捐躯赴死固然难能可贵的,但在晚清的国力条件下,这无异于以卵击石。虽然作者一再所求之"和",无异于"镜中花、水中月",但却清楚地看到,此时的中国要的不是严苛排外,盲目开战,而是要多反省自我,多学习西方,这不能不说是具有很大社会意义的。

其次,作者清楚地认识到了这场看似得到了晚清政府大力支持的农民暴动,实则不过是毫无道德操守的官员们,新一轮迎逢上司的拍马溜须罢了,将之视为又一升官发财的绝好机会,这一观点可谓是一针见血。"听西人论起来,说裕禄平时时节,也还同洋人要好。哪晓得做官的人,专看上面的风色,上面同洋人来往,便个个自道是洋务人士,上面变了卦,他也跟着了走。难道他心中真个不怕洋人,因为我现在做的这个大大的官儿,全靠上面的人抬举,若不竭力拍他的马屁,这个眼面前的富贵,要保不住了。不晓到得后来，仍然有水落石出的日子，连性命也去了，岂不是弄巧成拙呢？”

在艺术上，《救劫传》可以说是长于说理，短于叙述的，小说的重点并不在完整充分地描写庚子国变，这使得小说对于战争的描写比较松散且叙事简单，作者试图透过这部小说突出自己的思想和思考。小说在第一回，作者就将笔触铺荡到了秦汉历史，指出治与乱都不是宿命的天意，而是有着深刻的人事原因，从而在小说一开头就将格调定位为明理究源型小说，这就使得小说更倾向于说理而不是叙事。而且作者还在小说中不时地提出自己理想中的问题解决办法和避免这场国难的良策，如第三回当大沽炮台失守，天津门户洞开的时候，作者就评说道：“俗话说得好，放火容易救火难。又道，解铃原是系铃人。到了这个时候，倘能赶紧见风使舵，将那京城内外的拳匪，剿灭的剿灭，解散的解散，朝廷简派了一两个明白事理的大臣，快到天津，同各国讲和。那时摆明要吃亏，还好收场了事。”但由于作者错误的历史观和政治观，使其的分析和良策也都只是空想。

《庚子国变弹词录》

《庚子国变弹词录》四十回，作者李伯元。阿英《晚清文学丛钞・小说戏曲研究卷》、《李伯元研究资料》均收录。虽然这是一本弹词作品，但晚清小说定义宽泛，将弹词视为小说之一体①。李伯元（1867—1906），原名李宝嘉，幼年丧父，少年时代随伯父李念

① 夏曾佑《小说原理》（1903）、徐念慈《余之小说观》（1908）、狄平子《小说新语》（1911）、阿英《弹词小说论》、《弹词小说二论》等均将弹词视为小说。前三种资料参见陈平原、夏晓虹编的《二十世纪中国小说理论资料（1897—1916）》，北京大学出版社 1989 年版，第 73、338、391 页。阿英文见《小说闲谈四种》，上海古籍出版社 1985 年版，第 34—38 页。

仔在山东度过，伯父辞官后随之回家乡常州，住青果巷，曾以第一名入学。因朝政腐败而忧心如焚，曾作诗云："世界昏昏成黑暗，未知何日放光明。书生一掬伤时泪，誓洒大千救民众"。光绪二十二年（1896 年）赴沪先后创办通俗小报《游戏报》和《世界繁华报》，主编商务印书馆《绣像小说》半月刊。同时在这些报刊上连载他创作的长篇作品。其中有被称为晚清四大谴责小说之一的名作《官场现形记》。李伯元多才多艺，擅诗赋、能书画、工词曲、精篆刻。

李伯元的《庚子国变弹词录》在内容上可以说是《救劫传》的长篇版，两部作品在构局谋篇、主要旨意、思想内容等方面等保持着一致的步调，同为章回体，只是行文长短上有所不同，《救劫传》为中篇小说，而《庚子国变弹词录》则是长篇小说。

《庚子国变弹词录》在中心思想上基本和《救劫传》一致，都是斥臣子保皇帝的论调，正所谓"主圣臣贤自一心，那堪奸党扰乾坤"（十七回），其对庚子国变的情节介绍上也大致无差。但是由于《庚子国变弹词录》在篇幅上要比《救劫传》长很多，所以在内容描写上较后者更有突破。

首先在情节发展上，这部小说下了一番细致的功夫，力图让庚子国变的起端、发展、高潮、结尾每一部分都讲述得饱满有致。这不同于《救劫传》粗陈梗概描写战争的写作手法。如开启祸事争端，《弹词录》并没有简单地把义和团说成是与白莲教一脉相承的邪教组织，而是以一件民事教案为由引入。由于左氏教民倚仗加入洋教，胁迫县官重罚张武举，使得张武举怀恨在心，意图报复，终酿成了左氏满门被杀，而张武举因杀人越货，有家归不得，加之其本就是白莲教会员，愤然举起反抗大旗（第一回）。

其次，小说除了主线以外还有插叙了同时期发生的其他事件，最为突出的就是中俄东北边境铁路保护权的争夺，这看似游离于小说之外的中外争端，实则与小说有着紧密的关联，同时还体现出作者贯穿小说的“曲线救国”的思想。这一事件实出于俄方首先挑衅，意图借中国对于边境铁路保护不力一事大做文章，图谋中国的铁路控制权。但李伯元在这件事端的叙述上，却明显有偏袒俄国的倾向。先看整个事件的过程。中俄开战之后，战役首先在瑷珲打起，黑龙江将军寿军帅命令誓死抵抗，瑷珲副都统凤翔力劝寿将军不要轻易开战，无奈将军置之不理，交火之后双方各有伤亡，并致使在海兰贸易的商人六千余人无辜而死。郎曹王焕也力劝寿军帅，寿军帅借故让王部郎进关催饷，王焕留书一封再言个中厉害，之后不辞而别。寿军帅不见王部郎来谢委，很是诧异，让人去查看时发现了这封书信，阅后恼羞成怒，派人将王焕追回并斩首。由于寿将军调度无方，凤都统与寿将军的第七子皆战亡，为了亲临前敌，寿军帅让程雪楼接任太守统帅全师。程与俄国官员交接，意图相和，寿军帅不堪此大辱，自尽身亡，俄军占领了卜奎。

在整个事件的叙述之中，同艮庐居士一样，李伯元的笔触都深深晕染着民族危亡之际的爱国情感，这种感情的浓烈程度大大超越了《救劫传》，这也就是作者另述中俄铁路争端事件的目的。很明显俄国意图保护边境铁路只是妄图吞占我国领土的幌子而已，寿军帅的决然临敌，正表现着凛然不惧的民族大义，是值得我们称道和歌颂的，但是在《庚子国变弹词录》中寿军帅却是个任意胡为、不听良言的反面人物，而那些力谏寿将军不要轻言战事的官员却受到了作者的热切赞扬，以至三十六回出现程乃雪的卖国求和，作者对此也不置一词贬斥，反倒说：“幸喜程公见事明，随机应变有才能”。向来为中国文人所推崇的民族气节在这些晚清文人眼中为何变得如此不堪？和艮庐居士一样，在李伯元心目中，此时已国弱民敝的中国，无论在任何情况下都不能和外国轻言战事，开战对我国来说是无疑必败和惨不忍睹的祸事，和西方列强保持和合状态才是晚清政府的最好选择。因此我们才会发现坚持正义、维护主权等原则不再是判断人物忠奸的唯一标准，无论是艮庐居士还是李伯元都在奉行着曲线爱国的思想路线。此时的西方列强已经成为知识分子内心中沉重而压抑的梦魇，也让他们完全丧失了天朝大国的威仪风范和君临四夷的雍容姿态，仿若一只急需要坚硬外壳保护的瑟缩的软体动物，他们寻找到的国家和个体避风港湾就是要最大可能地避免与西方列强的一切争端。

这两部小说思想上如此一致似乎也向我们反映了当时知识分子一种普遍的心理状态，他们在激进和保守之间摇摆冲击之后，开始希求内心能够逐渐走向一种静默，他们试图让自己暂时不再去想那些纷纷扰扰的战事纠葛，不再成为家国重担下的囚鸟，而为了获得这种内心的相对平静，他们在小说中都不约而同地表达出了希冀国家能够减少战事的论调，哪怕只是维持着一种表面性的平和，这种平和对于他们的意义也是极其重大和非凡的。这一方面可以减轻知识分子的心理压力，让他们暂时脱离对于国家连年衰贫的苦恼思索，使他们过度压抑的神经得到些许的放松；另一方面可以使他们的内心暂时摆脱战事频发又噩耗频传的动荡，在一种相对平稳的环境下，用一种相对和顺的心态，更加深入细致地去思考纷繁芜杂的国际风云，探索救国救民的康庄大道，在晚清风雨飘扬的惨淡局面下，实现家国的突围，继续延续着几千年来亘古不变的“齐家治国平天下”的祖训，书写出他们人生的顶峰辉煌。这同时也是他们为什么在小说中极力倡导和合天下的重要原因。

虽然在叙述的详细程度上，《庚子国变弹词录》大大超过了《救劫传》，但更多的方面两者却显示出很强的一致性。出了上文提到的爱国情感,其次是这两部小说都不约而同地渗透着试图消解民众仇洋情绪的写作意图。这在《救劫传》中表现得尤为明显,小说只有十二回,但作者却用了整整一回的篇幅(第二回)来演说鸦片和洋教——这两样百姓最司空常见又密切相连的事物,目的就是要竭力化解百姓对洋教、洋人强烈的抵触和仇恨情绪。在《庚子国变弹词录》中这种主旨也得到了突出,如作者对于日本书记生杉山彬和德国驻华领事克林德的被害,都写作得哀思切切、悲悯伤感。如写日本书记生杉木彬遇害时,作者写道:"杉君心下战兢兢,赔话连连不住声,那晓甘军无礼甚,钢刀遂起下无情。"(第八回)将杉君的彬彬有礼和甘军的心狠手辣鲜明得对比了起来。我们可以从中看出庚子国变在当时文人士大夫的眼中无异于一场农民暴动,他们在对其仇视和打压的同时,也试图找出引起这场暴动的深刻原因,一个合理的解释的就是埋藏在中国广大民众身上,酝酿了许久的民族仇恨引爆了这场战争,为了达到消解民众这种情绪的目的,两部小说几乎都刻意地在美化列强,歌颂西方,化解中外的对立矛盾,甚至在讲述中俄边境铁路保护权争端时,不惜使用一些颠倒黑白的叙述。

再次,清廷权利的核心对于这场战事所付的责任,李伯元和艮庐居士的态度也完全一致,且李伯元更加细腻详尽地描写了慈禧在这场国难中的悲惨处境。虽然小说在二十三回,李鸿章面对联军咄咄逼人的巨额赔款,索要中国的财赋管理权的时候,不得不哀叹"如此说来,中国没有自主之权了",但李伯元与《救劫传》的作者一样,通篇表达的都是痛斥误国奸臣,完美两宫的论调,而且他对两宫的赞美几乎发挥到了极致,着意突出了"已见两宫梦尘在外,尚复宵旰焦劳若此,叫天下臣民知道罢了"的写作目的。首先是对于两宫西狩的艰辛描写,出行匆忙而简陋"太后仅穿得蓝夏布衫，头亦未梳，皇上则穿黑纱长衫，黑布战裙两条，铺盖行李，一切均不及携带"（十七回），一路之上吃得也常常是"菜蔬米粥家常菜"（十八回）；其次突出了两宫尤其是慈禧太后圣慈仁善，如十八回作者写到乡民粗鲁高声惊扰了圣驾，被太监叱骂时，"忽被老佛爷听见，连忙止住那太监，谕道：'他们乃是乡愚，不懂得什么规矩，休得与他计较。'"随后作者就称赞道："圣慈度量最宽容，覆载能容天地心，知彼村民不识礼，纵然有罪饶恕三分。"此外还有如："非常大变是蒙尘，安不忘危古训明，幸喜两宫多圣德，卒能拨乱正乾坤。"（第二十四回），还有二十六回太后辛劳治病，光绪帝则"侍膳问安不稍停，夜不解衣勤侍奉，愿求圣母早安宁。"等赞语；第三，小说在行文中还加上了对两宫顺天心，体民意的灵验描写。如第二十五回写到关中适逢苦旱，不料就在两宫来到的一夜下了一夜喜雨，"地方官奏报得雨三寸有奇，百姓欢呼，声闻四野。两宫心上也自欢喜，想要驾登华山，亲往拈香，以答神。"

此外《庚子国变弹词录》中还表达了对于百日维新的赞同和对维新垂成的痛惜。如在二十一回作者写道："可恨庸臣轻误国，萧蔷之内其殷忧，维新盛治刚三月，募地新机一旦休。这其间，委屈不能来细说，恨只恨，当时竟中众奸谋。"还有二十六、二十七回对于赈济灾民几位好善官绅和风尘中人的大力称道。

在艺术上《庚子国变弹词录》有着突出的艺术特色。首先是他的弹词样式，阿英在《晚清文学丛钞·小说戏曲研究卷》中评价《庚子国变弹词录》为"代表了旧弹词的最高发展，突破了英雄美人、佳人才子一般固定的老套内容，开始走向广大的社会生活以及历史上的特殊事变。"过去的弹词，著名的如《再生缘》、《笔生花》、《玉钏缘》、《天雨花》、《锦上花》、《再造天》、《玉连环》等自有其文学价值，有些作品如周颖芳的《精忠传》写岳飞精忠报国事，作品表现了浓郁的爱国思想，但如就多数的弹词而论，其创作题材，基本上未跳出“才子佳人”、“英雄儿女”大团圆的框框。而李伯元以庚子事变为题材，全面反映了中国近代史上这一重大历史事变的全过程，展现了庚子事变给中国人民带来的深重灾难。这部弹词虽有其思想局限，但从题材和创作模式上，无疑是对此前弹词创作的突破。所以阿英认为《庚子国变弹词》“是最能反映这一回事变，最通俗的，而又有文艺价值的书”①。其次，《庚子国变弹词录》，情节曲折，遣词造语十分生动形象，作者虽然还是意在阐发自己对于这场大战的见解，但却能将说理和叙述有机的结合起来，使小说具有很强的可读性。不同于《救劫传》中单纯的大量说理，使得小说读之如同政论文。

《邻女语》

《邻女语》现本十二回，未完，清光绪二十九年（1903）六月至次年正月连载于《绣像小说》第六至十、十三、十五至二十号上，作者署名“忧患余生”，乃连梦青的笔名。

连梦青，北京人，生卒年不详，与沈虞希及天津《日日新闻》主持人方药雨为友，后因方药雨根据沈虞希提供的材料，把宫中之事揭诸报端，触怒了慈禧，致使沈虞希被害死，连梦青受此案牵连，逃到了上海，以卖文为生，与《老残游记》作者刘鹗相熟。连梦青为人性情孤介，其小说创作除《邻女语》外，还有为留美学生修改润色的译述稿《商界第一伟人———戈布登轶事》。

《邻女语》同样也是一本以庚子国变为背景的小说，但是这本小说并没有着眼于描写整个庚子国变的过程，而是借助一个普通

---

① 阿英：《小说二谈·重刊庚子国变弹词录序》，上海古籍出版社 1980 年版，第 70—71 页。

知识分子金不磨为视角，通过他眼见、所闻、所思的串联起了晚清这场历史巨变的惨淡图景，反映了百姓生灵涂炭，政局岌岌可危的时代面貌。但可叹的是小说从第七回，主人公就渐次隐却，小说也走上了单纯描述这张战祸的路上去了，而作者又不能将这场战争描写得有条不紊，别有新意，而是结构散漫，笔法凌乱，显系败笔，疑似出自另一写手捉刀之笔，小说因此形成了一个鲜明的断层，颇有虎头蛇尾之感。

先看小说的精华部分前六回。它的头一个特色就是没有简单地铺陈演绎这场战事，而是塑造了一位心系祖国、忧国忧民的慷慨志士金坚字不磨作为历史的见证人，来透视和关注这场成为整个晚清政局巨大转折点的国难战争。小说的主人公正是作者殷切期待的能够救国救民的英雄人物，就如同他的名字一样，拥有如黄金一般的坚定信念和永不磨削的顽强斗志，这也正是中国未来崛起的强大动力和无尽源泉。同时作者在小说中设置的另外一个重要人物，金不磨的西文同学黄中杰，同样也是这样一类豪杰人物，所谓黄中杰即是中国人中的杰出之辈的意思。可惜的是小说从七回开始不再顺着原本的思路写作，黄中杰也就没有再次登场，不然这样一位西学深厚又有拳拳爱国之心的仁人志士一定会和主人公金不磨并肩而行，一起成就一番丰功伟业的。

其次，作者选择金不磨这样一位平民人物为视角，更好地展示出广大民众在这场国难之际的悲戚境遇。如小说的头回，就通过主人公的见闻，描写了南逃官员及其爪牙对搬运行李的船工肆意打骂的情景，“有个人在船头，挺着腰杆子，打着京片子，乱嚷乱说道：‘你们使点劲，快点儿赶到码头，赏你们酒钱！要不然，咱们明儿到了镇江，误了咱们的路程，送你到衙门，敲断你的狗腿！’那船上的人答道：‘大爷不要着忙，这边不就是镇江码头了吗？到也到了，还骂什么？罗唆什么？’那打京片子的不听犹可，一听便雄赳赳气昂昂的，伸出手打那答话的两个耳巴，口里大骂道：‘你这王八羔子，小杂种！我骂你，我打你，看你怎么样！’那答话的不敢则声。见他含了一泡眼泪，望后舱躲避去了。”一班狗官豪奴，见难而逃，毫无廉耻，却还对艰辛百姓任意驱驰打骂，真真可恨可杀！含辛茹苦的船工备受残害让人同情备至。再如第三回，不磨看见一队队南遁的溃兵，却没有哪个负伤的，心里想道：“这不是中国的兵么？怎么打起仗来，便跑得一个也没有，难道没有去打仗不成？怎么打了败仗下来，还是一个没有带伤的，跑得这么样的快、这么样的多？这就令人难解了！”当看见大队兵勇穿着总统江苏全省勤王亲兵队的号褂，却不为国家效死疆场，反倒在此护送着南逃官员及其妻妾、少奶、小姐一路逃窜，不磨想道：“怨不得中国要打败仗了！这一队一队的兵丁，不去救太后皇上的驾，倒来这里替那些尚书、侍郎、太太、姨太太保镖。怪不得苏州城里这些人家，都装扮着他的女儿像狐狸精似的，要卖把（给）人家做二房、三房，原来有如此的威风。又怨不得中国人不想那些实在正经生业，都想去做勇爷，个个去捐官，原来倚仗着有权有势的亲亲，又怎么不要得电报局、招商局的差使呢！不用说了。他们做了太太、姨太太的二太爷、三小子、都是这样坐起轿子来，还要呼幺喝六的。我们今天不在地下去爬，还是站着走路，也就万幸了。”将那晚清官吏拥挤于仕途之上的丑恶本心——不为报效祖国，只为虚名厚利一针见血地揭露出来，对蝇头钻营的小户人家妄图攀龙附凤的虚荣心理也一并道出，加以嘲讽。可见作者既深刻同情普通民众所遭受的艰辛磨难、非人待遇，同时也讥刺了小市民身上希冀姻亲攀附飞黄腾达的虚荣心理，可谓视角开阔，鞭辟入里。

再次，小说虽然和《庚子国变弹词录》、《救劫传》一样，认为这场国难的罪魁祸首是“义和拳匪”，对洋兵的侵略也抱着相当宽容的态度，没有一丝一毫谴责西方列强入侵中国，残害生灵的意味。如小说的第一回就写道：“却都是路上遇着义和团路劫，或遇着游勇打单。就是昨日那位老太太口里骂康有为，也是大师兄说他是教民，并无一起是为洋兵糟蹋。”这样的描述使得庚子国变完全不像是中外之间的战争，而似一场国内动乱一般。在第六回作者又写了一位深明道理的洋兵，亲自抒写条陈，准予不磨主仆向京城进发，反倒比那个只会抽大烟，应酬浮文东光县官强上百倍。但同时，作者并没有像另外两本描写庚子国变的小说作者一样，仇视诅咒“乱民拳匪”，反而对他们的行为给予了一定的理解。小说写到金不磨经过东光县，看到县令受袁世凯之命，对拳匪大开杀戒，树林中到处挂满了义和团民的头颅之时，作者就借不磨的暗想写道：“这场惨杀，虽则皆由乱民自取，然而终是这班顽固大臣酿成的奇劫，不是这班愚民平白构造的。这班愚民有何见识，有何作用？平时既不蒙官师的教育，到了这时候，反受了长官的凌虐。孔子说道：‘不教而诛，是为虐民’。近时有些有志之士，立了些什么会，专与官作对，这就难怪他们不懂时事了。也是平时相逼而成，积成这么一派怨毒。若是朝廷尚不知顺时利导，改变旧章，立意图新，将来激成水火，一场浩劫，只怕比此次还大呢。”（第六回）。

虽然只是一段简短的议论，但也可以显示出作者在此对这场暴乱的根源进行了深入思考，他认为义和团暴乱与民智不开有着密切相关的紧密联系，随后他又分析了民智薄弱背后的深刻原因，即不教子民，不开民智，此语可谓一矢中的。这一观点也与当时盛行的国民教育小说遥相呼应，显示出作者对于开发民智的重视。但是由于小说未能完成而且在第七回又改变了写作风格，作者对于这个重要问题，并没有继续深入阐发论述。

小说的后六回，金不磨历史见证人的角色消退，作者走向了叙述战事的老路上来。小说的后六回，较之前六回，几乎不忍卒读，既无一定的情节因循，又无出彩的评论，写庚子国变，却不从正面描写这场战争，大有拾庚子国难的小道消息的意味，特别是八卦张德成及其相好小金喜之事，既毫无国难当头忧患意识，也无任何艺术价值，很像是小报上的花边新闻一般。而且行文结构松散，笔法草率，文字低劣，与手法新颖，描写生动，文笔清秀劲练，颇具现代小说特色的前六回形成了鲜明的对比，使得整本小说显得虎头蛇尾，极不协调。

从前六回来看，《邻语女》却为几本描写庚子国变小说中独具特色的一本，它摆脱了《救劫传》和《庚子国变弹词录》铺陈战事的写作手法，而是从一位忧国忧民，兼济天下的爱国知识分子的所见所闻入手，通过他北上救国救民的一言一行来透视这场战争中污秽的官吏、悲惨的人民与衰颓的国家。虽然仅仅只有六回，但它却启用了一种小说叙事的全新视角，即以一个人物串起对战争的关注和透视，并在这一新视角上展现出新的内容、阐发出别具新意的思想感情，实现了由全知叙事到限知叙事的转变，这极具现代小说的意味，也是这部小说最大的艺术特色。

此外还有一短篇小说《女侠翠云孃传》叙写了庚子国变义和团之事。小说出自《香艳丛书》卷三，作者秋星。小说塑造了一位侠肝义胆的女侠翠云孃的形象。她年少风姿殊丽，随父行走江湖卖艺为生，因所见男子无趁意者，遂决意不嫁。其父在上海卖艺被人诬陷入狱，而洋人巡捕却不允许云孃辩护，遂让其生出对于洋人的无限愤恨。适逢京城义和拳兴起，翠云孃遂参加之，备受大师兄恩宠，位极尊崇，化身红灯照。后发现了拳民内诸多弊端，但无奈无法扭转，不久洋人攻入京城，云孃率部下奋起反击，伤亡殆尽，云嬢逃逸。后眼见众多义和拳民投靠洋人，为奴为婢，还狗仗人势烧杀抢掠、无恶不作。心中顿生无限悔意，约众人到某处饮酒，因人多慕其美色，到者甚众，云嬢遂挥剑杀之。

这虽然是一篇涉及义和团运动的短篇小说，不足千字，但却给人以很强的警示意义。首先小说写出了平民百姓极端仇视洋人的根本原因，如同翠云嬢一般，百姓对于洋人洋务本是毫无观念的，其极端的仇洋就是从日常寻常小事积聚的，“其父为人诬陷，被拘入捕。女随往有所剖白，而捕房例严禁。华人不许有所陈，遂被囚不胜其苦，罚乃得释。女愤然曰：‘吾国官吏往往不免冤诬人，吾每谓之暴，窃窃不平，然尚容人辩诉也，不意西人乃若此。’自此遂有仇外意。”从中我们不难解读到，虽然义和团运动显示了蕴藏着普通子民对于祖国最朴素的热爱，同样它也是一场平民百姓自发性的解缚运动，正是帝国主义的入侵带给寻常百姓更加压抑的生活环境，使得民间慢慢弥漫了无限的仇洋心理，在这种社会集体仇恨的推进下，一旦找到合理的突破点，便强烈喷发出来，义和团运动正是在这样的大众淤积深厚的仇恨心理下爆发的。同时小说更暴露了最终导致义和团运动失败的重大原因，那就是组织涣散，人心不齐，很多平民参与其中，只是为了获取更大的投机效应，从中渔利，而不是怀抱着兼济天下这样正义光明的伟大理想为国为民而战。小说写道：“女日见团中无纪律，行事有类盗贼，颇忧之，然大势所趋，独立亦莫能挽。”当联军大举入侵之时，女率部奋起抵抗，而很多义和团民却倒戈投诚洋人，做起了洋奴，并从中竞相渔利，“后团中领佐，打扮为西兵向导，或为仆役，且藉西兵之势，劫夺戕杀，无恶不为。”如果说义和团本就借着巫术起家，本无什么真才实学，中西悬殊的武力也必然促使其灭亡，但是我们同样也更发现义和团成员鱼龙混杂的状态，同样是其一溃千里的重要原因，较之外因，这一失败的内因更值得后来人民革命组织者警醒和借鉴。

在这一系列的描写中外战争的小说中，我们可以看出，首先小说作者们都保持了高度的政治敏锐性，选择了这几次对于中国政局走向影响至为关键的中外大战作为写作题材。第一次鸦片战争改变了历经两千多年的封建帝制，拉开了半殖民地半封建的国家的近代历史序幕；中法战争是一场“法国不胜而胜，中国不败而败”的耻辱之战，充分地暴露了清政府的腐朽无能；接下来的中日甲午战争，中国被自己昔日的藩属之国日本打得节节溃败，多年洋务运动的心血北洋水师化为泡影，宣告了洋务运动的彻底破产。《马关条约》的签订成为继《南京条约》以来中国最严重的不平等条约，它彻底暴露了清廷空虚内里，强烈刺激了列强瓜分中国的野心，也激起了中国人民挽救民族危亡运动的高涨，资产阶级掀起了维新变法运动和民主革命运动，中国人民则自发发起了义和团运动这样声势浩大反帝反抗侵略的农民起义；义和团运动直接引爆了庚子国变，八国联军再次血洗京城，《天津条约》的签订使得清廷彻底成为洋人的朝廷，中国的主权至此丧失殆尽。其次，我们可以看出小说作家们都抱有着强烈的忧患意识和爱国情感，以一次中外大战作为小说写作中心，或抒写战事（《中东大战演义》、《庚子国变弹词录》等）或幻想胜利（《梦平倭奴记》），或更换写作视角（如《邻语女》从平民视角看战争），并希望通过此，带给整个读者以深刻启迪和鞭策，其救世目的是十分明显的。

从对这些小说的分析可以看出，晚清描写中外战争的域外题材小说，主要可以分为写战小说和析战小说两种不同的类型。前一种重在展现战争的全过程，如《中法战纪》、《中东大战演义》，分别交代了中法战争和中日战争的开战原因、战争过程和战争结局。

后一种如《罂粟花》、《梦平倭奴记》、《庚子国变弹词录》、《救劫战》，它们重在展现作者对于战争的思考，《罂粟花》表达作者对于如何避免和终止第一次鸦片战争的个人见解；《梦平倭奴记》则以幻想的形式表达了自己对于中日战争中战略战术的思考；而《救劫传》和《庚子国变弹词录》则重点分析了导致这场国难的政治和社会原因。

但是我们同时也注意到，这一系列小说存在的弊病。首先是写战小说展现史实过度平铺直叙和粗枝大叶，这使得它们对于战争的展现的广度和深度都非常有限。这种写作手法无疑是对小说这种艺术形式的极大损害，尤其是《中法战纪》类同战时笔记，行文毫无章法，如果不对中法战争事先做一定的了解，是较难理清战争的进程和敌我的状况，且这部作品的小说意味极低，自然艺术价值也不高。《中东大战演义》由于仅仅能够呈现出战争的梗概，无法解读出敌我双方复杂的战争局势和战略战术，叙事相对凌乱，使得这本小说成为中日甲午战争流程的展示，从而限制了读者无法在小说中获得的更大的阅读刺激。其次，是析战小说的作者们对于历史的认识和分析都存在着不同程度的偏颇。突出的如《救劫传》和《庚子国变弹词录》，由于小说作者严重的保皇倾向，使得其把历史的当成了展现自我思想的工具而已，他们叙写的只是臆想中的历史，从而使得他们的小说作品出现了随意歪曲、背离史实的严重倾向，特别表现在他们对于庚子国变首祸慈禧的态度，将国难的一概罪责推到几个不过是替罪羊的大臣身上，根本就是无视历史。这极大地损害了作为时事小说的艺术价值。如果说如《中东大战演义》这样小说由于过度写实和粗枝大叶，使得小说的震撼作用有所减弱，从而影响到了小说社会功用的发挥。那么说像《罂粟花》、《庚子国变弹词录》和《救劫传》这样的小说，则显示出作者严重错误的历史观、政治观，这更使得小说的疗救目的不过是镜中花、水里月，是不可能对整个社会产生极为深刻的影响。

幻想中的国富民强的翻身战（1999）

《新纪元》

《新纪元》，同《黄金世界》一样都是清碧荷馆主人所著的小说，光绪三十四年（1908）年二月上海小说林社刊，共二十回。这是一本晚清科幻式的域外题材小说，小说家将视角推演至1999年，这个新千禧来临之前，借助一场中外战争来展现迎来全面复兴后，一扫屈辱挨打的中华民族的历史新姿态，小说中洋溢着极其强烈的民族自信心和自豪感，小说的这种基调与万马齐喑究可哀的晚清社会形成了鲜明的对比。

清碧荷馆主人的《新纪元》构篇章节无疑是与梁启超《新中国未来记》同样，以展现未来为主题的幻想小说，自然科幻性是这本小说的一个特色。小说描写了二十世纪末的西方各国深感黄祸而发动的一场联合对华战争，虽然作者将这场战争的导火索归结为中国为方便起见统一为黄帝纪年，匈奴国因黄种居多，随之也改定为黄帝纪年，引起国中黄、白两种人交恶，并由此引发西国干预，不得不求助中国保护。但在小说中我们很轻易地就可以解读到引爆这场中西大战的更为根本的原因，即是因黄种的崛起强大引发白种的黄祸危机，小说展现的就是国力消长后中西方的新对抗。这场声势浩大的世界大战的两个集团即是黄种与白种，这使得这场大战更带有种族大战的性质。联想到作者生活在一个有色人种备受白种人欺凌压榨的二十世纪初，这使得小说中的种种新奇的想象都具有很强的前瞻性，这些具有神奇色彩世纪末大预言也就成为这部小说最为突出的特色，身为感知过世纪末的人，对作者在小说中所展示的奇思妙想，不能不叹为观止。同时作者还借助这些神奇的预言表达了他对于国家人民深切的关注和深刻的思考。

首先，作者准确的预言了，现在备受西国压迫剥削的弱小民族和国家必然取得民族独立、国家富强的光明前景。如小说的第五回写道："原来此时越南国因力行变法，国势骤强，早已脱离了外人羁绊，自行独立了。不但越南，就是暹罗、缅甸诸国，莫不皆然。"作者成功的预言了贫弱国家必将通过种种改变走上国家富强的道路，最终取得民族独立的光明前景，深信被欺侮压迫的人民，绝不会长久蜷缩在西方列强的铁蹄之下，必然会变法图强，迎来国家和民族的新时代，身为今人，作者这一预言在当今的世界已然完全实现，虽然独立的国家还有贫弱的现象，但是殖民统治已经在全球砰然瓦解，作者的这一伟大预言正是对民族自信心和自尊心的极度张扬。植根于广大人民心目中强烈而执著的爱国情感，它是赢得民族独立的不竭源泉，作者也正是认识到了这一点，才勇于做出了这样的大胆预言。

其次，作者看到了被欺负民族必然将联合起来对抗西方强权干预。面对西方各国的试图以武力消灭所谓的黄祸的时候，虽然中国俨然在小说中成为对方西国的主要力量，但是同种的其他国家也广泛和积极地参与到了这场战争中来，如上文提到的越南，十四回写到的三位来拜望黄之盛的新加坡华裔，"正议之间，外面报称有新加坡的三位绅董来到，要请见元帅，黄之盛便教请入相见。须臾，只见军政官带领三个人走入，黄之盛定睛观看，见一个是中国人，一个是印度人，一个是巫来由种人。这三人朝着上面行了一个礼，黄之盛让他们在两边椅位上坐了。那中国人便先行启齿道：'名金汉杰，与某同来这两位先生，都是新加坡全埠公举的代表。敝处新加坡，日前听说元帅提兵到来，替黄种人争气，便发电南洋群岛、大亚齐、小亚齐、婆罗洲、菲律滨、锡兰、印度以及美洲的古巴、墨西哥、澳洲、非洲等处，拟把我们黄种的同胞，联合为一体，把白种人驱逐了，聊为元帅臂助。后来各地的同胞虽表同情，无奈白人的大军，都屯在新加坡锡兰两处，使我们不敢冒险动手，岂知元帅神威，竟能于半日之间，把敌舰扫荡一空，我们新加坡百姓，喜得来个个欢呼万岁。当夜便把本埠的白人及鲁总督部下逃在岸上的兵弁五百余名，一概拘捕了，用一艘大帆船，装运他们送到欧洲，教某等前来欢迎元帅前往。不想某等正打算动身，大小亚齐、锡兰、婆罗洲、菲律滨等处的同胞，闻知元帅战胜的消息，也陆续来电，说已照新加坡办理，把白人驱逐罄尽，所有险要地方，都归自己团练兵扼守，元帅此去一路可毫无阻滞，且可接济粮械一切，所以某等特来报知元帅，并恭迎元帅前往。'”不但帮助黄之盛扫除了本国中的白种，更为我军补充给养。虽然碧荷馆主人只写到了这种基于种族基础上的大联合，而当今世界亚非拉发展中国家的大联盟正是对此的延伸和发展。

其三，小说作者鲜明提出了今后社会发展要依靠科技技术的不断的进步这一重要历史性命题，这显然也是晚清“科学救国”这一救亡图存的社会思想的展现，同时作者更看到的世界各国的科学技术成果必然成为整个人类的共享资源，这也是这部小说最为重要的思想意义和价值只所在。

小说自开头就写道：“现在世界上所有格致理化一切形下之学，新学界都唤叫科学。世界越发进化，科学越发发达。泰西科学家说得好，十九世纪的下半世纪，是汽学世界；二十世纪的上半世纪，是电学世界；二十世纪的下半世纪，是光学世界。照此看来，将来到了二十世纪的最后日期，那科学的发达一定到了极点。目下且不说别样，就说每一年中，世界上研究科学的人，所发明的新法，也不知有多少。据西历一千九百零二年美国管理新法部官员的报告,本年各国的人,报明国家,得了新法,蒙国家赏给凭据准他专利的,共有二万七千一百三十六家。比上年多二千家。到了第二年上,那管理新法部官员的报告,又说本年发明新法的,计有三万一千六百九十九家,比往年又多出四千家了,可见世界的进化与科学的发达,为同一之比例。"开宗明义的指出了这部小说的主旨大意。小说第八回更是明确的写道:"十九世纪以后的战争,不是斗力,全是斗智。只要有新奇的战具,胜敌可以操券。……某以为,今日科学家造出的各种攻战器具,与古时小说上所言的法宝一般,有法宝的便胜,没有法宝的便败。"如果我们调换一下几个词语,将战争改为国家竞争,战具和法宝变为先进科学技术,这段话语简直当今社会走向的真实写照,作者在晚清社会就敏感又准确地看意识到科学技术是第一生产力这一具有重大历史意义的时代命题,其眼光之独到和前瞻不得不让今人也感佩备至。小说中出现的形形色色各种各样的新奇发明,不管是西国所使用的,还是中国所使用的,都是世界各国的人民发明创造的,这样例子在小说中不胜枚举,已经每一章节都有出现,我们聊举一两个以作说明,如第六回黄之盛舰船接连遭遇敌方水雷轰炸,苦无办法之际参谋官耿光就先上一策为之解愁"启元帅,这兵轮遇见水雷炸裂的危险,某有一物可以预为防范,其名叫做行轮保险机,是从前西历一千八百八十六年时,美国马加亚君所创造。这保险机的形状,如两只大鸟翼一般,是熟铁制成的,安在舰头两旁,倘遇有他船探过,则机翅自能分开,使他不得近身,以免碰撞之患。其后美国又有卫来忒其人者,复就其法大加改良。某在湖北工艺学堂时,曾仿照卫来忒之式制了一具,又想出法子,在机翅上面,安了弹簧,不但遇见他舰自能撑开,而且有万余斤的反势力,能够把水面上几千斤重的东西,击至数百步以外,叫他不能妨害。这保险机某现带在这里,请元帅拿去一试,或者能避水雷之害,也未可知。”黄之盛听说,甚为欢喜,便道:“既如此,就请参谋把这机装在第三号蚊子舰上。再把那舰上的大铁板,放一块下海去试试看。”耿光答应了一个是,就从舱底把这机取出,依着黄之盛吩咐,指点工程队的兵士,教他如法装在第三号蚊子舰头上。又取一块最重的铁板,放在水面,用绳系了,然后请黄之盛出来当面试验这机翅的击力。黄之盛依言步出舰首来观看。只见那艘三号的蚊艇,从洋面上远远而来,少时与铁板相碰,只听得豁刺一声,那机翅突然张开,把一块大铁板,打在数百步之外。各兵舰上的人见了,无不喝彩。黄之盛也深为叹赏。当下便把这艘蚊艇,改为先锋舰,饬令先行,作为众舰的领港。”这个叫行轮保险机的先进科技,本为美人研究创制和改良,如今却被中国人再次改良并应用,并取得了良好的保卫效果。小说家之所以运用此种写作方式,无疑是针对当时晚清我们对于西洋科学技术的学习总是处于严重滞后,从而使得辛苦学来各项技术,早已在西国形如废品,无人再用,不单致使耗费了国家的资财和人力,更为严重的是使得我国追赶西方列强的步伐大大减速,作者正是眼见于此,才构思出了这样的情节内容,并且在小说中触目皆是,其目的就是让国人增进学习先进的西方科学技术的时效性,以便来抓住追赶西方列强的机会和提高追赶的速度,更快的让孱弱的晚清帝国摆脱贫穷落后、任人欺侮的悲惨境遇。

第四,作者在小说预言现了全面复兴后的中国,将继续奉行和平友好的外交政策,并成为维护世界和平、保护弱小邦国的重要力量。在西方各国惶恐中华之崛起,纷纷以黄祸威胁,相与干预,并准备大动干戈之际,作为中国官员群体,首先的提出的并不是主战,而是主谈判讲和。如小说的第二章,当众官员为出兵匈奴与否召开议会的时候，两位官员的话语尤其代表了中国重礼显仁的外交观念，“众议员中有个长沙人名叫扬国威的，上前说道：‘相爷的说话，固是不差。但此番不能保护匈耶律，只恐匈耶律屈伏于白种诸国之后，那美澳两洲华工后裔所立的两共和国，与南洋群岛的诸黄种国，闻知此事，都一齐解体，此后我们中国在亚东，成了个孤立之势，不论是哪一个白种国皆得而鱼肉，不知相爷又将若之何？’扬国威言毕，又有一个广州人，名叫华日兴的，说道：‘据愚见而论，匈耶律国是不得不保护的，但为了这事，就要我中国强行出头，与白种诸国开衅，却也不必。目下似应用和平的政策，一面电覆匈王，许为保护，一面电知驻于各国的使臣，向各国君主总统之前，解说一番。只说中国所以令同种诸国用黄帝纪年，也不过取其便于记忆，与用耶稣纪年同一用意，并无丝毫仇视白人的心。劝诸国照旧看待匈国，幸勿与之为难。’”两位官员的辩论，突出地显示了中国政府以亲善为本的外交理念，并注重保护和尊重依附于自己的小国邻邦，对外不轻言战事，当面临西国无端挑衅的时候，虽然完全可以以牙还牙，但中国首先想到的却不是以暴治暴，而是向各国政府解说，以息事宁人，处处时时以仁爱治民。并且在小说中，作者还显示出极强的主权意识，将之视为神圣而不可侵犯的。如在小说首回，因匈奴国因修改纪年导致国中黄白两种人的对抗之事，西方各国立刻对之指手画脚，干预起别国的内政，作者就写道：“不期欧洲各国，闻得匈王为此派兵，便说他有心欺压白种人，电饬本国驻使，向匈国外部诘问，并且要与匈政府订立约章，此后匈国辖治的白种人民之性命财产，俱要概归匈政府保护，倘有损失，匈政府应担赔偿之责任。外部大臣据情奏知匈王，匈王听了不觉骇然，说派兵弹压乱党，是我国的内政岂容他国干涉，于我国人民所有的性命财产，在我国政府原有保护之义务，又何待他国前来要约,然后保护？这明明故意与我国寻衅,所说订约一节,是断断乎不能允许的。”显示出作者极强的维护国家主权和独立的意识,联想到当时晚清凄凉的社会图景,这不能不说是作者对于祖国和人民殷切的鼓舞和希望。与之相对比的是,西方各国家的蛮横无理,自以为是,本来修改纪年本是国家内政,西方各国却因内心惶恐于中国的迅速崛起和强大,借此挑动起无妄之战,两相对比之下,愈看出中华民族以和为贵的外交政策的博大魅力,今天我国和平共处五项原则的外交政策,不能不说是对优秀传统文化的继承和发展。

除了以上这四个最为重要的方面,作者在小说中还体现了他反对使用大规模性杀伤性武器及其反对迷信的思想,小说的第八回因西国联军连遭败绩,鲁森总督欲用绿气扭转战局,上奏万国平和会要求使用绿气对付华军,因绿气为“猛毒残酷之战具”,故原本为“爱种起见”不予使用的,小说中这个名叫万国平和会的组织俨然如当今的世界和平组织,不使用绿气协议,就如同现在多数国家签订和奉行的《不扩散核武器条约》一般,晚清的碧荷馆主人能有如此神奇和服帖的想象,让今人真是感佩小说家卓越而超凡的时代预见性。在小说的第四回当黄之盛率军从天津口出洋征战之时,众官员送行,作者就写道:“因为这时中国已没有人迷信神权,所以也不用那祭旗之礼。”可见对于封建迷信的旧传统,作者对之是嗤之以鼻的,联系作者对于中国传统仁和外交政策的大力赞扬,我们从中可以解读出,作者对于传统文化有着鲜明而理性的剔除糟粕取其精华的思想意识。

自然作为碧荷馆主人的《新纪元》其思想上的不当之处也是非常明显的。虽然作者倡导弱小名族的联合,但在小说中更多的以肤色人种来划分,以之来区别对待,而不是以被压迫民族的大联合来对方西方列强的肆意入侵，所有参与我军中来国家无一例外的都是黄种人。这样使得小说多少带上了一些种族战争的色彩。

同时这本小说在艺术上可圈点之处同样是很贫乏的，虽然小说是以黄之盛统领我军对西方联军作战展开情节的，但是小说中其实并没有主要人物，黄之盛只能是一个引导接续情节的线索人物而已，作为这场世界大战的一方统领人物，除了不断接受来自各方能人义士的帮助，最终得到了战争的全盘胜利之外，小说并没有拿出更多的笔墨来刻画这位统领全军的英武人杰的战略思想、战略部署，这使得这位看似小说主人公的个人形象极其不丰满可感，在小说中只充当着线索人物的作用，由其引出了一系列的中华豪杰，正是由于他们的出谋划策才使得我军克敌制胜、凯旋而归。这样的小说结构模式，使得小说更像一本中华儿女英雄谱及其由之发明或改进的先进科技一览图，这不得不说是对于小说艺术魅力的削弱。但是我们还是不得不佩服碧荷馆主人非凡的想象力和卓越的预见性，小说中展现的每一样制胜法宝，都是如此的机巧新奇，我们从中可以看出当时外国先进科学技术在晚清先进知识分子那里获得了广泛而深入地接受，正是由于他们对于域外文明的积极汲取，才使得自己的想象有了坚实的根基和广阔的土壤，从而能写作出这样许多类型不一又功能优越的武器装配，同时作为一个潦倒沦落的弱国子民，小说家并没有阴沉低暗，丧失掉民族的自信心和斗志，而是用一种近乎神奇的科幻预言小说的方式向悲苦困顿的大众感染着一种热烈而蓬勃的精神能量，并向世人展现着作为历史悠久、文化深厚的中华民族璀璨的精神文明，这无疑对于百姓起着巨大的鼓舞和激励作用。

小说中出现的种种在我们今人看起来已经成为现实的预言，让我们不得不惊叹作者对于世界走向的一种深入地思考和非凡的把握能力，强烈感受作者对于民族复兴、人民富强的积极努力的求索精神，正是由于对于国家和人民巨大的责任感和使命感，才促使作家思想在深度和力度上有了卓越的展现，从而使得他所做出的种种预言如此地贴近现实。碧荷馆主人所作的《新纪元》一书，虽然满纸看似都是虚幻之言，既无宏大的时事勾连，更无痛楚的社会展现，小说将视角推至二十世纪已然富强民主的新中国，所写的是一片明丽的亮色，但是笔触所及，无不是对现实社会深刻思索而得来的，在《新纪元》的凯旋歌声中，我们看到是对于现实深沉的关注及永不熄灭的前进动力。

第二节　弱国外交

《宦海潮》

《宦海潮》光绪戊申（1908 年）铅印本，上下两卷，三十二回，卷端标“广东近事小说”。书前有作者《〈宦海潮〉叙文》一篇，《凡例》十四则，每回有插图两幅，绘图者为梁励（西甫）、炯堂、蓬莱居士等。作者黄小配（1872—1912），名世仲，字小配，号棣荪，广东番禺人，是晚清颇有影响的革命派小说家。

小说的主人公张任磐以晚清著名的外交家张荫桓为原型，其内容也大体与张荫桓的一生相吻合。张荫桓，字樵野，广东南海人，曾在总理衙门任职，1885 年任出使美国、西班牙、秘鲁三国大臣；1898 年戊戌变法时，因力主变法图强，被充军新疆，1900 年被杀。

由于《宦海潮》一书是根据晚清著名的外交家张荫桓风云波澜的一生为蓝本创作的，所以小说的故事情节大多是在晚清真实历史图景上的再现和演绎。那么作者对这位晚清时期叱咤风云的外交家，也是小说的主人公，又是如何品评注脚的呢？让我们首先看看作者在叙文中道出的观点："然而张氏有生数十年，正美雨欧风、外潮澎湃之日，所谓一时衮衮，眼光如豆，求以通外情者顾不多；觏张氏际之，稍事委蛇，虽得脱颖而出。则张氏知遇，虽得诸周旋权贵间，良亦时势制造之也。骤以豪杰英雄相比例，张而有灵，吾知九泉掩面羞矣！故其致通显，居总署，执大权，而一切事功，抑而浅陋！奉一差，订一约，不闻为国家争光荣，不闻为国民保权利，鄙矣！虽危弱政府，方丁艰造，张似无可如何。特弗胜其任，弗居其官，张而果能内审诸己，外征诸时，辨种族，识时务，方当奋作国民，否亦勉为胡元刘因，固无不合，而顾以刑名与官阶相搏也。是以其死，人多哀之，吾独不以为奇异。岂非其徒恋名位，未闻君子大道，有以取盆成括杀身之祸耶？吾之为是书也，非所以表扬张氏，盖遗其流芳，彼均未足当焉。"可见黄小配并没有对张任磐的外交生涯给予很高的评价和积极的赞美。不仅仅如此，他还花了八回的章节描写这位晚清著名的外交政治家在发迹前的种种劣迹。流连勾栏、逃避妓账、嗜好鸦片已是稀松，更令人不齿的是还蒙骗银票，榨取钱财，比如第七回回目就为《赠金资娼楼逢侠女假银票客邸赚乡亲》，此种败行不但让其声誉扫地，更使得家里父母妻子蒙羞受耻。

此外张任磐在发迹前也偶有官运，但从其为官德行来看，在他心目中根本就没有国家社稷、百姓福祉一念，想的只是如何靠着已有的权利，敛财发家，随意挥霍。如第五回，张任磐经李文炳之手得了龙溪票场规款一事，不料被极爱清廉官名的仕宦大家骆保时出头制止，任磐就气急败坏地咒骂道："那姓骆的要假惺惺，岂知他屋里十数房姬妾，都是见人貌美，着门户，就封了些少银子，便娶了回来。今日这事，如果他仍不知机，我们就要结合起来，告他品度不端，看他奈我们怎么何！”当受到骆当面指斥时，便出头答道：“看佛山一镇之内，上有官长，又有许多缙绅，试问那一个敢独自抗众？况受规的谁不是个正绅，只较那强娶民女的，还胜得多呢！”不论骆保时是否真是清廉无比，但票场收取规款实属肆意勒索，自当禁止，可张任磐一听到有这样的差事可做，立刻就喜出望外，关了医馆，找寻了一处大屋，改名为“红棉（张任磐自号）别墅”还乘机向别家赌坊索规。当骆出面制止时，张任磐竟用道听途说的姬妾之事大行讽刺，可叹多年圣贤书的熏陶根本没有让他养成任何为官为吏的道德操守，一心只想求取功名，只想把做官只是当成敛财致富的途径而已。因此这样一位官员平步青云之后，又能有什么官威、官德和官声呢？又怎么能为国为民做出哪怕一丁点贡献呢？因此作者在书前叙文中对张任磐的评说可谓一语中的。

虽然张任磐时来运转，借着偷学钱东若的刑名秘籍，加上自己的棋艺高超，赢得了山东丁巡抚的器重保举。后又在与曾文泽出使俄国时显示出外交才能，得蒙李相看中，加上李文贤引荐献宝，终于得到朝中权贵翁、潘的赏识，一时风光无两，红遍朝野。但是从他出任美国大使这三年的业绩来看，几乎没有任何可圈可点之处。

首先，他虽有为国争气之念，却完全没有成形的外交理论，从而也就不可能进行行之有效的外交交涉——对华侨进行保护，为国家争取权益。如在处理华工惨遭屠杀的洛士丙冷一案时，虽然先前任磐听了多位华侨的血泪诉说，但作者对其订约只写了短短两段文字。小说中是这样写的：“且说任磐那日接得驻美使馆来电，因美国已开议院，日间于洛士丙冷案尽可开议。任磐即打点一切，返美国去了。恰值美国议院已散会，任磐即往见过美外部。那美外部大臣扒夏道：‘现在议院于洛士丙冷案，已允赔款，但几经舌敝唇焦,始定议补十四万余金,不日定当了结。'张任磐道:'洛案被害的八百余人,区区十四万金,其数太少。'扒夏道:'弟亦已力竭,但如此亦不过不失。'任磐听了,觉彼议院已经散会,且即欲强索,亦不易办到,便不复言。"(二十四回)整个过程中丝毫见不到张任磐为国争利,为民请愿的热切之心,仿佛中国政府及其使节与整个赔款条约的签订毫不相关,只有听之任之的份。这不但显示了晚清日薄西山的国家情势,也刻画出了那时中国外交使节的软弱无能,更不用指望他们为国争权了,这也正是晚清国势日衰的一个原因。面对国内同僚指斥自己在洛士丙冷案件中的失败表现之时,张任磐希求的也只是在京羽翼多方打点,却毫无吸取经验、为国为民鞭策努力之念。

其次,从小说中我们也可以得知当时晚清出使官员对外国的了解,无论是物质层面还是精神层面,都是极其困乏的,这不能不说是晚清外交多方受挫、备受凌辱的一大根本原因。如任磐在二十一回参观美京博物院时,就感叹西人制器之精良:"张任磐听得,觉南北美之战,至今不过数十年,战具进步已日新月异。若中国现时还创始海军,那里能够与人对敌!"可见中国高级官员对于外国尤其是战备装备的了解还是极其贫乏的。而对于外国的政治制度等精神层面的问题,这些使节官员就更是知之甚少了。如洪稚园为侍妾赛金花所雇佣的两位德、法文教师,居然为俄国虚无党人,跟随其入俄后,刺杀俄相得手后自尽。当俄外部大臣华希第来询问此事时,提及到俄虚无党事,"洪稚园道:'贵国虚无党,偏要不顾身命,谋刺君相,究因什么仇敌呢?'华希第听了,不觉笑起来,自忖:俄国因政府专制,人民不服,所以要谋刺专制君相,好来鼓动革命风潮的;他为公使,竟于该国的政体风俗还自不知,岂不奇怪?但他问了,又不好不回答,便道:'因敝国政体,与贵清国相同,人民欲行革命立宪,就仇及君相呢!’洪公使道:‘然则仍是敝国人民还安静得多。’华希第听了,又忖道:不过华人思想不及俄人,故以如此;今反说他国人民安静,真没得可说。就连答两声‘是’而退。”(二十四回)可见当时晚清出使各国的使节真有所西学常识的寥落不堪,更别提有任何专攻之术了。

从上所述,我们不难看出作为晚清国家重要官吏的知识结构与那个风云激变的时代是多么脱节,几乎可以说是到了孤若寡闻的地步,也正是这种远远滞后于时代前进步伐的官吏统治结构,导致了整个晚清政局的庸冗萎缩,毫无作为,只能一天天等待着走向衰亡,毫无振兴之办法与途径。更为恶劣的是整个晚清官场上浮动喧嚣的只是结党营私,攀龙附凤的丑恶陋习。如任磐的时来运转、铁树开花,就是因为他依附了姻亲利宗岳,又借助高超的棋艺结交了山东丁巡抚。在京中,他的大红大紫,又无疑是李、翁、潘三贵人的大力提携保奏;当这三人渐趋失势后,任磐又通过拜把攀附上了朝中新贵凌朝禄;他与李文贤的儿女亲家结盟也具有显而易见的政治联姻的意味。尤其是依仗在京羽翼和亲族侄儿的打点帮助,使得他在洛士丙冷案中能逃脱罪责,在康案中又有惊无险。但正所谓“成也萧何,败也萧何”,张任磐的毙命也正是由于他得罪了权贵凌相,又在贬谪之地新疆妄发了关于义和团运动的谏议,虽远离京城,也难逃了杀身大祸。可见晚清官场到处是千丝万缕的党派争斗,时时都可能身陷丢官罢职甚至惹来杀身之祸的政治漩涡之中,可谓举步维艰。

纵观张任磐一生的起伏荣辱,可谓投合钻营、接欢权贵则昌,受人谗言、得罪重臣则败。整部小说不见张任磐凭借个人能力获迁受赏,只见他处心积虑地琢磨各大权臣的喜好,甚至为了更好地拍马溜须,不惜使用梁上君子的盗术(第二十五回盗窃江苏王子成家画卷回京以备谄媚之用),可谓是穷形极相,丑态百出。黄小配在此向我们展示的这一副晚清官场图景可谓惟妙惟肖,鞭辟入里,让我们看到这样一个破败王朝行将灭亡的必然趋势。

在这样官场浑噩、国势衰颓的末世王朝的背景下,在国外的华侨乃至出洋的大使备受西方帝国主义国家的残害、凌辱也就不足为奇了。晚清发生在美国的洛士丙冷排华惨案和美国的禁止华工条例,就是典型的例子。在第二十二回中,旅居美国多年的老者李荣对任磐的哭诉极具代表性,"李荣又道:'美人开国,没一事不靠华人之力。因美人自畏山岚瘴气,又利我们华人工值较廉,就请华人到来,做他的开荒牛马。可惜中国没有什么工艺安置国人,就令国人要流离异国。今美国商场盛了,工人多了,一切事业可不必再靠华人,就把我华人来驱的驱,虐的虐,种种苛残,是说不尽的了。只恼我们中国做官的没点子心肝,替我们华侨争点气,任令外人鱼肉,岂不可叹!'"一席话将在外华侨的艰辛窝屈一股脑地倾泻出来,并一箭双雕,一刺美人过河拆桥的丑恶嘴脸,二刺当朝政府官吏的昏聩无能,任西方列强凌暴子民,却毫无保护之法。

黄小配的《宦海潮》一书,向我们展示了晚清一位重要的风云外交家的波澜壮阔的一生,透视了晚清国势危亡下,举步维艰的外交形势,惨淡经营的外交局面,既让我们深刻认识到了弱国无外交的血的教训,发人深省又鞭人进取,激励着民众拯救整个中华民族的无限斗志。

第十一章　外国历史——以他国史为鉴的强国思考

“以史为鉴，可以知兴替”，中华民族自古以来就有修志治史的光荣传统，史学传统极为发达，盛世治史，拨乱反正，垂范子孙。在漫长的中华文明史上，史官文化一直占有举足轻重的地位，对民族文化形态和文化心理产生了极其深刻的影响。但由于“史氏所志，事详而文古，义微而旨深，非通儒夙学，展卷间，鲜不便思困睡”①，面对如此经典作品，普通百姓明显缺乏阅读能力，同时他们也对艰深难懂的正史不感兴趣，他们喜闻乐见的是通俗化的历史故事和带有不同程度虚构成分的历史题材文艺作品。这就使得在宋元年间的“讲史”的基础上逐渐形成了明清小说史上一个非常兴盛的分支——历史演义小说。时间推衍至晚清，历史演义小说注入了新生的血液，诞生了一批以外国历史为写作中心的域外题材小说。那么我们又从西方列强的历史中学习到了些什么呢？在晚清以外国历史为写作对象的域外题材小说，除了根据真实的外国史实来进行创作的小说，还有一类小说是以一个虚构国家复国

① 明嘉靖壬午(1522年)修髯子(张尚德)所撰《〈三国志通俗演义〉引》，载嘉靖元年(1522年)本《三国志通俗演义》卷首。

史作为写作对象的，故在本章中，以此将这些小说划分为有史实根据的真实型和小说作者杜撰的虚构型两种。

第一节　真实型的外国历史

《波兰国的故事》

《波兰国的故事》（有序），独头山人说，发表于1901年《杭州白话报》的第一、二、四册，讲述了波兰是如何被以俄国为首的布、奥等国瓜分亡国的。小说先讲述了波兰的建国，在戴法第三做波兰国王后，国事渐不振，因改信日士土教，俄国等借保护希腊教及其教民出兵波兰，后又重贿波兰大臣、恩赏百姓，迷惑人心，趁此与布国取得了对波兰新任国王的任命权。波兰内乱，因向俄国求助，反遭荼毒，百姓的自由言论权被禁止，波兰渐被俄、布、奥等国瓜分，波兰国王也退位了，俄皇假意开议院笼络人心，却派了阴狠大将柴洪石镇守波兰，他封闭报馆，解除了波兰本国一切武力，下令将波兰七岁以上儿童，全迁往边苦地区，以灭波兰之种，并不许波兰人再讲本国土话，两项并举，波兰国名存实亡。

作者讲述波兰亡国故事，其用心昭然若揭，正是警醒正处在亡国灭种之边缘的晚清子民，我中华也再不振兴，也必与波兰无异，迟早会被列强们瓜分殆尽，国将不国的。作者除了警醒目的之外，更为明智指出了，亡国灭种，不是他人亡之而是自亡的恶果，小说在序言中就写道："孟夫子说的，家必自毁，然后人毁之，国必自伐，然后人伐之，便是这个道理。"在小说末尾评述中又写道："此番波兰国里大乱，自家不去平定，反仗着如狼如虎的俄罗斯，压制百姓，等到大祸临门，自然懊悔不及了。唉！从古那兴国灭国的成案，哪一件不是自家造起来的么，我看那近俄的国度，如同瑞典、丹麦。到了现在，仍然保守得住，这么看来，那波兰也不算是俄国灭的。”

《美利坚自立记》

《美利坚自立记》宣樊子演，连载于1901年《杭州白话报》第三册和第四到第十册上。小说是一本以美国人民在华盛顿的带领下历经千辛万苦争取独立建国的丰功伟绩来激励国民为祖国自强自立而战的励志小说，“列位，你不要把这部书当做三国演义、封神传看，我们演书的意思，是要望你大家，一心一意，学这美国人，后来好替我们中国争争气呢？”（《杭州白话报》第十册）。那么宣樊子认为怎么样才能实现国家的独立自主呢？

首先，“头一件要把本国的人心，一个个都明白起来，兵也练好了，粮饷也足了，打仗的家伙也预备够了，总好动手。不比我们中国去年那义和团，是一群毛贼胡乱打的”。虽然作者把义和团运动这一农民自发的保家卫国运动极尽鄙夷，对其成败功过的评价也有失公允，但却很鲜明地指出了国家要复兴必须人心齐、准备足的硬道理，只有这样，才有可能彻底赶走殖民列强，迎来祖国的复兴。其次因为这部小说还有着让读者“熟悉些外国的风俗情形”的目的，也就夹杂了对其的介绍。如在第九、十期插写了一个英帅马江九营中大将安邱兰被美军俘虏，其妻自愿去美营照顾丈夫，并受到了美军的良好接待的故事，以激励中国女性要走出自怨自艾的圈囿，要敢于做有担当有勇气的新女性。“看官你看那有教化之国，便是一个女人家，也是比众不同的，我看我们中国的男人，平时做朋友，讲相好，到了患难时候，再也不肯上前，男人如此，那胆子小小、脚儿尖尖的女人，更不必说了。唉！千军万马之中，那边敌情，正是不测，一个女子，竟然单身赴敌，来寻丈夫，若是我们中国的妇人，闻着丈夫被敌军拿去，那上等的妇人，除了哭哭啼啼之外，更没有别的方法，那下等的更不消说了，那里能像这安邱兰的妻，成一个女英雄呢？唉！你们女人家，也该有一点义气，一点勇气，若遇着丈夫报国，战没沙场，要学着这安邱兰的妻，总不至被外国女人家所笑呢？后来安邱兰夫妻被放回国，国中人人，都赞他的义烈"。虽然这个故事的可信度不高，但作者借此来鼓励女性自信自强的目的还是十分明显的。还有第十期描写了外国优待俘虏的战争原则，标明了自己反对战争中种种暴行的坚定立场。

《俄土战记》

《俄土战记》，宣樊子演，连载于1901年《杭州白话报》十一到十五册，作者之所以选择土耳其，首先因为两国皆是东方败弱之国，皆因"东边有两个国度，好像病人一般，这两个国度是谁，原来一个是土耳其，一个就是中国"，可见小说虽字字言在土耳其，实为祖国而发。更为重要的是土耳其因教案而亡国，这无疑与刚刚才平息的义和团运动颇为相似，从而具有较强的可比性。

小说开始时描写土耳其廖若之病因实为中国贫病现状之写照："列位，你们晓得土耳其，为什么像个病人，原来有病总有病根，那土耳其其病根，头一件是内政不修，这内政不修四个字，却有许多文章，那就宫廷里面说起来，就是那骨肉至亲，并那同姓同宗，及那一班下贱的奴隶，有的想篡位，有的想杀害君上，有的想离间骨肉，及种种荒谬糊涂的事，就那用人行政上说起来，那一种的官吏，真是无恶不作，一个个没有心肝，见着钱就拼命去抢，打听着好差好缺，就拼命去钻营，什么脸都不顾了。心里只记得升官发财四个字，不论那国家怎样危急，那皇帝怎样忧愁，百姓怎样穷苦，一概不去管他，国里有一两个识时务的念书人，眼巴巴立在旁边，总要说出一两句公道的话，收不住手，又要做出一两件光明的事，那些官吏就不舒服，要拿他杀他，说你们读书人好不安分，太平世界，为什么造起反来，列位，你看土耳其，有这种狗才糊涂官怎样能够把国家兴旺呢？不但是这样，却还有大大的笑话，现在欧洲各国，那一国不变法，那一国不讲究维新，单单这土耳其，偏要死守着祖宗传来的古老法子，抵死不肯改变，任何外边人笑的、骂的、来侵犯的、来瓜分的，只是不动，还一味要用蛮法，压制百姓，到了百姓离心时候，那在上的势力，也渐渐抵挡不住，一天捱上一天，和那没有气息的病人一般，这是第一件病根，那第二件病根，叫做外交不慎，……土耳其太不自量，也不算算自己国度地方有多少大，也不瞧瞧自己国度用人行政，毕竟是好是歹，别人家怎样好处，他也不去理会，只一味瞎闹，见者外国人，都瞧他不上，只道我堂堂土国，可以传到千年万代，独霸独王，因此对着外国人，不免摆出大模大样”。一席话针砭时弊，写土耳其之弊政丛生映中国之贫病交加，两个俱是内政不修、吏治腐败、不图变法，病患幽忧的老大帝国。

更为一致的两国都因教案事件遭受重创，几近国破家亡。“这也罢了，现在地球各国，那一国没有通商，那一国没有订个条约，并且各国公同立个公法，唤作万国公法，随便那顶强顶弱的国，与别国交涉，要照准公法行事，倘然为了公法，无论哪一国，都刻兴兵问罪，这是地球上各国通行的章程，谁知道那土耳其并不守着公法，而且不时即闹教案，列位，世界之上，人类众多，那里免得这争一字，那大同的学问，现今且不必去讲究，但说这竞争的道理，也总要守着一定的章程，断断不能瞎闹蛮打的。这就教务上说起来，他们各国有教，你们土耳其也有教，他们各国能够把这种教派推广流传到土耳其，你们土耳其也可以把你所奉的回回教推广流传到各国，倘然自己奉的回教，都奉得不实在，他们各国也乐得乘虚而入，这时候要与各国争强，只好叫你们回教的人，奉得实在一点，然后再把教务推广推广，他们各国，起他们教堂，你们土耳其，也起你的教堂，总归能够真心奉着自己的教，那别国的教，自然渐渐衰败下来，这是就教务上竞争的一定章程，谁知那土耳其并不理会这种道理，只一味说外国人不好，传教的害人，不由分说，瞎闹起来，因此各国都当他是野蛮的国度，一切文明国应享受的利益，都不许他享受了。"（第十一和十二册）。

小说写了土耳其的建国、兴盛和衰弱，因国中袒护回教，遏制迫害基督教徒，遭到各国发兵，保护教民。后土耳其母伊、须尼二州闹饥荒，政府却反加重税，基督徒更是被全数征做兵役，官逼民反，民众封城待前来平叛的官军疲敝，一举成功。土耳其乱党日甚，只得求助外国，外国助其围剿后，令其变法图强，无奈土耳其阳奉阴违，内乱又起，俄国借机又来干涉，土耳其被迫制定四十条变法章程，却不能严格实行。各国怕俄国独吞土耳其，速行调节，勒令土耳其即刻变法，赔款军费与俄国，为确保土耳其不被俄国独占，列强开始蚕食土耳其领土，最终使得土耳其名存实亡。

在小说结尾，作者发出了"土耳其当初若肯早些变法，那国内的百姓若肯早些讲究维新的道理，做官的懂事，念书的爱国，闲民不要闹教，上下一心，替国家争争气，那土国何至一败涂地"感慨，实是鼓舞国民上下一心，共兴国家，并相信只要人民"有志气"就一定会"救得转来"（十五册）。

《菲律宾民党起义》

《菲律宾民党起义》，宣樊子演，1901 年连载于《杭州白话报》第十六到十九册，小说讲述了菲律宾因荒蛮落后，被西班牙占领，官兵和传教士在岛上肆意妄为，岛民也渐渐沦落得一味奴性，任其欺凌，不知反抗，且一经收买还助纣为虐，后有志青年域外求学，开发民智，组建民党，渐成气候，伺机起义，逼迫西班牙立下合约，后西班牙又不义背约，民党得美国相助，获得独立，不料后又被美国窃取政权。但作者坚信:“总归一句话,叫做自立,就是千死万死,死光了这种的人,也不可屈伏趴下,长长做他的奴才。唉！菲律宾有这等人物,我恐怕美国将来还管他不住呢?”(第十九册),鼓舞人民为国家独立、人民自主而战,这也就是作者写作《菲律宾民党起义》的最终目的。

《醒世奇文英雄泪》

《醒世奇文英雄泪》,作者鸡林冷血生,真实姓名不考。鸡林本为古国名,即新罗,近世多称为吉林,而作者在小说中又常自称“我大清”,由此可以推断作者是清末吉林人。另外,作者在自序中写道:“庚戌仲秋,日韩合并,其事关系奉省之命脉,中国之存亡钜而且急,是中国志士电激于脑,想溢于胸,急求保全之策。吾校同人有感于此,遂立同志会,命余编辑小说,以鼓吹民气。余自愧鄙陋,本不堪胜任,因同志责之甚殷,遂采韩国灭亡之原因,编辑成策,当即石印。”由此又可以推断出鸡林冷血生很可能是居住在奉天(今辽宁)的一位教育工作者。他感慨于韩国国破家亡的残酷现实,洞悉了日本狂热扩张的野心,颇具远见地指出韩国只是他们入侵中国的跳板而已,因此发愤著书,希求引起国人的警醒。本书共四卷二十六回,第一卷和第四卷均为五回,第二卷和第三卷各为八回。上海大成书局石印本,与作者的另外一本小说《醒世奇文国事悲》于1910年合刻出版,系讲唱体小说。

《英雄泪》这部小说同样是“满纸韩国事,皆为中华言”。作者鸡林冷血生清醒地看到日本借明治维新燃起国力之后,开始渴望像英美等西方列强一样侵国占土,掠夺财富,近邻贫弱的韩国和中国自然成为它的首选目标。对韩国的侵略也只是入侵中国的预演而已,因此写作了这部义愤激昂的小说,以激起身处国势颓败、民族危亡的中国子民的警醒,号召广大子民奋发图强,抵抗侵略。

整部小说中这种积极的比照意识是非常强烈的。小说第一回作者就鲜明指出:“列明公你们想想,咱们中国人素常日子,都管人家高丽人叫小国人。你看这小国的人,当亡国的时候,尚有一班爱国英雄,我们中国现在这样软弱,东三省眼睛看看,就要让日俄瓜分了,恐其不能赶上人家那小国人。要到那个时候,人家该管咱们叫亡国人啦!”开门见山地就表明了演绎韩国亡国故事正是为警戒中国子民而来的写作目的。

首先作者之所以要选择韩国灭亡事作为写作内容,就是由于韩国与中国东三省唇齿相依的紧密关系。“想想咱们东三省,紧靠着日本跟俄国,要是分的时候,必让日本跟俄国分了。日本要分东三省,所以先把高丽灭了。高丽紧靠着咱们吉林跟奉天,要得高丽,望这边发兵,必定容易。因为这个日本灭高丽,紧接着要分咱们东三省了。”(第一回)在小说的第十四回金玉均去中国求助,要求中国政府助剿东学党乱时也曾说道:“我国里兵微将寡不能治,敢乞求贵国发兵把我帮。贵国里若是坐视不来救,我韩国眼睛瞅着就要亡。高丽本是中国一属国,年年进贡在朝堂。我国的乱也就是你国的乱,我国亡你国也难久长。我国于你国界挨界,咱两国本是唇齿之邦。唇亡齿寒古人讲,独不记虢虞事一桩。贵国今日若不把我国救,别的国必然把手张。要等着他国插上手,于你国脸上也无光。望贵国快发人共马,好来平乱到这方。一来是我国把恩德感,二来是保护你国众绅商。小王我因此来求见,望领事思量一思量。”作者在这里借小说中的人物之口,警醒国人:韩国沦陷后,日本爪牙的下一个入侵的目标必定就是我们的东三省了,随后发生的九一八国难,东三省彻底沦为日本占领地的史实,极大地证明了作者的对于历史走向敏锐的前瞻性。

其次,作者在小说中将韩国一步步被日本侵夺,逐渐丧失掉行政权、财政权、警司权、审判权的过程详细地宣讲出来，目的就是警醒大众，提防日寇的蚕食侵略。如第十五回作者写道："众明公听书不要（听）热闹，想一想咱们中国雏样形？别拿着高丽城亡不经意，大清国也与高丽一般同。高丽国不过是日本一个虎，咱国中所在尽是伤人虫。众明公别拿自己不要紧，有一人就是他们一个对头兵。东省人要是全都存此意，怕什么日俄逞雄（凶）！"第十七回中也写道："明着以保护他国为名目，暗地里慢慢把他权利刮。那韩国君臣昏若尽无谋，见将时眉开眼笑乐了他。他国的权利要是都到咱们的手，咱们就一点一点把他辖。不怕他能出多少大豪杰，靡权利咱们怕他作甚么？得高丽然后再分东三省，咱的国庶乎可以见发达。"；"拿着那保护韩国把名买，暗地里夺取利权在手中。韩国里君臣无谋见识小，着（整）天的西里胡都（稀里糊涂）赛聋哑。日本人施下毒辣伤人手，正以为人家给他好相（香）应。自己国自己就当能保护，断不能倚靠外人把事行。自己事全让人家来替办，简直的跟着灭亡一般同。有权利国家就算有，靡权利的国家就算扔。权利他是一个甚么物？列位不知听我明。权利与人好比一杆秤，用他来把东西衡。力者就是咱们的力，那权儿就是秤锤他的名。有秤锤就是打物件，靡秤锤就是不能行。咱们人好比一秤杆，倚靠着秤锤把物衡。秤锤要是归了外人手，这杆秤就是无用人一宗。政治就是国家权利，能得权力国必兴。高丽把权利送与日本手，无怪乎他就扔了锦江红（洪）。中国人全不知他权利保，也恐怕跟着高丽把国扔。劝大家千万把权利强，断不可忽忽悠悠度秋冬。"这段讲唱文字，把韩国丧失掉权利的可悲之处向大众娓娓道来，并用秤和秤砣的巧妙比喻，把国家独立和主权完整密不可分的利害关系阐述得明明白白，让百姓明白国家必须是有主权的国家，丧失掉主权就等同于丧失了国家，由此深刻地告诫国人"高丽无谋，把权利送与外人手，我中国看看高丽的前辙，自己也当加点小心哪。"特别是当作者写到韩国因为战争赔款欠了日本大量经费，无法一时凑足，便被日本强行夺去了财政大权，不禁联想到晚清政府同样因连年的割地赔款而债台高筑危险境地，感叹到"咱们中国，陪人家外国钱，比那高丽还多着多少倍，这几年外人常想要监中国的财政，要是咱们的财政权，也让与外人把过去，也就离玩完不远啦。诸公们好好想想吧。"（第十八回）。

再次在小说中作者还一针见血地指出对于韩国的灭亡，清政府有着不可推卸的责任，其中的根本原因是因为晚清国力日衰，导致外交上的乏身无术。高丽素来就是我国的藩属，当美、法大使因为韩国听信日本挑唆大肆驱赶甚至是屠杀两国传教士的时候，曾找到中国协商，李鸿章却毫无责任感地一味推诿道："高丽虽然是我国的属国，但是他国的政事，我们是一点也不管，要是与那国开仗，那国和约，都由他们自己的便。"（第二回）美、法大使听了面面相觑。作者随即严厉斥责道："他这话说得不要紧，到后来传到日本耳朵旁。日本听见这个话，拿朝鲜当作了独立邦。派人去问那华阳炮击事，硬逼着那大院君来通商。通商后日本入了朝鲜地，他这些百姓可就遭了殃。看起来高丽灭亡这件事，全是我国办事的人儿无主张。那朝鲜现今已经灭亡了，我中国不久的也是就要亡。"在此我们发现，晚清颓废的国势让中华帝王已经分身无力，根本无暇顾及属国的安危了，李鸿章之言虽然是明显的外交失误，但却更是国势颓败的显现，无怪乎作者的行文中处处惊呼中华帝国已经是深陷泥沼的境遇，时时有如同韩国般覆灭的危险。后文写到日相伊藤博文与李鸿章签订的共保韩国的条约时，鸡林冷血生更是疼惜中华帝国的软弱可欺，同时尖锐地指斥当权者的昏聩无能："列位明公，你们想想，高丽是咱们的属国，有乱咱就与他平

了,何必跟日本合着办呢? 躲还躲不开,那可以让他插上手呢? 高丽灭亡,李鸿章也是有罪呀!”(第六回)

除了借助韩国败亡的历史警醒民众之外,作者还赞美了韩国人民浓厚的爱国感情,并提出了开民智以强国的爱国主张。首先作者礼赞了韩国人民高昂的爱国热情和奋勇的反抗义举,歌颂了韩国人民国虽亡,志不灭的可歌可泣的精神,并借此来鼓舞中国民众也要发扬这种为国尽忠,死而后已的强烈的爱国之情。如第二十回就写道:“我中国人民也有四百兆,全当宜把‘日本’二字放心中。也当宜学学福庆去对命,也当宜学学二娘不惜生。如果把‘死生’二字抛开手,那管他日本逞雄(凶)不逞雄(凶)。要犯着就与他们把命拼,那日本自然就得望后松。东省人尤当注意这件事,断不可胡里胡涂度时冬。要等着土分分与外人手,那时节就是哈(豁)出性命也不中用。明公及早回头就是岸,别等着刀压脖子才想使威风。”

其次小说作者特别还在《英雄泪》中贯穿了“开民智”的主题,这也是国家强盛的根本保证。在大院君召集诸臣讨论是否要应许法、美的传教士来韩国传教的问题,云在霄尚书就直言上谏道:“我主不知听臣言:耶稣教本是上帝一分子,全仗着传教天下化愚顽。听说的俱是忠君爱国大实话,所讲的尽人人自治保利权。英美的国民那样强盛,也都是耶稣教徒化的宽。我国民现今实在不开化,有何人知道保国求治安? 耶稣教今日替咱把民化,那恩情岂不真是重如山? 望我皇不要狐疑把旨下,让他们速速传教在这边。……国家强全靠数多的老百姓,百姓强那国家也就稳如山。想只要为世界上一个独立国,不开民智什么方法也是妄然。劝君王快快的想个新民策,可千万不要仗着人家保护咱。”(第一回)作者一番话把民强则国昌的道理阐述得明明白白,只有民智开通,人民自强，才能建立更为强大的国家，也才能使得伟大的祖国屹立于世界民族之林。当然对于传教士开民智的力量，作者还是有点夸大其词了，毕竟传教士传教其实是西方帝国主义国家的一种变相侵略，虽然在晚清，传教士的确为古老陈腐的中华帝国带来了域外鲜活的文化知识，客观上的确起到了开通民智的作用。

同样在小说的第十一回，作者写到侯元首去规劝黄伯雄勿要兴东学党作乱，妄图倚靠日本成事，也曾写道："你几位现今昌兴东学党，想只要改变政府去维新。诸君的意思虽然是很好，但是那根基未能立得深。如果要社会以上作大事，必得赖数多强大众国民。国民的程度要是不能到，怎么能推翻政府换主君？你党中尽是无赖子，有几个知道保国去图存？不过借着这个来取快乐，事若败一个一个乱纷纷。依我看你们党人不足恃，终究得必为他人害了身。日本国本是一个虎狼国，断不可暗地以里倚他们。日本国自从维新到今日，无一天不想只把咱国吞。每赶上咱国以内有乱事，他必然跳在前头把手伸。明着以保全咱国为名目，暗地里实在来把主权侵。"在这里，作者再次强调了国民素质和国家富强的必然联系，以及只有民强才能国兴的深刻道理，没有民主法政意识的国民，是绝不可能能产生昌盛富强之国家的。

为此在小说中作者还提到了一种成效显著的开通民智的方法，那就是创办白话报，由此可见作者是晚清白话文运动的坚定支持者和白话报纸的大力倡导者。在小说的第十六回，侯元首邀请各位乡绅来畅谈为创办报馆筹款事宜时，就特别演说了白话报对于开民智促维新的重要作用"我常想要使咱国不亡灭，除非是数万人民同一心。要想使他们全都同心意，必得用报纸鼓吹众黎民，使他们全知日本的利害，因利害了能知道报家门。报家门就是保护咱这国，家与国本来没有什么分。人人要全都知道把家保，这社稷江山一定不能湮。因此我要使人人把家保，有一条拙见敢在面前陈。在这城开上一个白话报，天天各处发卖化愚民。请诸公帮我银钱就为此，望诸公不要拒绝我这片心。诸公们一家集上几个股，报馆成来就在你们诸君。那时节人民只是尽开化，岂不是咱们大家福分深？诸公们思一思来想一想，侯弼的话是真不是真。”在作者看来创办白话报，可以用浅显易懂的语言文字演说国政方针，能够促进普通百姓了解新知，更新头脑，从而使得他们提高对于国家的责任感和关注心，为进一步维新变法打下坚实的民众基础。作者为了进一步地阐述白话报的这种作用，在第二十回《农夫怀恨倡革命妇女因仇起义团》中就写到人民能够揭竿而起，自立社团保护安宁，就是因为有了白话报纸的鼓吹和发动作用。小说在这里是这样写的：“留云浦农夫知道忠君义，会贤庄妇女晓得爱国诚。这也算高丽国中一特色，看起来农夫妇女那可轻。这都是侯弼报馆化的广，开报馆这个功效了不成。韩国里要能多几个报馆，未必不是开化民智第一宗。庄稼人看能全能知大义，为甚么动不动与他把门封？说是禁报馆就能把祸免，这个话勿囫（糊弄）傻子许能行。”鸡林冷血生把开设报馆的重要作用用真实的社会现实展现在了民众面前，同时也是促进有志对知识分子开办白话报启悟民智，只有热血文人积极投身到轰轰烈烈的通民智，增民力的运动中来，我们的人民才能真正的走向自强、自信也自新的道路上来。

除了使用白话报为传播新知的喉舌，作者还提到了另外一种方式——宣讲，当寇本良等十三人从陆军学院卒业归国报效之时，安重根等在车站送行，安重根就说道：“望诸兄到家把宣讲设立，讲自治使唤他们耳目新。咱国里要是人民全开化，然后再倡办乡团扩武军。”（二十一回）当众英雄聚集落雁山创立爱国会的时候，还专门设立了宣讲自治事的会员，“钱中饱、黄伯雄、李玮钟、李树萧、云落峰五人，管各处宣讲自治事”，紧接着又写道：“由是平壤地界的人民，让众英雄们劝化的很好，专等打听伊藤出行的消息，好去行刺，这且不表。”（二十三回）可见宣讲同样具有极好的鼓动民风的作用和成效。

作为一部历史小说《英雄泪》一书还对当时两位杰出政治人物——李鸿章和伊藤博文做出了评点，前者突出了其委曲求全，而后者则侧重其雄才霸略。小说中不止一次对李鸿章的一再退让表现出了极大的愤慨，如第二回李鸿章对于美、法以属国之因要求中国对高丽施压保证其传教士顺利传教之时，所采取的推诿策略就极为郁愤：“好一个老而无谋的李鸿章，说出话来太荒唐。法美国本来是好意，他以为人家竟发狂。他说道：‘高丽虽然服我管，向来的政治我们不主张。和战由着他们自己的便，那里头靡有我们一点糠。’他说这话不要紧，到后来传到日本耳朵旁。日本听见这个话，拿朝鲜当作了独立邦。派人去问那华阳炮击事，硬逼着那大院君来通商。通商后日本入了朝鲜地，他这些百姓可就遭了殃。看起来高丽灭亡事，全是我国办事的人儿无主张。那朝鲜现今已经灭亡了，我中国不久的也是就要亡。”不过作者对这位晚清叱咤风云的政治人物在与日本签订《马关条约》时的表现还是给予了很大的肯定和赞扬的。当李鸿章被日人小山谋刺受重伤之时就写道：“任死不箝出此弹，不敢以身之创剧，误国家之大局。”“好一个足智多谋的李文忠，敢于那伊藤把条约争。”

而对于那位日相伊藤博文，作者对其逐渐侵略韩国的行径大肆抨击，在其被安重根谋刺成功后，就评点伊藤博文道：“论伊藤是谋臣，不足为忠，专务竞吞，不行仁义，不思守国安民，只想夺地戕生。”（二十四回）可谓刻骨三分的画出了这位奸雄的丑恶嘴脸。

虽然出于拳拳的爱国情结作者对伊藤博文进行了恶斥，但是他同时也对日皇能够任人唯贤做出了积极的评价，“众明公你们都说日本他强盛，那知道人家作事与咱大不同，有了贤人人家就要用，有了好事人家就要行。事事都要随民意，那像我国那些贪官污吏胡涂虫，作出事尽是一派强压力，那有那一件事儿顺民情？劝大家从今别把官府靠，各人家谋点本业是正经。”（第一回）

论及这部小说的艺术特色，最为突出的就是小说的讲唱体形式，作者将讲唱与叙述相互配合，相得益彰。讲唱这种通俗易懂的文学样式，让小说的行文朗朗上口，富有极强的节奏感，这就使得这种文体极能引起普通民众的阅读兴趣，更便于爱国文人根据小说为底本，进行演说和宣传，以起到开悟民智，激发民力的作用。同时作者还能在小说情节的主线索上附着上几个不同类型的小故事，如汉城东关周氏三兄弟及岳家媳妇和小姑的惨剧等，插叙手法的应用既拓宽了小说反映社会的宽度，同时使得小说的情节更加的跌宕起伏，更能激起读者的爱国心、奋发志。

《英雄泪》这部小说，深刻透彻地反映了在晚清国势沦陷，自己的属国已经无暇顾及的状况下，韩国是如何被日本一步步侵夺沦丧的惨烈史实，写作这部小说的根本目的则是用以此激起我国子民强烈的社稷危亡感，并因此引起疗救的警觉，从而关注民生，关注国家，在中华民族生死存亡之际找寻到一条救亡图存的道路，可见作者鸡林冷血生深刻的爱国情怀和忧患意识。

《越南覆灭记》

《越南覆灭记》，越南亡命客巢南子述，梁启超录，作者生平事迹不详。小说不分回目，由两个部分组成：一、越南亡国原因及事实；二、国亡时志士小传，前有作者自序。《越南覆灭记》看似是一本描写越南被法国占领亡国的史实性质的小说，但字字句句却都是针对晚清政府而言，小说作家勾勒越南之覆灭正是给当时风雨飘摇的晚清政府敲响警钟，恰如小说作者在小说序言中所说的："吾子试言越亡前事，或我国大多数人闻而自伤，因崛然起，有复见天日之一日。则岂唯我国赖之。"由于抱着这样强烈的比照意识，作者在行文中显示出虽言越南，实说己事的明显倾向。

小说从越南建国开始叙说，回想了越南繁盛时期的君臣一心，天下安康的盛世景象。但后来盛极而衰，政教腐败，不修兵政，致使佛朗西伺机窥探，若当时越南君臣上下，齐心协力，还是能重整国威的，但却一味不觉醒，继续莺歌燕舞，不思图变，直至法国兵临城下，只得派遣大臣卖国求荣，从此越南开始了殖民统治时代，而宁死不屈的越南人民却掀起了反抗的大旗，前仆后继，但朝政由丧家之臣把持，颠倒朝政，陷害忠良，蒙骗太后，致使国纲不振。小说后又加写了《国亡时志士小传》为第二部分，赞扬了多位为国捐躯的仁人义士可歌可泣的英雄事迹。

这本小说从整体上来说，重点不在完整的叙事上，而在于在比照意识上产生强烈的兴亡感。小说一开始，作者写越南建国，无疑就在影射清朝的建立，同样是一个荒蛮的民族，经过几代祖先励精图治，终于开拓出壮阔的局面，"其时人才，人人思进步，事事求进步，故国势日强。"成为一个民族崛起的典型总结，从而促成了"至今朝阮氏建国，国初人才，时能极力求进步，遂全有占城，又得富贵真腊地。（今西贡）又西抚高蛮万象，西北极袁牢镇宁乐丸，南极昆仑岛，北夹两广云南，为一全越南国。"越南建国的过程正是清朝政府入关建立清朝的比照，而能迎来这样的繁盛局面，则是因为"越南人君臣，常思进步，务益民智，务长人才，国计兵谋，事事求进步，岂非烈火得巨柴，炎炎赫赫，火焰亘天耶？"而导致这样强盛的国家渐入下坡道的则是"越人彼时，自顾已满，拥金睥睨，井蛙无天,文恬武嬉,日甚一日。其间积腐政教,事事莫弄明清,文人以陈编免守,俗学涂鸦,自矜得志。武人以旗鼓美观,捉拳儿戏,自谓无前。其最可鄙者抑民权,狗舆论,凡国家谋议,民党从旁咨嗟而已。孟子有云:'国必自伐,而后人伐之。'"

这段话可谓直指晚清政府的凋敝根源,正是由于清王朝出现康乾盛世后所产生的自骄自满情绪,将天朝上国的迷梦做得日甚一日,文臣武将倦于职守,腐败蔓延,统治者坐在自己功绩的皇位上,一次次地漠视着从遥远的欧洲传递来的讯息,仅仅用玩赏的眼光看待着那些来自大洋彼岸的奇巧器物。朝野上下不复有建国初期和鼎盛时励精图治,切实民务的开拓精神。不思进取使得朝廷的内里日渐衰落,正是由于整个王朝在兴盛时的巨大荣耀感使得他丧失了以往锐意进取的精神和气概,才致使了如今颓废衰败的国家局面。感受着时代巨变的清王朝已经被急不可耐要吞噬中华帝国的西方列强所击败,帝国的慵懒和呆滞,又一次次地使国家丧失掉了可以复兴图强的大好机会,就这样一步步走向了灭亡的边缘,最终沦为了西方列强争相瓜分的俎上鱼肉。这篇小说的目的就在于唤醒还在睡梦中的王朝和子民,要大家愤然觉醒起来,去积极努力地寻找救亡图存的国家道路。小说篇末还补充上无数越南仁人志士为祖国的解放事业前仆后继的壮伟事迹,其目的也正在于此。

作者在小说中还反复提"资本主义国家的文明"这一概念,鲜明地指出了西方列强以其强大的国力强大的野蛮地吞并了弱小落后的国家,这是赤裸裸的侵略战争,是没有一丝一毫的所谓文明融合在其中。小说作者以一针见血的笔法毫不隐讳地指出了西方列强血淋淋的侵略本质,这完全是与西方文明毫不相关的野蛮行径。与众多对于帝国主义或过于美化赞扬或表达得暧昧不清小说相比,《越南覆灭记》的作者对于帝国主义的侵略本质有着十分清醒和深刻的认识,从而对帝国主义的态度也极其的鲜明,充满了无比的愤怒和仇视。在多个志士的小传中,作者多次使用“文明国”的反语抨击法国殖民者种种惨不忍睹的暴行,让人们更加透辟的认识到了帝国主义的侵略本质,不像《罂粟花》、《庚子国变弹词录》等小说都在不同程度上大唱帝国主义的赞歌。由此我们可以看出小说作者对待帝国主义的态度:赤裸裸的血腥侵略是绝对不能被允许和美化了,灿烂的西方文明和帝国主义野蛮侵略有着截然不同的区分,它们是绝对不能混淆的两个概念,必须予以区分并分别对待。前者我们必须吸收借鉴其精华,对待异质文明如宗教,则应该必须尊重和理解;但对于帝国主义的侵略行径我们却绝对不能有任何的美化和赞扬。

在《救劫传》和《庚子国变弹词录》中,两位作者完全将战争的爆发归结为义和团民的挑衅和胡作非为及其一般奸佞臣子各图私利的庇护,没有看到战争的爆发是迟早的事情,义和团运动也不过只是一个战争的导火线而已,特别是两部小说的作者都存在着将帝国主义的殖民战争美化成自我保卫战的严重倾向,他们认为正是由于拳匪的围攻教堂使馆,各怀鬼胎的官员的支持怂恿,迫使西方列强不得不发兵来华,保护各国在京官员子民的安全。尤其是《救劫传》第十回这样写道:“原来我国朝廷之上想来最重的是一个例字,无论这事应该不应该,但查从前有这个条约,便可照着做去,若是没有的,便要批驳下来,由你做到抚台总督这样的大官,要说一句话,做一件事,必定先要部里核准,方可说得做得。所以做官的人,遇着六部里所用的胥吏,犹如顶头上司,巴结的了不得。那些胥吏因为大权在他们掌握之中,无论何人,奈何不了他,他们便做着舞文弄法的事,暗中赚钱,到后明目张胆,有一定的陋规,分毫少他不得。从前有人说得好，说道现在的太难下，有三项大坏事的弊病，一个叫做‘例’，一个叫做‘吏’，一个叫做‘利’。有了这个‘例’那些‘吏’胥便可从中取‘利’，天下那有不乱？这些弊病，早被洋人看得明明白白，所以此番洋兵进京，看见吏部衙门里堆积这种案卷，就用火烧了个干干净净，免得再留下来把他们作弊，岂不是大畅快的事情吗？”作者对中国官场的阴暗腐败的透视可谓洞若观火，但将其附会在洋兵入侵烧毁吏部公文的这一事件上，显然系属穿凿附会。八国联军纵火焚毁各部衙门，无非是喧嚣帝国主义的侵略狂热而已，至于到底焚烧了些什么，他们根本无心顾及。烧杀抢掠是西方列强自踏入中华帝国以来，就一直不断上演的晚清惨景，暴露的也只是弱国子民的悲惨境遇而已，绝不存在联军入侵还能造福百姓的任何可能。

在《越南覆灭记》中，作者首先就鲜明地指出，法国对于越南是蓄谋已久的“佛朗西于百年前，遣其教徒来西贡河仙等处，乞讲道，是为嘉隆初年。是时法人已有窥探越南之教，民权日削，公论不伸，知是越南垂亡时候，遂遣法教徒向越南政府陈乞通商，又大集商船于西贡，而以兵船出其不意，潜入沱瀼（在广南，为越南扼要海口）。攻沱瀼，三年，不能下，引去。自法人之失意与沱瀼也。蓄愤潜谋，耽视更甚，是为法人取越南之滥觞。”作者巢南子寥寥数笔就把法人积蓄已久的侵略野心昭彰出来，不在浮动的表面上抓取战争的根源，可谓颇有见地。作者完全没有了试图暧昧混淆这两者概念的倾向，而是向人们清晰地展现着他们之间的不同区别，这样一来可以让读者明确西方文明是我们应该学习借鉴的，面对血腥野蛮的帝国主义侵略战争，我们要做的是坚决的捍卫和保护国家的主权和尊严，两者决不能含混对待。民众必须对帝国主义侵略本质保持清醒的头脑和客观的认识，任何对帝国主义的侵略本质的曲解和盲从，都是显然不利于增强民族自信心和凝聚力的。

《越南覆灭记》虽然只是个短篇，也没有分回，但其用字造语简约而富有力度，字字针砭时弊，不做废语，这使得这篇短文小说意味并不浓厚，而更像一篇战斗的檄文，让人读之奋进，极具鼓动力。

《洪水祸》

《洪水祸》光绪二十八年(1902)十月十五日《新小说》第一号及第七号载，标“历史小说”，作者雨尘子，作者生平不详，小说五回，未完。未见单行本。从小说作者写作的这五回看来，他的小说构思是非常宏大的，写作意图是重现法兰西路易十六与其皇后马丽安德列德独专国政、祸国殃民，最终导致民怨沸腾，引爆了法国大革命这一重大历史事件，前五回仅仅是小说的一段铺垫性质的写作。

小说从路易十三压制平民，打压贵族，君权极盛写起，一日路易十三得梦，欧洲众位有名的君主集议如何疏导民气，路易十三极主压制，众君主谓现今民气上扬不宜用，路易十三却不以为然，后又梦法国覆灭惊醒。第二天就梦询问大臣，大臣多震慑其淫威，而不敢直言，只有一贵族规劝路易十三，被皇帝怒斥归乡，后纠集反叛不成被路易十三斩杀。路易十五皇权日重，此时的瑞士公使塞列肥府喜研究法国政治尤善财政，由于路易十四在位之时穷兵黩武，经路易十五财政依然亏空，路易十六登基后更是捉襟见肘，此时的塞列肥府已卸任成为东印度公司的经纪，便撰文言说法财政疲敝源于连年战事和宫中挥霍，建议法国政府应公布财政支出，使民知租税何用，来支持国家经济。这篇文章一经发表引得法总理莫理德来拜，塞列肥府建议法政府“明权限，示至公”，莫理德请出其出山，塞列肥府以是外国人兼异教徒为拒。后法国财政日匮，路易十六经总理建议授予塞列肥府会计总督之职，共助改革。此时的财政部长仇俄耳因裁撤陆军冗员，开罪于贵族，被迫离职。美国欲脱离英国殖民地而独立到法国求得外援，美因平民享有自由，深得法人羡慕。美公使佛兰克林得到法人大加欢迎，塞列肥府因加税于民却不能给予民众应有之权利而使其财政改革破产。佛兰克林在法演讲民权获得法民热烈欢迎，民气浮腾迫使政府发兵支持美国独立。法国财政改革经多方努力仍无果，而此时路易十六的皇后玛丽安德列德渐掌大权，挥霍成性、任用奸佞，皇权摇摇欲坠。

关于《洪水祸》这一小说的名字，极可能取源于“我死之后，哪管洪水滔天”这句历史名言，很多人把它认定为路易十六所言，至于这句话为什么和路易十六扯上关系，就在于路易十六一朝所引爆的法国的这场巨大政治危机，直至其被推上断头台，法兰西成立了第一共和国，而“洪水”一词暗指革命洪流之意在这里是显而易见的。可见这是一本力图展现这场法国大革命的历史宏图的小说。而为了配合历史小说更多写实的风格，雨尘子在小说的第一回末尾又开始写作附记，第一回的附记是这样的“路易第十四言死后洪水将至，是死时事。飞砖之乱，是路易第十四幼时事。”（小说除第三回外均有附记，记载正史事实）。从第一回开始就明确表示自己写作的严谨态度。这也确定了这本小说走的也是历史写实的路线，对于历史事实力图再现其本来面目，尽量少的掺杂演绎的成分。

并且在这部小说中有很强的普及外国历史知识的用意以及推动中国社会改革的作用，如小说的一开头，就向读者讲明了中外历史之间的区别“今日我们读过西洋史的，便觉读史时，有几种新异感情出来。第一，我们中国的历史，全是黄帝子孙一种人演出来的，虽上古有夷蛮、戎狄异种，近世有契丹、女真、蒙古、鞑靼诸外族，在历史上稍留痕迹，究竟我们视之，若有若无，不甚着眼。西洋史则自上古至于今日，尽是无数种族，互处相争，政治上的事迹，无不有人种的关系在内。我们看去，才知世上种族的界限，竟如此之严，种族的波澜，竟如此之大，这叫人种的感情。第二，我们中国自古至今，全是一王统治天下，历朝易姓，也不过是旧君灭，新君兴，没有别的关系。西洋则国内有君主一种，有贵族一种，又有平民一种。并且贵族常与君主争权，不比中国单有君主擅威作福，平民虽多，不能在历史上占些地位，这叫做政治的感情。大凡各国史书上的事业，不外两种，一是国内之竞争，一是外国之竞争。西洋史上的国外竞争，多半是人种的关系，国内竞争，多半是政治上的关系，这个看过西洋史的，便可领略，不必多说。于今单说西洋数十国内的一国，西洋数千年史上的一种事情，这种事情不是国外竞争，便是国内竞争，也无非出乎政治上的一层魔业。看官，你道这是什么事情呢？有俚语四句，总括全文。巴黎市中妖雾横，断头台上血痕腥。英雄驱策民权热，世界胚胎革命魂。”第二回他又向读者解析了当时法国社会的四股主流势力及其消长关系，特别是第四回开始对美国民权的写作，实是希望借此推动中国的民权革命，使得人民人人得享自由平等之权利。

从作者选择法国大革命这一历史宏伟画卷作为小说主要内容，其写作目的是非常显然的，即借鉴别国历史经验，来推动中华民族的革命事业，可见《洪水祸》是一本旨在宣传资产阶级革命的小说作品。作者以法国大革命斩杀路易十六，建立第一共和国而获胜，鲜明的显示了作者对于中国未来之路的设想，即推翻腐朽的清廷，建立起民主平等的资产阶级共和国。路易十六昏聩无能，皇后挥霍成性，无疑是对晚清光绪帝的庸碌，慈禧的弄权败家最好的暗喻和抨击，路易十六命丧断头台无疑就是对清朝政府必将败灭的历史预言，这使得这本小说的用意是一本极力痛斥清政府丧权辱国，同时激励鼓舞人民坚定信念团结起来，为实现自由、平等之资产阶级共和国奋起反抗的励志小说。

《泰西历史演义》

《泰西历史演义》，光绪二十九年（1903 年）五月至光绪三十年（1904 年）十月《绣像小说》第一至十三、第十五至二十一、第二十三至二十五、第二十九至三十八期分期连载。光绪三十二年岁次丙午（1906 年）季夏中国商务印书馆编译所首版排印问世。封面题“新小说泰西历史演义”。无序跋，版权页题“著辑者中国商务印书馆编译所”。洗红庵主演说，作者生平不详，小说共三十六回。这本小说选择了英、美、法、俄四国历史长河中尤为精彩的一段为演绎对象，法国拿破仑与其继任者的风云沧桑、英国经营印度殖民统治、美国伟大的独立革命，和功勋卓著的彼得大帝及其改革。这四段历史分别是这四国国家历史长河之中的闪耀点，它们因其在国家历史上具有转折和开创意义，一直就备受历史学家和小说家的关注，洗红庵主正是着眼于此，独具匠心地选择了这四段历史，以小说为媒介，传播给晚清世人，作者的用心在此是非常明显的。

中国自古以来就有记录历史的优良传统，正所谓“以镜为鉴，可正衣冠；以史为鉴，可知兴衰”。可见熟知历史能够让人从古人的经验教训中得到极为丰富的人生历练，这也就是明主贤臣为什么都关注历史、研究历史的根本原因。个人的经验总是有限的，历史长河所能给予我们的启迪则是无穷无尽的，从而能让人们能够从中汲取到丰厚的人生经历，这对于每个人都是非常重要和必要的。洗红庵主正是基于对于历史这样的认识，来写作这本以外国历史为写作对象的域外题材小说的。而身处晚清这个时代,解读历史更有了独特的时代色彩,那就是为什么我们的国家会远远落后于西方列强?西方诸国是如何走向国势强盛、雄霸世界之路的呢?我们有可以从中学习和借鉴到什么样的经验呢?这些问题成为萦绕在晚清试图挽救民族危亡的仁人志士心中,从而促成了一批以外国历史为写作对象的晚清小说的出现,而《泰西历史演义》在其中则是比较突出的。

首先在于它是一部结构完整的小说,而不像《洪水祸》和《东欧女豪杰》一样,没有卒篇,虽然我们能够根据作者写作的这几回推知一些作者要写作的思想内容,但是即使是合理的推测也只是臆想罢了,不能准确地探究出作者更为明确的写作意义和写作目的。其次它的长度也比较长,这就使得它有足够笔墨向读者展示较为完整的历史阶段,虽然基于晚清的知识分子对于外国历史认识和了解程度都是有限的,历史小说这种文体本就带有极大的历史演绎色彩,这使得历史小说本身距离历史就有相当大的距离。但是我们却发现晚清以外国历史为写作题材的域外题材小说有着一个特别突出的特色,那就是作者不约而同的希望贴近历史的真实,如《洪水祸》的作者虽然只写作了五回,就在四回小说章节后加注了附记,希望能让读者了解作者是本着认真的态度来写作这部历史小说的。我们从《泰西历史演义》这本小说中同样看到了这种写作态度,作者更多的是向读者展示历史,让读者在这些历史真实之中认识到为什么西方列强能够兵强马壮,在我们的国土上肆意横行、为所欲为,从而使得这本小说的带有很强的个人色彩的评点的讲述比较少,大多出现在卒章显志的关键位置上,小说的作者在大多数情况下采取的是隐没自己的写作手法,尽量多地去叙述历史,这使得小说的大部分文字多出于平铺直叙的叙写,让人读起来也过于平淡，好像是小说版的历史教科书，没有了作者浓重的感情渲染，多少显得有点苍白。

但我们并不能否定这本小说所具有的特殊价值。从作者截取的这四个国家的四段历史我们还是可以清晰的解读出作者深刻的救世用意。拿破仑统治时代，是法国民权运动的高潮，特别是那部《拿破仑法典》的颁布。在这部伟大的法典中，很多方面体现了法兰西共和国革命的理想。例如，在法典面前人人无血统特权，在法典面前人人平等。与此同时法典还与过去的法兰西共和国法律和风俗相近到足以使法兰西共和国民众和法律界接受得了的程度。而法典也凭借着稳健适度，条理清晰，简洁明了，不仅在法兰西共和国一直得到实施，而且经过局部的修正也为许多其他国家所采用。作者在小说中也热诚地赞美拿破仑："因为拿破仑在位日，虽穷兵黩武，好大喜功，然为着各国定专制章程，非共和体制，一意里把他们划除净尽，使在下的重见天日，再睹乾坤，这种心思，宛然是愚公移山，精卫填海，究亦不可多得。况且他在济人利物上，何等注意，化民成俗上，何等用心，真是赫赫义师，堂堂明主。后人有诗吊之曰：天授神奇自不同，几多伟烈与丰功。千秋事业谁相并，风虎云龙一沛公。"（第六回）晚清的民权运动是社会革新的一个重要内容，开民智，予民权，让国家的万千子民可以广泛地接受教育，具有参政议政的能力和权利，是晚清民权运动的重中之重，而拿破仑时代的法国正是一个民权激昂的时代，虽然他的登基无疑是对法兰西共和国革命理想的彻底背叛，但他点燃了法国人民心中追求自由和理想的种子却永远不会改变，最终促使法国完全废除了君主制，走上民主共和国的道路。

同样英国经营东印度公司，美国独立战争、彼得大帝改革这几段历史也具有很强的社会意义。身处晚清的知识分子越来越认识到，我们武备贫乏，科技落后，而兴学校、开工厂等等这些善政无一例外地需要大量的资金，以农为本的封建社会经济结构已经完全不可能提供给试图快速发展的社会足够的经济支持，西方列强昌盛的商品经济却能给国家和人民带来巨额的收益，从而促进国势的长足的发展。这使得晚清的知识分子深刻认识到了商战的必要性，依靠商品经济我们可以繁荣国家，富足人民，商品经济不仅可以为我们国家和人民带来丰厚的收益，更能为国家发展注入强大的经济支撑。帝国主义在海外的争夺说到底也是他们争夺原料低价产地、廉价的劳动力资源和更为广阔的商品市场。以英、法为主的各国在印度的经营就是明证，因为“每年的进款，有泼天价的兴旺起来”引得“荷兰国、葡萄牙国、法兰西国，一个个的跟了来”（第七回）。

美国独立战争和彼得大帝改革代表着当时争辩甚为激烈的两种社会发展的方向，一种是革命，一种是改革，作者为此选取了两个极有代表性的国家历史来做典范，美利坚合众国通过以华盛顿为领导的国家革命走上了民主富强的道路，而俄国则通过自上而下的君主改革迎来了国家的崛起兴旺，作者无论对于那种国家发展道路都寄予了很高的评价和肯定。华盛顿引领军队取得了独立战争的全胜，为美国开启了民主共和国的政治体制，作者对此热情赞美道：“此时的华盛顿倘然存了一毫私见，一跃而登宝座，就和法皇拿破仑一模一样了。这合众国扰扰攘攘，还论不定数十年，数百年，才能共和自立呢。”（二十五回）而彼得大帝，特别是其临终的十四条遗嘱深得作者称赏“以上十四则，至今读者，无不咋舌！彼得一生志向，也可谓大而无匹了。”（三十六回）我们从中也可以看出，洗红庵主对于外来国家的走向并没有鲜明的支持任何一种，而是抱着要深入探索寻求的态度，这种对于中国未来走势的思考显然要宽容得多，较之狂热的叫嚣某一种社会发展模式，兼容并包的思考显然更加成熟和稳重。

从洗红庵主摘取这四国的四段历史引入小说中来，我们看到晚清有志之士对于国家和人民的深刻思索。他们已经明确看到了人民的巨大作用，蕴含在人民身上的无穷动力和勇谋，这使得他们不约而同支持民权运动，通过普及教育，试图改变思想麻木、知识寡陋的民智状态、发达民权，激发起每一位公民对于国家的责任感和使命感，促使有知识、有抱负的国民加入到国家走向和大政方针的参政议政中来。面对着日趋贫落的国家经济状况，重视商业发展商业已经成为一个行之有效的对应政策，只有国家和人民都获得了强有力的经济支撑，才能够走上强国富民的道路。我们的祖国，无论是选择暴力革命的方式，还是走上政治改革的道路，都是要相时而动的。一直以来，对于洗红庵主演说的这部《泰西历史演义》，研究晚清小说的学者都没有寄予很大的重视，但其重要价值还是不容忽视的，它充分展示了晚清的知识分子努力从别国的历史经验中寻找救国救民之路的艰辛探索，作者并没有局限于一国历史的演绎，也没有对别国历史做泛泛而写，而是极为用心地选择了这四个国家四段别具传奇色彩的历史演绎给小说的阅读者们，希望人们能够通过他国的富强之路，结合晚清社会的国情国貌，探索出一条适合我们自己国家的复兴道路。

《回天绮谈》

《回天绮谈》作者署“玉瑟斋主人”，真实姓名及生平事迹不详，光绪二十九年（1903）五月《新小说》第四号至第六号载。标“政治小说”。文中有圈点，共十四回，未完。但革命前的准备与革命成功两个关键部分俱已写作完成。小说发表时题为“政治小说”，小说主要记叙了十二世纪末、十三世纪初英国“自由宪章”运动故事，作者的旨意是非常明显的，即是配合晚清时期中国的“宪政运动”。

这使得《回天绮谈》成为一篇比照意识非常强烈的小说，在开篇首章作者就点明“看官，你翻世界地图一看，他的属地在五大洲中星罗棋布，太阳一出一没都常照着他的国旗，可不是英国吗！又政治、风俗、工艺、贸易常占一等国的地位，人民则恁般自由，王室也恁般尊荣，文明的光辉赫赫照耀这地球上，也不是英国吗！原来英国不是自开天辟地的时候就是富强的。七八百年前，他的人口不过是二百多万，他的土地也不过是欧西临海几个小岛。这个时候，国土贫弱自不消说，就是这些人民怎么样愚顽，这专制的君主怎么样专横暴虐也不成说话了。那种下级的人民叫他做蚁民，听他这两个字他的文明程度也可以知道几分了。所以抑压他们无所不至，一种可怜可悯的情态真是令人害怕的。到了纪元一千三百年，这时正是约翰做国王做出了一番从前没见过的大改革。把官民的权限分得清清楚楚，又将人民自由的基础立得如山似的。一年一年扩张起来，是以能够有今日的。那约翰王当初也是很糊涂的，后来被这些人民逼他不得已，才行这大改革。这篇就是将当时的事情从头至尾说将出来的。看官读一回，就晓得当时人民的辛苦曲折了。”作者一开始就将以往的英国同晚清的中国等同起来，唤起人民对于以民权改革疗救祖国，走向光明前景的积极向往，通过对于英国宪政改革成功经验的抒写给予正在抬头和摸索中的中国民权运动一些指导和经验，并以此来昭示民权运动必将促进民族兴旺、国家昌荣，同样是一本言他国事为己国忧的以外国历史为题材的域外题材小说，并在小说显示出了自己对于支持改革，反对革命的鲜明的保皇倾向。

其实从《回天绮谈》这一小说的名字就可以看出作者对于改

革寄予的无限的希望和巨大憧憬。他希望我们的祖国也有效仿英国开展一番具有回天之力壮阔的政治改革，赋予人民应有的民主权利，从而因此实现中华民族的伟大复兴。

小说作者的写作倾向是十分明确的，他向往的社会变革模式是一场温和的改革，而不是一场激烈的革命。小说特别安排了第十四回众义士的一场热烈辩论，表达了自己关于革命和改革的不同看法。“各人得了这个信，自然是喜不可言。各支部总理，就驰集宾勃鲁侯两个处，商议大事，各人发表意见。那年少气盛的人，心醉卢骚民约的议论，又见各国革命革得这样爽快，忘了本国数千年的历史。又不暇计及国民智识的程度，各国窥伺的危险，非说今日自当革命，就说今日不可不革命。更有横暴议论，说宁送给外国，也一定要革命。那阅历太多的人又说，天下事谈何容易，非有十二分成算，断不可轻举妄动。把天下的事情，比各种机器，说机器虽是灵巧，然有一粒小砂梗着就转不动了。这种议论，说他老成持重也可，说他畏首畏尾也无不可。此外有主张利用主义的，有赞成平和主义的。不过一百几十人，差不多有十几个政见。因为革命这两个字好讲说话，还是主张革命的占了多数。”接下来宾勃鲁侯一席话正是代表着作者的肺腑真言，“诸君议论虽是不同，实不外以救国为宗旨。但凡事利多害少，才做得过。我国民保守的性质，诸君总可以晓得。革命两个字质言之，就是作反。若运动人出去作反，不独号召不来，却招人疑忌。本党得养这种势力，也全因舆论赞成我们的主义。我们若变了宗旨，岂不尽失天下人心？舆论的势力，比兵队的力量还要利害些。不如我们率着几千同志，面谒约翰陛下，将现时人民的惨状，国家的耻辱，逐件陈奏。请他驱逐奸臣，录用新党。现在陛下不过被这班不知国家为何物的奸臣蒙蔽，一切外间事势全不晓得，所以如此，若是知道，总有悔悟之一日的。将来我们有所借手,一切容易,比在局外手无斧柯,横发狂论,扼腕抵掌,一点事情都干不出来,还不于事有济吗。这样办去,一则不至苦毒生灵,一则不怕外国干涉。现在国力这样疲弊,事势又这样危急,若错了一着,就全局败坏。请诸君细想才好。"

这段话仔细分析,发现作者顾及的方面主要有两个,首先是人民,而最为重要的还是帝王,作者虽然在前文已经大量描写了其昏聩淫逸的丑恶嘴脸,如第一回就写道:"那时法王谴责他,民众诽谤他,他都一概不管。只管槃乐怠傲,不理政事。所以政事废弛,一日坏似一日。把这些忠诚正直的人都渐渐疏远,全用了这些奸佞利口的糊涂东西。"隐喻了作者对于当政帝王强烈的不满和不屑,但在十四回还是以主上被奸臣蒙蔽为由,一旦醒悟必然幡然悔改,劝说大家不要贸然实行革命,这也是玉斋瑟主人的心声,在小说中作者对于朝中奸臣可谓恨入心骨,抨击了晚清官场的奸佞横行,不可一世,"勿谓秦无人,大凡各国,不问其国怎样衰弱,国政怎样紊乱,这个时候总有两三个爱国志士出来苦口力争的。但满朝都是小人,如何容得一两个君子呢!不见明末吗?不见波兰分割吗?真是古今同慨罢了。"(第四回)在此我们能清楚看到作者思想中极为深刻的保皇思想,并不希望晚清爆发激烈的社会革命,而希望仁人义士通力合作,最终使得皇帝能够接受各项合情合理的改革措施,制定出适合国情的一部宪法,让人民得享权利,从而走上国家繁荣的发展道路,这就是作者心目中理想的救国救民的图存之路。

在小说中,为了配合这一政治改良,作者提出了应该赋予人民应有之权利的鲜明主张。如果说单单由于皇帝的昏庸至多进行的不过是一场改朝换代而已,朝代的更替,至多带给人民的也就是几个稍微安定富足盛世罢了,人民依旧是毫无民权可言的,自然也不能上升至民主改革的这一层面上来,这使得作者在小说中鲜明地指出民无自由民主的权利,是阻碍社会进步的巨大障碍,所以必须实行民权改革。在小说中作者借用亚卑涅之口,宣扬了了天赋人权、人人平等的民主学说,以此来倡导民众投身于获得自身权利并保障自身权益的社会改革运动中来,“天生斯民大家都有同等均一的权利,这种权利断非他人可以夺去的,又非他人可以侵犯的!他可以有,我也可以有。若说上天待我们有亲疏厚薄,把这些安逸幸福去给这个,又把这些艰难痛苦去给那个,那里有这个道理呢!你们看看今日我们二百余万的英国人民,是怎样呢?有一种人丰衣美食,高楼大厦,是一点职业都没有的。他的钱是从那处要来的呢?好不是在我们同胞的膏血绞出来的吗!有一种人寒无以为衣,饥无以为食,自己做奴隶还不算,子子孙孙永远要做他们的奴隶。这两种人的悬隔何止霄壤呢!反正理违天意非人道的事情,还有那一件事比得上他呢!今日政府不特不想一个法儿来补救这件事,还是今日增租,明日加税,好像不把我们同胞的骨头都吃完了,他便不甘心的。这些奉承政府意思的狗官吏,越发厉害。第一件,他们要保存禄位,不得不要那样办法。第二件,他们见钱是不要脸的,假公济私,无恶不作。所以这些农夫交租稍迟十天八天,就被他拉去下狱了。有一两个热心爱国的志士说几句不平的话,也要拿他、杀他,钳着他们的口,不要放声。他们要我们同胞的钱,要我们同胞的命,都可以使得。我们说几句不平的话,就要拿要杀。你等说有道理没有道理呢!”(第二回)

虽然明确了改革的方向,而要想发动这场社会革新运动,需要无数有志之士前仆后继的不懈努力,因而在小说中作者不止一次的赞美众志士身上百折不挠、勇往直前的奋发精神。“古语有说‘皇天无亲,唯德是辅’,天不是不保佑改革党的,特要磨折他,困厄他，等他们可以担当重任，不要志行薄弱罢了。”（第八回）“看官，大凡碰着一两件不如意的事，就心灰意冷，这就是志行薄弱不干得大事的。至豪杰的用心，愈遇艰难越发勇往。你看将来改革英国的弊政，令英国再睹天日，岂不是这改革党的吗！”（第十回）此外还有亚卑涅向民众倡言民权即刻就被政府逮捕（第二回），威廉勃鲁士召开集会招来灭门之灾（第十一回）。

同时《回天绮谈》有着一个明显的缺点，那就是作者将民权改革运动写得有点过于潦草和简单了，作者对于国家富强的探索还具有很深的狭隘性，国富民强并不能通过单单依靠民权改革来促成，同时代的很多作家注意到，由于中国平民心智的薄弱，权利的赋予更不可能是仅仅靠一帮有志人士，积极运动，一朝一夕可以促成的事情，虽然《回天绮谈》还是一本没有写完的小说，但它只用了十四回很短的几段就攻破了牢狱，最终迫使约翰王同意了召开国民制宪运动，制订出六十三条宪法，从而取得了英国的宪政改革的全面胜利，作者在小说中对历史做了过度简单化的描写。

《东欧女豪杰》

《东欧女豪杰》这篇小说最初发表于杂志《新小说》（1903 年）上，在当时是一篇很有影响的小说，小说仅有五回未完，也无单行本行世。后来阿英编《晚清文学丛钞》，将这篇小说编入该丛钞的《小说一卷》中。但在其编写的《晚清小说史》第八章《种族革命运动》[①]中，对署号岭南羽衣女士这位作者究竟是何许人也并没有做出准确的考证。对此后人有撰文考究者，在冯自由《革命逸史》第三集上发现了其对于《东欧女豪杰》作者的简介：“罗普顺德留学

① 阿英：《晚清小说史》第八章《种族革命运动》，东方出版社 1996 年版，第 118 页。

生清议报己亥字孝高。尝在清议报译述日人柴四郎所著《佳人奇遇》一书。又托名羽衣女士，撰《东欧女杰》小说，均属倡导革命之作”①。这段记载简单地介绍了作者的情况，作者罗普，字孝高，广东顺德人，曾留学日本，1899 年参与梁启超在日本主办的《清议报》旬刊的工作，并翻译了日本人柴四郎所著的《佳人奇遇》一书，发表于该报。又托名羽衣女士创作了小说《东欧女豪杰》。这篇小说，恰如阿英所说：“攻击专制，不遗余力。虽以无政府人物作骨干，而主要目的，却在宣传推翻中国的专制政体”②。

《东欧女豪杰》的女主角苏菲亚，是俄国虚无党的代表人物。此外，曾朴在《孽海花》十五回到十七回中，也叙写了另一位俄国虚无党的女英雄夏雅丽的英雄事迹。从小说前五回的构思看来，这部《东欧女豪杰》作者应该是意欲将作品写为长篇小说。小说不单是要写作苏菲亚的丰功伟绩，为中华女子树立一座仰止的丰碑，更要借助华明卿和莪弥等人的深情厚谊，对苏菲亚的无限敬仰，促使这股欧风吹进中华大地，在中国的土地上生根发芽，单从对华明卿如同感应降生神话般的降生这一章节就可以看出作者富裕这个人物的非凡光彩。可以说这是一部言在此意在彼的小说。而第五回子连外出遇到的那个向大众激昂演讲的女子，让我们多少嗅出些是来寻莪弥的华明卿的味道。作者极有可能是要写作这位不但学贯中西，知识广博，且在沙俄民众轰轰烈烈的革命事业中练就了一身本领的女豪杰，重回祖国并大展身手的故事情节。

作为《东欧女豪杰》的一号主人公，小说首先向我们塑造了苏

① 于必昌：《〈东欧女豪杰〉作者考》，《文学评论》1981 年第 3 期。

② 阿英：《晚清小说史》第八章《种族革命运动》，东方出版社 1996 年版，第 119 页。

菲亚的光辉形象。她系出名门,是俄国一位华族的女公子,是彼得大帝所出的支裔,族中一门权贵。作者极写了她神奇的降生和天生聪慧,“菲亚生时,白鹤舞庭,幽香满室。……菲亚长来果然秀慧五伦,两岁便能识字,五岁便会吟诗。到了八岁的时候,跟着母亲在格里米亚地方上学念书,真是过目不忘,闻一知十。乐得她的师友无不把他敬重。不上几年,在寻常中学领了优等卒业的证书,又再进那高等中学校。到一千八百六十九年,青春十六,正长得不丰不瘦,不短不长,红颜夺花,素手欺玉,腰纤纤若折,眼炯炯而多情,举止则凤舞鸾翔,谈笑则兰芬蕙馥。当时俄国某小说报有才媛小传一门,做到苏菲亚的传,那主笔构思了三天,想要描写他的风采,总觉得落了语言文字反把他的天然之美写不出来,因作了‘任教三绝,难绘其神,嫁与子都,犹嫌非偶。’那四句虚话就停了笔了。”这一段的描写真是以独具中国特色的写作手法把苏菲亚的聪慧秀丽夸耀得淋漓尽致。而这样的一位名门闺秀,竟然一点儿也不贪恋荣华富贵,追逐锦衣玉食,而是立志献身于人民的自由解放事业,年纪轻轻就与大侠济格士奇创建了“革命党”,“菲亚因济格士奇比自己年长了几岁,因推让他做了一个会长,自己却坐了第二把交椅。总是会中一切运动,大半都由菲亚苦心经营。苏菲亚品学兼优,性情敦厚,绝不矜才使气,傲物凌人,因此当中男员,人人自叹不及,无不心悦诚服,菲亚见党基已固,各种事务也有多人办理,因自到了一个村落,当了半年小学校的教习,日头里登堂讲学,夜里便聚众演说。……因菲亚闻得乌拉山里头不日便有矿工大会,想着到那边演说几日,鼓动人心,因此决意辞了小学校的席位。因怕华装服在路上不免动人耳目,乃尽把簪饰除去,又换了一套不新不旧的衣服,打扮着正和那贫家女子一样,直向乌拉山进发。”。

入狱后的苏菲亚，并没有任何的恐惧，抱定了为革命献身的英勇精神，不仅如此，她竟还把这牢狱看成是“养心工夫”，“索性枯坐一年，参透那八风不动的道理。”苏菲亚对革命事业无比忠诚又竭尽全力，她完全放下了自己的一切尊贵装饰，将全部心力投入到促进人民觉醒和解放祖国的革命事业中来，这样一位意志坚定，行动果敢的女豪杰形象就十分鲜明地凸显了出来。虽然苏菲亚是这部小说的主人公，但是由于小说仅有五回而苏菲亚在第二回就被捕入狱，由于其被监禁，活动大大受限，这也极大限制了继续对她浓墨重彩的描摹，小说的主要情节转移到描写希望能尽快营救出他的一班革命同志如晏德烈、苏鲁业和赫子连等人物的活动上来。

其次，这部小说最为出彩的地方并不在人物形象的塑造，而是小说前三回裴莪弥、苏菲亚和晏德烈的三段关于专制、剥削和君权的激昂演说，让人读之热血沸腾，更加深了对于封建专制的仇恨和反抗。第一回裴莪弥在要归国与华明卿告别之时，痛斥了封建专制和粗暴野蛮的君权，“原来敝国是个金字招牌天下闻名的野蛮专制国，上头拥着一个沐猴而冠的，任他称皇称帝，说什么‘天下一人’，又说什么‘神圣不可侵犯’。”直指封建统治者的肮脏嘴脸，不但如此，作者更痛骂那些萦绕在帝王身边一大群为名为利的无耻官吏，助纣为虐，“照公里而论，单有这个，世界上已是大不平等，还喜这种人不多。若使无人助纣为虐，他们势孤力薄，不过是个装饰的木偶，我们平民也忍得把他陈设。最可恨他的前后左右，更有好些毒蛇猛兽托生的贵族，往往贱视我们寻常百姓，嗤为蚁民，任意糟蹋，涂我耳目，缚我手足，绞我脂膏，毒我心腹，偏害了我们无数平民，生不欲生，死不得死。”从这段话的对比来看，作者对于权倾朝野的奸佞臣子的痛恨更甚于君王，正是由于他们的狼狈为奸，才使得天下污浊混乱不堪。这样的社会“见我政府严办会党，查禁报章，压制学生，牵连家属，凡有谈维新，说自由的，都被杀逐。奸贼当朝，正人避地。弄得国势危弱，民不聊生。”。

如果说裴莪弥只在残酷的现实这一表层社会现象来批判封建专制粗暴野蛮，晏德烈则揪出了专制的历史根源，彻底瓦解了所谓的原君原臣，君权神授的凌然神圣性。“原来人群还未发达的时候……那智识和禽兽差不多，只靠着生来强健，有了一副蛮气力，就像似天公有意给他一种特别的权利。因此放着狗胆，竟把那稍微柔弱的同族欺负起来。可恨那时的初民，各自为生，正是散沙一样，不晓得合起来大群来抵抗，让他恃着威势，赢了许多便宜，暗地里认他做了个一群的主人。无论什么事情，都要跟着他的命令做去，他叫生，也就生，他叫死，也就死，纵然心里头有了许多不能够舒服的地方，也因为着自己力量敌他不过，只得勉强将就他。这便是人群上生出那上天下泽不同制度的第一层来历。”可见“这么说来，那个君权，还能说是天公给他的么？”君主的起源不过是原始社会稍有蛮力的野人而已，一举把那君主的天赋权利神圣光辉推翻了。既然君主根本就不是什么天子，那贵族更不可能是什么生来的富贵之人了。“到后来，那强的把那不应得的权利越发占得多，越发觉得舒服，因就算出一个计较，要把将来可以和我作对的那一种人笼络起来，叫他沾了余润，乐得做我的爪牙，才能够把这剥民权、糜民命、绞民脂民膏造成的安乐饭碗拿得稳当。这就是造出那一辈贵族的原因。”可见君主和贵族不过是肮脏利益所致的结合体，根本没有任何天赋之说。正是这个肮脏的结合体，“专要把那大多数的平民，或用力，或用术，总要压他到地下去，叫他不能够再翻起身来，夺回那些平等的权利。”但如今这样暗无天日的日子已经不复存在了，“可喜做平民的，渐渐从梦中醒过来，知道自己的权利被人家夺了去，正要养成势力，和那民贼血战一番。”十字军东征、法国大革命都是民权蓬勃的表现，加上“各种有形的文明进步，都是替平民造出势力”，即使那些当权者“因此结了一个贼党，叫做甚么神圣同盟，各各想了法儿，要把那民间的发达萌芽都除压倒，才肯罢手。”但即使如此，但无奈平民运动已是大势所趋，“怎知道平民复权的举动，原是跟着历史进化的大势，全由天时人事两样合起造出来。”

晏德烈这段激情的演讲在宏观的历史视野下宣告了一个民权高涨时代的到来，而苏菲亚演讲则更专注如何组织人民运动这一微观层面，进一步向劳苦百姓宣传如何精诚团结，共图大业，“总要我们平民一心一德，这却什么事情做不来！方才那位会长说的，蚁多可以抬象，蝗飞可以蔽天，正是很大的大道理呢。各位试把一国里头的人数算一算，他们贵族那么少，我们平民那么多，若使我们大众合起来一个大大的团体来，那时候，恐怕我们要怎么样就怎么样，还要管他们贵族不贵族吗？……我们平民立了一个大公局，定了一个公价，把他们贵族土地都买了来，当做我们的平民大众的公有产业，这才千妥万当的哩……我们原来已经有了一个大公局呀，只因大家不管事，被别的强盗盘踞了，如今倒变成了一个大私局罢了。”一席话让大众明白只要我们紧紧地团结一致，立志把那君主贵族把持的政府变成老百姓的政府，立下一个天下为公的政府，我们老百姓就有了希望和活路，再也不用因循着代代为奴为婢的卑贱命运了。无奈苏菲亚第二回即被政府缉捕入狱，作者也未将小说完成，让我们无从得知作者如何构建人民共同组建大公局的社会理想。

三段革命义士的激昂演说都采取了层层深入的论说形式，极富有逻辑性，形成了三个各自独立又相对勾连的整体，把封建专制的残暴和肮脏由表及里挖掘了出来，并大声疾呼人民精诚团结，来推翻这无道的政府，建设人民当家做主的大公局。这三段演说痛斥了当今社会极为不合理的政治结构，也向人民昭示了争取独立自主权利的前进道路。三段精彩的演说分别出现在小说的第一、二、三章可见作者深刻的用心，即是开宗明义地宣传了坚决反对封建专制、号召人民团结一致争取民权的坚定主张。但是否作者就是一位热心倡导民众联合起来发动暴力革命，夺权组建人民新政府的革命派了呢？其实不然，裴莪弥在第一回阐述该党的革命宗旨的时候，说道："若不用破坏手段，把从来旧制一切打破，断难造出真正的文明。因此我们欲鼓舞天下的最多数与那最少数的相争。专望求得平等自由之乐。至于实行法子，或刚或柔，或明或暗；或平和或急激，总是临机应变，因势而施。前者仆，后者继，天地悠悠，务必达其目的而后已。"作者虽然鼓励大家前仆后继地去破坏这个腐朽的旧社会，重建一个文明的新社会，但在如何破坏的手段上，却提倡"因势而趋"，在后文叙述中作者更倾向于采用平和过渡的意图表现得更加明显，可见作者虽然着意描写人民身上蕴含的无限伟力，但在很大程度上，作者写作这些，其目的是为了震怖那些企图负隅顽抗、抵死不交权的当权派，警告顽固的统治者如果再死守专制政权不放手，只能被人民革命浪潮淹没在历史的洪流中，是不会有什么好下场的。要想继续保住他们尊贵的地位，摆在专制者面前的只有一条路，那就是建立君民共主的立宪体制，实现社会政治权利的再分配，主动让权与民。

在第三回晏德烈就说道："如今人人的头脑里头，既都有了一个社会平等、政治自由，是个天公地道的思想，这便任凭他有几十、百个路易第十四是做皇帝，梅特涅、俾斯麦做宰相，也不能够挽回这个气运过来的。所以十九世纪一百年间，那民党和政府宣战的事情，计之不尽。打的民党的意思，总是不想太过激烈，反为酿成大变，因此都让了一步，只求和那政府立了几条各各自治的宪法，就可以上下相安无事，把那国家的生机发达起来。内中有那些识时务的君相，知道这个趋势万无可抗的道理，因就快快准了民间的请求。至若那些不知死活的强横民贼，一意要和平民作对，那就不免闹出一场流血的事情。到底是天理难容，众怒难犯，不过多死几个世济其凶的平民共犯，他那从民间偷来的赃物，仍是不能够像是从前无拘无束的享受。如今试计这百年内外，地球上大小各国立宪的大事情，岂不有了三百五十一件吗？这不是天下大势，再不能和那专制恶魔相容的大证据吗？原来立宪的制度，虽是有益平民，若在利害上算计起来，那政府已经占了便宜不知多少。这就似乎天下合兵来攻，京城失守，却得和联军立得对等条约，不致亡国，又不至受城下盟的耻辱一般。我想现在各国做君相的，除非被阿鼻地狱的鬼卒摄了魂去，没有不喜喜欢欢，乐得用着这个计策，和平民讲和的呢！这样说来，那个平民主义，正是战则必胜的公理。”显然作在此者极为突出民权之蓬勃生机，但写此的目的却不是为了鼓舞万千平民百姓为自由、为权利而浴血奋战，而是为了警告那些自满自大的统治者，你们肆意妄为的日子已经到头了，要想还安稳得坐在这统治者的位子上，就要让出一些权利和人民一起分享，否则只有亡国受辱的下场。显然已经明确地告诫统治者，不要再自以为是，君主立宪是他们唯一可行的办法，如若不然，必是一败涂地、城下受辱。

同时作者也并不希望平民百姓投身于轰轰烈烈的社会革命中来，所以在小说中一再说民党的意思也不想过于激烈，只要和政府能立下几条自治的宪法，就可相安无事。苏菲亚在演讲中也说道，“他们贵族既然把我们生来应有的土地偷了去，抢了去，我们就应该把他当着那贼赃一样办法，把他籍没了，归还自己才是。只是依我看来，这个办法虽然有理，却未免太过激烈了。倒不如我们平民立了一个大公局定了一个公价，把他们贵族那些土地都买了来，当做我们平民大众的公有产业，这才千妥万当的哩。”可见虽然作者认识到了专制政府的种种不合理，但仍不主张以激烈的方式，铲平这一切的不合理，重新缔造一个新天地，而是希望人民和政府之间达成新的利益妥协方式，以平和的方式组建新的政权形式。可以看出，虽然作者客观上承认如今民气高涨，人民应该享有必要之权利，但其主观意图还是鼓吹改良主义的，反对中国发生暴力式夺权革命。

同时小说还显示出作者极为进步的女性观，首先作者把小说的题目就定为《东欧女豪杰》，可见这本小说的一号主人公就是一位巾帼英雄，来瑞士留学的俄国女子竟然多达“一百人”，而华明卿、葛好巧、裴莪弥更是女中豪杰的代表，在小说中的风采更胜于那些男子，男女平等，女性解放，是晚清社会革命中的重要组成部分，作者着意刻画如此多的杰出女性，正是对于这种社会思潮的大力认可和积极推进，鼓励更多的女性走上自身解放，投身于社会革新的洪流中。

《东欧女豪杰》虽然没有卒篇，但仅有的五回情节组织得非常得当，虽然其情节没有什么出人意表的章回，但却饶有趣味，除了熟练地使用古代小说惯用的技巧，将每位出场的主要人物都牵线而出，使得人物宛如串起的一粒粒珍珠，同时巧妙地设置他们在小说中各当一责，互为协调。更为重要的小说头三章三段重要的演讲，虽然演说的核心主旨就是为了号召人民反对封建专制，争取民主自由，却能让三人共说一题，却能各持一端，既有递进关系，又有微观、宏观之分，让读者能有一个更全面的的角度来深刻理解作者的主旨，同时文笔也写得入丝入扣，能够将深奥的道理由浅入深层层传播与读者，极为严密又浅显生动，很容易被普通智识的读者接受。小说的主要情节虽然只有营救苏菲亚一个，却生出两条线索，一条是狱中苏菲亚之沉着冷静，一条是狱外众位革命义士和工友之齐心合力，让人民读之感佩革命者的精诚团结精神，使得情节生动起伏，颇有感染力。这些都使得这部小说虽然短小，却极具艺术感染力。

《东欧女豪杰》虽然作者在主观上对于暴力革命这一社会变革形式很排斥，但是由于写作人物和题材的缘故（俄国虚无党毕竟是一个主张以暴力形式推翻沙俄统治的革命团体），所以在客观上仍然起到了传播革命思想的重要作用，这就使得作者的主观心愿和客观效果之间并不和谐一致，不知作者没有继续这部小说的写作，是不是有这个原因在内。

第二节　虚构型的杜撰历史

《冷国复仇记》

《冷国复仇记》作者署“守白薯”，作者生平事迹不详，小说共十六回。光绪三十三年（1907 年）新世界小说社发行，上海鸿文恒记书局排印本。首序，尾署“林下老人跋于圣湖之退思轩”。次“引子”，再次“冷国复仇记目录”。序谓：“译者滋惧，乃述彼国之往事，为此国之警钟”。版权页亦于译者下署“守白薯”三字。小说虚构了欧罗巴洲中央的冷野国，讲述了众位仁人志士奋起反抗异族殖民统治，并成功复国的故事。

《冷国复仇记》虽然讲述的是虚构国家冷野国自强不息成功复国的故事，但是在其中却表达了急切盼望中华民族努力奋发，重新崛起，屹立于世界的心愿，正像小说在结尾的十六回作者感慨的一样："列位看了这一段书，人类的生存竞争，优胜劣汰，没有前定。当更加明白了'天下无难事，只怕有心人'这句话正是不差的。"可见这本小说虽然是一本描写虚幻之国历史的小说，但更是一本砥砺民志，激发民气的励志小说。冷野国正是中国现状的象征，小说首回就写道："其地山川耸秀，风土清嘉。国的周围，山壁环峙，奇峭特兀，像是铜墙铁壁一般，真个是天造地设的好所在。因此过了三千多年，这尺寸孤地，静悄悄无一些儿风吹草动……他却熙熙攘攘，桑麻遍野，鸦雀不惊，逍遥自在，同世外神仙一般。"秀美的风景，富饶的物产，中华大地度过了漫长的封建王朝统治时代，过度的慵懒的不思进取也造成了与欧美新兴资本主义列强之间的反差对比，最终沦落为"主权操在他人手里的保护国"，乌士利正是众多你争我夺视中国为肥肉的西国列强的缩影。

如果说亡国已然非常可怕，那么更为可怕的是失去斗志，甘心为奴，作者在第二回就痛斥了晚清一些国民身上存在的卑贱的奴性，"不比那奴性国民，服从奔走，当作一件绝大的营生做去。不管青红皂白，就是极强暴极无礼的外族，一旦霸占土地，夺踞皇位，他也是箪食壶浆，迎接上去，总算是奉天承运，圣德神功的始祖高皇帝了。"这段话作者不但悲愤地怒斥了那些毫无廉耻，没有一点儿爱国心的奴性国民，更是号召子民不畏强暴，勇于反抗，共图救国大业。从而在笔下塑造了盎春这样一位极具血性"除暴的大功臣"（第二回）的国民形象，和一批为祖国复兴大业前仆后继的风云人物，如惠远明、伍廷秀、龙华男爵、张壮飞、梅希庵等，正是这群大义之士蹈死不惧的奋发精神才最终促成了冷野国的成功复国，其中还特别塑造了一位女英雄的形象秀琼，正是由于她的委身求全，才为复国大业找到了一个千载难逢的突破口，作者将这一形象设置在如此关键的位置彰显了作者女权意识的勃起，凸显了作者心中男女平等的观念，对于女性的极大认可和鼓励。冷野国复国成功，国势渐昌正是作者对于国家未来的殷切希望和赤诚的爱国之心。小说将复国大业由一批爱国志士联合起来，发动暴动来光复祖国，这显示出作者鲜明的革命倾向，但小说也同样出现了那个时代很多小说都存在过度简单化的倾向，只是着重写作了几位大英雄的形象，没有透过英雄来发动群众的描写，单纯将复国的希望寄托在几个英雄人物的身上，显然有些潦草和不切实际了，且将复国的机遇写得如此偶然化（仅仅因为秀琼用美色迷惑艾似兰，并游说其让信渊执掌大权，得到了一个发动政变的好时机），可见作者心目中的复国理想是很草率和很不成熟的，不愿去脚踏实地地去干一些基本的工作，简单地认为国家复兴就是豪杰人物扭转乾坤的英雄事迹，这极大地暴露了作者严重的英雄主义情节，这是这一类型的小说比较严重的通病。其原因是显而易见的，民族危亡的加剧，使得爱国志士的救国理想变得越来越迫切。但我们不能抹杀《冷国复仇记》的社会意义，它给予社会读者的更多是勇于进取的生命力量，必然鼓舞着那个时代的热血国民投身于救亡图存的爱国热潮中来。

《刺国敌》

《刺国敌》角胜子译演，作者生平事迹不详，光绪三十二年（1906）年《月月小说》第一、二、九、十期载。宣统二年（1909）年上海群学社铅印本，书前有照片一副。小说共二十二回，从译演二字可以看出这是一本在底本小说基础上再进行一些再创造写作而成的小说。小说描写了欧罗巴洲斯崖胜国被何史得国野蛮占领统治，一批豪杰人士前仆后继英勇复国的故事。

角胜子以《刺国敌》为名，国敌即是侵略斯崖胜国的何史得国，何史得国实则就是侵略中国的帝国主义列强的统称而已，可见这本小说鲜明的反帝反侵略主张，就是要彻底的赶走盘踞在中华大地的帝国主义列强，实现国家和民族真正的独立、自由。

作者从小说伊始，就辅以进化论之观点，向大众读者大讲何谓独立之国家，何谓人民之自由。小说一开始就写道："话说地球上国度总有几十百千个，这几十百千的国度，细细算起来不过几十百国度，可以算得实实在在是一个国度，其余的不是为他人侵灭，就是为他人附属，不是没有政治的思想，就是没有建设的资格，这种国度不配有称国的名号，将要被天演淘汰去了。但这几十百可以算得是国的国度，再细细算起来，也只有几十国度，可以算得完完整整一个国度。余的或者只晓得联络了别国，借着别人的势力去侵灭别人；或者只靠着祖宗的名誉，从前的雄威，没别人晓得他的内容，由着他摆个空架子罢了。但这几十可以算得完全国的国度，再细细算起来也不过六七八国度，可以雄视着地球上，种种由他做主，能够长长久久保护他的自由，没有人敢侵犯他的，余的不过行了一点鬼计，装了一点儿强横，趁着那不整顿的国度里，去行点手段罢了，如说时代一经变迁，那里还像现在这样赫赫的威风，恐怕自己的自由还保不住呢。"虽然自由之路艰辛，自由之国难得，但是这自由之道，总还是有求得之法的，首先就是要有不怕艰辛的顽强意志，"保护自由的信念如此看来一个国度要想自由是已经不容易，若再要长长久久的保住自由，岂不是难而又难了。然而据我译书人角胜子看来，实在不难。"作者并以法国为例，号召国民为自由而战，为人权而战，"你们列位不晓得法国么，法国拿破仑说法国字典里没有"难"字当先，所以法国人最自由。我们中国人无论怎么事体总是一个"难"字当先，所以中国自从戊戌年以后，就讲起了自由，讲到今朝，反加讲厌。你们想从前讲自由的时光，没个报上没有自由的论说，没场演说没有自由的论议，就是那种黄口小儿，无名小子，也满口晓得自由自由了，但则讲讲容易，做做烦难，所以中国人终于为着难字的病症，总没有大家尝着真真不二价的自由味道。”而更为重要的是使自由之说深入人心，“列位你们看西洋人讲自由，说道自由是面包，不可一日无；东洋人讲自由，说道板垣虽死，自由不死，可晓得他们的百姓都迷信着自由这两个字，都有自由的思想，自由的性质，自由的资格，没个人不保住自己的自由，没个人的自由肯被别人家夺去，所以他们的国度自然强起来，自然没人去侵夺他，就是暂时侵夺了他，他也不肯甘心屈服来做你们的奴隶，必定要守着他的爱种心，爱国心、爱乡心，同了忍耐心、冒险心、反抗心，日日夜夜地谋报仇、谋光复，就是他的计策想差，力量不足，总还是要与你们拼命的相敌，万不得已也要到了死方肯干休，所以自由国里的国民没有自私自利的心，也没有自卑自贱的心，别的物件到了死都肯给人，独有自由两个字，死也不肯放松，何况活在这里的时候，倒反肯白白地送给别人么？”在小说伊始作者就大声倡导只有自由二字成为万千百姓信奉敬仰的人生大道，而不是口舌的叫嚣，是每个人在内心深刻认识和相互认同的精神箴言，这样才能使得这自由之花开遍，自由之树常青。只有这样的子民，才能建设自由之国度，保有自由之国度，即使万不得已地暂时失去了国家之独立自由，也会凭着自己那份爱种心、爱国心、爱乡心、同了忍耐心、冒险心、反抗心，前仆后继，誓要夺回祖国之独立自由的。这也就是作者写作这部小说的本意，即是要鼓舞中华儿女，人人悟自由、人人卫自由，人人争自由，为把我们贫弱的祖国变成独立、民主之国家而不懈地英勇奋斗。

在明确了民主、自由才是我们未来国家的面貌后，作者以斯崖胜的国家恢复自由民主的奋斗历史，表达了她对于国家和人民的殷切希望。虽然小说作者在第十三回曾写道:“我知道那东半球亚细亚洲的老大支那国,都是冷血动物,由着那异族欺侮,异种侵凌,还是自鸣得意。我知道我斯崖胜的国民,不是这样,我斯崖胜国的国民是极有感觉,极有热诚。”但作者写作斯崖胜一国,还是对晚清中国的象征,正是借助这一反语加深人们对于自由的向往,对侵略的痛恨。对于霸占欺凌斯崖胜的何史得国,自然是侵华的各个帝国主义列强的缩影,小说的第二回和第八回集中描写了侵华列强的暴行,第二回描写了侵华士兵横行乡里,凌辱妇女,无恶不作的恶行,第八回则描写了帝国主义头子化身的害世来颁布的一系列凌虐子民的法规,特别是那张堂而皇之的布告更是帝国主义侵华罪恶的一个缩影,强烈地表达了作者对于帝国主义列强的愤恨之情,“大何史得国钦差斯崖胜全国百姓奴知悉,本管领奉大何史得国皇帝特派为尔国管领,原以尔等百姓奴素属野蛮不安本分,妄怀自由思想,欲创独立主义侵犯大国之威权,已达极点,故由本管领严行管束,以防蠢动尔弥祸患。尔等百姓奴当自知尔等性命财产概在本管领掌握之中,本管领亦素以仁爱待民,不肯稍加苛刻,尔等应该如何报答,以尽百姓之义务,现今本管领以建造城郭募招工人之事件,在霞芦垛城内特树大旗以为表率,凡尔等百姓奴一听鼓声皆应速集旗下,以听监督工程官指挥,且无论何人一至旗下,必当向旗脱帽为礼,以表归服大何史得国之心,感戴本管领之意。如过旗下而不致敬礼者,即不敬大何史得国,不敬本管领,罪与叛逆相等,尔等百姓奴各知之,毋违特例。”将斯崖胜人民称为“百姓奴”,这个“奴”字深刻地显示了被殖民统治的弱小国家为人鱼肉的悲惨境遇,害世来所代表的帝国主义列强的虚伪嘴脸,嚣张气焰也在这篇布告中显露得淋漓尽致,激起民众更为强烈的反抗之情。虽然他们在中华大地上作威作福、占地掠财,但他们不过是

“只晓得用着强权，不晓得甚么国际不国际，公法不公法”，这完全就是前文作者所鄙夷的“余的不过行了一点鬼计，装了一点儿强横，趁着那不整顿的国度里，去行点手段罢了”，可见作者对于当时横行中国的各个帝国主义国家是极端唾弃和厌恶的，基本没有将之视为真正之国家。

那么在作者心目中如斯崖胜般的中国怎样才能从压迫受辱走向独立自由呢？那就是民族的英雄，民族的精粹，为此小说塑造了一组民族鲜活的英雄形象——白芦泱、脱奴君、史多洒、花尔斯、梅露稀、贾僅誇等等。正是英雄义士们的前仆后继、勇往无前，才带领人民迎来了民族的自由和解放。而角胜子对于英雄的塑造也颇具层次和变化，有因不堪妻子受辱，怒杀官兵被逼走上革命道路的白芦泱；有一心念着国家民族之解放，人民之自由的脱奴君、贾僅誇、花尔斯，更为值得一提的是角胜子还为我们塑造了两位转型中的人物——史多洒和罗朏之，前者虽然内心也明白“何史得国用强权侵犯了我们的政治，剥削了我们的人民，几乎没有立足的一块地方，将来不知道到甚么地步”，但是心里也还念着自家的万贯家财，恋着与娇妻的无限恩爱“但我既投身于这世界之中，我那里舍得这华美的房子，珍贵的器具，即使都舍了，如何舍得卿？卿与我相处十余年，从没有分离的时候，爱情的深否不言而喻，天下那里有这样人心的人舍着了只顾自己。就是去了以后，我的心也全在卿身上，那里有办事的心思”（第六回）；后者本为斯崖胜国一完全清洁之贵族，心里也知道“叔父的教训果然不错”，但如今却“尽心竭力地服事何史得国”除了为了功名之外，更重要的是“但我总因为恋着那大何史得国的贵族裴露姬，我想着裴露姬与我何等的亲密，何等怜爱。我想起他这个人，真真是个举世无双的美人。容貌的皎洁、风韵的婀娜，性情的温和，装饰的艳丽，总之他的身上没有一件不与绝世美人相同，指不出他的一点儿瑕疵。我看见了他，魂灵也飞了去，精髓也绞了出来。我恋着何史得，本是恋着他，我因为恋着他，所以我愈加恋着何史得。……总之要我反抗何史得，除非裴露姬死了，如他一日不死，我总尽心竭力的服事何史得一日。我同裴露姬总比着漆比着胶还要拆不开，还管甚么斯崖胜不斯崖胜”（第十回）。两人一为家财情爱羁绊了前进的步伐，另一位更是为爱情冲昏了头脑，置家国伦常之不顾，而促使两位觉悟甚至猛醒的正是他们挚爱的妻子和情人——艾露珠和裴露姬。

作者巧妙地借助了两位转型式的英雄，来讴歌赞美两位美丽正义又果敢的伟大女性，一箭双雕型地塑造了四位英雄的形象。艾露珠一听闻丈夫对于国事的哀叹就一勇当前的说出“为着这个缘故，自己忧郁着也是没用的”，积极倡导丈夫投身光复祖国的正义之战中来，“妾虽系女流，也是斯崖胜国民的一份子，幼小的时候也时常与姊妹等停了针线，在父亲的旁边去听讲古来的历史，那国家盛衰存亡的关系，也颇能知道一二。至于非我族类其心必异，这是一定不移的道理。何史得兵卒的强横也是何史得国家待我国民的手段，应该如此，我们只怨着自己的不整顿，不振作的缘故，何必怪着别人呢？依妾的主见，他们的兵卒既侵夺我们的房屋，我们不如先离了此地，去运动那四方的同志联络了一个大大的团体，趁着他们不防备的时候，先去夺了他的政权，为国民除去一个大大的祸患，岂不甚善，倘现在晓得了不做，恐怕到了将来，我们就来不及做了，不晓得君的主意，表着同情否？”可见这是一位心思和行动多么果敢的女子，她不是扭捏于闺阁的闺门小姐，也不是目不识丁的粗陋女子，而是有着无畏的爱国心，有着坚定的行动力的女性豪杰。当她听说自己的丈夫竟然贪恋着家财和情爱，“艾露珠未曾听毕，就正色道：‘斯崖胜一国的兴衰存亡，与你一家的别离会合，孰轻孰重,请君自行比较。君是因为那房屋珍宝舍不去,可以将这种东西先行焚毁,妾与君亦当从此斩断情根,免得多累。匈奴未灭,何以家为。君知道否?”让丈夫史多洒“惭愧不堪”,当即做出了“今日即同脱奴君出去先访花尔斯同贾僅誇二人”(第六回)的英明决断。

另一位女豪杰裴露姬的形象也颇为光彩照。她本是何史得国的贵族小姐,却有着一颗无私正义的心灵,更为难能可贵的是她的人性之爱毅然冲破了国家私利的界限,将人与人的自由平等视为无尚的真理,厌弃自己国家为了丑恶的目的,窃取别国政权,残害别国百姓的暴行,这种跨越国境超越种族的手足之爱让裴露姬的灵魂更显得高贵和真淳。她眼见自己心爱的男人为了与自己相爱心甘情愿的为何史得国充当爪牙奴仆,郁愤难耐,美丽而又聪慧的她以激烈决断为手段一举惊醒了被情爱迷失了本真心性的罗朓之,“我与你决绝,并不是为你对着我没良心,我正是为你对着斯崖胜国没良心。我想你是斯崖胜国一个完全清洁的贵族,受过斯崖胜国多少恩德,现在不听了你叔父正直的训诲,压制同胞国民的自由,奴颜婢膝甘心屈服事奉那暴虐凶险的管领,当不共戴天的大仇敌做自己的父母的主人一般看待,不是没良心的贱奴,请问你是甚么?我知道斯崖胜国的人民十分爱着自由,我也极表同情,看着斯崖胜国人民丧失自由的痛苦,我也暗暗的替他们悲叹,我也情愿帮助了他们从那暴虐凶险的管领手里夺转了来还他,那知你是斯崖胜的人,反加没有这等思想,还要帮助着管领残害自己的同胞,真是投之有北有北不受,投之豺虎,豺虎不食的人。况且这世界上的公理:压制力量重,反抗力愈大。我知道斯崖胜人民已经有立会联盟的人民,反抗政府的思想,抵制外族的主义,恐怕那管领害世来也不能长生于此,你罗大臣若不及早回头,也免不得为自己的国民杀戮,我与你决绝的主意,也正是为此。如果你能听信我的说话,从此洗心革面,不为何史得效力,竭力的救助你自己的同胞,收复你的祖国,我与你同做个自由极乐国国民。何等快活,何等自在,不知你的主见究竟怎样。”(十一回)这番苦肉计般的劝说,让她的善良之外更添无比灵慧,立刻让罗肫之洗心革面,“我总自从今日起,便不与何史得国管领办事,总暗暗助着我祖国的人民倡复自由,收还独立,到了何史得国管领推翻以后,我便与你自由结婚,闭户同居,或并肩坐赏着那个春花,或携手同行步着那个秋月,安安乐乐亨一世的安闲之福。”而当被罗肫之问道何必使用这样激烈之手段的时候,她还俏皮地回答道:“不是我当头一棒,你还被那何史得管领迷着,不肯依我嘞。”(第十二回)裴露姬虽然不是这部小说的灵魂人物,也没有能亲身参加到推翻何史得国的正义之战当中来,但她无疑是这部小说中极具神采的一位人物,作者一股脑地将美貌、正义、聪慧这些美好的品质一起都赋予了这位异国女子,显示出作者对于这一人物的无比喜爱之情。作者对两位杰出女性地成功塑造,也显示出了作者在当时极为进步的女性观,他极大的肯定了蕴含在女性身上无限的力量,并借助女豪杰的形象来推动和鼓舞更多的优秀女性解放自我,积极投身到社会变革的洪流中来。

角胜子对于英雄领导的社会革命的热衷,使得整部小说都弥漫着浓厚革命的气息,在第六回末当史多洒向脱奴说了自己要先至各洲调查一番情形,顺便到坞柳洲访花尔斯,雅瑟窃访贾僮誇伯爵,总要想出一个完完全全的方法,再去运动四方同志,运动多了,再结一个团体共举大事。不知这个主见脱奴君赞成否?脱奴君就不语相离,在史多洒的追问下才道出实情,“若要依你的办法恐怕没有脱何史得专制的一日呢?你看现今的人民失去了自由,受着了痛苦,已是刻不容忍,我们还有甚么闲功夫去调查各洲的情形,当即起事去救国难,已经嫌迟了"(第七回)。意见的分歧使得脱奴和史多洒就分道行动,而当史多洒看到了害世来在农忙时节逼迫无论男女老少全部的劳力投身于修筑城郭的劳役中来,以及那些罄竹难书的种种恶行"自忖道:'这种事情气也没用,不如听了脱奴的主意赶紧联络了同志去推翻那暴虐的政府。'"(第八回)也毅然走上的激进革命的道路。虽然作者对于革命的鼓吹是不遗余力的,但在作者心里,革命并不是冒然而行的草率行动,即使再迫切需要速速革命,也必须有章有法,制定出一系列的行事规范,切切不可鲁莽而行的。如在第十三回,梅露稀听说了自己父亲在狱中惨绝人寰的凌虐,意图鲁莽报仇,就被史多洒和花尔斯好言劝住,"万事总要三思而行,你一个人无论有多大的本领,总不能敌几百几千的人,如说你有心要报仇,要将你父亲的种种惨状详细急切的布告那下等社会的人,以及那四方的豪杰各处的亲戚朋友,运动他们联络了一气,要求他们在四方的秘密运动,运动到多了,我们就约一个日子,大家会议一次商议那举事的办法。我们总要覆没那何史得国的政府,杀戮那专制暴虐的管领,如果我们起事成了那是我斯崖胜的转机,如果你今朝就一个人这样粗蛮从事,恐怕我们就没法运动,你也何苦白白里去送这一场死呢?"一席话透露出了作者心目中的对于革命的规划,运动民众、联合义士、共建团体、相谋大业。

作者虽然在小说中集中塑造的是几位英雄豪杰的形象,但同时作者也认识到要想革命成功就必须发动最广大的民众,联合更多的仁人志士,社会的变革是一场群策群力,不是几个人能够单枪匹马完成的传奇故事。在小说第十四回当榴多楼密会开始的时候,梅露稀急切地想早日举事早救父亲,众位义士就说道:"今日既行会议起事，事在必成，断不能先顾一人的私怨，总当相衷心共济同心协力谋洩公愤，以后再报私仇。”这也显示出作者对于革命所必须的全盘考虑，它不是一己私仇而是整个国家和民族的大义，要想举事成功，成就大业，就必须全全考虑，共图大业。但对于这一思想在小说中仅仅是提到，没有进行任何的展开描述，这影响了小说的思想价值。

同时在小说中作者还加入了自己对革命中应注意的问题思考。如在第十四回就借梅露稀之口再次强调了革命整体规划：“乘着此时，结合团体，公举会长，决议起事的一切办法，恐怕将来为秘密侦探得悉后，更加严行防备，捉拿党羽，那我们的目的就更加难以达到了。依鄙人的意见，不如就在此时公举一个会长，大家联络好了，再分头办事。”在二十回贾僅誇伯爵逝世后，梅露稀、罗肫之又欲早行举事的时候，即遭到花尔斯的坚决反对，“这是万难决定的，我想在柳多楼牧场会议已经决定瓜里施一定起兵，那日里的会议的人已预备瓜里施祭日的举动，若今日无行举事，不独失信于人，倘然于众人的意见，不合反而于事有害，如果于事有害，不若慢慢举动。”即使当罗肫之以梅露稀老父亨利和自己被害世来监禁的情人裴露姬相请，仍遭到花尔斯的决绝抵制：“前日会议由会长史多洒决定起义的日子。史多洒是我们多数举定的会长，起事的日子又是我们多数举手赞成。我们此时背了多数人赞成的事情，又背了多数人举定的会长，不独法律上不合，就是国民的资格，也丧失殆尽，如果你们一定要改早起事的日期，当求会长开特别大会，再由大众议定。”罗肫之梅露稀听了，俱以为然，就大家即行启程，到绣翳湖，可见作者对于革命抱着积极而又非常谨慎的态度，革命需要大胆勇为，但同时革命更需要很多人的协调一致，共同承担，即使革命中有突出英雄人物的涌现，但革命的成功仍然是大家群策群力的结果，从中我们可以看出作者虽然认为革命十分迫切，但同时仍看到革命中应注意的一些问题，革命不单是激进的热情，更需要严密的组织和管理，才能够一举成功。这不禁让我们联想到晚清多次因更改起义时间，仓促起事落败的革命暴动，显示出作者希望后继革命者引以为鉴的目的。

当然《刺国敌》也同样有着一些显示着作者认识局限狭窄之处的地方，如第一回作者就把导致斯崖胜国家丧失主权的原因归咎到武备不整这一单一方面，“他国的缺点也就在于武备不整顿得久长了，这也因为长久没有兵事。所以不去整顿。而且他国里的国民又极重保守，守着了祖宗尺寸的地方，只教别人不去侵略着他，他也断不来侵略别人的。又加他国里的国民最喜欢考求工业农业两项。那兵事也无心注意了。”可以看出角胜子对于国家衰亡的原因的思考还是很肤浅的，没有看到国家诸项事业之间有着的深刻联系和相互联动，而国家的衰败也是整体促成的原因，仅仅把国力的衰败归结到了军事一方，这是极其片面的。

从对两部小说的分析中，我们不难发现这两部小说的惊人相似之处，虽然使用的虚构国名各不相同、主要人物稍有出入，但是其大体情节和表达主旨却是基本一致的，极有可能是受到同主题外国小说的影响。两部小说都旨在构建一个形同晚清一般败落的虚拟国度，将民族复兴的重任赋予国家中一批豪杰志士的身上，通过他们的运筹帷幄、前仆后继，以暴动起义的形式，彻底赶走盘踞在祖国的野蛮侵略者，显示出两位作者浓厚的暴力革命和英雄救国的思想。同时将国家的复兴更多的寄予在英雄人物身上（《刺国敌》中对于发动人民仅仅是提起一笔，没有展开描述），显示出作者严重的英雄主义倾向，从而削弱了小说的思想价值。在艺术价值上，《刺国敌》显然略高于《冷国复仇记》，虽同以外国作品为底本进行的再创作,《刺国敌》在篇幅上更长些,情节构思更为精致而富有起伏,对人物的刻画也调动了心理、行动、语言等多种描写手法,塑造出丰满的人物个性,同时又刻画了不同类型英雄人物。有些情节讲述得绘声绘色,极具感染力,如裴露姬规劝罗朊之一章,把裴露姬的假意决裂和真心劝说与罗朊之的不知所故到幡然悔悟描写得极具感染力,颇让人感叹这位异国贵小姐的勇谋。

虽然我在前文以真实型和虚构型来划分晚清域外题材小说中以外国历史为写作对象的小说,但是我们在解读中也不难发现还有另外一种区分这一系列小说方式。如《英雄泪》《波兰国的故事》、《越南覆灭记》、《冷国复仇记》、《刺国敌》这样的小说,或是借描写别国历史,实则警醒国人,如再不奋起反抗,中华民族必然如这些国家一般遭受亡国灭种的惨剧,或是借虚构国家的成功复国的故事,大声呼唤时代英雄,并号召人民奋起反抗,这类小说其爱国思想和激励意识是非常明显的。另外一种小说则《洪水祸》、《东欧女豪杰》、《回天绮谈》等,作者更多的是在借外国历史向晚清人民宣传救亡图存的道路,他们和下文将要论述救国出路类型的小说有着密切的联系和异曲同工的作用,不再侧重传播爱国思想和发扬激励作用,更多显示出知识分子对于国家出路的不懈探索。

第十二章　域外文明的传播和接受

第一节　政治鼓吹

晚清时期，随着民族危机日益加深，求新求变已经成为社会前进的动力。清政府主导的洋务运动，随着中日甲午战争的惨败，显然已经无法有效对应时代变革的需求。在这种情况下，接受西方思想文化影响的现代知识分子怀抱着深刻的爱国感情和忧患意识，更为自觉地向西方寻求救国救民的真理。以康有为、梁启超为首的维新思想家率先走上了政治舞台，发动了戊戌变法运动，继其后以孙中山为核心的革命思想家，也开始了“振兴中华”的资产阶级革命之路，他们积极地投身于救亡图存的社会改革和革命的时代风暴之中，从而使得改革(或改良)与革命成为晚清社会的双重变奏。在晚清小说家的思想中，是支持改良还是向往革命，小说家们有着自己的选择和考量。晚清知识分子在接受西方救亡图存思想的同时，也力图从民族精粹中寻找复兴国家的办法，走一条适合于中国自身发展的道路也成为晚清救亡图存运动中的强烈的音符。何去何从，何取何舍，永远可贵的是探索的精神，感受着中西文化的强烈碰撞下，晚清小说作者们用自己手中的笔记录下了他们对于国家复兴出路的深度思考。

一 改良之路

《痴人说梦记》

《痴人说梦记》,作者旅生,1904 年《绣像小说》第十九期起至第五十四期载,有图六十幅。

这部小说虽然只有三十回,并不属于长篇巨制的大作品,但可谓晚清历史上一部内涵磅礴的小说。该小说在广阔的社会背景下,描绘了戊戌变法维新过程及其影响,其中主要人物宁孙谋、魏淡然,实际上就是指康有为和梁启超。小说中的另一位重要人物黎浪夫,实际上是指孙中山。体现作者理想的一号人物,则是贾希仙。

这部小说的主线,是关于社会前进方向的思考。该小说不同于其他同种类型的小说,或是倡导革命或是主力改革,而是有些含糊其辞,显示出了作者内心中的彷徨之情。在变法已经成为晚清的社会主题之后,变革这个社会,尽快复兴中华民族的思想就沸腾在每个中华儿女的内心,但是关于如何变,怎么变,却又深刻困扰着忧国忧民的热血国民。

作者也深刻认识到封建专制已经完全不可能是未来中国的政治构局,"专制国不然,大家觉得这个国家是皇帝有的,就如他的私产一般,我们不过借住他的土地,吃他的饭,用了他的钱,不能不替他出点力,打仗也犯不着致死,做官也犯不着清廉。人都如此存心,分明是个散局,还指望存什么种?保什么国?你要不信,请看万国历史,那个专制国能久立于地球。即使一二国仅存,也如一丝游魂,随风飘荡而已。"(二十四回)。归而类之,当时人们对于社会的变革大体可分为两种,那就是革命和改革,也就是建立民主共和国还是建立君主立宪制,但作者却对于这两种主流的社会革新模式同样抱着并不积极的态度。

在作者看来,宁孙谋、魏淡然的变法维新,不仅在政治上失败了,社会效果也不理想,因此是不可取的。黎浪夫只是空有救国济世之志,但是没有提出任何具体的救国救民良计,对他的暴力革命,作者既不了解,更是持反对态度。那么作者心目中未来中国之走向又将伸向何方呢?为此作者虚构了仙人岛这一境外岛国作为理想社会革新的实验地,并使该岛在贾希仙等人的创建下,成功转型为具有现代意义的新社会,由此体现了作者的改革思想。

首先,改革必须充分吸取欧美文化,包括思想理论和先进的科技成果,为振兴国家所用。贾希仙等六位爱国义士"只因自己立了个志向,要想为中国的百姓吐气",于是付诸实践。他们初到仙人岛上,就寻找丰厚的知识资源,使其各有专攻,"过了几日,和各寺的僧侣厮见,问明白了岛中的详细情形,方才晓得神宫内有个藏书楼,里面的书尽是希腊国的古文,还有些哥白尼、奈端、培根等人的著作,却是钞本。希仙听了,不胜欣羡。次日,就同五位到神宫去求见教主,说要借藏书楼的书读。教主道:"这些书是不容易读的,都是古文,蝌蚪,又有些科学名词,足下虽懂得外国文,只怕还看不下去。"希仙道:"我们拉丁古文,也曾学过,专门科学,也曾请教通人讲解过,只是未能纯熟。如今既有这许多宝书,且勉力用起功来,或者得些门径,各专一门,学成了,替贵岛做些事业,岂不是好?"教主大喜,就命人领他们到藏书楼去取书,六人到得楼上,只见蛛网尘封,是个多年没人上来的光景,那些书都藏在玻璃匣内,并不甚多。六人开匣,先取目录看了。当下贾希仙取了重学、力学、汽学各种书,东方仲亮取了医学书,卢大圈取了电学书,邝开智取了矿学书,欧孟核取了化学书,宫学夫取了天文学书,叫从人搬到宾馆里,辞了教主,各人在馆用功。"(第八回)这实际上就是人们常说的“开发民智，造就人才”。

其次，振兴实业。当初次踏上仙人岛的时候，希仙就踌躇满志地提出了自己的开发此地的想法，“我们既到外洋，本是不想回家的，有本领到处可做事业。这岛土地膏腴，山势雄壮，看来农业可兴，矿产是一定有的，我们替他开些利源，将来兴旺起来，哪怕美洲、日本不来通商，便是我们出岛的日子了”（第八回），初步提出了发展农业、开矿致富的治理观念。在希仙重病的时候，他又对仲亮等人申述了自己的想法，“我本意要整顿这岛，和美洲一样兴旺，不是自己夸口，如今六人中，除了我，只怕这事就难成功，诸兄第一留心制造汽机的法子，造得出轮船，便好出岛营生。此岛出产极多，运到别国，不难立时致富，那时无论何处，皆可安身。我家有父母兄弟，诸兄能迎接出来，一起过活，便是九原衔感不尽了。”当众人想游说岛主开发岛上矿产，因风水之说受阻后，希仙并没有灰心丧气，而是转向海外，移民华人，共同建设仙人岛。“他（希仙）的主意，是要到新加坡，招罗些中国商民，去到岛中做事业的”（第九回），而这番历险一方面让众人聚敛到了大量财富，增强了自身的经济基础，以便回来建设仙人岛；另一方面游历各国的精力也更加坚定了众人殖民仙人岛的志向。当希仙众位重新回到仙人岛时，他们利用自己的学识和资财，开始了轰轰烈烈的建设运动。小说第二十七回：“次日，同麻哈思到岛南相度地势，原来山峰环抱，中间一片空地，绝好一个去处。希仙命麻哈思叫了些工匠，备下砖木等料，听候调遣。果然岛中人都怕希仙的威权，那些工匠不敢怠慢，早把各料办齐，来到临海寺里。希仙打成图样，叫他们仿造，却像一个大营盘，又像一座城，依山傍水，高临全岛，房屋街市，一切齐备。不到数月，便已完工。希仙择那腴润之地，叫各家渔户，开起垦来，自此有了五谷，和岛中士民交易货物，但总觉不便，几次上条陈，要请教主通行钱币，教主专主守旧，再也不肯变易。希仙没法，慢慢诱导岛民，就在自己的城内，开了几个学堂，招罗岛民入内读书。只有几家僧徒子弟，不肯来学。”

再次，民主与法制。第三十回，希仙接来父亲守拙和稽老古，向他们介绍岛情，包括岛中的政治格局，“希仙道：‘这岛里不分什么主和民的，总归公共办事，主也不能一人独主，须要大众商议。住在岛中的人，大家不靠势力，只讲公理，公理不合，随你岛主，也不能压制人的。’老古道：‘这般说来，做这岛主，有何趣味？’希仙道：‘做岛主原不是讲究有趣的，原是代众人办事的，其名叫做公仆。只为这岛并非一人的岛，是岛中人民大家有份的岛，既是大家有份的岛，便大家作得来主。如今岛民的见识也渐开明了，竟不容一人恣睢欺压他们，只是众人乱作起主来，横出主意，也办不成事，所以设了一个公处，名为议院，大家公议了，由我们定其从违。又恐怕岛民的学问，没有学好，甚至害了人家的自由，所以立出宪法，要大众遵守，如今正议此事哩。’”

我们从中不难发现，作者所描写的镇仙城的一切，从根本上来说仍属于社会改革，是对康、梁戊戌变法的扬长避短，并吸取了维新变法失败的经验教训，可见作者的思想在根本上属于资产阶级改良派。而此点从一开始就暗示在了小说中，作为康、梁化身的宁、魏一开始就是作者所刻画的理想人物贾希仙的同窗好友，他们有着相同的教育背景和思想言论，当宁、魏的革新运动转瞬即逝的时候，东方仲亮也仅仅从没有进行专注朝廷，没有顾忌百姓一面道出了维新失败的根基所在，虽然在小说中作者并没有从小说中跳出来大声赞赏宁、魏，但是从对其的浓墨重彩的描写上来看，显然是极为用心的。及至宁、魏流亡海外，作者依然借助宁孙谋之口号召中华人民团结一致才能共御外辱，“孙谋道：‘这是各不相顾的原故。譬如我们只知顾我们一家人，再不然顾到至亲上，再多也不过顾到朋友。以外的人，便觉得陌路一般，随他死活存亡，不与自己相干。甚至为了钱财，害他的性命，不但强盗打劫伤人，即如做官的，在上司面前谗害同寅，挤掉了他，我便能得意。做生意的，彼此相妒，跌落价值，以广招徕，挤倒了他的店，我的生意便好。读书的人从没有肯佩服人的，不说人不好，也显不出自己的长处。像这几种念头，都是藏了个杀人的心肠。太平时世，名为暗中相杀，一朝变乱，那杀人的性质发现出来，这才快其所欲。其实被杀的人和杀人的人一般，用心不过分个强弱罢了。所以中国人，只能杀中国人，见了外国人，就伏手伏脚的听他杀，这是什么讲究呢？原来软弱的人没有不怕强的，要是外国兵没有枪炮的利害，他们也敢杀他的。野蛮杀人，本是无用，一遇打仗的事，定然没命奔逃，像这般终古不变。一处土地被人家割去，处处的土地，终归不保。假如我们中国人换了一副心肠，知道大家卫护自己的同国人，不在相知不相知上存甚意见，自然彼此固结，才能算个国度。根基定了，那怕外国人怎样强，也取不了我们土地，害不了我们百姓。这才一国安，一家自安哩。”（二十一回）

不但如此，我们还可以通过贯穿在整部小说中三个梦境，向我们展示这一深刻的用意。小说第一章就描写了这样一个梦境，此梦乃希仙之父贾守拙所做，小说这样写道：“他道：‘我做了一梦，梦到一个所在，一望是水连天，天连水，脚下踏了一张树叶，飘飘荡荡，随着风渡了过去，看见一座高山，便停下了。那山脚下却有一片沙滩，随脚走了几步，前面一片土地，人家不少，那些人的穿着，和我们不一样，一色短衣裳皮靴子，头上还带顶有边的草帽。见了我一齐嘻嘻的笑。我也对着他笑，不料这笑，竟把我的梦笑醒。’妻子听了，说他做的是痴梦。”这一梦境看似再平常不过，但是将之放在晚清混乱的世道之下，其意义一下子就被凸显了出来，这一宁谧的海边场景不过是乱世之际的晚清子民希望过上安康生活的期盼，而以此开头，也清晰的表明了作者希望自己的小说能有疗世之功的志向。

而小说第十七回贾希仙之梦，实则是再次借助梦境否定了暴力革命，在浪夫的劝说下，希仙众人披挂上阵，举起了义旗，而结果却是四面楚歌、人头落地，梦中的“中原皇帝听得我们据了潮州，天颜震怒，命曾开元做了大经略，统领十万大兵前来迎敌。英国的水师，由海里前来助战，法国的陆师亦由陆路上杀来，四面围逼，离城只三里路了”的险恶境遇，正深刻地反应了当时革命屡遭失败的重要社会原因，清廷虽然已是苟延残喘，但却百足之虫死而不僵，而帝国列强贪恋与其缔结的种种侵略条约，也并不希望这个政府土崩瓦解，通过这个梦境希仙选择了殖民仙人岛的志向，其实这也是作者希望资本主义改革实现国家富强的理想展现。

小说收尾的最后一章稽老古所做之梦，则向我们展现了中华大地一派生机勃勃的景象，国家独立，“我梦见坐了一只安平轮船驶回中国，到上海登岸，只见上海那些外国字的洋房都换了中国字，那街上站的红头巡捕不见了，都是中国的巡警兵。这还不算奇，最奇的是铁路造得那般的快，据人说中国十八省统通把铁路造成了，各处可以去得。我记挂的是家乡，就从上海搭火车前往汉口，上了火车不见一个洋人”。人民文明“见村中添设了无数学堂，那东邻西舍的小孩子，都拿着书包上学，果然相貌也清秀了许多”，城市现代“我心上方才转念，要到京城里去逛逛，谁知我已上了火车，不上两日，已到京城。只见京城里都是极干净的马路，人家还说京城灰土大，那有什么灰土，那马车、电气车满街都是。”君王平易，“正在纳罕，又听得人说：‘皇上出来了。’那知皇上出来，也没多余护从，倒像个随常一般，亦不坐甚么辇，是坐了车子，一直望城外拉去，人又说是皇上要到东京去察访政治哩。”官僚进取，“如今新进后生，掌了朝权，做出一桩桩破天荒的事来。皇上偏听他们，弄得我们一句话也说不进，一件事也做不成，只好挂冠回去的了，我们子弟倒要送他到学堂里去，多用几年功，以便将来有个出身。”这样我们可以依次把这贯穿小说的三个梦境概括为探索之梦、抉择之梦和希望之梦。

作者虽然阐明了自己关于国家未来的构建理想，但是否对此就有着必胜的信心呢？旅生作为历经晚清血雨腥风的沧桑之人，对于改良是否能够救中国，有的是坚决的拥护，但却没有决然的信念，我们从这本小说的题目就可以看出埋藏在作者心目中深刻的忧患感和幻灭意识，“痴人说梦”现今所指之意即是愚昧之人说荒诞之话，虽然作者极为用心地用三个梦境向我们展示自己的理想，但这毕竟是梦，作者描写了贾希仙这样一个理想的人物，但他施展抱负的舞台竟然是子虚乌有的仙人岛，即使他开天辟地地把求神拜佛、愚昧落后的仙人岛改造成为现代文明、富足殷实的镇仙城，但这一切的一切总归不过是作者虚幻的景象罢了，作者连像梁启超《新中国未来记》这般的勇气都没有，让自己的理想实现在一片乌托邦的岛屿之上，不能不让人感受到末世知识分子身上深沉的凄凉情感，他们对于祖国、对于人民有着深切的忧患，他们努力试图通过各种各样的文学形式传递着自己对于家国的思索，却永远也不可能摆脱那种身处晚清国将不国的沉痛心情。

小说作于1904年，庚子国难后所谓的新政的丑恶面目已经渐渐向人们展现了出来，革命的烽火虽然被步步扑灭，但却萌发着燎原之势。感受着晚清更加飘摇不定的动荡，有着老式封建教育的背景，又时刻感召着时代新风潮的作者，对于未来国家的发展之路，彷徨凄苦溢满着他的心胸，虽然他极力排斥着社会革命而带给国家翻天覆地的变化，极力推崇着资本主义的改革运动，但是对于国家的未来，迷茫和愁苦的心态却依然纠结着作者的内心，这使他在小说中对于祖国的憧憬弥漫着一股黑蒙蒙的希望，让人感到低压和悲观。

同时小说的二十九章，作者借卢大圜之口劝阻宁、魏、黎三人不要轻信元玉岑（映射袁世凯）所谓的招贤纳士，“依我愚见，还是不去为是，恐怕宪法改不成，又弄成什么党人之狱，倒不是玩的”，准确寓言了元玉岑必执掌政权的政治走向及其摆弄政治手段的丑陋嘴脸，可见作者对这一袁世凯为模型人物的本真面目看得可谓入骨三分。

论及这部小说的艺术价值，它是近代众多域外题材小说中极为突出的一部。徐念慈在 1907 年为曹禺作《〈雷雨〉序》中写道：“事迹繁，格局变，人物则忠奸贤愚并列，事迹则巧拙奇正杂陈，其首尾联络，映带欺负，非有大手笔、大结构、雄于文者，不能为此。”以此来关照《痴人说梦记》，它实则已经达臻于徐念慈所要求的境界了。

首先作者纯熟地利用主要人物的主要活动最大限度地带动和覆盖了对社会方方面面的观察和讥评。突出的如以宁、魏赶考、高中、变法这一故事情节，作者就借机描写了围绕在二人周围的有众多的人物和事件。有支持孙谋上书言事的余力夫、来孟实、邓亦虚等同年举人；有保举孙谋、促成变法的余侍郎父子，有对变法维新坚决反对的张尚书。可以说对于这些人物、事件和现象描写并没有很深入和极详尽，但对于他们的描写却能极大的丰满对于主要人物的塑造，同时也使得小说情节更加丰富生动，延伸了小说展现社会的宽度和广度。此外还有以希仙为中心，作者引入了对于众多社会现象和事件的描写和批判。如小说第二回写贾守拙决定送希仙进入洋学堂念书，就正写反讽地指斥洋人横行中国，平民百姓一旦沾洋立刻就变得狐假虎威起来的丑恶社会现象；第八回又借希仙进广州端溪学堂求学，讽刺晚清学堂外表风光、内里肮脏的腐败状况；还有借希仙、与众人失散毛人岛，搭上去美货船，到得旧金山讲述美国禁止华工条约的苛刻无理，展现弱国子民的悲惨境遇（第九回）等等。

其次作者还注意塑造一些社会阶层的典型人物，有的开辟出几个章节来集中描写。如从小说十八回到二十回讲述了女中豪杰慕隐和缀红为夫报仇的故事，突出了两位颇具侠义精神的女性的英勇行为，但由于小说作者所带有的浓厚封建思想，作者更多地是注重她们作为女性的贞烈品质，立意并不高。此外还有由中入西的韩康伯（二十四和二十五章）、山东拳祸中的大师兄（二十三章）、官逼民反、遁入海外的渔民李慕髯（二十五章和二十六章），此外还有一些社会小人物的素描式描写，如骗取契辛一千两银子冒充是主考家的下人的莫认真、巫作道；为方子东、虞子粥做地皮掮客甄滑甫。作者通过描写这一阶层上的典型人物，来渗透他对于这个社会各个阶层的关照和思考。

再次在情节结构上，作者也没有使用平铺直叙的叙述方式，而是既有倒叙又有插叙。如小说的第五到第十回都集中描写了以希仙为中心的众人的行动，从第十回的后半部分转入对于宁、魏的介绍，但是作者却没有使用“再说”、“却说”这样另挑一线的叙述方式，而是由“江苏上海县城里”一位叫齐不虚的老先生挑起。他看报得知变法，然后和一位极为保守朋友尤则之辩论，以此转换角度，从民众对维新变法的反应来叙写维新变法，让我们看到新旧势力不光在政坛针锋相对，即使是民众之中也各持一论，可见当时改革的难度之大，这也为后来东方仲亮向宁孙谋道出维新的失败做出了铺垫。同时对于维新的失败，也是从这位老者齐不虚引出的，他因看报上变法，一时兴起多喝几杯，使其生病月余，大病初好来由京城会试来拜望他的同学却告诉他维新变法已然失败。这一情节设计，先声夺人地向我们讲述了维新变法昙花一现的惨状，简单地向人们介绍了变法的来龙去脉，然后由逃亡在外的宁孙谋与东方仲亮等人相遇在日本横滨，又倒述出了变法的详细始末。这一插叙和倒述将小说变得起伏有致，富有变化而不呆板，同时也极大丰富了小说的内容（第十到十五回）。

最后，作者对于人物塑造不单有了语言和行动，更有非常精彩的心理描写，如二十二回，魏淡然突闻妻子缀红惨死后的心理变化。此外在小说情节中，作者还融合了晚清时代极受读者欢迎的探险和侠情成分，前者如贾希仙被大鸟抓走的情节（第九回），后者如慕隐和缀红女扮男装为夫报仇的故事（十八到二十回）。

所有这些都使得《痴人说梦记》成为晚清不可多得的一本内容丰富、反映多面的社会小说。显示了作者小说技法十分的老道和熟练，使得小说十分流畅，虽然线索繁多，人物多样，但却丝毫没有混乱之感。它代表了晚清知识分子对于祖国的殷切希望，实现民主政治，发展民族经济，富国强民，振兴中华，可谓晚清不可多得一本长篇小说。

《新镜花缘》

《新镜花缘》共十二回，萧然郁生著，原载 1907—1908 年出版的《月月小说》第九、十、十一、十三、十四、十五、二十二、二十三号。作者萧然郁生，生平不详，仅知其另著有理想小说《乌托邦游记》、短篇小说《彼何人斯》。

萧然郁生著的《新镜花缘》秉承了《镜花缘》的创作笔法，叙述了唐中宗复位以后，唐小峰、颜崖随林之洋、多九公一道，组成了大唐国的商贸船队，出洋游历的故事。不过他们此番所见，已经不是昔日的君子国、大人国等国，而是“维新国”。

那么这个所谓的维新国，是不是已然焕然一新了呢？众人初入维新国，也觉得一切欣然不已，“只见人烟密集，贸易繁荣，街道洁净，房屋整齐，形色上很有文明气象”，见到他们的男女老少，皆道他们“守旧！守旧！野蛮！野蛮！”、“奴隶！奴隶！”（第四回）将几人唬得求人探听维新国的风俗人情。但维新国真的从里到外都崭新一片吗？非也！

首先是维新国的教育。办学校是维新的显著成果之一，可是维新国的学生，虽是口里喊着“平等！平等！自由！自由！”，但讲究的却不是学堂的学风之严谨、教学之广泛，而是吃喝用度，因“日新（学堂）的房屋是极高大的、极惬意的”，便纷纷想进去，还发出了“管理本是学生之奴隶，自然应该如此。我在求新公学的时光，那管理还替我穿操衣，倒茶添饭。至于教员，那愈加应该守学生的命令。你想，不有学生，哪有教员呢？”的谬论。连骂人也不过是国骂的英语版而已“稻格”、“澳克司”（第四回）。那些参加买办葬礼的学生，更是“只有自己一张说大话的嘴，试想做学生的除了这说大话、吹牛皮之外，更没有别的了”，无怪乎人们反讽他们为“维新国未来之主人翁么？”他们来参加葬礼，根本不是为了表达什么哀思，只是图希着可以翘课一天，还可以“把他们体操之整齐给大家看看”，借此“暗暗的增点权势”（第七回）。

其次是维新国的商业，其国商业毫无一定之规。满街上商铺“差不多都另外有块告白挂在那里，不是照码八折，就是照码七折；不是特别减价，就是大减价几天；不是附赠彩票，就是另赠纪念券。”看似一片繁荣熙熙攘攘，但却被唐、颜两人一眼侦破，折扣无非是先将物价“格外抬高”后的所谓折扣,各种名目繁杂之赠券彩票,中奖人本就稀少,不过是“以大家助成之利息付与一人,他自己并无津贴,不但无津贴,只怕还要弄点盈余,这还不如不送彩票,把那货物价目减轻些,如大家均沾点利益好了。”并得出了“商业愈见得伪相百出,信实全无,奸智日进,道德愈衰了。而且那里店铺同一行业,同一店名的很多,这家也说只此一家,并无分出,那家也是如此,竟有这家和那家对着开的!”不得不生出这样的感慨商业竞争“总要把那货物格外造得好,拣得真,价目格外减得轻,同那家竞争,方才显得商业界上的本领。若仅知冒冒牌子,不过欺骗那些过路客人罢了”(第七回)。可见维新国的商业简直是浑浑噩噩,名目繁多却毫无定规章程,混乱之极。

再次,维新国的官吏和社会学、商、绅的名流更是肮脏不堪。那位先是以革命党逮捕了唐、颜两人的官吏,当一接到上头来的书信时,得知两位都是大唐国来的贵宾,立刻就是另外一副嘴脸,“搬出极细洋瓷碗,泡了极细的芽茶;又配上四个果点”,“陪了很多小心,说了很多卑污下贱的话”,既要设宴款待,又要荐他们为“敝国顾问”(第六回),真是顷刻两面。而那些所谓的社会名流,实则更是败絮其中的社会渣滓,那个自称“学界可做得代表,绅、商二界还可运动”的学所总董,竟然来为用办学的捐款中饱私囊的人求情。特为四人所召开的欢迎会,这些名流竟然为了谁做主办方大肆争吵起来,更闹出了和多九公讨论彗星,却只附会迷信的笑柄,简直毫无斯文景象(第八回)。

这些所谓的社会上层人物,无论是赫赫国家官吏,还是一方持重名流,俱是一派乌合之众、酒囊饭袋而已,这使得维新国的兵势就更加不堪了。“百姓花了许多钱养着他们,不能为地方保卫之用,却拿着媚事外人,送往迎来之用,并把那枪炮军乐作应酬之附属品,真是匪夷所思。”这样的国家自然是毫无外交主权了,“那羊大国见了我们维新国的人,不但不能保护,反还要立出许多虐待的章程,什么验疫、什么口税,一个不小心,犯了他国法律,还要去坐车木屋,羁捕房,打藤鞭,连性命都保不住呢!”。更可笑的是还要让四人费神整顿“敝国商务上的一切生意”,引得唐小峰自忖道“自己国度竟要别国人来代为整顿?可笑!别国人与你们有什么感情,肯代你们整顿?即使肯代你们整顿,也是整顿着为自己将来的地步,幸亏遇着我们,若是遇见别国的人,那就不堪设想了。”这段话真是将猥琐弱国甘心受气、拱手让权的作呕之状刻画得淋漓尽致,更鲜明指出了各国利益不同,实乃各为其主,让别人治理本国,无异于丧权辱国。这样的悲惨外交境遇就是因为“他们待外人的丰盛,无非是待势力的强;那外人待他们苛虐,也无非是待势力的弱。”(第十回)作者在此鲜明地指出了“弱国无外交”这一铁的事实。

在这样的国情之下,多九公为得从差役手中活命,只得也向人显示庄严的自家门楣“我大唐就是天朝,一统天下,万方来朝,怎样的国富,怎样的兵强。……我妹夫是探花,我外甥是公爵,我女儿是才女……”一下子就释放了出来,还被邀请至极其奢华的招待室,两人因“自忖这维新国里最好说大话,那大话最适合他们的心,所以我就放大了胆,吹起法螺来。”(第八回)而维新国里自矜得冠绝世界的两样东西竟然是“一副鸦片器具,两只金莲小脚”(第十回)。唐晓峰更一针见血地指出这维新国“一切主权尽归他人,那国也不亡自亡”的卓见(第十一回)。

作者虚拟的海外之维新国,实乃是晚清所谓维新新政的可悲可叹更可怒之真实再现。小说作者实在众人进入维新国始,就借遇到的老者说出了维新国的真面目,“然而讲到实在,我们所新之服式、器用、食品，没有一件不是洋货。别国维新所新之洋货，都是自己制造；我们所用之洋货，都是别国制造。我们维新了，他们制造的洋货到畅销起来，我们自己国里的铜钱到愈加输运到别国去了，唉！维新，维新，那里教你们在这些上新?”“客官要问敝国风俗，据现在最作兴的，便是吃、喝、嫖、赌、吹、哄、吓、诈、骗这十个字。若问敝国的人情，也有八个字的口诀，是谄富骄贫，欺善怕恶。客官只要懂得这十八字的精义，不要说敝国的风俗人情了如指掌，就是再往别的维新国去，亦断不会出此范围。”其交代的维新国的邻国有盲目国、火因国、奴隶国、老人国、聋哑国、贝者国、不醒国、守旧国、三西国、病夫国、多臂国、死人国、文学国、迷信国、尖头国、无血国、官员国等等，都寓意着作者对有名无实的假维新真守旧的极大嘲讽(第四回)。

那么在作者心目中，怎样才是真正之维新呢?“要新的是新精神、新魄力。精神新、魄力新，再新教育、新风俗。至于现今所新之新，那是可新可不新的新。你想，可新可不新的到都新了，那一定要新的到都没新，新其末而不新其本，虽新仍是没新一样!”(第四回)在将维新国的伪维新揭露地彻底无漏的时候，作者表达自己对于真维新的极度渴望和向往。

同时小说作者还表达了他对于革命的意见，首先萧然郁生并没有决绝地反对革命，对革命党及其成员大肆辱骂和攻击，但是在其心中还是不希望爆发革命的，并指出了如何能避免这种疾风暴雨式的社会变革，同时也可以富国强民的办法。在小说第六回作者借唐晓峰之口，就提出了“第一，要速除专制，实行立宪，以示信允；第二，要大公无私，以示公平；第三，要仁爱为怀，以示德惠。这样办理，那党人自然而然的消灭。须知民为邦本，本固邦宁，收服民心的不二法门。民心既顺，那以上三件便已顺了革命党的新，他们那里还有什么革命?”(第六回)可见作者将实行真正的维新看做是息平革命的制胜法宝,认为只要清朝按其倡导的方法实行立宪,不但人民不再革命,更可以迎来国家的全面繁荣复兴。

这本小说的独特之处是它借助了四个完全不知晓维新、立宪与革命为何物的人物来历览晚清种种所谓维新之污秽,透过这四人本来茫然无知的眼睛由表及里地层层推进,由局外人的视野却深刻而广泛的解析了晚清社会的虚假维新浮华景象,这无疑是对那个时代最为辛辣的嘲讽。唐晓峰对于维新国亡国灭种的预言,正表达出了作者迫切希望人民觉醒,国家革新的热切愿望。萧然郁生的《新镜花缘》继承了李汝珍之奇幻想象,虽看似虚幻之言,却字字是真,用维新国的虚假维新来深刻揭露了晚清政府只想借维新以排压民怨,实则不过是做些花样子而已的丑陋本质,并预言了如果清廷一如既往、我行我素的,长此以往必导致国将不国、亡国灭种的危机,警示并倡导人们要想实现国家的真正独立富强必须立刻实行真正维新的救国良方。

《新中国未来记》

《新中国未来记》作者梁启超。梁启超,(1873—1929)近代思想家、文学家、学者,戊戌变法的领袖之一。字卓如,一字任甫,号任公、饮冰子,别署饮冰室主人,广东新会人。《新中国未来记》乃是梁氏为倡导“政治小说”所作的作品,因而新中国未来记刊出时,即标明为政治小说。光绪二十八年壬寅(1902)《新小说》连载。未完。绪言六则。第一回为楔子,第三、四回后有总批。各回均有眉批。《饮冰室文集类编》只收四回。阿英编《晚清小说丛钞·小说一卷》(1960),并据《新小说》补入第五回。

《新中国未来记》开文“话表孔子降生后 2513 年,即西历 2062 年”,中国维新成功,诸友邦均遣使前来庆贺。这部小说描写了其后六十年“新中国”的壮盛繁荣。《新中国未来记》在形式上很明显地受到英国小说《百年一觉》和日本小说《雪中梅》的影响。作者自称:“兹编之作,专欲发表区区政见,以就正于爱国达识之君子”(绪言二)。又说:“此编今初成两三回,一复读之,似说部非说部,似稗史非稗史,似论著非论著,不知成何种文体”(绪言四)。他在绪言中明确说他这一小说是用来“发表政见、商榷国计”的。所以“其作自不能不与寻常说部稍殊。编中往往多载法律、章程、演说、论文等,连编累续,毫无趣味”(绪言四)。

作者全力在本书中宣扬立宪,故名其小说为“政治小说”。其中一位主人公名叫黄克强,主张君主立宪;另一位李去病主张法兰西式革命,双方展开激烈辩论。作者本欲用这种辩论演说形式结构小说,但从第四回开始就“灵感枯竭……放弃了原先的演说格式,开使用叙述手法”。结合本文的论述主题,我们集中论述小说第二和第三回,因在这两回中作者集中运用了他将所知晓的域外知识赋予小说主人公,借其之口表达出了自己的政治思想。

梁启超在《新中国未来记》中主要阐发了他对于两个问题的认识和看法,首先是国家复兴的可堪人才是什么样子的,其次作为日趋衰弱的中华民族要怎样才能实现伟大的民族复兴,又要经历哪些重要的历史阶段呢?在这里我们首先结合梁启超写作《新中国未来记》的时间,来考究其当时政治思想。在很多学者的论述中我们都不难发现,在戊戌变法失败后,梁氏一度是一位狂热的号召大家齐心合力以武力推翻清廷统治的革命派,从1898年流亡日本到1903年初,梁启超先后在其主办的《清议报》和《新民丛报》上鼓吹“破坏主义”和“今日以讨满为最适宜之主义”,但在1903年后,其思想渐趋平和,最终于1906年提出了开明的专制主张,其思想转向了认为中国不仅没有具备民主共和的条件,甚至连君主立宪也无法立刻实行，只能以开明专制作为过渡。而这部《新中国未来记》即是其思想转型的小说体抒写。

首先我们来看梁启超是怎样描绘自己心目中国家的复兴人才的。小说的第二回借现任全国教育会会长文学大博士孔觉民的演讲总览了自己的立宪主张。作者首先提出了中华要想复兴需要三个条件的共同作用，这成为总括全文的宗旨所在，“我们今日得拥这般的国势，享这般的光荣，有三件事是必要致谢的。第一件是外国侵凌压迫已甚，（眉批：过屠门而大嚼，虽不得肉，且快意。）唤起人民的爱国心。第二件是民间志士为国忘身，百折不回，卒成大业。第三件是前皇英明，能审时势，排群议，让权与民。这三件事便算是我这部六十年史的前提了”。第一件事情在晚清是触目惊心之现实，不需梁启超多言，读者自有深刻之感受；而第三个条件，是梁启超终生的思怀，自是不容置疑，这也就是作者为什么提倡立宪之重要原因之一。这就使得小说将论述重点也在第二部分，作者也明确表示“第二件却是全书主脑”从而确立了全小说的写作中心，即要描写出一大批杰出人士为祖国复兴所做出的前仆后继的不懈努力，铸就的辉煌伟业。

那么英雄志士要想成就伟业，其首要条件或者说素质是什么呢？“诸君啊，须知一国所以成立，皆由民德、民智、民气三者具备，但民智还容易开发，民气还容易鼓励，独有民德一桩，是难养成。倘若无民德，则智气两者亦无从发达完满，就使有智，亦不过藉寇兵赍盗粮；就使有气，亦不过一团客气，稍遇挫折便都消灭了。你看六十年前，我国衰弱到恁般田地，岂不都是吃了无道德的亏么？（眉批：欲觉闻晨钟，令人发深剩普天下青年爱国诸君当每日三复此言。）那时不但那旧党贪污鄙贱，行同禽兽，就那号称民间志士的，也是满肚皮私欲充塞，（志士听者。）变幻狡诈，（志士听者。）轻佻浮躁，（志士听者。）猜疑忌刻，（志士听者。）散慢乱杂，（志士听者。）软弱畏怯，（志士听者。）他那心术行为，正是同旧党一鼻孔出气，或者反比旧党还不如哩。（志士听者。）倘使后来的志士都和那己亥、壬寅间的志士一个样儿，我们的中国早已亡了。（志士听者。）这话非是鄙人饶舌，其实我新中国之存亡绝续，皆在此一点，若除了这点，我这部六十年史亦无处讲起了。”作者首先就把仁人志士的道德修养提到了无与伦比的高度，显示了他对于传统儒家修养重视道德修养的传承关系，深刻反映了在作者的头脑中，要想实现祖国的崛起，必然要从人人立德抓起，表达出了只有人人德沛，才能国家繁荣的重要政见。

在小说的一开始，作者不使用帝王纪年，而是采用了耶稣纪年和孔子纪年也暗含着此种倾向。如果说前者显示当时喷涌的西学思想对梁启超的巨大冲击，那么后者则表达了梁启超更为坚定的传统情结。他更指出帝王纪年是“野蛮之法”，将世界纪年与孔子纪年并行，既显示了他强烈地期盼中国这只沉睡的雄狮早日觉醒，融入到世界轰轰烈烈的改革和发展的大潮之中去的殷切希望，又显示了他对于本国传统文化精粹的大力推崇和坚决固守。

在这样的思想转变下，梁启超思想中原有的反对尊孔保教和强烈排满的情绪也随之发生了根本性的改变，梁启超开始重新认识到这种中国传统文化积蓄下来的精华之所在，从而在小说中不单单标举孔子纪年，还特别树立了一位“全国教育会会长文学大博士孔老先生”来做主讲人串讲中华民族的复兴史，对其身份的描述无不显示出梁启超对儒教的无比尊崇，“这位孔老先生名弘道，字觉民，山东曲阜县人，乃孔夫子旁支裔孙，学者称为曲阜先生，今年已经七十六岁。从小自备资斧，游学日本、美、英、德、法诸国。当维新时代，曾与民间各志士奔走国事，下狱两次。”而小说的主人公留学英、德、法的黄克强和李去病，同样是学贯中西的一流人物代表，黄父“本系绩学老儒……做那陆王理学的工夫，又最熟中国史学。他那学问志节，也算在九江门下数一数二的了”，两人从幼受教于他，加之留学期间更加刻苦攻读，自然都是中西皆通的有志才士。在此借助这些形象的描述，作者向读者们再次重申了自己心目中成就大业的仁人志士的形象，既精通中华精粹，又兼收泰西之学，并有着百折不挠的进取精神，这无疑表达了作者对当时晚清风起云涌的留学风潮的肯定和赞扬之情，在作者看来能救国救民的就是这帮异域求学的莘莘学子，他们中西一贯，以西看中，取西补中，是最符合作者心目中“新民”的代表。

《新中国未来记》也开创了晚清以留学生为主人公的域外题材小说的先河。所以在小说中不单让留学生的代表人物黄克强两人两届统领，作者幻想中的新中国的一切斐然成就，都是由这样的仁人志士组成的“立宪期同盟党”前仆后继的成果。“立宪期同盟会”显示出梁启超不单对于理想人才极度渴求，更向往这些人才能够精诚合作，共创大业。这使得小说第二回就是对这伟大之党的党规和政务之演说。

梁氏在小说中还屡次提到皇帝圣明，满汉早已同化这样的言辞。“讲到现在皇上的仁慈英明，我虽然是没有咫尺天颜，却也是信得过的”，“虽然三百年前和我们不同国，到了今日，也差不多变成了双生的桃儿，分擘不开了。至于他那待汉人的方法，比之胡元时代，总算公允了许多，就是比诸从前奥大利人待匈加利、西班牙人待菲立宾，也没有他们束缚得紧，所有国中权利义务，汉人、满人亦差不多平等了。至说到专制政治，这是中国数千年来积痼，（眉批：中国政体说他不专制却是极专制，说他不自由却是极自由。总之，朝廷和人民是毫不相关的。所以无论什么人坐这个位，于一国的政治却没有什么影响。近来专制政体越发进化,直接虐民之政是更少了。)却不能把这些怨毒尽归在一姓一人。我想我中国今日若是能够一步升到民主的地位便罢,若还不能,这个君位是总要一个人坐镇的。"

其次小说展现了梁启超对于为中华崛起的设想。他设计了用六十年分六步走的强国之策,这分别是"第一预备时代从联军破北京时起,至广东自治时止。第二分治时代从南方各省自治时起,至全国国会开设时止。第三统一时代从第一次大统领罗在田君就任时起,至第二次大统领黄克强君满任时止。第四殖产时代从第三次黄克强君复任统领时起,至第五次大统领陈法尧君满任时止。第五外竞时代从中俄战争时起,至亚洲各国同盟会成立时止。第六雄飞时代从匈加利会议后以迄今日。"作者写作的这六步,可以很清晰地表明其国家改革要历经酝酿、小范围实验到整合全国性改革,富强后的中国同样走向了扩张海外殖民地,并参与与各国的竞争,最后到雄霸世界。

那么我们国家是要改良还是要革命呢？梁启超借黄李两位志士,他们一主改良,一主革命,向我们展现了梁启超对于国家发展道路的深刻思考。细读小说我们不难发现,其实黄、李二人争论之焦点问题就在于中国所处的时机,到底是更适合循序渐进的改革还是疾风暴雨的革命,而在辩论之中,两人大量加入了他们对于西学西知的见解。虽然就此问题两人展开了长达四十四回合的论辩,但综合而论,在中西对比的辩论中,时机问题被衍生为国民素质、政府官吏、外交环境和社会制度这样四个方面的问题。

在黄、李两人论辩之前,作者已然提出了对于以马克思社会主义理论变革社会的否定,"毅伯先生去德国入柏林大学,认真研究那德国近日最兴盛的学问叫做国家学的;(眉批:国家学立为一学科实自德国人始。欧洲他国无有也。)虽与己宗旨不甚相同,却也实实受了许多益处。又和那社会党中有名人物往来,用心研究社会主义,(眉批:社会主义与国家主义正相反对。然其学理亦最盛于德国。)于生计界竞争的大势益多感触,慨然道:“这些影响,将来我中国一定实受其害了,却是用怎么方法才能抵抗他呢?”可见梁启超对于风行于欧洲的社会主义风潮不甚欣赏,认为它有违国家主义,是爱国人士必须要坚决抵制的,从而使得只有社会改革和革命才是实现祖国复兴的两条可选之路。

国民素质是一切社会改革或革命的起始点。黄去病坚持民智未开,他认为几千年来的封建专制统治和愚民政策,造成了中国人民虽为国民,毫无国民资格,如此的民智水平,要想立刻建立共和政体,简直是望尘莫及的事情。而李去病坚持只有经历暴力流血革命才能真正实现国家独立,人民自由。“李去病道:‘……但哥哥你也应记得恶斯佛教授颉德先生说的,‘人群进化之理,是要牺牲现在的利益以为将来’(眉批:这真是最沉痛之言,令人想起孔明挥泪斩马谡情状。),又西人常说的,‘文明者购之以血’,这种悲惨事情,无论那国都是要经过一次的。即如哥哥最羡慕的英国、日本,若不是经过长期国会尊王讨幕这些革命,就能够有今日吗?他们自己说是无血革命,其实那里是无血,不过比法国少流几滴罢了!寻常小孩子生几片牙,尚且要头痛身热几天,何况一国恁么大,他的文明进步竟可以安然得来,天下那有这般便宜的事么?再者,哥哥你整要拿着法国的故事来做比例,地球上革命的戏本,不是只有一个法兰西演过的,哥哥何不想想美国的事情,高兴一高兴,何必苦苦说法国来吓人呢?’黄君道:(驳论第二十二。)‘兄弟,我们商量的是国家大事。孔子说得好,‘必也临事而惧,好谋而成’,这岂是说来当高兴的吗?你讲美国,这和我中国的问题更远得很了。美国本是条顿种人,向来自治性质是最发达的,他们的祖宗本是最爱自由的清教徒,因受不得本国压制,故此移殖新地。到了美洲以后,又是各州与各州自己有议事堂、市公会等,那政治上的事情本来是操练惯的,所以他们一日脱了英国的羁绊,更像顺风张帆一般,立刻造起个新国来。(眉批:美国所以能立国,并不自华盛顿以后,读者宜着眼此处。)你想现在我们的中国是和他比得么?中国人向来无自治制度,无政治思想,全国总是乱糟糟的毫无一点儿条理秩序,这种人格,你想是可以给他完全的民权吗?我听说日本东京的留学生和内地的少年子弟,有许多听着自由平等几个字,他却不读书,不上讲堂,日日去嫖去饮,有人规劝他,他便说,这是我自由权。还有问他老子要钱去花费,老子不给,他便嚷骂起来,老子责备他,他便说我和你是平等的。(眉批:天下事差之毫厘,谬以千里。将来这种风气若接续下去,那起讲自由平等的人不能不负其责任。)照这样胡闹下去,将自由平等四个字不是变成罪大恶极的名词吗?所以我想国民自治力未充实的,便连民权也讲不得。(一叹。)若是中国今日便破坏起来,只怕比法国大革命时代的惨状倒要过数倍哩,还敢望美国吗?兄弟,你试想想。'"李去病以西方先进强国的社会变革无论哪个都是流血牺牲所换来的为力据,力挺要暴力革命变革社会;而黄克强将晚清的民智状况与世界上发达国家的民智相对比,一针见血地指出如此的民智,即使给予他全全的民权,他们哪里又知道该如何使用,而带来的更可能是谬用。

中国人不单智识贫弱,同时爱国心也不强,"我中国人向来除了纳钱粮、打官司两件事之外,是和国家没有一点交涉的。(眉批:西国干涉、自由两种政体向来皆发达。中国却是两种政体皆不发达。真是咄咄怪事。)国家固然不理人民,人民亦照样的不理国家。所以国家兴旺,他也不管;国家危亡,他也不管;政府的人好,他也不管;政府的人坏,他也不管。别人都说这是由于没有自由的缘故,我倒有一句奇话,说是由于没有干涉的缘故。(真奇却不奇。)兄弟,若还不信这话么,你看现在中国人的国家思想比那十八世纪末的法国人怎么啊?你能说那时法国的时势就是现在中国的时势吗?我想中国数千年的君权虽然是太过分了,却是今日正用得着他,拿米做末了一着。若能有一位圣主,几个名臣,有着这权,大行干涉政策,风行雷厉,把这民间事业整顿得件件整齐,桩桩发达,这岂不是事倍功半吗?”与之对比的黄克强所称道的“法兰西人爱国心最重”,这也是促成法国大革命成功的至为最要原因之一。黄克强的言论从民智和民德两方面驳斥了李去病的暴力革命论,虽然李一再以“小觑了全国同胞”为反驳,但是在此我们不得不承认,国家的复兴就是人民的复兴,只有民智发达、民德高尚的人民才会有繁荣富强的国家。

对于政府官吏,其实两人的见解本无两致,虽然大多数讽刺清朝官吏的言语多出自李去病之口。如“依哥哥讲来,岂不是单指望着朝廷当道一班人吗?他们不肯做又怎么样呢?哥哥你别要妄想了。他们若是肯做,经过联军糟蹋这一回,还不转性吗?你看现在满朝人太平歌舞的样子啊,他那腐败,比庚子以前还过十倍哩!哥哥,你请挺着脖子等一百几十年,等那平和的自由、秩序的平等罢!”针对李去病的此番攻击,黄克强可谓实无对策,因为晚清官场的腐败昏聩简直到了令人发指的地步,但是黄在此装换了驳斥的角度,当朝廷暂时无法焕然一新之时,仁人志士就成为社会发展的中坚力量,发挥着中流砥柱的作用,“就是英国、日本现在的政体,那里是单指望朝廷当道这一班人,才做得来,总是靠民间志士日日运动,处处运动,到机会成熟的时候,自然是得到手的。兄弟,你看现在英国的民权和法国的民权,那一个强的啊!有民权和没有,那里是争在这一个人么?",并结合对民智未开的立论,讲出了"我和现在朝廷是没有什么因缘,难道我的眼光只会看到朝廷,不会看见国民吗? ……至说到专制政体,这是中国数千年来积痛,却不能把这些怨毒归在一人一姓。我想我今日若是能够一步开到民主的地位便罢,若还不能,这个君位总要一个人坐镇的。但使能够有国会、有政党、有民权,和那英国、日本一个样儿,那时这把交椅谁人坐它,不是一样呢? 若说嫌他不是一个民族,你想我四万万民族里头,却又哪一个有这种资格呢?"黄克强继续维护着皇权统治,要求社会改革。

在社会制度一层上,黄克强深刻认识到了中国政治体制的不完备,这种极不健全的制度正极大限制着国家的进步、人民的自由,最受梁启超关注的就是西方列强较为完备的法律制度,他对拿破仑的《民法典》和卢梭的思想也多有称赞。小说中的黄克强在留学欧洲诸国时所修的科目即为政治和法律。

在立宪章程中,又特别强调了编纂法典的重要性,"立宪之国,法律必公布之于民。而世界愈文明,人事愈复杂,则法律亦愈繁博"。在经历了洋务派的"坚船利炮"之后,有识之士已经认识到了健全完备的法律制度的重要性。

黄克强在这场辩论中最终压服了李去病,最为关键的一点是对国际形势的准确把握,为此他用法国做了论据:"就算是将来人心能和当时法国一样,但法国抗御联军的时候,他那新政府是已经立定了,全国是在他统辖之下了,那时法国国内却没有甚么别国的势力范围,当他初革命时候,却没有第三位来阻挠他。今日中国一举一动都像是在人家的矮檐下,你那幽期密约的革命军(可哀可怜。)根脚未定,他便扑灭起你来,就是再添几个拿破仑,恐怕也无用武之地哩!(眉批:政治家解剖的脑识正自不同。句句都是致密切实的。）兄弟，你怎么处？"，并再次重申了对于民德、民智、民力的重视，总揽了其最为有力的论据，"所以当那破坏建设过渡时代，最要紧么，是统一秩序。若没有统一秩序的精神，莫说要建设建设不来，使是要破坏也破坏不到。（眉批：此数语是通篇最大关键，到此方点出。真有"群山万壑赴荆门之势"。）兄弟啊！你说要革命，这可是你自己一个人可以革得来的么？一定是靠着许多人，联着手去做，这却除了国民教育之外，还有甚么别样速成的妙法儿呢？讲到国民教育，自然是要拿着你那自立精神四个字做宗旨了。既已这种教育工夫做到圆满，那对外思想自然发达，外人自然不能侵入，就是专制政体也要不攻而自破了。兄弟，这民权两个字不是从纸上口头可以得来，一定要一国人民都有可以享受民权、保持民权的资格，这才能够安稳到手的。你几曾见没有政治思想的国民可以得民权？又几曾见已有政治思想的人不能得民权呢？这民权固然不是君主官吏可以让来给他，亦不是三两个英雄豪杰可以抢来给他的，总要他自己去想，自己去求，既然会想会求，也终没有不得到手的哩。（眉批：孔子曰：我欲仁，斯仁至矣。孟子曰：求则得之，舍则失之。求在我者也。万事皆然。而民权其一端也。赵孟之所贵，赵孟能贱之。民权若是由外力得来，虽有亦乌足贵哉？）你看英国最著名的'权利请愿'，岂不是由五十多万人联名公禀得来吗？（英王查理士第一时事。）英国废'谷物条例'，岂不是由三百多万人呈词力争得来吗？（十九世纪初年事。）将来民智大开，这些事自然是少不免的，难道还怕这专制政体永远存在中国不成？中国若能到这个田地，你和我也够心足了，这便是平和的自由，秩序的平等，亦叫做无血的破坏。好兄弟，我实告诉你罢，现在的民德、民智、民力、不但不可以和他讲革命，就是你天天讲，天天跳，这革命也是万不能做到的。若到那民德、民智、民力可以讲革命，可以做革命的时候，这又何必更要革命呢？兄弟，你再想想。”最终使得李去病不得不暗暗称道黄克强，以“今日做革命成者不能，讲革命也是必要的”。

黄、李两位志士的辩论过程，充满了他们对于西方变革历史、政治体制的深刻领悟，他们灵活地运用着各种相关的知识，让读者在头脑里实现了一次中外历史、社会、人民诸个方面的亲密对接，并认识到梁氏弃暴力革命而选择温和的社会改革的真实原由，从而达到宣传梁启超社会改革论的目的。同时在小说梁启超还思考了一些更为深层次的社会问题，例如梁启超虽对西方的文明较为欣赏，但是对这些号称文明国家的粗暴、野蛮的外交行为，却流露出了些许无奈的仇恨。小说这样写道：“你看英国待波亚美，美国待菲律宾，算得文明举动么，文明野蛮，不过是有强权的便算文明罢了”。表面的文明和真实的野蛮不过只有一线之隔，当西方列强运用文明带给他们的辉煌国力同时，却蛮横的欺侮世界弱小民族和国家，文明在此也早已被异化了，梁启超对此的思索可谓是深入而独有见地的。

当然这部小说可以称得上梁启超政治思想的通俗小说演绎版，但是将小说用来演绎政治思想，不得不说是对小说艺术的巨大消弱，正如一位捷克女汉学家米列娜所指出过的：“有些小说，如梁启超的《新中国未来记》（1902）或陈天华《狮子吼》（1905）在艺术上被证明是失败的，因此它们的作者未能克服政论文与小说之间的根本艺术差别，虽然两位都是杰出的雄辩的论文作家。他们使叙述带上过多的政治议论，而几乎没有注意如何将这些议论与情节有机地结合起来。”①

① ［捷］米林娜编：《从传统到现代——19至20世纪转折时期的中国小说》，伍晓明译，北京大学出版社1991年版，第9页。

梁启超自矜的借鉴《盐铁论》“拿着一个问题,引着一条直线,驳来驳去,彼此往复到四十四次,合成一万六千余言”的辩论体,虽然看起来让小说气势磅礴,实则索然无味,完全像是辩论赛的当庭笔录一般,毫无小说气息。小说中对于域外对接式介绍,只就题取材注重人和事的政治性,如对于身为文学家的拜伦、弥尔顿,梁启超所突出的也是其政治性的一面,如‘弥尔顿赞助克林威尔做英国革命的大事业,拜伦入意大利秘密党,为着希腊独立,舍身帮他”。小说中所引用的拜伦的《哀希腊》,很好地引起了读者的共鸣,但其重点不在文学,而是突出其政治与现实的结合。众所周知,二人在历史上的贡献主要还是在文学方面,政治作用十分小,因而在小说中表现出的这种完美形象,完全是出于需要的夸张描绘,是具有很大片面性和局限性的。无论是对于域外的历史人物还是对于域外的重大历史事件,作者的介绍都是浮光掠影式的,基本不对其进行深入细致的描绘,这极大地影响了小说的感染力和说服力。这使得梁启超之《新中国未来记》堪称中国近代思想之宝库,但于小说艺术上却鲜有非凡特色。

《新石头记》

《新石头记》,四十回,署“老少年撰”。据光绪三十三年(1907年)二月出版的《月月小说》第六号《本社撰述员附告》云:“《南方报》前载《新石头记》小说,为仆手笔”。同期,报癖文云:“南海吴趼人先生,近世小说界之泰斗也。灵心独具,异想天开,撰成《新石头记》,刊诸沪上《南方报》”。“全书凡四十回,以宝玉、焙茗、薛蟠三人为主脑,未涉及一薄命儿。且先生亦现身说法,为是书之主人翁,书中之老少年,即先生之化身也。而其所发明之新理,千奇百怪,花样翻新,大都与实际有密切之关系,循无演之公例,愈研愈进,愈阐愈精,为极文明极进化之二十世纪所未有。其描模社会之状态,则假设名词,以隐刺中国之缺点,冷嘲热骂,酣畅淋漓"。据此可知,《新石头记》为吴趼人著,亦可见其撰述旨趣。光绪三十一年(1905 年)八月二十一日至十一月二十九日《南方报》载十一回,标"社会小说"。光绪三十四年(1908 年)十月上海改良小说社出版单行本,署我佛山人撰。四卷八册,每册五回,每回附有绘图,题为《绘图新石头记》。

作为一本续书《新石头记》被并不是拘囿于原作情节的限制的续书,纠葛于封建大家族之间儿女的情爱起伏,而是借原著故事背景和人物,另辟蹊径,借他人之酒杯,浇自家之块垒,是一种全新的创造。小说抓住了宝玉这枚女娲五色彩石"补天"之志,在晚清末世沦落的凄凉晚景中,踏上他下山入世、补酬天志的壮志之旅,在此看来《新石头记》是一本救世意味十足的社会小说。

吴沃尧把小说分为现实世界和理想世界两大部分,前二十一回属于现实世界,从二十二回《贾宝玉初入文明境老少年演说再造天》开始到小说收尾都是对理想世界的描摹,前后两个世界,两种描摹,在对比之下,小说作家展示了自己对于社会前进方向的观点和看法。

宝玉通过了上海、北京和武昌三个地方的经历完成了自己在现实世界的体验。上海中外文化和商品汇聚,经济畸形繁荣,灯红酒绿,人欲横流,洋人横行。北京作为京城,则是展示了当时的政坛高官们的愚昧无能和尔虞我诈。武昌则反映了吏治庸腐、学风低俗等社会痼疾。吴沃尧借助这三地为视角,虽然并没有面面俱到的描写,却利用这种关键点的放大式描摹,把晚清社会的颓废气象展现于读者的面前。

现实世界既然是灰暗而落魄的,那么什么样子的社会才是作者心目中的理想社会呢？作者用了近二十回的文字构筑了一个理想社会——“文明境地”。中华大地历来就被称作“文明古国”、“上朝大邦”,而晚清我们却一下子变得了一个任人欺辱、丧权失土的东亚病夫,作者把自己理想社会起名为“文明境地”鲜明的突出了希望祖国复兴崛起的殷切希望。那么文明境地又是怎样一个社会如此符合着作家的理想,展现着作者的心愿的呢?

首先是民智纯良。宝玉初入文明境地,就被老少年被带到验性质房,只有被验得是“铁中铮铮,庸中佼佼”才准予入境通行。民智发达使得“文明境地”没有一切奸盗事件,从而也就没有了执法和审判机关,二十六回老少年就说道:“敝境近五十年来,民康物阜,夜不闭户,路不拾遗。早就裁免了两件事:一件是取文明字典,把‘盗贼’,‘奸淫’、‘偷窃’等删去;一件是从朝中刑部衙门起,及各区的刑政官、警察官,一齐删除了,衙门都改了仓库。你想衙门都没有了,那里还有捕役呢?”其次是子民殷实。由于化学博士华兴的苦心专研,研究出酿造春深天气之法,穷民大喜,渐至富裕。而华兴也获得了“再造天”的美名。此时的农业生产已经形成了农业自动化联合经营的模式,“老少年道:‘农桑各处都有,南部慈字区、东部仁字区最盛。那没有什么看头,同别处的都是一样,不过这里没有阡陌。’宝玉道:‘没有阡陌,怎样分得开谁的田土呢?’老少道:‘这里一切耕耨、播种、刈获都用机器,倘仗用阡陌分开了,那就应了一句话:‘地小不足以回旋’了。’”在这样的国力基础下,善堂和义塾都渐次消亡,“各区从前本来都设有善堂,专办振济。后来慢慢的百姓都富足起来,这善堂也用不着了。”(第三十三回)而义塾的废除的经过还是经过民众积极踊跃的参政议政最终决定废除的,显示出“文明境地”子民极强的独立精神。“老少年道:‘从前有的,近来没有了。当日会议这件事时狠费了些事,因为两种人两种意见,一种人说是义塾与别的慈善事业不同，关系教育，必要仍旧设立，以便贫民的；一种人说是义塾虽是慈善事业，然而贫家子弟不费一文便可以入塾读书。一个人最怕的是有了倚赖性质，如设了义塾，便是从小就教他倚赖了，如何还能养出独立精神呢？这两种人细细的讨论，总讨论不出个真理、真是非来，只得启奏皇上，请皇上宸断。皇上召了百官，在御前会议，也议不出个道理来。后来有人上个条陈，说是义塾为贫民而设，在朝百官都不是贫民，纵勉强议定了，到底合贫民之意不合，还未可知。不如行文各区，叫一众贫民，各抒己见，到底应设应废，仍叫他们出主意。政府看赞成的多寡以定从违，方是道理。政府议准了这个条陈，便行文到各区去，叫现有子弟读书的贫民，各抒己见，写成说帖，各交与本区区长，汇送政府定夺。及至汇齐，查阅一遍，却是主张废去的居了一大半。不过他主张废的意思是说一个人自出费读书，所费有限，政府立了义塾，教众人读书，其费必大，不如政府省了此费，仍由各人自备费读书的利便。政府得了这个，恐怕贫民错会了意，又把两种人的意见写了出来，再行文出去，叫众贫民看了再议。谁知这回议了回来，竟全数是主张废的了，所以就依了众人之意，废了。政府省了这笔，经费无所用之，就拨做了各小堂每年考试的奖赏。'”（三十六回）

民富必将国强，“文明境地”科技技术先进程度足以称霸当时的世界，小说中充满了各式各样新奇无比的发明创造，最为突出的就是助宝玉、老少年等上天扑杀大鹏，入海捕获鳅鱼的飞车和潜艇，它们凝结着文明境地科学工作者的多方心血和大胆创新。其中的隧道车如同现在的地铁；海底潜艇所用的透水玻璃，外面看不见里面，里面却能清楚地看见外面，类似现在轿车上所安装的单向玻璃；还有潜艇船上在船的内层钢板上图上一层软瓷隔电，很像现在各种热水器所具有的防电墙功能，这样的例子简直不胜枚举。

而在晚清时代这些新奇的想象就已经开始进入到人们的脑海之中,不能不让我们叹为观止,惊奇于当时人们的无限想象。可见在吴沃尧心目中的理想社会就是一个民智发达、民力殷实、科学先进的社会。

那么如此先进的社会是不是经历了巨大社会变革才形成起来的呢?是否作者在理想社会里同样嫁接了对于西方政治制度和人文思想才显示出如此昌明的景象呢?答案是否定的,首先"文明境地"依然实行的是君主专制制度。老少年道:"世界上行的三个政体,是专制、立宪、共和。此刻纷纷争论,有主张立宪的,有主张共和的,那专制是没有人赞成的了,敝境却偏是用了个专制政体。现在我们的意思,倒看着共和是取野蛮的办法。其中分了无限的党派,互相冲突。那政府是无主鬼一般,只看那党派盛的,便附和着他的意思去办事。有一天那党派衰了,政府的指针也跟着改了。就同荡妇再醮一般,岂不可笑?就是立宪政体,也不免有党派。虽然立了上、下议院,然而那选举权的限制,隐隐的把一个族政体,改了富家政体。那百姓便闹得富者愈富,贫者愈贫。所以又搅出一个均贫富党出来,又是什么社会主义,终非长久太平之局。不信,你放眼睛去看,他们总有那分崩离析的一天。我们从前也以为专制政体不好,改了立宪政体。那敝境出了一位英雄,姓万名虑,表字周详,定了个强迫教育的法令。举国一切政治,他只偏重了教育一门;教育之中,却又偏重了德育"。宝玉拍手道:"所以夜不闭户,道不拾遗,就是这个来头了。"老少年道:"万先生经营了五十多年的教育,方才死了,他临终说了八个字,是'德育普及,宪政可废'。他死后不多几年,就听见外国有那均贫富党风潮,国人就开了两回大会,研究此事,都道是富家为政的祸根。于是各议员都把政权纳还皇帝,仍旧是复了专制政体。"宝玉道:"何以专制政体倒好？这可真真不懂了。"老少年道："看着像难懂，其实易懂狠，不过那做官的和做皇帝的，实行得两句《大学》就了。"宝玉道："《大学》虽系治平之书，那里有两句就可以包尽的，倒要请教那两句？"老少年道："民之所好好之，民之所恶恶之。"宝玉想了一想，笑道："果然只有两句，却一切在内了。然而那做皇帝、做官的，果能体贴这两句，实行这两句才好呢。"老少年道："所以要讲德育普及呀！那一个官不是百姓做的？他做百姓的时候，已经饱受了德育，做了官，那里有不好之理。百姓们有了这个好政府，也就乐得安居乐业，各人自去研究他的专门学问了，何苦又时时忙着要上议院议事呢！"宝玉道："原来专制政体，也有这样好处。"老少年道："又不能一概而论。那没有德育的国度，暴官污吏，布满国中，却非争立宪不可。"宝玉叹道："没有德育就难说了，就是立了宪，还不上富家政体，不过个恶绅政体罢了。有多少靠着一点功名，便居然播绅恶霸一方。包揽词讼是他专门，鱼肉乡民是也的研究资料，倘使立宪起来，种人被选做了议员，只怕比那野蛮专制还利害呢。"老少年道："这更是深一层思虑了。但是未曾达到文明的时候，似乎还是立宪较专制好些。地方虽有恶绅，却未必个个都是恶绅。议员又不是一个人，还可以望利重压下，各处地方官，虽要做好官，也不能做了，所以野蛮专制，有百害没有一利；文明专制，有百利没有一害。这种话你和那半开通的人说死了，他也不信呢！"（二十六回）。可见吴沃尧心目中的专制政体是文明的专制，绝非野蛮的专制，而作为文明专制有着两个鲜明的特点，一是万虑倡导的"德育普及，宪政可废"，另一个则是《大学》中的古语"民之所好好之，民之所恶恶之"，前者着重的是提高民智民德，后者则是对千百年来儒家仁政思想的大力倡导，作者虽然借老少年之口表达了当民智不达之时，实行宪政还是更好些的，但不过是把它看成一种过渡性的政体而已，而文明专制才是治国利民的最好政体。虽然作者在此还是提出了政体改革的议题，但我们不难发现这样的改革却是在古已有之的儒家经典之中找寻的，而不是对于西方政体的援引，可见作者对当时流行于世的各种西方政体不但嗤之以鼻，更是不屑一顾。不单是政体我们不必相仿于西方，我们的国家思想儒教更是无法比拟的优越性。

随后作者又探讨起文明与宗教的问题。老少年大笑道："足下这一句话，要加上两个字，说'天下岂有无教之野蛮国'？我便答一句'天下岂有有教之文明国'？要知道这教字，是专教那无知愚民的。人民都明了大义，还用什么教！要问敝境奉的是什么教，那只得说是奉孔子教了。敝境的人，从小时家庭教育，做娘的就教他那伦常日用的道理；入了堂，第一课，先课的是修身。所以无论贵老少，没有一个不是循理的人，那孝悌忠信、礼义廉耻，人人烂熟胸中。这才敢把'文明'两个字，做了地名。你不看见那牌坊上'孔道'两个字么？那就是文明境界之内，都是孔子之道的意思。至于近日外面所说的'文明'，恰好是文明的正反对，他却互相，夸说是'文明之国'。他要欺天下无人，不知已被我们笑大了口，我请教你，譬如有两个人，在路上行走。一个是赳赳武夫，一个是生痨病的。那赳赳武夫对这生痨病的百般威吓，甚至拳脚交下把他打个半死。你说这赳赳武夫有理么？是文明人的举动么？只怕刑政衙门还要捉他去问罪呢。然而他却自己说是'我这样办法文明得狠呢'。你服不服？此刻动不动讲文明的国，那一国不如此？看着人家的国度弱点，便任意欺凌，甚至割人土地，侵人政权，还说是保护他呢。说起来，真正令人怒也不是，笑也不是。照这样说起来，强盗是人类中最文明的了。何以他们国里一样有办强盗的法律呢？倘使天下万国，公共立了一个万国裁判衙门，两国有了交涉，便到那里去打官司，只怕那些文明国都要判成了强盗罪名呢？”宝玉道：“正惟没有这个衙门，他才横行无忌。”老少年道：“那么说老虎是天下第一最文明的了。他任意吃兽，吃人，王法也治他不到，那不是最文明的么？”宝玉笑道：“有一天，叫猎户把老虎杀了，那猎户又文明了。”老少年道：“可不是这样。这个竟是强横，那里是文明？因为他强横惯了，国内的人，只怕没一个不是强横成性的。他又想只能对国强横，若是自己国人也互相强横起来，就要成了乱事了。所以才设法立出个教来，鬼混般说什么天堂、地狱，到处劝人进教，他们还动不动说开民智呢。我看这个劝人进教，直头是导民愚。你想，一派荒唐无稽之言，我们这里三岁小孩子，也知道是不足信的，他却劝的人家信了。这信了的人，不是智出小孩子下，就是那强横的人，倘使不是信了这个，可是要闹的无法无天了。至于文明国的人，又何必要他呢？所以我说，天下无无教的野蛮国，天下无有教的文明国。”宝玉道：“然则中国也不能算文明的了？”老少年道：“中国何尝不文明？中国向来只有一个孔子，没什么教。孔子也不曾自命为教主。只惜后人传受孔子的道德未能普及，所以未能就算文明罢了。至于张道陵，不过是后世的一个方术家，并不是什么教。后人以讹传讹，就说他是道教。佛教是由印度流入去的，中国本来没有。一班游惰之民，希图不耕而食，不织而衣，便做了和尚罢了，心不能算教。就算他是教，可不曾有什么道士劝人做道士，和尚劝人做和尚。所以传教两个字，是中国没有的。所以中国要做到文明国还容易。其余的，我就不敢说了”（二十八回）。这段话把儒教孔道的立国之本的作用阐发得淋漓尽致，在吴沃尧心目中只有注重立德修身的儒家道德才能铸造出真正的文明，这是其他宗教和文化思想无法望其项背的，而肆意横行的帝国主义国家不过是挂着文明口号到处恃强凌弱的强盗罢了，基督教传播的只是诱导人们更加愚昧的歪理邪说，而只有儒教普及的中国才真是能算得上是文明之邦。

一个国家的政体结构和意识形态是这个国家最高也是最具有决定意义的上层建筑，从吴沃尧的娓娓道来中我们不难看出不论是对于中国的政治体制和中国的国家意识形态，在小说家的眼中中国的一切无疑都是最完美而出众的，而这就是我们的伟大民族本身就蕴藏着的无限生机和动力，我们所要做的根本不是要借鉴那些夸夸其谈所谓先进的西式政体和文化，而是尽可能的保有和发扬我们民族固有的优良传统，就足以重振我们天下大治、强国富民的大国风范了。

从上面两段引文来看，正是在这一理念的引导下，吴沃尧已经对于西洋的政体制度、宗教信仰极尽揶揄，这还远远不止，他几乎把西洋的种种，例如餐饮、西学、发明创造等都说得是一无是处。在二十三回当宝玉啧啧生叹东方德发明的饮食改良之法所汲取的食物精液的时候，老少年就趁机演说了西洋饮食的腌臜："中国人吃的东西还好，还有些蒸熟的不十分近火，至于欧美人所吃的，非煎即烤火毒尤为利害。不懂他们是什么意思，总不肯改良。并且他们未尝不知道煎烤的东西有火毒，所以才做出那种皮酒，皮酒是用槐花做成的，性子极凉；他的意思，要借皮酒的凉，去解散那毒。殊不知已经吃了热的下去，又吃些凉的去解，直头是把自己的肚肠去做了凉热两品的战场，亏他们还自以为医昌明呢？"；二十四回又将西医写得是极其呆笨愚蠢"可笑世人鼠目寸光，见了西医便称奇道怪，又复见异思。不想西医的呆笨，还不及中国古医。此种新发明，他更是不曾梦见。中国向来没有解剖的，而十二经终分别得多少明白。西人必要解剖看过，便诩诩然，自以为实事求是。不知一个人死了之后，血也凝了，气也绝了，纵使解剖了验视，不过得了他的部位罢了。莫说不能见他的连动，就连他颜色也变了，如何考验得出来？莫说是解剖死人，就捉一个活人来杀了去验，也须知他一面断气，一面机关都停了，又从那里去考验呢？西医每每笑中国人徒然靠诊脉定方，以为靠不住，然而他那听脉筒，又何尝靠得住呢？"；二十五回当吴述起说起飞车的灵巧轻便之时，又兼及讽刺了正风行于欧美的新发明热气球，"可笑那欧美的人，造了个气球，又累赘又危险，还在那里夸张的了不得，怎及得这个稳当如意呢？"；在三十一回，当宝玉、老少年等发现了因追赶海鳅鱼探得了南极通往澳大利亚的海底隧道的时候，意外相遇了外国的海底战舰，老少年竟童心大发，搞起了恶作剧，"老少年道：'……你看他的船虽然沉下，还有烟丛汽管露出水面呢。你看我吓他一吓顽。'说罢，叫谭瀛开了发亮机。一会又收了。收了一会，又开了一开。只见那艘水底战船，便浮出水面。宝玉道：'这是什么道理？'老少年道：'他那船上又没有透水镜，又没有透金镜，望出来是白茫茫的一片，纵使看见一点影子，也是模糊得狠。我这里忽然放了两下光，他却只能见光了两下，又不见我们的真像，少不得要起了疑心，所以把船浮了起来。你看他这番回国去。还要报告政府，哄动了多少格致专门家、博士学士，来研究着海底发亮的原理呢！'谭瀛见老少年说得高兴，不觉笑了一笑，把船浮到水面上，放了两下电光，又连忙沉下向北飞驶而去。因说道：'我知道他这番回去，报告了他们的格致专门家、博士学士，又考得澳洲之北，洋面上出了一条极大电鱼了。'说得众人大笑。"这一联手的恶搞简直就是对西洋科技文明的巨大侮辱和极端蔑视，根本不把它们放在眼中。

吴沃尧在《新石头记》中所展现出的观点和立场，则表现出极大的保守性，他不单对于外国政体制度极尽攻击，就是对西方种种的科学技术也丝毫不以为然，他极力高扬传统文化的种种精华之所在，坚定地认为只要我们努力进取，就一定能取得科学技术的全面超越和胜利，用笔端竭尽全力的构筑出一个文明昌达、科技先进、国势强大、子民殷富的“文明境地”，这里的一切繁荣昌盛都是人民努力耕耘，自主创新的结果，完全不是采用西方政体，引进西方科技文明而兴盛发达的，在此我们不难发现吴沃尧心中有着极大的仇洋蔑洋心理，和多少有些极端的民族自尊心和自信心。

但当我们站在另一方面解读这些的时候我们却发现，虽然作者对于西洋存在着一些偏见性的认识，但我们对比一下同时代一些小说家，如李伯元的《庚子国变弹词录》中所表现出来的过度美化洋人的倾向，吴沃尧却清醒地看到国家要富强，人民要富裕，是绝对不能依靠单纯的照搬照抄外国的经验而来，要寻找适合自己的道路，所以他用了近二十回来建构了一个靠自己力量富强富足的“文明境地”来寄托自己对于民族复兴的殷切希望，虽然他盲目的排洋使得他的想法也并不切实际，而他要维持其所谓的君主英明、民智发达的专制政体也显然是在开历史的倒车，但在晚清一味的学洋崇洋的社会风潮中，他却显示出晚清颇具远见的知识分子对于国家未来走向的更深刻的思考，那就是坚持走自己的路，这在当时是难能可贵的。

作者在小说中所表现出来的极端的民族自尊心和自信心，与晚清人心涣散、到处弥漫着中国行将亡国灭种的颓废气息，正好形成了鲜明的对比，无疑具有激励民志，坚定民心的重大作用。他向世人昭示了中国人身上蕴含的无限创作力和意志力，是不可打败和战胜的，这同样是小说所具有的非凡意义。同时对于洋务，吴沃尧同样保有着要区别对待的态度，如他一样坚决地反对义和团这样以耍弄妖魔鬼怪的巫术方法来抵制西方帝国主义的侵略，在十五回薛蟠说加入义和团把洋毛子扫荡干净，就没了洋货，也偿了宝玉的心愿的时候，宝玉就立即反驳道："你何以就糊涂到这样！我恨洋货，不过是恨他做了那没用的东西来，换我们有用的钱！也恨我们中国人，何以不肯上心，自己着做？至于洋人，我又何必恨他呢？据我看来，他们那一班人，是有所激而成，你又何苦去入伙。你须知什么剪纸为马，撒豆成兵，都是那不相干的小说附会出来的话，那里有这等事！这些话只好骗妇人女子，谁想你这么个人，也会相信起来。你想想看，从古英雄豪杰创立事业，那里有仗什么邪术的？……"吴沃尧借助贾宝玉这样一位隔世人在现实世界和理想世界的穿梭，前者让人们在现实的凄凉晚景中心生忧患，而后者又让人们感受到展望未来的前进希望和动力，使得《新石头记》是一本理想和现实兼有的小说。虽然《新石头记》这本小说在吴沃尧的众多作品中并不拔尖，知名度较低，但其显示出的作家刻骨用心救国救民的探索精神，却是极为突出和和令人感佩的。

《蜗触蛮三国争地记》

《蜗触蛮三国争地记》署"原著者：活东；译述者：虫天逸史；发行所：蝇须馆；印刷处：螭纽印文科"。每回前署"虫天逸史氏撰"。光绪三十四年(1908)铅印本前有"蚊睫巢父氏"题签，"牛角挂书客"题记，"蜗庐寄居生"序，后有"倮虫长民"跋。小说共有十六回。

这是一本妙趣横生、别开生面的寓言小说，在书首牛角挂书客就写道："小说《蜗触蛮三国争地记》，虫天逸史氏之所著也。隐射双关，钩心斗角，涉笔成趣，妙语解颐，庄列寓言，主文谲谏。古人称贾君房言语妙天下，苏东坡嬉笑怒骂皆文章，不是过也。洵为稗史中别开生面之作，凡喜读虞初者，当同深嗜癞之癖焉。"点明了作者所使用的寓言体裁影射晚清社会的写作手法。

小说以蜗、触、蛮三国各比喻中国、日本和俄国，三国争地记即是隐喻日俄战争。作者用寓言的形式巧妙的比喻了晚清社会，于外深受老牌强国沙俄和新兴崛起邻邦日本的双重重压，于内政治腐朽、百病丛生的潦倒晚景。

这部小说虽然只有短短的十六回，每一回字数也非常地有限，但却可谓麻雀虽小五脏俱全。小说全览了从日俄战争到晚清宪政改革这一段激荡历史的场景，其中包含的内容可谓庞杂而壮阔，有晚清极为重大的政治事件，如日俄战争（第一、二、三回）、百日维新（第四回）、义和团运动（第四回）、废除科举与甄选留学生（第十二回）、禁烟运动（第十二回）、晚清宪政改革（第十四回）；有影响广泛的社会运动，收回路权运动（第五回）、抵制美货运动（第十三回）与日本欲驱逐中国驻日留学生事件（第十四回）；也有对于社会腐败与阴暗的暴露和贬斥，官吏庸碌腐败（第六、七、十一回）、留学生既有感于祖国衰败处处受欺侮而自尽身亡（第八回），也有金玉其外败絮其中的留学生（第十三回）、革命党人的起义（第十四回）和刺杀重臣（第九回）、女学大兴，女权高涨及其天足运动（第十回）、丑陋的男同性恋（第十回）。从中我们可以看出这本小说真是纸短蕴深，作者对种种事件和现象并没有做事无巨细的全面描摹，而是采用了画龙点睛的白描写作手法，直击晚清的社会百态诸个方面中最为惊爆的一面，让读者在震动、震惊甚至是震撼之时，对于这个社会的方方面面做全景式的了解，这使得这本小说更有点颇有一些寓言式社会新闻摘要的性质。

小说虽然名为《蜗触蛮三国争地记》，而描写三国争地的场面只在首尾两端，中间大部分篇章都是蜗国寥落社会晚景的描摹，而只有到十四回宪政改革，国势蒸腾，小说才出现了一抹假想性的亮色，最终使得日渐强大的蜗国一洗前耻，不但收回了被触蛮两国占去的大好江山，尽废以前所确定的种种丧权辱国的条约，还扩充了版图，争取了权益。

小说除了最后假想性质的两回，整部小说总体都是对社会现状的真实反映，虽然使用的是隐讳的寓言体，但是人物、事件对好起来都毫不困难。这也成为小说最为突出的特色。如蜗、触、蛮三国，单从第一回作者交代的它们各自的地理位置，“有触蛮二国，介居于蜗国之左右，隔海相望，势成犄角”，就不难知道这三国分别是指中国、日本和沙俄，加上后面继续写道的“蛮王恃其地大人众，稍稍蚕食蜗牛国东省之地，并侵入触国虾夷境内。”及后来所写的战争过程，三国所指更是昭然若揭了。其他如百日维新的代表人物康伊，即是指康有为，而其徒郎君子即梁启超，前者用姓指代，后者才使用了谐音（第四回），第九回所提到的晚清女豪杰秋蝉，无疑就是秋瑾的化身，这样的例子不胜枚举。而更为巧妙的是作者对于人物的起名更是别具匠心，如秋瑾化名为秋蝉，其姓同，更重要的是秋天之蝉更隐喻着她已如秋蝉一般生命不长矣，正值青春年华就被晚清政府以革命罪处死的悲惨境遇。小说一开头为蜗国左右丞相和外务大臣所起得名字更是令人在啼笑之间，发人深省，“左丞相阿谀，叩头虫”、“右丞相苟容，应声虫”“外部大臣裘和，可怜虫”，虽然三人很难由晚清重臣对号入座，但是却非常生动形象的比喻了晚清官场国家重臣的丑陋无能的状态，对上只会阿谀奉承，苟且求荣，对外只能到处祈和，形容可怜。

由于作者所使用的很多虫类不为人所熟知，所以虫天逸史便给这本小说做了索隐，这也是《蜗触蛮三国争地记》这本小说最大的艺术特色，除了使用同音或者谐音联想，更多的是对于人物本身特性本质的透辟刻画，如“左丞相阿谀，叩头虫”，后虫天逸史就索隐道：“《异苑》：有小虫，形色如大豆，令叩头，状如稽颡，故俗呼为叩头虫。傅咸有《叩头虫赋》”。而对于诸种形形色色的人物，雕虫小技生都能对应出与之特别匹配的昆虫，如第二回写到的触国陆军大将殷虎，索隐就写道："《古今注》：蝇虎，蝇狐也。形似蜘蛛，而色灰白，善捕蝇。蝇殷声同，假用。"用蝇虎之捕虫迅捷，比喻触国陆军将军之威猛无比；又如蜗国外务大臣裘和签订了出卖国家的金矿和铁路特权与触国，引得朝野震动，御史大夫解豸首先就上书直言，而之所以给御史大夫起名为解豸，是因为"《神异经》：解豸忠直，见人斗则触不直，闻人论则咋不正，一名任法兽。又《尔雅》：有足谓之虫，无足谓之豸"，可见用虫之忠直比喻臣之赤诚。

小说不单对于各种相对生僻的昆虫做出了索隐，还对既成定式的一些成语典故做出了解释，如第三回就对"草木皆兵"和"首鼠两端"做出了索隐，"《晋书》：苻坚败于淝水，其走者闻风声鹤唳，皆以为晋兵且至。坚与苻融登寿阳城望之，见八公山草木，皆以为晋兵。谓融曰：'此亦劲敌，何谓弱也。'"，"《史记·魏其武安侯列传》：武安已罢朝，出召御史大夫载，怒曰：'与长孺共一老秃翁，何为首鼠两端。'怃然始有惧色"。

各种稀奇的昆虫按其属性如此妥帖的出现在小说中，而这一特色让我们不得不佩服作者和索隐者才识渊博的学养，同时也让我们联想到清朝以来大为兴盛的才学小说，而《蜗触蛮三国争地记》的确颇有才学小说遗脉的性质，作者和索隐者利用这些昆虫的准确深入地展现了他们对于时代的观察和思考，既生动形象又发人深省。

小说的后两回是作者想象性写作，作者幻想着宪政改革一下子让我们这个古老的帝国焕发出强有力的新生，一举战胜了强大的沙俄和新兴的日本，在此我们也不难发现对于改革和革命，作者更倾向于改革，日俄战争日本的获胜，刺激着当时中国知识分子敏感的神经，使得他们认识到专制的俄国是永远没法战胜立宪的日本的道理，从而坚定了促进中国立宪民权的步伐，当然这也无疑加速了清王朝的灭亡。

雕虫小技生笺，虫天逸史索隐的《蜗触蛮三国争地记》，在整个晚清小说史上都堪称独特，在众多或者直面社会的抒写，或者以写作域外历史来试图挽救民族危亡的小说作品中，它运用了寓言这样古老的文学体裁，沿袭了古已有之的虚化域外之国来言情达意的方式，却同时赋予了小说强烈的时代新生命，让人读之看似虚构，却字字真实，饱含真情，加上作者和索隐者渊博的学养，在短短的十六章里，却蕴含着晚清十多年的社会风云的激荡变幻，成就了这本小巧精致、妙趣横生又寓意深广的寓言小说。

二　革命之路

《狮子吼》

《狮子吼》的作者是清末资产阶级革命派的著名人士、革命家陈天华，全书共八回，未完。

陈天华，原名显宿，字星台，亦字过庭，别号思黄，1875 年出生于湖南新化。幼时母亲早亡，家中贫寒，不得不靠为别人放牛或者提篮叫卖赚钱补贴家用，直到十五岁才开始进私塾读书。但是他天资聪慧又勤奋好学，被誉为“神童”。

1896 年陈天华随父亲到新化县城谋生，进入资江书院读书。戊戌变化期间转入新化实业中学堂学习①，在这里开始接受维新思想。随后他又辗转于岳麓书院和求实书院求学，并于 1903 年获

① 关于这一点，有学者持不同观点，参见迟云飞《关于陈天华几件史实的考订和纠误》，《近代史研究》1984 年第 5 期。

得官费留学日本的机会，进入东京弘文学院师范科就读。留学期间俄国正欲侵占东三省，陈天华义愤填膺，参加了在日留学生组织的抗俄会并成为骨干。是年初冬，日俄协商准备瓜分东北，他得知后更是咬破手指写下血书，抒发对祖国命运的深切担忧，并毅然只身回国投入到革命的洪流之中。回到长沙之后，他与黄兴、宋教仁、刘揆等人一同创立了华兴会，积极准备反清起义，但不幸败露，陈天华与黄兴等人只得流亡日本。1905 年，陈天华在日本遇到孙中山先生，在苦闷中看到了中国革命的希望，便耐心劝说在日华兴会的成员联合革命，成为了同盟会的发起人之一。在日革命力量的蓬勃发展，使得清政府极为恐慌，便要求日本政府驱逐留日学生中的革命党人，此时由于留日学生良莠不齐，产生严重分歧，陈天华内心极为痛苦，决心以自己的生命来激励大家的爱国热情和革命决心，他写了一篇长达三千多字的“绝命书”后，于 1905 年 12 月 8 日凌晨，投日本东京大森海湾壮烈殉国。时年仅仅三十一岁。

陈天华不仅是一名出色的革命家，而且是一名出色革命宣传家，被人称为“革命党之大文豪”。在日留学期间，他就创办了《游学译编》和《新湖南》两种杂志，介绍欧美资产阶级民主思想和政治学说，积极宣传革命，还创作了《警世钟》、《猛回头》两部浅近通俗的宣传作品；他写下的血书连当时的湖南巡抚赵尔巽读后也非常感动，亲临各学堂宣读陈天华的血书，并揭之官报；在组织成立同盟会期间，他担任了重要文件的起草工作，同盟会成立之后，他又担任机关报《民报》的经理，并且是主要撰稿人。《狮子吼》这部小说就是作者在这个时期创作的，并以“过庭”署名连载在 1905 年《民报》第一—五、七—九号上。

虽然由于作者壮烈牺牲，这部小说并没有能够完成。但是我们还是能够从已完成的这八回中感受到作者那颗充满悲愤、忧国忧民,同时又渴望祖国崛起、民族振兴的爱国之心,即使在一个世纪之后,读罢也不免热血沸腾、心潮澎湃。

在小说一开始的楔子中,作者用第一人称的写法,通过一个略带神话色彩的小故事,讲述了一段关于“混沌国”的历史。曾经是天朝大国的“混沌国”,因为忠君思想的根深蒂固,数次为异族所统治,最末一朝更是被一个来自东北方的野蛮民族统治了 200 多年,混沌国民十之八九被其杀戮。此朝末年,混沌国又被逐渐割让给了更加强大的蚕食国、鲸吞国、狐媚国,而剩余的混沌国民境遇也因此愈发凄惨,只能充当这些侵略者的奴隶、牛马甚至是炮灰,最终导致整个民族的灭亡。

这段文字,作者显然是在用“混沌国”的故事在隐喻中华民族被异族统治,特别是清朝末年内忧外患的屈辱历史,一针见血地指出盲目地忠君是导致这种结果的最根本原因,警醒国民如果继续这样整个民族就要面临灭亡的危险。

作为一名忧国忧民的革命志士,作者显然不能容忍这样的事情发生,因此作者将笔锋一转,写下了另外一个故事:小说中的我在读罢“混沌国”灭亡的历史之后,心情抑郁,恰逢英国人想趁着俄国人占领东三省的时机占领江宁,便一同和友人前去抵抗。兵败后误入一山谷,遇到虎狼围攻,正在性命攸关之际,惊醒了一只沉睡的雄狮,雄狮一声怒吼吓退了虎狼,小说中的我因此得救。随后又遇到了轩辕黄帝下凡,被送到了 50 年后,看到了中华民族光复 50 年之后国力强盛,欣欣向荣的景象,并且参加了纪念祖国光复 50 周年的纪念会,庆典上演出的一曲《黄帝魂》展示了革命志士锲而不舍,坚持革命,并最终推翻了清朝政府,让中国民族重新崛起的壮丽画卷。在楔子的最后,小说中的我在图书馆中发现了一本《光复纪事本末》的书,阅后爱不释手,便窃了回来,因此被警察追赶，由梦中惊醒，发现书依旧在怀中，便将其改成白话小说，从而引出了小说的正文。

在小说的这一部分，作者一扫前半部分混沌国灭亡的阴郁与悲伤，用一个充满幻境的小故事，描绘了一幅祖国光复之后，繁荣强盛的美好画卷。而小说中雄狮的一声怒吼具有很强象征意义，象征着中华民族的觉醒，因此作者用《狮子吼》作为了小说的题目。

在整个楔子中，作者用对比的手法，描绘了中华民族未来的两种情景，要么继续沉沦下去直至灭亡，要么立刻觉醒并奋发图强重新屹立于世界民族之林。作者急切地希望我们这个民族在这个生死存亡的关键时刻，能够像那头觉醒的雄狮，将几百年来一直压迫、侵略中华民族的“虎狼”之辈驱除。这也正应对了拿破仑的那句名言：“中国是一只沉睡的雄狮，一旦醒来，整个世界都会为之颤抖！”

这篇楔子虽然篇幅不长，但是却统领了全书的内容。特别是由于全书未能完成，它就成为了了解作者写作意图与未完成部分的一个重要的线索。

小说的一开始作者并没有立刻向我们展开故事，而是用两回的篇幅介绍了进化论、天演论、当代世界形势以及汉人在历史上与周边少数民族相互斗争与融合的历史。作者首先提出了人类起源这个问题，明确地指出了所谓的“上帝造人论”、“盘古开天论”等等都是“荒唐的”，只有达尔文的“进化论”才是最可信的；随后作者又介绍了赫胥黎的《天演论》及其“物竞天择，适者生存”的理论，并以此解释了为什么人类能够成为“万物之主”，而人类社会中的竞争同样也遵循这个规则。随后作者介绍了经过千万年的演化，当今世界上剩余的五个种族，以及他们如今的境况，并且重点介绍了白种人，特别是俄国人；随后叙述了俄国对中国的步步蚕食，最终引到了日俄战争。

在第二回中，作者笔锋一转，开始叙述中国历史上汉族与周边少数民族之间的关系，着重介绍了清朝初年与末年的历史，并把大量的笔墨用在描写清初满人对汉人的血腥屠杀与压迫，以及清末慈禧篡权专政祸国殃民的恶行之上，把一些重大的历史事件，如中法战争、甲午战争、义和团运动、八国联军侵略中国等串联了起来。

作者在小说的开始就不惜笔墨，用了两回的篇幅介绍这些内容，除了为小说设置时代背景之外，还在为清末中华民族面临国破家亡的窘迫困境寻找历史原因，并最终归结为汉人"民族主义"思想的丧失以及"盲目忠君"思想的作祟。作者不无艳羡地回想起先秦时期"以虽当时的戎狄异常猖獗，究不能大为中国之害，因缘'民族主义'，人人心中都有此四字。内里有时自相残杀，遇有夷患，便互相救助起来，恩怨不记，彼此不分。此乃前辈的特质，非后人所能及"，"民心所归大事可成；民心所离立见灭亡。"由此可以看出作者在小说的一开始就旗帜鲜明地提出了这部小说反对异族统治、反对帝制的主旨。

另外，从这两回也可以看出作者对于西方科学技术的推崇与向往，而作者自己也了解了很多西方最为先进的科学知识，也正是作者这样既拥有广阔的视野又怀着一腔报国热血的知识青年，为近代中国走向文明铺平了道路。

小说的故事从第三回开始，叙写了来自舟山岛上民权村中的几位热血青年，或是通过出国留学、或是通过办报开发民智、或是通过鼓动民众进行革命，从而达到推翻清朝救国救亡的奋斗路程。

虽然由于作者的牺牲，《狮子吼》的故事仅仅展开了六回，篇幅不过三万字，但是我们已经能够感受到作者心中想要描绘的那幅波澜壮阔的革命画卷。

作者在故事的一开始便向我们描绘了一个他理想中的具有现代文明气息的村子,这个村子里"有议事厅,有医院,有警察局,有邮政局。公园,图书馆,体育会,无不具备。蒙养学堂,中学堂,女学堂,工艺学堂,共十余所。此外有两三个工厂,一个轮船公司"。(第三回)而使得这个村子有别于中国其他那些愚昧落后地区的根本原因有两个:一是村子并不太受清政府的管制,"名在满洲治下,实则与独立国无异",因此思想较为开放;另外一个就是村中人在几位留洋"海归"的引导下形成了积极学习国外先进文明的风气。而这个小小的村子也就成为了传播文明的根据地。

故事开始的这两段虽然篇幅很短,却把整部小说的主旨都交代清楚了,那就是中华民族的复兴一方面需要推翻清朝政府的统治,另一方面是要学习国外先进的文明,而整部小说也都是围绕着这样两个主旨来写的。

努力的方向已经指明,但是道路却是漫长而艰辛,需要很多人的前赴后继,而在这部小说中这一重担就落在了小说的几位主人公身上。小说中陆续出场的几位主人公虽然有着不同的出身、境遇,但是却有些相同的信念,也就是这篇小说的两个主旨。而这几位将会引导国民走向富强之路的先驱者又是怎样炼成的呢?这也就是这部小说的主要内容。

在作者看来,出国留学、接受西方先进文明的洗礼是他们成长路上一个重要的经历,甚至还能够把最为顽固的守旧派改造成为激进的革命派,小说中的一个重要人物文明种就是这样一个例子。

成为革命派的文明种,不断地从一个地方辗转另外一个地方,向民众传播先进的文明与知识,成为了传播现代文明的种子、使者,这也就是作者给他起这样一个名字的意图。他还不遗余力地重点培养一些出众的学生，让他们成为新的文明传播者，把文明传播的更广。作者也利用他的口，一次次地表达了自己的思想。

小说中几位年轻的主人公在文明种的培养下，逐渐地成长起来。当然他们的成长路并不是平坦的，也需要一些曲折与坎坷，比如他们曾经过分崇尚自由，却差点弄出了乱子，这时"众人才晓得专任自由，必生出事故来。念祖因说道：'"自由"二字，是有界限的，没有界限，即是罪恶。于今的人醉心自由，都说一有服从性质，即是奴隶了。不知势利是不可服从的，法律是一定要服从的。法律也不服从，社会上必定受他的扰害，又何能救国呢？'"（第四回），这些经历无疑都会成为他们的有用的人生经验，让他们更加迅速地成长。

他们终于茁壮成长起来了。几位主角在毕业之后，很快地就找到了自己的位置与角色，他们都憋足了力量要为祖国的振兴贡献自己的力量。小说也让我们看到了这种希望。全国各地已经出现了很多以振兴中华为目的的组织，他们就如燎原的星星之火，要让革命的浪潮席卷整个中华大地，把现代与文明传播给所有的中华儿女。

从艺术上讲，这部小说虽然没有能够完成，但是却依旧显示了作者深厚的文字功底与把握情节的能力。小说篇幅不长，但是展开的情节与线索却很多，小说作者将其安排得很有条理，使之相互联系又合情合理；小说对于人物形象的选取非常有代表性，并赋予了其丰满的个性特征。

不过作品中也透露出了作者过于理想主义的思想，同时作者在对于西方殖民者与清朝政府的态度上过于倾向于前者，有美化殖民者的嫌疑。

《乌托邦游记》

《乌托邦游记》光绪三十二年间(1906)九月《月月小说》第一至第二号载。标"理想小说"。萧然郁生著,叙事以第一人称,作品未完,只有四回。从作者写作的这四回可以看出,作者本意写作一个完美社会之社会模型——乌托邦,以来昭示革新后社会的新面貌,兼及讥讽这个昏暗陈腐的社会的败落景象,正因为如此,所以必须进行革新彻底除旧布新,才能生出美好新中国。

小说开始,"我"从一位得道高僧那里得到了一本名为《乌托邦游记》的书,然后就开始转述这本游记的内容,但是由于作品回目太少,还没有涉及对于乌托邦的描写就已经结束,不过我们还是能看出一些作者心目中乌托邦的端倪。

首先作者心目中的乌托邦绝非横霸一世的西方列强。小说在第一回就写道:"文明的不过有一张文明的面子,总道自己是文明的国民,看着别人都是野蛮,不过能够行他的伪诈手段,强硬手段,就从此得了个文明的名声,那野蛮的不必说了。总之能够侵夺别人欺侮别人的,都是文明,被人家侵夺,被人家欺侮的,都是野蛮。我看了心里十分不平。我想乌托邦总不如此,所以我想游乌托邦的心愈热,志愈决。"可见对于人人当时备受世人关注和赞美的欧美强国模式在作者心里中受到极大的讥讽,而作者在乘坐去乌托邦的飞船上首先写到了人人平等这一概念,"与各处的轮船不同,船里面一例平等,没分头等二等三等舱,都是一样的铺设,船价也是一样",从中看出作者要求的理想社会是完全人人平等的,这也暗指了当时西方帝国主义列强,不过假托民主平等,实则阶级剥削和压迫十分尖锐的社会现实。

其次,从作者的短短四回的描写中,我们还是可以大致看到乌托邦的一些模样。《乌托邦飞空艇章程》以缩小模型的形式向我们展现了乌托邦的面貌。这是一个装配齐全的地方，“飞空艇各舱俱有电铃，可以呼仆，又有水月电灯，德律风及无线电报筒、火炉、风扇等。”而飞空艇上的作息也非常地严格，仿佛有些军事化管理的意味，如各餐饭都有准确地“飞空艇定于七点钟早膳，十二点午膳，七点钟晚膳，各搭客听当中大自鸣钟为准备，如迟到膳室者，不能另行添补。”为了使得人们能够更好地发挥聪明才智、获取知识特别是新知，“飞空艇与第二层楼设阅报所一间”、“飞空艇每日下午一点至四点，在各层楼内俱设讲习所，内分格物、哲理两大部”、“飞空艇第四层……有设化学试验所一间，欲研究者可以任意实验”、“飞空艇在世界上各处，传通无线电报，故飞空艇每日出《飞空艇报》一纸，信息极确，事件极详，又极速。”此外飞空艇还向人们提供日常的娱乐场所，“飞空艇于第四层设娱乐部数间”，同时作者也认为乌托邦社会也是没有任何封建思想和迷信活动（以上均选自第二回）。

在第三回当作者的飞空艇的阅小说室看到《封神榜》、《杏花雨》、《九美图》这样的小说时，即刻就评价道：“这种书，里面总是说的状元宰相，佳人才子，神出鬼没，淫词秽语，种种没道理没见识的东西……最奇的那《封神榜》里造出很多菩萨，现在居然各寺庙庵堂里，都造起他的偶像来。”这反映出反封建、反迷信思想已经在晚清知识分子之间得到很大的认同并着意宣传推广。从以上这些描写中我们可以看出，萧然郁生心目中乌托邦是一个现代而文明的社会。

再次，小说的第四回，作者借助小世界剧院的演出抨击了清廷的皇帝阴狠、臣子卑微的腐朽统治，向人们昭示了革新社会的重要性和必要性。“（专制国的君主）因我看他的形象已是十分残虐，没点毫慈善神情在颜面上，真真可怕得很”，“那些大员，本来是个人的面目,好端端的一个人,那知朝上跪了,又像几只畜生起来了,手脚也是畜生,面目也是畜生,伏在地上,竟像可以骑的一样”。作者赞扬的是“本国里就出了几个英雄,一则想报他专制的仇恨,二则是灭他专制的毒焰,所以四处的运动那英雄豪杰,立了个秘密会社,出了许多秘密报,浅近的小说报,白话报,专一主张立宪主义,推翻专制。”从对清廷的猛烈抨击和对革命志士的热情赞美,可以看出作者是晚清资产阶级革命派的支持者和拥护者。

《瓜分裂国惨祸记》

《瓜分裂国惨祸记》题“日本女士中江笃济藏本,中国男儿轩辕正裔译述”,光绪二十九年(1903)上海独社铅印本,标“政治小说”,首“例言”七则。小说共十回,属于幻想预言型的作品,是《预言秘牍》的一集,原名为《甲辰年瓜分惨祸预言》,此外还有《甲申年测记》、《戊戌年变政预言》、《庚子年国难预言》之名。作者感慨着日渐贫弱的社会图景,西方列强与日俱增的虎视眈眈,将内心对于中国亡国灭种危机的深刻忧虑和救亡图存的崛起思索倾注于笔端,铸成了这部小说。小说以预言的形式,叙写了祖国面临被列强瓜分之时,几位热血中华儿女为救国救亡所作出的努力与牺牲。

首先,作者以前瞻性的眼光展现了清末我们日益衰败的祖国,将要被列强瓜分,子民将惨遭蹂躏的凄惨前景,这与其说是预言,还不如说就是晚清社会的真实再现。小说第二回曾子兴就用沉痛的演讲向我们展现了一副国破家亡社会惨景:“列位试想,那时的光景,耳中但闻人民乞命之声,目中但见骸骨纵横之惨。天上火光,地下血赤,炮弹轰天,横飞纷射。眼巴巴看着骨肉惨遭暴虐,妻孥横被摧残。逃难过山丘,不忍见祖宗暴骨。饥民方槁饿,裂我肢体而生吞。斯时之景,其何堪也。或有幸而漏网者,则彼必横侵暴敛,以困其生。居屋有税,人口有税,器具、禽畜无不有税。畜一犬每年须纳钱一千;畜一牛则每年须缴洋十圆。欲买衣服,须先有纳税之款,始得御寒。欲籴粜粮,须先有入公之钱,始敢果腹。乃至死一人,则买棺有税;生一儿,则报名有税,如有八口之家,每月如不能缴公二百数十圆,则不免囹圄矣。此俄、德已行于旅顺、胶州者也。且一切大利所在,彼必尽行收取,吾民皆不得过问。吾民有富者,则必收其财,而使之贫。有贵者,则必抑为奴,而使之贱。凡上等之事,如读书、做官、经商等,吾民皆不得为。所得为者,惟苦工之事耳。做工所能有几何,而每月必须缴纳苛税,不免生计日益艰难,那就渐渐的我们人口一年减似一年了。又况他的人可以随意辱我、侮我、打我、杀我。其为官者,皆不禁止,必须到得吾民尽绝,方始甘休。你道可惨不可惨呢?”(第二回)

在第三回小说另一位主人公华永年手画了个中国地形,一点点向学生演说四分五裂的国土“将来这北方一带,便换了俄国的颜色了;这扬子江流域,便变了英国的颜色了;这山东便变德国的;两广、云南便变法国的;福建、浙江便变日本的颜色了。此后,地图上再不能看见我中国的影子了。可怜我们四千年的国家,一旦灭了,连图上也不能占一点颜色。而且我们寸肤滴血,皆是他养成的,我祖宗父母身上一根毛、一滴血,也是他养活的。所以才能够有我。如今他灭了,世界上便没有他了。我的兄弟,你道伤心不伤心呢?”(第三回)感同身受的学生们“早已哭得不能仰视,有的已放声大哭”。作者不但看到帝国主义列强要亡我们国,更要灭我们种,而种族灭亡让我们永远没有了恢复自己国家的希望,从此将在这个世界上销声匿迹,到时候我们的大好河山会就变成了别的种族繁衍生息的乐土。“况且如今我们的中国,自四千年以来,就是我们祖宗所借以托身安命长养子孙的土地,世世相传,流到我辈。虽是早被那鞑子据了,但是那满人的聪明才智,是不及我们汉人的。他是野蛮贱种，虽然一时得志，我们尚可再图恢复，如明太祖驱逐元人之事，我们汉人必能做到。若是被那外洋白种人得了，他便四处设立警察，日夜逻巡，监察我们，不许我们聚集谈话。你们想想，不得聚集众人，尚能恢复得国么？况且更于一切要害之处，屯驻精兵，将我地方建筑铁道，四通八达。不论何方有事，他几分钟之间，便可集兵盈万，哪里与我民有个下手恢复的地方呢？那时估量我们，已是无从反抗。更用灭种的手段，将我们全种灭了，好将土地把他们国里人，滋育蕃息，快活受用。你道灭种是用何法呢？他于大兵到来之日，先说我们是贱种，是野蛮，无智无才，不能创造利器，训练甲兵；又不能大众同心，爱护国土；却只人人专爱身家，不肯共谋有益大众之事。此种人，不能享福于地球上，应当灭绝净尽，让他有智的受用。即便纵兵抢劫银钱，奸淫妇女，践踏民人，焚毁村镇。那时加以土匪乘机发作，乱杀乱抢。那不肖无耻、狗猪不如的汉人，或应他招募，做他兵卒，自杀我本国的同胞。那官兵也是极意骚扰的，不用言了。”（第二回）

其次，在亡国灭种的危机面前，作者号召广大的民众积极行动起来，投身社会革命，保卫我们日渐危急的国家。“但是与其等我们被屠杀残暴而死，何如于今赶紧预备，集合我们大众，与那来收我土地的极力一战。战而不胜，亦惟死耳，倒还为我祖宗传下的地方留个名誉，给人家说此处人民是有志气的。况且我们如果个个同心，前死后继，也未必定是不能保住地方的。若能够势力日雄，或且建立不世的功业来，那我们的英名，岂不传到五洲万国去么？即使失败而死，亦死得轰轰烈烈的。大凡天地间最苦的莫如死，但是均须一死。便须想死时快活的方法。假如我们于起义救国时而死，心中必觉得正气冲霄，光芒万丈，哪里更觉得苦。假如是悠悠忽忽，苟求幸免，待到那洋弹贯胸，匪刀加颈，那时方且自悔不曾及时出些心力,与大众共襄义举,如今竟是不免一死,却又为人唾骂的,那心中真是又侮、又惧、又愧、又伤,这不是死得更苦么? 兄弟如今敬问诸君同胞:是待外人来杀,待土匪来杀呢? 还是做个有气义、有英风的男儿而死呢?”作者在此借用主人公曾子兴的豪言壮语激发中国血性男儿的奋发抗击外国侵略,誓要与祖国共存亡的矢志不渝的斗志和决心。

虽然作者鼓励大众平民投入到轰轰烈烈的救国革命中来,但却不鼓励盲目行动,一味鲁勇。在第二回中曾子兴就说道:“我们现在也无器械,也无军火,连那军饷粮食一应无有。就是有了人,也不过一百多人。刚才来听的那些人,他们虽已经激动,却是靠不住的。一时他气过了,却仍是坐着空望幸免的,这全仗着我们去组合他。不但这班人,即那秘密匪党,也都要运动他。如果我们人多了,那就可得势些。一面更要运动绅富,捐出钱来,预备粮食军火,这须是四出演说,激起人心,然后立起义勇队来。这边官府就是压制,我们人多了,却有何怕? 且我们是保卫地方,设立团练,他们却有何说? 即不然,我们演说时被他找去杀了,我们前仆后继的,仗着上贯天日的真诚,那怕则个? 如今你们演说尚未熟,说去未能动人。那演说之道,须是善察听官的颜色。觉得这句话他们不以为然,我便用言解去;觉得这句话他们激动了些,我便火上加油,逼紧了来;觉得他们误会了,将要轻举妄动,我便解释一番;觉得他们实心实意的信从了,我便立时代他合起团体来,更复代他布划计策,要他办去。总之,这抑扬轻重,增减变化,是第一要紧的。如今限一个礼拜内,你们每日练习演说二点钟,练习熟了,然后分往各乡开演。更有要紧的一样,我试问你们,若是人集多了,也有军火粮饷了,那些骤合之众,非但不知阵法,并那放枪之法也都不知,却有何用? 如今我们须要天天夜里演说,上午习操,到了人集多了,方能分头教演阵法。一切临战攻击,与那全军分合进退守险设伏种种步法、手法、口号,都要练得纯熟,方有用处。如今我便去运动绅富,仗我三寸不烂之舌,说他捐出资财来办团练。你们这里紧紧的商议,即着高等班学长姜一心订定课程。那兵操,仍是天天我来教练。只是学堂功课仍是不可尽废。我们中国存着一日,我们仍尽着一日义务,这考究普通学门也是要紧的。如今已将上半天全加入兵操功课,下半天仍是要照常上课的。我便知照临院和各教员,把课表改了。你们稍有空暇,还要写信寄予各处朋友,告以大祸将临,教他速速预备去。那地图,更要每人早早预备一张。研究研究。我们虽是拼却一死,也须有些把握,有些布置。我是早把此身舍给你们的,你们一日生着,我便尽心尽力,为你们打算一切。你们一日死,我便同死罢了。"(第二回)这段话语虽然简短,但却表明革命者对于革命形势有着清醒的认识,他们并没有盲目的拿起武器做飞蛾扑火式的反抗,而是以选择演讲鼓动作为宣传革命的首选方法,以此鼓动更多地人投身于社会革命中来。这使得作者更要求在演说中更要时时总结经验,提高演说技巧和表达能力。而且出色演讲不但可以鼓动民众,更可以此向乡绅富户募集资金,这为革命准备的军队力量和资金来源。作为从事启蒙的革命者更应该发奋学习各项知识,不单是普通的学科,更要加强自身的军备练习,并通过邮信联络更为广泛的革命志士,投身到伟大的革命事业中来。

小说从开始就显示出极其明显的革命倾向,而这一倾向更带有种族革命的意味。"杀尽满人,恢复中华"(第三回),作者不再对最高统治者的"犹抱琵琶半遮面"的粉饰,而是鲜明指斥清政府早就已经沦为洋人的朝廷,成为"穷中华之物力,接各国之欢心"的卖国贼,看似还是国家最高统治者的清朝政府只有在一些边陲、贫弱的地区还能看到他的些许余威，表面上的平和不过是满足列强欲望后的稍微喘息罢了，各国也乐意这样一个忠实的洋奴端坐在空架的大清朝堂上。正是基于对于万恶的晚清政府的清醒认识和无比憎恶，整部小说充斥着对于晚清政府的无情的抨击和猛烈的咒骂，“如今这清朝政府，把我们四万万人公有的产，任意投赠他人，使我等汉人现在受那屠杀残暴之惨。后时更永为外人的奴隶牛马，万劫不复，直到种灭了，然后剩个臭名为五洲万国之人所唾骂。他那满洲的丑类，却仍割了中国一块块地与他的族人，在那里舒舒服服的，依然驱役我住在那一方的汉人服事他们。他们却登着高处，睁着眼，看我们汉人受这弥天的浩劫，你道可恨不可恨？天下哪有全国人的土地，他一二人可以主意送人的道理。又哪里有夺了人家的产业，到了自己势败，却推着人往死坑里，以博得他自己安宁的道理。依我说，却是速图杀尽满人，收回国权。然后布告诸国，不认满洲政府所许割与各地，力争独立起来”（第五回）。

在小说的第六回当革命者被镇压官员指为乱民的时候，就听阶下的唐人辉、仇满等道：“国土江山本是我们汉人数千年传下来的，并不是满洲人带来的。我们自己保自己的江山，有何不可？我们却恨太迟了。若是早些向满人索了回来，我们汉种人仿着美国、法国定个民主政治，合全国人的心思、才力来谋国事，何愁这国不强呢？如今却被满人为着要保自己的残喘，却把我们四千年有名的江山败了。又把我们四万万同胞活活地送人去做刀垫、做牛马，你不说满人犯了弥天大罪，倒说我们是乱民。我们想你的心肝是倒生的了。”作者不但从亡国灭种的危机来诅咒这个败落的朝廷，更从种族革命的角度来杀尽满人。小说一开始就设立了这本小说的来源是一位自明亡就为大明守节，即使家族多人遭屠戮也绝不改服的大明忠士，寄予着作者誓将国土从满人手中抢回的决绝信心。

小说的第七回作者更鲜明地指出“如今应从艾君前日之议，速速打算将满洲人赶了，然后不认满洲与各国所订之约。纵是诸国逞着强权，硬分吾土，我们且将满人杀了、驱了，也稍泄我们胸中之恨。不然，难道他把我们中国土地送与人，要我们汉人受那宰割屠灭的痛苦，我们却听他安然无事，仍聚着五百万丑类据着山西一省，依然是衣租食税，享着我一方汉人的供奉吗？况且彼等入关时候，屠杀汉人，惨无人理。扬州屠城，至于三日；嘉定百姓，乃至三屠。而且纵彼丑类安坐而食吾民之膏血，名曰驻防，实乃分布要地，置我死地，使不得恢复耳。更有痛者，汉人见满人，必呼曰大爷，其妇人曰太太，儿童则曰阿哥，女子则曰姑娘，受骂不许还嘴，受打不得还手，且要说声多谢，这不是以我汉人为彼人之奴隶吗？而且我们汉人心知非变法不可以图存，彼等偏恐变了法，我们汉人乖起来，彼便不得奴役我们。宁可将我土地割与外人，也不许我们汉人得志，这不是我们的深仇么？我们在座诸人，当那满兵入关之初，哪一个祖宗不因着剃头受他的百般残酷呢？如今听说那清朝的独夫，和他那偷汉的母氏，已往山西。只因山西现有土匪闯入，所以现今耽搁在河南。我们今要速速借了饶声的部下，紧紧的赶往，将那满人和独夫等尽数杀了，以复故仇，然后布告天下，重立起中国来。我料全国此时必能闻风响应。”作者遍数清朝政府的罪恶行径扬州十日和嘉定三屠、残忍地奴役汉族百姓“受骂不许还嘴，受打不得还手，且要说声多谢”，更大胆直露的指斥光绪、慈禧这些清朝最高的统治者为“清朝的独夫，和他那偷汉的母氏”。

但是作者具有的强烈的种族主义精神也使得小说带有了一些极端的种族色彩。在第七回仇弗陶、唐人辉和饶升总兵杀入河南省城的时候，对于满人实行了报复性的屠杀，着实惨绝人寰。“正闹着,忽听啼啼哭哭之声,原来是满人之妇人,闻知丈夫在营全数被歼,却来拼命。众人见了,轰的一声,各掳了满妇,就地奸了起来,唐人辉等也弹压不住。只见众人交换轮流的,个个将满妇淫遍,口中嚷道:“你们入关时,淫我妇女,而今也要偿债了。”登地那满妇已死了无数,不死的,却被众人用刀戳死,又复纷纷往将满人的女子尽数奸了杀却,那小孩也都杀了。众人却大叫道:“今日方报得二百余年的大恨了。你们将我们的土地送了人,要我们无处栖身,难道便让你们独得便宜么?”这种野蛮的报复行动,显示了作者所具有了狭隘的民族主义情绪,这是极其不可取的,我们应该区分清朝政府和一般普通满族群众,不能将之等同看待,我们要反对昏聩无能的清朝政府,不应该因此牵连进无辜下层清朝百姓,同处于社会底层其实各民族子民是没有什么区别的,同样要受到封建主义的奴役和摧残,妄开杀戒是极端残忍和毫无人道的。

第四,作者在小说中清晰地向我们展现了他构筑的中华民族的崛起复兴之路,那就是摆脱清政府的铁腕统治,建立民主自由的自治国,对于这一理想的实践就是小说中的——兴华邦的建立。在小说的第三回作者就借华永年之口道出了兴化府在夏震欧的勤勉创办下呈现出的兴旺图景:“忽然想起夏震欧,她在兴华府曾和同志立一自治实行会,闻说规模粗具,已有议事所、公学堂、藏书处、博物院、乡团军械所、农工研究所,虽是内中一切尚未充实安置,却已派人往东西洋购办一切机械图籍,以及各般仪器了。那中小学堂已有八十余处,却是办得成效彰彰,那学生个个富有爱国之心。”在第四回华永年在璇潭乡向大众的演讲大声疾呼出了自己心目中自治国:“这洋人原道我们中国人是极愚的,不知民人是应有权办事,不知地方原是百姓产业,应由百姓自治,却甘受官吏的压制,地方所有有益之事都不能兴办。这便是不应在地球上享福之人，所以任意的残杀。若是我们乡内有议事厅，就中有卫生部、警察部、教育都。那卫生部就是掌修治道涂沟洫，不使地方有一些的秽浊。虽是用粪料倒秽桶，也都有一定的时刻，时过便无臭味。所有污秽之物，也有一定的地方藏贮，以免人家臭了生病。警察部就是派人轮流巡警地方，有争闹偷窃的，或在路上便溺的，便拉他入警察署，经警察董事判断，或收禁房关闭，或罚他钱赎罪。教育部所办的就是男女学生的学堂。那体操场、藏书楼、博览所，皆属此部管理。所有办事的人，由乡中公举有才德者充之，不贤者可以公革。至于经费，则由各家的产业及进款内定例抽捐。乡中无一人不可抽捐，亦无一人不可议事，亦无一个子女不进学堂读书。年已成丁者，人人皆当充为乡兵。农事之暇，即行操演阵法。至于乡内出有土产，以及一切工艺，须特疫研究所，以求生利日益兴旺。乡人定每月或每两月聚会一次，每年大会一次，公议一切有益大众之事。每议事，皆以举手为决，假如此人所议，举手的人多，那人所议举手的人少，那便从多数的办去，这便是地方自治的规模。”作者用具体可感的制度说明展示给了民众民主社会的美好图景，社会秩序井然，人人有权利、有义务、有文化，国家大政共同决定，一派大同盛景。唐人辉在第五回也补充道：“如今虽然是注意在袭取根据之地，究竟就这一县的内政，也不可急急整理起来，诸如选举、议政，及那财政、兵旅、警察、卫生、裁决、教育等事，俱须妥定章程。选择谙练者担任办理，以期责有专归。总而言之，须是速行仿那世界通行的政治，分着立法、行法、司法三部。立法权归民人，由各乡人民公举的议士操之。行法权须经学过专门者掌之。司法部是监察行法的，只举公正之人当之，分理一切。若内政不理，无不乱也。”明确提出了要积极效仿三权分立这一西方政治之典范的强烈期盼和迫切行动的心愿。

虽然在小说的行文之中，体现出作者对于民主共和这些西方政治术语的理解和诠释还是简单和幼稚的，对于革命的道路血泪和艰险还估计不足，但我们依然可以清晰的解读出当时社会蜂拥的革命风潮，正是这股社会风潮的越来越汹涌，才最终窒息了清王朝薄弱的生命。在小说中作者还借助志士的姓名表达他的思想感情，如华永年、夏震欧、唐人辉、黄雄等象征着中华势将崛起、屹立于世界之林的伟大志向；而仇弗陶、仇满、屠靖仇等则象征着对于清朝的无尽仇恨和愤懑。

虽然作者对社会革命大声疾呼，对帝国主义列强瓜分中国无比愤怒，但在小说的一些描写中我们却看到作者对于帝国主义同时还有着一些很不切实际的幻想。在开篇首回黄勃痛斥了向外国人行乞的乞丐，当妇人用洋人吓小孩子止哭的时候，就教育孩童说道："他是要抢我国的地方，我故杀他。以后真见洋人，都是如此。若是他无害我中国之人，我们却好与他客客气气，也不犯着凶暴起来便去打杀他，只是怕他的心万不可有。这洋人是最奇僻的，你若愈怕他，他愈杀你；你若不肯服他，他倒看你是好人，倒不害你的。好兄弟，你从今千万别怕洋人，我们和他们一样呢。"小说中同时存在着对于西方列强极其可笑的幻想，如小说第四回洋人在商州屠城时，眼见写着"大英国顺民"的百姓也照杀不顾，小说就写道："看官，你道外人何以反恨那服他的，一一杀了不饶？只因有个原故。这外国人的心肠是正直的，你若是和他抵抗的，他倒看重着你。就是接战，却是按着战法彼此交锋。打伤的人，他有红十字会，还来救去医治。若是遇这五洲无有、万国羞闻的顾民，他便不由得怒气上冲，必要把他践作人泥。所以这一村便遭了这惨祸，流的血竟把河染红了。"这简直是近似天真的幻想，一来外国人在晚清能懂得中国字的人就很少，而我国普通子民更决然不会明白洋文了，洋人进行的是极其残忍的屠城，那里还会有什么红十字医疗队啊，简直是天方夜谭！当兴华邦宣布自立的时候，作者竟然欣喜地写道："却是美国首先承认独立，遣使致贺。于是法国、德国、意国也都承认。更有数国也着实起敬，却未遽然承认独立。唯那应得这兴华土地之一国，并那与他联盟之西洋一国，倡言抗议，以为中国皇帝已代表全数人民，将国分与各邦，何得抗拒云云。"（第六回）眼见一个欣欣然的自治政府在中华大地上诞生、发展、壮大，这对于美、英、法等帝国主义列强无异于灭顶之灾，随着兴华邦的成立壮大，试想他们怎么还能够盘踞中华大地的大好河山，肆意剥削贫弱的中国子民呢。这使得他们对待这一新生的邦国，必然联起手来帮助清朝政府，像一战后疯狂进攻苏联，试图扑灭世界红潮一般，将这个新新生命扼杀在萌芽状态，根本不可能给予兴华邦什么承认，这简直是痴人说梦！更别说第八回张万年三人被洋人俘虏，还能承蒙英王郡主佑护，并提供其资金游历大英帝国，且许诺什么时候他们都可以自由回国，还有就是璇潭乡因大具自治规模，并成为兴华邦属国，洋人看得如此秩序井然，就感叹道："如此看来，那兴华邦的独立，只怕被他弄成功了。要待杀进此乡去，又恐遇那文明之人。妄以野蛮之法加之，伤其性命，破其安宁，乃是犯了公理，必为万国所唾骂。只得且待与兴华政府交涉如何，再作道理。"（第八回）这样的描写哪里像是在描写无耻的野蛮的侵略者，如果帝国主义列强真有什么所谓的文明可言，那就没有生灵涂炭的殖民战争了。

此外，在小说中还辐射了一些丑陋的社会问题，如留学生问题，在小说的第五回歌颂了一行二十四人悲愤国事从欧美、日本赶回祖国的热血留学生，但作者继而写道："看官，我们中国在留外留学的学生，单日本已有千余人，尚有在欧洲、美洲的也不少，为何亡国时，真归来为国流血的只有二十四人。咳！看官，你不要听‘留学生’三字便敬得了不得，他们哪里真爱国？不过因那爱国、爱群、革命、流血、独立、仇满、保皇、立完等语，是那时流行的口头话，若不说说来给人听，便觉得没趣，何曾有是言、有是心呢。译者记得癸卯年间，买了假头发回去考试想中举人者，几乎占了一半之数。及到实行瓜分之议起，有好些怕被人拉他真去流血的，都悄悄买了假辫子回去了。又有未曾回去的，到了留学生会馆发出传单集议时，却都托故不来。却是这班平日不言什么革命、流血的，实心实意联了盟，大家回来，为国效死。这也可见孔子说的‘听其言，不如观其行’，真是千古确论了。”这段话虽然有失公允但却一针见血的揭露了当时社会大行风靡的留学教育风潮，虽然为衰败的祖国塑造出众多救国救民的栋梁之才，但也难免其中滥竽充数的丑恶现状，这些满口洋文洋话，一脑子败德丧行的奸佞小人更是扰乱社会，加速风气堕落的社会毒瘤。

再如小说中抨击了社会上的种种丑恶现象，如华永年的舅父任不显为富不仁的不耻行径，还有自立学堂吴钟清，只顾自家享乐，不顾国势危亡的极端利己主义思想，他们最终俱不得善果，显示出作者对于当时社会上颇具代表的丑恶行径的极端讽刺和强烈愤慨。

整本小说试图展示晚清奋起反抗的仁人志士的群像，所以在小说中人物设置特别的纷繁，这的确使小说显现出一种蓬勃的社会革命如火如荼的感觉，但同时并不利于主要人物的突出和展现，因为小说中大量篇幅总在表现不同革命人物的轮流出场上，从而不能有效而集中的对于主要人物进行刻画和诠释，这使得小说有些松散芜杂之感。但是从作者用心刻画的几个主要人物和主线情节来看，作者对于当时国家情势的刻骨用心还是毕现于小说的纸面之上的，作者凭借自己对于国势强盛的西方的政治制度的了解，发起对于现存陈腐封建制度的最强烈的抨击，不再满足于对封建制度的修修补补，或走上所谓平和过渡的君主立宪制度，鲜明地指出了政体的彻底变革才是国家富强的根本出路，以此号召人们鼓起勇气彻底推翻这一束缚国家发展、人民自由的落后制度，作者正是用自己高涨革命热情给予了小说读者强烈的感染力，使得人们读之精神昂扬，信心百倍，激励起了无限的革命理想和斗志。

轩辕正裔的《瓜分裂国惨祸记》以想象的方式为我们预言了中国迫在眉睫的瓜分惨祸，更以昂扬激情的笔致写出了自己关于救国救民之路的可贵探索，虽然从作者的笔下，对于民主共和的实施和建构还是有些幼稚和耽于幻想，但他对社会革命的大声呼唤和努力实践还是值得极大肯定和鼓励的。

《自由结婚》

《自由结婚》，二编二十卷，题“犹太遗民万古恨著，震旦女士自由花译”。据冯自由《革命逸史》《开国前海内外革命书报一览》、《兴中会时期之革命同志》等记载，作者为张肇桐。张肇桐，字叶侯，号铁欧，江苏无锡人。当时为日本早稻田大学政治科学生、东京青年会的发起者之一、《江苏》杂志的“记者”，是资产阶级革命派中从事文化宣传工作的活跃分子。

书初编发行于 1903 年 8 月 25 日，二编发行于 1903 年 12 月 4 日，均为一册，有圈点眉批，题“自由社藏板”。书名前冠以“政治小说”。卷首《弁言》，称此书之作欲“使天下后世，知亡国之民，犹有救世之志”，并言：“全书以男女两少年为主，约分三期：首期以儿女之天性，观察社会之腐败；次期以学生之资格，振刷学界之精神；末期以英雄之本领，建立国家之大业。”据此，本书当有三编，已出之 20 回内容相当于“首期”和“次期”，然未见第三编，似作者未曾续作。

小说假借犹太老人万古恨的作品，讲述了一个发生在所谓“爱国”，几位仁人志士，反抗“盗贼”黑暗统治的故事。

这部小说是近代资产阶级革命派小说中一部重要的代表作，看题目似一篇爱情小说，实则与爱情无甚关联，情爱在其中只充当了让男女主人公黄祸和关关相识爱慕的一部分心理基础，所以正如作者所标明的这是一部“政治小说”，其真实功用是宣传革命思想，鼓动人民参与到暴力革命中来，彻底推翻清政府，所谓爱情只是一个虚设的壳子。

虽然作者使用了一个虚构的国名，还让这本小说的作者是犹太老人万古恨，由震旦自由花女士译介而来，但读者一看即刻明了爱国就是中国之化身，对此作者这样描写道：“爱国开化甚早，疆土极大，人民极多。”更为经典的是作者把爱国之国民统统划分为两类，“一种叫盗贼，一种叫奴隶”，把爱国的国体称为“盗主国体”、“贼民政体”，而历史上的改朝换代，也被作者写成是“一个偷儿看了十二分艳羡，用尽他平生穿凿本事，来偷他的权利。偷得到手，就算交着贼运，偷不到手，就两边扭住厮打，打胜的便做皇帝，打败的身首异处。‘窃钩者诛，窃国者侯’，所以国里没有一年不乱，没有一日不乱。”而这个国家奴隶呢？国家混乱的时候，他们就“帮着在上的强盗来打在下的强盗”，国家初定，他们就管那个“身披龙袍，高高的坐在金銮殿上”，“任凭你阿猫、阿狗、王八、狗蛋来的”人，口称“太祖高皇帝万岁，万万岁”。要想“顶戴花翎，锦衣归故乡”，则要残害那些“不安奴隶本分”的同胞，“更还要死心塌地，三跪九叩首的做野蛮奴隶”。作为奴隶唯一的生存之道，就是“服服帖帖的做他们的孝子顺孙”。所以作者疾呼“唉！爱什么国？‘爱国’两个字已经变了地理上的名词了。”（以上均出自第二回)作者看破了几千年来封建专制君主的“盗国”本质,痛斥人民身上卑琐的“奴隶”性质,从而完全否定了封建专制存在的合理性。

黄老夫人教育黄祸所说的三大仇人概括了小说的中心思想“现在要雪国耻、报父仇,有三大仇人,是用得着吃刀的。第一仇人是异族的政府;第二仇人是外国人;第三仇人是同族的奴隶。”(第三回)。

先看政府,整部小说借“异族政府”四字淋漓尽致的诟骂了晚清政府盗贼的本质和残暴的统治,“非我族类其心必异”就首当其冲地成为最有力的驳斥工具,关关第五回就骂道:“从外面的游牧部落、打牲部落偷进来的,并非我好祖好宗血肉造成的吗?”这样异族政府对待我们子民更是万般蹂躏,“他从前进来的时候,怎么样杀戮人民,怎么样奸淫妇女,怎么样抢掠财产,念念在心,不敢忘去。”而“现在的政府是异族,同他立什么宪呢”(第九回),“这立宪本是好事,现在世界英、德、日本几个强国,那一个不是立宪?但是现在要拿他行到我们国里来,断没有这个道理的。这个缘故,也是因为那政府是个异族,他不立宪,我们还可以报仇。他立了宪,恩赐了几十条狗彘不食的钦定宪法,再拿些小恩小惠埋伏了人心,却暗中钳制你、压服你,使你不知不觉、服服帖帖的做他的奴隶。就是你要有什么举动,也被他这条软麻绳捆住,一点儿都不能做。”结果只能是“从此我们的国家永远沦于夷狄,报仇也报不起来了,恢复也恢复不起来了。这个爱国空有其名,没有其实,任凭他霸持着、占据着,我们永远做印度、做埃及一种万劫不复的亡国无形奴隶了。”小说肯定了君主立宪也是富国强民的一条道路,但是爱国绝对不能立宪,如果政府是本族的政府“政府不好,我们总要想个法子叫他好。他能够好,我们感激不尽;他不能够好,我们就学汤武的故事,诛独夫,锄民贼,也没有什么不可以的。”但现在政府不是我们的同族,对待我们暴虐无道,如果这样我们还要帮扶着他,得来的将是永远压身在异族的统治下的悲惨后果。作者借此讽刺了那些妄想运动政府,创建立宪的维新主张,在小说中讲述了一个叫屈心的维新派悲惨命运,“若然就他异族政府的一面说,你去运动她,也是不行的。他们政府里头的人,何等刚愎自用,你这没有斤两的说话,她那里有这许多耐心来听他。并且你虽不拿他异族看他,她倒拿异族看你。你一举一动,他总疑心你同他反对。……运动运动,只怕要吃刀了。”

不但政府运动不成,官场更是暗无天日,“至于运动官场,更不必说,异族的官,自然帮着异族了。就是我们同族做异族官的,也忘了自己是爱国的人,不管国耻大仇,只顾贪恋富贵功名,做奴做隶。我们要做恢复的事情,他还要帮着异族,屡次把我们的大事业破坏到十二分,真是可杀不可恕。我并且可以说一句,现在做官的人儿,莫要说一两个,就是半个也寻不出好的来。”(第四回)

这异族政府不但对内残暴,对外更是毫无国格,为了求得一席生存,“看见洋人十分厉害,恐怕触他的怒,就拿着我们的地做个礼物,今天割一块,明天割一块。把我们的人做个牺牲,今天杀一个,明天杀一个。……洋人看政府如此做人情,乐得受他,从此贪心不足,借端要挟,这回这样,那回那样。政府看洋人如此厉害,想法拍他的马屁,也乐得拿人家的东西做些人情。”(第九回)国家的一切不过是异族统治者保有一己私利的资本而已,对于外国的侵略他们只会“尽中华之所有,接各国之欢心”,作者揭露了晚清政府赤裸裸的摇尾乞怜、卖国求荣的本质。作者从异族统治展开了对于晚清政府的彻底批判,就是要让读者看清这是一个怎样腐朽的政权。而救助这样一个政权,只会让我们坠入万劫不复的深渊,我们要做的就是暴力推翻这个政府,恢复中华,这一系列的描写可以说就是对孙中山兴中会章程中“驱除鞑虏,恢复中华”政治主张的小说图解,鼓动人们加入到反叛晚清政府的行列中来,推翻满族的统治,推翻专制政体,建立新中华。“一国的风俗,无论大小,没有一件不与政体相关。所以,政体专制,官厅、学堂、家庭,到处都是专制,……我们要鼓吹自由,推翻专制,一定要先从政体着手。政体一有改变,其余便势如破竹,迎刃而解了。”这透露出作者的社会政治理想,即把中国变成一个“独立”、“自由”、“民主”的资产阶级共和国。

其次,看那些执迷不悟的萎缩国民。作者对之更是嗤之以鼻,小说既塑造了如黄祸、关关、乳母、黄老夫人、钟国仁、一飞公主、赵氏三兄弟等等积极的反抗者,同时也鞭挞了那些软弱不争、萎靡不振的同胞们。为了配合小说的主旨,通篇小说所有的官员都是贪官污吏,从杀害黄祸父亲的仇同仁(第三回)仇夫人(第十回),到捉拿关关、黄转福的知县毛泽,后者为了升官发财居然还恬不知耻的认异族督统乌鲁做干爹。正如黄祸骂道的,“野蛮外族有什么通天本领,能够篡夺人国不遗余力。原来我国的亡,就是亡在你们这班狗奴才手里啊”(第三回)。

不但官场猥琐,学界同样也漆黑一片,当乳母无辜被抓,黄祸、关关向各自学校的总办求救的时候,得到的都是冷冰冰的回答,他们皆以“洋人的势头实在不小”、“现在洋人的势力多少厉害,你触犯了他,你就要杀头、吃嘴巴、打屁股”(第八回)做推脱,显示了内心对于外国势力的极度恐惧。忠孝大学堂的入学考试题目竟然是《自由驳论》,学堂平日功课竟包含着请安、装烟这类被老师说成是“吃饭的实学”的功课,学生喝酒打牌无关紧要,但是聚众立演说会则是大逆不道的事情,这些描写揭穿所谓“忠孝学堂”乃是

"腐败学堂"、"奴隶学堂"(十二回),只用来训练奴才,并不教人科学知识的丑恶本质。

奴隶平民更是麻木不仁。如关关的叔父及家中的养子阿狗,他们给关关扣上"得罪名教"的帽子,粗暴的干涉关关的婚姻自由,反被关关以祖宗的遗训,将其驳斥得无地自容,"虽一贫如洗,万万不可贪恋富贵,做野蛮的官。"(第五回);更为令人发指的是关关、黄转福、赵氏三兄弟希在饭店里的所见所闻,人人都想捉拿住学堂叛乱的领头人黄转福和钟国仁,为的是"苦着他们的血不着,居然把我们的顶子染红了"。当赵伯知指斥他们的"杀心并非为着别的大道,实在起于想升官发财。"他们竟然能够想出了多留出一些钱财贿赂幽冥的无耻办法。他们提到革命党、爱国青年一个个全都怒不可遏,提议政府"用一个双管齐下的法子:一面严行查拿,拿到不必上奏,就地正法。我们知道他们民不畏死,总要杀到他们怕,叫他们不敢作声才好。一面停办学堂,封禁私学堂。就是不停办,不封禁,也要叫学堂里面定的课程,都是向着功名富贵一路,万不可开通民智。民智一开,便要坏事了,还有一件最要紧的,就是不准读外国书。因为外国素来是披发左衽之邦,不知有父,不知有君。"(十六回)

再次,小说痛斥了那些在中国土地上肆无忌惮的洋人。小说用黄祸、关关拾到一个小洋人的风筝这一情节展现了出来,两人本好意高放风筝,引失主来寻,却被小洋人诬赖为偷盗,洋人道:"你们一班人那有什么理性同你讲!我们说你是贼,你只好就做贼。便是我们说你是乌龟,你也只好就做乌龟。你可知道我们现在有要你死就死,要你活就活这样的大权吗?"作者更借助洋人再次发出了对于异族政府争取割地赔款,奴隶人民卑躬屈膝的怒骂,正是由于这些猥琐的行径让我们丧失了国家和民族的尊严,被帝国主义列强随意凌辱践踏。

小说在深挖国家和人民悲哀的同时,也向我们展现了蕴含在其中生的力量。如第六回关关和黄祸对于中国少年的无限期望;第九回乳母在狱中演说,一呼众应,大家立即结盟并高举起了"诛独夫,锄民贼"的旗号;还有十七回如玉在狱中将家仇国恨编成曲子唱得狱卒和知县的母亲、妻女都感动连连,竟萌生出了救他们出狱的念头。这些情节让我们在悲慨晚清凄凉晚清的同时,看到了这个社会蕴含着的正义力量,他们正是中华民族复兴的希望和动力。

由于这部小说主要描写革命事业的第三编并没有续写,所以对于革命的描写并不是很多,且不成功。小说的第十四和十五两回写到了由妙音太太创建的光复党,在他们的努力下已经成为一个有着鲜明的宗旨、严明的组织团体,但作者却并没有写到他们为了光复国家,采取什么样行之有效的行动。黄转福、关关、如玉和赵氏三兄弟下山去运动学生,把学生当成是"社会势力最广,影响最大"的群体(十五回)。可见小说中虽然多次描写了蕴藏在人民身上的革命力量,但却对这种力量没有给予足够的重视,作者没有选择去运动和鼓舞广大人民,向他们宣扬革命真理,革命路线、方针鼓动和坚定民众的革命意志,而错误地把学生作为社会革命的主力军,这也就解释了为什么晚清多次起义暴动都如昙花一现的根本原因。

同时作者的一些思想还出现了前后抵触的现象,如对于男女平等的宣传,在第六回作者借乳母之口宣传了男女平等的正确观念,"你想男女都一样是个人,头也是圆的,脚也是方的,不过身体的构造里边略为异样了一点儿,为什么男的一定要比女的尊贵,女的一定要比男的卑贱呢?"进而提出了人之尊贵全"在乎品格,不在于阴阳”的非凡见解。而品格之高下“是自己做出来的”,并探究出了女人不及男子的根本原因,即“无知无识”,这一系列的说理在晚清社会可以说是极为进步的。但是在小说第十四回,一飞公主却这样向新来的同志宣传,“我们女人的程度样样不如男人,说来都要羞死。独有一件事情,可见得我们有个极好极好的性质,胜过那些男子不啻十倍百倍。这是什么事情呢?就是能够替丈夫守节。”虽然作者宣传守节是为了进一步延伸为为国家守节、为种守节,但彰表守节这一封建流毒显示出作者并没有建立起完善的进步女性观。

此外作者之所以不倡导祖国实行君主立宪制,其出发点却是晚清政府乃满族异种,多次强调只有汉族政权才可以使用这种变革社会的方式,这既表明作者对资产阶级革命并没有更为清晰地认识,而仅仅从民族的界限来鼓动革命,流露出极为狭隘的民族主义情绪。

就小说的艺术而论,我们可以说这部小说基本上是为了图解革命思想而作的,艺术性不高。首先小说情节过于理想化,没有真实感。关关、黄祸作为小说的男女主人公一出场就满怀着极为激烈的革命热情,但此时他们的年龄不过才十二三岁而已,这使得他们的这种革命激情过于单薄,同时也过于简单,一个是受到父亲因洋祸而被处斩的激发,一个因为偶一外出乳母的教化,这使得这种革命火种萌发如同佛家的顿悟一般,而又缺少顿悟所需的学识积养。试想在晚清对于革命活动、革命书籍及言论都采取极端严酷的镇压和封锁,这般小小年纪的少年又何从获知,这使小说严重脱离现实,从而缺乏真实感。其次,人物形象的符号化,描写手法太单一。小说满篇皆为说理议论形式的革命宣传,人物完全沦为革命主张的宣讲者,非常的脸谱化而缺少鲜明的个性特征。小说中的主要人物个个都是忠贞不二的革命志士，其言行别无二致，就是极力倡导革命，整篇不见作者描写他们作为独立个体的内心其他情感。这让我们单看语言上根本无从分辨出人物的角色。人物塑造的极为呆板，大大降低了小说的艺术感染力。

第二节　文化交锋

一　近代女性解放运动的兴起和高涨

甲午中日战争战败，刺激了人们向西方学习的热潮，在西学东渐的背景下，戊戌变法的主将们首先承接了来自西方传教士对于中国妇女问题所提出的口号和思路，从而迎来了晚清的女权启蒙运动的第一个高潮，他们将妇女解放视为富国强民的一个重要组成部分，这使得三纲五常、三从四德、男尊女卑的封建旧礼教在晚清受到前所未有的质疑和挑战，戒缠足、男女平权、女性教育等新观念开始出现在大众的生活视野之中，极大地影响和改变着近代以来妇女的社会生活状况，虽然随着百日维新的失败，女权启蒙运动也戛然而止，但庚子乱平后，随着资产阶级民主学说在中国的大规模传播，西方的女权学说再次如潮水般涌入中国。

从1896年，传教士办的《万国公报》号召"广女学"，"戒缠足"；1897年，《时务报》先后发表梁启超倡导女权和女学的《记江西康女士》、《变法通议·论女学》、《倡设女学堂启》等；到庚子国变后，办女学、禁缠足成为清廷官方的明确态度。这使得女学、女权等话语，由先前的精英倡导成为社会更广范围讨论、接受的新言论，从而也促进了二十世纪初，大量以女性为读者的报刊的创办，如《女学报》、《女子世界》、《中国女报》、《北京女报》、《女报》等等，很多知名报刊也开创了女性专栏，如《大公报》、《苏报》、《湘报》、《江苏》，国外知名的女权运动著作也相继在中国被翻译出版，如斯宾塞的《女权篇》、约翰·穆勒的《女人压制论》等于1903年在中国正式出版，同时国内一些有识之士也开始关注妇女问题，写出了《女界钟》、《女界泪》、《女子新世界》等卓有见地的妇女理论专著。从而在晚清形成了无论官办还是私办，保守还是激进，维新还是革命，在倡导女学、促进女子解放等方面，都保持着相近的态度，形成了强大的社会舆论合力，使得女权、女学进入到了清末文学的视野之中，成为晚清小说的重要主题之一。

为切合本文写作主题，在此选取了《黄绣球》、《女子权》、《女狱花》和《女娲石》四本为代表小说进行评述。在这四本小说中主人公都深受西方女权思潮的深刻影响，西方妇女解放运动的杰出代表成为她们的精神启悟人和心灵偶像，引领着她们前进的方向，除了《黄绣球》之外，其他三本小说的主人公还有着游学或出访海外的经历，这促进着她们对西方女性解放运动的理解和领悟，使得女主人公在小说中更能散发出独特的艺术魅力。

1. 积极倡导女性解放运动的小说

《黄绣球》

首论《黄绣球》，原署"颐琐述"，颐琐名汤宝荣，字伯迟，江苏吴县人①。初刊于光绪三十一年(1905)《新小说》第十五至二十四号，光绪三十三年有新小说社发行单行本。小说共三十回。其主要情节诚如曹玉先生在《校点后记》中所概括的："主要是写女主人公黄绣球，她原是一个生活在清代末年没有多少文化的旧式妇女，因受到西方文化思想的影响而觉悟起来，她深感中国社会男女太不平等，决心致力于妇女解放事业。她为兴办女学堂，提倡女

① 参见欧阳健：《晚清小说史》，浙江古籍出版社1997年版，第260页。

子放足，为妇女争取独立自主的民主权力而奔走呼号，终于使全县大批妇女走上学堂，走向社会。最后黄绣球又带领民众，驱逐了顽固腐朽的县令，并组织起地方武装，以保卫起蓬勃兴起的民众教育事业和女权运动”①。《黄绣球》的创作来源正是对传统男权社会里的女子生存状态极为不满，所谓“今我国女学未兴，家庭腐败，凡百男子，皆为之钳制，为之束缚”。作者感慨地说：“今世界之教育经济，皆女子占其优势。各国妇女势力，方膨胀与政治界，而我国之太太小姐，此时亦不可不出世。各国革命变法，皆有妇女一席”②。显然作者是欲借西方女权之思想促进中国广大女性觉醒，走上自我解放之路。

较之其他三本小说的女主人公，黄绣球出身和教养可谓毫无亮点、普通至极。她自小就没了父母，抚养在叔婶家，完全是个粗使丫头的角色，饥寒贫病无人过问，倒是一双脚被婶娘牢牢缠住，从不懈怠，只是为了早点将其嫁出，省去供养她的资财，婶娘亡故后就被领到了黄通理家做了童养媳，后就与黄通理完婚生子，心中思虑地也就是三从四德“安安稳稳的做个妇道人家”，但幼时的悲惨遭遇，却在她心中埋下了身为女子为何这般苦痛的心结，在心中荡起了“但不知自古以来男女是一样的人，怎么做了个女人，就连头都不好伸一伸，腰都不许直一直？脚是吃尽了苦，一定要裹得小小的。终身终世，除了生儿育女，只许吃着现成饭，大不了做点针线，织点机，洗洗衣裳，烧烧饭，此外天大的事，都不能管。”愤慨于女人地位的卑贱，萌生了“只可惜我苦命投生了女人，终究不能显

① 颐琐著，曹玉校：《黄绣球》，中州古籍出版社1987年版，第272页。

② 卧虎浪士：《〈女娲石〉序，引自阿英：《晚清小说丛钞·小说戏曲研究卷》，中华书局1960年版，第190页。

亲扬名,不能帮着丈夫在外面干些正事,只好闷在大门里头,有话也不敢说。几时世界上女人也同男人一般,能够出出面,做做事情,就好了"(第二回)。这种男女平权的思想,成为她日后愤然崛起的契机。

当丈夫黄通理要恢复她这'自由'两字的权限,组织她'自由'两字的光彩之时,她便发问:"可不知世界上也有女子出来做事,替得男子分担责任的么?"当黄通理一跃而起回答说:"怎么没有"时,恰如引电之物,将绣球那隐含深埋、几近淡忘的思想一下子激发了出来,"其势不可遏,猝不及防","有多少欢喜美满的情景,有无限恍悟决断的精神",第一个闪现在头脑中的念头就是放足,这既是中国妇女长期以来深受缠足之苦的第一声呐喊,更借绣球之口说出了"要做事,先要能走路;要走路,先要放掉了这双臭脚"。这将放足与进一步的女性解放紧密相连,这不单是简单意义上的身体解放,而是女性要走进社会,实现价值所要必须摆脱的恶习负累,也只有妇女走出了家庭的牢笼,才能在更广阔的天地之间发动联合更广大的同样受苦受难的妇女,共同走向自救自新之路。这一描写同时也为下文兴办女学做出了铺垫。这就使得当黄通理对绣球要将这地球上的体面事一件一件的都要做出来表示不以为然,只当是成就了一家的私业之时,绣球鲜明地表示出了"只要你有什么知识,换与我,我也慢慢会有知识换与你,再给两个孩子们开通些知识,就先有了四个人了。从我们一家四个人,再慢慢地推到一个村上,那怕他风气不行。"并发出了"我不但不怕人笑,还要叫我们村上的女人,将来一齐放掉了脚,才称我的心呢"的宏愿,而正式将自己的"秀秋"一名,改成了"绣球"誓要"把个村子做得同锦绣一般"(第二回),可见放足看似只是身体的解束,实是女性解放的坚实基点。及至后来绣球因放足而备受牢狱之苦,但却不畏艰辛,出狱时就说道:“闻得泰西女杰,常有以数十年牢狱生涯,为众生请命,终能达其目的,发出光彩于世界历史之上,似我又何足为奇!”(第六回)发出了“绣那地球上的新花样”宏愿的黄绣球,又是怎样坚定信念一步步走下去的呢?这就不得不提到出现在小说第三回的那个奇梦,那么那个梦中人是谁呢?就是在晚清享有盛名的法国女权运动的杰出代表——罗兰夫人。这位异国女性在晚清学界,尤其是女界,享有如此高的知名度,不得不提到梁启超所作的《罗兰夫人传》,对其的大力宣扬作用。

罗兰夫人原名玛利侬·菲立般(1754-1793),生于法国巴黎,自由酷爱读古籍,尤好传记英雄史传,如布尔特奇的《英雄传》更为其最爱。及长见法国社会的腐败,慨然而有自由独立之念,醉心希腊罗马共和之治,又见大西洋彼岸的美国,效仿英国宪法发达进步神速,于是心生平等、自由、正义的政治理想。后与罗兰·福拉底结婚,自此以罗兰夫人之名行于世,1789 年革命党人攻破巴士底狱,爆发了法国大革命,从此罗兰夫人跻身法国政治舞台,成为法·吉伦特党的核心领导人物,鼓吹革命,散发卢梭人权及美国独立之自由、民主的文宣手册,为法国的立宪共和奔走,凭借着只要一息尚存,决不可不救国的坚强意志,却仍不敌法国山狱党势力,当路易十六以叛国罪处死后,山狱党为清除异己,将罗兰夫人等人逮捕,于 1793 年 11 月 9 日送上了断头台。罗兰夫人的奇伟事迹经梁氏娓娓道出,声名不胫而走,达到了无人不知,无人不晓的地步,作者也感染着这一奇女子的风范,将之设置为黄绣球的点化者,黄绣球在梦中:“朦胧间走到不知什么所在,抬头看见一所高大的牌坊,牌坊顶上站着一位女子,身上穿的衣服,像戏上扮的杨贵妃,一派古装却纯是雪白的,裙子拖得甚长,脸也不像本地人,且又不像是今世上的人。正在疑讶,那女子却招手叫他上去,恍恍惚惚的也就同他站在一起。这女子自说，名字叫做玛利侬，姓非立般。黄绣球一想，世上哪有这六、七个字的名姓?”绣球初识罗兰夫人，夫人就以雌雄寓意，宣扬男女平权，“就禽鸟言，男子比作雄，女子比作雌，一般以为女子只可雌伏，男子才可雄飞，可是人毕竟非鸟，男人女人一样有四肢五官，穿衣吃饭，是国家百姓，为何有所偏枯？而做女子也心甘情愿，雌伏一生，要不稍为发扬点，就被称为母老虎或落个悍妇，妒妇之名，怪不要受压制，永过伏雌，不得出头。”顿然使得绣球产生了心有戚戚然欢喜，继而罗兰夫人又口授了《英雄传》一书并赠与了几本小册子与给绣球，“这三个大字的书，书面上是中国字，从我们这边翻译出来的。三个字叫做《英雄传》，做这传的人，生在罗马国，把他本国的人，同以前希腊国的人，各拣了二十五位，都是大军人、大政治家、大立法家、一抵一个的两相比较。我自十岁上就很爱看这个传，后来听说有两位著名的将相，一个叫俾斯麦，读此传最熟；一个拿破仑，至终身未尝释手。这些小册子，却是我从前做的，你看这两书里面，都是弯弯曲曲画的，委实就是我们的字，也难怪你不识，如今我且略略与你讲些”(第六回)。最后又给了绣球一本用中国字写作的讲求地理的教授法子教育书籍。罗兰夫人的托梦，点化了黄绣球，向她传递了自由、男女平等等先进思想，开启了绣球的心智，指引了这个初放小脚的妇道人家前进道路。作者之所以安排这个奇美的梦境，也必有其立意，期借欧美先进国家革命的实例，提供给国人参考。另外，罗兰夫人这一薄弱女子，从普通的家庭主妇一跃而成为吉伦特党的精神领袖，正是作者期许绣球也如罗兰夫人一般，做中国二十世纪的女豪杰。

在罗兰夫人的启悟下，在小说的二十二回，夫妇两人在你来我往的讨论中更将男女平权表达得淋漓尽致，进而还驳斥了长久以来束缚广大妇女的三从四德。绣球先用“蛋黄哲学”的譬喻阐明了自己的男女平权主张。自古天尊地卑,将男女分配为天、地,女人好比蛋黄,虽被蛋白蛋壳包在里面,然而没有黄,就没有白,更没有壳,两者相生而至,“犹如天没有了,那五星日月、江海山川、上下纵横,都形形色色没有了依傍。大约天是空气鼓铸,全靠是地来载着:地上的山是气化蕴积,地上的水也是气化灌输。可见天虽比地来得高,地是比天还容得大。女人既比了地,就是一样的,俗话所说:没有女人怎么生出男人?男人当中的英雄豪杰,任他是做皇帝,也是女人生下来的,所以女人应该比男人格外看重,怎反受男人的压制?如今讲男女平权平等的话,其中虽也要有些斟酌,不能偏信,却古来已说二气氤氲,那氤氲是个团结的意思。既然团结在一起,就没有什么轻重厚薄、高低大小、贵贱好坏的话,其中就有个平权平等的道理。不过要尽其道,合着理,才算是平。譬如男人可读书,女人也可读书,男人读了书,可以有用处,女人读了书,也可以想出用处来。只就算同男人有一样的权,为之平权,既然平权,自然就同他平等。”可见颐琐心中,把男女团结视为男女平等的先决条件,所谓的平权,绝不是肆意妄为,而要“尽其道,合着理”。作者又借黄通理之口对三从四德的定义,做了新的解读,虽然作者并没有反对三从四德,只是在既有基础上,对其做出了重新的诠释,但这一突破也足以震撼几千年以来女人终生只能受男人奴役、支配,成为男权社会下的牺牲品的陈腐理论,开启了妇女要有自我独立人格,要具有和男子一样权力的新篇章。黄通理从“从”字上下手,从旧章书理中来翻案,“从”字不光是叫女人服从,为父、为夫、为子,有德有才在先,为女、为妻、为母的自然会信从,所以此“从”作信从解,而非服从,而到底从不从,决定权还是在妇女在自己,并非要一味的跟从“若照后人的解说,只当事事跟从,难道杀人也跟着去杀？做强盗也跟着去做？发了疯吃屎，也跟着吃屎？”作者用偷梁转凤之法将“从”的解释变成了“信从”颠覆了原来人人视为当然的服从之说，以旧瓶装新酒的方式，极大的挑战了长久以来贱视妇女、束缚妇女的三从四德之说。

放掉了脚的绣球也明白了男女应平等的主张，那怎么样去实现女性解放之路呢？黄绣球是一个目不识丁的妇人，自幼受尽折磨，陪着婶娘的儿子上学时，就想男孩子多好，可以上学、识字、长智识，在她幼小的心灵里就种下了上学识字的心愿。一系列女豪杰、女志士的事迹使得黄绣球更坚定了识字读书的重要性，要想开通闭塞的风气，女子必须有受教育的权力，她遂将一切心力投到了兴办女学这一伟大目标中来，从而使得兴办女学成为《黄绣球》这部小说的重心思想，诚如泽田瑞穗所说的：“黄绣球与反抗势力搏斗，感化其他女性，兴办女子教育事业，书中以女子教育问题为重心，应该成为教育小说。”①

首先黄绣球对于办官学还是办民立学堂有着自己敏锐的见解，她深刻洞悉了官府办学的草率敷衍、中饱私囊等腐败内幕，只是借助上头要兴学报捐的条陈中那“开风气，宏乐育”两句，因此立志禀请办理民立学堂。当黄通理问及少经费不济事时，绣球却讲了北美农家女美利莱恩的传奇故事，“我又有一段书，是近来看的要说给你听了。那书上讲，北美国有个农家女，名叫美利莱恩，他自言：‘誓志以教育为世界建国，苟妾有千百之生命，愿尽为教育界之牺牲；苟妾得无量数之财产，愿尽为教育界之资本。’其初在乡自立一学校，说于乡，乡人笑之；说于市，市人非之；请于巨绅

---

① ［日］泽田瑞穗：《晚清小说概观》，转引自林明德：《晚清小说研究》，台北联经出版社1986年版，第45页。

贵族，更嗤之以鼻。而其从事于学，奔波于教育，至三十余岁，犹不嫁人。后游于大学，遇着一位知己，极力赞成，未二年，即成为大教育家。此处放一线之光，彼地立一竿之影，皆自彼苦心孤诣。一个寒微女子而起，彼又常自说道："一国之教育，譬如树谷者之播种子，多一粒嘉种，便多一亩嘉谷。'今日北美合众国，建立文明世界，就是他撒种造因，才有这般结果"（第七回）。绣球用一出身平凡却立志教育的北美奇女子做典范，一介寒微女子，资财寥寥，却怀抱着一种立志教育的宏愿，不怕资财少，势力薄，以"多一粒嘉种，便多一亩嘉谷"的精神，终就铸造了北美的文明世界，这正是黄绣球的楷模更是作者对于女学教育的期许，兴办女学就是要由小积大，不怕开始单薄，重要是有坚持不懈的精神，只有这样才能让这事业越积越大，终能放射出照耀中华大地的光彩。

当黄通理犹疑于绣球是否能担此重任之时，她再次援引美利莱恩做说明："这位莱恩女杰，他才学固然卓越，但他也只从口讲指画入手，每遇乡愚，津津乐道；凡有教育，皆注意在伦理宪法上，使人人知公德，不以嚣张为自由。这些才情，我自问，却也还担当得起。只请你多替我讲些学问的大纲条目，我自能领会研究，演说与学堂中人听去。就不在我学堂中人，也可四面八方去说给他们，原不拘拘的要立个教习明目。况且我有所见，请你笔述出来，你有撰作，叫我演说起来，尤为两便，不比请几位教习强得多吗？"（第七回）。

其次在教学内容和教学方法上，黄绣球并没有将刚起步的女学教育做出急功近利式的规划，她有些切实也务实的妇女教学内容，不去做那无根之木的表面文章，将女学教育落实在知晓公德，疏通智识的扎实根基上。后文当黄绣球教导劝化了两个尼姑，待她们头发渐长时，就想出一条新鲜法门，"把女人缠足不缠足的利害同那婚姻卫生，体育胎教，养成做国民之母，才能遗传强种的道理，编为白话；又编为七字弹词，先同女儿教弹词一样，口授了他们，叫他们也学那大书、弹盲词，到四处街镇上，拣那空场子或是茶坊、酒店照着说，哄动听的人，不但不疑心，且暗暗有益。……这是拿无用的人化为有用，开通下流社会的第一好法子。黄绣球费了几个月苦心苦功，真可算大有作用。"（第十五回）当女学开学一切设施都准备停当，开学在即时，绣球她们又遇到了一个棘手的问题，那就是女教员的乏匮，而让尼姑编歌唱曲的方法再次得到了应用，"我们这女学堂且不照大概的教法，仍旧用我教王老娘、曹新姑的法门，编些歌唱演义，如《二十四史演义》、《二十一史弹词》之类，比王老娘们稍文雅些，浅近却是一样的。刻好钉成雪薄的本子，再拣毕姊妹带来的最新唱歌书、绘图速通、虚字法、各种天地人物的图谱画张，每日在那学堂教与人听，指点把人看。"这个法子一经说出立刻得到了其他参与者的一致赞扬，黄通理就沉思点首，赞美此法"看似极浅俗，几乎不成了个学堂规模，细细想去，实在使得"（第十七回）。

更可贵的是绣球以此提出了促进女学堂可持续发展的前进道路，"那刻的本子，由学生带回家去，叫他家所有的人都看得懂，一个学生身上，就譬如化了多少学生。有人想来要这本子，每本卖他十四五文，出去成本，积下来可以补助添印"，且"名为教女小孩子，实则连男孩子，并不论男女老少，都看了有益，算得见个普通社会的教科书。外面地方，闻风继起，或是照样编起来，或是来借刷我的稿子，就从我这五十名女小孩子，教出五百名五千名，乃至四万万同胞，多得了影响。有了这个影响，任他们各就各处的，深处去求，高处去学，先替他们做个开通知识的引子，收效必定不小"（第十七回）。绣球将创办的女学堂视为点燃燎原之火的星星之火，不但是要光大女学教育，更要借助女学教育普及普通大众的教育，在此看出小说作家颐琐的良苦用心，这也是晚清小说的一个共同特点。虽然这是一本以演说男女平等、倡导女学教育为主题的小说，但小说关注点却具有了俯览社会的用意，作者力图将更多的有利于民生的社会思潮注入到小说中去得以宣扬和推广，同样的例子在小说中出现得很多，本文就主题不再展开论述。

在推广女学教育的同时，绣球还提出了女学教育的长远发展策略，"照这个程度，半年可以卒业，另招五十名。等到年半两年，三四次卒业之后，可将此事推给曹新姑，我们再做加一层的办法。等到加进一层去办，这两年中所教的女学生，又化出去，接上来。你看不到十年，我们这村上的女子世界，成个什么样儿?"（第十七回）绣球探索的脚步并没有终止于这个已然形制健全的开蒙女学堂，她的眼光更深远到未来女性教育，智识要一点一点的开通，城西女学堂只是她万里长征的第一部，以后的道路还长着呢，这样一位根基扎实又眼光长远的觉醒女性形象在小说中渐趋丰满起来。

同时在黄绣球的教育主张中，她特别强调"强国保种"的重要性，"如今的学堂，说是培养人才，人才要有用于国，国非强种不能立，种非合群不能生，合群先要爱群，强种先要保种"，要爱国必先强种。这一思想在绣球编写弹词时已表露无遗，同时在学堂教学课程中，她也把缠足与不缠足的利害，卫生、体育、胎教，如何培养国民之母等作为重中之重。在黄绣球开办的城西女学堂格外强调讲究卫生的重要性，因为卫生乃是强种之本，讲卫生始能强身健体，继而再将体育引导德育之上，自然能够培养出体质康健、器识不凡的女学生，抱定了这样的教育理念，黄绣球立志城西女学堂毕业的女子，绝非那种娇生惯养的大小姐，也不是只能做人奴婢粗使丫头，成个臭皮囊、粉骷髅，而是具有普通学识又身体强健的女学生。因人及物，绣球对学校环境也极为考究，要求学校环境的洁净清爽，高敞宽明，起居用物，件件精致，在这样环境中习养出的女学生，无论大大小小，无不衣履鲜洁，行步整齐，充满了活泼的朝气（第十七回）。而小说第十回和十七回就借毕太太之口对时下女学生种种恶习寄予了猛烈批判，在第十回毕太太对上海那些所谓女教习、女学生、女志士打扮装束，十分反感，特别是对她们金玉其外败絮其中的品行极尽轻蔑，在第十七回，对女学生效仿名士派，不修边幅、落拓不羁，说穿了，这情景实在大不文明，提出了"一个人能爱洁净，总有个爱好的心，做起事来，不论好歹，总有个精神"的真知灼见。

黄绣球创办女学的成功，除了得益于正确的教育宗旨、得当的教学内容和教育方法，更和一帮与她同心同德的参与和支持她创办女学的有志女士密不可分。她借用罗兰夫人梦中感召的方式，假借观音娘娘托梦，要罚两个尼姑来世做娼妓，让二尼遂发了心愿，蓄起了头发，自此黄绣球又利用闲暇之余，将女子教育、新式教育、所见所感等逐一教化她们，并编写唱词，使她们变成宣传女学教育理念的先锋，不但人物实现了质的飞跃，尼姑所住的觉迷庵也成了城西女学堂的所在地，从而人与物都实现了旧貌换新颜的大转变。

小说中分量仅次于黄氏夫妇的毕太太，也是《黄绣球》中的灵魂人物，她首次出现在第八回，"他姓毕，单名一个强字，外号叫做去柔，也是我们江南人士，年纪不过三十多、不上四十。却是一双大脚……像你毕大嫂子，周游外国，利人利己，才算是女中豪杰。"短短简介将其洒脱磊落的性格一览无余，毕太太与绣球一见如故、甚为投契，为女学出钱出力，多方购置教具，并出谋划策，还在女学中增办了医校，大大扩充了女学生的智识，可谓是黄绣球的得力左右手。除了毕太太，小说中陈老太太，为女学独捐了二百千经费，解决了女学自费困窘的大难题，还有李太史的夫人、胡孝廉的夫人、两位吴家的小姐，林林总总七八位，其中特别是廉吏施有功和其夫人，正是他们在官方给予了城西女学堂大力的支持和诚心保护，才使得小小女学堂得以生息、发展和壮大，加之他的一系列廉政之举，促进了自由村风气的开通和蓬勃发展。自由村的女学堂在黄绣球的发起下，凝结了众多的力量，终显示出。

《黄绣球》一书主旨是围绕女学教育展开的，疏通了智识的乡民们在黄绣球的引领下在书最后几章上演了一次捍卫来之不易的教育成果，集体抗击破坏女学教育的昏官猪大肠，这是一次成功的政治维权运动，显示了女学教育的可贵成果。施有功因转任新官，由猪大肠代之，一听这官吏之名，就可想见其品行，十足一个贪欲、昏聩、敷衍、奸诈，集人性的丑恶于一体的，是晚清时代背景孕育而生的典型庸官的代表。来到任上，猪大肠可谓是不务正业，专想搜刮弄钱，先就把男学堂及各处演说生的经费，或查办或裁撤，又以女学堂有碍风化为由，扯入了诉讼公案，并详报上司。黄家夫妇眼见"好端端一座锦绣围屏，给黄绣球，已绣到七分功程，竟被猪大肠一把剪刀剪成破碎"，义愤填膺的绣球哪能心甘？于是"想到'地方自治'四字，恨不得即刻回来，驱逐猪大肠，竖起自立的旗号，力图恢复，幸好那边施有功挽留劝导。"黄绣球与乡人众集，闹上了公堂，"一拥而进把猪大肠拉出，翎羽折断了大半根，朝珠也散了一地，十几个家丁上来阻拦，好不容易脱下一件套子，做了个金蝉脱壳，溜进里面。"黄通理看见众人闯下了祸事，与绣球委屈相商，要按耐绣球的烈性脾气，可是绣球"捽起袖子，在桌子上一拍说：'我从前受了罗兰夫人的指点，当不起望着他脚尖'"果然见着绣球刚毅、洒脱的性格，她继续说道："我们这一众人，偏就鼓不动一条猪大肠、猪屎泡,可还成个人吗?为今之计,事情是闹了,断不成虎头蛇尾,一定用匈牙利要劫奥王、自治自立,伸起我黄氏族中的权来,也大概好拼一拼,碰一碰。”虽然在黄通理等人的克制下,两次官民冲突,并没有采取野蛮手段,而采取了较为温和的抗议方式,但当上头派了个老辣的委员调停,官官相护,反倒让黄通理折屈向猪大肠赔罪时,遭到了黄通理的断然拒绝,猪大肠更仗着营兵来弹压,肆意叫嚣,激得民众情绪高涨,涌入县衙,拽出猪大肠,调停官员只得撤走营兵,即刻携猪大肠带印离去,另换好官,来平息了这场官民冲突。若没有黄氏夫妇的大力推行教育的成果,我们无法想象这次斗争将如何发起、精诚团结、直到胜利的,也许自由村的百姓只会继续过着受苦受难的生活罢了。小说的意义也正在于此,颐琐选择了这样一位普通至极的传统妇女去完成当时宏伟的妇女改革运动,黄绣球的成功昭示着女性解放运动虽然困难重重,但是只要有决心、有信心,采取得当的教学步骤、适合的教学方法,一块女界阴沉的坚冰就在绣球这样一位裹小脚、目不识丁的妇道人家的不懈努力下,逐渐溶解了开来(第二十八、二十九回)。

作家颐琐将她潜在的思想观念与时代紧密结合,以绣球幼年不幸的遭遇作为女主人公思想突破的契机,两位西方杰出的女性——罗兰夫人和美利莱恩成为绣球女性解放的引路人,前者将男女平权等西方女权思想灌输给了绣球,点燃她心中妇女解放的明灯;后者则以自己身体力行的办学历练启发了绣球开办女学的宏伟志愿。在小说中还不乏西方知名英雄豪杰,经济、政治、教育、历史、宗教、科学等各路杰出人士近三十人,如拿破仑(第三回及第二十九回)、斯麦(第三回)、笛卡尔(第七回)、巴律、孟德斯鸠、亚当斯密(第十回)、哥伦布、马志尼、立温斯顿、彼得大帝、福泽论吉(第十六回)等等,借黄氏夫妇之口,作者将西方文化成功的实证经验传递给国人,将之作为中国学习的对象和目标,试图起到启发读者智识和转变当时社会上顽固疏漏的保守派的作用,同时小说以完整的情节结构配合着主角人物的个性起伏,将宣扬男女平等、鼓吹废缠足、破除迷信、兴教育、追求自由公理等主张诠释在小说中,无怪阿英先生在《晚清小说史》中这样评价《黄绣球》;"当时产生的妇女问题小说,最优秀的要推颐琐的《黄绣球》""所以说这是当时妇女问题最好的作品,主要是由于这部书保留了当时新女性艰苦活动的真实姿态,当时社会中新旧斗争经过,反映了一代的变革。""当时所谓妇女问题中的几个中心问题,在这部书中已全部接触到"①。可见由于西方的女权思想是其主要的理论来源和前进动力,它直接启发和促使着晚清知识分子对于女性问题的思考和探讨,

考察近代女权运动的发展,它是先进的中国知识分子在向西方探寻救国救民之路,同时发掘和开辟的一块新领域,它不是一个孤立的社会运动,而是同近代社会发展中的生产方式的更新、社会制度和社会结构的变化、文化传统的转变及思想解放潮流的兴起密切相连的,

《女子权》

《女子权》作者思绮斋,光绪三十三年(1907)六月作新社刊,标"国民小说",全书十二回。作者生平不详,所著尚有《中国新女豪》一种,集成版,今已不见,另《碧海珠》一种,京师书业公司版,同年印行。小说讲述了主人公袁贞娘为了争取婚姻自由而进行抗

① 阿英:《晚清小说史》第九章《妇女解放问题》,东方出版社 1996 年版,第 121 页。

争,并且带动女权运动大发展的故事。

小说将背景设置在了立宪已经卓有成效的 1940 年,是一本带有预言幻想性质的小说。在一开始,作者就将关注视野集中到了困扰中国女性几千年的包办婚姻之上,点出了“若要想与欧美各文明国并驾齐驱,须得从妇女头上做起”的旨意。但问题的解决是不是就是一股脑将权力给予妇女呢?作者对此提出了异议,“譬如知识未开的孩童,忽然离开了父母尊长,随他自己谋生,自己度日,必然闹得冻饿疾病,不成个模样。目下中国虽然风气稍开,但通国妇女程度还是十分幼稚,与知识未开的孩童无异。一则呢,学术不讲,没有自治的精神;二则呢,工艺不兴,没有自养的能力。不能自治和自养,就不得不在在都仰仗于男子;在在都仰仗于男子,就不得不俯受男子的约束。”而对此作者提出了自己的解决方案:“若要给他自由,除非大兴女学,教他个个有自治的精神;广授女工,教他个个有自养的能力。能自治自养,然后能自立,不必再仰仗男子,然后可以自由,这事须要循序渐进,未容一蹴而就。中国妇女若要造到这个境界,除非待至二三十年以后,断然不是目下能办到。”

在此,作者概括出了女性要想独立自主的两大关键因素——自治和自养,前者代表着女性智识的健全,是女性知识涵养的象征,而后者则代表着女性生存能力的飞跃,能够自力更生的女性将彻底摆脱蜷缩在男性阴影中的梦魇,预言出了精神饱满与经济独立的女性必然能屹立在这个社会上,与男性一起并肩成为推动社会发展的主要动力。这也就是为什么作者要把叙事推至立宪已成的 1940 年始的原因。

为了应和作者对于心目中女性的期许,袁贞娘被作者塑造成了一位学识优长、心思细致的姑娘,出生于世宦人家的她从小就受到父亲各种蒙学教科书的亲自教导，先入小学堂，后又升入湖北启化女中学堂，三年卒业，居然学贯中西，被选入北京高等女学堂进修。袁贞娘正是作者理想中的女性化身，丰厚的学养让她足以可以担当起女权代言人的角色，作者在小说首章提出的女性当自治、自养的女权解放理论，自然成为贞娘的核心言论。

首先，为了广泛倡导女权，贞娘心中的第一个想法就是办报，这可以说是晚清如火如荼的兴办报刊事业的真实写照。报刊的巨大作用也在小说中显示了出来，“这日是二月初十日，便是《女子国民报》第一天出版的日期。这一日之中，共送阅了报纸三十余万张。不料一礼拜之后，这国民报的名誉居然大噪，远近寄函订购的纷至沓来。……又过了月余，这《国民报》的影响，便渐渐的及于全国社会。”，在国民报的带动下，“各省的女学堂及各种女工厂，竟新增至三千数百所”，并引动各处的女权风潮汹涌勃发，极尽激烈，“‘女子自强会’、‘女子自由会’等女权组织一唱百和，犹如传染病一般，不满一月，合省传染殆遍”，小说着意铺陈女权运动的种种勃勃生机也正暗示了积聚在中国妇女身上的无限动力，各国女性争取选举权的好信接连穿插在小说中，更昭示着妇女必将终获解放的光明前景。

其次，贞娘受到邓述禹的启发看到光是借办报来运动国内的女界还远远不能达到伸张女权的目的，更将目光投向各国的女留学生和女华人，借与林教习出国考察女工，广泛在各国联络女界，万国女工会上各国女工的发达程度，让贞娘坚定了“务须将女工极力倡导扩充，已期与各国媲美”，特别是在伦敦“各女工厂都是机器制造，全然不用手工，不过由妇女管理而已”。贞娘的异国旅途中更广泛地争取着全球的女界的大团结，获得了很多其他国家杰出女性的支持，最多的就是外国女公使。外国女工的发达和女子从政的普遍都无疑向我们展示了女性毫不逊色于男子的聪明才智。同时在美国与林富孀的一谈投机，让自己多设女工传习所，成为了现实。女工传习所的工艺，不务新奇，只求适用，旨在让女性拥有一技之长，足以自养，从而让更多女性走向了经济独立之路。

《女子权》一书的最大特色就在于作者敏锐地抓住了导致中国妇女几千年来委屈压制的两大因由，智识贫弱和无能自养，作者在此向世人展望了女性解放的前进动力，那就是尽一切可能联络广大的中华女性，和获得更广泛的支持，只有实现了中国女性的空前大团结，才可能实现中国妇女的自由解放之路，小说的大圆满结局也向我们印证了这一点，正是广大女性的集体努力，他国女杰的鼎力支持，最终促使了女性自由结婚的获准。

《女子权》小说中更借联邦公使多利以"半立宪"之名将女子解放和国富民强紧密联系了起来，多利借进谏皇后时，大倡女权言论"大凡一国之中，所有人民，妇女必居其大半。向使毫无女权，那就不论男子如何开通，他那国度便如一个害了半身不遂病症的人，一半已经成为废物，只有一般能知觉运动。就说是富强，也富强不到那里去的了。所以美洲地方，近来有个万国女权会，这会中的妇女，专以扩充已得之女权，进取未得之女权为宗旨。贵国若要免于半立宪之诮，也要准民间创办这会才是。"皇后惊然"半立宪"之说，女公使更进言道"贵国从前预备立宪的时候，名为立宪，而实则专制。我们外国人说贵国是半立宪。后来真个事事见诸实行了，然而仅就男子一半边着想，并不为妇女地步。男子的权力、义务，界限分明，女子却是有义务而无权力。男子都算做国民，女子都算做奴隶牛马。所以，我们外国人依旧说贵国是半立宪。"一席话下来，可见，伸张女权，解放妇女，不光是妇女之事，女性是任何社会组织的一半力量，将之卑贱屈之，不但损害了妇女的权益，更使国家的发展就少了一半的支持和动力，这直接关系到国家兴衰存亡，作者给予妇女问题重新的定位，将妇女解放的重要性直接和国家的兴旺发达直接相连，可谓一语中地道出了兴女权之重要性及重要依据。

在《女子权》这本小说中，我们同样可以看到不可回避的诸种缺陷。首先是它将伸女权依附在才子佳人的格套之中，作为女主人公袁贞娘，启动她内心发动男女婚姻自由思想的不是她眼见多少女子困锁于不幸的婚姻中枯萎逝去，而是她偶遇意中人，却难以匹配，萌生了若得婚姻自由便可得配佳偶的想法。在此我们对比一下《黄绣球》，颐琐将黄绣球的转变的思想基础就铺写得厚实很多，首先她幼年失去双亲，寄养在叔婶家，一切对于女孩子的束缚在她身上都变得变本加厉，让她更为深刻体会到了身为女子的种种不幸，嫁人后依从于三从四德的她，时不时在内心追问为何女子就该如此，当黄通理一句"怎么没有"脱口而出时，如电光火石般引亮了黄绣球一直以来压抑阴苦的心灵。而贞娘思想开悟仅仅依赖于男女之情发动，这样就使得对于女主人公女权思想的在生发一开始就失去了坚实的思想基础和社会基础，而不免牵强和无力了一些。

其次，作者在小说中一开始就抓住了两个中国妇女压抑几千年来痛苦的根源——自治和自养，但是小说接下来的描写中，我们却发现作者却不能紧密结合这个主旨来塑造女主人公，贞娘几乎没有什么兴办女学的举动，而对于作者提到的自养这一关系到女性由经济独立带到到人格独立的重要问题，作者将希望寄托在一个美国富有孀妇的归国兴办女工传习所，却没有走出一条自主的创业之路，依靠中国女性自力更生，兴办女工厂，这使得小说显得太过偶然和突兀。而在兴女权的运动中，贞娘也过多的依赖于游说上层统治者,除了几笔带过的发动所有女性的口号式样的宣传外,贞娘的工作重点几乎全部指向了权力阶层,如她每到一国都拜访女公使,目的就在于通过她们去游说并施压于中国的政府。自由结婚的最终获准,也是贞娘出任女官不断启化皇后的成果,正是由于皇后向皇帝的最终促导,才使得议案通过,电布海内。我们再次对比一下《黄绣球》,绣球兴办女学就变得踏实而可行,她首先通过度化了两个愚昧的尼姑,由此获得了一小块兴办女学堂的学址,她自创的弹词唱曲让两个开通的尼姑人群汇集的闹市弹唱,引来了以陈老太为首的一帮捐助者和热心人的赞助,促成了小学堂的开幕和顺利操办。两相对比来看,绣球的兴办女学的道路走得有力而踏实,她一开始就表示出对于女性解放的清晰路线,要将自由村绣出一个花样,推而广之到全地球,她明确地放弃了官学地支持,广泛发动民间力量,将工作的重点放在普及村中普通的女孩子的智优体健,从而让她们走出去带动更多的女性自救与自新,显示出颐琐对于社会和女性解放深入刻苦的思索;但在《女子权》中这样的思考相对就浅薄的多了,思绮斋对于女子解放显然也具有了明确的纲领性的思考,那就是自治和自养,但是作为小说主人公的贞娘却没有显示出对于自治和自养的深入贯彻和有效行动,让两个本可以支撑小说的中心思想得不到相关情节的配合得以展现,才子佳人的格套和依靠统治阶层以求宏愿得偿的保守心理,使得小说失去了应具有的深刻社会意义。

《女狱花》与《女娲石》

在清末小说中,《女狱花》和《女娲石头》都是鲜明激进的女权思想的小说,只是前者的作者的思想还是趋向于和平方式的女界改革,后者则是彻头彻尾的宣传女子革命论的小说。

《女狱花》光绪甲辰(1904)刊本(据《晚清小说目》)。又光绪间石印本。书名《闺阁豪杰谈》，首序，尾署“光绪甲辰（1904）三月既望沧桑寄客”，又一序，尾署“钱塘俞兰”，末有“光绪甲辰（1904）仲春唐罗景仁”跋。正文半叶十二行，行三十字，有图十二幅。作者王妙如，名保福，泉（钱）塘人，生于1887年左右。幼聪慧，嗜史书。年二十三，嫁唐景仁。结编未足四载而卒。著有《小桃源传奇》、《唱和集》等。小说共十二回，

《女娲石》，题“海天独啸子编，卧虎浪士批”，东亚编辑局铅印本，甲卷印行于光绪三十年（1904）六月；乙卷印行与光绪三十一年（1905）二月，共十六回，未完。首有“卧虎浪士”序、凡例。每回回末有批语。

这两部小说都极大、变形地夸大了男女之间的对立矛盾，如《女狱花》的头回就借描写沙雪梅的梦境写出了古往今来女子备受压抑迫害的历史事实，“里面上头高耸耸坐着老老少少、贫贫富富的无数男子，底下笑嘻嘻跪着老老少少、贫贫富富的无数女人，且与一群一群的牛牛马马一同跪着，旁边摆着从未见过的各种刑具。……雪梅接口问道：‘我有何罪，要跪在这里？’众男子答道：‘你并没有什么罪，这是做奴才的本分。’”女子地位等同牲畜，且毫无自觉。在第四回作者更借因意外杀夫被囚狱中的雪梅宣泄出了一篇义正词严、血泪淋淋控诉书，写尽了妇女身上所遭受的肉体和精神的种种的不幸和痛苦。但同时我们不难发现作者几乎将封建制度、封建礼教给予妇女的压抑和迫害，一股脑地加在了男子身上，用概念偷换之法，将男女之间的矛盾截然地对立了起来，形成了一副水火不容的情势。

在《女娲石》中，海天独啸子更将男子的智识贬低得一无是处，以来鼓吹女权。首章写道：“（钱挹芳）忽阅欧洲历史，看到埃及女王苦略帕辣一段，不觉长叹一声道：‘唉！世界上的势力全归

女子,哪有男子能成事的么？况且,今日时代比十九世纪更不相同。君主的手段越辣,外面的风潮越紧,断非男子那副粗脑做得到的。从今以后,但愿我二万万女同胞,将这国家重任一肩担起,不许半个男子前来问鼎。咳！我中国或者有救哩！'……到了次日,便做篇女子世界文,登在《女学报》上。第一项说道:'女子是上帝的骄子,有一种天赋的能力,不容他英雄豪杰,不入我的彀中。'第二项说道:'今日世界,教育经济,以及理想性质,都是女子强过男子。'第三项说道:'男子有一分才干,止造得一分势力。女子有了一份才干,更加以姿色柔术,种种辅助物件,便可得十分势力。'"女子的智识如空穴来风般一下子就被抬得很高,男子自然毫无光彩,只得胯下求降了。

这也就造成沙雪梅和金瑶瑟在追求女性解放的方法和手段上,都倾向于使用暴力。沙雪梅自从看了《斯宾塞女权篇》领悟了男女平等之理后,就对男女不平等的现实愤愤不平,对所有的男子都发自肺腑的彻底痛恨,称之为"男贼",恨不得一下子将之尽行斩灭。她自小酷爱习武,性格暴烈,专制的丈夫妄图压制她、羞辱她时,她即一拳将其打死,并且感到"心中很是爽快",她视男子为女子的仇敌,说"只可以杀,不可以嫁的",鼓动女子"手持钢刀九十九,杀尽男子方罢手",主张以"铁血主义","我欲将你们男贼的头,堆成第二个泰山;欲将你们男贼的血,流成第二条黄河"。而另一个女志士文洞仁立志不嫁男人,她说:"世界上的男人那里有一个是文明的？就有几个号为文明的人,亦是外面装着文明的样子,里面愈觉得野蛮不堪。"

在《女娲石》里,作者以金瑶瑟为视角,展现了三派女志士。第一派,花血党,据其首领秦爱浓介绍,该派宗旨是"灭四贼"、固"三守"。所谓"四贼"就是:灭内贼"绝夫妇之爱,绝男女之情",

因为“我国伦理，最重家庭；有了三纲五常，便压制得妇女丝毫不能自由”；灭外贼“要斩尽奴性。最忌的是媚外，最重的是自尊独立”；灭上贼“我国最尊敬的是君父，便是民贼独夫，专制暴虐，也要服服帖帖，做个死奴忠鬼，这是我党中最切齿的。所以我党中人，遇着民贼独夫，不共戴天，定要嬴个他生我死方罢”；灭下贼“人生有了个生殖器，便是胶胶黏黏，处处都现出个情字，容易把个爱国身体堕入情窟，冷却为国的念头。所以我党中人，务要绝情遏欲，不近浊秽雄物，这便名叫灭下贼”。而“三守”是指：“第一，世界暗权明权都归我妇女掌中，守着这天然权力，是我女子分内事；第二，世界上的男子是附属品，女子是主人翁，守着这天然主人的资格，是我女子分内事；第三，女子是文明的先觉，一切文化都从女子开创，守着这天然先觉的资格，是我女子分内事”（第七回）。第二派是春融党。该党的特点是“不忌酒色，不惜身体，专要一般国女喜舍肉身，在花天酒地演说文明因缘。设有百大妓院，三千勾栏，勾引得一般睡狂学生、腐败官场，无不销魂摄魄，乐为之死”（第九回）。第三派是白十字社，开设洗脑院，欲以医学手段祛除中国人头脑里的各种恶劣思想（第十回）。

从三派行事宗旨来看，俱属于激进狂热的女权解放主义者，我们不难发现中国早期女权运动操之过急的浮躁倾向，既显示出晚清女性解放的迫切心情，但同时又暴露出他们对于问题的思考力度的浅薄，这几乎是每个风云激变的时代的共同之处，无论是在国家变革道路的选择还是对于西方先进社会思想的接受，小说家们都希望以一种更为直接的方式得到一个可观的效果，而选择一种粗线条的勾勒方法，力图展现给人们一种极光明的期待，以此来鼓舞士气和斗争，却不愿在一些极其迫切解决的具体问题上给予足够的思索和关注，这就促使他们不约而同选择了暴力革命女性解放之路，从而缺乏了对女性群体的现状的关注。如对晚清中国女性普遍状况的描述，在目前状况下，女性最迫切需要改变的是什么，怎样达到这种改变才是可行的。为了证明自己所倡导的暴力革命之路才是女性解放的必由之路，使得小说中的很多论述都处在正确与偏激杂糅的状态之中。上文所提到的三派女志士的行动纲领就是一个明证，如花血党的“灭四贼”的“灭上贼”、“灭外贼”有着鲜明的反帝、反君主专制的进步要求，自然是完全正确的；而“灭内贼”则不然，反对旧式家庭对于女子的固束和压制，自然是正确的，但不能因为此而主张取消家庭，割断“儿女之情”、“夫妇之爱”，旧道德、旧礼教是女性的悲苦的罪魁祸首，但男女之爱则是人性中至真至纯的感情抒发，由爱情走入的婚姻也是值得肯定和追求的。再联系第四条“灭下贼”，严格的要求女性禁欲，虽然肉欲的确有导人堕落的可能，但它却植根于人性的本能，也绝不是致人堕落，妨碍女子救国的根本原因，因此也就根本不足倡导。而固“三守”，将以往男子享有的种种霸权移植到女子身上，以妇权代替了夫权，固然表达了对于几千年来男尊女卑传统的极大抗议，但却因偏激而走向了极端，无论是男尊女卑还是女尊男卑都同样会因其不公正、不合理而是错误的。

《女狱花》的作者王妙如也正是看到了这一点，塑造了许平权这一角色，通过她兴办女学，使得女性在道德和学识上都达到同样的程度，从而摆脱对于男性的依赖，指出了女性解放的正确方向，许平权认为，“女子不读诗书，性灵锢蔽；紧缠小足，身体戕贼”，从而导致智力和体格上的男强女弱，故“女子欲行激烈的革命，万不能成功的”。另一方面，“有自由的资格，方能享受自由”，“今日普通女子，一无学问，愚蠢不亚于牛马，若即把他自由，恐要闹出大学程氏一大的笑话”，所以不施教育是决不能革命的。作者借介绍许平权的家庭背景,用这番话把“重男轻女”、“女子无才便是德”这些不合情理、自相矛盾的陈词滥调批驳得淋漓尽致,明确指出了读书是发展人智识、培养人德行的必要手段。那些智识贫弱和体质羸弱女性状况,又怎能产下“果敢活泼之子呢”,正是由于无才无德,使得女性毫无追求独立的资格和品质,只能因循依赖于男性,从而导致目下凄苦悲楚的地位。面对如此状况,许平权提出了两条具体解决办法,简而言之就是“一条是要除去外面的装饰,一条是要研究内里的学问”,从内外两方面指明了妇女解放之路。

从这四部晚清典型的女权小说来看,在追求女性解放的道路上,出现了激进狂热和循序渐进两种思路,前者如《女娲石》和《女狱花》,后者如《黄绣球》与《女子权》,虽然小说家们对妇女解放之路的探索各有见解,但它们最大的共同之处即是都深刻认识到了为了救亡图存,作为社会半边天的广大妇女必须得到解放的这一迫切的社会现实,在四部小说中都不约而同的反复重申女性对于推动社会进步的重要性。如《女子权》的“半立宪”之说,妇女不解放,中国再富强也不过是一半身不遂的病人,强调男女本身毫无差别;如《黄绣球》就借罗兰夫人之口说道:“男人女人一样有四肢五官,穿衣吃饭,是国家百姓,为何有所偏枯?”女性体智更是决定着国民素质、种群优化的关键,《女狱花》许平权之父就曾说:“且西哲尝云:女子者,国民之母也。假使身体羸弱,所产子女亦羸弱,思想呆滞,所产子女亦呆滞。”反映了晚清世人强烈要求破除男尊女卑、三从四德等社会陋习,追求女性自由、男女平等的改革要求。

虽然代代文人骚客笔下都有女性人物的杰出代表,如在《女狱花》中的沙雪梅就说:“你想文章有班婕妤、谢道韫,孝行有缇萦、曹娥,韬略有木兰、梁红玉、唐赛儿,剑侠有红线、聂隐娘、公孙大娘,此外有名的豪杰,我也不能尽说。”但这些女性的标榜,给予女性的更多的是形如贞节牌坊般的仰望,树立起的是一座座高可仰止的女性历史丰碑。在晚清,随着西方女权理论的强劲输入,有识之士大力倡导的女性解放运动,绝不是培养所谓巾帼女英雄,而是追求全社会女性的集体解放,要求女性人人具有智识体魄,并一致指出了正是由于女性体智的贫弱,导致了卑屈的社会地位,兴女学、戒缠足等运动应运而生并得到了极大的繁荣发展,女性自治、自养,独立自主成为新女性的时代宣言。

2. 反对和批判女性解放的小说

《新镜花缘》

《新镜花缘》共十四回,小说未完,题"啸庐外编"。作者陈啸庐,清末上海小说家,曾寓居上海之蛰庵,著有《嘻笑怒骂》、《三百年之大舞台》等小说。光绪三十四年(1908)四月上海新世界小说社铅印本,上海鸿文书局发行。正文前有光绪三十四年二月著者所撰"新镜花缘作意述略"一篇及回目一页。正文前在"作者述略"言:目前的"小说家言多驳而不纯",欲"矫正之",以"唤醒痴人,唤醒抛荒国粹,醉心欧化的人。"(第一回)清晰明了表明了作者欲借书中人物之口,宣扬自己对国粹、对欧化的种种看法主题思想。

小说构筑了黄粹存一家人的田园式的生活场景,黄粹存辞官隐居乡里,共有三子二女,两位长子理中、执中俱在外留学,二女舜英和舜华和幼子耀中在家学习,家中聘有中西两位夫子。姐弟三人皆用功读书,立下扎实的中西功底。两位儿子也归国而来,三姐弟也想仿两位哥哥出洋游历,以增智识。无奈父母和舅父念他们年幼,不想让他们出洋,后为他们报了城里的男女学堂。舜华、舜英两姐妹在女学堂结识了一批志同道合的女学生,互相唱答,欲结成女学组织。

作为《镜花缘》的一本续书,《新镜花缘》看似也应是一本倡导女权、支持女学的作品,但实则不然,《新镜花缘》是一部极端反对当世渐次发达的女权运动的反女权小说。

小说一开始就写道:"哈哈!女权—女权—女界—女界,人说中国的女权不发达。我说中国的女权极发达;人说中国的女界同男界极不平等,我说中国的女界比男界还加倍平等。在父母面前,吃的着的,那一样不比男的占个优胜着?即使嫁了,那丈夫固然抬举得他像什么似的,就是公婆,也往往因只有一两房媳妇,没一件事不客气上前。要呼奴使婢,就呼奴使婢;要穿金戴银,就穿金戴银。稍有不到,他还卿卿哝哝,做眉做眼,使丈夫忍得心疼,不怕他不水里火只弄了来孝敬他、奉承他。咳!诸位想想看,若讲女权发达,像这样还要怎么才算发达?若讲男女平等,像这样还要怎么才算平等?"作者这段话可谓颠倒黑白,不说作者根本没有弄清楚何谓女权,单论作者所写作的这种情形,试想几千年来在三纲五常压抑下的妇女哪有几人能有如此之待遇的呢。更不用说作者在此无视了女权主义倡导之女权,根本不是什么男人怕老婆、公婆顺儿媳这样的事情。在晚清女权运动首先就意味着男女平等,妇女在生活、自由和对幸福的追求上具有和男子相同的权利,但作者却在一开始就偷换了女权的概念。他继而又表明了他对山阴鉴湖女侠所作所为的不齿态度,"女侠固是奇女子,但他的宗旨既不见得十分正,题目又认得不怎么真,似乎他还略微差些。"直把这位晚清风云女革命家说得毫无光彩。

小说第二回作者又借助女主人公舜华之口,耻笑那些所谓新潮的女学生,更公然为缠足找上了国情民俗这样堂而皇之的借口,真是无稽之谈。"这有什么耻笑?像他们在中国的女人,高耸了两个乳,束紧了一个腰,就不怕中国人耻笑吗?这是各国的风俗如此。所以目下盛行不缠足的会，在他们高兴得了不得，我说没有缠过的，尽可不缠，若是已缠过的，再去放他开来，岂不多此一举？而且现在讲究时髦的女学生，那种怪现象，架起了一副金丝眼镜，穿上了一双外国皮鞋，格支格支的，在他以为文明打扮，在我眼睛里，我不晓得我心儿性儿，天怎样生就的，便觉得万分触目，万分难受”，“更有一件事最可笑，他们把缠足的厉害，竟说得可以弱种，我不懂种的强弱，怎么会冤栽到做女人的一双脚上去？”可见作者心目中根本没有认识到缠足是对女性肢体巨大戕害这一铁的事实，正是由于小脚对于女性身体的极大束缚性，使得女性无法投身和从事繁杂而实效的社会活动。黄粹存更鲜明地指出：“话也难怪你说，总之‘改良’两个字，一定要该改的改，不一定要改的就不必硬着改，改了有益的改，改了没益处的也不必勉强改，还要能改的改，不能改的不必乱改。”可见作者对晚清社会上风行的各种革新运动极端厌恶之情。

最为典型的是作者在第八回借舜英、舜华两姐妹及其同学知己一行十二人在黄家举行的一次盛大的聚会，彻底全面的展现了自己对女性解放运动的极力反对。这次聚会的核心论题就是女子教育。虽然这些女子被黄夫人唐氏赞为“不但于天学地学算学绘学，以及声光化电静重格致理化各科学，研究得剖晰微芒，连那政治法律，下至路矿农桑种植畜牧，同一切生机制造等实学，亦无不切实讲求，我听了佩服到万分，这的确是女界当中数一数二的人才，又是女学日见发达的明证”，可见她们堪称新女性的杰出代表，但实则他们对于女性教育的见解却陈腐不堪。首先她们认为，“男学有男学的次序，女学有女学的次序，若没有次序，徒然讲些皮毛，一丝一毫不切实际，这有何益？”可见在教育上她们仍然抱有着强烈的性别区分，认为男子和女子应根据实际所需，当学不同之知识。针对社会上强调的德智体三育,她们即在男女所学应有所区别的基础上,这就为女性教育的教学内容划定了严格的范围。"德育只要拿伦理学,分别出先后缓急轻重来,大段不错,这也算得做人有根柢的了。至于智育,我们做女子的,只要修明妇德,洞达物情,将来在家庭教育上,能够逐件改良。其余什么天文地理数学图画博物物理化学手工等类,只好学得一件是一件。惟手工虽系初等小学当中,一件随意科目,但要开人实业思想,养成好勤耐劳的习惯,倒不可不大家注意。卫生重在饮食起居上,能够饮食起居,晓得谨慎,就是卫生学的要素。旁的体育音乐两门,也只好随人性所近,学了也不多他,不学也不少他。总之,华姊姊说的话不错,学问总要求其切实,不切实用的,有这余力就去学,没有这余力,与其贪多嚼不烂,倒还不如专了一门,成了家数的好。"虽然后面又由一位女子补充了"既有一门科学,总宜学一门",但整体来说,作者在这里明显是借助众女子之口说出了女性应学之学,三育之中的重要的智育居然被作者界定为最为束缚女性的妇德教育,这不但极大的拘囿了女性的求知范围,更限制女性的社会活跃性。其次,从诸门作者倡导的学科来看,作者心目中女性所学之学,仍然具有很强的传统封建色彩,意图还是要把女性归限在家庭这一范围内,强调的依然是女性的内指性社会角色,而对于外指性的女性社会角色,作者不但没有丝毫的提倡,而是表现出极其厌恶的感情,可见在作者的头脑中的女性观究其根本仍是封建传统的女性观而已,这使得在作家心目中的理想教育体系仍是"夏商周三代时候,家有塾,党有庠,术有序,国有学,学生的年龄八岁入学,十五岁入大学"(第九回)的封建教育制度。

在小说的十一回,作者借古代女杰的故事再次张扬了封建的忠孝节烈。唐氏深有感触地说:"拿这些事,分门别类的编成女子教科书,使他们从小都明白:忠孝节烈是做女子的天职,没一样可以放弃得的,那不是他们讲德育的第一件下手工夫吗?”同时黄粹存对此也深表赞同。小说十二回再借孙梦班之口说出:“我母亲本是极恨那些忘本的杂种,不能在异学争鸣的时代,替中国保存国粹,反帮着外人推波助澜,烂嘴嚼舌的,说四书五经,统统没用的。”总体而看,陈啸庐的《新镜花缘》完全没有延续《镜花缘》的写作思路,成为一本积极倡导女权的小说作品,而是通篇充满了对于女性解放和女性教育的诋毁和漫骂。在小说中作者不但坚决反对晚清的女权运动,还是一位中体西用原则的践行者,作者坚决的反对革命,从这些看来作者应是一位晚清时代非常地道的保守型人物,这使得其小说到处弥漫着沉阴腐烂的味道,成为时代逆流的代表作品。

《最新女界鬼蜮记》

《最新女界鬼蜮记》,题“新阳蹉跎子著”。据序云;蹉跎子姓五,出江左望族,吴下高才。宣统元年(1909)小说进步社铅印本。首序,尾署“宣统元年冬十月何稺仁序”。

这是一部反思清朝女学教育的小说,在晚清轰轰烈烈的女学教育大潮中,在众多倡导女学、女权的小说中,作者却独树一帜以“鬼蜮”做名,在书中历数了兴办女学教育中存在的种种弊端,自然其中难免有过于夸张的描写,其态度不免苛责甚至尖酸,也有些以偏概全了,但是其视角的转换,带给读者解读那个时代的另一面镜子,同样具有重要的社会意义。

在小说一开头,小说就刻画了一副颇具情色场景的“红粉佳人,青年志士,合一炉而冶之”的宴饮图,而这样的图景竟然发生在“昌中女子美术专修学校”之休憩室,惹得作者发出了“此情此景,接触眼帘,悲慨尤惧,百感交集,脑节中又震动勃勃,如猝撄电气一般，痴视呆立，此身几不复我有”的强烈感慨，直道出自己如此，绝不是要打杀可敬可爱之女生，而正是出于对于女学事业的无限关爱，才使得自己发出了这样的感慨，“那些看官们，你们要知这现形记，并不是戏弄女界，把神圣不可侵犯的女学生，平白空空，谩骂他起来，都只为尊敬他，爱护他，独一无二的抬举他，所以他有些儿好处，就要替他表章表章，有些儿坏处，也要替他评议评议，断不忍一笔抹杀的。总而言之，不外乎激励他们的意思。余惟顾现形记出现，而全国女同胞腐败者及早改良文明者益图锐进，淬精励神，共勉为完全无缺，高尚优美之好学生，即此便是余一部现形记的宗旨。”

那么作为批判型的小说，作者批驳了女界哪些看似新潮，实则肮脏的污秽呢？首先是晚清最为火热的女性放足问题。这同时也是小说中的莺娘进入女学堂时，首先受到同学质疑的问题。刚入学堂，一位名叫谢沉鱼的女学生就开宗明义的指出，“莺娘姊，咱们入了新学堂，最当著意的只有个新字，怎么你一切旧装饰，还不扫除净尽呢？我劝你把足儿放大了，揣摩些新风气罢。”放足本是件解放女性身心的事情，应该是大力倡导和实践的，但是沉鱼所谓的放足又是什么的？在这里作者奇思妙想的构思了一种名叫收放自由液的化学药水，“莺娘姊，你听着，这药水的名目，叫做收放自由液，你若要放足呢，只消取半脚盆的温水，把这红色的，滴了一滴，又搅和了，尊足便浸入水中，凭你一丢丢的小足，不上半句钟，就变做其大无外的天足咧。倘或要收小他起来，也是这般的，不过换用那绿的药水，不知不觉，渐渐儿会得缩小了，只是别的不打紧，这自由液药性猛烈，据西医说，含有吗啡毒质的，你别用过了量，弄得大小不称，被人嘲笑呢。”当莺娘试用成功后，沉鱼更是恭贺道：“莺娘姊，可贺得极，你今后要新就新，要旧就旧，好算个无往不利，普通社会中的妙人儿了。”放足是晚清女性解放的头等大事，她标志着女性对于身体自由的极度向往，同时也是女性踏入社会的第一步，女性维新的第一步，但在小说中的沉鱼和莺娘却把这等重要的大事，弄得形同儿戏，居然要想放就放，想收就收，虽然这等化学药水是世间绝无的，但是作者通过这一描写，却深刻的透析出了女性解放过程中很多女子犹疑摇摆的态度，她们对于新与旧只有感官上的认识和感觉，却缺少对于缠足和放脚有着更为深入的见解，天足这一思潮仿佛就是一股子时装潮流一样，使得一些女性根本不去关心其中的重要意义，就加入了放足的行列，这直接导致她们在放足这一行动中游移不定的态度，一方面是很想随新随流，一方面心目中还深受守旧思想的影响，更为重要的是他们自身又不愿意去考究放足到底对于女性自身有着哪些非常深刻的意义，化学药水正深刻的反映了这些女性的阴暗心理，要大便大，要小便小，要新便新，要旧便旧，涂有形式，毫无内涵，就这代表着晚清一些女性对于女性革新运动浅薄理解，作者借助化学药水这一神奇之物，将这一卑微的心理刻画得一览无余。

不但如此，作者还兼及批驳了同样丑恶的留学生，“‘哼哼哼，我叫声好你姊姊了，这也怪你不得，你才做女学生，侥幸博得个新字大头衔，哪能洞悉现今新党千奇百怪的状态呀’。语至此，便摸着桌下边公共茶壶，喝了一口又接续说道：‘莺娘姊，你瞧那一辈子的留学生，可也称得新少年，新豪杰，将来新中国的故主人翁么，想他初出洋的时节诚哉是满口新名词，爱国同胞，痛哭流涕，嚣嚣呶呶的起点极点，凉血热血一字字深印脑中，几乎一呼一吸，都含着异样的新气，新得再新也没有，便冒冒失失把条辫子也一刀两段的斩落了，岂知他在外洋，混过了三年五载，骗了张卒业文凭，回至祖国，和那腐败官场，周旋周旋，慢慢儿的得风便转了。一听见拿捉革命党，越加慌得胆战心惊，恐怕露出了没辫的真相，不免是形迹可疑，万分危险，就找寻了装假辫的专门名家杨滋青，将这辫儿还复故我，方始摆尾摇头，敢出现在光天化日之下。咳，近来他们辫界的思想，一发奥妙无穷了。很有几个动地惊天的留学生，见了旧学，乌沉沉似小青蛇的，便垂在背后，见了新学，却光秃秃的化为乌有先生，你道他有甚隐眼法呢？他原来一大团青丝发，卷在草帽里，举手轻推，竟然没辫变了有辫，否则就无影无踪，单只脑凿子上有一些拳螺式的凸出罢了，必为此的忽新忽旧，幻若风云，才能于官学绅界中盘踞要津，垄断权利，到一处，优胜一处，享受世界上隆隆日起的荣誉咧。莺娘姊，咱们的足儿，和他们的辫儿，一而二二而一的，这收放自由液，分明是女孩儿家个活宝，咱们一班人借此便可雄飞海内了。要知新新旧旧，占尽了不多不少的便宜呢'"。我想作者之所以能创造出收放自由液这样的化学药水，其灵感正来源于留学生为留学求新剪辫，但归国后为求取功名又不得不续辫的这一无耻行径。

其次是晚清轰轰烈烈的女性的教育问题，只有具有了新知新识的女性才能拥有参与社会活动之能力，作者首先针对女性教育内容提出了自己的看法。莺娘本是一位对念书非常头疼的女孩子"我从四五岁时，便有怕读书个毛病"，但是沉鱼马上以"好在咱们学堂，程度已达高等，那纸上空谈的教科书，通通不合用了"。那么沉鱼所谓的合用的功课又是什么呢？则是"那本新唱歌"，但一听到这门功课终须还是要考试的，又让莺娘愁杀起来，沉鱼马上又补充道："嗳，谁来孤零零考试你呢？到那时通班合唱，凭他说照书不照书，你尽管我行我素，把书合转了，跟了众人，逐句逐句的唱出来，这更不假思索了。"一席话将女学教育的内容一下子就虚解了，如果说这还不算什么，沉鱼领着莺娘出来买书的过程则更让人啼笑皆非,这位所谓女学生其实根本就不知道要买什么样子唱歌书给莺娘,左挑右选买到的却是一本被徐鹏飞教习讥笑的情色小书,作者借莺娘探问学科及两女学生携手买书的闹剧式描写,彻底解构了女学教育表面上的熙熙攘攘,极大的讽刺了晚清女学教育中存在的看似神圣繁难,实则空虚无根的丑陋现象。

继而作者又深入了另一关键问题,女学教育之管理,可以说这两个问题就是女性教育经络之所在,任何一方不恰当不合理都会造成女性教育的失败。那么作者又借立昌女学的管理向我们透视了女教管理的什么问题呢? 本来聚众赌博就是肮脏之事,但没成想当沉鱼、莺娘伙同教习几人的赌博被李监学发现之后,她们不但没有任何悔改之意,面对校长的谴责竟生出了罢课要求校长撤回成命的念头,不然就以退学相逼迫,并公举了代表组成了团体,气焰嚣张甚极,其中的每一条抗争之理由,让人读之笑中含悲。沉鱼等女学生以晚清预备立宪为由,将时下流行的女性自由解放运动之说,随意篡改为无所不能为的任意自由,并大肆喧嚣,"咱们入学以来,自由福也享受惯的,顷被李监学谮言挑唆,便无声无臭,一个独立国,渝入印度、波兰、高丽之域,后此压力魔障,一层深一层,咱们就没日子过了。而且外间的报界、学界,反要议论咱们,一辈子富有奴性,倘或平心下气的忍受了,不但实际工多所困难,即名誉工也蒙其影响",并借自由之势将金校长和李学监的好意规劝,说成是"今监学怂恿校长,校长偏听监学,侵权越限,朋比为奸,干涉咱们的秘密,越觉得是恃势欺人"。规劝女学生们要顾及男女的伦常,被其说成是男女"授受不亲的谬说",赌博也被其说成"至于樗蒲偶戏,大雅风流",还强拉上官员陋习和外国文明做垫背,"自今学务中尊无二斗的人员,如某侍郎、某提学,一个麻雀名家,一个牌九圣手,沉浸浓郁,提倡赌风,何独禁制咱们呢! 况且咱们所玩的是外国行过来无上文明的新花样，叶纸角儿上，也有几个亚剌伯的数目字，既可开发心思，又能于算术长些见识，再歇几年，怕这吐的温便要列入科学专门了”。男老师、女学生的孟浪行径竟被比附在“师生一堂相处，和父子家人无异，感情越深，学生的进化也越速，程度也越高，若如其说（指休得浪说感情一语），是名为防闲男女，实则引起咱们的恶感情，要咱们先生学生意见冲突”。小说第九、十两回更有其游逛妓院的败德丧行，让人领略女学生之所谓的自由风采。读其每一项之抗争条文都如此粘上了“新意”的标签，但每一种“新意”又被如此扭曲地解读出来，不能不让我们看到晚清兴起的女性解放运动的斑驳性。对待女学生的无理取闹，更为让我们感到悲哀的是管理者的束手无策，李学监愤然辞职，金校长却在徐教习的游说下，为保住女校的规模无奈收回了成命。如果说女学生们形同闹剧般的女学教育内容发人深思，那么女学教育中缺乏完善的管理体系和制度更让我们忧心忡忡，因为只有合理之教学及管理才能塑造出国家未来的新女性。

虽然小说主要是描写女界的一片狼藉，但还是在小说中特意描写了两个亮色的人物——王一娟和沈三凤。可见小说的主旨是暴露女界之黑暗，但却绝不是诋毁和污蔑女性解放和教育事业，作者在小说中塑造了两位才丰品端的理想女学生的典范，意在展现自己的女性观。首先她们都是有着正义感的女生，刚接到女子保险会张竹君写信邀请她写文声讨奸辱刘氏女子却没有得到应得刑罚之人，就立刻与沈三凤即刻撰文写诗；其次两人又都是文采飞扬的才女，王一娟之声讨檄文与沈三凤之附和诗歌，皆文采斐然，三凤赞一娟之文为“一字一珠，一字一泪，陈孔璋讨曹瞒，骆宾王讨武后，得此而鼎足矣。”一娟称三凤之诗歌“三姊姊，尊咏可入得艺蘅馆词选（近今梁令娴女士选本），和随园女弟子诗集了”（第八回);第三,两人又都是女校刻苦攻读之优异生,“单只王一鹃、沈三凤,鸡群鹤立,是他最得意的得意门生”(第九回),毕业时皆为优等,可谓中西皆通。作者在卒章显志中更是称赞她们道:“若北党之王沈两女士,虽罗阑维多利,亦何已过。”

整部小说以一行女学生毕业做结,以王、沈为代表的北党皆为优秀毕业生,而以沉鱼、莺娘为首的南党多沉居下等。但是这些妄图品学无形的女界之鬼蜮却另立女校,将昌中女校的生源一抢而空,作者以此做结,不能不说是发人深省的。它不但预示着女界鬼蜮还在继续上演着,更警醒着那些提倡女性解放和教育的人们对此应时刻关注和高度警惕,这样才能使得我国初兴的女性解放运动沿着正确的轨迹不断前进。

蹉跎子的《最新女界鬼蜮记》是众多以女性解放和教育为题材的小说中,可谓是别出心裁的反面作品,作者抨击女界之阴暗,目的不是在于讥讽女学,打压女权,恰恰相反是出于“余正爱女学,重女学,保护女学,成全女学,望女学也深,不觉责女学也切”(第十回)的忧患心理,希望女学更加完善,走在更光明的前进道路上。从其写作王、沈两个正面形象的代笔来看,我们可以看出不单作者内心对于学识优长、品行端正之女学生的敬慕期许,更解读出作者内心完善的女性观。写作昌中女学之怪现象在暴露的同时,更是指引出一条女性教育的光明之路,作者深刻的用意可以说是力透纸背的,这让人十分敬佩。女性教育和解放运动,是晚清重要的社会思潮和社会运动,对于新生事物,我们不单要积极的鼓励,更应该的是时刻警醒它在萌芽、发展过程中所可能出现的种种弊病,这使得《最新女界鬼蜮记》具有了非常深刻的社会意义。

二　西学东渐下的文化固守

当晚清西学东渐的风潮席卷整个中华大地，西方文明和传统文化激烈碰撞的时候，悠久的历史、灿烂的文明却也膨胀着国人的民族自尊心和民族自豪感，从而显示出对于民族精神支柱的固守和弘扬。对于此我们不能以文化保守论、排外主义一概斥之，晚清文人对于传统文化的宣扬，有着特定的时代背景和历史意义。我们试以辜鸿铭的《张文襄幕府见闻录》来解读这一文化心态。

辜汤生（1857—1928），字鸿铭，别署汉滨读易者，福建同安人。他是英属马来亚槟榔屿的华侨，早年留学英国、德国，得到文学、工学学位。1880 年后，在新加坡英国殖民政府任职。后来跟马建忠一夕谈，深感当为祖国效命，第二天就辞职，然后蓄辫易服，回祖国了。辜汤生从 28 岁（1885 年）起，入张之洞幕府，为张之洞主持英文译述，历时二十多年，他说张之洞对他"虽未敢云以国士相待，然始终礼遇不少衰"。张之洞死后，他便以二十多年间跟从张之洞的见闻所及而写成了这本《张文襄幕府纪闻》，书中多有对晚清掌故礼俗之类的生动记述。

虽然这是一部由众多精短文字集合而成的笔记小说，但是作者写作这本小说的却是具有极为深刻的用意。作者在书的弁言中清楚地交待了他的写作心态："去年文襄作古，不无今昔之慨。今夏多闲，摭拾旧闻，随事纪录，便尔成帙，亦以见雪泥鸿爪之遗云尔。其间系慨当世之务，僭妄之罪固不敢辞。昔人谓漆园《南华》一书为愤世之言，余赋性疏野，动触时讳，处兹时局，犹得苟全，亦自以为万幸，又何愤焉？惟历观近十年来，时事沧桑，人道牛马，其变迁又不知伊于何极，是不能不摧怆于怀。古人云：'作《易》者其有忧患乎？'识者亮之。宣统庚戌中秋，汉滨读易者识。"这明显地表明了作者是拿着作《易》这样深刻的忧患意识来写作这本笔记小说的，且他还特别用“汉滨读易者”来作这本并非易学著作之书的署名，其用意更加赫然可见。

那么结合本文的写作对象，我们集合书中的域外题材的小说，作者又借助这些小篇章表达了自己对于西学新知怎样的观点呢？首先是用西证中，用西方人的言论来证明自己已有的观点见解。如卷上（四）“贱种”一则，作者首先道出了西人所谓的贱种理论：“有西人问余曰：‘我西人种族有贵种、贱种之分，君能辨别之否？’余对曰：‘不能。’西人曰：‘凡我西人到中国，虽寄居日久，质体不变，其状貌一如故我，此贵种也。若一到中国，寄居未久，忽尔质体一变，硕大蕃滋，此贱种也。’余询其故，西人答曰：‘在中国，凡百食品，其价值皆较我西洋各国低贱数倍。凡我贱种之人，以其价廉而得之易，故肉食者流，可以放量咀嚼。因此到中国未久，质体大变，肉累累坟起，大腹庞然，非复从前旧观矣。’”继而借用此理论诟骂备受作者的鄙夷不齿的袁世凯，“余谓袁世凯甲午以前，本乡曲一穷措无赖也。未几暴富贵，身至北洋大臣，于是营造洋楼，广置姬妾。及解职乡居，又复构甲第，置园囿，穷奢极欲，擅人生之乐事，与西人之贱种一至中国辄放量咀嚼者无少异。庄子曰：‘其嗜欲深者，其天机必浅。’孟子曰：‘养其大体为大人，养其小体为小人。’人谓袁世凯为豪杰，吾以是知袁世凯为贱种也。”借助西人之言论更加对于袁世凯小人发迹的暴发户的嘴脸刻画得入木三分、淋漓尽致，骂之更酣畅淋漓。这样的幽默讥讽之文还有卷上（五）的《马路》、卷下（二）的《看画》等等。

当然还有借助西人之言论赞美中国脊梁般的人杰，同在一卷中的《贵族》一篇就是此类型。“尝考英吉利立国，原始宋真宗年间。有北族人据法兰西西北郡，适英国内乱，北族王率大众渡海平之,遂立为英王。于是国内北族为贵人,土族则概为平民。后有平民中俊秀者,乃得脱平民籍为士类,故至今英民分三等:曰贵族,曰士类,曰平民。近英国名下士艾诺尔德氏论其国风俗,谓‘我英人平民耐劳苦,尚力行;士类好学尚智;贵族本北方之强,好勇尚气节’云云。”作者用此贵族理论诚挚赞扬了品端行廉的联春,“余谓今日满人,即我中国之贵族也。满人亦如英之北族,以武功立国,故至今犹以气节称,我汉人实逊焉。即以近年学西文学生观之,亦可略见一斑。其回国旧班学生不得意者不必论,其得意者无不身拥厚赀,以豪侈自雄。惟前外务部侍郎升任荆州将军联春卿留守名芳,前在北洋为李文忠僚属十有余年,历办要差。文忠门下之凡谙西文如罗丰禄辈,皆腰缠巨万,作富家翁。独联留守至今犹家如寒素,清操可风,真不愧为贵族人。”

当然除了诟骂和赞美,辜鸿铭以西证中更包涵着丰厚的治国理论,如卷上(四)的《庸言庸行》:“英国名宰相论用人有云:‘国家用人,宜重德行而不宜重非常之才。天下之人既不可无君长,而君长之事有大小轻重,即寻常之识量,亦未尝不可以胜任。盖造物于经理天下之事,未尝秘有玄妙之理,一若非一二圣智之人,不可求解。惟忠信、廉正、俭约诸庸德,此固人人之所能。人果能行此,且加以阅历虎心,于从政何难之有?若无德行,虽恃绝等高才,焉能有济?故凡有才无德之人,断不可以任用。盖秉性敦厚而才识不足者,固能遗误事机,然其害岂若彼心术邪僻,且有大才足以铺张扬厉、粉饰其邪僻者之能败坏国家,至于不可补救耶?’云云。此言庸德也。余尝撰联以自勖曰:‘不忮不求,淡泊明志;庸言庸行,平易近人。’即此意云。”这则小笔记讨论了国家人才的德、才问题,阐述了两者的辩证关系,并强调用人首选德厚之人,指出了有才无德之人是根本不堪重用的。这样有关治国理论的还有卷下

(一)《国会请愿书》、《马拉马夫》、《夷狄之有君》、卷下(三)的《赠日本海军少佐松枝新一氏序》、《士说》、《在德不在辩》、卷下(四)《自大》等等。

其次是作者对于孔教的大力弘扬。如卷上(二)《孔子教》:"一日,余为西友延至其家宴会,华客唯余一人,故众西客推余居首座。及坐定,宴间谈及中西之教,主人问余曰:'孔子之教有何好处,君试言之。'余答曰:'顷间诸君推让,不肯居首座,此即是行孔子之教。若行今日所谓争竞之教,以优胜劣败为主,势必俟优胜劣败决定后,然后举箸,恐今日此餐,大家都不能到口。'座客粲然。"周公制礼,孔子倡礼教,中华民族以礼仪之邦著称于世。辜鸿铭认为,孔子礼教的核心是一个"让"字。且在这里巧妙地借景发挥,以小说大,既维护了讲礼让的孔子之教,又讽刺了讲竞争的西方之学,言虽诙谐不重,理却雄辩千钧,可谓一箭双雕。同卷《新算学》一篇则是对国势日衰,外辱日甚的无奈伤感。

再次,书中还记录了一些西人西事、历史掌故。如卷下(三)《英将戈登事略》叙写了英国武将戈登一生的英武功绩,表达出作者对其雄才大略忠烈事迹的无限敬仰之情。卷下(一)的《西洋议院考略》记载了西方议会的沿革和变迁。再次就是嬉笑怒骂中西方人事之间的丑闻陋事。讽刺西人的如卷下(二)《狗屁不通》:"近有西人名轨放得苟史者,格致学专门名家。因近年中国各处及粤省常多患瘟疫之症,人民死者无算,悯之,故特航海东来,欲考究其症之所由来。曾游历各省,详细察验,今已回国,专为著书。其书大旨,谓中国疫症出于放狗屁,而狗之所以病者,皆因狗食性不相宜之杂物。盖狗本性凉,故凡狗一食杂种凉性之物,则患结滞之病。狗有结滞之病,脏腑中郁结之秽气,既不能下通,遂变为毒,不由其粪门而由其口出。此即中国瘟疫之毒气也。总之,此书之大旨,一言可以蔽之,曰:中国瘟疫百病,皆由狗屁不通。噫!我中国谓儒者通天地人,又曰一物不知,儒者之耻,故儒者是无所不通。今若轨荀得史者连放屁之理都通,亦可谓之狗屁普通矣。"可谓极尽揶揄地讽刺了西人所谓的学术著作之荒谬可笑,读之不觉生气大壮,一泄怨愤。

此外还有一些嘲笑国人旅外的丑陋行径。同卷的《不解》,描写了一位令人读之喷饭的随员徐某的小故事:"昔年陈立秋侍郎名兰彬,出使美国。有随员徐某,夙不谙西文。一日,持西报展览颇入神,使馆译员见之讶然曰:'君何时已谙悉西文乎?'徐曰:'我固不谙。'译员曰:'君既不谙西文,阅此奚为?'徐答曰:'余以为阅西文固不解,阅诸君之翻译文亦不解。同一不解,固不如阅西文之为愈也。'至今传为笑柄。"此外还有卷下(五)《看招牌》等。

辜鸿铭在晚清民国都是非常著名学贯中西的大学者,但他却在晚清以来的"西化"大气候下极力推崇和宣传中国传统文化,纵观这本《张文襄幕府纪闻》,作者对于传统文化的追慕之情溢于言表,但我们从中还是可以看到的是作者一颗包容广大的心灵,不同于那些老顽固的文化保守主义者。在书中我们还可以解读到作者极为强烈的文化自尊心理,他更多的是在寻找中西之间的会通和融合,而不是把西方看成是孤立于东方之外的一个另类的文化体系,这使得作者身上显示出的看似狂热极端的文化保护主义情怀,实则是其深刻的爱国情怀强烈抒发。

辜鸿铭写作这些域外题材的小短篇正在于他试图用这些精短的文字,向世人揭开所谓的西方的神秘面纱,以贯通中西的意识,让人们更加树立起中华文化的自尊信念,读之让我们对辜鸿铭的深刻的国家忧患意识感佩至深,作者对传统痴狂固执般的坚守,也让我们从中体会到了无论我们将如何改革我们的国家,我们都不可能割断传统，实现全盘的改头换面，一切都必须植根于我们深厚的几千年积淀下来的文化与文明，这一点对于锐意改革的人们尤其具有借鉴意义。

当然在晚清社会更不乏固执的文化保守论者，他们对于西方文明予以坚决的抵制，对传统文化则大唱赞歌。《新舞台鸿雪记》的作者就是其中的一位。《新舞台鸿雪记》陶报癖著，小说未完仅两回，光绪戊申（1908）年三月《月月小说》第二年第三期刊，标“社会小说”，书以第一人称出之。小说的首回特借老人引导而至的虚构的大植物园，向人们接受了各国之思想，并在其中表达了自己对此的看法，以及由此对中国的国情的思考。植物园中从国外引种的“文明菜”、“自由果”、“平等草”、“独立树”、“革命花”，但因为土地气候不同等种种原因，其种群并没有在中华大地上繁衍生发起来，不是栽种不好，就是坏种很多，抑或是人如果不知挑选而误食，便会毛病丛生。试以对“平等草”的介绍为例，“这草名叫平等，美利坚全国遍地皆是，不分前后，都是义律整齐，好看得很。和那风吹两边倒的墙头草，一良一莠，判若天渊。更不喜和那种野草在一处，蓬蓬勃勃，真没半点儿大千世界唯我独尊的性质。但他虽然有如此特色，若是照着伦理学上看起来，人群中若讲平等，恰是一种无父无君的败类，毫不就道德的范围了。”作为引入的新名词，首先作者介绍了它的产地，热赞了它坚贞的秉性，但是话锋又一转，虽然这种草如此之好，但是却不适合我国之伦常，会导致“无君无父”这样的严重后果，显然是不适合中国国情的。但园中也有一种名叫“国粹药”，却是我国独有的，有着超凡的功效“整治那一般丧心病狂的人的。就是染了别种植物的毒，倘拿了这药略略一治，定能精神百倍，格外康强，不独缘起可以恢复呢！”所以被作者推为园中第一。可见作者深刻的固中情节，对中国国粹推崇备至。

又在园中见到一群少年，都是陶报癖在新舞台上胡闹时结识的，多是热衷所谓革命的朋友，老者先是说道："喜欢革命花的人，居一大半。若国粹药，多眼角儿也不去瞧他。这班人只重形式，忘了本来，可叹！可叹！"作者更是感同身受说这班人都是"面子上虽像热心，骨子里多是冷血。我所以每次做桩新事业，虽然一般是自己弄糟的，却也是几次吃了他们的亏，上了他们的当。今儿又不凑巧，偏偏碰着他们。"并接受了老者的建议，"迷途未远，今是昨非。你既然知道他们多是吃假维新饭的朋友，你何不把你以前所阅历的事情，和他们自私自利，愚弄别人的举动，仿那《冷眼观》、同那《二十年目睹之怪现状》的体裁，原原本本，编成一部《新舞台鸿雪记》，寄到上海《月月小说》社里刊发出来，等世上那些坚实浅陋的少年人看了，知道这种人，方不枉在此植物园里游览一番。"虽然小说仅仅两回，但从作者对于西方文明中"自由"、"平等"、"独立"的解读，对革命志士的极尽丑化，我们可以清楚地看到，作者显然是一位文化保守主义者兼暴力革命的坚决反对者，不过小说作者透露出的吸收西方文化应具有因地制宜的态度还是可取的，但其过度宣扬中国文化优越论的思想必然会湮灭在历史前进的洪流中。

第十三章　下编小结

本章将对1900年后的近代域外题材小说进行概括和总结。这一阶段的域外题材小说的数量和种类的急剧增长，形成了中国域外题材小说创作的巅峰时期，其规模之宏大是唐代和明代的域外题材小说创作高潮期所难以比拟的。其作者、传播和接受都有了翻天覆地的变化，由此使得1900年后的域外题材小说呈现出的焕然一新局面、新气象。

纵观近代域外小说的五类主要题材，中华民族面临着严重的亡国灭种的危机，使得小说作者们普遍怀有着强烈的国家忧患感和民族责任感，积极响应梁启超所提倡以"政治小说"为主导的小说界革命，用通俗白话小说这一载体搭建起了展现西方的新舞台。同时我们也看到，近代域外题材小说最为蓬勃的这十年，也正是晚清王朝最后十年新政时期，清末新政内容丰富，其广度和深度超过了历次改革，虽然它最终确立了师法日本明治维新的革新之路，仍没能阻止清王朝在革命枪声中砰然倒地，但它却开启了中国近代最为声势浩大的学习西方、变法图强的社会运动，这成为域外题材小说迅速蓬勃发展的时代大背景。"新政时期的清政府已经容许新的利益集团的发展，它已经在形成新的社会风气和创立新制度方面作出了贡献，它已经放宽了参与公共事务的途径，并把公共事务交给民众讨论"①。豁然打开的思想大潮,使得域外题材小说中既有积极支持清政府改革的,也有清醒看到清王朝腐朽本质,力图推翻清朝政府,建立资产阶级共和国,这些都显示出晚清士人对于变革国家、富国强民的迫切心愿和不懈探索,从而形成了1900年后近代域外题材小说所具有的两个鲜明的时代特质——爱国主义和救亡图存,这使得这一时期的小说带有着强烈的泛政治化的色彩。同时也造成了晚清域外题材小说明显缺乏小说本应具有的娱乐性,而成为作者们的宣传"政治主张"、高扬"爱国热情"的传声筒。

为了实现这种小说时代主题的转型,域外题材小说的作者们都自觉、主动、积极地实现了思想观念和知识结构两大个质的飞跃。首先是文化心理的封闭到开放,在知识分子心目中中国从世界中央成为万国之一,"华夏优越论"逐渐瓦解,中西之间悬殊的国力对比,促使知识分子主动实现了将知识体系从"旧学"向"新学"的转化,突破以"四书五经"为代表的传统文化的拘囿,努力汲取西方资产阶级民主主义的文化,即所谓的新学,包括自然科学和社会科学,将自己的认知空间从本土伸向世界的角角落落,日益丰厚自己的域外知识,自觉地将西学的新知新识纳入到他们对于国家和民族的观察、思索和讨论之中。其次是处理域外题材的态度,实现了域外小说写作从内指的工具性到外指的功利性的巨大转变。域外题材的小说在小说界革命后,已经不再是文人们劝惩、炫才、泄愤的内指性工具,而成为在"经邦济世"的政治目的促使下救国救民的政治宣传工具。

① [美]费正清:《剑桥晚清史》下卷,中国社会科学出版社1985年版,第567页。

在前两个转变的带动下，晚清的域外题材小说的内容实现了从之前的以虚幻为主，走向了渐趋真实，域外不再是朦胧一片的鬼蜮神境，而是具体可感的西方列强，他们强大的军事力量、发达的经济实力，先进的文化思想，无一不是晚清知识分子努力汲取和大力传播的对象。这样就从小说作者的知识结构、创作动机和小说内容三个方面实现了决然不同于前朝的质的大飞跃。可见正是由于晚清爱国志士实现着从传统的“士”人向“现代知识分子”的转型，成为域外题材小说的新型创作者，才促成了 1900 年后域外题材小说蔚为壮观的大繁荣。

在阅读这批小说的同时，我们发现虽然作者们身处晚清的颓废晚景，作者们对于国家、对于人民都充满了昂扬的斗志和无限的信心，他们常常借助虚幻的国家，如《刺国敌》中斯崖胜国、虚幻的地点去实现自己的理想，如《痴人说梦记》和《黄金世界》中的海岛；即使悲愤着弱国子民的悲戚生活也不忘去构筑明亮的未来，如《苦社会》和《苦学生》；在记载帝国主义侵略战争的时候，总在试图去发现如何突围战争、强大自我的方法等，如《庚子国变弹词录》和《罂粟花》。这使得这一阶段的域外文学的作者虽然强烈地感受着国破家亡的危机，但是却没有过度的沉溺伤感、悲戚绝望的心态，他们更多的是对于祖国无限的希望和不懈的努力，这使得晚清域外题材的小说呈现出虽沉痛诉说，但却饱含希望的明亮色彩，这让我们看到蕴藏在中华民族身上巨大的凝聚力和使命感。但同时我们也注意到，在晚清知识分子对西学新知的接受过程中，有些相对容易接受，如救国理论，这当然是由于救亡图存的迫切性的原因，作者们不约而同的认识到必须对现有的政体做出改革，才是中国复兴的出路之所在；但对于伦理纲常，却很难在短时间内得到普遍的认可，从而形成了各持一端的对峙。如女性解放运动，有极力支持的，又分为狂热激进派，如《女娲石》和《女狱花》、温和渐进派，如《黄绣球》和《女子权》，也有竭力反对的，如《新镜花缘》，这显然是和人们几千年来形成的心理固习有着紧密的联系，是很难在短时间内得到普遍突破的。

1900 年后的域外题材小说不单类型多样，在艺术手法上也既有继承又有创新。首先是近代域外题材小说在小说形式和技法上继承了中国古典小说。如长篇小说一般都是章回体小说，回目使用工整的偶句写定，每章又常常喜欢在紧要关头煞住，故意卖弄玄虚，以类似“欲知后事如何，且听下回分讲”的方式做结语。其次，是受西方文学的影响，近代域外题材小说在艺术手法上也出现了诸多的变革。第一是叙事模式的变化。在叙事时间方面，主要是倒叙手法的运用。虽然古代文言笔记小说中也偶有倒叙，但长篇章回小说中使用倒叙手法则始于近代后期。近代第一部采用倒叙法的小说是梁启超的《新中国未来记》，小说第一回描写的就是 1962 年的正月初一，南京正举行庆祝维新六十周年大典，在会上孔觉民老先生演说“中国近六十年史”，由此引出六十年前黄克强（代表立宪派）和李去病（代表革命派）两人关于国事的辩论。此外还有《狮子吼》和《痴人说梦记》，后者在小说中既有倒叙也有插叙。在叙事角度上，古典小说多采用第三人称全知叙事，近代由于受到翻译小说的影响，在叙事角度上出现了第一人称的限制叙事，就是作品通过第一人称“我”进行叙述。由于小说的故事情节是从“我”的观察中得来的，而又由“我”将所见所闻诉诸读者，因此无形中增加了作品的真实感和生活气息，从而使得创作主体和叙述主体统一在了一起而产生一种独特的艺术效果。如《邻女语》就是其中的典型代表，小说的前六回以主人公金不磨为视角，通过他的北上见闻来表达作者对于庚子国难的独特的观察和思考。第二,虽然上文我们说到很多近代域外题材小说还是保持着长篇章回体的小说形式,同时也有一些域外题材小说已经开始冲破这种章回体制的限制。如《新中国未来记》虽然还有回目,但是每回首尾已经删去了过去章回小说的"引诗"入话以及"下场话"等固定套式,而在《苦社会》和《黄金世界》中,更是连"话说"、"且说"这些都没有了。第三,近代域外题材小说在表现手法上也吸取了西方文学的艺术技法,如心理描写。泰纳说过一部优秀的文学作品,"会是一种人的心理,时常也就是一个时代的心理,有时更是一个种族的心理"①。只有探索人物的心里流程,剖析人物的内心世界,才能更好地表现人物的性格。如《痴人说梦记》贾守拙因堂房侄儿拖欠钱粮将其牵连入狱,颇费银两才得出,便在家打儿子贾希仙出气,被马夫王老三"遂劝道:'老拙,你快不必如此,我知道你受了衙门里的气,说不出。但是如今做了没势力的人,总要仗着外国人的势力。我们堂里的神父,因为现在中国人,不会说外国话,特地开了一个学堂,教人家这个。将来懂得之后,能够和外国人往来,不是得了大靠山吗?那个还敢欺负你。'守拙听了这话,暗自忖道:'不错的,我亲眼见西村朱阿二,抢了人家场上晒的麦,那人要告他,为他是吃教的人,不敢进状子。又前日在班房里,看见一乘轿子,直抬到大堂上,官儿立时开了暖阁门迎了出来,拉了那人的手一同进去。我还道是那里来的过路官,那知听人传说,是矿务局里的翻译,和我一样的白衣没有功名,他是何等体面。稽亲家说得好笑,海外头有什么仙人岛,据我看来没有什么仙人不仙人,现在的外国人就是仙人,跟着他读洋文的就是仙人的徒弟呢!但是,

① 泰纳:《〈英国文学史〉序言》,转引自伍蠡甫、胡经之主编:《西方文学理论名著选编》中卷,北京大学出版社1986年版,第155—156页。

我吃教不能，人家说吃了教的人，等到百年之后，一双眼睛定要抠了去的。这句话虽然是没有，但是乡里人少见多怪，一定要这么说的，真正可恶。若叫儿子读洋文，却是个正办，亏得他提醒了我，我如今就打定这个主意。'（第二回）这段心理描写，将晚清子民崇洋媚外的猥琐心理刻画得一览无余。第四是环境描写。环境描写包括社会环境和自然环境两方面。其中环境描写在域外题材小说中表现得比较突出。如《发财秘诀》开章就写道："呵！呵！诸公风气！风气！甚么叫做风气？据诸公说，自然是文明学问了。不知非也。据小子看来，只一个利字，便是风气。而且除利字以外，更无所谓风气者。诸公若不相信，听我道来。"继而以"得风气之先"的广州为例，刻画和抨击了晚清这种唯利是图的不良社会风气，同时这段精短的社会环境描写也起到了开篇点题的重要作用。可以看出近代域外题材受到外国文学的影响是多方面的，但同时近代域外题材小说在借鉴外国文学的同时，并不是亦步亦趋，全盘西化的，而是按照本民族文化和审美习惯的需求来选择的。典型的如小说人物外形的具有明显的中国特色。作者们在对异域文化中的人物形象进行描绘的时候，大多选择利用本民族的文化资源，对人物形象进行中国化的改造。如《回天绮谈》中对于伊西卑拉的外貌描写，"在这绣帷锦帷里头，忽然芬芳袭人，环珮丁当。不一会时，出了一个年约二八，花枝招展的美人。纤腰袅袅，好像个迎风的杨柳一样，浓纤得中，修短合度。就令西施临金阙、贵妃上玉楼的时候也不过如此。伊西卑拉袅袅娜娜走进去，与王为礼。"更为绝妙的是伊西卑拉向约翰国王献唱的曲子"月皎皎而照临兮，明烛黯而无光。露盈盈以缀草兮，岂不惮乎朝阳。嗟佳人之信修兮，握秋兰而自芳。歌罗敷以长吟兮，声哀厉而弥长。天茫茫而海苍苍兮，试高飞而翱翔。何处独无芳草兮，岂限乎七泽与三湘。……

夫何神女之姣丽兮，苞温润之玉颜。衣缤纷而迷五色兮，何婆娑而翩翻。回皓腕以徐步兮，拂瑶珮之珊珊。将来而复旋兮，绰约缥缈而不可攀。怀贞亮之洁清兮，信天上与人间。”（第一回）这完全就是一段优美的古典诗歌。此外还有一些情节上的明显模仿，如《东欧女豪杰》关于苏菲亚降生一段，完全就是对古代史书和小说中天降神人情节的借鉴和模仿，小说写道：“菲亚生时，白鹤舞庭，幽香满室”（第二回）。这样写来，既可以让读者接受了西学新知，又不会使得读者对小说产生完全的疏离感，从而使得小说作品易于接受和传播。

在晚清域外题材小说数目和种类激增的同时，是否也伴随着小说艺术性的突破呢？在整理和解读这些小说的同时，我们发现其中优秀作品是极为稀少的，如《黄绣球》、《庚子国变弹词录》、《痴人说梦记》、《黄金世界》等几部小说作品是其中艺术价值比较高的，但大量作品写作都相对粗糙，很多竟未能卒篇。那么造成晚清域外题材小说整体艺术价值不高的主要原因又是什么呢？梁氏倡导的“小说界革命”，改变了人们轻视小说的传统观念，但是却夸大了小说的社会功能，这使得此时的域外题材小说出现了泛政治化的明显倾向，这些小说都过分追求功利性，从而严重影响到了小说的审美性。文学究其本质，是人类无功利的审美活动，无功利性是直接的，功利性是间接的，直接的无功利性总是实现间接功利性的手段。但作者们却颠倒了两者的位置，将域外题材小说当成是其政治主张的传声筒，这种对于文学功利性的过分追求，必然违背了文学的本质，极大地损害了文学的审美性。这是造成晚清域外题材小说艺术性整体不高的根本原因。以文学功利性为基础，使得有些晚清域外题材小说深受实录小说观的影响，带有过度趋势的倾向，这无疑是对于文学真实性的巨大戕害。文学的真实性，不是自然形态的生活的真实性，而是艺术的真实性。这种写作风格突出表现在以外国历史为写作对象的历史演义小说中，最为典型的是《泰西历史演义》，虽然名为历史演义，其已经与传统的历史演义小说大相径庭，小说作者力图摒弃虚的成分，将之有意写作为通俗的外国历史教科书，其目的显然是以他国历史为鉴，来教育国民，启迪国民，故在小说人物、情节和结构上都显得平淡无奇。

同时在泛政治化的倾向下，使得这一时期域外题材小说出现了以下几个文体特点。首先作者为了突出自己对于某一事件的观点和看法，频繁地直接跃出小说的故事情节，来表达自己的见解和主张，这在叙事学上被成为是评论性元叙事，它是叙述者超出小说文本本身的范围，常常打断叙事结构的连续性，直接对叙事本身进行评论，将叙事性话语和评论性话语交织在一起。这种整个叙述方式具有强烈自我意识的小说，能更为清楚地表达出自己的构思和叙述过程，如果能适当使用，对于小说的艺术性应该是具有很好的促进和提高的作用。但由于在晚清域外题材小说中为了凸显小说的社会宣讲效果，过多地使用了这种评论性的语言，这致使小说远离了自身的审美特质。这使得在晚清域外题材的小说中“列位”、“看官”这样的字眼跃出叙事本身来直接表达个人见解、主张的例子非常频繁。典型的如《救劫传》对于庚子国难的讲述俨然成为表达作者对这场战争思考的依据，这使得作者对于整个战争过程的叙述显得非常零散。除了小说作者直接跃出情节叙事来阐发观点，他们还把个人的见解完全由设计主要人物来表白，如《自由结婚》关关和黄祸，两位男女主角毫无个性特征，完全就是作者“仇满”和“革命”的代言人。在浓重的政治意识的主导下，晚清域外题材小说很难获得比较高的艺术价值。

其次晚清社会激荡的大环境，使得1900年后的近代域外题材小说呈现出明显的泛政治化的倾向，成为历史风潮的产物。这种急功近利的政治意图，使得小说作者们更多的是希望通过自己的笔端更为迅速及时地传递出时代的声音，让更多的读者能够去思索和认同他们心目中救国救民的理想之路，增强民众自信心和爱国心，这使得小说创作，有了时间紧迫性的特点，而不能像之前小说家一般对于作品细致打磨、多次修改。救亡图存的紧迫性，使得1900年后的域外题材小说缺少远距离观察后的精心打磨和更为深入的全面思考，这也是致使晚清域外题材小说整体艺术价值不高的一个重要原因。

同时，虽然域外题材小说的小说古已有之，但是近代域外题材小说的内容却有了质的飞跃。作为一种小说写作的新题材，作者们对于西学新知的认识同时也处于一个不断完善和发展的阶段。运用这些域外知识写作小说的过程，其实也是作者对于已有的新知新识再一次思索和整理的过程，这使得小说家们更多关注的是小说的思想内涵，而忽略了小说的艺术价值，这也是导致1900年后域外题材小说艺术性不高的一个原因。当然我们评价1900年后域外题材小说整体艺术价值不高，是站在中国古典小说的发展的角度上来说的，相对于古代域外题材小说的艺术成就，尤其是明清时期的，近代域外题材小说显然是不可同日而语的。

近代报刊业的长足发展，为小说写作和刊载提供了广阔的空间。1900年后域外题材的小说既有登载于白话报上的，如《杭州白话报》；也有连载在小说期刊上的，如《月月小说》；还有由各大出版社直接印刷刊行的。近代报刊业现代机械化生产、数量大、传播速度快、覆盖面广，影响也很大，加之“小说界革命”开民智的宗旨，使其自觉地将读者定义为下层市民，两者促使了1900年后的域外题材小说的读者群必然得到极大的扩充。其受众既能是颇具智识的知识分子，也能是粗通文字的平民百姓。根据 Rawski 的估计："在十八、十九世纪时，中国人粗通文字（functionalliteracy 或 basicliteracy）者，男性大约有百分之三十到四十五，女性则约百分之二到十。"①。可见小说所拥有的潜在巨大市场。随着近代资本主义工业的发展，市民阶层的增加，对于文化的需求也日益加大，从而使得阅读小说成为市民文化的重要组成部分。

在此，我们注意到针对不同阅读群体的域外题材小说在文体上具有一些不同的特点。我们以杭州白话报上的五篇域外题材小说——《波兰国的故事》、《俄土战记》、《菲律宾民党起义》、《檀香山华人受虐记》、《美利坚自立记》为例，分析其因服务于平民百姓这一特定的阅读群体而在小说中显示出一些文体上的共同特色。提到白话报，就不得不说到近代白话文运动。在十九世纪末、二十世纪初，在中国掀起了白话文热潮。它首先是近代社会经济和文化发展的产物，随着近代资本主义的发展，新的科学技术和新事物、新思想、新名词不断涌入，必然促使在语言上得到相应的改变；其次维新志士为了宣传维新思想、开启民智，也迫切需要改变文体，由文言变为白话。在这一理论的倡导下，白话报刊、白话书籍、白话小说层出不穷。同时梁启超也认为，文学进步之关键就在于将古语之文学变为俗语之文学，大力倡导语言的通俗化。《杭州白话报》正是这样一份针对普通民众的通俗白话报纸，其编辑队伍以林白水为首，集中了一批思想比较开明的知名文人。他们旨在开启民智，在平民中普及科学文化知识，激发爱国热情。报纸经常报道国外自强自立的新闻，揭露清廷丧权辱国和华人受欺凌虐

① 李孝悌：《晚清下层社会的启蒙（1901—1911）》，河北教育出版社 2001 年版，第 24 页。

待的情况，批判封建迷信、陈腐思想，对浙江当时社会风气的改善，产生了良好的影响。林白水在《杭州白话报》1901 年创刊的第一期就撰写《论看报的好处》一文即写道："开民智和作民气两事并重。不开民智，便是民气可用，也是义和团一流的人物；不作民气，便是民智可用，也不过是个聪明的奴隶，中国人要想享受自由平等的幸福，永远没有这一日。""杭州白话报是开风气的事体，诱人识字的宝贝"，"看白话报的人越久越多，那新风俗、新学问、新知识必将出现在所处的老大中国了"。这五部小说中四部都是以"宣樊"、"宣樊子"等笔名写作的，这正是林白水的常用的笔名。这五部小说集中体现了《杭州白话报》的政治性，其中四部都是以描写外国革命或战争为主的小说，即《波兰国的故事》、《菲律宾民党起义》、《美利坚自立记》、《俄土战记》。这四部小说可划分为两大类，一种是自警型，《波兰国的故事》、《俄土战记》；另一种则是励志型的，《美利坚自立记》和《菲律宾民党起义》。前者激发人们的疗救国家的迫切心愿，后者则鼓舞着人民前进的方向和动力。《檀香山华人受虐记》展现了弱国子民的凄楚和无奈，让百姓再次深刻体会到了"皮之不存毛将焉附"的古训。为了配合白话报读者的知识水平和阅读心理，凸显鲜明的政治性的指导原则，这五部小说在艺术上都显示出一些整齐的步调。

首先，小说在语言上不单做到了遣词造句通俗易懂，更在小说中加入了对于生僻词汇、专有名词等的详细解释，使得阅读起来既十分顺畅，又扩充知识。"我们这一种人，本来是神明种族，（神明不是菩萨，是古来的大圣大贤）"（《檀香山华人受虐记》二十一期）；"俄国（就是俄罗斯国）"（《波兰国的故事》第一期）；"议院（议院是议事的地方）……议员（议员是议事的官）"（《美利坚自立记》第六期）；"众志成城（说做各人都是好志气合拢来就好想城墙一般的坚固不容易破)(《美利坚自立记》第八期);“患难(患难是遇着危险的事情)”(《美利坚自立记》第九期)“乘人之危(是趁他力穷救绝的时,我们好加倍欺侮他)”(《美利坚自立记》第十期);“佛郎(一个佛郎合中国银二角)”(《俄土战记》十五期)等等。有的解释也直接在行文中表达了出来,如“檀香山是太平洋中海岛的名,美国管辖的土地,华人就是我们中国人,受虐就是受美国无限的苦楚”(《檀香山华人受虐记》二十期)如在第二期《波兰国的故事》中对于议院的介绍和解释,“列位想想,中国的读书人,碰着什么事体,便在明伦堂上谈论谈论,若说做生意的,也要同行公议,这也是狠平常事体,为什么俄国皇帝看得这个议院,竟如此郑重呢?因为现在顶大的国度,那国度里都有一个议院,譬如百姓有什么事体,皇帝有什么事体,都要议院里的人作主,倘然议院里的人不肯答应,任凭那狠有权利的人,也做不去,这个制度,却也狠好”,这样详细的解释,让读者在已有知识的基础上,比较容易的明白外国政治中的议会的职能和功效,从而理解当时社会革新中被普遍提出的开议会为何事?在《杭州白话报》的第六期《美利坚自立记》中宣樊子又向民众普及了何谓君主国、君民共主和民主国的优缺比较,让读者明白了何以华盛顿因“民主之国,可以强到几千年,末有弊病的,所以把这美国,定个民主的章程”,这样一些解释,对于那些粗通文字的读者来说是非常有用的,既能使得他们顺畅的阅读,又起到了拓宽读者知识的双重目的。

其次就是小说行文中对譬喻的使用,能够加深读者对于小说文意的理解。如《檀香山华人受虐记》作者倡导民众要”遵着孔夫子泛爱众的说话,就写道:“孔夫子说我一国之中,无论上上下下,但是我这一种的人,都要爱他如同兄弟。列位,你试想想,譬如我一家住在这里,都说我做人极好,倘然一日在外遇着歹人,要打我杀我，乡里人就拼命来帮助了，若是平日待他不好，到了患难的时候，那有人来相帮呢？”（二十一期）用这一简单明了的比喻来宣传人民相亲相合的重要性。还有如《美利坚自立记》第三期以庶人要想不受嫡子欺侮，就要自己发愤苦读，求取功名，来说明中国要想与外国竞争同样需要积蓄力量，厚积而薄发。《俄土战记》十四期以蒙学童子表面敷衍老师，比喻土耳其有名无实的变法。

再次，在形制上，这些小说都非常精短，都在几期报纸之间就由作者演说完毕，极其适合那些日常劳作，没有太多空闲时间，同时又渴望了解新知的普通民众。

第四，五部小说在行文上都采取了夹叙夹议的方式，而议论又是整部小说的灵魂，在一定程度上，故事的描述只是为了证明议论的例子，这使得五部小说带上了论说文的性质，这样写来也使得作者的用意更加凸显，这些小说并不是为了制造意蕴深远的艺术效果，而是为了到达立竿见影的社会宣传效果。夹叙夹议的方式，让普通民众读来更加清晰地明白作者的旨意，并能够迅速的接受和理解，这也就是白话报至为重要的功用。同时作者在小说中时刻突出比照意识，让读者在中外互照中了解世界，加深认识。如“列位，你看这桩事情，与我们中国去年的团匪，可有几分相似么？”（《俄土战记》十三期）“这件事体，同我们中国的情形，有几分相似，所以把波兰灭国的故事，告诉你们。”（《波兰国的故事》第一期）等。且很注意保持小说的真实可信性，用切实可靠的史实让民众相信“以上非律宾民党起义记，共十张，都是照书里头演出来，并不是凭空做谎话的”（《菲律宾民党起义记》十九期）。

在此我们发现这一针对普通民众的白话报纸具有独特的文体特点，正是作者对于特定阅读群智识水平的充分了解和把握，才能生产出民众喜闻乐见的小说作品，同时也就具有了良好的社会宣传效果。

同时我们注意到针对民众,和针对知识分子的域外题材小说的社会作用是不一样的,前者更注重其社会启蒙的作用,后者则更注重其救亡图存的疗救功效。严复曾说:"士大夫者,固中国之秀民也,斯民之坊表也"①。可见中国要富强,必须首先依靠知识分子,只有首先教育知识分子,觉醒其思想、焕发其精神,使其具有新的眼光、新的知识,积极投身于兴国救民的大潮中来,才是中国之希望。也只有更多的知识分子积极行动起来,也才能在更为广阔的天地里开展"开民智"的工作,使得更多的普通子民关注社会、了解世界。这样看来,对于知识分子的教育是对于民众启蒙的带动和促进,两者实则是相得益彰的。

1900 年后的域外题材小说创作体现出集中西文化精华,救亡国灭种之危机的泛政治化倾向,以其数量巨大、种类繁多、内容趋实登上了有史以来域外小说创作的一个巅峰,虽然其艺术价值无法和明清域外题材小说相其媲美,但却以其深刻的思想意义在晚清这样一个特定的时代背景下焕发出独特的光彩,带给读者的强烈地震动和深刻的思考,也必然成为现当代文学域外题材小说写作的一个新起点。

① 严复:《原强》,《戊戌变法》(三),神州国光社 1953 年版,第 19 页。

第十四章　全文结语

中国域外题材小说从最初的巫觋记录的辅政之书到近代文人书写的爱国篇章,其间走过了漫长的过程。以 1840 年后的近代域外题材小说开始孕育转变的基因,在 1900 年后实现了中国域外题材小说质的飞跃,这是本文划分为上、下两编的根本依据。

在创作动机上来说,域外题材小说实现了从内指的工具性向外指的功利性的转变。古代的域外题材小说,作者无论抱有着何种写作目的,他们对于域外的书写基本上是以幻想和虚构为主的,并且这种幻想和虚构都首先满足和服务于创作者本身的需求。巫觋对于域外题材的写作是执行其行政职能,促进氏族政权的稳固并以此来延续他们所拥有的权势;神仙方士们及道教徒对于域外题材小说的写作首先就是自神其术、自神其人,从而获得可观的政治利益和经济利益;文人对于域外题材的创作,要么满足其好奇、博物的心理,要么显示其炫才、劝惩、泄愤的目的。可见中国古代域外题材小说,无论哪一种作者,他们对于域外题材的使用都具有内指工具性的共同特色,这导致了域外题材小说往往成为他们幻想和虚构的产物。时至近代,1840 年到 1900 年间的域外题材小说,虽然在整体上延续着文人对于域外题材处理的惯性模式,但是其中却开始萌动着发生质的转变的基因,显示出西学东渐、学习西方的历史大趋势，这一突变在1900年庚子国变，晚清新政后，立刻显现了出来，响应着梁启超"政治小说"的小说界革命口号，知识分子努力实现着从传统的"士"人向"现代知识分子"的转型，从而成为域外题材小说新型的创作者，这使得他们使用域外题材创作小说，不再是虚构幻想出神奇世界，而是大多转向描写真实、可感、具体的西方世界，创作手法也相对真实客观。他们写作域外题材小说的目的，是希望在这些西学新知中找到拯救国家和民族危亡的办法和途径，这使得他们写作域外题材小说的目的带有了鲜明的外指功利性，呈现出泛政治性的色彩，不再拘囿于满足自身的一己之利。在创作方法上，域外题材小说从古代到近代，实现了从内指工具性到外指功利性的质的转变。

这一转变导致了域外题材小说的内容也发生了深刻的改变。首先是小说内容从虚构不真实到相对客观真实。其次，小说的题材也从狭窄到广泛。从对古代域外题材小说的梳理来看，历朝各代的域外题材的类型都是非常狭窄的，即使看起来十分丰富的唐代域外题材小说，其实从写作风格上概而论之，也只有"搜奇显怪"和"真实平易"两种，但是这种状况到了1900年后，发生了巨大的转变，除了古已有之的搜奇显怪类的域外题材小说（其实，即使这种传承性的题材，在1900年后也有了新的时代特征，即他们不再停留在单纯的好奇显奇上，而是借助这些神奇之处，加入了作者对于国家和社会的一些思索。）更开拓出众多不同类型的域外题材小说，本文的九至十二章从小说的写作内容上将它们分类进行了分析和解读。

同时我们在整个小说史的角度来看待域外题材小说，发现它出现的时间非常地早，几乎和小说的萌芽同步产生，在"古今语怪之祖"的《山海经》和标志着小说文体的初步形成以及杂传小说的形成的《穆天子传》中，已经存在了很多的域外题材。在汉至南北朝间，很多杂传小说与地理博物类志怪小说也蕴藏着丰富的域外题材小说。在“始有意为小说”①的唐传奇和唐代笔记小说中的域外题材小说因题材丰富，数量巨大，登上了域外题材小说创作的第一个高峰。至宋，域外题材小说无论在作品数量，还是质量上都急剧缩水，跌入了域外题材小说创作的谷底。随着明清小说的极致辉煌，《西游记》和《镜花缘》成为两朝域外题材小说的代表作品，同时它们分别是神魔小说和才学小说的代表作，无论小说的思想内涵还是艺术性价值都取得了极高的成就，明代的域外题材小说因其具有世俗性和通俗性的特点，从而具有了广泛的传播，登上了域外题材小说创作的另一高峰。中国域外题材小说创作的巅峰期出现在1900年后，不但小说数量巨大且种类繁多，并实现了域外题材小说创作质的突破，但不可回避的是这一阶段小说艺术价值不高的尴尬局面。可以说，和中国小说这一体裁的产生、发展、成熟、繁荣的进程相比，域外题材小说有着自己独特的发展轨迹，它几乎与小说体裁萌芽同步，在古代域外题材小说创作中出现了唐代和明代两个高潮期，前者偏重于题材的丰富，后者偏重于较高的艺术价值和庞大的读者群体，中国域外题材小说创作的巅峰期则在1900年后，这使得中国域外题材具有了相当的研究价值。

我国域外题材小说的发展进程，是我国人民探索世界、了解世界、走向世界这一历史进程的一个重要组成部分，且在这一历史进程中起着不可忽视的积极作用。我国小说发展的总体走向，是从简单向丰富。域外小说是我国小说的一个重要组成部分，其发展

① 鲁迅：《中国小说史略》第八篇《唐之传奇文(上)》，《鲁迅全集》第9卷，人民文学出版社2005年版，第73页。

是与这一总体走向一致的,但是又具有其自身的特点。进入现代社会以后,我国加速了国际化的步伐,世界也正在越来越快地变成地球村。华文域外题材文学作品,较之此前,更为丰富多彩,移民小说、留学生小说力作突出,新作不断。我国古代、近代域外题材小说,对推进国际化这一历史进程,加速我国的发展,对繁荣当代国际题材文学作品的创作和研究,都是一大笔可观的财富。

参考文献

一、书目

（一）小说书目提要

1. 孙楷第：《中国通俗小说书目》，人民文学出版社1982年版。

2. 江苏省社会科学院明清小说研究中心编：《中国通俗小说总目提要》，中国文联出版公司1990年版。

3. 刘世德主编：《中国古代小说大百科全书》，中国大百科全书出版社1993年版。

4.《中国历代小说辞典》，第1卷侯忠义主编，云南人民出版社1983年版；第2卷黄霖主编，第3卷苗壮主编，第4卷王继权主编，云南人民出版社1993年版。

5. ［日］樽本照雄编：《增补新编清末民初小说目录》，齐鲁书社2005年版。

6. 朱一玄、宁稼雨、陈桂生编著：《中国古代小说总目提要》，人民文学出版社2005年版。

7. 刘永文编：《晚清小说目录》，上海古籍出版社2008年版。

（二）小说通史

8. 鲁迅:《中国小说史略》,《鲁迅全集》第 9 卷,人民文学出版社 2005 年版。

9. 胡怀琛:《中国小说研究》,上海商务印书馆 1933 年版。

10. 胡怀琛:《中国小说的起源及其演变》,南京正中书局 1934 年版。

11. 谭正璧编:《中国小说发展史》,上海光明书局 1935 年版。

12. 北京大学中文系编:《中国小说史》,人民文学出版社 1978 年版。

13. 徐君慧:《中国小说史》,广西教育出版社 1991 年版。

14. 齐裕焜主编:《中国古代小说演变史》,敦煌文艺出版社 1990 年版。

15. 夏志清:《中国古典小说导论》,胡益民等译,安徽文艺出版社 1992 年版。

16. 董乃斌:《中国古典小说的文体独立》,中国社会科学出版社 1994 年版。

17. 杨义:《中国古典小说史论》,中国社会科学出版社 1995 年版。

18. 王恒展:《中国小说发展史概论》,山东教育出版社 1999 年版。

19. 刘上生:《中国古代小说艺术史》,湖南师范大学出版社 1993 年版。

20. 孟昭连、宁宗一:《中国小说艺术史》,浙江古籍出版社 2003 年版。

(三)小说断代史

21. 王枝忠:《汉魏六朝小说史》,浙江古籍出版社 1997 年版。

22. 侯忠义:《隋唐五代小说史》,浙江古籍出版社 1997 年版。

23. 程毅中:《唐代小说史》,人民文学出版社 2003 年版。

24. 萧相恺:《宋元小说史》,浙江古籍出版社 1997 年版。

25. 程毅中:《宋元小说研究》,江苏古籍出版社 1998 年版。

26. 陈大康:《通俗小说的历史轨迹》,湖南出版社 1992 年版。

27. 齐裕焜:《明代小说史》,浙江古籍出版社 1997 年版。

28. 陈大康:《明代小说史》,上海文艺出版社 2000 年版。

29. 黄霖、杨红彬:《明代小说》,安徽教育出版社 2001 年版。

30. 董国炎:《明清小说思潮》,山西人民出版社 2004 年版。

31. 李汉秋、胡益民:《清代小说》,安徽教育出版社 1989 年版。

32. 张俊:《清代小说史》,浙江古籍出版社 1997 年版。

33. 林薇:《清代小说论稿》,北京广播学院出版社 2000 年版。

34. 阿英:《晚清小说史》,人民文学出版社 1980 年版。

35. 欧阳健:《晚清小说史》,浙江古籍出版社 1997 年版。

36. 李忠明:《17 世纪中国通俗小说编年史》,安徽大学出版社 2003 年版。

37. 徐振东:《十七世纪白话小说编年叙录》,中国文联出版社 2003 年版。

38. 武润婷:《中国近代小说演变史》,山东人民出版社 2000 年版。

39. 陈大康:《中国近代小说编年》,华东师范大学出版社 2002 年版。

40. 郭延礼:《中国近代文学发展史》,高等教育出版社 2001 年版。

41. 任访秋主编:《中国近代文学史》,河南大学出版社 1988 年版。

42. 袁进:《中国小说的近代变革》,中国社会科学出版社1992年版。

(四)小说类别史

43. 侯忠义、刘世林:《中国文言小说史稿》,北京大学出版社1993年版。

44. 吴志达:《中国文言小说史》,齐鲁书社1994年版。

45. 李剑国:《唐前志怪小说史》,天津教育出版社2005年版。

46. 张庆民:《魏晋南北朝志怪小说通论》,首都师范大学出版社2000年版。

47. 李剑国:《宋代志怪传奇叙录》,南开大学出版社1997年版。

48. 林明德编:《晚清小说研究》,台北联经出版事业公司1988年版。

49. 方正耀:《晚清小说研究》,华东师范大学出版社1991年版。

50. [美]韩南:《中国近代小说的兴起》,上海教育出版社2004年版。

51. 王燕:《晚清小说期刊史论》,吉林人民出版社2002年版。

52. 苟波:《道教与神魔小说》,巴蜀书社1999年版。

53. 胡胜:《明清神魔小说研究》,中国社会科学出版社2002年版。

54. [韩]吴淳邦:《清代长篇讽刺小说研究》,北京大学出版社1995年版。

55. 刘燕萍:《怪诞与讽刺——明清通俗小说诠释》,学林出版社2003年版。

56. 高玉海:《明清小说续书研究》,中国社会科学出版社2004

年版。

57. 王旭川:《中国小说续书研究》,学林出版社 2004 年版。

58. 欧阳健:《中国神怪小说通史》,江苏教育出版社 1997 年版。

59. 林辰:《神怪小说史》,浙江古籍出版社,1998 年版。

60. 阿英编:《晚清文学丛钞·小说戏曲研究卷》,中华书局 1960 年版。

61. 阿英编:《晚清戏曲小说目》,古典文学出版社 1957 年版。

62. 阿英编:《反美华工禁约文学集》,中华书局 1960 年版。

63. 阿英编:《鸦片战争文学集》,古籍出版社 1957 年版。

64. 阿英编:《中法战争文学集》,中华书局 1957 年版。

65. 阿英编:《甲午中日战争文学集》,中华书局 1958 年版。

66. 阿英编:《庚子事变文学集》上下册,中华书局 1959 年版。

(五)小说文献综论

67. [明]胡应麟:《少室山房笔丛》,中华书局 1958 年版。

68. 丁锡根编著:《历代小说序跋集》,人民出版社 1996 年版。

69. 刘宗迪:《失落的天书:山海经与古代华夏世界观》,商务印书馆 2006 年版。

70. 郑振铎:《郑振铎古典文学论文集》,上海古籍出版社 1984 年版。

71. 阿英:《小说闲谈》,上海古籍出版社 1985 年版。

72. 阿英:《小说二谈》,上海古籍出版社 1985 年版。

73. 阿英:《小说三谈》,上海古籍出版社 1979 年版。

74. 阿英:《小说四谈》,上上海古籍出版社 1981 年版。

75. 陈平原、夏晓红编:《20 世纪中国小说理论资料》,北京大学出版社 1989 年版。

76. 梁启超:《饮冰室合集》,中华书局 1989 年版。

77. 陈平原:《中国古代小说叙事模式的转变》,上海人民出版社 1988 年版。

78. 王平:《中国古代小说文化研究》,山东教育出版社 1996 年版。

79. 王平:《中国古代小说叙事研究》,河北人民出版社 2001 年版。

80. 孙逊:《中国古代小说与宗教》,复旦大学出版社 2000 年版。

81. 万晴川:《巫文化视野中的中国古代小说》,中国社会科学出版社 2003 年版。

82. 王青:《西域文化影响下的中古小说》,中国社会科学出版社 2006 年版。

83. 徐振东:《17 世纪白话小说的创作与传播——以苏州地区为中心的研究》,中国社会科学出版社 2005 年版。

84. 宋莉华:《明清时期的小说传播》,中国社会科学院出版社 2004 年版。

85. 杨国明:《晚清小说与社会经济转型》,东方出版社 2005 年版。

86. 郭延礼:《中国近代文学新探》,中州古籍出版社 1989 年版。

87. 郭延礼:《中西文化的碰撞与近代文学》,山东教育出版社 1999 年版。

88. 郭延礼:《近代西学与中国文学》,百花文艺出版社 2000 年版。

89. 夏晓虹:《晚清文学改良运动》,北京大学出版社 1995 年

(陈平原、陈国球主编:《文学史》第2辑)。

90. 袁进:《近代文学的突变》,上海人民出版社2001年版。

91. 袁进:《中国文学观念的近代变革》,上海社会科学出版社1996年版。

92. 付建舟:《小说界革命的兴起与发展》,中国社会科学出版社2008年版。

93. 包礼祥:《近代文学与传播》,江西人民出版社2001年版。

(六)相关政治、文化、思想史料

94. 杨宽著:《西周史》,上海人民出版社,1999年版。

95. [美]萨义德:《东方学》,王宇根译,三联书店2007年版。

96. 葛兆光:《中国思想史》,复旦大学出版社2001年版。

97. 阿英编校:《近代外祸史:历史珍本》第4版,潮锋出版社1950年版。

98. 方豪:《中西交通史》,上海人民出版社2008年版。

99. [美]马士:《中华帝国对外关系史》,张汇文等译,上海书店出版社2006年版。

100. 王小甫,范恩实,宁永娟编著:《古代中外文化交流史》,高等教育出版社2006年版。

101. 王介南编著:《中外文化交流史》,书海出版社2004年版。

102. 张星烺编注:《中西交通史料汇编》(四册),中华书局2003年版。

103. 黄盛璋:《中外交通与交流史研究》,安徽教育出版社2002年版。

104. 中国中外关系史学会编:《中西初识》二编,河南教育出版社2002年版。

105. 张维华主编:《中国古代对外关系史》,高等教育出版社 1993 年版。

106. 季平子:《从鸦片战争到甲午战争:1839 年至 1895 年间的中国对外关系史》,华东师范大学出版社 1998 年版。

107. 唐培吉主编:《中国近现代对外关系史》,高等教育出版社 1994 年版。

108. 荣新江:《中古中国与外来文明》,三联书店 2001 年版。

109. 朱杰勤译:《中外关系史译丛》,海洋出版社 1984 年版。

110. (清)王之春:《清朝柔远记》,中华书局 1989 年版。

111. 萧一山:《清代通史》,华东师范大学出版社 2007 年版。

112. 萧致治,杨卫东编撰:《鸦片战争前中西关系纪事:1517—1840》,湖北人民出版社 1986 年版。

113. 中国社会科学院近代史研究所《近代史研究》编辑部编:《近代中国对外关系》,四川人民出版社 1985 年版。

114. 刘培华编著:《近代中外关系史》上下册,北京大学出版社 1986 年版;中华书局 1986 年版。

115. 张维华:《明清之际中西关系简史》,齐鲁书社 1987 年版。

116. 何兆武:《中西文化交流史论》,湖北人民出版社 2007 年版。

117. 沈福伟:《中西文化交流史:文化史》第 2 版,上海人民出版社 2006 年版。

118. 周思源主编:《中外文化交流史》,北京语言学院出版社 2000 年版。

119. 昌切:《清末民初的思想主脉》,东方出版社 1999 年版。

120. 陈旭麓:《近代中国的新陈代谢》,上海社会科学院出版社 2006 年版。

121. 高瑞泉主编:《中国近代社会思潮》,华东师范大学出版社 1996 年版。

122. 金耀基:《从传统到现代》,中国人民大学出版社 1999 年版;台北台湾商务印书馆 1969 年版。

123. 黎仁凯:《近代中国社会思潮》,河南人民出版社 1996 年版。

124. 唐德刚:《晚清七十年》,岳麓书社 1999 年版。

125. 史革新主编:《中国文化史〈晚清卷〉》,中共中央党校出版社 2000 年版。

126. 熊月之:《西学东渐与晚清社会》,上海人民出版社 1994 年版。

127. 熊月之:《中国近代民主思想史》,上海社会科学院出版社 2002 年版。

128. 张星烺:《欧化东渐史》,商务印书馆 2000 年版。

129. 夏晓虹:《晚清社会与文化》,湖北教育出版社 2001 年版。

130. 郑大华:《晚清思想史》,湖南师范大学出版社 2005 年版。

131. 汪林茂:《晚清文化史》,人民出版社 2005 年版。

132. 蒋延黼:《中国近代史》,岳麓书社 1987 年版。

133. 马骏骐:《碰撞、交融:中外文化交流的轨迹和特点》,陈尚胜主编:《中国传统对外关系的思想、制度与政策》,山东大学出版社 2007 年版。

134. 徐明德:《论明清时期的对外交流与边治》,浙江大学出版社 2006 年版。

（七）小说作品

135. 袁珂:《山海经》校译,上海古籍出版社 1985 年版。

136.（晋）郭璞注:《穆天子传》,内蒙古人民出版社 2001 年版。

137.（西汉）桓宽:《盐铁论》,《华夏迷你文库 3》,乔清举注释,华夏出版社 2000 年版。

138.（汉）刘向:《列仙传》,李智勇整理,《四库家藏》,山东画报出版社 2004 年版。

139.（汉）刘安等编著:《淮南子》,（汉）高诱注,（清）庄逵吉校,王瀣批注,广陵书社 2004 年版。

140.（汉）东方朔:《海内十洲记》,台湾商务印书馆 1983 年版。

141.（汉）班固:《汉武故事》,台湾商务印书馆 1983 年版。

142.（汉）班固:《汉武内传》,上海商务印书馆 1930 年版。

143.（汉）东方朔:《神异经》,《四库家藏》,杨小环整理,山东画报出版社 2004 年版。

144.（汉）郭宪:《洞冥记》,台湾商务印书馆 1983 年版。

145.（西晋）张华:《博物志》,中国文史出版社 1999 年版。

146.（晋）王嘉,杨小环整理:《拾遗记》,《四库家藏》,山东画报出版社 2004 年版。

147.（唐）段成式:《酉阳杂俎前集》,全国图书馆文献缩微中心 2001 年版。

148.（唐）苏鹗:《杜阳杂编》,《笔记小说大观. 第一册》,江苏广陵古籍刻印社 1995 年版。

149.（宋）李昉等:《太平御览》,中华书局 1960 年版。

150.（唐）南卓:《羯鼓录》,中华书局 1958 年版。

151.(唐)袁郊:《甘泽谣》,中华书局1985年版。

152.(唐)吕道生:《定命录》,上海商务印书馆1915年版。

153.(唐)康骈:《剧谈录》,台湾商务印书馆1983年版。

154.(五代)沈汾:《续神仙传》,长沙商务印书馆1940年版。

155.(唐)张鷟:《朝野佥载》,袁宪校注,《历代名家小品文集》,三秦出版社2004年版。

156.(唐)刘餗:《隋唐嘉话》,袁宪校注,《历代名家小品文集》,三秦出版社2004年版。

157.王汝涛编校:《全唐小说》(四卷),山东文艺出版社1993年版。

158.李时人编校、何满子审定:《全唐五代小说》,陕西人民出版社1998年版。

159.(唐)李肇:《唐国史补》,《笔记小说大观》第15册,江苏广陵古籍刻印社1995年版。

160.(宋)周去非:《岭外代答》,《宋明清小品文集辑注》第2辑,上海远东出版社1996年版。

161.(宋)赵汝适:《诸蕃志》,《山川风情丛书》,上海古籍出版社1993年版。

162.(元)汪大渊:《岛夷志略》,中国文史出版社1999年版。

163.(宋)洪迈:《夷坚志》,何卓点校,中华书局2006年版。

164.无名氏:《湖海新闻夷坚续志》,金心点校,中华书局2006年版。

165.(明)方汝浩:《扫魅敦伦东度记》,浙江古籍出版社点校,浙江古籍出版社1988年版。

166.(明)西大午辰走人订:《南海观世音菩萨出身修行传》,《中国近代珍稀本小说9》,春风文艺出版社1997年版。

167.(明)朱开泰:《达摩出身传灯传》,《中国禁毁小说110部·劝世、神魔卷》,时代文艺出版社2001年版。

168.(明)吴承恩:《西游记》,岳麓书社2004年版。

169.(明)无名氏:《续西游记》,杜聪、文益人、余力校点,齐鲁书社2006年版。

170.(明)董说:《西游补》,华夏出版社1995年版。

171.(清)天花才子点评:《后西游记》,岳麓书社2000年版。

172.(明)罗懋登:《三宝太监西洋记通俗演义》,《中国古典小说文库.第6辑.仙怪传奇》,昆仑出版社2001年版。

173.(明)朱国祯:《涌幢小品》;王根林校点,《明代笔记小说大观》(四),上海古籍出版社2005年版。

174.(明)焦周:《焦氏说楛》,《续修四库全书》1174册子部杂家类,上海古籍出版社2002年版。

175.(明)凌濛初:《初刻拍案惊奇》,岳麓书社2006年版。

176.(明)冯梦龙编:《喻世明言》、《警世通言》、《醒世恒言》,人民文学出版社2007年版。

177.(明)佚名:《戚南塘剿平倭寇传》,刘曼意主编:《中国古典小说百部》第六卷,延边人民出版社1999年版。

178.(清)纪昀:《阅微草堂笔记》,北京燕山出版社2007年版。

179.(清)李渔:《十二楼》,人民文学出版社2006年版。

180.(清)酌元亭主人编:《照世杯》,上海古籍出版社1985年版。

181.(清)吕熊:《女仙外史》,齐鲁书社1985年版。

182.(清)夏敬渠:《野叟曝言》,黄克校点,人民文学出版社1997年版。

183.(清)邹必显:《飞跎全传》,华夏出版社 1995 年版。

184.(清)褚人获:《隋唐演义》,上海古籍出版社 1987 年版。

185.(清)佚名:《五虎平西前传》,黄顺强等校点,江西人民出版社 1995 年版。

186.(清)磊砢山人:《蟫史》,张巨才校点,人民出版社 1992 年版。

187.(清)张士登:《三分梦全传》,刻本,清道光 28 年(1848)版。

188.(清)落魄道人:《常言道》,中国文史出版社 2003 年版。

189.(清)佚名:《海游记》,清代刻本。

190.(清)李汝珍:《镜花缘》,华夏出版社 2008 年版。

191.(清)宣鼎:《夜雨秋灯录》,香一点校点,齐鲁书社 2004 年版。

192.(清)泖滨野客、(清)鸥乡老人:《解醒语》,上海申报馆清光绪间(1875—1908)年版。

193.(清)佚名:《黑美人别传》,《香艳丛书》第 5 集,上海国学扶轮社 1914 年版。

194.(清)王韬:《淞隐漫录》,人民文学出版社 2006 年版。

195.(清)王韬:《淞滨琐话》,《历代笔记小说丛书》,齐鲁书社 2004 年版。

196.(清)邹弢:《海上尘天影》,方兴便、赵明华点校,《清代长篇世情传奇小说》,民族出版社 1995 年版。

197.(清)宣樊子演:《檀香山华人受虐记》,杭州白话报 1901 年版。

198.(清)佚名:《猪仔记》,启蒙画报 1902 年版。

199.(清)佚名:《苦社会》,中州古籍出版社 1985 年版。

200.（清）碧荷馆主人：《黄金世界》，中州古籍出版社 1985 年版。

201.（清）杞忧子上海：《苦学生》，商务印书馆 1915 年版。

202.（清）吴沃尧：《发财秘诀》，《中国近代珍稀本小说 16》，春风文艺出版社 1997 年版。

203.（清）佚名：《罂粟花》，《中国近代珍稀本小说 17》，春风文艺出版社 1997 年版。

204.（清）曾朴：《黑旗战史》，《近代中国史料丛刊》第 4 辑，台北文海出版社 1967 年版。

205.（清）对镜狂呼客：《死中求活》，阿英编：《中法战争文学集》，中华书局 1957 年版。

206.（清）王炳成：《中法战纪》，《近代中国史料丛刊》第 4 辑，台北文海出版社 1967 年版。

207.（清）曾朴：《孽海花》，志强校点，《中国古典小说普及丛书》，齐鲁书社 1998 年版。

208.（清）洪兴全：《中东大战演义》，台北世界书局 1958 年版。

209.（清）平情客演：《中东和战本末纪略》，杭州白话报 1902 年。

210.（清）不提撰人：《台战实纪》刻本，清光绪 21 年（1895）年。

211.（清）管斯骏：《刘大将军平倭百战百胜图说》刻本，清光绪 21 年（1895）年。

212.（清）高太痴：《梦平倭奴记》，《近代中国史料丛刊》第 4 辑，台北文海出版社 1967 年版。

213.（清）艮庐居士演：《救劫传》，《杭州白话报》清光绪间

(1875—1908)年。

214.(清)李伯元:《庚子国变弹词》,良友图书公司 1935 年版。

215.(清)忧患余生:《邻女语》,上海文化出版社 1957 年版。

216.(清)碧荷馆主人:《新纪元》,广西师范大学出版社 2008 年版。

217.(清)黄小配:《宦海潮》,《中国近代官场小说选,卷七》,内蒙古人民出版社 2003 年版。

218.(清)独头山人说:《波兰国的故事》,《杭州白话报》1901 年。

219.(清)宣樊子演:《美利坚自立记》,《杭州白话报》1901 年。

220.(清)宣樊子演:《俄土战记》,《杭州白话报》1901 年。

221.(清)宣樊子演:《菲律宾民党起义》,《杭州白话报》1901 年。

222.(清)鸡林冷血生:《英雄泪》,《海外藏书大系》,内蒙古人民出版社 2001 年版。

223.(清)越南亡命客巢南子述,梁启超录:《越南覆灭记》,《近代中国史料丛刊》第 4 辑,台北文海出版社 1967 年版。

224.(清)雨尘子:《洪水祸》,《中国近代小说大系》,百花洲文艺出版社 1996 年版。

225.(清)洗红庵主:《泰西历史演义》,《中国近代小说大系》,百花洲文艺出版社 1996 年版。

226.(清)玉瑟斋主人:《回天绮谈》,《中国近代小说大系》,百花洲文艺出版社 1996 年版。

227.(清)羽衣女士:《东欧女豪杰》,《中国近代小说大系》,

百花洲文艺出版社 1991 年版。

228.（清）守白薯：《冷国复仇记》，《中国近代小说大系》，百花洲文艺出版社 1996 年版。

229.（清）旅生：《痴人说梦记》，《中国近代小说大系》，江西人民出版社 1989 年版。

230.（清）萧然郁生：《新镜花缘》，《中国近代小说大系》，百花洲文艺出版社 1996 年版。

231.（清）梁启超：《新中国未来记》，《中国近代小说大系》，百花洲文艺出版社 1996 年版。

232. 吴趼人：《新石头记》，王杏根、卢正言校点，花城出版社 1987 年版。

233.（清）虫天逸史：《蜗触蛮三国争地记》铅印本，清光绪 34 年（1908）年版。

234.（清）陈天华：《狮子吼》，《中国近代珍稀本小说 9》，春风文艺出版社 1997 年版。

235.（清）萧然郁生：《乌托邦游记》，《中国近代小说大系》，百花洲文艺出版社 1996 年版。

236.（清）轩辕正裔：《瓜分裂国惨祸记》，《中国近代小说大系》，百花洲文艺出版社 1996 年版。

237.（清）犹太遗民万古恨：《自由结婚》，《中国近代珍稀本小说 6》，春风文艺出版社 1997 年版。

238.（清）颐琐：《黄绣球》，《中国近代小说大系》，江西人民出版社 1988 年版。

239.（清）思绮斋：《女子权》，《中国近代小说大系》，百花洲文艺出版社 1993 年版。

240.（清）思绮斋：《女狱花》，《中国近代小说大系》，百花洲文艺出版社 1993 年版。

241.(清)海天独啸子编:《女娲石》,《中国近代珍稀本小说3》,春风文艺出版社 1997 年版。

242.(清)陈啸庐:《新镜花缘》,《中国近代小说大系》,百花洲文艺出版社 1996 年版。

243.(清)新阳蹉跎子:《最新女界鬼蜮记》,内蒙古大学出版社 2001 年版。

244.(清)何迥:《狮子血》,《中国近代小说大系》,百花洲文艺出版社 1996 年版。

245.(清)田铸编著:《幻梦奇冤》,上海改良小说社清宣统元年(1909)年版。

246.[日]菊池幽芳氏原著,东莞方庆周译述:《电术奇谈》,《中国近代小说大系》,百花洲文艺出版社 1996 年版。

二、学术论文

247.李剑国:《战国古小说〈汲冢琐语〉考论》,《南开大学学报》1980 年第 2 期。

248.顾颉刚:《〈穆天子传〉及其著作时代》,《文史哲》1951 年第 2 期。

249.钱伯泉:《先秦时期的"丝绸之路"——〈穆天子传〉研究》,《新疆社会科学》1982 年第 2 期。

250.史为乐:《穆天子西征试探》,《中国史研究》1992 年第 2 期。

251.王贻梁:《燕戈"七萃"及〈穆天子传〉成书年代》,《考古与文物》1990 年第 2 期。

252.牛丽芳:《〈博物志〉的内容分析》,《甘肃农业》2006 年第

9期,156页。

253. 刘筠:《〈常言道〉别具一格的讽刺艺术》,《殷都学刊》2008年,79—82页。

254. 魏延山:《〈洞冥记〉雏形小说的艺术手法》,《北方论丛》2008年第4期,25—27页。

255. 袁世硕:《〈镜花缘〉和〈山海经〉》,《长江大学学报(社会科学版)》2004年第1期,33—37页。

256. 顾晔锋:《〈穆天子传〉成书时间研究综述》,《长春理工大学学报(高教版)》2007年第4期,12月47—49页及53页。

257. 刘敏:《汉魏神怪小说的宗教形态述论》,《四川师范大学学报(社会科学版)》2008年第3期,71—78页。

258. 宋师亮:《黑暗中的追寻—论晚清政治小说的兴起》,《湖北经济学院学报(人文社会科学版)》2008年第7期,97—98页。

259. 程毅中:《简述〈五四〉以来中国通俗小说的研究》,《南京师范大学文学院学报》2003年第1期,95—105页。

260. 郭健:《建国以来〈西游记〉主题研究述评》,《江淮论坛》2004年第2期,152—154页。

261. 方强:《开启民智传播理念—析晚清政治小说译介现象背后的历史"共谋"》,《和田师范专科学校学报(汉文综合版)》2008年第1期,138—139页。

262. 李东芳:《留学生与民族国家的想像——从〈新中国未来记〉看梁启超小说观的现代性》,《浙江学刊》2007年第1期,68—75页。

263. 潘桂林:《读者意识的转型与晚清小说的反讽意识的弱化》,《求索》2004年第8期,182—184页。

264. 刘欢萍:《佛性与魔性:〈三言二拍〉中的僧尼形象探析》,

《枣庄学院学报》2008 年第 3 期,28—30 页。

265. 张步天:《古代〈山海经〉研究史略》,《福建师范大学福清分校学报》2008 年第 1 期,18—24 页。

266. 袁世硕:《〈魏晋南北朝志怪小说通论〉序》,《山东科技大学学报(社会科学版)》2000 年第 2 期。

267. 何良昊:《〈西游补〉的背景铺垫》,《西南师范大学(人文社会科学版)》2003 年第 6 期,153—157 页。

268. 熊发恕:《〈西游补〉浅析》,《康定民族师范高等专科学校学报》1988 年 00 期,34—46 页。

269. 蓝岚:《〈拾遗记〉及其作者》,《天中学刊》,2002 年第 3 期。

270. 周振雯,王恒展:《〈淞滨琐话〉中末世文人的感伤情绪》,《蒲松龄研究》2006 年第 2 期,151—157 页。

271. 王晓文:《〈淞隐漫录〉晚清时期对中国现代性问题的浪漫想象》,《徐州师范大学学报(哲学社会科学版)》2005 年第 5 期,19—23 页。

272. 石麟:《略论〈西游记〉续书三种——〈续西游记〉〈西游补〉〈后西游记〉考略》,《明清小说研究》1990 年第 2 期,150—158 页。

273. 李婕:《论〈博物志〉地理叙述的价值与意义》,《宁夏大学学报(人文社会科学版)》2006 年第 1 期,39—42 页。

274. 王晶波:《论〈拾遗记〉的唯美倾向》,《西北师大学报(社会科学版)》1993 年第 1 期,44—49 页。

275. 郭明志:《论“西游记”续书》,《学习与探索》1997 年第 2 期,120—125 页。

276. 徐振燕:《论〈新小说〉残留的士大夫气息》,《淮北煤炭师范学院学报(哲学社会科学版)》2003 年第 2 期,107—109 页。

277. 赵云雨:《论晚清维新派的理想社会模式》,《黑龙江史志》2008 年第 5 期 12 页及 2 页。

278. 李希运:《论魏晋南北朝志怪小说的宣佛倾向》,《东方论坛》1999 年第 3 期 24—26 页及 23 页。

279. 孙智广、李政清:《迷离惝恍的梦幻世界——〈西游补〉梦说》,《新学术》2008 年第 3 期 31—34 页。

280. 董丽敏:《民族国家、本土性与女性解放运动——晚清中国为中心的考察》,《南开学报(哲学社会科学版)》2008 年第 4 期,32—39 页。

281. 陈宝良:《明代儒佛道的合流及其世俗化》,《浙江学刊》2002 年第 2 期,153—159 页。

282. 左芝兰:《明末清初〈西游记〉续书的接续和衍生方式》,《中北大学学报(社会科学版)》2007 年增刊,58—61 页。

283. 左芝兰:《明末清初〈西游记〉续书对原著的继承》,《成都大学学报(教育科学版)》2007 年第 12 期,103—105 页。

284. 常金仓:《〈穆天子传〉的时代和文献性质》,《社会科学战线》2006 年第 6 期,126—133 页。

285. 周书灿:《〈穆天子传〉研究述论》,《贵州大学学报(社会科学版)》2003 年第 2 期,58—65 页。

286. 金荣权:《〈山海经〉研究两千年述评》,《信阳师范学院学报(哲学社会科学版)》2000 年第 4 期,101—104 页。

287. 左芝兰:《明末清初〈西游记〉续书研究》,《四川大学硕士学位论文》2007 年 4 月 9 日。

288. 杨峰:《明清时期"佛教与〈西游记〉的关系"研究综述》,《徐州工程学院学报》2007 年第 9 期,67—75 页。

289. 宋师亮:《末世的期冀——论晚清社会心态与政治小说

的创作》,《渤海大学学报》2008 年第 3 期 69—71 页及 78 页。

290. 罗欣:《浅论〈博物志〉的哲学思想》,《和田师范专科学校学报(汉文综合版)》2006 年第 4 期,127—128 页。

291. 左海:《神异经》,《齐鲁学报》1941 年第 2 期,242—243 页。

292. 陈其泰:《晚清历史文化认同的新格局》,《河北学刊》2006 年第 4 期 98—104 页。

293. 杨志娟,陈敏:《晚清民初中国知识分子文化回归原因初探》,《西北民族大学学报(哲学社会科学版)》2004 年第 2 期,104—109 页。

294. 孙燕京:《晚清社会风尚及其变化》,《中州学刊》2004 年第 6 期,135—139 页。

295. 付建舟:《晚清社会转型中的政治小说》,《洛阳师范学院学报》2004 年第 6 期,53—56 页。

296. 郑大华:《晚清思想家"振兴中华"使命感的历史考察》,《教学与研究》2006 年第 11 期,63—69 页。

297. 贺根民:《晚清小说的群体关怀》,《宁波大学学报(人文科学版)》2007 年第 1 期,28—32 页。

298. 石秋仙:《晚清小说艺术形式的现代性》,《山东商业职业技术学院学报》2004 年第 1 期,44——7 页。

299. 王利涛:《晚清政治小说的现代性》,《重庆教育学院学报》2006 年第 5 期,55—58 页。

300. 陈群:《魏晋南北朝的生死观》,《淮阴师范学院学报》2003 年第 25 卷,503—508 页。

301. 郑大华:《西学东渐:晚清从封闭走向开放的桥梁》,《河北学刊》2006 年第 6 期,96—98 页。

302. 王姗萍:《西学东渐与晚清科学小说浅论》,《保定师范专科学校学报》2006 年第 1 期,53—56 页。

303. 王姗萍:《西学东渐与晚清小说读者的变化》,《西安外事学院学报》2006 年第 1 期 63—67 页。

304. 吴海萍,仲一虎:《西学东渐在晚清民初方志发展中的掠影》,《黑龙江史志》2007 年第 12 期 18—19 页。

305. [美]刘晓廉:《心路历程:〈西游记〉的根本寓意》,咸增强译,《运城高等专科学校学报》2002 年第 6 期,21—26 页。

306. 胡淳艳:《心路历程——论〈西游记〉三部续书的传播》,《明清小说研究》2008 年第 2 期 111—119 页。

307. 冯保善:《也谈〈西游记〉的作者》,《明清小说研究》1988 年第 2 期,235—240 页。

308. 石秋仙、石春霞:《中国近现代通俗小说发展繁荣的社会原因》,《山东商业职业技术学院学报》2005 年第 3 期,76—80 页。

309. 唐世贵:《〈山海经〉成书时地及作者新探》,《辽宁师范大学学报》2006 年月第 4 期,82—86 页。

310. 徐军义:《〈山海经〉的生命意识》,《渭南师范学院学报》2004 年第 4 期,54—57 页。

311. 张步天:《〈山海经〉地图的性质与内涵》,《湖南城市学院学报》2006 年第 2 期,33—35 页。

312. 刘琴:《〈山海经〉对〈镜花缘〉的影响》,《许昌学院学报》2005 年第 1 期,47—49 页。

313. 张步天:《〈山海经〉性质志书说刍议》,《益阳师专学报》2001 年第 4 期,20—23 页。

314. 刘国旭,辛晓十:《〈山海经〉中的地理学思想》,《科技信息》2006 年第 9 期,280—281 页。

315. 张建:《〈山海经〉中国最早的地理志》,《岳阳职业技术学院学报》2006 年第 2 期月,94—99 页。

316. 安京:《〈山海经〉与〈逸周书 · 王会篇〉比较研究》,《中国边疆史地研究》2004 年第 4 期,91—100 页。

317. 常金仓:《〈穆天子传〉的时代和文献性质》。

318. 陈丽平:《〈穆天子传〉的现代解读——建国后〈穆天子传〉研究状况》,《辽宁大学学报》2000 年第 6 期,26—28 页。

319. 郭蕴静:《清代对外贸易政策的变化——兼谈清代是否闭关锁国》,《天津社会科学》1982 年第 3 期,52—57 页。

320. 欧阳健:《〈痴人说梦记〉在晚清新小说史上的地位》,《南京社会科学》1992 年第 2 期,104—109 页。

321. 于必昌:《〈东欧女豪杰〉作者考》,《文学评论》1981 年第 3 期,144 页。

322. 张思齐:《〈镜花缘〉比较探源》,《西南民族大学学报(人文社科版)》2003 年第 6 期,123—131 页。

323. 袁世硕:《〈镜花缘〉和〈山海经〉》,《东岳论丛》2004 年第 3 期,66—70 页。

324. 单有方:《〈镜花缘〉引用〈山海经〉神话手法浅析》,《殷都学刊》2001 年,71—73 页。

325. 敦玉林:《〈镜花缘〉中"君子国"的道德问题》,《淮阴师范学院学报》2003 年第 6 期,801—803 页。

326. 戴健:《"里耳":晚明市民文学的读者定位》,《广西民族学院学报》2005 年第 6 月,167—169 页。

327. 刘军:《〈穆天子传〉文学特征探析》,《学习与探索》2001 年第 4 期,108—110 页。

328. 王学钧:《问题小说的发端一新中国未来记及其群类》,

《明清小说研究》1998 年第 12 期,200—211 页。

329. 苏兴遗:《〈西游补〉中破情根与立道根剖析》,《北方论丛》1998 年第 6 期,45—50 页。

330. 兰拉成:《〈西游记〉三教合一的思想分析》,《西安建筑科技大学学报(社会科学版)》2004 年第 3 期,27—31 页。

331. 王俊德、隋国成:《〈西游记〉神魔思想在明代的传播》,《和田师范专科学校学报》2006 年第 3 期,111—112 页。

332. 毛晓阳、金甦:《〈西游记〉与三教合流观》,《运城高等专科学校学报》2000 年第 4 期,20—23 页。

333. 张洛:《〈西游记〉中的儒家仁爱精神解析》,《淮海工学院学报》2006 年第 2 期,14—16 页。

334. 王新建:《〈西游记〉主旨探微》,《学术交流》2003 年第 7 期,143—146 页。

335. 魏朝勇:《〈新中国未来记〉的历史观念及其政治伦理》,《浙江学刊》2006 年第 4 期,146—152 页。

336. 赵焕冲:《〈新中国未来记〉中的异域形象》,《东南传播》2006 年第 2 期,73—74 页。

337. 王增斌、李衍明:《〈续西游记〉主题探奥》,《山西大学学报(哲学社会科学版)》2001 年第 5 期,53—56 页。

338. 魏登云:《"阳明心学"产生综合原因探析》,《遵义师范学院学报》2007 年第 2 期,20—26 页。

339. 陈铁军:《"中体西用"思想与中国近代化进程》,《安庆师范学院学报(社会科学版)》1999 年第 4 期,37—40 页。

340. 郭丽萍:《1895 年至 1899 年间清朝对外态度和政策的演变》,《山西大学师范学院(哲学社会科学版)》1996 年第 4 期。

341. 牛建强:《15—16 世纪之交市民文学新的萌动和明代社

会的初始变化》,《河南大学学报(社会科学版)》2005 年第 1 期。

342. 杨文闽:《1990 年明清小说书目》,《明清小说研究》1992 年第 3 期。

343. 杨文闽:《1991 年明清小说新书目》,《明清小说研究》1993 年第 4 期。

344. 陈占彪:《从“士”到知识分子—略论现代知识分子的形成》,《株洲师范高等专科学校》2007 年第 4 期。

345. 童琼:《从“真假猴王”到“鲭鱼世界”——〈西游补〉寓意浅论》,《中国文学研究》2001 年第 1 期。

346. 毛德富:《从明代市民小说看市民的审美情趣》,《郑州大学学报(哲学社会科学版)》1999 年第 2 期。

347. 丁娟:《从士风看北宋后期士大夫的闲暇生活》,《郑州航空工业管理学院学报(社会科学版)》2007 年第 4 期。

348. 杨玉昌:《从中西文化冲突看 20 世纪初中国的现代化探索》,《燕山大学学报(哲学社会科学版)》2001 年第 1 期。

349. 姜生:《东汉原始道教与政治考》,《社会科学研究》2000 年第 3 期。

350. 熊月之:《对〈西学东渐与晚清社会〉书评的回应》,《近代史研究》1996 年第 5 期。

351. 董丽楠:《对〈中体西用〉的再思考》,《太原师范专科学校学报》2000 年第 3 期。

352. 王为民:《对于〈西游记〉的一种阐释〈西游补〉与〈西游记〉关系》,《明清小说研究》2001 年第 1 期》。

353. 李伟:《反洋教斗争与中西文化冲突》,《山东师范大学学报(社会科学版)》1994 年第 3 期。

354. 苑汝杰:《洪迈小说观念刍议》,《华北电力大学学报(社会科学版)》2002 年第 4 期。

355. 蔡国梁:《甲午战争的重现〈中东大战演义〉》,《河北大学学报》1988 年第 2 期。

356. 田毅鹏:《甲午战争与华夷观念的崩溃》,《吉林师范学院学报》1995 年第 7 期。

357. 陈小军:《简论清朝对外政策的演变及特征》,《历史学习》2002 年第 5 期。

358. 王雪梅:《近代中国早期的海外旅游》,《中华文化论坛》2001 年第 4 期。

359. 周朗生:《近代中西文化冲突及其现代启示》,《广西社会科学》2005 年第 11 期。

360. 高云芳:《近代中西文化冲突融合规律浅探》,《北华大学学报(社会科学版)》2001 年第 3 期。

361. 邵长虎:《近代中西文化冲突中传统文化的转换》,《黎明职业大学学报》2006 年第 12 期。

362. 杜先菊:《梁启超政治思想的发展变化》,《北大学报(哲学社会科学版)》1988 年第 5 期。

363. 王向阳,易前良:《梁启超政治小说的国家主义诉求——以〈新中国未来记〉为例》,《文学研究》2006 年第 12 期。

364. 李东芳:《留学生与民族国家的想象——从〈新中国未来记〉看梁启超小说观的现代性》,《浙江学刊》2007 年第 1 期。

365. 李婕:《论〈博物志〉地理叙述的价值与意义》,《宁夏大学学报(人文社会科学版)》2006 年第 1 期。

366. 程国赋:《论明代书坊与历史小说流派的形成与发展》,《暨南学报(社会科学版)》2007 年第 3 期。

367. 吕嵩松:《论宋代士人心态及其表现》,《广西右江民族师范高等专科学校学报》1999 年第 3 期。

368. 刘畅:《论宋代文学思想的社会文化背景》,《淮阴师范学院学报》2001 年第 3 期。

369. 赵文润:《论唐文化的胡化倾向》,《陕西师范大学学报》1994 年第 4 期。

370. 刘林涛:《论晚清时期"中体西用"思潮的嬗变》,《法制与社会》2007 年第 4 期。

371. 靳义增:《论晚清小说繁荣的原因》,《南都学刊(社会科学版)》1988 年第 4 期。

372. 张海林:《论王韬"华夷观"的变化及其近代外交思想》,《江苏社会科学》1992 年第 1 期。

373. 何静:《论王阳明心学对道教的融合》,《宁波大学学报(人文科学版)》2006 年第 1 期。

374. 丁龙嘉:《论戊戌变法后至一九零三年期间梁启超的思想》,《齐鲁学刊》1984 年第 5 期。

375. 钟贤培:《论鸦片战争时期的小说》,《华南师范大学学报(社会科学版)》1990 年第 1 期。

376. 陈方:《论中国近代乌托邦小说的意义》,《明清小说研究》1995 年第 2 期。

377. 刘勇强:《明清小说中的涉外描写与异国想象》,《文学遗产》2006 年第 4 期。

378. 张小平:《明代道教与政治的关系》,《井冈山师范学院学报(哲学社会科学版)》2002 年第 23 卷。

379. 陈爱娟:《明代中后期市民文化初探》,《安徽大学学报(哲学社会科学版)》1999 年第 5 期。

380. 石元蒙:《明清时期中西价值观的冲突》,《兰州学刊》

2003 年第 1 期。

381. 张济洲:《明清之际〈西学东渐〉及其对中国文化教育的影响》,《河北师范大学学报(教育科学版)》2007 年第 2 期。

382. 张涛:《明清之际文人社团发展的历史转向》,《燕山大学学报(哲学社会科学版)》2007 年第 2 期。

383. 郭兴良:《女子革命的新声——读晚清小说〈东欧女豪杰〉》,《曲靖师专学报(社会科学版)》1987 年第 2 期。

384. 刘晓廉:《心路历程〈后西游记〉的根本寓意》,咸增强译,《运城高专科学校学报》2002 年第 6 期。

385. 向玉成:《清代华夷观念的变化与闭关政策的形成》,《四川师范大学学报(社会科学版)》1996 年第 1 期。

386. 王鸿卿:《清末民初小说分类》,《鞍山师范学院学报》2005 年第 6 期。

387. 毛宣国:《清末小说观念的变革》,《江汉论坛》,1992 年第 1 期。

388. 张玉璞:《情理冲突与宋代士大夫词人的双重人格与复杂心态》,《东岳论坛》2002 年第 4 期。

389. 龚郭清:《试论梁启超思想的基本历程》,《安徽史学》1996 年第 2 期。

390. 丁三伏:《试论清朝"闭关政策"的双重性》,《佳木斯大学社会科学学报》2002 年第 6 期。

391. 宋强刚:《试论唐代文化繁荣的原因及唐代中外文化交流的特点》,《四川教育学院学报》第 10 卷第 2 期。

392. 李献芳:《试说元好问的〈续夷坚志〉》,《中国典籍与文化》2002 年第四期。

393. 诸葛忆兵:《宋代士大夫的境遇与士大夫精神》,《中国人民大学学报》2001 年第一期。

394. 张玉璞:《宋代士人的生存环境及其处世心态——兼论其对文学创作的影响》,《山东社会科学》2000 年第六期。

395. 沈金浩:《宋代文人审美心理的主流型态》,《广东教育学院学报》第 25 卷第四期。

396. 刘畅:《宋代文人心态的二元格局管窥》,《洛阳师范学院学报》2001 年第四期。

397. 陈贺,李灏:《谈儒释道的融合在〈西游记〉中的体现》,《衡水学院学报》2006 年第四期。

398. 倪红雨:《唐传奇中的西域人物形象》,黑龙江大学硕士毕业论文(2003 年)。

399. 董乃斌,程蔷:《唐代的士风演变与时代迁易》,《中国社会科学院研究生院学报》1994 年第一期。

400. 方亚光:《唐代对外开放述论》,《江苏社会科学》1997 年第六期。

401. 唐辉:《晚清士大夫文化心理的百年反思》,《岳阳大学学报》第 8 卷第 2 期。

402. 熊月之:《晚清西学东渐史概论》,《学术季刊》1995 年第一期。

403. 胡全章:《晚清新小说的独特文体"作为小说类型的"翻新小说》,《中州学刊》2005 年第三期。

404. 欧阳健:《晚清新小说的开山之作——重评〈新中国未来记〉》,《山东社会科学》1989 年第二期。

405. 张赛群:《晚清中西文化冲突的哲学轨迹》,《玉林师范学院学报(哲学社会科学)》2003 年第一期。

406. 石昌渝:《王阳明心学与通俗小说的崛起》,《文学遗产》

2007 年第二期。

407. 张大生:《魏晋时期道家勃兴异变之原因初探》,《学术交流》2005 年第七期。

408. 戴显红,侯强:《文化冲突与晚清法制现代化的启蒙》,《重庆教育学院学报》2006 年第一期。

409. 吴春梅,方之光:《戊戌变法失败后梁启超政治思想的演变》,《江苏社会科学》1994 年第二期。

410. 董少辉:《文化冲突与近代中国变革思想的演进》,《理论探讨》2005 年第一期。

411. 李少军:《鸦片战争与清朝对外政策的转变》,《河北学刊》1991 年第四期。

412. 唐安:《阳明心学与明代中期的社会生活》,《贵州社会科学》2007 年第五期。

413. 杨全顺:《洋务派与"中体西用"》,《广西社会科学》2006 年第一期。

414. 李献芳,元好问,《〈续夷坚志〉与金末元初的文坛》,《殷都学刊》2003 年第三期。

415. 李白:《元人之隐——一种社会性的退避》,《呼兰师专学报》第 17 卷第 3 期。

416. 余勇:《元杂剧与元代文人心态》,《北方论丛》2004 年第一期。

417. 胡远鹏:《再论〈山海经〉的文化定位:本土或域外——要百家争鸣,还是只要一花独放》,《福建师范大学福清分校学报》2006 年第四期。

418. 李剑国:《早期小说观与小说概念的科学界定》,《武汉大学学报(人文科学版)》第 54 卷第 5 期。

419. 南冰:《中国第一次启蒙运动的盛衰——试论 1898 年至 1903 年梁启超的启蒙思想》,《清华大学学报(哲学社会科学版)》第 4 卷第一期。

420. 熊吕茂:《中国近代文化思潮述评》,《湖南文理学院学报(社会科学版)》第 31 卷第 2 期。

421. 赤真:《中国近代政治思想史的一部重要著作——读梁启超〈新中国未来记〉》,《内蒙古教育学院学报》1996 年第一期。

422. 张德明:《中西思想文化交流的桥梁》,《绵阳师范学院学报》2006 年第六期。

423. 李丰友:《中西文化冲突的悲剧》,《安徽教育学院学报(哲学社会科学版)》1997 年第三期。

424. 张兰英:《中西文化冲突中知识分子的现代化选择及启示》,《前沿》2005 年第五期。

425. 徐修宜:《中西文化融合与洪秀全反清思想的形成》,《阜阳师范学院学报》2005 年第六期。

426. 石元蒙:《中西文明的最初碰撞》,《甘肃社会科学》2003 年第 1 期。

427. 胡远鹏:《纵观海内外〈山海经〉研究五十年》,《福建师范大学福清分校学报》2003 年增刊。

428. 王乃昂,蔡为民:《《邹衍的地理学说及与〈五藏山经〉之关系》,《地理科学》第 23 卷第 2 期。

429. 曹世铉:《最近五年来关于晚清时期“西学东渐”问题的研究略述》,《近代史研究》1998 年第一期。

430. 迟云飞:《关于陈天华几件史实的考订和纠误》,《近代史研究》1984 年第 5 期。

后　记

这部书源自于我的博士毕业论文,为此我首先要感谢我的导师苏州大学赵杏根教授。当年,我刚刚走进苏大和他探讨论文选题的时候,他向我提出了这个题目,他说这个题目非常有新意,但是也非常有挑战性,问我愿不愿意接受这个挑战,并且开玩笑说这有命题作文的性质。可能出于喜欢挑战的原因,我接受了这个题目,不过我还是很快就被小说文本的问题搞晕了,我细致地搜寻着各种域外题材小说,很快就发现能被此题材的小说不单数量很多,更为重要的问题是好多小说在苏州大学是找不到的,这让我在一段时间内,无法完全把握住这些小说的线索。后来在赵老师的悉心教导下,我开始先在局部织构写作框架,在一个朝代一个朝代小说作品不断推进时,也反复回头来整理和修改前面已经写好的部分,其间去了几次国家图书馆尽可能地搜集小说研究资料和小说文本,终于完成了论文的写作。

而这部博士论文能够编辑出版,则要感谢西安工业大学人文学院的冯希哲院长,部科祥主任副院长以及人民出版社东方出版服务公司李椒元老师的支持与资助。正是在他们的无私帮助以及辛勤工作之下,这部书才得以整理出版并与广大读者见面。

最后，要感谢各位读者的支持，作者水平有限，书中疏漏与错误在所难免，希望各位读者能够指正。

二零一零年三月于古都西安